비만한 이성

이재복(李在福)

1966년 충북 제천에서 태어났고 한양대학교 국어국문학과와 동대학원 박사과정을 마쳤다. 1996년 『소설과 사상』 겨울호에 「동양적 존재의 숲―윤대녕론」으로 등단하였다. 2001년 한양대에서 「이상 소설의 몸과 근대성에 관한 연구」로 박사학위를 받았다. 계간 『한국문학평론』 기획위원으로 활동한 바 있으며, 현재 한양대, 추계예대, 한겨레문화센터에서 강의하고 있다. 비평집 『몸』 『몸과 몸짓문화의 리얼리티』와 편저로 『몸속에 별이 뜬다』가 있다. 제5회 젊은 평론가상과 제9회 고석규 비평문학상을 수상한 바 있다.

청동거울 문화점검 ㉗

비만한 이성

2004년 1월 8일 1판 1쇄 발행 / 2004년 6월 5일 1판 2쇄 발행

지은이 이재복 / 펴낸이 임은주
펴낸곳 도서출판 청동거울 / 출판등록 1998년 5월 14일 제13-532호
주소 (137-070) 서울 서초구 서초동 1359-4 동영빌딩 / 전화 02)584-9886~7
팩스 02)584-9882 / 전자우편 cheong21@freechal.com

편집장 조태림 / 편집 곽현주 / 디자인 하은애
영업관리 김형열

값 15,000원

ISBN 89-5749-011-6

청동거울 문화점검 27

비만한 이성

이재복 문학평론집

청동거울

아홉 살 난 아들과 함께 「매트릭스」를 보면서 줄곧 심한 두통에 시달렸다. 두 시간 남짓 내가 본 것은 끔찍한 악몽이었다. 내가 가장 두려워하고 증오하는 대상인 프랑켄슈타인이 거기에 있었다. 네오(키아누 리브스)의 현란한 이미지 속에 몸을 숨긴 채 나를 향해 숨막히게 다가오던 프랑켄슈타인의 모습은 도저히 헤어날 수 없는 악몽이었다.

나는 프랑켄슈타인의 욕망을 안다. 유사 이래 그가 꿈꾼 것은 인간의 몸의 개조를 통한 거대한 인공 세계의 건설이다. 그의 욕망은 몸의 기계화 단계를 넘어 몸의 디지털화에까지 이른 것이 사실이다. 몸의 디지털화는 이미 거스릴 수 없는 대세이다. 이런 점에서 '우주에서의 생명'이라는 주제로 스티브 호킹 박사가 행한 일본에서의 강연은 의미심장한 데가 있다. 이 천재 과학자의 강연의 요체는 '태양계의 수명이 다 하는 50억 년 뒤에 이 지구상에는 인간과 같은 생식 기능을 하는 생명체는 다른 행성으로 가는 여행을 견디지 못하기 때문에 살아남을 수 없다'는 것이다. 생식 기능의 생명체를 대신해 '실리콘 생명체'라는 새로운 인공화된 생명체가 생겨난다는 것이다. 실리콘 생명체란 컴퓨터 바이러스 같은 것으로 만일 인간이 살아남기 위해서는 정신을 복제해서 컴퓨터 바이러스 같은 실리콘에 그것을 실어 공간 이동을 할 수밖에 없다는 것이다. 지금까지의 인류의 문명과 몸의 관계를 되돌아보면 그의 말에 상당한 개연성이 있음을 알 수 있다.

사이보그라는 말이 인간이 만들어낸 허황된 환상이 아니라 그것이 실현 가능한 존재의 차원에서 이해되는 것이 지금 여기의 현실이다. 그 욕망을 반영하고 있는 것이 바로 「매트릭스」이다. 몸과 관련해서 「매트릭스」에서 가장 인상적인 것 중의 하나는 네오가 전화 케이블을 타고 차원 이동하는 장면이다. 영화이기 때문에 과학적인 사실을 생략한 채 차원 이동 자체만을 보여주고 있지만 이 상상력이야말로 스티브 호킹 박사의 예언과 다르지 않다고 할 수 있다. 인간의 정신(뇌)을 복제하는 것이 지금의 기술로는 불가능하지만 그 발전 속도를 도저히 예측할 수 없다는 측면에서 보면 이것이 상상이나 예언으로 그치지 않고 실현 가능한 사실로 다가올 수도 있다는 것을 말해 준다. 이런 점에서 볼 때 인간의 몸의 사이보그화는 끔찍한 악몽이라고 할 수 있다. 인간의 몸이 사이보그화되고 실리콘 생명체가 될 때 인간은 여전히 꿈꿀 수 있을까? 이러한 세계의 도래에 대해 조금이라도 생각해 본 사람은 불안과 공포에 시달릴 것이다.

  몸의 운명이 곧 인류의 운명이라는 점에서 「매트릭스」에서 보여지는 세계는 끔찍한 존재론적인 사건이다. 이미 우리는 이 세계 속으로 깊숙이 들어와 있다. 우리는 이 문명을 버릴 수 없다. 그렇다고 이 문명에 순응하면서 살아갈 수도 없다. 여기에 우리 시대의 딜레마가 있다. 이로 인해 지금 여기에서는 새천년을 향한 동상이몽이 한창이다. 새천년을 향한 이 동상이몽은 무엇이 유토피아인가 하는 차이에서 비롯된다. 지금 여기에서 행해지는 몽상 중에서 가장 중심적인 것으로는 디지털토피아가 곧 유토피아가 될 것이라는 몽상과 에코토피아가 곧 유토피아가 될 것이라는 몽상을 들 수 있다. 유토피아를 꿈꾼다는 점에서는 공통되지만 이 두 몽상은 중대한 차이를 가진다. 디지털토피아와 에코토피아는 토대 자체가 다르다. 디지털토피아와 에코토피아의 토대가 되는 디지털과 에코는 각각 인공(문명)과 자연이라는 서로 대립적인 속성을 가진다. 인공과 자연이라는 이러한 차이는 디지털토피아와 에코토피아가 화합과 공존보다는 그 안에 불화의 요소를 더 많이 가지고 있다는 것을 의미한다. 지금까지 인류가 이룩한 문명이 자연의 희생을 통해 성립된 것을 상기한다면 이 불화는 어떤 뿌리 깊은 딜레마를 제공한다고 할 수 있을 것이다.

디지털과 에코적인 것은 그 존재성의 측면에서 볼 때 상생(相生)하기가 어려운 것이 사실이다. 그러나 이 둘은 반드시 상생해야만 한다. 지금 여기에서의 삶의 양식 자체가 무서운 속도로 디지털화되고 있기는 하지만 이 디지털 혁명이 에코적인 존재 기반 없이는 성립될 수 없다는 것을 잊어서는 안 된다. 만일 그것이 가능하다고 믿는다면 그것은 토대 없이 집을 지을 수 있다고 하는 것과 같은 이치이다. 우리가 컴퓨터의 디지털 기능이 제공하는 가상 공간의 세계 속으로 끊임없이 미끄러져 내리다가도 생명의 기(氣)로 충만한 현실로 돌아와야만 하는 이유가 바로 여기에 있는 것이다. 이런 점에서 지금 여기에서 행해지고 있는 디지털토피아와 에코토피아의 동상이몽은 위험한 결과를 낳을 수 있다. 디지털토피아가 유토피아라는 발상은 인간을 포함하여 모든 존재 혹은 존재자의 토대가 되는 에코적인 존재성을 배제한다는 점에서 위험하며, 에코토피아가 곧 유토피아라는 발상은 지금 여기에서 모든 사람들의 숭배의 대상이 될 정도로 지배적인 힘의 실체로 부상하고 있는 디지털 문명 자체를 외면한 채 지나치게 당위적이고 이상적인 측면만을 내세울 우려가 있다는 점에서 또한 위험하다. 가장 바람직한 유토피아 상은 디지털토피아와 에코토피아 사이의 적절한 긴장과 이완을 통해 성립되는 것이다. 하지만 이 둘 사이의 적절한 긴장과 이완을 통해 어떤 통합적인 것을 창출한다는 것이 말처럼 그렇게 쉬운 일은 아니다. 사정이 이러하다면 가장 직접적으로, 가장 단순 명료하게 이 문제를 수렴하고 있는 무엇인가를 찾아내는 것이 중요하리라고 본다. 과연 그것이 무엇일까. 그것은 바로 다른 어떤 것도 아닌 '몸'이다. 몸은 디지털과 에코적인 것 사이에 있으면서 그 둘을 통합적으로 수렴하고 있는 지금 여기의 존재 그 자체이다.

몸의 이러한 존재성에 비추어 디지털적인 것과 에코적인 것을 살펴보면 지금 여기에서의 이 둘 사이의 존재성은 좀더 분명하게 드러난다. 몸은 기본적으로 에코적인 것이다. 몸은 생명의 기(氣)가 하나의 연속적인 흐름을 통해 형성된 통합체이다. 에코적인 몸은 어느 한 부분이 그 기능을 상실하면 연속성이 파괴되어 심각한 문제가 발생한다. 에코적인 몸의 측면에서 보면 불연속성이란 곧 죽음의 문맥을 거느린다고 할 수 있다. 이 에코적인 몸에서 가장 이상적인 상태는 생명의 기가 우주적인 기의 흐름 속에 놓이면서 몸과 우주가 하나가 되어 '온생명'을 이루는 경우이다. 장횡거와 왕부지의 기철학, 김지하의 생명사상이나 율려사상, 한의학의 신체론 등이 모두 여기에 해당된다고 할 수 있다. 몸은 이처럼 근본적으로 에코적인 측면을 지닌다. 하지만 진화하면서 몸은 상징화된 체계 속에 놓이게 되어 에코적인 것 이외에 문명화된 것을 지니게 된다. 즉 문명화된 몸이 되는 것이다. 이때의 몸은 문명화된 제도나 제도성의 선택과 배제의 논리에 의해 길들여져 하나의 '적절한 몸'이 된다. 문명화된 몸의 이러한 존재성은 산업사회를 거쳐 후기산업사회로 들어서면서 새롭게 변주된다. 후기산업사회의 디지털적인 논리가 몸의 존재성을 규율하고 통제하게 된 것이다. 어찌 보면 후기산업사회에서의 몸은 디지털적인 광섬유로 짠 옷을 입고 있다고 해도 과언은 아닐 것이다. 자연과 인공, 환상과 현실, 불연속과 연속, 억압과 해방 등이 끊임없이 교차하는 존재의 장인 것이다.

사정이 이러하다면 우리는 몸의 소리를 들어야 한다. 디지털적인 것과 에코적인 것이 충돌하고 상쇄되면서 내는 그 실존의 소리를 들어야 한다. 몸은 거짓된 소리를 낼 수가 없다. 몸의 소리는 순정한 소리이다. 몸의 소리를 듣고 우리는 몸의 정치를 해야 한다. 지금 여기에서의 몸이 내는 소리는 기쁨보다는 슬픔, 환희보다는 고통에 가까운 소리일 것이다. 디지털적인 것과 에코적인 것의 충돌과 상쇄가 드러내는 것은 존재의 통합이 아닌 분열에서 오는 슬픔과 고통의 소리일 수밖에 없다. 따라서 우리는 통합의 정치를 해야 한다. 몸이라는 말은 근본적으로 통합적인 것이다. 몸은 정신과 육체를 동시에 수렴하는 것으로 그 동안 이원론에 입각해 세계를 해석함으로써 생겨난 근대의 논리 중심주의, 이성 중심주의, 인간 중심주의, 남근 중심주의, 시각 중심주의를 비판하고 이 중심주의에 의해 억압된 것들을 귀환시켜 새롭게 존재성을 정립하려는 그런 함의를 담고 있다고 할 수 있다. 몸의 정치가 탈근대적인 기획이면서 새천년의 전망을 열어 보일 수 있는 중요한 화두로 부상하게 된 이유가 여기에 있는 것이다.

이번 평론집은 몸을 통한 이러한 문제의식에서 쓰여졌다. 몸에 대한 성찰은 곧 이성에 토대를 두고 진행되어 온 우리의 근현대 문명에 대한 비판과 반성의 의미를 가진다고 할 수 있다. 몸이 세계 인식의 토대라는 것은 이성에 대한 전면적인 부정이라든가 소멸을 말하는 것이 아니다. 몸은 언제나 어느 한쪽으로 치우침이 없다. 이 평론집에서 이성에 대해 감성, 정신에 대해 육체, 본질이나 중심에 대해 파편화나 해체의 문제를 전면에 내세운다고 해서 이것이 이 둘 사이의 우열이나 편향된 가치를 드러내는 것으로 이해해서는 안 될 것이다. 그 동안 전자에 의해 후자의 가치들이 배제되고 억압되어 왔기 때문에 세계에 대한 평형을 유지하려는 차원에서 그것들을 복원하려고 한 것이다. 하지만 이 의도는 후자가 전자를 무서운 속도로 압도해 버리는 양상을 보이면서 새로운 국면을 맞고 있다. 이성에 의한 사유의 깊이 없이 감성에 의한 느낌만을 지나치게 강조한다거나 정신이 배제된 상태에서 육체의 가치를 절대화하고, 해체라는 미명하에 존재론적인 토대 자체를 부정하는 일련의 현상들이 바로 그것이다. 이것은 또 다른 이분법의 세계일 뿐이다. 언젠가는 다시 몸에 대한 성찰을 통해 이러한 현상을 비판하게 될 것이다.

첫번째 평론집에서 보여준 나의 사유의 폭이 넓어지지도 또 깊어지지도 않은 것 같다. 내 몸 공부가 턱없이 모자람을 절감한다. 늘 애정 어린 기대를 가지고 지켜 봐 주시는 모든 분들께 그저 죄송할 따름이다. 몸을 낮추고 처음부터 다시 시작해야 하리라.

갑신년 정초 겨울의 길목에서
이재복

문명, 거대한 불안의 뿌리

마돈나에서 사이보그까지
— 새로운 감수성을 찾아서

1. 몸이 곧 시다

비평집 『몸』(졸저, 하늘연못, 2002)의 서문을 보면 다음과 같은 대목이 나온다.

몸은 개인과 집단(사회, 역사, 문명) 사이에 존재하면서 끊임없이 새로운 지형도를 그려내는 하나의 생성체이다. 몸이 포괄하지 못하는 존재는 없다. 이 무한한 존재 증명으로 인해 몸에 대해 이야기하고 글을 쓴다는 것은 저 망망 대해에 물고기 한 마리가 파문을 일으키며 지나가는 것에 불과할 수도 있다. 나의 글쓰기가 내장한 불안의 뿌리가 여기에 있음은 두말할 필요가 없을 것이다.

'90년대 시인들과 몸의 언어'라는 주제로 연재(『현대시학』, 1999년 8월~2001년 3월)를 시작하면서 내가 가졌던 불안의 일단이 투영되어 있는 대목이다. 90년대 시인들의 시를 읽으면서 몸이 중요한 글쓰기의 토대로 작용하고 있다는 것을 나름대로 감지하고 판단한 연후에 시작한 일이지만 시와 몸과의 관계를 과연 내가 어느 정도 해석해낼 수 있을지 불안해 한 것이 사실이다. 연재가 몇 회 진행되면서 해석 대상이 된 시인들의 시가 몸으로 환원되고 있는 것은 아닌가 하는 불길함과 함께 몸의 체험을 언어로 드러내기에는 근본적인 한계가 있다는 사실을 절실하게 깨닫게 되었던 것이다.

하지만 이러한 불안은 글쓰기에 적지 않은 긴장을 불러일으키면서 몸과 시에 대해 섣부른 단정이나 과도한 욕심을 경계하는 쪽으로 작용하기에 이른다. 몸과 시에 대한 글쓰기가 가지는 한계를 스스로 인정하고 난 연후에 오히려 몸이 우리 시인들의 잠재의식 속에 절대적인 양태로 존재하고 있다는 사실을 발견하게 된 것이다. 이것은 우리 시인들에게 몸이 단순한 소재나 재료의 차원에 머물러 있지 않고 시 쓰기의 토대가 되는 자아와 세계에 대한 민감한 자의식의 원천으로 자리하고 있다는 사실을 발견하게 되었다는 것을 말해 준다. 몸이 없는 나는 상상할 수 없을 뿐만 아니라 몸이 있기 때문에 나는 타인이나 혹은 어떤 대상과 일정한 관계를 가지게 되는 것이다. 시가 자아와 세계에 대한 상상과 표현의 가장 민감한 예술이라는 점을 상기한다면 시에서의 몸이 가지는 의미는 발생론적인 차원과 밀접하게 연관되어 있을 수밖에 없는 것이다.

시와 몸의 관계가 본질적이라는 것을 90년대 시인들의 시는 잘 보여 주고 있다. 김혜순, 최승자, 김언희, 이선영, 노혜경 같은 여성 시인들의 몸에 대한 시편들은 여성 자신의 정체성 찾기와 연결되어 있다. 이들은 남성의 몸과는 다른 여성만의 독특한 몸의 특성을 발견하고 이것을 토대로 시쓰기를 한다. 이들의 언어는 남성 중심의 언어 체계를 해체하고 그것과는 다른 언어 체계를 구성하기 위한 열정으로 꿈틀거린다. 그것은 하나의 춤이다. 자신의 몸에 무수한 구멍을 내고 그 구멍 난 욕망을 채우기 위해 피투성이가 되도록 싸우고 또 싸운다. 그것은 반란이며, 그것은 클리토리스의 시적 혁명이다. 송찬호, 김기택, 정진규, 송재학, 채호기, 유하 등의 시편들은 몸을 통한 세계내 존재에 대해 미학적인 탐색을 보여주고 있다. 몸이 아름다운 것은 그것이 가장 몸다울 때라는 사실을 이들의 시편들은 잘 보여주고 있다. 여기에는 언어와 몸, 시적 자아와 세계, 현상과 본질, 의식과 무의식 등 모든 존재론적인 문제들이 내재해 있다. 특히 언어와 몸은 가장 애매모호하고 민감한 문제의식을 거느린다. '몸이 어떻게 언어가 되고, 언어가 어떻게 몸을 얻는가' 하는 문제는 시인의 영원한 화두이기도 하다. '온몸의 시학'(김수영), '직전의 미학'(니이체)이 겨냥하고 있는 것이 바로 그것이다. 이것은 '거북이 자신의 등을 구워 문자를 만드는'(송찬호, 「산경을 비추어 말하다」, 『붉은 눈 동백』, 문학과지성사, 2000) 것만큼이나 고통스럽고 지난한 시간을 필요로 한다. 몸의 언어의 탄생이 가지는 의미가 바로 여기에 있음을 이들 시편들은 보여주고 있는 것이다. 김지하, 이문재, 박노해, 마광수, 이승하, 이연주, 이원 등의 시편들은 사회·역사적인 문맥에서 몸과 시의 관계를 성찰하고 있다. 몸의 역사는 곧 인류의 역사라는 차원에서 볼 때 이들이 보여주고 있는 몸은 그 안에 광기와 폭력의 슬픈 역사를 가지고 있을 뿐만 아니라 인간의 이성에 토대를 둔 문명이 야기한 상처를 고스란히 가지고 있다. 몸은 거짓되고 과장된 것들의 집적물이 아니라 참되고 순수한 것들의 집적물이기 때문에 몸을 통한 문명에 대한 반성은 진정성을 가진다고 할 수 있다. 특히 이들의 시편들이 드러내고 있는 문명의 어두운 면은 그것이 그대로 인류의 생존과 연결된다는 점에서 의미심장함을 더해 준다고 할 수 있다.

몸과 시의 관계가 이처럼 다양하게 시인의 시쓰기의 양상으로 드러난다는 것은 몸이 고정된 대상이 아니라 시간과 공간의 흐름 속에서 끊임없이 무엇인가를 생성해내는 살아 있는 존재태라는 것을 말해 준다. 시인의 몸이 놓여 있는 상황에 따라 자아와 세계에 대한 체험은 다양하게 변주되고 여기에서 새로운 상상과 표현의 형식이 만들어지게 되는 것이다. 따라서 시인은 몸에 대한 민감한 자의식을 가져야 한다. 이 자의식은 몸에 대한 인지적인 차원의 문제이면서 동시에 감각적인 차원의 문제라고 할 수 있다. 시인의 자아와 세계에 대한 체험은 우선 몸의 오관을 통해 형성될 수밖에 없다. 오관을 통해 이미지가 형성되고, 이 이미지는 그대로 감각적인 실체로 존재하기도 하고 관념이라는 또 다른 형태로 발전하기도 한다. 하지만 그 관념이라는 것도 관념 그 자체로 전달된다기보다는 감각, 다시 말하면 이미지로 변용되어 전달된다. 관념이 아닌 감각을 통해 형상화되는 것이 시라는 사실이 여기에서 비롯된다고 할 수 있다. 이런 점에서 볼 때 시인은 감각이 예민해야 하며, 이것은 곧 세계에 대한 시인의 민감한 감수성을 의미한다고 할 수 있다.

시인의 민감한 감수성이 오관을 통해 발현되는 것이라면 몸에 대한 자의식이야말로 시를 가능하게 하는 한 원천이라고 할 수 있을 것이다. 한 편의 시는 시 자체만으로 존재하는 것이 아니라 시인의 몸과 그것이 오관을 통해 체험하는 세계와의 상호 관련성 속에서 존재하는 것이다. 어떤 경우에도 몸을 통하지 않고 생성되는 시는 존재할 수 없다. 시 속에서 몸의 흔적이 직접적으로 드러나지 않는다고 해서 몸의 존재를 부정할 수는 없는 것이다. 이미 시가 그 형태를 가지면 그것은 몸이 있기에 가능한 것으로 간주할 수 있다. 어떤 시들은 발생론적인 토대인 몸의 존재를 시 속에 직접적으로 드러내지 않고 있지만 또 다른 많은 시들은 그것을 시 속에 직접적으로 드러내 놓고 있다. 몸의 존재가 전면에 드러나는 경우 그것의 형식은 크게 두 가지이다. '몸으로의 시쓰기'가 그 하나이고, '몸에 관한 시쓰기'가 또 다른 하나이다.

몸으로의 시쓰기는 주로 살아 있는 실체적인 몸을 강조하는 페미니즘 시인들이나 생태주의 내지 노동체험을 강조하는 시인들의 시에서 그 구체적인 형식을 얻고 있다. 이에 반해 몸에 관한 시쓰기는 주로 몸에 대한 인식론적인 거리두기를 통해 반성적이고 미학적인 탐색을 행하는 시인들의 시에서 그 구체적인 형식을 얻고 있다.

그러나 이 두 형식이 명확하게 구분되는 것은 아니다. 몸으로의 시쓰기가 감각을, 몸에 관한 시쓰기가 관념(인지)을 중심에 두고 있기는 하지만 살아 있는 몸의 감각이 관념의 차원으로 발전하기도 하고 또 관념화된 몸이 감각을 획득하기도 한다. 가령 페미니즘 시인들이 수유, 임신, 월경, 낙태 같은 생리적인 몸의 감각을 내세우고 있기는 하지만 그것이 남성중심주의에 대한 비판과 반성 쪽으로 흐르다 보면 하나의 관념으로 발전하는 것이 일반적인 경향이다(김언희, 김혜순, 노혜경). 생태나 노동체험을 시로 쓰는 시인들의 경우도 마찬가지이다(김지하, 박노해). 또한 미학적이고 인식론적인 몸을 강조하는 시인들의 시는 관념적이기는 하지만 그 관념이 하나의 새로운 감각을 생성해내기도 한다(정진규, 송찬호). 정진규의『몸시』(세계사, 1994)와『알시』(세계사, 1997)는 몸에 대한 인식론적인 사유를 보여주고 있는 시이다. 몸에 대한 시인의 깊이 있는 사유가 하나의 깨달음으로 연결되면서 지적인 아름다움을 체험하게 하지만 그가 내세우는 관념은 언제나 그 안에 '따뜻한 감각' 혹은 '따뜻한 정서'(이것을 생태주의적인 세계라고 할 수 있을 것이다)를 품고 있다.

몸으로의 시쓰기를 시도하든, 몸에 관한 시쓰기를 시도하든 중요한 것은 이 두 형식 모두 그 안에 세계에 대한 인식론적이고 존재론적인 차원의 감수성을 내장하고 있다는 점이다. 이 감수성이란 개인 차원에 머물러 있을 수도 있지만 그것을 넘어 사회나 그 시대의 의미를 함축하고 있을 수도 있다. 감수성이 시공의 감각을 수렴하고 있다는 점을 상기한다면 그것이 시대의 의미를 반영하고 있다는 것은 당연한 이치라고 할 수 있다. 우리 시의 경우만 보아도 몸을 통해 드러나는 시인의 감수성은 시대에 따라 그 변용의 정도를 달리해 왔다고 할 수 있다. 몸에 대한 자의식이 강해 그것이 직접적으로 시 전면에 드러나고 있는 시인들의 경우가 그 좋은 예라고 할 수 있다. 몸의 변화 혹은 몸에 대한 인식의 변화는 곧바로 시쓰기와 긴밀하게 연결되어 있기 때문에 이러한 이야기가 가능한 것이다. 몸의 운명이 곧 시의 운명이라는 말은 결코 과장된 것이 아니다.

2. 마돈나와 레몬 그리고 근대성의 메타포

우리 시인들의 시쓰기에 몸이 얼마나 중요한 감수성의 원천인지를 잘 보여주고 있는 시기는 1990년대 이후이다. 몸에 대한 담론이 우리 사회의 전면으로 부상한 시기가 바로 1990년대 이후이기 때문이다. 1990년대에 들어서면서 많은 여성 시인들이 자신의 몸을 통해 정체성을 찾으려는 욕구를 강하게 드러내 보이기 시작했고, 매스미디어의 발달로 인한 비쥬얼한 시대의 도래는 몸을 시선과 권력, 소비 욕망, 자기표현 욕구, 섹슈얼리티의 주체로 거듭나게 했다고 할 수 있다. 몸이 '억압된 것들의 귀환'이라는 명제를 달고 부상하면서 새로운 문화적인 지형도가 그려지고, 많은 시인들이 이 상황에 대해 민감한 자의식을 가지게 되었던 것이다. 우리 시를 통시적으로 고찰해 보면 1990년대 이후 몸이 시쓰기에 하나의 소재 및 재료로뿐만 아니라 주제 및 온전한 형식의 차원에서 눈에 띨 만큼 빈번하게 활용되고 있음을 알 수 있다. 몸에 대한 자의식이 없으면 시쓰기가 불가능한 것 아니냐 하는 소리가 공공연하게 들릴 정도로 1990년대 이후 몸은 우리 시인들의 의식에 깊이 각인되기에 이르렀다고 할 수 있다.

　이러한 몸의 급격한 부상은 여기저기에서 우려의 목소리들을 만들어낸 것 또한 사실이다. 몸이 깊이 있는 시적 상상력과 표현력을 동반하지 않은 채 단순한 소재의 차원으로 떨어지면서 시의 매너리즘화 혹은 패턴화의 경향이 나타나게 되었던 것이다. 이것은 몸으로 혹은 몸에 관한 글쓰기를 통해 세계에 대한 깊이 있는 의미를 추구하는 시인들에게 적지 않은 부담으로 작용하기에 이르렀다. 몸의 매너리즘화 혹은 패턴화는 몸을 세계 해석의 토대로 인식하게 한 것이 아니라 하나의 유행으로 간주하게 하는 계기를 제공했다고 할 수 있다. 몸에 대한 탐색이 시작된 지 얼마 지나지 않았음에도 불구하고 그것이 곧 끝나 버릴 그 무엇인 것처럼 간주하는 조짐들이 여기저기에서 조금씩 드러나고 있는 것이 사실이다.

　그러나 그것은 하나의 유행처럼 흘러가 버릴 수도 또 흘러가 버려서도 안 되는 우리 시의 영원한 감수성의 원천인 것이다. 1990년대를 예로 들었지만 몸과 우리 시와의 관계는 멀리 근대 초기까지 거슬러 올라갈 수 있다. 근대 초기라고 할 수 있는 1920년대 우리 시를 한번 살펴보자. 1920년대 우리 시는 여러 사조들이 혼융된 그런 시대이다. 『창조』『폐허』『장미촌』『백조』『금성』『영대』『폐허이후』 등의 동인지를 중심으로 김억, 홍사용, 박종화, 남궁벽, 오상순, 변영로, 황석우, 김소월, 노자영, 이상화, 이장희 같은 시인들이 대거 등장하면서 우리 시의 한 융성기를 맞는다. 우리 시사에서는 이 시기를 낭만주의가 지배적인 양식으로 군림한 시대라고 명명하고 있다. 우리는 여기에 대해 별다른 이의제기 없이 그대로 수용해 온 것이 사실이다. 하지만 이 시기는 이광수, 최남선의 계몽주의가 물러가고 낭만주의가 도래한 그런 시대가 아니라 여전히 계몽주의가 남아 있던 그런 시대인 것이다.

　1920년대 대거 등장한 시인들 대부분이 탐닉한 것은 여성의 몸이라고 할 수 있다. 이 문제와 관련해서 이미 조영복은 의미 있는 해석을 시도한 바 있다. 그녀는 1920년대 소설을 "여성의 순결한 육체와 종교적으로 순결한 영(혼)의 개념과 밀접하게 관련되어 있"(「21세기 문학의 몸 혹은 최후의 인간」, 『소설과 사상』, 2000년 봄호, p.207)다고 보고 있다. 그리고 이 "여성 육체—순결성의 세계는 근대적 주체로서의 내면 형성을 문학 예술의 근본적인 계단으로 인식하던 당대의 계몽주의적인 문학 예술과 뚜렷하게 겹쳐진다"(p.209)는 것이다. 그녀가 여기에서 말하는 근대적 주체로서의 내면 형성이란 정신에 종속된 육체를 말한다. 육체보다는 정신이나 영혼을 강조한 서구의 변증법적인 세계관을 가리키는 말이다. 그녀의 1920년대 소설을 보는 관점은 시에도 적용된다고 할 수 있다. 시의 경우 그녀가 말하고 있는 20년대 예술의 메타포라고 하는 여성 육체—순결성의 세계는 '마돈나'(이상화, 「나의 침실로」)라는 존재를 통해 비교적 명료하게 드러난다.

'마돈나' 지금은 밤도 모든 목거지에 다니노라 피곤하여 도라가련도다.
아, 너도 먼동이 트기 전으로 수밀도(水蜜桃)의 네 가슴에 이슬이 맺도록 달려오너라.

'마돈나' 오려무나. 네 집에서 눈으로 유전(遺傳)하던 진주는 다 두고 몸만 오너라.
빨리 가자, 우리는 밝음이 오면 어딘지 모르게 숨는 두 별이어라.

'마돈나' 구석지고도 어두운 마음의 거리에서 나는 두려워 떨며 기다리노라.
아, 어느덧 첫닭이 울고—뭇개가 짖도다. 나의 아씨여, 너도 듣느냐.

'마돈나' 지난 밤이 새도록 내 손수 닦아 둔 침실로 가자, 침실로!
　낡은 달은 빠지려는데 내 귀가 듣는 발자욱—오 너의 것이냐?

　'마돈나' 짧은 심지를 더우잡고 눈물도 없이 하소연하는 내 마음의 촛불
을 봐라,
　양털 같은 바람결에도 질식이 되어 얄푸른 연기로 꺼지려는도다.

　'마돈나' 오너라, 가자, 앞 산 그리매가 도깨비처럼 발도 없이 이곳 가까
이 오도다,
　아, 행여나 누가 볼는지—가슴이 뛰누나, 나의 아씨여, 너를 부른다.

　'마돈나' 날이 새련다, 빨리 오려무나, 사원의 쇠북이 우리를 비웃기 전에
　네 손이 내 목을 안아라. 우리도 이 밤과 같이 오랜 나라로 가고 말자.

　'마돈나' 뉘우침과 두려움의 외나무다리 건너 있는 내 침실, 열 이도 없
느니!
　아, 바람이 불도다, 그와 같이 가볍게 오려무나, 나의 아씨여, 네가 오느
냐?

　'마돈나' 가엾어라, 나는 미치고 말았는가, 없는 소리를 내 귀가 들음
은—내 몸에 피란
　피—가슴의 샘이 말라 버린듯 마음과 목이 타려는도다.

　'마돈나' 언젠들 안 갈 수 있으랴, 갈테면 우리가 가자, 끄을려 가지 말고!
　너는 내 말을 믿는 '마리아'—내 침실이 부활의 동굴임을 네야 알련
만……

'마돈나' 밤이 주는 꿈, 우리가 얽는 꿈, 사람이 안고 궁구는 목숨의 꿈이 다르지 않느니,

아, 어린애 가슴처럼 세월 모르는 나의 침실로 가자, 아름답고 오랜 거기로.

'마돈나' 별들의 웃음도 흐려지려 하고, 어둔 밤 물결도 잦아지려는도다,

아, 안개가 사라지기 전으로 네가 와야지, 나의 아씨여, 너를 부른다.

— 「나의 침실로 : 가장 아름답고 오랜 것은
오직 꿈 속에만 있어라 : 내 말」, 『백조』 3호, 1923

시인이 애타게 부르는 대상은 마돈나이다. 좀더 정확히 말하면 그것은 마돈나의 몸이다. 하지만 마돈나의 몸이란 어떤 몸인가? 그것은 현실이 아니라 꿈속에 존재하는 몸이다. 이 사실은 마돈나의 몸이 진정한 육체로서의 몸이 아니라 정신 혹은 영혼으로서의 몸이라는 것을 말해 준다. 정신으로서의 몸이기 때문에 시인은 마돈나의 몸을 희구만 할 뿐 어떤 실재적인 행위가 동반되지 않고 있다. 시인이 애타게 희구하는 마돈나의 몸은 "가장 아름답고 오랜 것"이지만 그것은 "오직 꿈 속에만 있"는 것이다. 마돈나의 몸이 실재적인(현실적인) 것이 아니라면 그것은 시인의 이상적인 어떤 것에 대한 고백 내지 독백이라고 할 수 있을 것이다. 시인의 이러한 이상을 순수하고 순결한 영혼으로서의 예술, 다시 말하면 시라고 단정하는 것은 어쩌면 다소 도식적일 수도 있지만 역으로 시에 대한 시인(이상화)의 태도를 고려한다면 이것은 자연스러운 해석으로 볼 수 있을 것이다. 시인의 마돈나의 몸에 대한 희구는 시에 대한 당대의 보편적인 인식을 반영한다고 할 수 있다. 1920년대 우리 시인들의 시에 대한 인식은 현실이나 실재의

리얼리티를 확보하지 못한 채 나이브한 백일몽의 세계에 머물러 있었던 것이다. 이런 점에서 볼 때 이 시에 대한 다음 지적은 전혀 근거 없는 빈말이라고만 할 수 없을 것이다.

그러나 이 시의 관능성은 세계의 파멸로 이어지지 않는다. 시인이 보여주는 악마성이 깃 든 관능은 현실에서 실현되는 것이 아니라 꿈속에서 실현되는 것이기 때문이다. "가장 아름답고 오랜 것은 오직 꿈속에만 있다"는 시인의 말은 그가 보여주는 관능이 현실의 혼돈이 아니라 나이브한 자아의 백일몽 속에서 정립되고 있다는 것을 드러내는 것이다. 이것은 곧 시인이 불러들인 "마리아"의 육체가 육체로서의 기능을 제대로 수행하지 못하고 있다는 것을 말해준다. 마리아의 육체를 범함으로써 신의 금기를 해체하고, 세계에 대한 악마의 지배력을 행사하리라는 기대는 기대로 그칠 수밖에 없다. "마리아"의 육체를 범하는 대신 시인이 선택한 것은 정신 혹은 영혼에 의한 그것의 고양이다. 정신이나 영혼에 의한 육체의 고양은 타락한 육체가 아니라 순결한 육체에 대한 희구이다. 순결한 육체에 대한 이러한 시인의 희구는 예술을 고양된 영혼의 순수한 결정체로 인식한 당대의 예술관에 대한 반영으로 볼 수 있다. 시인이 육체에 대해 이야기하면서도 그 육체를 정신이나 영혼으로 이상화시켜 바라본다는 것은 곧 당대의 예술이 제대로 된 육체성을 가지고 있지 못하다는 것을 말해준다고 할 수 있다. 예술이 육체성을 가지기 위해서는 정신이나 영혼에 의한 지배로부터 벗어나야 한다. 정신이나 영혼으로부터 벗어나 육체가 스스로의 존재성을 인정받는 것이 바로 예술의 현대성이다. "마리아"의 육체를 호출하였음에도 불구하고 그것을 정신이나 영혼으로 환원시킨 이상화의 시가 보여주는 일련의 과정은 그의 시, 더 나아가 1920년대의 예술이 진정한 의미에서의 현대성을 구현하지 못하고 있다는 것을 의미한다.

— 졸고, 「악마가 되기 위한 기나긴 도정」, 『오늘의 문예비평』, 2002년 봄호

시인의 시에 대한 인식이 마리아의 몸을 통해 드러나고 있고, 그것이 미숙한 현대성을 반영하고 있다는 지적은 비록 여기에 가치평가적인 측면이 투영되어 있음에도 불구하고 그것은 절대성을 띨 수 없는 성질의 것이다. 이상화 시에 대한 미숙함은 전적으로 필자의 주관(현대성이라는 차원)에 의해 내려진 평가는 아니다. 이미 많은 평자들에 의해 그 한계가 이야기된 바 있다. 그러나 이것이 절대성을 띨 수 없음은 물론 여기에서 겨냥하는 바도 여기에 있지 않다. 여기에서 말하고 싶은 것은 그의 시가 드러내는 몸과 시와의 관계이다. 이 관계 속에서 보면 그의 시가 가지는 의미는 1920년대라는 당대에 널리 통용되어 있던 시에 대한 시인들의 인식을 마리아의 몸을 통해 구체화하고 있다는 점이다. 우리가 주목해야 할 것은 일제라는 타의에 의해 형성되기 시작한 근대적인 문물 및 제도 속에서 시인이 보인 그 세계에 대한 감수성이다. 마리아의 순수하고 순결한 영혼으로서의 몸이 시인이 그 당대의 상황 속에서 감수(感受)한 하나의 상징이라고 할 수 있다.

몸과의 관계 속에서 시적 감수성과 당대의 의미를 정립한 시인으로 이상 역시 빼놓을 수 없는 존재이다. 이상의 시, 더 나아가 이상의 문학의 출발은 몸에서 비롯된다고 할 수 있다. 그의 문학은 각혈하는 자신의 몸을 글쓰기의 차원으로 확장하면서 수많은 근대성의 메타포를 생산하고 있다. 시적 주체가 각혈하는 몸의 존재이기 때문에 그의 문학은 삶과 죽음의 심연이 빚어내는 세계에 대한 아이러니와 패러독스 그리고 불투명하고 불확정적인 속성을 드러낼 수밖에 없었던 것이다. 자신의 몸이 처한 비극적인 상황(각혈하는 몸)과 식민지 근대를 살아가는 인텔리로서의 자의식을 끝까지 밀고 나간 시인이라는 점에서 그는 진정한 의미에서의 몸시인이라고 할 수 있다. 그가 놓인 이러한 상황은 결과적으로 그를 온몸으로 세계를 밀고 나가게 했으며, 지난 세기까지 자명성의 원천으로 군림했던 자아 또는 주체를 몸에 대한 사유 속에서 재창출하고 우리의 존재 이해를 재형성한 진정한 의미의 모더니스트가 되게 했다고 할 수 있다.

이상의 시에서는 육체와 정신 사이의 행복한 통합은 물론 이상화 등 1920년대 시인들이 보여준 정신 혹은 영혼으로서의 몸을 고양시키는 그런 시편들을 찾아볼 수 없다. 그의 시에서의 몸은 철저하게 분열되어 있다. 그녀의 시에서 정신과 육체는 늘 불화의 관계에 놓인 채 끝없는 싸움을 한다. 이것은 그의 시 속에 투영되어 있는 여성의 존재를 통해서도 확인된다. 그가 형상화하고 있는 여성은 육체(여성의 육체)에 가깝다. 시인은 이 여성을 언제나 자신의 세계(정신 세계)에서 쫓아낸다. 이렇게 할 수밖에 없는 것은 그가 근대적인 제도를 의식하고 있기 때문이다. 근대란 여성의 육체와 같은 천박한 몸을 추방한 토대 위에서 성립된 세계이다. 근대라는 아버지의 법은 비천한 여성의 육체를 추방하고 억압하면서 하나의 문명 세계를 성립시킨 것이다. 이것은 근대가 영원한 절름발이라는 것을 말해 줌과 동시에 그 세계 자체가 일정한 불안을 내장하고 있다는 것을 말해 주는 사례라고 할 수 있다. 아버지의 법에 의해서 추방된 여성의 육체는 사라진 것이 아니라 억압 상태에 놓여 있기 때문에 그것은 언제나 기회만 되면 복귀할 수 있다. 여성의 육체의 복귀란 아버지의 법이 지배하는 세계에 대한 전도 내지 전복을 의미한다.

이상의 시는 이 배제된 여성의 육체의 복귀를 드러내는 징후적인 텍스트이다. 그의 시가 보여주는 극단적인 형식의 해체가 바로 그 징후의 발현이라고 할 수 있다. 그리고 그것을 상징적으로 보여주고 있는 질료가 바로 오감도에서의 그 오(烏)이다. '까마귀'란 무엇인가? 그것은 죽음의 메타포이다. 이로 인해 까마귀의 출현은 모두에게 불안과 공포를 불러일으킨다. 까마귀를 통해 시인이 겨냥한 죽음은 여성의 육체를 배제한 근대 문명의 죽음이라고 할 수 있다. 이 정도로 근대 문명에 대한 시인의 불안은 크다고 할 수 있다. 이 불안이 심연을 만들고 그것이 근대성의 메타포를 만든다고 할 수 있다. 도저히 회복할 수 없는 시인의 불안은 육체와 정신의 통합이 불가능하다는 것을 암시한다. 이것은 다시 말하면 그가 육체와 정신의 통합을 누구보다도 강렬하게 희구하고 있다는 것을 의미한다. 그러나 그는 섣불리 이 둘의 통합을 꾀하지 않고 있다. 이 둘의 통합이란 불가능하며, 그것은 어떤 가능성으로 존재하는 것이지 온전한 완성을 의미하는 것이 아니라는 사실을 그는 알고 있었던 것이다. 육체와 정신의 분열, 여기에 근대의 거대한 불안의 뿌리가 있음을 그는 자신의 시를 통해 적나라하게 보여주었던 것이다. 결국 그는 그 심연 속에서 죽음을 맞이하게 되고, 레몬이라는 상징을 통해 그것의 통합을 강렬하게 암시했던 것이다.

임종시에 이상이 레몬을 찾은 것은 이 육체와 정신의 분열이나 분화에 대한 불안과 공포, 그것에 대한 실질적인 해소의 방식을 찾은 것에 다름 아니다. 레몬의 향기는 흐느적흐느적거리는 육체와 은화처럼 맑은 정신으로 어긋나 있는 이러한 아이러니컬하고 패러독스한 근대적인 몸을 하나로 온전하게 통합시켜 주는 감각적인 징표라고 할 수 있다. 기본적으로 레몬의 향기는 후각을 자극하고, 또 레몬은 미각을 자극한다. 몸의 감각 중에서 후각과 미각은 가장 생생하게 몸의 존재성을 환기하는 그런 감각의 질료들이다. 후각과 미각으로 감각화된 몸은 이상의 시에서 근대나 근대성을 표상하기 위해 동원된 시각으로 감각화된 몸과는 차이가 있다. 시각으로 감각화된 몸은 이중적이고 불구적일 뿐만 아니라 또한 불투명하고 관념적인 속성을 드러낸다. 이상의 시에서 근대나 근대성을 드러내고 있는 몸은 시각으로 감각화된 몸에 가깝다고 할 수 있다.

시쓰기 주체가 드러내고 있는 시각은 어떤 대상을 분리하고 분화시키는 속성이 강한 몸의 감각이다. 시쓰기 주체가 몸에 대한 인식을 통해 이 분열이나 분화에 강한 자의식을 가지면서 그것을 통합하고 융화하려는 고통스러운 체험을 수행한 것이 사실이다. 그것은 이상 시의 글쓰기 주체가 근대나 근대성이 가지는 속성을 간파하고 있었다는 것을 의미한다. 이것은 "확실히 불우한 도형수(徒刑囚)"(이어령, 「이상론」, 『이상문학전집 4』, p.32)의 모습이다. 그러나 근대나 근대성이 가지는 비극적인 속성을 알면서도 그 속으로 뛰어든 행위는 근대적인 기획을 완성하려는 시쓰기 주체의 강한 의지를 반영하고 있는 것으로 볼 수 있다. 이 의지의 결정체가 바로 레몬이다. 레몬은 그 감각의 측면에서 지금까지 시쓰기 주체가 체험한 것과는 다른 의미를 가진다. 지금까지 시쓰기 주체가 주로 체험한 감각은 시각이다. 시각 이외의 다른 감각은 소외되고 배제되어 왔다고 해도 과언이 아니다. 하지만 시쓰기 주체가 임종시에 찾은 레몬은 그 향기와 맛을 고려해 볼 때 그것은 시각 이외의 지금까지 배제되고 소외되어 온 감각에 대한 회복을 의미한다고 할 수 있다. 레몬의 향기와 맛은 후각과 미각으로서의 대상과 인접한 거리 안에 있지 않으면 포착될 수 없다. 레몬의 향기와 맛은 "모든 대상을 하나로 뒤섞고 녹여버림으로써" 몸의 분리나 분화가 아닌 통합이나 융화를 감각화한다고 할 수 있다. 이런 점에서 임종시에 글쓰기 주체가 레몬을 찾은 행위는 그 레몬의 향기를 온몸의 감각으로 받아들임으로써 통합과 융화의 논리를 배제한 채 분열과 분화의 논리만을 극대화하고 있는 근대적인 기획이 가지는 불안함과 불완전함을 넘어서려고 한 것으로 볼 수 있다.

레몬이 가지는 의미가 이러하다면 시쓰기 주체가 임종시에 레몬을 찾은 행위는 "근대적 성격과 무관한 것"(김윤식, 「레몬의 향기와 멜론의 맛」, 『문학사상』, 1986, p.165)이라고 한 김윤식의 말이나 "숨막히는 역사의식과 현대의식의 원체(元體)인 선악과의 냄새가 아니다"라고 한 이어령의 말은 수정되어야 한다. 임종시 시쓰기 주체가 맡은 레몬의 향기는 그 자체가 근대나 근대성의 본질을 표상하는 상징적인 질료이며, 현대의식의 원체(元體)를 환기하는 것으로 볼 수 있다. 레몬의 향기를 맡고 그것을 맛봄으로써 시쓰기 주체는 불구화된 몸을 온전히 회복하려고 한 것이다. 이 불구화된 몸에 대한 회복 의지는 곧 미완으로 남겨질 수도 있는 근대적인 기획의 회복인 동시에 그것의 완성에 대한 의지라고 할 수 있다. 각혈하는 시쓰기 주체의 몸, 그것을 대상화한 여성의 몸, 자기 시체화를 단행하는 도플갱어의 몸, 그리고 레몬의 향기와 그것을 맛본 임종시의 몸에 이르기까지 몸에 대한 체험을 통해 근대 혹은 근대성의 실체에 접근해 간 일련의 사실들은 그 자체가 한편의 몸의 드라마인 동시에 근대 혹은 근대성의 드라마라고 할 수 있다.

3. 내 몸 속엔 무엇이(혹은 누가) 살고 있을까?
_ 별? 달? 코라(어머니)? 비트 신?

다시 이야기를 1990년대 이후로 되돌려 보자. 1920년대에 이미 이상화와 이상이 지난 세기까지 자명성의 원천으로 군림했던 자아 또는 주체를 몸에 대한 사유 속에서 재창출하고 우리의 존재 이해를 재형성한 것처럼 1990년대 이후 많은 우리 시인들이 이러한 시쓰기를 수행하고 있다. 그런데 한 가지 흥미로운 것은 사람의 몸 속을 들여다보고 이들이 발견한 것이 다르면서 같고 같으면서 다르다는 사실이다.

이들이 발견한 것 중 같은 것은 그것이 눈에 보이지 않는 그 무엇이라는 것이다. 뿐만 아니라 그것은 색깔도 없고, 크기도 없고 무게도 없다. 하지만 그것은 우리가 세계를 살아가게 하는 무한한 힘과 에너지를 가지고 있다. 이러한 같음에도 불구하고 그것은 또한 다르다. 그것 중 하나는 이 세상 어디엔가 반드시 존재하지만 다른 하나는 존재하지 않으며, 그것 중 하나는 만일 그것이 없다면 이 세상은 존재할 수 없지만 다른 하나는 없어도 이 세상은 존재할 수 있다. 과연 그것은 무엇일까? 이 물음에 대한 답은 1990년대 이후 몸을 시쓰기의 큰 주제로 삼고 있는 시인들의 시를 떠올리지 않아도 그것이 기(氣·코라)와 비트(bit)라는 것을 쉽게 알 수 있을 것이다.

기와 비트가 이렇게 같으면서 다르다는 것은 그것이 문제적인 속성을 가진다는 것을 의미한다. 만일 어떤 사람이 우리가 세계를 살아가게 하는 무한한 힘과 에너지는 기라고 말한다면 그것을 비트라고 한 사람과 대립하게 될 것이다. 실제로 이런 일이 지금 여기에서 벌어지고 있다. 우리는 지금 동상이몽에 빠져 있다. 한쪽에서는 기에, 또 다른 한쪽에서는 비트에 그 가치의 절대성을 부여하고 있다. 기 중심의 에코토피아와 비트 중심의 디지털토피아의 동상이몽은 그것이 쉽게 화합할 수 없는 성질의 것(자연/인공)이지만 화합해야만 하는 당위성을 가진다는 점에서 어떤 딜레마를 제공한다고 할 수 있다. 디지털적인 것을 배제한 채 에코적인 것을 강조하다 보면 이 후기자본주의 사회에서 소외받을 것은 불을 보듯 뻔한 일이고, 반대로 에코적인 것을 배제한 채 디지털적인 것을 강조하다 보면 근대 이후 시달려 온 자연과의 분리에서 오는 불안에서 헤어나지 못할 것이라는 것 또한 자명한 일이다.

김지하가 「줄탁」(『중심의 괴로움』, 솔, 1994)에서 "저녁 몸속에/새파란 별이 뜬다"고 노래했을 때 그가 옹호한 것은 에코적인 세계이다. 이 시는 지극히 당연한 것을 노래했지만 그것이 우리에게 준 것은 낯선 체험에서 오는 아름다움이다. 우리가 숨을 들이쉬고 내쉴 때 우주적인 기가 내 몸 속에 들어왔다가 흩어지기를 수없이 반복하면서 인간이 그 삶을 영위해 왔지만 우리는 여기에 대해 그다지 민감한 자의식을 보이지 않은 것이 사실이다. 이 당연한 것을 깨닫지 못한 것은 우리가 그 동안 서구의 뇌 중심적인 패러다임에 갇혀 있었기 때문이다. 뇌 중심주의 혹은 이성 중심주의는 이 눈에 보이지 않는 기를 외면한 채 눈에 보이는 세계만을 옹호해 왔던 것이다. 그 결과 우리는 가장 소중한 생명의 존재를 망각한 채 반생명적인 것만을 돌이킬 수 없을 정도로 무한정 생산해 온 것이다. 김지하가 「줄탁」에서 이 뇌 중심주의적인 패러다임을 해체하고 회음부 중심주의를 내세운 것("회음부에 뜬다/가슴 복판에 배꼽에/뇌 속에서도 뜬다")도 서구문명이 가지는 반생명주의적인 성격 때문이라고 할 수 있다.

김지하가 '몸속에 별이 뜬다'고 노래했다면 이은봉은 별이 아니라 '달이 살고 있다'고 노래하고 있다. 별이나 달이나 다른 것이 아니다. 다만 그의 달은 신화적인 이미지를 드러낸다. '내 몸에는 달이 살고 있다'고 고백하는 시인의 이 선언 아닌 선언은 현대 문명에 대한 성찰 의지의 반영에 다름 아니다. 시인의 몸 속에 살고 있는 달은 "옥토끼의 달"이며 "계수나무의 달"(「달」,『내 몸에는 달이 살고 있다』, 창작과비평사, 2002, p.23)이다. 인류가 달에 착륙하면서 사라져 버린 "옥토끼"와 "계수나무의 달"을 복원해내려는 시인의 의지가 겨냥하고 있는 것은 문명에 의해 훼손된 신화의 세계이다. "옥토끼"와 "계수나무의 달"은 눈에 보이는 것만을 절대시한 근대적인 시각으로는 볼 수 없는 그런 세계의 표상이다. 눈에 보이지 않는 존재에 대한 가치를 인식하지 못함으로써 가장 크게 훼손당한 대상은 신화의 원적지인 자연(자연성)이다. "달은 지금 많이 아프다"는 이러한 훼손된 신화 혹은 자연의 가치에 대한 시인의 절실한 표현이다.

훼손된 신화의 세계에 대한 복원을 꾀하기는 김선우도 마찬가지이다. 그의 복원은 주로 어머니의 몸을 통해 시도되고 있다. 그가 형상화하고 있는 어머니의 몸은 자연 그 자체이다. 자연은 분리와 단절이 아닌 융화와 연속의 패러다임 속에서 끊임없이 무엇인가를 생산해내는 무한한 생명력의 원천이다. 따라서 이 속에서(어머니 품속에서의 삶) 삶은 풍요로움으로 표상될 수밖에 없다. 시인은 이러한 풍요로운 삶의 터전인 어머니의 몸과의 분리에서 불안을 느낀다. 시인이 유년기의 그 아름답고 풍요로웠던 어머니와의 기억을 떠올리는 이유가 바로 여기에 있다. 이것을 통해 시인은 자연의 풍요로움을 상실한 문명 세계의 삶을 비판하고 있다.

어릴 적 어머니 따라 파밭에 갔다가 모락모락 똥 한무더기 밭둑에 누곤 하였는데 어머니 부드러운 애기호박잎으로 밑끔을 닦아주곤 하셨는데 똥 무더기 옆에 엉겅퀴꽃 곱다랗게 흔들릴 때면 나는 좀 부끄러웠을라나 따끈하고 몰랑한 그것 한나절 햇살 아래 시남히 식어갈 때쯤 어머니 머릿수건에서도 노릿노릿한 냄새가 풍겼을라나 야아— 망 좀 보그라 호박넌출 아래 슬며시 보이던 어머니 엉덩이는 차암 기분을 은근하게도 하였는데 돌아오는 길 알맞게 마른 내 똥 한무더기 밭고랑에 던지며 늬들 것은 다 거름이어야 하실 땐 어땠을라나 나는 좀 으쓱하기도 했을라나   •

양변기 위에 걸터앉아 모락모락 김나던 그 똥 한무더기 생각하는 저녁,
오늘 내가 먹은 건 도대체 거름이 되질 않고
　　　　　　　—「양변기 위에서」 전문, 『내 혀가 입 속에 갇혀 있길 거부한다면』,
　　　　　　　　　　　　　　　　　　창작과비평사, 2000, p.11

양변기 위에서 내가 누는 똥과 그 옛날 어머니가 파밭에서 누곤 한 똥이 선명하게 대비되어 드러나고 있다. 한쪽은 거름이 되지만 다른 쪽은 거름이 되지 않는다는 사실이 드러내고 있는 것은 자연과 문명

이 가지는 속성이다. 직접적으로 발설하지 않고 있지만 이 두 세계의 대비는 시인이 지향하고 있는 바가 무엇인지를 분명하게 드러내고 있다고 할 수 있다. 어머니라는 존재를 내세워 모성의 신화성을 강조하는 예는 페미니즘 계열의 여성 시인들에게 흔히 엿보이는 글쓰기 전략 중의 하나이다. 어머니의 몸이 가지는 신화성에 대한 강조는 문명의 불모성에 대한 비판과 반성의 기능을 수행하고 있다는 점에서 의미를 갖는다고 할 수 있다. 이렇게 에코적인 세계를 강조하다 보면 자연스럽게 반에코적인 문명과 대비가 되는 것이 사실이다.

하지만 에코적인 세계의 강조는 구체적인 힘의 실체를 간과한 채 자칫하면 이상적인 차원으로 빠질 위험성이 있다. 에코토피아가 의미를 가지기 위해서는 반에코적인 문명과의 소통이 전제되어야 한다. 지금 여기에서의 문명은 별이나 달 혹은 코라와는 다른 비트라는 물질이 토대가 되어 형성되는 그런 세계이다. "몸 속에 웹브라우저를 내장하고"(이원, 「몸이 열리고 닫히다」, 『야후!의 강물에 천 개의 달이 뜬다』, 문학과지성사, 2001, p.12), "머리 대신 모니터를 달고 다니는"(「공중도시」, p.54) 비트화된 전자문명의 시대인 것이다. 이런 시대에 몸 속에 별이 뜨고 달에 살고 있다고 노래하는 것이 어떤 의미를 가질 수 있을까? 비트가 지배하는 전자광속의 시대에 그런 생태적이고 신화적인 느림이 어떤 실천성을 담보할 수 있을까? 지금 이 시대의 비트화된 문명을 생태주의적인 문명으로 그 패러다임을 바꾼다는 것이 가능하기는 한 것인가? 이 물음에 답하기는 쉽지 않을 것이다.

인류의 역사를 통시적으로 고찰해 보면 인간의 문명의 인공화 혹은 비트화는 필연적인 감이 없지 않다. 역사 이래 인류가 꿈꾼 것은 프랑켄슈타인으로 표상되는 인간의 몸의 개조를 통한 거대한 인공세계의 건설이다. 몸의 기계화 단계를 넘어 몸의 디지털화는 이러한 인류의 욕망을 가속화시키고 있다고 할 수 있다. 몸의 디지털화는 이미 거스를 수 없는 대세라는 데 많은 사람들이 공감하고 있다. 특히 '우주에서의 생명'이라는 주제로 스티브 호킹 박사가 행한 일본에서의 강연은 의미심장한 데가 있다. 이 천재 과학자의 강연의 요체는 '태양계의 수명이 다 하는 50억 년 뒤에 이 지구상에는 인간과 같은 생식 기능을 하는 생명체는 다른 행성으로 가는 여행을 견디지 못하기 때문에 살아남을 수 없다'는 것이다. 생식 기능의 생명체를 대신해 '실리콘 생명체'라는 새로운 인공화된 생명체가 생겨난다는 것이다. 실리콘 생명체란 컴퓨터 바이러스 같은 것으로 만일 인간이 살아남기 위해서는 정신을 복제해서 컴퓨터 바이러스 같은 실리콘에 그것을 실어 공간 이동을 할 수밖에 없다는 것이다. 지금까지의 인류의 문명과 몸의 관계를 되돌아보면 그의 말에 상당한 개연성이 있음을 알 수 있을 것이다.

사이보그라는 말이 인간이 만들어낸 허황된 환상이 아니라 그것이 실현 가능한 존재의 차원에서 이해되는 것이 지금 여기의 현실이다. 그 욕망을 반영하고 있는 것이 바로 「매트릭스」이다. 몸과 관련해서 「매트릭스」에서 가장 인상적인 것 중의 하나는 네오가 전화 케이블을 타고 차원 이동하는 장면이다. 영화이기 때문에 과학적인 사실을 생략한 채 차원 이동 자체만을 보여주고 있지만 이 상상력이야말로 스티브 호킹 박사의 예언과 다르지 않다고 할 수 있다. 인간의 정신(뇌)을 복제하는 것이 지금의 기술로는 불가능하지만 그 발전 속도를 도저히 예측할 수 없다는 측면에서 보면 이것이 상상이나 예언으로 그치지 않고 실현 가능한 사실로 다가올 수도 있다는 것을 말해 준다. 이런 점에서 볼 때 인간의 몸의 사이보그화는 끔찍한 악몽이라고 할 수 있다. 인간의 몸이 사이보그화되고 실리콘 생명체가 될 때 인간은 여전히 꿈꿀 수 있을까? 이러한 세계의 도래에 대해 조금이라도 생각해 본 사람은 불안과 공포에 시달릴 것이다. 시인의 감수성은 이미 여기까지 뻗쳐 있다.

14220469103026100151022
31029402150321100141035
30223오늘의교통사고사망10
부상107유괴알몸토막310349
31029403120469103012022
3109560보험금노린3044935
59203발목절단자작극103921
31029403120469103012022
개미투자자음독자살0014103
33엘리베이터안고교생살인극
14220469103026100151022
3102탈북9402150꽃제비204
15392049586910295849320
50203046839204962049560
5302아프리카에서종말론신자
924명집단자살20194056239
31029403120469103012022
01죽음은기계처럼정확하다01
10207310349201940392054

눈물이 나오질 않는다

전자상가에 가서
업그레이드해야겠다
감정 칩을

— 이원, 「사이보그 3 : 정비용 데이터 B」 전문,
『야후!의 강물에 천 개의 달이 뜬다』, pp.124~125

몸 속에 비트 칩을 내장한 사이보그의 존재를 숫자의 적나라한 병기를 통해 드러내고 있는 시이다. 인간의 존재가 하나의 숫자를 통해 조종되고 통제된다는 사실은 분명 두려운 일이다. 특히 인간이 가장 인간다울 수 있는 척도인 감정까지도 칩을 통해 조종되고 통제된다는 사실은 인간의 몸의 사이보그화가 유토피아가 아니라는 것을 강하게 환기한다고 할 수 있다. 그러나 시인은 그 유토피아가 에코에 있다고 말하지 않는다. 그는 디지털이 지배하는 세계가 일종의 '사막'이며 인간은 그곳에서 '유목민처럼 떠돌 수밖에 없다'고 다소 건조하게 말하고 있을 뿐이다. 이러한 비극적인 세계 인식은 비록 그것이 미래에 대한 어떤 희망적인 비전을 내장하고 있지 않음에도 불구하고 지금 여기에서의 삶의 모습을 다양한 시적인 형식으로 들추어내고 있다는 점에서 일정한 진정성을 획득하고 있다고 할 수 있다.

그러나 시인의 상상력이 계속 여기에 머문다면 문제가 있지 않을까? 디지털 시대를 보여주는 것만으로도 시적인 형상을 획득하고 있지만 시대에 대한 시적인 비전의 제시라는 차원에서 보면 미흡하다고 할 수 있다. 이런 점에서 그녀의 시는 비전의 과잉을 드러내고 있는 에코토피아를 내세우는 시인들의 시와 좋은 대비가 된다. 이 대비가 서로의 결핍을 채워 주는 쪽으로 작용하면 보다 생산적인 결과를 얻을 수 있을 것이다. 비전의 과잉을 보이는 에코 지향의 시들은 디지털적인 세계를 수용해야 하고, 반대로 비전의 결핍을 보이는 디지털 지향의 시들은 에코적인 세계를 수용해야 한다. 에코와 디지털의 단순한 접합이 아니라 그 사이의 긴장이 중요한 것이다. 이 둘은 완전히 통합될 수 없을 뿐만 아니라 그것이 항상 바람직한 것도 아니다. 보나 중요한 것은 이 둘의 긴장을 통한 길항이라고 할 수 있다.

이러한 감수성을 지닌 시인이 출현해야 하리라고 본다. 아직도 우리 시단에 이런 시인들이 부재하다는 것은 몸을 통한 감각과 사유가 깊지 못하다는 것을 말해 준다. 지금 여기에서의 우리의 몸은 에코적이면서 동시에 디지털적이다. 우리가 디지털의 가상 세계 속으로 끊임없이 미끄러져 내리다가도 결국에는 기로 충만한 현실의 세계로 돌아와야만 하는 경우를 상기해 보라. 우리는 한시라도 숨을 못 쉬면 생명을 유지할 수 없는, 하루 세 끼 밥을 먹어야 하고 그것을 배설해야만 하는 그런 생식기능을 하는 에코적인 존재인 동시에 비트가 만들어내는 가상의 문명의 세례를 온몸으로 받고 자라는 디지털적인 존재인 것이다. 따라서 에코와 디지털은 두 몸이 아니라 한몸인 것이다.

4. 프랑켄슈타인 혹은 시쓰기의 욕망

인간은 모두 프랑켄슈타인의 후예이다. 유사 이래 인간이 보여 온 저 인간 개조의 욕망을 상기해 보라. 인간의 몸이 가지는 유한함과 나약함을 넘어서기 위해 인류는 정신의 비대함과 함께 물질적인 차원의 사이보그화를 끊임없이 욕망해 왔다. 인류의 문명도 따지고 보면 몸이 가지는 한계를 극복하려는 욕망에서 비롯된 것이라고 할 수 있다. 그 욕망은 결과적으로 인간에게 진보에 대한 믿음을 심어 주긴 했지만 인간 존재의 비극성과 부조리함이라는 어두운 면을 탄생시켰다고 할 수 있다. 인간의 진보에 대한 믿음은 야만의 배제와 맞물려 있는 문제이기 때문에 간단한 것이 아님에도 불구하고 인간은 그것에 대해 보다 근본적인 회의를 드러내지 않았다.

문명이 진보하면서 인간의 몸 역시 온갖 구속과 한계로부터 해방되리라는 믿음은 그러나 믿음으로 그치고 말았다고 할 수 있다. 문명이 진보하면서 몸이 해방된 것이 아니라 오히려 점점 더 구속당하게 되는 아이러니가 연출된 것이다. 비트를 토대로 하는 디지털 시대가 도래하면서 인간의 몸은 다른 어떤 때보다 해방을 누릴 것이라고 모두가 기대했지만 결과는 온갖 비쥬얼한 이미지와 좀더 정교해진 감시체계에 의해 더욱 억압받는 상황에 놓이게 되었다고 할 수 있다. 정신으로서의 몸에 대한 강조에 대한 반발로 육체로써의 몸이 부상했지만 그 몸 역시 동일한 이분법적인 체계에서 벗어나지는 못하고 있는 것이 현실이다. 이 불구적인 세계를 바로잡는 길은 몸의 본성을 회복하는 일밖에는 없다.

프랑켄슈타인의 인간의 몸의 개조 욕망은 좀처럼 그칠 기미가 보이지 않고 있다. 인간의 몸의 모든 유전자의 지도를 작성한 일(인체 게놈 프로젝트)은 이런 점에서 그 욕망의 실체를 보여준 끔찍한 사건이라고 할 수 있다. 이 사건이 인간의 행복한 미래를 담보하는 것이 아니라 또 다른 억압을 가져올 뿐이라는 사실을 그간의 역사에서 명명백백히 드러났음에도 불구하고 이 일이 계속되고 있다는 것은 인간의 몸의 개조 욕망이 우리 안에 깊이 뿌리 내리고 있다는 것을 말해 준다. 몸에 대한 민감한 자의식을 가진 시인이라면 몸을 둘러싸고 벌어지는 이러한 일련의 일들에 대해 불안을 느끼고 그것을 글쓰기를 통해 해소하려고 할 것이다. 몸보다 확실하게 인간과 세계의 존재를 규정짓는 것은 없으며, 당대의 감수성이 이 몸을 통해 드러날 수밖에 없다면 프랑켄슈타인의 인간의 몸의 개조 욕망은 곧 시인의 시쓰기에 대한 날카로운 자극으로 연결될 수 있을 것이다. 자의식에 상처를 입고도 그것을 치유하지 않는 시인은 없을 것이다. 자신의 몸에 난 상처가 곧 시를 잉태한다. 프랑켄슈타인의 인간의 몸의 개조 욕망이 계속될수록 시인의 시쓰기의 욕망도 그치지 않고 계속될 것이다.

카프카를 읽는 밤

1. 프란츠 카프카인가, 토마스 만인가?

1980년대 후반 성수동의 어느 어두운 골방에 처박혀 매일 밤 카프카를 읽은 적이 있다. 밖에는 분명한 적들이 있었고, 그 적과 싸워 승리한 데서 얻은 진보에 대한 확실한 믿음이 깃발처럼 나부끼는 그런 시절에 나는 누가 보기라도 하면 어쩌나 하는 두려움 속에서 몰래몰래 카프카의 「성」과 「변신」 등을 읽곤 했다. 시대와 현실이 요구하는 어떤 이데올로기의 강박이 없었다면 그 애매모호하고 불확실한 그러면서도 참을 수 없을 정도로 비루한 그런 세계의 심연을 맛보았을 것이다. 그러나 언제나 일정한 죄의식이 주는 불안 속에서 읽었기 때문에 카프카와의 내밀한 만남은 가질 수 없었다. 다만 분명한 것은 그 시절 아주 죄질이 나쁜 카프카라는 불온서적을 내가 읽고 있었다는 사실이다.

카프카를 읽고 있었지만 골방을 나오면 나는 막심 고리키나 루카치에 대해 이야기할 수밖에 없었다. 이러한 이중성은 점차 자의식으로 발전했다. 이 자의식이 직접적으로 노출된 것은 루카치가 던진 질문 앞에서였다. 프란츠 카프카인가, 토마스 만인가? 『우리 시대의 리얼리즘』(인간사, 1986)에서 루카치가 던진 이 질문은 이중성에서 비롯되는 자의식으로 인해 괴로워하던 나에게 집요하게 하나의 선택을 강요하는 떨쳐 버릴 수 없는 악귀 같은 것이 되어 버렸다. 나의 양심은 프란츠 카프카라고 말 할 수 없게 했다. 당당하게 나의 속마음을 드러내 보이지 못한 채 그 진실을 자꾸 숨기려고만 하는 내 자신이 프란츠 카프카라고 말하는 것이 오히려 나를 더욱 비참하고 치욕스럽게 하는 것 같았다. 이런 점에서 루카치는 당당했다. 그가 우리에게 던진 질문은 상대방의 의향을 묻는 형식이 아니라 철저하게 자기 독백적인 것이었다. 그의 말에는 선택의 여지가 없었다. 그의 질문의 행간 어디에도 프란츠 카프카가 들어설 자리가 없었다.

선택이 아니라 거의 강압에 가까운 루카치의 질문이 품고 있는 카프카에 대한 적의의 요체는 기실 모더니즘 이데올로기에 대한 적의라고 할 수 있다. 루카치는 카프카의 문학 저변에 흐르는 '불안'의 문제에 주목한다. 그는 카프카를 맹목적이고 공포에 사로잡힌 불안에 좌지우지되는 현대 작가의 고전적인 예로 간주하면서 그 불안을 사회적 발전의 새로운 패턴을 파악할 수 없는 무능력에서 비롯되는 것으로 보았다. 이러한 불안은 인간과 현실에 대한 이미지의 빈곤화, 축소, 왜곡을 야기하고, 급기야는 세계에 대한 비판적인 거리(critical detachment)를 확보하지 못해 자연주의적인 문학으로 전락하게 된다는 것이다. 자연주의로의 전락은 인간과 세계에 드러나는 불안의 문세를 현실 자체의 탓으로 돌림으로써 그 현실에서 작용하고 있는 반대적인 힘의 존재를 간과해 버릴 위험성이 있다는 것을 말해 준다. 루카치가 보기에 카프카는 인간 자신의 불안이 현실에서 비롯되며, 그것이 인간조건이라고 동일시해 버리는, 탈역사적이고 무시간적인 세계를 형상화하는 그런 초월적이고 신비적인 상징을 쫓는 타락한 현대 자본주의 세계 속에 사는 작가의 전형인 것이다.

카프카에 대한 루카치의 비판은 우연적이거나 맹목적인 것이 아니라 그가 처해 있는 삶의 조건으로부터 비롯된 것이기 때문에 진정성을 갖는다고 할 수 있다. 그가 선택한 막시스트로서의 삶과 헤겔주의적인 역사관을 신봉했던 사회주의 혹은 비판적 리얼리스트로서의 삶 속에서 볼 때 그의 카프카 비판은 어쩌면 당연한 것이라고 할 수 있다. '프란츠 카프카인가, 토마스 만인가?' 하는 질문이 그에게는 갈등과 괴로움의 대상을 넘어 스스로에 대한 충만과 즐거움 속에서 발현되는 선택이라고 말할 수 있는 근거가 바로 여기에 있는 것이다. 토마스 만에게서 그가 본 것은 현대적 경험을 주관적 성격을 넘어 보다 큰 객관적인 전체 속에서 비판적인 거리를 두고 형상화되어 있다는 사실이다. 루카치가 보기에 그의 세계는 초월적인 언급이 없고, 장소, 시간 그리고 세부묘사는 특정한 사회적 역사적 상황에 확고하게 뿌리를 박고 있는 그런 세계였던 것이다. 이것은 그가 토마스 만에게서 궁극적으로 총체성과 역사에 대한 추동력과 비전을 보았다는 것을 의미한다.

프란츠 카프카와 토마스 만 사이에서 토마스 만을 선택했듯이 루카치는 우리에게 둘 중 누군가를 선택해야만 한다고 힘주어 말하고 있다. 루카치 식으로 이야기하면 이 결정은 불안을 받아들이느냐 혹은 거부하느냐, 불안은 절대적인 것으로 취급되어야 하는가 혹은 극복되어야 하는가, 그것은 여러 가지 중에서 하나의 반응으로 여겨져야 하는가 혹은 인간조건을 결정하는 절대적인 것인가, 시대의 삶에서 추상의 영역으로 도피하느냐 아니면 현대의 삶에 직면해서 그것의 악과 싸우고 그것이 담고 있는 선을 옹호하느냐를 판단하는 문제와 맞물려 있다고 할 수 있다. 루카치의 이러한 진술 속에는 이미 가치평가적인 의미가 포함되어 있기 때문에 둘 사이의 구분이 다소 도그마적으로 인식되어지는 것이 사실이다. 하지만 선택은 피할 수 없는 문제라고 할 수 있다. 우리는 매순간 무엇인가를 선택해야 한다. 무엇인가를 선택함으로써 우리는 하나의 세계를 가질 수 있는 것이다. 루카치가 선택의 문제를 들고 나온 이유도 여기에 있다고 할 수 있다.

루카치의 물음에 선뜻 답한다는 것은 갈등과 괴로움이 뒤따르는 문제이지만 80년대처럼 답을 못할 정도는 아니다. 나는 이제 골방을 나와 밖에서 만나는 사람들에게 카프카를 읽는다고 숨기지 않고 말한다. 밤새 카프카를 읽으며 나의 30대가 우리가 살고 있는 '지금', '여기'라는 시대가 정처 없이 흘러간다고 나는 말한다. 80년대 같으면 감히 상상할 수 없는 이 불온하기 짝이 없는 말에 대해 '지금', '여기'에서의 반응은 거의 무관심에 가깝다. 이것은 이미 많은 사람들이 카프카를 읽었다는, 그런 차원을 넘어 우리가 살고 있는 지금 이 시대가 너무나 카프카적이기 때문에 나타난 반응이라고 할 수 있을 것이다. 모두가 카프카적인 욕구와 욕망을 쏟아내면서 불확실하고 불확정적인 세계 속으로 편입해 들어가 비루하게 살아가고 있는 시대가 바로 지금 여기 아닌가. 이런 시대에 "별이 빛나는 창공을 보고, 갈 수가 있고 또 가야만 하는 길의 지도를 읽을 수 있던 시대는 얼마나 행복했던가? 혹은 별빛이 그 길을 훤히 밝혀 주던 시대는 얼마나 행복했던가?"(『소설의 이론』, 심설당, 1985, p.29)라고 노래하는 것이 무슨 의미가 있을까? 파편화된 세계이기 때문에 '창공의 별'(총체성이 구현된 세계)을 노래해야 한다는 것은 지독한 관념 아닐까? 리얼리즘은 리얼하지 않다고 성급하게 선언해 버리는 것도 문제이지만 리얼리즘으로 이 시대의 리얼함을 이야기하는 것은 더 큰 문제라고 할 수 있을 것이다.

밤 깊도록 나는 카프카를 읽는다. 루카치가 토마스 만을 읽듯이 나는 프란츠 카프카를 읽는다. 간혹 벌레가 되어 보고 싶기도 하고 성의 그 미로 같은 세계 속으로 사라져 버리고 싶을 때도 있다. 카프카를 읽으면서 루카치를 비판하고 싶지는 않다. 루카치에게는 혹은 루카치의 시대에는 토마스 만이 보다 더 절실한 실존의 대상이 될 수도 있는 문제이기 때문이다. 카프카에게서 내가 읽고 싶은 것은 그의 문학이 가지는 반리얼리즘적인 맥락, 다시 말하면 모더니즘적인 맥락이다. 이러한 읽기는 이미 많은 사람들에 의해 시도되었기 때문에 여기에서 그것을 이야기하는 것은 무의미할 수도 있다. 그러나 이러한 생각은 읽기의 독특한 틀과 방식을 고려하지 않은 성급한 판단이 빚어낸 결과물일 수 있다. 카프카를 읽는다는 것은 그의 불확실하고 애매모호한 세계만큼이나 투명하거나 단순하지 않다는 것을 우리는 기억할 필요가 있다.

2. 벌레의 몸의 발견과 불안의 거대한 뿌리

카프카의 문학이 모더니즘의 세계를 드러내고 있다는 사실은 이제 상식에 속한다. 상식에 속하는 일을 다시 들먹인다는 것은 시간 낭비일 수 있지만 우리가 그의 모더니즘에 대한 논의에서 아주 중요한 무엇인가를 간과하고 있다면 문제는 복잡해진다. 그에 대한 논의의 대부분은 환상과 그로테스크함을 통한 소외와 부조리성 같은 인간 실존의 새로운 유형을 제시하고 있다는 평가로 귀결된다. 서구 문학사에서 볼 때 그의 문학이 드러내는 이러한 특성은 분명 새롭고 일정한 전환점으로서의 의미를 지닌다고 할 수 있다.

그러나 그의 문학이 가지는 새로움과 전환점으로서의 의미는 그것을 해석하는 방법의 단순화된 패턴으로 인해 제대로 드러나지 않는 부분들이 있다. 그의 많은 텍스트 중에서 「변신」에 대한 해석이 그 대표적인 경우이다. 「변신」은 그의 문학 세계에서 '우산'과 같은 소설이다. 이것은 이미 제목에서 드러난다. 「변신」은 상당한 메타포를 함축하고 있는 말이다. 변신이란 말 그대로 '몸이 바뀐다'는 것이다. 인간의 몸이 벌레로 바뀐다는 것이 바로 그것이다. 인간에서 벌레로의 이 바뀜은 이성에서 감성(부조리), 건강에서 징후, 의식에서 무의식, 현실에서 환상, 고귀함에서 비천함, 충만에서 상실, 융화에서 분열(소외), 리얼리즘에서 모더니즘(포스트모더니즘) 등으로의 변화라는 수많은 하위 메타포를 거느린다고 할 수 있다. 변신에 대한 이런 식의 다양한 해석은 변신이라는 말 자체를 은유적으로 혹은 상징적으로 해석한 데서 온 결과라고 할 수 있다. 이런 식의 해석은 변신의 세계를 풍요롭게 하는 데 어떤 단초를 제공한 것이 사실이지만 지나치게 변신이 가지는 은유적(상징적)인 의미에 집착한 나머지 정작 중요한 '신(身)', 다시 말하면 '몸'에 대한 의미 탐구를 간과해 버리는 결과를 낳았다고 할 수 있다.

「변신」은 몸에 대한 작가의 자의식을 엿볼 수 있는 텍스트이다. '몸이 바뀐다(변신)'는 제목이 의미하는 것은 몸에 대한 인식이 바뀐다는 것으로 볼 수 있다. 인간의 몸이 한 마리의 흉측한 벌레로 바뀐다는 그 자체보다는 그것을 바라보는 작가의 의식이 더 중요하다고 할 수 있다. 인간의 몸이 벌레로 변한다는 사실 그 자체에 초점을 두고 보면 정상에서 벗어난 어떤 기괴함, 즉 그로테스크함이 부각되지만 이 변화에 대해 작가가 어떤 자의식을 드러내고 있는가 하는 차원에 초점을 맞추면 그로테스크가 아니라 지극히 정상적인 어떤 문제의식이 부각된다고 할 수 있다. 이것은 「변신」의 서두에 분명하게 드러나 있다.

어느 날 아침, 그레고르 잠자는 불안한 꿈에서 깨어나자 자신이 침대 속에서 한 마리의 흉측한 벌레로 변해 있는 것을 발견했다. 그는 갑옷처럼 딱딱한 등을 밑으로 하고 위를 쳐다보며 누워 있었다. 머리를 약간 쳐들자, 아치형으로 부풀어오른 갈색의 복부가 보였다. 복부 위에는 몇 줄기의 골이 져 있고, 골 부분은 음푹 들어가 있었다. 복부의 불룩한 부분에 걸쳐 있는 이불은 금방이라도 완전히 미끄러져 내릴 것만 같았다. 수많은 다리가 그의 눈 앞에서 불안스럽게 꿈틀거리고 있었는데, 몸통의 크기에 비해서 다리는 비참할 정도로 매우 가늘었다.

— 「변신」, 『변신』, 범우사, 박환덕 옮김, p.89

벌레가 된 그레고르 잠자의 모습을 서술하고 있는 대목이다. 작가는 벌레로 변한 그레고르의 모습에 대해 자세히 서술하고 있지만 그 행간마다에는 작가의 의식이 투사되어 있다는 것을 알 수 있다. 특히 첫 행의 서술은 작중인물보다는 작가와 더욱 밀착된 거리감이 강하게 드러난다. 벌레로 변한 그레고르의 몸을 서술하면서 작가는 자신의 주관적인 감정을 개입시키고 있을 뿐만 아니라 그 변화를 "발견했다"는 말로 표현하고 있다. 이런 점에서 볼 때 작가가 이 대목에서 강하게 이야기하고 싶어하는 것은 몸에 대한 발견이라고 할 수 있다. 그렇다면 그 몸은 구체적으로 어떤 몸일까?

문면에 드러난 대로라면 작가가 발견한 몸은 벌레의 형상을 하고 있는 몸이다. 이 몸은 아름다운 몸이 아니라 추한 몸이며, 혐오스러운 몸이다. 추하고 혐오스럽기 때문에 모든 사람들, 심지어는 자신의 몸을 있게 한 부모나 여동생에게까지 기피의 대상이 된다. 흉측한 벌레이기에 기피의 대상이 되지만 서술의 문면에 작가가 개입되어 있다는 점을 고려한다면 이것은 몸을 통한 작가의 인간에 대한 탐색의 일환으로 볼 수 있을 것이다. 인간의 몸을 벌레의 차원으로 떨어뜨리고 있다는 것은 인간의 몸에 대한 뿌리 깊은 부정과 왜곡의 역사를 반영한다고 할 수 있다. 몸을 벌레 보듯이 한 것은 이미 희랍시대부터이다. 우리가 대철인으로 떠받드는 플라톤의 경우에도 몸을 변화하고 소멸하는 물질성의 세계 속에서 인식하면서 이데아적인 것을 추구하는 데 장애가 된다고 보았다. 또한 몸은 온갖 욕망과 질병의 온상이며 영혼을 혼탁하게 만드는 악의 거처이기 때문에 올바른 진리와 자유를 획득하기 위해서는 몸을 부정하거나 극복해야 한다고 보았던 것이다.

서구 철학에서의 이러한 전통은 문학에서도 그대로 적용된다고 할 수 있다. 다시 루카치에게로 돌아가 보자. 루카치가 프란츠 카프카가 아니라 토마스 만을 이상적인 문학의 양식으로 옹호하고 있는 것도 이런 맥락에서라고 할 수 있다. 루카치가 보기에 카프카는 플라톤 이래로 서구 역사에서 배제된 '천박한 몸'을 적나라하게 들추어내 그 동안 유지되어 온 성스럽고 고귀한 영혼 숭배의 금기를 깬 아주 불온한 존재였던 것이다. 인간의 몸을 벌레의 몸으로 치환하는 카프카를 보면서 루카치는 서구의 문명(이성과 합리성이 세계 구축의 토대로 작용하고 있는 문명)이 억압하고 숨겨온 '몸'이라는 야만적인 것을 폭로하는 데서 오는 두려움을 느꼈을 수도 있다. 몸이 배제된 상태에서 정신이라는 불구적인 것을 토대로 구축되어 온 서구 문명의 어두운 면을 적나라하게 들추어내고 있는 카프카야말로 루카치의 눈에 위험천만한 존재로 비추어 졌을 것이다.

이에 비하면 토마스 만의 문학은 저 거대한 서구의 정신 현상학의 중심에 놓여 있다고 할 수 있다. 그의 대표작인 『마의 산』이 유럽 문명을 예리하게 비평하고 있다고는 하지만 그가 여기에서 강조하고 있는 것은 육체의 죽음을 넘어서는 정신의 강인함과 그것을 통해 형성되는 유토피아적인 전망에 대한 신뢰이다. 루카치가 보기에 이러한 토마스 만의 『마의 산』은 건강하기 그지없는 그런 세계를 담고 있는 이상적인 문학이었던 것이다. 『마의 산』이 드러내고 있는 '산'의 상징성과 카프카의 「변신」이 드러내는 '방'의 상징성은 선명하게 대비되며 루카치는 전자를 건강한 것으로 후자를 징후적인 것으로 보았다. 『마의 산』에서 그 산의 상징성이 함의하고 있는 산정을 향한 투명한 영혼이라는 것이 정말 우리 삶에 있어서 어느 정도의 진정성 혹은 진실성을 가지고 있는 개념일까?

카프카가 비웃은 것이 혹시 그 투명함 아니었을까? 세계가 투명하지 않다는 것을 보여주기 위해 가장 애매모호하고 불투명한 존재인 인간의 몸을 끌어들인 것 아닐까? 또는 인간의 몸에 대한 발견을 통해 서구의 문명이 숨기고 있는 어두운 면을 들추어내려고 한 것 아닌가? 인간의 몸은 아무리 감추려고 해도 감춰지지 않는 그 무엇이다. 지금까지 정신으로서의 몸을 강조하면서 육체로서의 몸을 배제하고 추방해 왔지만 그것은 사라지지 않는다는 것이다. 아니 그것은 사라질 수 없는 것이다. 그것은 일종의 '얼룩'이라고 할 수 있다. 우리의 문명이 정신으로서의 몸을 토대로 발전하면서 육체로서의 몸의 존재를 애써 부정해 온 것이 사실이다. 그 부정 속에서 문명은 그 나름의 위안을 삼고 풍요로움을 유지할 수 있었던 것이다. 하지만 이 문명이 배제하고 소외시켜 온 몸(육체로서의 몸)은 사라지지 않고 남아 그 문명의 풍요로움을 단숨에 전복시킬 수 있는 힘으로 늘 존재해 왔던 것이다. 문명의 유지를 위해 이 몸을 적절하게 통제하고 관리해 왔지만 그것은 어디까지나 불안한 평온만을 제공해 줄 수 있었던 것이다.

「변신」에서의 벌레의 몸의 출현을 이런 맥락에서 읽을 수 있을 것이다. 벌레의 몸이란 육체로서의 몸의 치환에 불과하다고 할 수 있다. 오랜 역사 속에서 육체로서의 몸에 대한 혐오와 부정성이 응축된 형태로 드러난 것이 바로 벌레의 몸이라고 할 수 있다. 벌레의 몸을 등장시킴으로써 카프카는 우리가 극구 배제하고 부정해 온 육체로서의 몸의 존재성을 강하게 환기시키고 있다고 할 수 있다. 정신으로서의 몸을 강조해 온 사람들의 측면에서 보면 그것은 충격이라고 할 수 있다. 그들은 '어떻게 인간의 몸이 벌레의 몸과 같을 수 있느냐'고 강한 불쾌감과 함께 그 사실 자체를 인정하려고 하지 않을 것이다. 하지만 그 동안 인간의 몸, 다시 말하면 인간의 육체로서의 몸을 벌레 보듯이 해온 이들에게 작가의 이러한 문제 제기(인간의 몸은 곧 벌레의 몸이다)는 아이러니의 효과를 강하게 불러일으키고 있다고 할 수 있다.

먼저 벌레의 몸에 대해 혐오하고 부정하는 것 자체가 아이러니라고 할 수 있다. 벌레의 몸, 즉 육체로서의 몸도 인간의 몸이라는 것이다. 정신으로서의 몸과 육체로서의 몸을 구분한다는 것 자체가 모순인 것이다. 육체 없이 정신만으로 존재할 수 없음에도 불구하고 육체를 배제한 상태에서 정신만을 강조해 온 서구의 형이상학이 이 모순을 잘 드러내고 있다고 할 수 있다. 이것은 「변신」에서 그레고르 잠자의 가족들이 아무리 숨기려고 해도 숨겨질 수 없는, 언제나 그 존재를 인식할 수밖에 없는, 그래서 늘 불안의 요인으로 존재하는 그레고르 잠자의 몸(벌레의 몸)을 상기해 보면 될 것이다. 벌레로 변한 그레고르 잠자의 몸에 대해 가족들은 그것이 자신의 속으로 낳은 자식이면서 핏줄이지만 애써 부정하고 외면하려고 하지만 그것은 이미 이들의 의식에 깊숙이 자리하고 있으며, 행동에도 커다란 영향을 행사하는 힘의 실체로 존재하고 있는 것이다. 몸의 차원에서 변신을 보았을 때 가장 주목되는 부분이 바로 벌레로 변한 그레고르 잠자의 몸에 대한 가족들의 민감한 자의식이라고 할 수 있다. 「변신」이 일정한 긴장력과 구성력을 유지할 수 있는 이유가 여기에 있다고 할 수 있다.

"내쫓아 버리는 거예요" 하고 누이동생이 말했다. "그 외에는 방법이 없어요. 아버지, 저것이 오빠인 그레고르라고 언제까지나 생각하고 계시니까 그러는 거예요. 우리가 지금까지 그런 식으로 믿어 온 것이 사실은 우리들의 불행이었어요. 하지만 도대체 어떻게 저것이 그레고르란 말인가요? 만일 저것이 그레고르였다면, 인간이 자기와 같은 짐승과는 함께 살지 못한다는 것쯤은 벌써 알았을 거예요. 그래서 스스로 나가 버렸을 거예요, 틀림없이, 그렇게 되었다면 오빠는 없어져도 우리는 어떻게 해서든지 살아 남아서 오빠에 대한 추억을 소중히 간직할 수 있었을 텐데. 그런데 저 짐승은 우리들을 쫓아 다니고, 하숙인들을 내쫓고, 틀림없이 이 집 전체를 점령해서 우리들을 길거리로 몰아낼 거예요, 네, 저것 좀 보세요, 아버지!" 누이동생은 갑자기 소리를 질렀다. "벌써 시작했어요!"

그레고르에 대한 불가사의한 공포 속에서 누이동생은 어머니가 앉아 있는 의자로부터 떨어져서 멀리 물러났다. 그레고르의 옆에 있느니보다는 어머니를 희생하는 편이 낫다는 듯한 표정이었다. 그녀는 아버지의 등뒤로 도망쳤다. 아버지는 딸의 거동만으로도 침착성을 잃고 같이 일어서서 딸을 보호하겠다는 듯이 양팔을 반쯤 뒤로 쳐들었다.

— 「변신」, 『변신』, pp.148~149

누이 동생의 말에서 주목해 볼 것은 '저것'과 '오빠' 사이에서 형성되는 내적 갈등이다. 벌레로 변한 그레고르 잠자의 몸은 '저것'(육체적인 존재)과 '오빠'(정신적인 존재) 사이에 존재하는 것이다. 누이 동생이 내쫓고 싶은 것은 육체적인 것으로서의 그레고르의 몸이며, 소중하게 간직하고 싶어 하는 것은 정신적인 것으로서의 그레고르의 몸이다. 이것은 명백한 모순이다. 그 둘은 분리되어 있는 것이 아니라 통합되어 있기 때문이다. 본래부터 통합되어 있는 몸을 분리시켜 그 존재성을 드러냄으로써 누이 동생을 비롯한 그레고르의 부모는 불안에 휩싸이게 된 것이다. 이 불안은 쉽게 사라지지 않고 이들 모두를 끊임없이 집요하게 억압한다. 불안하기 때문에 이들은 그 불안의 요소를 제거하려는 강한 욕망을 보인다. 그 욕망의 끝이 그레고르의 죽임이다. 그레고르를 죽여 이들은 마음의 평화를 얻으려고 한다. 그레고르는 가족의 평화를 위해 죽임을 당할 수밖에 없는 희생양인 것이다.

「변신」이 드러내는 이러한 일련의 사건들은 누군가를 혹은 무엇인가를 희생시켜 그 문명이 가지는 불안을 제거하려고 한 인간의 역사의 한 단면을 반영하고 있다고 할 수 있다. 그러나 이들이 비록 그레고르를 죽이지만 그것은 어디까지나 관념화된 의식 속에서일 뿐 실제로 그는 죽임을 당할 수 없는 존재이다. 죽임을 당할 수 없는 존재를 죽음으로 간주함으로써 불안은 제거되는 것이 아니라 가족들 혹은 문명의 이면에 언제나 균열과 틈의 형태로 잠재해 있다가 불쑥불쑥 그 모습을 드러내게 되는 것이다. 그레고르의 몸이 실제로 죽임을 당하지 않는 한 그의 몸은 여러 형태로 그 모습을 드러내게 될 것이다. 일반적으로 인류 문명 속에서 배제되고 추방된 몸의 귀환 중에서 가장 최고의 형태 중의 하나가 '시체의 출현'이다. 시체의 출현은 문명을 집어삼킬 만큼 강력한 형태를 띤다. 시체가 가지는 혐오스러움과 두려움 그리고 불안은 그레고르의 몸이 벌레의 몸으로 변신해 다시 출현한 사건 속에서도 어느 정도 드러난다고 할 수 있다. 이런 점에서 벌레의 몸의 출현은 그 안에 기존의 문명이나 사회 문화적인 이데올로기를 전복할 수 있는 에네르기를 가진다고 할 수 있다.

그레고르의 몸이 분리의 차원에서 이해되는 한 불안은 사라지지 않을 것이다. 이 가족, 다시 말하면 우리 문명의 딜레마가 바로 여기에 있는 것이다. 불안을 불안으로 받아들이느냐, 아니면 그것을 자꾸 배제하고 추방해 버릴 것인가(배제하고 추방해 버린 몸은 결국 다시 귀환한다는 점에서 그러한 일련의 행위는 불안을 더욱 가중시킬 뿐이다) 하는 선택은 우리가 결정해야 할 중요한 것 중의 하나라고 할 수 있다. 이 선택의 기로에서 카프카는 불안을 불안으로 혹은 징후를 징후로 받아들였던 것이다. 카프카의 모더니즘의 뿌리가 불안에 있다는 것은 이미 밝혀진 사실이지만 그것이 몸을 통해 드러나고 있다는 사실은 논의의 장에서 배제되어 왔다고 할 수 있다. 불안이 주목의 대상이 된다는 것은 총체성의 상실과 파편화된 삶에 대해 그가 인식하고 있었다는 것을 의미한다. 더욱이 그가 불안의 문제를 몸을 통해 이야기하고 있다는 것은 기존의 모더니즘의 논의에서 배제해 온 것을 논의의 장으로 끌어들였다는 그런 단순한 의미 차원을 넘어선다. 그것은 그가 끌어들인 몸이 진정한 모더니즘의 이해를 위해 절대적으로 필요한 것이기 때문이다. 이런 점에서 그는 지난 세기까지 모두가 의심하지 않고 세계 이해의 절대적인 토대로 받아들인 투명한 이성이나 정신의 자아를 몸이라는 보다 크고 포괄적인 자아 속에서 새롭게 바라보고 재형성해냄으로써 진정한 차원의 모더니즘의 실체를 집요하게 탐색해낸 그런 작가라고 할 수 있다.

3. 방과 현실 사이 혹은 그 사이를 진동하는 추

카프카가 보여주고 있는 불안이 정신과 육체의 분리로부터 온다면 그것보다 무서운 소외는 없을 것이다. 자신의 존재가 정신과 육체로 분리되어 그 중 육체로서의 몸의 존재성을 배제하고 부정한다는 것은 외부가 아닌 자기 자신 안에서 형성되는 견고한 소외를 반영한다고 할 수 있다. 이 불안을 느끼면서 혹은 이 소외를 인식하면서도 그 원인이 어디에 있는지를 제대로 판단하지 못한 여느 작가와는 달리 카프카는 그것이 몸의 분리에 있다는 것을 알아차리고 그것에 대해 깊이 있게 탐색해 들어간 것이다. 「변신」에서 그레고르 잠자의 몸이 벌레의 몸으로 바뀐다는 상징적인 사건을 통해 그는 이미 현대 사회의 불안의 뿌리를 본 것이다. 그는 이 불안을 이성적인 계몽을 앞세워 해결하려 하지 않고, 그저 불안을 불안으로 보고 있을 뿐이다.

그러나 이러한 그의 태도가 자신의 몸을 배제하고 억압하는 방 밖의 현실(좁게는 가정, 넓게는 문명화된 사회)을 전면적으로 부정하는 것을 의미하는 것은 아니다. 벌레의 몸의 출현은 그 안에 기존의 문명이나 사회 문화적인 이데올로기를 전복할 수 있는 에네르기를 가지고 있는 것이 사실이지만 그것은 어디까지나 하나의 가능성으로 존재할 뿐이다. 그는 벌레가 된 그레고르를 통해 그 동안 배제해 온 몸의 존재성을 새롭게 부각시키고는 있지만 이것이 전적으로 정신을 배제한 상태에서 이루어지지는 않고 있다. 정신을 배제한 몸의 존재성이란 불구성의 극복이 아니라 대물림이라는 것을 작가는 인식하고 있었던 것이다. 정신이 배제된 육체로서의 몸 또는 육체가 배제된 정신으로서의 몸이란 맹목적인 사실화이거나 치명적인 추상화에 불과하다고 할 수 있다. 그의 이러한 태도를 잘 말해 주고 있는 것이 바로 방에 갇혀 있으면서도 끊임없이 방 밖의 세계를 엿보려고 하는 대목이다. 그레고르 잠자는 열려진 자신의 방 틈으로 가족들이 있는 거실이나 주방 쪽으로 나아가려는 강한 욕망을 드러낸다.

① 이 성미가 까다로운 신사들은—어느 땐가 그레고르가 문틈으로 확인한 바로는 세 사람이 모두 얼굴에 수염을 기르고 있었다—지나칠 정도로 질서와 청결을 중요시 하는 사람들이었다. 그것도 자기들의 방뿐만 아니라, 어찌 되었든 하숙생이라 할지라도 이 집안 사람이 된 이상에는 이 집 전체, 특히 부엌이 청결해야 된다고 참견했다.

—「변신」, 『변신』, p.140

② 집안 식구들은 주방에서 식사를 했다. 〔…중략…〕 그레고르는 이상한 소리를 들었는데, 그것은 식사 중에 아삭아삭 음식을 씹는 이빨 소리였

다. 그 소리는 마치 그레고르에게, 음식을 먹는 데는 이빨이라는 것이 필요하며 아무리 훌륭한 입도 이빨이 없으면 아무것도 아니라는 사실을 가르쳐 주기 위해서 들려 오는 것처럼 생각되었다. 그레고르는 걱정스럽게 중얼거렸다. "나도 무엇인가 먹고 싶다. 그러나 저런 음식은 싫다. 내가 저들 식으로 먹어치우다가는 죽어 버리고 말 거야."

— 「변신」, 『변신』, p.142

③ 그레고르는 다시 조금 더 앞으로 기어 나갔다. 그리고 마룻바닥에 딱 붙어 버릴 정도로 머리를 낮게 수그렸다. 가능하다면 누이동생의 시선을 붙잡자는 것이었다. 음악에 이토록 매료당하는데도 그가 아직 동물이란 말인가. 그레고르는 자신이 동경하는 미지의 자양분(滋養分)에 대한 길이 열리는 듯한 기분이었다.

— 「변신」, 『변신』, p.144

만일 카프카가 정신을 배제한 상태에서 육체로서의 몸만을 내세우려고 했다면 자신이 갇힌 방 밖에서 일어나고 있는 일에 대해 이 정도의 인지와 이해 판단을 보여주지 않았을 것이다. 자신의 집에 하숙을 하고 있는 세 명의 신사들에 대해 "지나칠 정도로 질서와 청결을 중시 여기는 사람들"이라는 판단(①)이라든가 식사 중에 집안 식구들의 "아삭아삭 음식을 씹는 이빨 소리"에 대해 "음식을 먹는 데는 이빨이라는 것이 필요하며 아무리 훌륭한 입도 이빨이 없으면 아무것도 아니라는 사실을 가르쳐 주기 위해서 들려오는 것처럼 생각되었다."는 서술(②), 그리고 "음악에 이토록 매료당하는데도 그가 아직 동물이란 말인가."에 드러나는 의미들(③)은 작가가 세계를 육체적인 몸으로만 표상되는 것을 가리키는 것이 아니라는 사실을 말해 준다. 특히 ③의 경우에는 그 의미들이 직접적으로 발설되고 있음을 알 수 있다. "그가 아직 동물이란 말인가"라는 진술은 그레고르의 존재성을 단순히 육체적인 몸으로 규정하지 않고 있다는 것을 의미한다.

그레고르 잠자를 육체적인 몸으로만 규정하지 않고 정신적인 면을 동시에 고려한다는 것은 궁극적으로 그를 사회적인 혹은 문명적인 존재로 간주한다는 것을 말한다. 육체적인 면을 배제하고 억압하면서 정신 현상학이 토대가 되어 형성된 사회나 문명을 전면적으로 거부한다는 것은 거의 불가능에 가깝다고 할 수 있다. 그레고르 잠자가 방에 갇혀 밖으로 통하는 길을 스스로 차단해 버린 채 매일 밤 악몽만을 꾸는 존재로 형상화되었다면 변신은 한낱 벌레 이야기로 남게 되었을 것이다. 방의 자아란 행복한 존재일 수 있을 것이다. 사회로 통하는 통로가 끊어진 채, 다시 말하면 아버지의 법이 행사하는 소리가 들리지 않은 채 '어머니와 나' 둘밖에 없는 세계는 얼마나 행복한 세계인가. 하지만 방의 자아란 '아버지'를 받아들이지 않기 때문에 현실 변혁의 힘을 상실할 수밖에 없다. 그것은 결국 나이브한 몽상과 충동으로만 그치게 되어 작가가 겨냥하는 진정한 의미에서의 현대성을 실현하지 못하게 할 것이다. 하지만 작가는 이러한 우려를 넘어서고 있지 않은가. 그의 사회 속으로의 참여는 위의 인용문에서처럼 거실이나 주방과 같은 가정을 향해 자신의 욕망을 투사하는 경우에도 드러나지만 그것이 가정을 벗어나 회사(사회)를 향해 투사될 때 더 강렬하게 드러난다.

"그러나 지배인님!" 하고 그레고르는 정신없이 소리쳤다. 흥분한 나머지 모든 것을 잊어버렸다. "곧 문을 열겠습니다. 정말 곧 열겠어요. 조금 기분이 좋지 않은 데다 현기증이 나서 일어날 수가 없었습니다. 지금도 아직 잠자리 속에 들어 있습니다. 하지만 이젠 완전히 좋아졌어요. 지금 침대에서 나가는 중입니다. 제발 잠깐만 기다려 주십시오. 이렇게 갑자기 병이 날 중

이야! 사실 어젯밤에는 아무렇지도 않았습니다. 부모님께서도 잘 알고 계십니다. 〔…중략…〕 며칠 전에 제가 보여 드린 주문서를 아직 보지 못하신 것이 아닌가요? 하여튼 8시 기차로 출발하겠습니다. 두어 시간 쉬었더니 기운이 납니다. 제발 지배인님, 돌아가 주십시오. 저도 곧 일을 하러 떠나겠습니다. 그리고 너그러우신 마음으로 사장님께 잘 말씀해 주십시오. 부탁드립니다.

— 「변신」, 『변신』, pp.100~101

회사에서 찾아온 지배인을 향해 그레고르가 말하고 있는 대목이다. 그의 말은 거의 애원에 가깝다. 자신이 벌레의 몸이라는 사실을 거의 의식하지 않은 채 '회사(사회)를 향해 출발하겠다'는 강한 의지를 보이고 있다. "곧 문을 열겠다"와 "8시 기차로 출발하겠다", "일을 하러 떠나겠습니다"로 이어지는 회사를 향한 그레고르의 욕망은 절실함이 묻어 있다고 할 수 있다. 그가 이렇게 자신의 현존재를 망각한 채 의지를 불태우는 이유는 기본적으로 자신의 장래와 가족들을 먹여 살려야 한다는 의무감 때문이다. 하지만 이유야 어떻든 이것이 계기가 되어 그는 회사가 요구하는 법을 수용하면서 그 안에서 자신의 삶을 영위해 온 것이다. 회사란 배제와 선택의 원리가 지배하는 곳으로 여기에서 배제되지 않기 위해 그레고르는 지금 안간힘을 쓰고 있는 것이다.

그레고르가 보여주고 있는 이러한 모습은 근대적인 도시가 형성되고 자본주의 사회가 도래하면서 발생한 현대인의 보편적인 삶의 양상이라고 할 수 있다. 철저하게 한 사회가 가지고 있는 이데올로기의 구조에 의해 인간이 배제되고 선택되는 것이야말로 현대인의 어쩔 수 없는 숙명이라고 할 수 있다. 이것으로부터 자유로울 수 있는 현대인은 거의 없을 것이다. 카프카가 현대 자본주의 사회가 가지는 부조리와 모순을 그 동안 이 사회(문명) 구조가 배제하고 억압해 온 몸을 통해 보여주면서도 이것을 전적으로 부정하지 않는 이유가 바로 여기에 있다고 할 수 있다. 만일 그가 이 사회 구조를 전면적으로 전복할 의도가 있었다면 텍스트의 서사 구조에 있어서도 그러한 징후가 나타났을 것이다. 텍스트 서사 구조의 전복이란 단순한 서술 내용뿐만 아니라 형식의 문제까지를 포함하는 개념이라고 할 수 있다. 서사 형식이 내용을 결정할 수도 있다는 점을 고려한다면 형식 차원에서 드러나는 그의 텍스트의 온건성은 내용의 진보성을 담기에는 못 미친다고 할 수 있다. 이것은 벌레의 몸을 통해 드러나는 추방된 것들의 귀환이 그것의 원인이 된 사회 구조 자체를 집어삼킬 정도로 파괴적이지 않다는 것을 말해 준다.

전면적인 사회 구조의 파괴보다는 카프카가 겨냥하고 있는 것은 방과 회사 사이의 긴장이다. 「변신」에서의 그레고르의 의식은 방과 회사 사이에서 추처럼 진동하고 있다고 할 수 있다. 회사가 요구하는 이데올로기로부터 배제되지 않으려고 그레고르는 자신의 집을 찾아온 지배인에게 거의 애원에 가깝게 '문을 열고 나가겠다'고 하지만 벌레의 몸으로 변하기 전까지 그가 체험한 것은 그 구조로부터 언제든지 배제될 수 있다는 데서 비롯되는 불안 그 자체이다. 회사에서의 체험이 불안을 전제로 성립되는 것이라면 이것은 여기에 틈과 균열이 존재한다는 것을 의미한다. 사회 구조 속에서 한번 틈과 균열을 발견한 사람은 '아버지의 법'이 존재하지 않는 '어머니와 나' 둘밖에 없는 세계(방) 속으로의 욕망을 꿈꾸게 된다. 그러나 그 세계로 돌아갈 수는 없다. 그 세계란 우리가 잃어버린, 더 이상 회복할 수 없는 낙원이기 때문이다. 이것은 그레고르가 회사라는 현실과 방이라는 회복할 수 없는 낙원 사이에 위태롭게 걸쳐 있는 존재라는 것을 의미한다.

벌레의 몸으로 변신한 그레고르의 모습은 그로테스크한 미학을 떠올리게 할 정도로 이성의 원리가 지배하는 합법칙적인 질서의 세계에서 이탈한 것이 사실이다. 하지만 그가 폐쇄된 방의 세계에 안주하지 않고 밖으로 통하는 틈을 발견하려는 욕망을 보이고 있다는 점과 이와 반대로 사회 현실 속에서도 방의 세계를 욕망하고 있다는 점 등은 인간 존재에 대한 어떤 보편성을 보여준다고 할 수 있다. 이런 욕망을 불경한 것으로 간주하여 계몽의 대상으로 삼는다든가 또는 그 존재를 애써 외면한 채 그것을 배제하고 억압한다든가 하는 것과 비교해 보면 그가 드러내고 있는 일련의 모습은 인간과 세계에 대한 진정성을 반영하고 있다고 할 수 있다. 현대로 올수록, 자본주의 체계가 지배적인 형식으로 군림하는 현대 사회로 올수록 방과 현실 사이의 긴장은 더욱 고조될 것이다. 그래서 벌레의 몸으로 방 속에 갇혀 있으면서도 끊임없이 밖으로 의식을 투사하는 그레고르의 모습은 진정한 현대성의 한 표상으로 간주될 수 있을 것이다.

4. 나는 변신한다 고로 나는 존재한다.

밤 새워 카프카를 읽고 불안한 잠에 시달리다가 깨어나면 나는 어떤 모습으로 변신해 있을까? 그레고르 잠자가 불안한 꿈에서 깨어났을 때 한 마리의 흉측한 벌레로 변해 있는 자신을 발견했듯이 나도 혹시 그렇게 변해 있는 나 자신을 발견하는 것은 아닐까? 이 물음은 제법 진지하고 중요한 의미를 함의하고 있지만 나는 여기에 대해 고민할 필요성을 느끼지 않는다. 인간의 몸이 어떻게 벌레의 몸이 되는냐가 아니라 벌레의 자리에 오늘은 어떤 것이 들어오느냐가 나에게는 문제라면 문제인 것이다. 때때로 불안한 꿈에서 깨어나면 나는 내가 상상한 것 이상으로 변신해 있는 나 자신을 발견하곤 한다. 여기에는 벌레처럼 이 지상에 존재하는 기호로 명명할 수 있는 것도 있지만 그렇지 않는 것도 있다. 벌레는 흉칙하고 혐오스럽지만 그 개념은 존재한다. 하지만 내가 불안한 꿈에서 깨어났을 때 보는 것 중에는 그 형태를 좀처럼 알 수 없는 혹은 무엇이라고 명명할 수 없는 허깨비 같은 것들이 있다. 이런 날 나는 자신에게 '나는 누구인가' 혹은 '이 세계는 나에게 무엇인가'를 묻지 않는다. 이런 날에는 나에게 이렇게 묻는다. '나는 과연 존재 하는가 아닌가' 또는 '이 세계는 과연 존재 하는가 아닌가'.

나는 솔직히 이 시대의 속도를 따라잡지 못해 늘 고통스러워한다. 파시스트적인 가속도를 내며 질주하는 이 문명의 속도에 맞추어 내 몸을 변신하는 일이 죽음을 떠올리는 것만큼이나 두려울 때가 있다. 그러나 나는 이 문명의 속도에 몸을 바꾸면서 살아야 한다. 그레고르 잠자가 방을 떠나 끊임없이 밖으로 자신의 욕망을 투사하면서 살아가듯이 나도 속도가 지배하는 이 문명의 세계에서 배제되고 소외되지 않기 위해 끊임없이 그 후기자본주의의 가도(街道)로 내 자신의 욕망을 투사하면서 살아가야 한다. 나의 육체는 나의 정신을 도저히 따라잡을 수 없다. 디지털의 발달은 육체로서의 몸의 죽음을 가속화하고 있다. 정신으로서의 몸은 케이블을 타고 수천수만 킬로미터나 되는 머나먼 곳으로 순식간에 공간 이동할 수 있지만 육체로서의 몸은 고작해야 컴퓨터가 놓여져 있는 몇 미터의 공간만을 이동할 수 있을 뿐이다. 카프카가 보여준 정신과 육체의 분리에서 오는 불안을 나는 지금 VDSL의 속도로 체험하고 있다. 나의 불안의 거대한 뿌리가 바로 여기에 있다고 할 수 있다.

「변신」에서 벌레의 몸을 통해 정신과 육체의 분리에서 오는 불안의 문제와 문명 사회의 구조와 개인 사이의 배제와 선택이 제기하는 욕망의 문제를 탐색함으로써 진정한 현대성 혹은 모더니즘에 접근해 간 카프카의 경우처럼 나도 이 문제에 대해 항상 탐색의 끈을 놓지 않고 있다. 우리가 사는 '지금', '여기'를 후기 현대성 혹은 포스트모더니즘이라고 명명하고 있지만 카프카가 고민했던 진정한 현대성 혹은 모더니즘의 문제가 온전히 해결되었는가? 이런 점에서 보면 '후기' 혹은 '포스트'라는 말은 단절이 아닌 연속의 개념으로 이해해야 할 것이다. 누가 다시 이 문제를 제기할 것인가? 파시스트적인 가속도를 내며 질주하는 이 시대에, 그래서 변신하지 않으면 살아남을 수 없는 이 시대에 누가 비판적인 거리를 확보하여 현대의 그 거대한 불안의 뿌리를 탐색하고 또 제거할 수 있을 것인가? 카프카에 대한 나의 독서는 여기에서 멈추는 것이 좋을 것 같다. '지금', '여기'에서의 나의 삶이 혹은 우리의 삶이 참을 수 없을 정도로 고통스럽고 어두운 날 밤에 다시 카프카를 읽어야 하리라.

짜라투스트라는 이렇게 말했다

1. 디오니소스적인 글쓰기 주체의 탄생

1990년대는 우리 현대문학사에서 가장 비극적인 것의 탄생을 알리는 상징적인 시대이다. 그 동안 계속되어 온 이성적이고 합리적인 가치에 대한 회의와 부정을 통해 새로운 삶의 가치를 구현하려는 움직임이 90년대에 들어서면서 우리의 사회 문화의 전면으로 부상하게 되었다고 할 수 있다. 90년대 이전까지 우리의 사회 문화 전반을 지배한 사상적인 조류는 세계에 대한 이성적인 판단과 합법칙성, 그리고 그것의 변증법적인 실천에 대한 신뢰였다. 이성적인 합리성에 의한 세계의 변증법적인 이해는 그 자체가 합목적성을 띠기 때문에 자기 반성성의 결핍을 드러내게 된다. 이러한 합리성에는 내적인 모순이 있을 수 없다. 비록 목적론적 혹은 전략적 합리성에 맞서 아펠이나 하버마스적인 언어 소통 합리성과 수렴적인 상호교섭의 비판적이고 반성적인 합리성이 존재하지 않은 것은 아니지만, 이러한 합리성은 세계를 철저하게 개념화하고 형식 논리적으로 파악할 수 있다고 믿었던 소크라테스에서 비롯되어 헤겔로 이어지는 저 오만한 '이성 절대주의'적인 도그마로부터 자유롭지 못한 것이 사실이다.

이성 자체의 합목적성을 신뢰하는 이러한 논리는 그것이 하나의 관념의 덩어리임에도 불구하고 90년대 이전의 우리 사회 문화 전반을 통찰하는 눈으로 기능해 왔다. 이것이 가능했던 것은 90년대 이전의 우리의 사회 문화 전반이 이념이나 이데올로기로 인해 지나치게 경직되어 있었기 때문이다. 이념이나 이데올로기의 득세는 사회 문화 전반의 다양한 흐름을 차단하고 그것을 일정한 틀 속에 집어넣어 거대한 아폴론적인 신전을 만들어내기에 이르렀던 것이다. 사회 문화 전반의 다양한 흐름 속에 개인의 욕구 충동은 물론 집단적인 무의식 내지 환상이 존재한다는 점을 고려한다면 그것에 대한 차단은 곧 '억압된 것들의 거대한 귀환'을 전제하고 있다는 것을 의미한다. 이성 자체의 합목적성의 논리가 작동하면서 억압되고 배제되었던 감성의 도래는 90년대 이후 우리의 사회 문화를 충격해 그 운동의 방향성과 결과를 예측하기 어려운 카오스의 상태로 만들어 버렸다.

90년대 이후 우리 사회 문화 전반의 이러한 카오스적인 현상의 대두는 그 동안 세계 해석의 틀로 이용되어 온 이성 자체의 합목적성의 논리가 더 이상 그 기능을 발휘할 수 없게 되는 결과를 낳았다. 이 논리로 90년대 이후 우리의 사회 문화 전반을 들여다본다는 것은 단순히 '본다는 것' 이상의 의미밖에는 없다고 할 수 있다. 실질적인 현상에 대한 탐색을 통해 세계를 해석하는 것이 아니라 이미 틀 지워진 형식 논리 속에 그것을 강제로 편입시킴으로써 그 세계는 생명성을 상실하게 된다. 90년대라는 시대를 이성 자체의 합목적성의 논리로 재단하는 경우 그것은 계몽의 의미밖에는 띠지 못한다. 90년대가 드러내는 감성의 패러다임을 이성적인 것이 아니라는, 또는 못 된다는 이유로 그것을 계몽의 대상으로만 인식하다 보면 시대적인 감각을 잃어버리게 되고, 이렇게 되면 결국에는 시대정신에 대한 제대로 된 이해를 가지지 못하게 된다.

90년대는 이성 자체의 합목적성의 논리로 보면 정상적인 궤도에서 벗어난 병리적인 시대라고 할 수 있을 것이다. 이성에 의해 억압되고 배제되었던 욕구나 욕망과 같은 감성적인 것들이 과도하게 분출되면서 그 동안 견고함을 유지해 온 모든 체계와 제도가 기능을 상실하게 되고, 이 과정에서 언어에 의한 소통 구조에 혼란이 오게 된 것이다. 언어에 의한 소통 구조의 혼란이란 기표와 기의 사이 혹은 언어와 대상 사이의 개연성 및 내적 필연성이 제거된 상태를 말한다. 언어가 대상을 찾지 못하고 끊임없이 떠도는(미끄러져 내리는) 세계는 틈이나 균열이 존재한다는 점에서 불완전함과 불안함을 기저에 가지고 있는 징후적인 세계이지만 이 징후적인 것은 감성이 귀환하면서 새롭게 생겨난 것이 아니라 이미 이성의 기저에 잠재해 있던 것이다. 라깡식으로 이야기하면 모든 인간은 태어날 때부터 '오인(meconnaissance)의 구조'를 가지고 있는 징후적인 존재인 것이다. 인간이 언어를 통한 상징 체계의 구현을 통해 고도의 문명을 유지하고 있지만 그 문명의 이면에는 언제나 징후적인 존재로서의 인간이 놓여 있는 것이다. 언어의 미끄러짐을 통해 드러나는 죽음 충동, 과도한 성욕이나 식욕, 감각에의 탐닉, 광기, 극단적인 허무, 미래에 대한 불안과 공포, 의식의 분열 등 징후적인 것들은 필연적으로 근대 문명이 가지고 있던 특성이라고 할 수 있다. 이것은 90년대에 우리 사회 문화 전반에 걸쳐 드러나는 이러한 징후적인 것들이 이전 시대와의 단절 속에서 잉태된 것이 아니라 연속선상에서 잉태된 것이라는 것을 말해 준다.

이런 점에서 보면 90년대의 징후적인 것들의 출현은 근대적인 문명이 숨기고 있던 환부의 드러남이라고 말할 수 있을 것이다. 환부를 드러냈다는 것은 근대가 앓고 있던 딜레마를 세계 밖으로 끄집어냈다는 것을 의미하며, 이것은 질병이 아니라 건강을 얻기 위한 새로운 출발로 볼 수 있을 것이다. 자신이 앓고 있는 환부를 드러낸 환자는 적어도 그것을 숨기고 태연자약하는 음험한 환자보다 더 건강한 것은 분명한 사실이다. 90년대 우리 사회 문화 전반에 걸쳐 드러난 징후적인 것들은 '죽음에 이르는 병'이 아니라 '삶에 이르는 병'을 표상하고 있다고 할 수 있다. 90년대가 징후적이라면 그 시대의 한계로부터 자유로울 수 없는(그 시대를 넘어설 수 없는) 작가는 그 징후적인 것 속에서 자신의 글쓰기를 수행하지 않을 수 없는 것이다. 징후적인 것에 대한 민감한 자의식이 드러나지 않는 작가들도 있지만 90년대 대부분의 작가들의 심층에 이것이 짙게 드리워져 있는 사실을 발견하는 것은 어려운 일이 아니다. 이성에 의해 억압되고 배제된 감성의 출현은 이미 그 안에 가치에 대한 전도를 내장하고 있기 때문에 기존의 글쓰기 방식, 즉 리얼리즘적인 글쓰기 방식에 대한 전환을 표상할 수밖에 없다. '리얼리즘은 리얼하지 않다'고 한 이광호의 선언이 바로 이러한 가치 전도에 의한 글쓰기 방식의 변화를 잘 말해 준다.

그러나 이광호의 선언이 가지는 한계는 글쓰기 방식의 변화를 단순한 쓰기의 차원으로 환원하고 있다는 점이다. 글쓰기 방식의 변화는 단순한 쓰기의 차원의 문제에 머무는 것이 아니라 그것은 문명사적이고 문화사적인 패러다임의 전환의 문제에 맥이 닿아 있다고 할 수 있다. 하지만 90년대 작가들이 보여주는 글쓰기를 통해 이 패러다임의 전환의 문제를 발견하는 것은 쉬운 일이 아니다. 90년대에 들어 글쓰기 자체가 다양화되고 장르 이탈의 조짐을 보여주고 있는 것이 사실이지만 그것이 문명사적이고 문화사적인 문맥을 내장한 하나의 징후라고 말할 수 없는 부분들이 있다. 글쓰기의 변화가 내용과 형식의 통합이 아니라 분리된 상태에서 이루어지기 때문에 발생한 것이라고 할 수 있다. 90년대 작가들 중에는 글쓰기를 단순히 개인적인 취향쯤으로 인식하고 있는 사람들이 있다. 당대의 문명이나 문화에 대한 탐색을 괄호친 상태에서 개인의 내면을 들추어내는 일에 전념하는 그런 독아론적인 글쓰기를 하는 작가들이 많이 있다. 개인의 내면을 들추어내는 일이 잘못되었다는 것이 아니라 그 내면이 밖(당대의 문명이나 문화)의 세계와 닿아 있어야 한다는 것이다. 우리가 흔히 90년대의 문제적인 작가라고 하는 신경숙, 은희경, 함정임, 하성란, 조경란, 이응준, 구효서 등의 글쓰기에서 발견할 수 있는 문제가 바로 그것이다. 많은 평자들이 이들을 90년대를 대표하는 작가군으로 이야기해 왔지만 90년대라는 당대의 시대정신을 이들의 글쓰기가 제대로 반영하고 있는지에 대해서는 다시 생각해 보아야 할 것이다. 당대적인 문제의식 없이 쓰기 위한 쓰기를 하고 있다는 혐의에서 이들이 과연 자유로울 수 있는지 의문이 들 때가 한두 번이 아니다.

이를테면 90년대 최고의 작가로 평가받고 있는 신경숙의 경우, 그녀가 보여주는 내밀한 고백투의 문체는 김승옥의 감수성의 혁명에 버금 가는 일대 사건일 수 있다. 서사성의 구현이 곧 소설이라는 고정관념을 깨고 에세이적인 글쓰기도 소설이 될 수 있다는 사실을 그녀의 글쓰기는 보여주고 있다. 그 에세이적인 감성이 대중을 매혹시키면서 '감성' 혹은 '감수성의 정치학'을 90년대 우리 문단에 폭넓게 확산시킨 그녀의 공로는 높이 평가받아 마땅하다. 그녀의 에세이적인 글쓰기의 감성이 새로운 양식의 출현과 수용자 정서 일반의 보편성과 대중성의 감각을 획득하고 있다는 사실은 주목에 값한다고 할 수 있다.

그러나 그녀의 글쓰기는 장르적인 양식의 변모와 그것이 불러일으킨 대중적인 감수성의 혁명 이외에는 별다른 시대적인 징후를 찾아낼 수 없다. 이것을 시대적인 징후라고 하기에는 미흡한 구석이 있다. 진정한 의미에서의 시대정신의 구현은 이러한 에세이적인 양식과 대중적인 감수성의 획득을 통해서만 실현될 수 있는 성질의 것이 아니다. 김승옥의 감수성이 의미 있는 것은 그것이 단순히 감수성 자체로 끝나는 것이 아니라 6·25 전란에 대한 상처의 내면화라는 60년대의 시대정신을 생생하게 환기하고 있기 때문이다. 물론 신경숙의 경우에도 『외딴방』 같은 소설은 감수성과 시대정신을 적절히 통합하고 있는 뛰어난 작품이 있기는 하다.

신경숙의 글쓰기가 가지는 이러한 한계는 그 원인을 이념이나 이데올로기 같은 거대 서사의 몰락에서 찾을 수도 있겠지만 보다 근본적인 원인은 시대적인 감각을 사회를 향해 투사하지 않고 자신의 내면으로 환원한 상태에서 그녀가 글쓰기를 행하고 있기 때문이다. 자신의 내면의 역사를 들추어내는 글쓰기가 시대적인 보편성을 획득하기 위해서는 시대적인 징후를 드러내는 타자에 대한 상정과 그 타자와의 몸 섞음이 있어야 한다. 신경숙 소설에서 우리가 발견할 수 있는 것은 90년대적인 시대 감각으로 무장한, 끊임없이 기성의 체계를 부정하고 그것에 저항하는 디오니소스적인 글쓰기의 주체는 아니다. 견고한 이성의 원리를 신봉하는 소크라테스적인 세계에 맞서 그 세계가 가장 숨기고 싶어 한 성적인 욕망(감성)을 광장의 한가운데서 자위 행위를 통해 분출시킨 디오니소스적인 충동은 그녀의 소설에서는 보이지 않는다. 이런 점에서 그녀는 시대와의 불화를 통해 그 시대의 의미를 찾아내는 그런 작가가 아니라 그 시대에 안주하고 그 시대로부터 보호받고 싶어 하는 보수적인 의식을 가진 작가라고 할 수 있다. 이 말은 그녀가 보수적인 의식을 통해 시대적인 감각을 보여주는 작가라는 의미로 들릴 수 있다. 그러나 그녀의 보수적인 의식은 시대정신을 첨예하게 드러내지 않고 있다. 그녀의 글쓰기가 불안한 이유가 바로 여기에 있다. 이에 비한다면 다음의 작가들, 김영하, 백민석, 송경아, 장정일, 배수아, 윤대녕 등이 보여주는 글쓰기는 그것이 시대에 대한 포즈로 그칠 위험성이 도사리고 있음에도 불구하고 90년대라는 시대정신을 디오니소스적인 주체를 내세워 탐색하고 있다고 할 수 있다.

2. 가치들의 탈가치화와 새로운 니힐리즘

김영하, 백민석, 송경아, 장정일, 배수아, 윤대녕 등의 90년대 작가들이 드러내고 있는 디오니소스적 주체는 근대의 이성을 토대로 한 변증법적인 계몽의 기획을 비판하고 있을 뿐만 아니라 그것 자체를 포기하는 경향을 보인다. 변증법적인 계몽의 기획의 포기란 곧 근대적인 가치들에 대한 포기를 의미한다. 니체 식으로 이야기하면 이것은 '최고의 가치들의 탈가치화'라고 할 수 있다. 탈가치화란 삶의 무가치를 가정하는 것이 아니라 가치들의, 즉 최고가치들의 무화(없음)를 의미한다(김정현, 『니체의 몸 철학』, 지성의샘, 1995, p.56). 최고가치들이 무화됨으로써 모든 가치들의 전도가 이루어진다. 이것은 90년대 우리 작가들이 보여주고 있는 글쓰기 자체가 니힐리즘적인 성향을 드러낸다는 것을 말한다. 니힐리즘적인 성향의 글쓰기내에서는 총체성, 통일성, 보편성, 궁극성이 가치가 없는 것이 된다. 이러한 가치의 무화는 거대 담론의 와해에서 오는 공동화 현상의 한 표상인 동시에, 이성에 의해 중심화된 토대에 대한 강박관념으로부터 벗어나 새로운 다원적 가치를 추구하는 글쓰기 주체의 의지에 대한 한 표상으로 볼 수 있다.

최고의 가치들의 탈가치화로 인해 세계는 중심이 없는 혼돈의 상태에 놓이게 된다. 중심이 없는 혼돈의 상태에서는 고정점이 존재하지 않아 모든 존재자들이 끊임없이 미끄러져 내릴 수밖에 없다. 이런 점에서 보면 탈가치화는 곧 탈코드화임을 알 수 있다. 탈코드화된 세계에서는 욕망만이 기계처럼 흐를 뿐이다. 가히 '욕망하는 기계의 상상력'이라고 명명할 수 있는 이러한 글쓰기를 보여주고 있는 작가로 먼저 김영하를 들 수 있다. 『나는 나를 파괴할 권리가 있다』『호출』『엘리베이터에 낀 그 남자는 어떻게 되었나』와 같은 소설들을 상재하면서 그는 90년대를 대표하는 작가로 평가받아 왔다. 어쩌면 그는 가장 90년대적인 작가라고 할 수 있을 것이다. 그의 소설에 드러나는 글쓰기 주체는 욕망하는 기계의 속성을 닮은, 끊임없이 욕망만을 생산하는 90년대 우리 사회 문화 전반을 상징적으로 대변하는 그런 인간 주체의 모습을 하고 있다.

김영하의 소설들 중에서 이러한 글쓰기 주체의 모습을 가장 잘 보여주고 있는 텍스트가 바로 「도마뱀」이다. 여기에서의 '도마뱀'은 욕망의 대체물이다. 도마뱀은 기계처럼 작동한다. 어느 날 남자 친구로부터 선물로 받은 철제 도마뱀은 그녀의 꿈속에서 살아 꿈틀대는 생명체가 된다. 이 살아 있는 도마뱀은 그녀의 성기를 통해 몸 속으로 들어와 몸 전체를 헤집고 돌아다닌다. 도마뱀의 모습은 그대로 욕망하는 기계이다. 도마뱀은 기계적으로 작동하면서 어떤 통일되고 총체적인 체계 속에 예속되지 않고, 끊임없이 움직이며 절단되었다가 접속되고 분열하면서 생산하는 자유로운 기계 그 자체이다. 김영하가 보여주는 이 욕망하는 기계의 상상력은 기존의 관습적 코드와 구조와 제도화된 언어 체계 속에서 벗어나 자유롭고 유동적인 질서 속에서 살아가는 글쓰기 주체의 욕망을 반영한 것이라고 할 수 있다. 글쓰기 주체의 이러한 욕망은 가족 구도하에서 외디푸스의 과정을 통해 생성되는 그런 욕망이 아니라 사회 문화적인 맥락 안에서 생성되는 욕망을 의미한다. 이때의 욕망은 결핍이라든가 부재와는 상관없이 생산되는 리비도와 같은 에너지의 흐름(「데카르트, 들뢰즈, 푸코의 신체」, 오생근, 『사회비평』, 17호, 1997, p.106)이다. 이것은 김영하의 소설이 보여주고 있는 욕망이 결핍이나 부재를 전제로 한 부정적인 의미보다 능동적이고 생산적인 의미를 가진다는 것을 의미한다. 이런 점에서 김영하가 보여주는 욕망은 무엇인가를 내 것으로 영토화하겠다는 자본주의적인 속성을 넘어선, 그것을 탈영토화하려는 후기자본주의적인 속성을 드러내고 있다고 할 수 있다.

욕망에 대한 문제를 생산적인 차원에서 자신의 글쓰기에 반영하고 있는 작가는 김영하 이전에는 거의 없었다고 할 수 있다. 욕망의 문제가 글쓰기의 중심에 놓이더라도 그것은 하나의 질병의 차원에서 해석되었지 인간의 자연스러운 에너지의 흐름 내지 충동이라는 차원에서 해석되지는 않았다. 욕망이 생산의 차원에서 글쓰기에 반영되었다는 것은 그만큼 90년대의 우리 사회 문화가 후기자본주의적인 속성을 드러내고 있었기 때문에 가능했다고 할 수 있다. 김영하의 소설 전반에 걸쳐 압도적인 비중을 차지하고 있는 죽음과 섹스의 문제 역시 그러한 욕망의 흐름을 반영하고 있는 것으로 볼 수 있다. 그가 다루고 있는 죽음과 섹스는 모두 욕망하는 기계의 흐름 속에 놓인다. 「나는 아름답다」를 통해 강하게 드러나는 죽음에 대한 찬미와 「거울에 대한 명상」 「도마뱀」에서의 섹스에 대한 충동은 욕망과 분리되어 있는 것이 아니라 연계되어 있다. 그의 소설의 주인공들이 드러내는 죽음 충동은 욕망을 끊임없이 흐르게 하고 싶은 충동이다. 욕망의 최대의 정점은 죽음이다. 따라서 그의 소설에서의 죽음은 욕망의 미끼가 된다. 섹스 역시 마찬가지이다. 섹스란 욕망의 흐름을 적나라하게 드러내는 구체적인 실현 과정이다. 이런 점에서 섹스의 최대의 정점 역시 죽음이다. 섹스에 탐닉하다 보면 죽음은 그만큼 가까워지고, 죽음이 가까워진다는 것은 욕망이 어느 한곳에 정착하기를 거부한 채 유목민처럼 끊임없이 떠돌면서 세계를 탈영토화한다는 것을 의미한다.

김영하의 '욕망하는 기계의 상상력'이 보여주는 탈영토화의 풍경은 기존의 상징적인 체계에 대한 해체를 지향함과 동시에 새로운 삶의 양식을 반영하고 있다는 점에서 90년대의 사회 문화 전반은 물론 현 문명에 대한 부정 및 긍정의 양 면모를 드러내고 있다고 할 수 있다. 이것은 그의 글쓰기가 문명 비판적인 동시에 문명 향유적이라는 것을 말해 준다. 이 두 가지 감각을 가지고 있다는 것은 작가로서의 그의 미덕이라고 할 수 있다.

'욕망하는 기계의 상상력'을 토대로 글쓰기를 수행하지만 백민석은 김영하와는 차이가 있다. 백민석은 김영하처럼 문명에 대한 비판과 향유를 동시에 보여주지만 그의 상상력은 극단적인 동시에 절대성을 띤다. 백민석의 문명에 대한 비판과 향유는 분리되어 있지 않다. 그에게 있어서 문명에 대한 향유는 곧 비판이 된다. 그는 '어떤 이념이나 목적 의식을 가지고 총을 쏘아대는(문명을 향유하는) 그런 거창한 테러리스트가 아니다'(신수정, 「텔레비전 키드의 유희」, 『문학과사회』, 1997년 가을호, p.1110). 그의 문명에 대한 향유는 지독히 가볍고 지독히 순수하기 때문에 절대성을 띤다. 이러한 향유 방식이 가능한 것은 그가 세계에 대해 어떤 가치도 부여하지 않기 때문이다. 가치에 대한 판단이 개입되면 향유는 자유로운 에네르기를 생성할 수 없게 된다. 적어도 그는 이것으로부터는 자유롭다. 그에게 가치 있는 것이 있다면 그것은 무가치이다. 가치에 대한 자신의 입장을 스스럼없이 드러내고 있는 소설이 『16믿거나말거나박물지』이다.

가치에 대한 무가치화 혹은 무차별화는 글쓰기 주체로 하여금 '비트냐 펑크냐'라는 발설을 하게 만든다. 글쓰기 주체의 이 말은 둘 중의 어떤 선택을 강요하는 고뇌가 담겨 있는 발설이 아니다. 비트도 좋고 펑크도 좋다는, 아니 비트냐 펑크냐를 따지는 것 자체가 의미가 없다는 것이다. 이런 류의 세계 인식을 가지고 있는 사람에게 고뇌하는 인간은 조롱의 대상이 될 수밖에 없다. 「음악인 협동조합 2」에서 주인공 '나'는 이런 고뇌하는 인간의 표상인 김지하 시인을 불러내 그를 사정없이 조롱하고 또 그의 태도에 대해 냉소한다.

"산택하라, 비트냐 퍼크냐? 이게 뭐야?" 내가 물었다.

"선택하라, 비트냐 펑크냐, 예요." 사내애가 한심스럽다는 듯 말했다. "선택하라는 거죠. 비트냐 펑크냐."

"비트냐 펑크냐 다……" 나는 조심스럽게 물었다. "다 그게 그거 아냐?"

"그게 그거죠?"

사내애가 울적한 얼굴로 시인했다. 그러곤 내 손에서 쪽지를 뺏어들었다. "이건 김지하, 라는 어떤 옛날 사람이 쓴「諷刺냐 自殺이냐」란 글에서 베낀 거거든요. 그 글 끝에 선택하라, 풍자냐 자살이냐, 고 씌어져 있었지요. 괜찮죠?"

"「諷刺냐 自殺이냐」를 끝까지 다 읽었어?" 놀란 내가 추궁했다.

"아뇽." 사내애는 부정했다. "그럴 시간이 어디 있나요?"

"아무튼 그 아저씬 좀 불쌍한 노친네더군요. 서울대학교까지 나와서, 전과자에다, 직장도 없고, 정신병원이나 들락날락하고, '죽음의 굿판'이니 뭐니 해서 깨지고, 지 이름 때문에 인생이 좆됐으니 이름을 바꾼다고 신문사에다 편지질이나 해대고. 일간지들에 쫙 났어요. 마누라한테 이혼은 안 당했는지 몰라."

— 「음악인 협동조합 2」, pp. 211~212

'나'의 '김지하 시인'에 대한 조롱과 냉소의 이면에는 참을 수 없을 정도의 가벼움이 숨어 있다. 이 가벼움은 '나'의 가벼움인 동시에 시대의 가벼움에 대한 메타포이다. '풍자냐 자살이냐'의 선택을 놓고 고민하던 시대(70년대)는 싸워야 할 적이 분명했고, 그 적에 맞서 시인이 나아가야 할 방향 또한 분명했다. 시대의 적(현실의 폭력)에 맞서 당당하게 싸우든지(풍자) 아니면 무릎을 꿇든지(자살) 시인은 선택을 강요하는 현실로부터 자유롭지 못한 채 이 사이에서 갈등하고 또 고뇌할 수밖에 없었던 것이다. '풍자냐 자살이냐'라는 시인의 발언은 70년대적인 시대 상황에서는 절실함과 진정성을 획득하고 있는 것이라고 할 수 있다. 하지만 그 발언은 적이 사라지고 이념이나 목적 의식을 내세우는 것이 무의미해진 90년대적인 상황에서는 기우에 가득 찬 한 신경과민증 환자의 시대착오적인 독백 정도의 의미밖에는 없는 것으로 간주되기에 이른 것이다. 90년대의 절실함은 '풍자냐 자살이냐'보다는 '비트냐 펑크냐' 속에 더 잘 함축되어 있다고 본 것이다.

'비트냐 펑크냐'의 물음이 진정성을 가지는 시대는 혼돈의 시대이다. 작가는 이 혼돈을 「음악인 협동조합」 시리즈를 통해 보여주고 있는데, 여기에서의 음악이란 질서, 규칙, 통합, 조화의 의미를 담고 있는 것이 아니라 무질서, 혼란, 분열, 부조화를 표상한다. 음악이 하모니를 표상하고 있지 않기 때문에 음악인 협동조합에서 주최하는 콘서트는 엽기스럽고 환멸에 가득 찬 최악의 형태로 표출된다. "비명과 굉음과 고함뿐인"(p.195) 공연장은 수간과 자해와 피학이라는 온갖 인간의 욕구들이 배설되면서 난교 지옥으로 변한다. 인간이 상상해낼 수 없는 온갖 욕구들을 생산해내고 있는 이 난교 지옥의 풍경은 현실의 억압으로부터 자유로운, 아버지의 이름(상징계의 법)으로부터 자유로운 상상계적인 놀이를 반영한다. '상상계적인 놀이를 즐길 수 있다'는 것은 백민석의 소설 속의 주인공들이 성인의 세계가 아니라 아이의 세계 속에 갇혀 있다는 것을 의미한다. 성장하지 않는 아이, '피터팬 증후군'은 90년대 신세대 작가들의 의식을 지배하고 있는 집단적인 증상이다. '피터팬 증후군'의 발생 요인은 대중문화, 좀더 정확히 말하면 대중매체의 즉물적이고 소아적이며 몰아적인 특성 때문이다.

텔레비전 키드 세대의 상상계적인 차원의 유희적인 글쓰기는 백민석의 소설의 도정이 잘 말해 주듯이 그것은 지독한 환멸의 정서를 수반할 수밖에 없다. 환멸은 니힐리즘 문화의 일반적인 특성이다. 90년대라는 당대의 문화 및 문명에 대해 가지는 작가의 환멸은 우리를 니힐리즘적인 세계로 몰고 가는 시대에 대한 성찰의 의미를 가진다고 할 수 있다. 그는 니힐리즘의 시대를 살아내기 위해 먼저 완전한 니힐리스트가 되려 하고 있으며, 이것을 통해 우리 문화 및 문명의 새로운 출발점을 마련하고 싶어한다. 니힐리즘을 필연적인 사실로 받아들이고 그것에 대한 향유를 통해 그것을 극복하고 새로운 출발점을 마련하고자 하는 작가의 의지는 파괴적이면서 동시에 창조적이다.

3. 문명에 대한 불안과 뫼비우스의 띠

현 문명에 대한 불안은 90년대 작가들의 의식의 심층에 자리하면서 다양한 서사의 출현과 해체 징후를 보여 왔다고 할 수 있다. 자연으로부터 멀어지면서 인간의 불안은 더욱 가중되어 왔으며, 근대의 모순이 정점에 달한 20세기 후반에 들어와서는 걷잡을 수 없을 정도로 그 불안이 맹위를 떨쳤던 것이 사실이다. 문명에 대한 불안은 작가의 의식의 심층에 침투되어 언어 체계(서사 체계)를 혼란시켰다. 이것은 문명의 토대가 언어에 있기 때문이다. 기존의 질서와 균형 잡힌 언어 체계에서 무질서하고 기우뚱한 언어 체계로 바뀌게 되는 것이다. 이 경우 언어는 해체를 지향할 수밖에 없다.

문명이 가져다 주는 불안과 공포의 체험이 언어 체계의 혼란으로 이어진 대표적인 작가로 송경아를 들 수 있다. 『성교가 두 인간의 관계에 미치는 영향에 대한 문학적 고찰 중 사례연구 부분인용』(1994), 『책』(1996), 『아기찾기』(1997), 『엘리베이터』(1998)에 이르기까지 그녀의 글쓰기의 주된 관심은 문명과 언어의 문제이다. 현 문명이 언어를 토대로 형성되었기 때문에 그 문명 아래에서 삶을 살아낼 수밖에 없는 작가는 언어의 세계에 갇혀 있는 허구적인 존재일 뿐이라는 민감한 자의식을 노출한다. 그녀는 언어로 표상 되는 현 문명의 구속으로부터 해방되기 위해 언어를 통한 길 찾기를 단행한다. 이 길 찾기는 병든 현 문명을 치유하는 방법에 대한 길 찾기라고 할 수 있다. 그녀의 소설 중에서 이러한 언어와 문명의 상관 관계를 잘 보여주고 있는 소설이 바로 '바리' 시리즈이다. 「바리―길 위에서」, 「바리―불꽃」 「바리―동수자」 「바리―돌아오다」로 이어지는 그녀의 바리 시리즈가 표상하는 것은 죽음을 앞둔 현 문명(언어의 체계, 상징 체계)과 그것을 치유하기 위한 바리(글쓰기 주체)의 탐색의 과정이다.

바리 시리즈에서 병든 현 문명은 '불라국'으로 치환되고, 그것을 인식하고 치유하기 위해 노력하는 글쓰기 주체의 모습은 '바리'로 치환되어 드러난다. 불라국이 병이 든 것은 그것이 "처음부터 잘못된 프로그램에 의해 만들어진 시스템"(「바리―길 위에서」, p.83)이기 때문이다. 불라국은 잉여와 결핍에 의해 생성된 세계이다. 잉여와 결핍은 완전하고 완벽한 것이 불가능하다는 것을 말해 주는 징표이다. 잉여와 결핍이 발생하는 것은 불라국을 이루는 프로그램이 불라국이라는 전체 존재를 완벽하게 드러내지 못하는 데서 비롯된다. 잉여와 결핍을 치유하기 위해서는 불라국 안에서의 프로그램 조정으로는 불가능하다. 이미 네트화된 프로그램을 조정해 잉여와 결핍을 치유하는 것은 불가능할 뿐 아니라 자칫하면 더 큰 혼란을 초래할 수 있다. 고민 끝에 이들이 생각해낸 치유의 방법은 그것이 불라국이라는 시스템 안에 있는 것이 아니라 시스템 바깥에 있다는 인식이다. 이 치유의 방법을 위한 선택된 희생양이 바로 바리이다. 바리는 불라국의 운명을 짊어지고 시스템 바깥인 서천서역국으로 떠난다. 그러나 서천서역국으로 고행을 통해 얻어온 치유의 방법이란 완전한 치유가 아니라 그 병을 끊임없이 옮기는, 치유에 대한 유보 내지 지연이다.

"어머니, 아버지의 몸에 흐르는 나쁜 피를 정화시키는 건 아무도 할 수 없어요. 세계의 혼란은 아무도 막을 수 없어요. 기껏해야 제가 배워온 것은, 제가 할 수 있는 건, 아버지의 몸 속에 있는 나쁜 피, 그 병균을 다른 데로 보내버리는 것뿐이에요. 그게 어느 곳에 가서 자리잡을지 저는 몰라요. 그것이 자리잡는 곳, 거기에도 버려졌던 일곱 번째 달이 있어서 그 딸이 다시 아버지를 구하기 위해 여행을 떠나야 할 거예요. 저는 지금 우리 불라국을 치유한다는 명목 하에 다른 곳에 병을 심고 있는 거예요. (……)"

—「바리—돌아오다」, p.205

유일한 대안이 병의 옮김, 다시 말하면 치유에 대한 유보라는 사실은 작가의 현 문명에 대한 진단이라고 할 수 있다. 온전하게 치유될 수 없는 현 문명에 대해 작가가 할 수 있는 일이란 끊임없이 그 문명의 체계에 틈을 내어 그것을 해체하는 것이다. 이것은 소설 속에서 언어를 고정시키지 않고 끊임없이 미끄러져 내리게 하여 그것의 실체에 접근해 가는 방법과 등가이다. 그녀가 보기에 언어는 세계와 존재의 본질을 온전히 드러낼 수 없는 하나의 도구이지만 그 언어가 없으면 세계와 존재는 표현 자체가 불가능하다. 「호랑이」라는 소설에서 '호랑이'가 표상하듯이 세계와 존재는 언어를 통과하면 그것이 본래 가지는 형상과 의미는 왜곡되거나 무의미한 것이 되고 만다. 언어의 메타포를 통해 알 수 있듯이 현 문명은 이미 출발 자체부터 온전하지 못한, 질병의 형태로 존재하고 있기 때문에 그것을 치유한다는 발상은 불가능을 전제한 것이 될 수밖에 없다.

이 불가능함에 맞서 작가가 선택한 방법이 해체인 것이다. '부영시',

'책', '아기', '엘리베이터'라는 상징적인 기표를 통해 보여주는 현실과 비현실 사이의 경계 해체, 작가와 텍스트, 작가와 독자, 독자와 텍스트 사이의 경계 해체, 바리와 아기를 통해 보여주는 끊임없는 의미의 지연은 현 문명이 가지는 질병에 대한 치열한 탐색의 과정에 다름 아니다. 우리가 살고 있는 현 문명이란 투명한 논리로 해명할 수 있는 성질의 것이 아니다. 그녀의 소설이 드러내는 비현실적이고 환상에 가득 찬 세계를 두고 그것은 현실이 아니라고 말하기에는 '지금', '여기'에 존재하는 문명은 너무나 환상 같은 현실, 현실 같은 환상의 형태를 견고하게 유지하고 있다. 환상 같은 현실 혹은 현실 같은 환상에 대한 체험은 「엘리베이터」에서 빛을 발한다. 로버트 쿠버(Robert Coover)의 단편 「엘리베이터」에 상당 부분 빚지고 있는 이 소설은 현대 문명의 한 상징물인 엘리베이터를 대상으로 환상과 현실 사이의 경계의 모호함을 통해 현실 속으로 환상이 얼마나 깊게 침투해 있는지를 잘 보여주고 있다. 엘리베이터 안은 현실의 시공간의 개념이 적용되지 않는 곳이다. 엘리베이터 문이 닫히는 순간 새로운 시간과 공간이 구축된다. 엘리베이터 안에서는 현실에서 일어날 수 있는 모든 일들이 다 일어난다.

도저히 이성의 논리로는 불가능한 일이 엘리베이터 안에서는 마치 사실인 것처럼 일어난다. 그것이 불가능한 일임에도 불구하고 우리는 「엘리베이터」를 읽으면서 아무런 의심없이 그것을 하나의 엄연한 현실로 체험하게 된다. 이 기막힌 의식의 치환은 엘리베이터가 가지는 물성에 우리가 어떤 보편 타당성을 부여하고 있기 때문에 가능한 일이다. 현대인들이 현실의 시공간과는 또 다른 환상을 구축하기에 엘리베이터는 적격이다. 하루에도 몇 번씩 엘리베이터를 타고 내리면서 현대인들은 자신만의 환상을 구축하게 되고, 이 과정에서 자신의 환상이 비현실적인 것이 아니라 리얼하다는 체험을 하게 된다. 환상의 리얼함은 후기자본주의 사회가 생산해내는 많은 물질적인 것들이 가지고 있는 속성이다. 이미지나 기호들이 현실의 그것보다 더 리얼하다고 믿는 시대적인 상황 속에서 이러한 상상력은 이제 더 이상 공상이나 몽상으로 간주될 수 없다.

엘리베이터가 표상하듯 우리가 살고 있는 이 시대는 세계의 안과 바깥이 명확하게 구분되지 않는 뫼비우스의 띠와 같은 그런 속성을 지니고 있다. 투명한 논리로 이 시대를 들여다보는 것이 불가능함을 전제한 무의미한 통찰이라는 사실을 많은 현대인들이 인정할 수밖에 없는 것도 지금 이 시대가 가지는 뫼비우스적인 속성 때문이다. 작가의 분신이기도 한 바리의 운명이 바로 이 뫼비우스의 길 위에 놓여 있다고 할 수 있다. 바리의 길 찾기, 다시 말하면 현대 문명을 치유할 수 있는 방법을 찾아 떠나는 그녀의 도정은 그것이 가지는 뫼비우스의 속성을 깊이 통찰하고, 그것을 토대로 하여 끊임없이 새로운 세계를 열어 보일 때 그 나름의 의미를 가지게 될 것이다.

4. 댄디 문화와 짜라투스트라의 육성

90년대 소설사에서 김영하, 백민석, 송경아와는 다른 경향을 보여주고 있는 한 떼의 무리들이 있다. 장정일, 배수아, 윤대녕 등이 바로 그들이다. 이들은 다소 차이가 있기는 하지만 모두 기존의 문명이나 문화가 가지는 진리에 대한 회의와 환멸을 토대로 자신의 글쓰기를 수행한 작가들이다. 이 점에서 김영하, 백민석, 송경아와 별반 다를 것이 없다. 장정일이 보여주고 있는 섹슈얼리티를 통한 '총쏘기'는 성 자체에 대해 억압적인 현 문명이나 문화에 대한 비극적인 자의식에 사로잡힌 자의 저항성을 담고 있다. 그가 소설 속에서 설정해 놓은

'수정궁'은 작가의 저항성의 집적물이며, 이 안에서의 '총쏘기'는 단순한 재미로 하는 행위가 아니라 그것을 파괴하고 해체하기 위한 목적 의식이 담긴 그런 행위이다. 그의 이런 행위를 신수정이 백민석과의 비교를 통해 흥미롭게 해석해 놓았듯이 그는 "왜 총을 들어야 하는지 그 총으로 누구를 쏘아야 하는지를 아는 목적 의식적인 테러리스트"(「텔레비전 키드의 유희」, 『문학과사회』, 1997년 가을호, p.1110)이다. 장정일의 글쓰기는 이처럼 일정한 목적 의식을 담보하고 있는 정치적인 행위이다. 『아담이 눈뜰 때』(1992)를 시작으로 『너에게 나를 보낸다』(1992), 『너희가 재즈를 믿느냐?』(1994)를 거쳐 『내게 거짓말을 해봐』(1996)에 이르기까지 그가 우리 문명과 문화를 향해 쏘아댄 총탄은 유탄이 아니라 모두 직격탄이다. 그가 소설을 내놓을 때마다 그것이 드러내고 있는 정치성을 읽어내려고 우리 사회가 온갖 촉각을 곤두세운 저간의 사정을 되돌아 보라.

배수아의 경우는 장정일처럼 노골적으로 현 문명과 문화에 대해 총쏘기를 하지는 않았지만 '피터팬 증후군'과 '공주 콤플렉스'를 통해 드러나는 그녀의 글쓰기는 그것에 대한 환멸의 서사로 볼 수 있다. 이전의 작가들의 소설에서 볼 수 없었던 한 떼의 낯선 아이들— ①마리네 프랑소와저버나 캘빈 클라인 청바지를 입고, 하이네 캔과 다이어트 코크, 밀러를 마시며, 아마폴라, 핑크 플로이드, 레드 제플린 등의 록 그룹을 향유하는 아이들, ②섹스하고 싶어서 미칠 것 같은 감정에 사로잡히기도 하고 애정 결핍으로 영원한 불치병에 걸린 아이들, ③오로지 그 자신에게만 관심이 있고, 전혀 다른 사람으로부터 방해를 받으려 하지 않는 아이들, ④구질구질한 것을 생리적으로 싫어하고, 아멜리의 파스텔이나 인디언 레드의 지붕이 풍기는 이국적인 환상에 끌리는, 프린세스가 되고 싶은 아이들—의 등장은 오래된 것에 대한 가치 전도로 볼 수 있다. 그녀의 소설 속의 아이들에게는 감각적인 현재 또는 즉

물적인 이미지나 기호만이 관심의 대상이지만 그것은 곧 사라지고 말 성질의 것이기 때문에 여기에는 환멸의 정서가 강하게 투영되어 있다. 자신이 감각하는 모든 것에 대해 쉽게 싫증을 느끼고 늘 새로운 감각만을 쫓는 이 아이들의 의식 기저에는 '영원한 진리와 가치의 부재'라는 니힐리즘적인 요소가 강하게 자리하고 있다고 할 수 있다.

윤대녕의 현 문명이나 문화에 대한 회의와 환멸은 신화에 대한 동경으로 드러난다. '동양적 신비주의' 혹은 '도시적 신비주의'로 명명되는 그의 소설의 귀착지는 시원(始原)이라는 신화의 세계이다. 그의 소설의 변하지 않는 테마인 '시원으로의 회귀'는 이성적이고 합리적인 개념으로는 해명할 수 없다. 그의 소설에서 상징적인 메타포의 역할을 하고 있는 '음부나 태반 같은 태고의 신비를 간직한 우물과 동굴, 이성적 논리로 파악할 수 없는 우물 속에 사는 은어, 사람과 형상이 비슷한 어린아이 울음소리를 내는 하동, 강물 속에서 걸어나오는 소' 등은 현실을 넘어선 존재들이다. 이러한 시원의 존재들을 내세우는 것은 그가 서구의 이성 개념의 새로운 수정을 포기하고, 계몽의 변증법과 결별하고 있는 것으로 볼 수 있다[이런 점에서 그의 시원으로의 회귀는 동양적인 사상을 토대로 하고 있다. 이에 대한 좀더 자세한 논의는 졸고 「동양적 존재의 숲—윤대녕론」(『소설과사상』, 1996년 겨울호)을 참고할 것]. 주체 중심적인 이성은 필연적으로 이성의 타자와 부딪힐 수밖에 없으며, 이 부딪힘 속에서 이성은 반성적인 힘을 얻게 된다.

그러나 윤대녕 소설은 그러한 반성적인 힘을 제대로 얻지 못하고 있다. 그 원인은 그가 가지고 있는 댄디적인 기질 때문이다. 이 댄디적인 기질은 그뿐만 아니라 장정일, 배수아에게도 해당되는 바이다. 장정일의 현 문명이나 문화에 대한 거침없는 비판과 부정성이 힘을 얻지 못하고 하나의 해프닝으로 끝난 것은 그가 타자의 시선을 배제한 채 자아의 삶의 교정과 창조에 탐닉했기 때문이다. 남진우가 적절하게 지적한 것처럼 그는 "참여의 열정보다는 관조의 쾌락에 더 민감했"으며, "삶을 투쟁으로 보지 않고 하나의 구경거리로 다루려고"(「견딜 수 없이 가벼운 존재들」,『숲으로 된 성벽』, 문학동네, 1999년) 했다.

위 인용문(아담이 눈뜰 때 : 필자 삽입)은 재수 시절 디스코홀에서 만난 연상의 여인과 주고받은 대화 내용인데 이 말 속에 그의 입장이 생생히 드러나 있다. 춤추는 무리 속에 섞이는 대신, 그리하여 자신의 개별성과 정체성을 상실해버리는 대신 다만 이를 초연히 응시하고자 하는 것, 그리고 그러한 바라봄의 대상이 바로 그 자신의 권태라는 것. 이러한 발언엔 소외감을 오히려 우월감으로 도치시키는 댄디 특유의 심리적 메커니즘이 작동하고 있다. 더구나 권태란 무위도식하며 경제적으로 타인에게 기생할 수밖에 없는 댄디가 일용하는 다시 없는 양식이 아닌가. 권태란 댄디즘이 발효시킨 감성의 분비물이라고 할 수 있다. 이러한 주인공의 마음의 근저에 기묘한 자기애가 숨어 있다는 것은 두말할 나위가 없다. 그는 겉으로 오만한 듯 보이지만 실은 대단히 소심하다. 그는 보이는 대신 보는 것을 선택한다.

타자의 시선에 아랑곳하지 않고 바라봄 자체만을 즐기는 장정일 소설 속의 주인공의 태도는 섹스 혹은 섹슈얼리티를 통해 타자와의 진정한 소통을 추구하는 것이 아니라 그것이 자신의 성적인 탐닉에 머물러 있다. 그의 소설 속의 주인공 남성이 자신의 성적인 파트너인 여성을 목적으로 인식하지 않고 철저하게 도구화하는 것도 작가의 댄디적인 속성의 결과라고 할 수 있다. 보여짐이 아니라 바라봄 자체에 대한 탐닉은 삶이 가지는 구체적인 실체에 접근하지 못하고 껍데기가 주는 환상에 빠질 위험성을 언제나 가지고 있다. 삶이 구체적이고 보편적인 리얼리티를 획득하지 못한 채 에고이즘의 환상 속에서 놀아날 때 그 환상은 많은 이들에게 심적 괴리감을 불러일으킬 것이다.

장정일의 소설이 '즐김' 및 '놀이'라는 차원에서 새로운 서사의 장을 열어 보인 것이 사실이지만 그것이 우리의 보편적인 감성 속으로 스며 들어와 자연스럽게 어우러지기에는 이물질이 너무 많다. 장정일이 가지는 이질감을 우리는 배수아의 소설에서도 발견할 수 있다. 그녀의 소설이 드러내는 프린세스적인 감각과 상상력은 우리의 것으로 체험하기에는 왠지 부담스러운 것이 사실이다. 작가가 이끌고 온 한 떼의 낯선 아이들의 삶의 존재 양식이 지금 여기에서의 우리 신세대들의 그것이 아니라고 말할 수는 없다. 마찬가지로 그것이 전적으로 후기자본주의 시대를 살아가는 신세대들의 초상이라고 단언할 수도 없다. 이것은 작가가 신세대들의 모습을 그들과의 친밀한 감성적인 소통을 통해 드러내고 있는 것이 아니라 일정한 거리를 두고 관조한 것을 소설 속에 풀어 놓았기 때문이다. 그녀의 소설 속의 아이들이 우리와는 아무런 관계가 없는, 우리는 건드릴 수조차 없는 어떤 존재로 다가오는 것은(실질적으로는 이들의 절망적인 삶이 우리로부터, 우리와 긴밀하게 연결되어 있음에도 불구하고) 구질구질하고 질펀한 세속의 삶에 때묻히고 싶어하지 않는 작가의 프린세스적인 감각과 상상력 때문이라고 할 수 있다. 그녀의 소설들 중에서 특히 『바람인형』에 수록된 소설들이 드러내는 이미지적이고 판타직한 분위기는 삶의 심연을 응시하려 하지 않은 채, 사회적인 권력의 메커니즘이 가지는 음험함을 외면한 채 순간순간 감각화되는 현상을 가볍게 포착해서 드러낸 나이브한 기획의 산물이다. 그녀가 창조해낸 이미지적이고 판타직한 세계에 살고 있는 혹은 살 수 있는 사람은 현실 세계의 고통과 갈등을 모르거나 외면한 프린세스한 인물이 될 것이다.

장정일이나 배수아가 드러내는 이러한 댄디즘은 우리 소설의 새장을 연 작가로 평가받고 있는(김윤식은 윤대녕의 소설을 생물학적 상상력이라고 명명하면서 이것은 이전의 우리 소설이 보여주는 사회학적 상상력과는 다른 새로운 서사 형식의 출현이라고 평가했다) 윤대녕에게도 적용된다. 김윤식의 지적처럼 그의 소설이 '생물학적인 상상력'을 보여주는 것이 사실이며, 이것이 우리 소설사에서 새로움을 가지는 것도 사실이다. 그러나 그의 소설에 대해 '생물학적인 상상력' 이외에도 '동양적 신비주의' 혹은 '도시적 신비주의'라는 평가가 있다는 사실을 기억할 필요가 있다. 동양적이든 아니면 도시적이든 그의 소설이 신비주의라는 사실은 단순히 존재의 심원함이라는 말로 정의내릴 수 없는 문제적인 측면을 가진다고 할 수 있다. 그가 소설 속에 설정해 놓은 '은어', '시원', '여인' 등의 환상적이고 비현실적인 세계가 현실이나 일상과 삼투 작용을 일으켜 서로 침투되는 경우도 있지만 대부분 이 두 세계의 관계는 환상이나 비현실의 세계가 현실이나 일상을 압도해 버리는 양상을 띤다.

이렇게 되면 현실이나 일상의 차원을 통해 드러나는 삶의 의미들이 무화되면서 작가의 에고를 통해 만들어지는 관념만이 전경화된다. 현실과 일상으로부터 자유로운 에고가 탄생하면서 그 세계와는 다른 심미적인 세계가 만들어진다. 작가의 이러한 성향이 만들어낸 심미적인 세계를 우리는 「수사슴 기념물과 놀다」(『문학과사회』, 1999년 봄호)에서 만날 수 있다. 이 소설은 일단 그 상상력이 독특하다. '수사슴 기념물'에 상상력을 불어넣어 "아무 특별한 일이 일어나지 않는"(p.114), "밤마다 흘러내리는 모래 무덤 속에"(p.120) 갇혀 허우적거리는 자신의 영혼을 달랜다는 이야기 자체가 그렇다. 이러한 상상력을 김윤식은 '식물학적인(생물학적인) 상상력'이라고 말한 바 있지만 이 상상력의 기저에 흐르는 것은 댄디적인 취향이다. 주목할 만한 댄디인 오스카 와일드는 "생명 그 자체가 예술 작품처럼 감지되고 지각되어야 한다"고 말한 적이 있다. 이 말은 곧 "예술 작품이 생명처럼 감지되고 지각되어야 한다"는 말로 바꿔도 무방하다. 그렇다면 윤대녕이 이 소설에서 보여주는 것이 바로 그런 것—수사슴 기념물이 하나의 생명체로 감지되고 지각된다는 그런 것—아닌가. 이러한 댄디적인 상상은 그것이 상상력의 자유로움을 드러내고 있다는 점에서는 긍정할 부분이 많다. 그러나 그것은 고급스럽고 소수화된 취향의 차원으로 떨어질 위험성도 언제나 가지고 있다.

장정일, 배수아, 윤대녕이 드러내고 있는 이러한 댄디적인 세계는 지금 여기의 우리 문명이나 문화를 반영하고 있는 것으로 볼 수 있다. 언제나 시대를 향해 자신의 민감한 촉수를 곤두세워야 하는 운명을 짊어진 자가 작가라면 댄디는 분명 일정한 가치를 가진다고 할 수 있다. 하지만 댄디는 우리의 삶과 그것에 대한 통찰에 있어서 어떠한 고뇌에 찬 문제 의식도 가지지 못한다는 점에서 많은 위험성을 내포하고 있다고 할 수 있다. 여기에서 고뇌에 찬 문제 의식이라는 것은 정신에 의한 관념 속에서 만들어진 것을 의미하는 것이 아니라 정신과 육체의 통합으로서의 몸을 통해 만들어진 것을 의미한다. 댄디가 몸을 통한 소통의 차원에서 만들어지지 않고 에고의 정신 속에서 만들어진다는 사실은 세계에 대한 이해의 차원에서 그것이 어쩔 수 없이 불구적이라는 것을 말해 준다. 몸과 몸의 친밀한 접촉 속에서 생성된 언어는 그것이 아무리 니힐리즘적이라고 하여도 역사에 대한 변혁 의지를 그 안에 담고 있다. 지금 이 시대의 문명이나 문화에 대한 니힐리즘적인 성향의 글쓰기를 하는 작가들의 작업이 하나의 의미로 남을 수 있기 위해서는 '나는 몸 이외에는 아무 것도 아니다'라고 외쳤던 짜라투스트라의 육성을 기억할 필요가 있다. 언어보다는 그 언어가 생성되기까지의 몸에 의한 체험이 중요하다고 설파한 '온몸의 시학' 혹은 '직전의 미학'이 지금 이 시대의 작가들에게 필요한 이유가 바로 여기에 있다.

5. 소설의 왜소성과 제도화된 글쓰기의 덫

90년대의 혼돈기를 지나 새로운 세기에 들어서면서 우리 소설에 대한 불안은 점점 더 커지고 있는 것 같다. 이 불안 중의 하나가 바로 우리 소설의 왜소성이다. 지금 우리 소설계의 풍토 속에서는 박경리의 『토지』나 조정래의 『태백산맥』이 드러내는 장대한 상상력을 기대하기는 어렵다. 단편소설 몇 편 발표하고 너도나도 앞다투어 설익은 장편소설을 쏟아내는, 아니 쏟아낼 수밖에 없는 문단의 생산 및 유통 구조, 잘 읽히고 잘 팔리는 소설을 써야 한다는 시장성과 상업성에 대한 지나친 강박증, 그리고 소설이 제도화된 시스템에 의해 관리되고 통제될 수 있다고 믿는 이 땅의 교육 현실 속에서 소설이 장대해지기를 바란다는 것 자체가 무리라고 할 수 있다.

소설을 쓰는 글쓰기의 주체가 이러한 구조라든가 제도적인 시스템으로부터 자유롭지 못하기 때문에 문학이 권력에 의해 좌지우지되고 있다는 이야기가 불거져 나오는 것이다. 문학이 구조나 제도적인 시스템 속에서 관리되고 통제되면서 기성 작가나 작가 지망생들은 그 구조나 시스템 속에서 상상하고 표현하려고 한다. 이와 관련해서 무엇보다도 큰 불안 요인은 우리 소설의 상상 및 표현이 패턴화되고 매너리즘화되고 있다는 점이다. 여기에 가장 큰 일조를 하고 있는 것은 아이러니컬하게도 90년대 이후 우후죽순처럼 생겨난 대학의 문창과이다. 문학의 생산성을 높이기 위해 설립된 문창과가 오히려 생산성을 저하시키고 있는 아이러니를 우리는 신춘문예나 각종 계간지 및 일간지의 등단 작품을 통해 확인할 수 있다. 당선작이라고 발표한 소설을 보면 어떻게 이렇게 글쓰기의 패턴이 유사한지 감탄이 절로 나올 지경이다. 그리고 약력을 보면 대개가 대학(또는 문화센터) 문창과 출신이며, 한두 번은 문창과 수업을 받은 사람들이다.

이러한 세대를 보면서 느끼는 것은 이들이 하나같이 글쓰기를 작문으로 이해하고 있는 것은 아닌가 하는 의구심이다. 소설을 쓰는 것이 대학 강의실에서 글을 짜맞추는 문자놀음이라면 소설이 담고 있는 인간과 세계에 대한 이해와 진정한 가치의 추구라는 명제는 허울 좋은 슬로건에 불과할 것이다. 소설이 가지는 본래의 명제를 위해서는 먼저 현실과 유리된 대학 강의실이 아닌 지금 이 시대의 문명과 문화가 살아 숨쉬는 현실적인 시간과 공간에 몸을 섞어야 할 것이다. 우연인지 모르지만 지금 이 시대의 문제적인 작가들(필자가 지금까지 언급한 90년대의 문제적인 작가들)의 면면을 보면 대학의 문창과에서 전문적으로 패턴화된 교육을 받은 작가는 백민석 정도에 불과하다. 그렇다고 백민석을 제외한 다른 작가들이 모두 전문적인 문학 교육을 받지 않았다는 것은 아니다. 이 문제는 쉽게 단정 지을 수 없을 것 같다. 좀더 실증적인 연구가 필요하리라고 본다. 다만 우리 문단의 많은 수를 차지하는 문창과 출신 소설가들의 패턴화된 상상과 표현이 자주 눈에 띠기 때문에 이러한 발언을 하게 된 것이다. 이것이 만일 사실이라면 그것은 분명 상서롭지 않은 불길한 징조라고 할 수 있다. 제도화된 글쓰기 교육이 이처럼 덫이 된다면, 그로 인해 우리 소설이 질이 아니라 양적으로만 팽창한다면 이 문제는 한번 심각하게 짚고 넘어가야 하지 않을까. 자신의 살을 도려내는 일인 만큼 괴롭겠지만 그 괴로움은 우리 소설을 죽임이 아닌 살림으로 바꾸어 놓을 수 있는 한 방법이라는 점에서 중요하다. 90년대 문제적인 작가들이 보여준 디오니소스적인 글쓰기의 매력은 자기 자신의 모순되고 부조리한 일면을 과감하게 파헤쳐 그것을 해체하는 과감성에 있다는 점을 상기한다면 이 일에 대한 실행은 빠르면 빠를수록 좋을 것이다. 존재의 구속과 속박으로부터 벗어나려는 짜라투스트라의 의지가 우리 소설판에 불어넣어져야 하는 참의미가 바로 여기에 있는 것이다.

에코토피아와 디지털토피아

— 몸의 문제를 중심으로

1. 지금 여기에서 '존재(Being)'를 문제삼는 이유?

전망은 미래가 아니라 현재의 산물이다. 지금 여기에서의 존재성에 대한 질문을 통해 미래에 대한 가능 의식은 성립되는 것이다. 이 점에서 보면 전망은 미래에 대해 점을 치는 행위가 아니라 지금 여기에서의 존재성에 대한 철저한 탐색에 다름 아닌 것이다. 따라서 전망과 관련하여 우리가 문제삼아야 할 것은 지금 여기에서의 존재성이 어떻게 드러나고 있는가 하는 점이다.

그러나 이 문제는 간단히 보아넘길 성질의 것이 아니다. 그것은 지금 여기에서의 존재성이라고 할 때, 그 존재성 자체가 아이러니컬하게도 존재론적인 회의에 빠져 있기 때문이다. 지금 여기에서는 '존재(혹은 존재자)란 무엇인가'를 문제삼기보다는 '존재(존재자) 자체가 과연 존재하느냐 아니냐'를 문제삼는다. 이것은 무엇인가. 이것은 지금 여기에서는 '나는 누구인가', '세계의 본질은 무엇인가'보다는 '나 혹은 세계가 과연 존재하는가 아니냐'를 문제삼고 있다는 것을 의미한다. 이런 존재에 대한 회의는 세계를 불확정적이고 비선형적인 쪽으로 몰고 간다.

이러한 존재론적인 회의는 곧바로 언어의 문제로 드러난다. 언어가 존재의 집이기 때문이다. 지금 여기에서의 언어는 존재론적인 회의로 인해 단어와 사물 혹은 기표와 기의 사이의 지시성이 파괴되고 해체된다. 이렇게 되면 결국 남는 것은 단어와 기표뿐이다. 하나의 단어와 기표가 하나의 세계가 되는 '문체화된 세계(styled worlds)'가 성립되는 것이다. 이 세계에서는 단어가 지워지면서 세계가 전경화되는 것이 아니라 오히려 세계가 지워지면서 단어가 전경화되기에 이른다. 단어의 전경화란 전통적으로 언어의 영역에서 중시해 온 실재, 재현, 주체 등이 더 이상 그 기능을 발휘하지 못한다는 것을 말한다. 그 대신 가상 실재, 이미지, 타자 등이 언어의 영역 안으로 들어와 끊임없이 미끄러져 내리면서 불확정적이고 비선형적인 지형도를 만들어 가게 되는 것이다.

이와 같은 일련의 사실에서 놓쳐서는 안 될 것이 바로 실재(to on)다. 실재는 재현이나 주체와 긴밀하게 연결되어 있으면서도 그것들의 바탕 중의 바탕이다. 실재란 무엇일까. 이 질문은 그리이스에서 비롯되어 지금까지 계속되고 있는 큰 화두이다. 이 실재의 개념 변화에 따라 학문과 예술이 변화해 왔다고 해도 과언은 아니다. 그러나 중요한 것은 아무도 그 실재에 대해 명확하게 정의를 내리고 있지 못하고 있다는 사실이다. 리얼리즘에서처럼 그것은 객관적인 현실일까. 그것은 안정된 형상이나 법칙성으로 이해될 수 있을까. 아니면 모더니즘에서처럼 그것은 주관적인 현실일까. 그것은 역동적이고 복잡하고 기묘한 그 무엇일까. 그것도 아니면 포스트모더니즘에서처럼 그것은 하나의 현실이 아니라 이미지나 환상으로 존재하는 일종의 가상 현실일까.

만일 가상 현실이 실재라면, 실재라고 믿고 있다면 지금까지 정의된 실재하는 것과 존재하는 것 사이의 관계성은 깨지게 되는 것이다. 가상 현실을 실재라고 믿고 있다면 그것은 어떤 의미에서는 존재하지 않는 것을 존재한다고 믿고 있는 것이 된다. 이것은 가상 현실이라고 못박아 놓고 시작하는, 그래서 현실과 환상, 허구와 사실의 경계가 해체되지 않는 그런 것과는 질적으로 다른 것이다. 여기에서는 존재하는 것과 존재하지 않는 것 사이의 경계가 완전히 해체되기에 이른다. 후기자본주의의 삶의 양식하에 살고 있는 사람들은 이미 해체를 넘어 존재하는 것보다 존재하지 않는 것을 더 실재적이라고 믿고 있다. 그들에게 존재하지 않는 것은 이제 단순한 믿음을 지나 경건한 숭배의 대상이 되기에 이른 것이다.

그렇다면 왜, 이와 같은 일이 벌어진 것일까. 존재하지 않는 것을 존재하는 것보다 더 숭배하게 만든 그 힘은 도대체 무엇일까. 그리고 그것을 어떻게 바라보아야 할까. 이 고통스런 질문을 던지자마자 인식의 지평으로 부상하는 것이 있다. 바로 에콜로지와 디지털이다. 이 두 대상은 존재하는 것과 존재하지 않는 것을 상징적으로 수렴하면서 다가오는 새 천년의 지형도를 형성할 힘의 실체들이다.

2. 에코토피아와 디지털토피아

'지금' '여기'에서는 새 천년을 향한 동상이몽이 한창이다. 새 천년을 향한 이 동상이몽은 무엇이 유토피아인가 하는 차이에서 비롯된다. 지금 여기에서 행해지는 몽상 중에서 가장 중심적인 것으로는 디지털토피아가 곧 유토피아가 될 것이라는 몽상과 에코토피아가 곧 유토피아가 될 것이라는 몽상을 들 수 있다. 유토피아를 꿈꾼다는 점에서는 공통되지만 이 두 몽상은 중대한 차이를 가진다.

먼저 디지털토피아와 에코토피아는 토대 자체가 다르다. 디지털토피아와 에코토피아의 토대가 되는 디지털과 에코는 각각 인공(문명)과 자연이라는 서로 대립적인 속성을 가진다. 인공과 자연이라는 이러한 차이는 디지털토피아와 에코토피아가 화합과 공존보다는 그 안에 불화의 요소를 더 많이 가지고 있다는 것을 의미한다. 지금까지 인류가 이룩한 문명이 자연의 희생을 통해 성립된 것을 상기한다면 이 불화는 어떤 뿌리 깊은 딜레마를 제공한다고 할 수 있을 것이다.

다음으로 디지털토피아와 에코토피아는 세계 인식 자체가 다르다. 디지털적인 인식이란 세계를 불연속적이고 불확정적인 방식을 통해 드러내는 것을 의미한다. 디지털은 존재 혹은 존재자 자체를 0과 1로 조각낸 다음 그것을 무한수열적인 조합을 통해 새로운 어떤 것을 생산해내는 것이다. 따라서 디지털적인 인식하에서는 우리가 도저히 상상할 수 없는 것까지 생산해냄으로써 잉여적인 양태를 보인다. 이 잉여성이 세계를 점점 더 불연속적이고 불확정적인 쪽으로 몰고가는 것이다. 디지털적인 인식에 비해 에코적인 인식은 세계를 연속적이고 확정적인 방식을 통해 드러낸다. 에코적인 인식하에서 세계는 디지털에서처럼 갑자기 켜지거나(0) 꺼지는(1) 일이 없으며, 갑자기 검정색(0)에서 흰색(1)으로 변하는 일도 없다. 여기에서는 어떤 변화과정을 거치지 않고 하나의 상태에서 다른 상태로 급변하는 그런 일은 일어나지 않는다. 따라서 잉여적인 양태라는 것이 드러날 수 없다. 이런 점에서 에코적인 인식은 아날로그적이라고 할 수 있다.

마지막으로 디지털토피아와 에코토피아는 존재에 대한 해석 자체가 다르다. 존재론적인 측면에서 보면 디지털은 존재하지 않는 것을 존재하게 하는 것이다. 'being digital'이라고 할 때 그 being은 기존의 어떤 실체로부터 존재성을 부여받은 그 being은 아니다. 이때의

being은 색깔도 없고 크기도 없고 무게도 없는 단지 광속으로만 흐를 수 있는 bit라는 기반 위에서 성립된 것이다. 이것은 우리가 존재론을 이야기할 때 종종 말해지는 '無名天地之始'의 '無'와는 다른 것이다. '無'의 없음은 '있음을 전제로 한 없음'이다. 이에 비해 'being digital'의 없음은 '없음을 전제로 한 없음(nothing)'이다.

'being digital'의 이 없음을 잘 보여주고 있는 예가 있다. 디지털토피아를 가능하게 해준 컴퓨터를 사용한 사람이라면 누구나 한번쯤 체험했을 그런 것이다.

> 먹혔다는 말. 정확한 표현이 아니라고 생각한다. 그게 정녕 먹힌 것이라면, 먹은 놈의 배를 갈라 흔적 정도는 찾아낼 수 있어야 한다. 배 가를 시기를 놓쳤다면 적어도 그놈의 똥 정도는 확인할 수 있어야 한다. 그것을 보면서, 지난 밤 내내, 혹은 지난 주 내내 신열을 앓으며 써 낸 상상의 산물이 최후엔 저딴 모습을 하는구나 하고 자위를 하든 통곡을 하든 할 것이다.
>
> 그러나 흔적이 없다…….
>
> 누군가가 훔쳐 갔다면 차라리 참을 만하다. 다시는 찾지 못하더라도 어디엔가 존재한다는 믿음을 가질 수 있으니까. 찾다가 지쳐 포기하는 것과, 찾는 것을 원천적으로 봉쇄당하는 것 사이의 엄청난 차이…….
>
> 결국 아무것도 할 수 없는 것이다. 찬 바람을 쐬고 나면 괜찮아지겠지. 바깥으로 나가 거리를 쏘다녀 보지만 자꾸 억울하다는 생각이 든다. 하소연할 데도 없이 무작정 억울하다. 그때 문물이 나온다.
>
> ─구효서, 「뛰는 독자, 걷는 작가」, 『현대비평과 이론』 4호, 1992년 가을, pp.48~49

문자가 전류를 탄다는 디지털적인 세계의 존재성을 잘 보여주고 있는 대목이다. 존재란 어떤 흔적을 남겨야 되지만 이 세계에서는 그런 것이 통하지 않는다. 이 세계에서의 부재는 영원한 부재인 것이다. 디지털적인 세계가 상상할 수 없을 정도로 우리의 모든 삶의 양식과 의식과 무의식, 전의식의 차원으로 지배력을 확장하고 있기는 하지만 그 존재성이라는 것이 이렇게 영원한 부재의 양태로 드러날 수 있다는 것은 디지털토피아 자체가 사상누각이며 허무의 심연 속으로 빠질 수도 있다는 것을 말해 준다.

　디지털토피아가 유토피아를 건설하기 위해 이처럼 존재하지 않는 것의 존재성을 확장한다면 에코토피아는 존재하는 것의 존재성에 대한 보존 내지 확장을 통해 그것을 성취하려 한다. 에코는 어떤 경우에도 반드시 어디엔가 흔적을 남긴다. 디지털의 비트처럼 에코도 색깔도 없고, 크기도 없고 무게도 없는 물질을 가진다. 가령 에코의 토대를 이루는 기(氣, 생명의 숨결)는 색깔, 크기, 무게가 없지만 이 세상 어디엔가 반드시 존재한다. 그것이 없으면 천지인(天地人)은 물론 바람, 흙, 불, 물, 공기 같은 에코적인 존재 혹은 존재자 자체가 성립될 수 없다. 에코적인 물질은 반드시 어디엔가 존재하기 때문에 끊임없이 순환할 수밖에 없는 것이다. 만일 이 순환의 고리가 끊긴다면 그것은 곧 에코의 세계에서는 종말을 의미하는 것이다.

> 가을 햇볕에 공기에
> 익은 벼에
> 눈부신 것 천지인데,
> 그런데,
> 아, 들판이 적막하다 —
> 메뚜기가 없다!
>
> 오 이 불길한 고요 —
> 생명의 황금고리가 끊어졌느니
>
> —「들판이 적막하다」

들판에 '메뚜기가 없음'을 보고 시인은 '불길해' 한다. 왜, 그럴까. '생명의 황금고리가 끊어졌기' 때문이다. 이 끊김은 존재하지 않는 것의 없음이 아니라 존재하는 것의 없음이기 때문에 문제적인 것이 된다. 메뚜기의 부재로 말미암아 에코적인 존재 일반은 평형이 이루어지지 않게 된다. 메뚜기의 없음은 어떤 가상의 인공적인 존재를 만들어 보충할 수 없는 살아 숨쉬는 생명적인 존재의 상실인 것이다. 이 점에서 메뚜기의 없음은 황금고리로 연결되어 있는 모든 존재 혹은 존재자들을 돌이킬 수 없는 종말의 불길함 속으로 빠져들게 한다.

이러한 메뚜기의 없음에서 보이는 에코적인 존재의 상실은 지금 여기에서 점차 그 속도를 더해 가고 있고 그만큼 실존의 불길함도 커지고 있는 것이 사실이다. 이 에코적인 존재의 상실(존재하는 것의 없음)과 그에 비례한 불길함의 증대는 그 토대, 세계 인식, 존재 방식의 상이함을 드러내고 있는 디지털적인 존재의 과잉분만(존재하지 않는 것의 있음)과 어떤 함수관계를 가진다고 할 수 있다. 디지털적인 존재의 과잉분만은 에코적인 존재의 측면에서 보면 그것은 상이한 존재성을 지닌 일종의 불순물이며, 생명의 황금고리에 끼어들어 그것을 파괴하고 해체하는, 그래서 결국에는 실존의 위기를 가져올 수 있는 그런 불안 인자로 볼 수도 있을 것이다.

디지털과 에코적인 것은 그 존재성의 측면에서 볼 때 상생(相生) 하기가 어려운 것이 사실이다. 그러나 이 둘은 반드시 상생해야만 한다. 지금 여기에서의 삶의 양식 자체가 무서운 속도로 디지털화되고 있기는 하지만 이 디지털 혁명이 에코적인 존재 기반 없이는 성립될 수 없다는 것을 잊어서는 안 된다. 만일 그것이 가능하다고 믿는다면 그것은 토대 없이 집을 지을 수 있다고 하는 것과 같은 이치이다. 우리가 컴퓨터의 디지털 기능이 제공하는 가상 공간의 세계 속으로 끊임없이 미끄러져 내리다가도 생명의 기(氣)로 충만한 현실로 돌아와야만 하는 이유가 바로 여기에 있는 것이다.

이런 점에서 지금 여기에서 행해지고 있는 디지털토피아와 에코토피아의 동상이몽은 위험한 결과를 낳을 수 있다. 디지털토피아가 유토피아라는 발상은 인간을 포함하여 모든 존재 혹은 존재자의 토대가 되는 에코적인 존재성을 배제한다는 점에서 위험하며, 에코토피아가 곧 유토피아라는 발상은 지금 여기에서 모든 사람들의 숭배의 대상이 될 정도로 지배적인 힘의 실체로 부상하고 있는 디지털 문명 자체를 외면한 채 지나치게 당위적이고 이상적인 측면만을 내세울 우려가 있다는 점에서 또한 위험하다. 가장 바람직한 유토피아 상은 디지털토피아와 에코토피아 사이의 적절한 긴장과 이완을 통해 성립되는 것이다. 하지만 이 둘 사이의 적절한 긴장과 이완을 통해 어떤 통합적인 것을 창출한다는 것이 말처럼 그렇게 쉬운 일은 아니다. 사정이 이러하다면 가장 직접적으로, 가장 단순명료하게 이 문제를 수렴하고 있는 무엇인가를 찾아내는 것이 중요하리라고 본다. 과연 그것이 무엇일까. 그것은 바로 다른 어떤 것도 아닌 몸이다. 몸은 디지털과 에코적인 것 사이에 있으면서 그 둘을 통합적으로 수렴하고 있는 지금 여기의 존재 그 자체이다.

3. 몸의 소리, 몸의 정치

몸은 사이의 존재이다. 이 사이성으로 인해 몸은 존재 일반을 수렴한다. 몸에 난 구멍은 단순한 통로가 아니라 존재의 집에 난 문과 같은 것이다. 문은 이쪽과 저쪽, 안과 바깥 어느 한쪽에 속한 존재가 아니라 그 둘 모두를 수렴하고 있는 존재이다. 따라서 몸은 이쪽과 저쪽, 안과 바깥의 흐름들이 끊임없이 충돌하고 대리보충되는 처절한 실존의 장이라고 할 수 있다.

몸의 이러한 존재성에 비추어 디지털적인 것과 에코적인 것을 살펴보면 지금 여기에서의 이 둘 사이의 존재성은 좀더 분명하게 드러난다. 몸은 기본적으로 에코적인 것이다. 몸은 생명의 기가 하나의 연속적인 흐름을 통해 형성된 통합체이다. 에코적인 몸은 어느 한 부분이 그 기능을 상실하면 연속성이 파괴되어 심각한 문제가 발생한다. 에코적인 몸의 측면에서 보면 불연속성이란 곧 죽음의 문맥을 거느린다고 할 수 있다. 이 에코적인 몸에서 가장 이상적인 상태는 생명의 기가 우주적인 기의 흐름 속에 놓이면서 몸과 우주가 하나가 되어 '온생명'을 이루는 경우이다. 장횡거와 왕부지의 기철학, 김지하의 생명사상이나 율려사상, 한의학의 신체론 등이 모두 여기에 해당된다고 할 수 있다.

몸은 이처럼 근본적으로 에코적인 측면을 지닌다. 하지만 진화하면서 몸은 상징화된 체계 속에 놓이게 되어 에코적인 것 이외에 문명화된 것을 지니게 된다. 즉 문명화된 몸이 되는 것이다. 이때의 몸은 문명화된 제도나 제도성의 선택과 배제의 논리에 의해 길들여져 하나의 '적절한 몸'이 된다. 문명화된 몸의 이러한 존재성은 산업사회를 거쳐 후기산업사회로 들어서면서 새롭게 변주된다. 후기산업사회의 디지털적인 논리가 몸의 존재성을 규율하고 통제하게 된 것이다. 어찌 보면 후기산업사회에서의 몸은 디지털적인 광섬유로 짠 옷을 입고 있다고 해도 과언은 아닐 것이다.

디지털 혁명의 산물인 최근의 멀티미디어에서 분사되는 이미지와 소리로 넘치는 공간에서 춤을 추는 몸을 보면서 '몸의 디지털화'를 떠올리게 된다. 멀티미디어라는 오디오 비트와 비디오 비트의 강렬함은 몸 자체를 색깔도 없고, 크기도 없으며, 무게도 없는 비트의 그 없음을 전제로 한 없음(nothing)의 세계 속으로 밀어넣는다. 특히 한때 선풍적인 인기몰이를 한 테크노 음악이나 테크노 춤, 그리고 테크노 머신인 DDR(Dance Dance Revolution), 요즘 들어 부쩍 관심의 대상으로 부상한 인공지능 로봇, 인공 장기·심장박동보조기, 사이버섹스 등을 보면서 몸과 테크놀로지가 결합된 사이보그(cyborg)의 개념을 떠올리게 된다.

몸의 디지털화. 이것이 지금 여기에서 갖는 의미는 무엇일까. 몸과 관련하여 지금까지 중요한 가치로 인식해 온 그 해방이라는 측면에서 이것을 한 번 살펴보자. 몸의 디지털화가 진정한 몸의 해방일까. 각종 제도적인 권력기제들에 의해 억압된 몸이 디지털적인 존재로 변주되면서 그 억압의 고리로부터 벗어난 것일까. 몸이 디지털화되면서 그 동안 볼 수 없었던 몸과 관련된 감성적인 언표들이 홍수처럼 쏟아져 나온 것이 사실이다. 가령 욕구와 욕망, 감각 등 그 동안 억압된 것들이 몸의 디지털화에 힘입어 각각 그 나름의 존재성을 얻은 것은 부인할 수 없는 사실이다. 그러나 몸의 디지털화는 몸이 본래적으로 가지고 있는 에코적인 미덕―평형 감각, 연속성, 항구(恒久)와 췌일(萃一), 상생(相生)과 섭생(攝生) 등―을 파괴하고, 주체적인 시선의 상실, 과도한 쾌락 추구, 나르시시즘의 만연, 허무주의 등을 생산하여 몸에 대해 또 다른 억압을 행사하고 있는 것도 사실이다.

이러한 사실은 몸의 딜레마를 더욱 강화시킨다. 몸의 진정한 해방은 몸의 디지털화가 아니라는 것이다. 몸은 파시스트적인 가속도를 내며 질주하는 디지털적인 세계의 지배를 받는다 하더라도 그 본래적인 속성인 에코적인 것, 다시 말하면 아날로그적인 것을 버릴 수 없는 것이다. 지금 여기에서의 몸은 대부분 디지털적인 것과 에코적인 것의 흔적이 동시에 드러난다. 그 몸은 빠름과 느림, 인공과 자연, 환상과 현실, 불연속과 연속, 억압과 해방 등이 끊임없이 교차하는 존재의 장인 것이다.

사정이 이러하다면 우리는 몸의 소리를 들어야 한다. 디지털적인 것과 에코적인 것이 충돌하고 상쇄되면서 내는 그 실존의 소리를 들어야 한다. 몸은 거짓된 소리를 낼 수가 없다. 몸의 소리는 순정한 소리이다. 몸의 소리를 듣고 우리는 몸의 정치를 해야 한다. 지금 여기에서의 몸이 내는 소리는 기쁨보다는 슬픔, 환희보다는 고통에 가까운 소리일 것이다. 디지털적인 것과 에코적인 것의 충돌과 상쇄가 드러내는 것은 존재의 통합이 아닌 분열에서 오는 슬픔과 고통의 소리일 수밖에 없다. 따라서 우리는 통합의 정치를 해야 한다.

몸이라는 말은 근본적으로 통합적인 것이다. 몸은 정신과 육체를 동시에 수렴하는 것으로 그 동안 이원론에 입각해 세계를 해석함으로써 생겨난 근대의 논리중심주의, 이성중심주의, 인간중심주의, 남근중심주의, 시각중심주의를 비판하고 이 중심주의에 의해 억압된 것들을 귀환시켜 새롭게 존재성을 정립하려는 그런 함의를 담고 있다고 할수 있다. 몸의 정치가 탈근대적인 기획이면서 새 천년의 전망을 열어 보일 수 있는 중요한 화두로 부상하게 된 이유가 여기에 있는 것이다.

몸이 분열이 아닌 통합의 정치를 수행하기 때문에 에코적인 것, 다시 말하면 생태주의 담론을 이야기하면서 몸을 끌어들인 것이다. 몸의 정치를 통해 생태주의 담론을 바라보면 그 담론 자체가 단순히 생태 단독으로 성립될 수 없다는 것을 확연히 알 수 있다. 생태주의 담론은 생명의 문제만이 아니라 디지털로 대표되는 문명의 문제와 언제나 자웅동체일 수밖에 없는 것이다. 따라서 진정한 생태주의는 에코적인 것과 디지털적인 것 혹은 자연과 문명을 동시에 수렴하는 통합된 목소리를 내는 것이라고 할 수 있다. 이 점에 입각해서 90년대에 들어 우후죽순 격으로 생산된 생태주의 담론을 보면 대부분이 사이비에다 속류라는 것을 알 수 있다. 그나마 이 사이비와 속류에서 벗어난 생태주의자로는 김지하, 박경리, 정현종, 고재종, 이문재, 최승호, 박완서, 최성각 등의 작가들과 정화열, 박이문, 장회익, 김종철, 윤구병 등의 이론가를 꼽을 수 있다. 이들은 모두 어느 한순간에 갑자기 몸을 바꿔 생태주의 담론을 전개한 사람들이 아니다. 적어도 이들은 어떤 하나의 이슈가 있을 때마다 그것에 대한 깊이 있는 천착 없이 단순한 욕구의 차원에서 접근해 너무나 쉽게 몸을 바꿔 온 사람들과는 다르다. 이 점은 이들이 구현하고 있는 생태주의 담론에 대한 신뢰성과 함께 가능성을 더해 준다고 할 수 있다.

진정한 생태주의자가 되기 위해서는 몸의 소리를 들을 줄 알고, 몸의 정치를 실천할 줄 알아야 한다. 이것을 보다 구체적으로 실천에 옮기기 위해서는 공기와 물처럼 너무나 흔하고 너무나 일상적이고 너무나 가까이 있기 때문에 우리의 관심에서 벗어나 있는 몸에 대해 민감한 자의식을 가질 필요가 있다. 이렇게 될 때 생태주의는 단순한 사상이나 관념의 덩어리로 존재하지 않고 운동의 차원으로 존재하게 되어 새로운 혁명(흔히 녹색혁명이라고 함)을 성립시킬 수 있는 것이다.

4. 신생의 즐거움, 중심의 괴로움

무엇인가를 새로 시작한다는 것은 분명 즐거운 일이다. 더욱이 그 시작이 한 세기도 아닌 밀레니엄과 맞물려 있다는 점에서 그 즐거움은 상상하기 힘들 정도로 클 것이다. 하지만 그 즐거움이란 즐거움 그 자체만으로 성립되는 것은 아니다. 즐거움은 언제나 괴로움이 따를 수밖에 없으며, 그 괴로움이 크면 클수록 그에 비례해 즐거움도 더 커질 수 있는 것이다. 그렇다면 무엇인가를 새로 시작할 때 제일 괴로운 것은 무엇일까. 그것은 바로 인식과 실천의 장, 그 장의 중심에 서야 한다는 점일 것이다. 그 중심에 서지 못할 때 새로운 시작은 온전한 꽃을 피울 수 없는 것이다.

봄에
가만 보니
꽃대가 흔들린다

흙밑으로부터
밀고 올라오던 치열한
중심의 힘

꽃피어
퍼지려
사방으로 흩어지려

괴롭다
흔들린다

나도 흔들린다
—「중심의 괴로움」 부분, 『중심의 괴로움』, 김지하, 솔, 1994

중심에 선다는 것은 곧 치열함인 것이다. 일찍이 김수영이 말했던 '온몸의 시학'도 이와 같은 맥락에 있다고 할 수 있다. '나'의 모든 존재 전체를 뒤흔들 괴로움이 있고서야 비로소 하나의 세계를 가질 수 있다는 이 논리는 요즘 앞다투어 밀레니엄을 전망하고 모색하는 사람들이 깊이 새겨들어야 할 금언인 것이다. 중심의 괴로움을 얼마나 앓고 있고 또 앓아내느냐에 따라 우리가 꿈꾸는 디지털적인 것과 에코적인 것의 통합을 통한 유토피아는 온전히 성립될 수 있는 것이다.

문명의 야만, 야만의 문명
― 90년대 생태주의 문학의 공과

1

90년대를 흔히 '미시담론의 시대'라고 한다. 이 말은 이미 90년대를 표상할 때 하나의 고정된 언술처럼 되어 버린 것이 사실이다. 많은 사람들이 이 말을 아무런 거리낌 없이 쓰고 있고 여기에 의문을 제기하는 사람은 없다. 그렇다면 이 말은 정말로 90년대를 표상하는 데 적합한 말일까? 아니면 기실은 적합한 말이 아닌데 그것을 모른 채 모두가 적합한 말이라고 믿고 있는 것일까?

적어도 이 말은 전자보다는 후자에 가깝다. 그렇다면 90년대를 '미시담론의 시대'라고 단정적으로 명명하는 것은 재고해야 하지 않을까? 많은 사람들이 이 말을 무의식 중에 수용하게 된 데에는 냉전과 탈냉전의 논리가 강하게 작용한 결과라고 할 수 있다. 많은 사람들은 90년대 이전을 냉전의 시대로 그 이후를 탈냉전의 시대로 구분한 뒤, 냉전의 시대에는 거대담론이 탈냉전의 시대에는 미시담론이 지배적인 양식이라고 심각하게 고민하지도 않은 채 당연하게 믿어 버렸던 것이다.

이러한 믿음의 이면에는 많은 사람들이 냉전의 시대를 지배한 이데 올로기(자본주의와 사회주의)를 인간의 생존을 지배한 가장 큰 담론으로 인식했기 때문이다. 그들에게 이보다 더 큰 거대담론은 없어 보였고, 그러한 거대담론이 무너지고 해체되면서 그 동안 억압되었던 미세한 담론들이 우후죽순 격으로 일어나게 되자 그들은 바야흐로 미시담론의 시대가 도래한 착각 속에 빠지게 되었던 것이다.

그러나 조금만 거리를 두고 탈냉전 시대라고 하는 90년대를 보면 그 '脫'자의 진정한 의미가 이데올로기로부터의 탈출은 되지만 그것이 거대담론으로부터의 탈출을 의미하는 것이 아니라는 사실을 알 수 있을 것이다. 일정한 거리를 두고 90년대를 보면 금세 이데올로기가 무너지고 해체된 자리에 강력하고 강렬한 힘으로 새롭게 그 빈자리를 메우고 있는 담론을 발견할 수 있을 것이다. 이 담론은 결코 냉전시대의 이데올로기보다 가볍다거나 그 자장이 미미하다고 할 수 없다. 오히려 이 담론은 이데올로기보다 더 큰 인식론적이고 존재론적인 문제를 제기한다고 할 수 있다.

이 담론, 다시 말하면 생태주의 담론은 우선 그것이 인간뿐만 아니라 유기물이나 무기물 등 이 세계에 존재하는 모든 존재자들의 실존적인 위기와 관련되어 있다는 점에서 문제적이라고 할 수 있다. 생태계의 파괴는 어떤 존재자 개별의 문제가 아니라 무수한 그물망으로 연결되어 있는 모든 존재자의 실존적인 위기와 관련되어 있는 것이다. 이것은 생태주의 문제가 어느 한 개인이나 국가가 아니라 전세계적 혹은 전 지구적인 어떤 정치적 연대를 통해 해결될 수 있다는 것을 의미한다. 이데올로기가 문제적이었던 냉전시대에 국제연합이 하나의 상징적인 존재였다면 생태가 문제되고 있는 탈냉전시대에는 국제

환경연합 혹은 국제생태연합 같은 단체가 하나의 상징적인 존재로 성립될 수도 있을 것이다.

생태주의와 관련하여 다음으로 문제적인 것은 생태의 위기가 진보와 발전의 논리를 가진 가장 이상적인 체계라고 믿었던 자본주의 문명이 야기한 그늘이라는 점에서 미래에 대한 불확실성으로 인해 허무주의의 만연을 가져올 수도 있다는 점이다. 냉전의 시대가 끝나고 탈냉전시대로 접어들면서 사회주의에 대한 자본주의의 승리감에 도취되어 있던 사람들에게 생태의 위기는 자본주의에 대한 환상을 환멸로 바꿔놓기에 충분했던 것이다. 이러한 조짐은 특히 세기말과 맞물려 자본주의 문명에 대한 묵시록적인 형태로 드러나고 있다.

자본주의 문명에 대한 환멸은 곧 자본주의 문명의 토대 및 가치 체계에 대한 대대적인 변화를 의미한다는 점에서 또한 문제적이라고 할 수 있다. 자본주의 문명을 지탱해 온 여러 패러다임들이 변화하지 않으면 생태의 위기에서 오는 인류의 실존 위기로부터 벗어나지 못한다는 인식이 팽배해지기 시작한 것이다. 이로 인해 자본주의 문명의 토대 및 가치 체계로 군림해 온 이성중심주의, 인간중심주의, 과학만능주의, 서구중심주의, 개인주의, 자유주의, 남성중심주의 등이 각각 해체되면서 그 동안 억압받아 온 감성, 유기·무기물, 자연, 영성, 동양, 공동체 의식, 여성 등이 새롭게 그 존재성을 회복하기에 이른다.

이러한 패러다임의 변화는 앞으로 도래할 문화 및 문명의 토대 및 가치 체계의 중심에 생태주의가 놓일 수밖에 없다는 것을 의미한다. 생태주의 문화 혹은 생태주의 문명은 그것이 인류의 실존 위기와 맞물려 있다는 점에서 어떤 당위성을 가진다고 할 수 있다. 하지만 이 당위성이 기존의 자본주의 문명(문화)의 토대 및 가치체계들에 대한 전면적인 부정과 억압을 의미하는 그런 식의 당위성을 말하는 것은 아니다. 도래할 생태주의 문명(문화)은 기존의 자본주의 문명과의 철저한 단절을 통해 성립될 수 없다. 지금까지 파시스트적인 가속도를 내며 질주해 온 이 문명을 완전하게 돌려 세운다는 것은 불가능하며, 만일 그것이 가능하다고 믿는다면 그것은 이상주의자의 잠꼬대에 불과한 것이다. 신생(新生)이란 언제나 단절이면서 연속인 것이다. 여기에 도래할 생태주의 문명의 괴로움, 더 나아가 이 문명이 심하게 앓아야만 하는 딜레마가 있는 것이다.

2

90년대 새로운 거대담론으로 부상한 생태주의가 '지금' '여기'에서 가지는 딜레마를 우리 문학은 얼마나 심하게 앓아냈는가 혹은 앓고 있는가. 이 문제는 생태주의에 대한 문학하는 사람들의 인식론적이고 존재론적인 깊이나 넓이와 맞물려 있는 것이기 때문에 대단히 중요한 문제라고 할 수 있다. 익히 알고 있듯이 90년대 생태주의에 대한 관심은 문학의 위기 혹은 문학의 죽음을 이야기한 사람들을 무색하게 할 정도로 대단한 것이었다. 특히 새로운 제재의 고갈에서 문학의 위기가 온다고 주장했던 오르테가 이 가세트(Ortega Y. Gasset)의 전망은 적어도 90년대 한국문학에서는 그 존재 가치를 인정받을 수 없는 말이 되고 말았던 것이 사실이다.

그러나 생태주의에 대한 뜨거운 관심과 열기가 곧바로 인식론적이고 존재론적인 깊이와 넓이로 이어진다고 볼 수 없다. 더욱이 어떤 하나의 이슈가 있을 때마다 그것에 대한 깊이 있는 천착 없이 단순한 욕구의 차원에서 접근해 너무나 쉽게 몸을 바꿔 온 우리 문학사의 저간 사정을 고려할 때 이 깊이와 넓이의 문제는 반드시 짚고 넘어가야 할 것이다. 이 인식론적이고 존재론적인 깊이와 넓이의 부재는 곧바로

'속류' 혹은 '사이비'를 양산하게 되어 진정한 담론의 정립에 장애를 초래하게 된다.

이러한 양상은 90년대 생태주의 담론에도 그대로 드러난다. 90년대에 쏟아져 나온 생태주의 문학 중에는 '속류' 혹은 '사이비'가 대부분을 차지하고 있다. 90년대의 '속류 생태주의'는 생태 그 자체를 단순히 소재의 차원에서 접근하거나 생태계의 파괴에서 오는 불안을 인간적인 보호본능의 차원에서, 다시 말하면 소박한 휴머니즘적인 차원에서 보여주며, '지금 여기'에서의 문명에 대한 천착도 없이 성급하게 유토피아적인 전망을 내보이는 그런 특성을 지닌 것들을 말한다. 이 사실은 진정한 생태주의란 소재의 차원을 벗어나며, 인간만이 아닌 자연 심지어는 무기물까지를 포함하는 차원에서 그 담론이 성립되고, 문명과 자연 혹은 문명과 반문명 사이의 적절한 긴장 속에서 그 존재성이 드러날 수 있다는 것을 의미한다.

90년대 거대담론으로 부상한 생태주의를 이렇게 규정하고 보면 생태라는 이름을 달고 우후죽순 격으로 생겨난 수많은 문학 작품 중에서 상당수가 거품에 불과하다는 사실을 알 수 있을 것이다. 여기에는 생태주의 문학의 한 모범으로 간주되어 온 작품들이 기실은 과장되거나 왜곡된 평가의 산물에 다름 아니라는 그런 사실도 포함될 것이다. 이런 과장되고 왜곡된 평가의 대표적인 예가 바로 유하이다. 많은 평론가들은 유하의 '하나대' 시편을 90년대 생태주의 문학의 한 성과로 평가해 왔다. 그들은 유하가 자본주의 문명의 중심인 '압구정동'이 아닌 하나의 자연으로 존재하는 전라도 어디쯤에 있는 '하나대'를 노래했을 때 이것을 문명에 대한 비판 혹은 그 대안으로서의 자연을 노래한 시로 규정하고 여기에 높은 가치를 부여했던 것이다.

유하의 '하나대' 시편에 대한 이러한 평가는 기본적으로 90년대 포스트모던 문명의 가장 전위였던 유하라는 한 시인의 몸 바꾸기에 지나친 의미 부여를 한 결과이다. 많은 평자들은 한국 사회에서 자본의 지배와 모순 구조를 가장 잘 드러내는 '압구정동'에서 그 문화(문명)의 속내를 철저하게 체험한 유하라는 시인의 몸 바꾸기를 자신들이 견지해 온 문명 비판과 그 대안으로서의 생태지향이라는 그런 주장을 펼치는 데 일정한 힘을 실어 줄 수 있는 하나의 호재로 본 것이다. 그것은 마치 '자, 이렇게 문명의 속내를 속속들이 체험한 유하라는 시인도 그 문명을 비판하고 자연으로 몸 바꾸기를 하지 않았느냐. 그의 몸 바꾸기는 진짜 아니냐. 따라서 문명에서 자연으로 몸 바꾸기는 당위적인 것이다' 라는 그런 의미로 볼 수 있을 것이다. 여기에 바로 평자들의 함정이 있었던 것이다. 그들은 문명에서 자연으로의 몸 바꾸기의 정당성 여부에 앞서 유하라는 이름과 그 바뀐 결과에만 집착한 것이다.

그러나 유하의 문명에서 자연으로의 몸 바꾸기는 평자들의 평처럼 그렇게 긍정적인 여지를 가지고 있지 않다. '압구정동'에서 '하나대' 로의 이행은 문명과 자연의 긴장을 통한 공존이 아닌 일방적인 도피이다. 그는 '압구정동'으로 상징화된 쓰레기 같은 문명 세계에 살면서 그 쓰레기 같은 세계가 싫어 '하나대'라는 하나의 이상적인 자연을 만들어 그곳에서 살려고 했던 것이다. 이것은 그가 몸은 '압구정동'에 마음은 '하나대'에 있으려고 한 것이 아니라 몸과 마음 모두 다 '하나대'에 있으려고 한 것이다. 이것은 기만이다. 그 자신이 쓰레기 같은 문명 세계 속에서 살면 그 쓰레기 속에서 자연을 노래해야 한다. 문명은 분명 비판의 대상이지만 그 문명에 대한 천착 없이 어떤 자연도 성립될 수 없는 것이다. 이 점에서 유하는 90년대의 생태주의를 제대로 구현해낸 시인이 아니다.

이렇게 생태주의와 관련하여 과장되고 왜곡된 평가를 받은 경우가 어디 유하뿐이겠는가. 진정한 생태주의 문학의 관점에서 볼 때 흔히 정신주의 시를 쓰는 시인으로 분류되는 조정권, 황동규, 이성선, 황지우, 이기철, 최동호의 경우도 마찬가지이다. 그 중에서도 특히 조정권의 시가 문제적이다. 90년대 정신주의의 한 경지를 보이고 있다는 평가를 받은 그의 『산정묘지』(1994) 같은 시도 그가 추구하는 그 정신의 순일함이 문명화된 세계의 일상이라든가 속세와의 단절 속에서 성립되었다는 점에서 산정(山頂)을 향하는 순일함은 천상의 것이지 지상의 것은 아니다. 천상의 수정 같은 원리란 지상의 어두운 구석, 다시 말하면 자본주의 문명이 야기한 그늘을 제대로 드러낼 수 없을 뿐만 아니라 심지어 그것을 고의적으로 은폐하려는 그런 무서운 음모 이론과도 협잡할 수 있는 가능성을 내포하고 있다고 할 수 있다.

　이런 점에서 보면 오히려 문명의 부정적인 그늘을 들추어내고 그것을 고발하는 그런 문명 비판 문학 작품〔송희복은 이런 류의 문학을 '생태학적인 문명 비판 문학'(「생명문학과 존재의 심연」, 『좋은날』, 1998)이라고 규정하고 있다. 이것은 그가 자연과 문명을 분리가 아니라 통합의 차원에서 이해하고 있다는 것을 의미한다. 생태주의에 대한 바람직한 시각이라고 하지 않을 수 없다. 다만 생태학적이라는 수식어를 붙이지 않아도 이미 문명 비판이라는 말 속에 생태학적인 상상과 사유가 포함되어 있다는 의미에서 필자는 생태학적이라는 수식어를 생략한 것이다〕이 '지금 여기'에서 좀더 진정성을 가지고 있다고 할 수 있다. 적어도 이 문명 비판적인 문학은 간혹 엄살에 가까운 비명과 부정으로만 일관하는 대안 없는 절망이 드러나기는 하지만 인식 주체의 몸과 마음을 속이는 기만적인 행위는 드러나지 않는다. 이 문명 비판 문학은 쓰레기 같은 문명 세계를 직시하며, 그것을 과도하리 만큼 거세게 혐오하고 또 파괴하기도 한다. 뿐만 아니라 그 쓰레기 같은 문명 세계의 주범인 인간을 고발하고, 문명의 미래에 대한 어떤 묵시록적인 불안을 환기하기도 한다. 문명에 대한 이와 같은 강도 높은 비판과 어두운 미래를 형상화한 대표적인 작가들로는 이형기와 백민서 등을 들 수 있으며, 이밖에도 이하석, 고형

렬, 이승하, 이남희, 김수용, 박혜강 등의 작업들도 무시할 수 없을 것이다.

이형기와 백민석이 90년대 문명 비판의 전위로 명명된다는 것은 여러 가지 점에서 흥미롭다. 먼저 이 두 사람은 세대가 다르다. 이형기는 1933년 식민지 시대에 태어나서 해방과 유신을 거쳐 지금 여기에 이른 이순을 넘긴 그야말로 구세대이며, 백민석은 1971년 산업화 시대에 태어나 민주화 시대를 거쳐 1995년에 등단한 이십대 후반의 신세대이다. 거의 40여 년에 달하는 이 차이는 단순히 물리적인 시간 차이를 의미하는 것은 아니다. 이 차이의 진정한 의미는 이형기가 '문명'보다는 '자연'을 모태로 하여 성장하고 또 그것을 텍스트로 하여 자신의 문학 세계를 펼쳐 온 것에 비해 백민석은 '자연'보다는 '문명'을 모태로 하여 성장하고 또 그것을 텍스트로 하여 자신의 문학 세계를 개진해 왔다는 사실에 있다. 한마디로 이형기는 자연의 감성에 토대를 둔 서정 시인이고, 이에 비해 백민석은 문명의 한 상징인 매체에 길들여지고 그것을 즐기는 텔레비전 키드〔신수정은 그를 '텔레비전 키드 세대'로 그의 문학 세계를 '텔레비전 키드의 유희'라는 차원에서 해석하고 있다(『문학과사회』, 1997년 가을호)〕이다.

이렇게 문학적인 토대가 다른 두 사람이 90년대에 들어 동시에 문명 비판이라는 한 목소리를 낸 것은 흥미 차원을 넘어 의미심장한 면이 있다. 그것은 자본주의 문명에 대한 비판이 인식론적이고 존재론적인 차원에서 어떤 보편성을 끌어낼 정도로 주된 관심의 대상이 되었다는 것을 의미한다. 이형기가 『죽지 않는 도시』(1994)에서 보여주고 있는 현대문명이 야기한 불화와 갈등, 여기에서 기인하는 미래에 대한 절망과 비판, 더 나아가 섬뜩한 파멸 의식 같은 것이 신세대 작가인 백민석의 『16믿거나말거나박물지』(1997)에도 고스란히 드러난다. 비록 장르는 다르지만 이 두 작가의 작품에 공통으로 드러나는 이러한 격렬한 문명 비판은 그 동안 파시스트적인 가속도를 내며 질주해 온 자본주의 문명 전체에 대한 강렬한 경고의 메시지로 읽어낼 수 있을 것이다.

그러나 이형기와 백민석이 문명 비판이라는 한 목소리를 내고 있는 것은 사실이지만 그 방식이라든가 그 뉘앙스의 정도는 다르다. 이형기가 문명을 비판하는 방식은 동시대를 살고 있는 사람으로서의 도덕적이고 윤리적인 책임 의식에 입각한 일종의 우려의 시각에서이다. 그의 문명 비판은 격렬하고 증오에 찬 것이기는 하지만 그 속에는 이 문명에 대한 혹은 그 문명 속에 살고 있는 사람들에 대한 어느 정도의 애정이 섞여 있는 것이 사실이다. 하지만 백민석의 『16믿거나말거나 박물지』에는 그런 시각이 존재하지 않는다. 그의 문명 비판의 방식은 도덕과 윤리를 동반하지 않는 무정부주의적인 것이다. 이러한 무정부주의적인 시각은 다음과 같은 대목에 잘 드러나 있다.

"산택하라, 비트냐 퍼크냐? 이게 뭐야?" 내가 물었다.

"선택하라, 비트냐 펑크냐, 예요." 사내애가 한심스럽다는 듯 말했다. "선택하라는 거죠. 비트냐 펑크냐."

"비트냐 펑크냐 다……" 나는 조심스럽게 물었다. "다 그게 그거 아냐?"

"그게 그거죠?"

사내애가 울적한 얼굴로 시인했다. 그러곤 내 손에서 쪽지를 뺏어들었다. "이건 김지하, 라는 어떤 옛날 사람이 쓴 「諷刺냐 自殺이냐」란 글에서 베낀 거거든요. 그 글 끝에 선택하라, 풍자냐 자살이냐, 고 씌어져 있었지요. 괜찮죠?"

"「諷刺냐 自殺이냐」를 끝까지 다 읽었어?" 놀란 내가 추궁했다.

"아뇽." 사내애는 부정했다. "그럴 시간이 어디 있나요?"

"아무튼 그 아저씬 좀 불쌍한 노친네더군요. 서울대학교까지 나와서, 전과자에다, 직장도 없고, 정신병원이나 들락날락하고, '죽음의 굿판'이니 뭐니 해서 깨지고, 지 이름 때문에 인생이 좆됐으니 이름을 바꾼다고 신문사에다 편지질이나 해대고, 일간지들에 쫙 났어요. 마누라한테 이혼은 안 당했는지 몰라."

— 「음악인 협동조합 2」, 『16믿거나말거나박물지』, pp.211~212

인용문에서 무정부주의적인 시각을 잘 보여주고 있는 말이 바로 '비트냐 펑크냐'이다. 이 '비트냐 펑크냐'는 김지하의 '풍자냐 자살이냐'를 패러디한 것이다. 지하의 이 말은 세계에 대한 실존 방식을 드러내는 말이다. 억압적이고 폭력적인 세계에 대해 풍자의 방식으로 그것을 드러낼 것이냐 아니면 차라리 상징적인 자살을 할 것이냐, 70년대 지하가 실존의 위기에 처했을 때 그는 이렇게 그 위기에 대항한 것이다. 하지만 그의 실존적인 치열함은 「음악인 협동조합 2」에 와서는 조롱의 대상으로 전락되어 무화되기에 이른다. 풍자냐 자살이냐 고통스럽게 세계에 대응할 필요 없이 비트든 펑크든 아무것이나 좋다는 것이 이 소설의 주인공이 보여주는 세계 인식이다. 이것은 진실성과 진정성이 담보되지 않은 '믿거나말거나식' 세계 인식이라고 할 수 있다. 이 인식하에서는 문명에 의해 성립된 미와 추, 선과 악, 정상과 비정상, 참과 거짓 등과 같은 가치 평가적인 구분이 의미를 상실하게 되고, 현실과 비현실, 인간과 동물의 경계가 또한 의미를 상실하게 된다.

문명이 야기할 수 있는 무정부주의적인 광란과 부조화, 무질서는 '믿거나말거나박물지 음악인 협동조합'이 주체하는 공연장에서 인간과 돼지가 수간(獸姦)하는 대목에서 극에 달한다. 90년대 문학을 통틀어 문명의 가장 어두운 부분 중의 하나로 표상될 수 있는 이 수간의 대목은 그것이 문명의 종말을 상징적으로 드러내고 있다는 점에서 충격적이라고 할 수 있다. '믿거나말거나박물지 음악인 협동조합'의 공연장에서 수간을 통해 태어날 아이(상징적인 존재로서의 아이)가 마르케스의 『백년간의 고독』에서 한 가문의 종말을 맞게 한 그 돼지 꼬리가 달린 아이가 아니라는 보장이 없지 않은가. 음협의 인간과 돼지의 수간을 통해 우리가 전망할 수 있는 것은 더 이상 생명의 씨앗을 갖지 못하는 '희망 없는 전망'일 뿐이다.

『16믿거나말거나박물지』는 이처럼 '지금 여기'에서의 문명이 표상할 수 있는 부정 의식의 극단을 보여주고 있다. 이 부정 의식으로 인해 그는 찬사와 비난을 동시에 받아 왔다. 시각에 따라 다르게 평가할 수 있지만 그의 부정 의식은 비난보다는 찬사를 받을 여지를 더 많이 가지고 있다. 그것은 그의 소설이 표상하는 부정 의식이 다소 위악적인 몸짓을 과장되게 보여주기는 하지만 이 소설에 드러난 그의 문명에 대한 부정 의식은 부정을 위한 부정은 아니기 때문이다. 그의 문명에 대한 부정 의식은 긍정으로 나아가기 위한 토대를 제공한다고 볼 수 있다. 그는 '지금 여기'에서의 문명이 가지는 모순과 부조리, 부정성을 그 밑바닥까지 들여다봄으로써 오히려 진정한 긍정으로 나아가기 위한 토대를 마련했다고 할 수 있다. 부정의 실체를 알고서야 긍정의 토대를 세울 수 있는 것 아닌가. 이 점에서 백민석과 이형기의 문명 비판은 진정한 생태주의 정립에 일정한 기여를 하고 있는 것이다.

그러나 그들이 견지하는 문명에 대한 비판적인 시각과 그 드러남이 온전한 생태주의 문학의 모습이라고는 볼 수 없다. 그들이 보여준 것은 생태주의 문학의 일면(一面)일 뿐이다. 온전한 생태주의 문학은 일면이 아닌 문명에 대한 긍정과 부정이라는 양면을 동시에 고려하고, 이를 토대로 문명과 자연 사이의 적절한 긴장과 균형 감각을 고려할 때 성립될 수 있는 것이다.

3

90년대 새로운 거대담론으로 부상한 생태주의 문학의 가능성을 열어 보인 작가로는 김지하, 정현종, 최승호, 이문재, 박완서, 최성각 등을 들 수 있다. 이들은 '속류'와 '사이비적'인 생태주의를 넘어 일정한 정도의 인식론적 존재론적인 깊이와 넓이를 겸비한 진정한 의미로서의 생태주의 문학을 구현하고 있다. 이 작가들의 공통점은 어느 한순간에 갑자기 몸을 바꿔 생태주의 문학을 하고 있는 것이 아니라는 점이다. 적어도 이들은 어떤 하나의 이슈가 있을 때마다 그것에 대한 깊이 있는 천착 없이 단순한 욕구의 차원에서 접근해 너무나 쉽게 몸을 바꿔 온 사람들과는 다르다. 이 점은 그들이 구현하고 있는 생태주의 문학에 대한 신뢰성과 함께 가능성을 더해 준다고 할 수 있다.

먼저 김지하의 경우를 보자. 생태주의에 대한 그의 관심은 이미 70년대부터 시작된다. 그의 첫 시집인 『황토』(1970)를 보면 그 안에서 그가 다루고 있는 것은 단순히 '있다', '없다'의 문제가 아니라 '살아 있다'라는 명제이다. 그는 70년대의 그 억압적인 상황에서 자신이 '살아 있다'라는 사실을 육체와 감각적인 언어를 통해 노래한 것이다. 하지만 여러 번의 감옥 체험은 그가 표상해 온 이 '살아 있다'를 위기로 몰아넣기에 이른다. 이 실존적인 위기 상황에서 그는 '살아 있다'라는 명제를 육체와 감각이 아닌 영성과 감성의 언어를 통해 다시 살려낸다.

이것은 무엇을 말하는가. 이것은 '살아 있다'라는 명제가 눈에 보이는 차원(육체와 감각)에서 뿐만 아니라 눈에 보이지 않는 차원(영성과 감성)에서도 구현된다는 것을 의미한다. 즉 '살아 있다'라는 명제의 범주가 더 심화되고 확장된 것이다. 지하는 이 눈에 보이는 것과 눈에 보이지 않는 살아 있음을 통합하여 80년대 중반 그것을 '생명'이라고 불렀다. 그리고 그는 이 '생명'의 견고한 토대를 세우고 그것을 구체화하기 위해 눈에 보이지 않는 차원의 질서를 배제하지 않고 오히려 그것을 우주 삼라 만상의 진화 원리의 바탕으로 삼는 동양의 기(氣) 사상, 동학의 시천주(侍天主), 불연기연(不然其然)의 논리, 주역의 음양오행(陰陽五行), 불교의 공(空), 무(無), 도가의 허(虛) 등 동양의 사유체계들을 수용한다.

이렇게 영성과 감성을 강조하는 동양의 사유체계들이 수용되면서 그의 생명 사상은 인간 중심이 해체되고 인간만이 아닌 모든 생명체와 무기물, 최초의 초기적 물질까지도 동등하다는 논리를 갖게 된다. 그의 생명 사상에서는 인간을 포함하여 모든 만물들이 그 안에 신령(神靈)을 모시고 있기 때문에 모두 공경의 대상이 된다. 또한 인간을 포함하여 모든 사물과 우주 생명 전체는 따로 따로 떨어져(틈, 여백, 거리, 자유) 각립할 개연성이 있으되 결코 떨어져 불리할 수 없는 전체적이고 유기적이며 끊임없는 차원 변화와 더불어 변화, 생성, 진화하는 전체적 유출활동의 개념으로 이해된다. 이것은 기존의 인간 중심의 협소한 생명 개념을 넘어 우주적인 생명 개념으로의 확장으로 이해할 수 있다. 그의 생명사상은 한마디로 '우주는 살아 있는 생명 그 자체'라는 명제로 요약된다.

그가 내세우는 이러한 생명 사상은 우주와 인간의 마음 사이의 벽을 만들어 그 감응 자체가 불가능한 서구의 것과는 달리 인간과 우주의 무궁한 감응을 전제로 하고 있는 것이다. 이것은 분명 인간과 우주에 대한 새로운 사유 체계임과 동시에 기존의 반생명적인 문명이나 문화에 일정한 반성과 비판, 그리고 대안을 제시할 수 있는 체계임에 틀림없다.

그런데 이러한 그의 생명 개념의 확장은 그것이 너무 크고 넓기 때문에 자칫하면 실감의 차원으로 다가오지 않을 수 있다. 실질적으로 그의 생명사상을 비판하는 사람들뿐만 아니라 그것을 옹호하는 사람들이 우려하는 것도 바로 그것이다. 시와 사상의 견고한 상보적인 관계 속에서 오랫동안 인간과 우주 전체를 죽음으로 내몰고 있는 이 문명을 돌려세우기 위해 부단히 노력해 온 그의 피와 땀이 헛되지 않기 위해서는 여기에 대한 천착이 있어야 할 것이다. 이런 맥락에서 그의 생명 사상은 '생명 운동'이 되어야만 한다. 그의 생명 사상은 사상의 차원에서가 아닌 보다 구체적인 일상(현실)의 운동 차원에서 구현되어야만 한다. 실천적인 운동성 없이 사상으로만 남아 있는 사상은 공허한 것이다.

김지하의 생명 사상이 우주적인 차원을 포함하는 광대무변한 것이라면 정현종의 그것은 아주 작은 것에 대한 발견으로부터 시작된다. 그는 "생명이 무슨 추상이나 이념이나 거창한 철학 속에 들어 있는 게 아니라 이렇게 작은 것들 속에 들어 있"(『문학과사회』, 1992년 가을호)다고 보고 있다. 여기에서 그가 말하는 작은 것들이란 익히 여러 평자들(정과리, 송희복 등)에 의해 언급되었듯이 숨결과 같은 것이 그것이다. 그에게서 숨결은 김지하의 그것과는 다르다. 지하의 경우에 그 숨결은 인간과 우주의 동기감응(同氣感應)을 통해 형성되는 무궁무궁한 살아 있는 기운으로 표상되겠지만 정현종의 경우에 그것은 단지 인간의 코나 입을 통해 들어오고 나가는 긴장과 이완으로서의 들숨과 날숨의 의미 밖에는 없다.

그의 생명에 대한 이러한 입장은 산문집 『생명의 황홀』(1989)과 시집 『한 꽃송이』(1992) 『세상의 나무들』(1995)에 집약적으로 드러나 있다. 특히 다음의 시는 그의 이 작은 것으로부터 비롯되는 생명관을 잘 반영하고 있는 절창이다.

환합니다
감나무들에 감이,

바알간 불꽃이,
수도없이 불을 켜
천지가 환합니다
이 햇빛 저 햇빛
다 합해도
저렇게 환하겠습니까

　　　　　　　　　　　　　　　— 「환합니다」

가을 햇볕에 공기에
익은 벼에
눈부신 것 천지인데,
그런데,
아, 들판이 적막하다 –
메뚜기가 없다!

오 이 불길한 고요 —
생명의 황금고리가 끊어졌느니

　　　　　　　　　　　　　　　— 「들판이 적막하다」

　시인의 눈길이 닿고 있는 것은 저 먼 우주의 어느 "별"(김지하)이 아
니라 감나무의 "감"과 들판의 "메뚜기"이다. 시인은 "감"과 "메뚜기"
라는 이 작은 존재들로부터 생명의 한 원리를 발견해내고 있는 것이
다. 이 발견은 결코 작은 것이라고 할 수 없다. 아울러 그 발견에서 오
는 미적 체험의 폭 역시 작은 것이라고 할 수 없다. 지하의 우주로 향
한 그 광대무변한 상상력을 형상화한 「줄탁」에서 받은 강렬한 미적 체
험이 이 두 편의 시에서도 그대로 감지되고 있다.

정현종이 보여주는 생명관은 시인이나 시인 주변의 일상과 현실의 차원에서 성립되는 것이기 때문에 실감의 정도가 크다고 할 수 있다. 이 사실은 그의 생명관이 어떤 보편적인 만족의 대상으로 성립될 수 있는 가능성이 높다는 것을 의미한다. 다만 그의 생명관 혹은 그것을 형상화하고 있는 시의 경우 유의해야 할 것은 그것이 지나치게 유미주의적인 측면으로 경사되고 있다는 사실이다. 작은 생명에 대한 소중함과 그 발견을 아름답게 노래하는 것은 좋지만 그것이 시인 개인의 미에 대한 탐닉에 머문다면 곤란하다는 것이다. 바람직한 방향은 그의 미적 체험이 특수성과 함께 보편성을 담보하는 것이다. 아울러 지하의 큰 생명관과 길항을 통해 좀더 새로운 변화와 생성의 과정을 밟아가는 것이다.

최승호의 생태주의의 편력은 독특하다. 그는 지금까지 『대설주의보』(1983)를 시작으로 『여백』(1998)에 이르기까지 모두 8권의 시집을 상재하고 있다. 이 시집들에 드러난 시인의 생태주의에 대한 편력은 한마디로 '어둠'에서 '밝음'으로의 이행이다. 좀더 정확히 말하면 그것은 '회색'에서 '검은색' 그리고 '흰색'으로의 이행으로 볼 수 있다.

이러한 색조의 변화는 곧 시인의 문명에 대한 인식과 맥을 같이 한다. 그의 색조가 회색을 띠고 있는 『대설주의보』와 『고슴도치의 마을』(1985)에서는 주로 문명이 행사하는 폭력성과 광기에 초점을 맞추고 있다. 이 폭력과 광기의 주체는 인간이며 그 희생양은 동물과 생물 같은 살아 있는 생명체이다. 시인은 이 희생의 살풍경을 때로는 냉혹하게 또 때로는 그로테스크한 시각으로 포착하여 인간이 야기한 폭력과 광기의 참혹성을 배가시키고 있다. 이것은 문명의 야만성에 대한 고발인 동시에 시인의 불안 의식의 반영이라고 할 수 있다. 시인의 이 불안 의식이 '대설주의보'로 상징화된 것이다. 이때의 '대설'은 순수한 흰 눈이 아니라 문명의 불순물들이 섞여 있는 회색 산성눈인 것이다.

문명이 야기한 회색빛의 음울한 색조는『진흙소를 타고』(1987),『세속도시의 즐거움』(1990),『회저의 밤』(1993)에 오면 검은색으로 바뀐다. 이 시집들을 지배하는 이미지는 어두운 밤이다. 여기에 오면 문명의 야만성은 극에 달한다. 이 문명의 야만 혹은 야만의 문명으로 인해 결국 이 지상에 존재하는 모든 것들은 무화(無化)되고 만다. 무화 중에서도 철저한 무화가 이루어지는 것이다. 이것을 상징적으로 보여주고 있는 시가「회저」(『회저의 밤』)이다. '회저'란 살이 썩어 들어가는 병으로 이것은 곧 문명의 썩음을 드러내는 것이라고 할 수 있다. 이것은 야만의 문명에 대한 시인의 소멸의식을 드러낸 것이다. 하지만 이것은 또한 완전한 소멸(무화)을 통해 거듭 나려는 생성의식으로도 볼 수 있다. 시인은「회저」에서 "온몸의 살이 썩고/온몸의 뼈가 허물어져서/재 밑의 재로 나는 돌아가리라"라고 노래하고 있다. 이것은 무엇인가. 이것은 야만의 문명에 대한 철저한 무화를 통해 새롭게 거듭나려는 시인의 의지 아닌가. 문명이 썩고 또 썩고, 어둠이 점점 더 깊어질수록 밝음은 더 가까워지는 것이다.

　문명이 가지는 어둠을 어둠으로 직시하고 그로부터 밝음을 찾으려는 시인의 의지는『반딧불 보호구역』(1995),『눈사람』(1996),『여백』에서 구체화된다. 어둠의 끝에서 찾은 밝음이기 때문에 이 시에 드러나는 밝음은 순정함을 넘어 경건하기까지 하다. 인간의 폭력과 광기에 의해 무참하게 희생당했던 존재로 그려진 동물과 생물들이 여기에 오면 그 안에 모두 신성을 모시고 있는 경건한 존재로 그려진다. 가령 "코끼리 코! 무소의 코뿔보다 놀림이 자유자재인 부드러운 코끼리 코"(「알을 닮은 눈사람」)라든가 "자욱한 물안개 속으로 연어들이 돌아오는 소리 듣는다. 어린 날의/강에서 죽으려고 먼 바다에서 늙어 돌아오는 연어들의 노래를"(「물안개」), 또는 "수평선에서 넘어온 고기잡이 배 한척, 그 뒤를 갈매기들이 너울너울 따라옵니다"(「바다」) 등에서 읽을 수 있는 것은 그 나름의 존재 이유를 가진 존재자들의 자유와 평화의 풍경이다. 시인은 문명이 궁극적으로 추구해야 할 지향점을 바로 이 모든 존재자들의 공존과 화합 속에서 찾은 것이다.

이처럼 최승호의 생태학적인 편력은 문명에 대한 철저한 체험을 통해 성립된다. 어느 한 시집만 놓고 보면 그의 생태주의는 문명에 대한 극단적인 부정과 선적이고 명상적인 체험의 전경화로 읽혀질 수 있다. 그러나 이렇게 전체적인 맥락에서 보면 그의 생태주의는 문명과 자연 혹은 문명과 인간 사이의 적절한 긴장과 이완을 통한 넘나듦 속에 있다고 할 수 있다. 그의 생태학적인 상상력이 최근 선적이고 명상적인 길로 들어선 것은 사실이지만 이 길이 세속 도시와 이어져 있다는 점에서 문명(속)과 자연(선) 사이의 긴장과 이완은 계속되고 있다고 할 수 있다.

문명과 자연의 넘나듦의 문제는 이문재의 경우에도 중요한 화두이다. 90년대에 상재한 『산책시편』(1993)과 『마음의 오지』(1999)에서 그는 문명과 자연의 넘나듦을 속도에 대한 인식을 통해 풀어내고 있다. 그는 현대 문명 사회는 '빠름'을 선택하고 '느림'을 의도적으로 배제한다고 보고 있다. 그러나 시인은 '빠름'보다는 오히려 이 '느림'에 절대 가치를 부여한다. 그는 "게을러야 한다 게으르고 게으르고 또 게을러서 마침내 게을러터져야 한다//게으름의 익은 알갱이들을 폭발/시켜야 한다 천지사방으로 번식시켜야 한다"(「석류는 폭발한다」, 『마음의 오지』)는 느림에 대한 강렬한 자의식이 투영된 발설을 하고 있다. 게으름에 대한 찬양은 빠름의 속성으로 표상되는 자본주의 문명에 대한 비판과 반성을 의미하는 것일 뿐만 아니라 무서운 가속도(파시스트적인 가속도)를 내며 질주하는 문명을 돌려 세우는 방법으로 그가 속도를 줄이는 방법을 택했다는 것을 의미한다. 그리고 그것의 구체적인 방식으로 그는 '산책'을 들고 나온다.

문명 혹은 문명의 속도와 관련하여 그가 들고 나온 이 산책은 대단히 의미심장한 구석이 있다. 그것은 우리 문학사에서 산책(산책자)이라는 모티프를 통해 제기된 문명의 문제를 다시 산책으로 풀어내고 있다는 점이 바로 그것이다. 30년대 김기림, 이상, 박태원 등으로 대표되는 우리 문학은 산책자의 고유한 내면적 시선으로 백화점, 쇼 윈도, 다방, 모던 걸, 카페 여급과 같은 근대 문명을 포착해 그것을 의미화한 것이 사실이다. 30년대 산책자의 시선에 의해 의미화된 문명은 그 안에 긍정과 부정, 행복과 재앙, 희망과 절망을 동시에 지닌 이중적인 것이었다. 이것이 90년대 이문재의 시에 와서는 부정, 재앙, 절망의 전경화로 드러나면서 산책과 문명의 의미도 변화하게 되었다. 특히 30년대에 비해 90년대는 문명 이후, 근대 문명이 아니라 근대 문명 이후 혹은 후기 근대 문명에 대해 심각하게 고민하지 않으면 안 되는 그런 상황을 맞게 되었던 것이다. 이 점에서 이문재의 산책은 문명에 대한 대항 내지 대안의 성격이 강하다고 할 수 있다.

그렇다면 어떻게 산책을 통해 문명의 속도를 줄일 수 있을까. 이 문제는 문명과 자연이 상생(相生)할 수 있는 길을 제시하는 중요한 물음이다. 그런데 여기에서 간과하지 말아야 할 것은 그가 욕망하는 산책이 문명화된 도시를 떠나 옛날의 은자(隱者)들이 하는 그런 은일이나 은둔의 산책이 아니라는 점이다. 그의 산책은 문명화된 도시에 존재하면서 그 도시를 떠나는 역설적인 의미를 가진 산책을 말하는 것이다.

이러한 산책은 과연 가능할까. 시인의 논리에 의하면 그 산책은 가능하다. 그것은 산책을 하는 주체의 몸이 유심론적(唯心論的)인 몸으로 상정될 때 가능하다고 할 수 있다. 즉 몸 속에 마음이 있을 뿐만 아니라 마음 속에 또한 몸이 있다고 상정될 때 그것은 가능한 것이다. 몸과 마음은 불일이불이(不一而不二)인 것이다. 이렇게 되면 마음은 몸을 빠져나가 자유롭게 돌아다닐 수 있고, 몸 또한 마음 바깥으로 나가 존재할 수 있는 것이다. 하지만 몸과 마음이 각각 자유로운 존재성을 가진다고 그것을 완전히 분리된 것으로 보면 안 된다.

이처럼 몸과 마음을 불일이불이(不一而不二)의 차원에서 보면 문명화된 도시에서 산책을 한다는 것은 가능한 일이다. 마음속의 몸은 언제든지 도시에 존재하면서 또한 도시 밖, 자연으로 나가 돌아오지 않아도 되는 그런 산책을 즐길 수 있는 것이다. 따라서 진정한 의미의 산책은 "산책로 밖에 있으며"(「산책로 밖의 산책」, 『산책시편』), "오히려 길 밖이 넓고, 길 아닌 것이 오히려 더 넓고 넓다"(「길 밖에서」, 『산책시편』)고 할 수 있다. 마음속의 몸이 파시스트적인 속도가 지배하는 문명화된 도시 속에서도 그 속도를 줄이면서 살 수 있다는 것은 그 근본에서부터 어긋나 있는 자연과 문명이 불완전하지만 상생(相生)할 수 있는 가능성을 열어 보인 것이라고 할 수 있다.

시에 비해 소설에서의 생태주의 담론은 빈약하기 짝이 없다. 생태주의와 관련된 소설로 90년대에 출간된 것이래야 문예환경 소설집이라는 이름으로 나온 『도요새에 관한 명상』(문예산책, 1995)과 많은 평자들이 언급한 것처럼 우리 문학의 생태주의 혹은 생명주의 토대이자 그 완성으로 볼 수 있는 박경리의 『토지』(1995) 정도가 고작이다. 그러나 『도요새에 관한 명상』에 실린 작품들은 거의 대부분 90년대 이전에 쓰여진 것들이고, 『토지』 역시 완성은 90년대에 되었지만 시작은 60년대(1969)였고, 그 중심 서사는 이미 70, 80년대에 완성되었던 것이다.

90년대 소설에서의 생태주의의 빈곤은 그 원인이 어디에 있는지 꼼꼼히 따져 보아야 하겠지만 생태주의 담론이 차지하는 비중을 고려한다면 큰 문제라고 하지 않을 수 없다. 서사의 약화, 매체 환경의 득세, 에코페미니즘에 대한 실천적인 인식 부족, 리얼리즘의 퇴조 등 그 원인을 여러 가지 측면에서 찾을 수 있겠지만 우선 생태주의 담론이 소설가의 잠재 의식 속에 상업성을 담보할 수 없는 재미 없고 무거운 소설로 분류된다는 점을 꼽을 수 있을 것이다. 90년대의 출판이든 잡지든 소설과 관련된 모든 메카니즘은 재미 없고 무거운 소설을 철저히 배제해 온 것이 사실이다. 생태주의를 가지고 재미 있고 가볍게 쓴다는 것은 소설가의 의식 속에 이미 불가능으로 각인되어 있었는지도 모른다.

이유야 어찌되었든 간에 생태주의와 관련된 소설이 절대적으로 빈곤한 것이 사실이며, 또 인식론적이고 존재론적인 깊이와 넓이를 보여주는 소설도 거의 없는 것이 사실이다. 그나마 위안을 삼는다면 박완서와 최성각의 소설 정도이다.

먼저 박완서의 경우를 보자. 그녀의 생태에 대한 관심은 그녀가 그것을 의식하고 썼는지 아니면 못 했는지 알 수는 없지만 이미 「나목」이나 「어떤 나들이」 등 초기 소설부터 드러난다. 이 사실을 간파하고 이선영은 그의 소설 세계를 '세파 속의 생명주의'(『현대문학』, 1985년 5월)라고 명명하고 있다. 그의 지적처럼 그녀의 소설은 살아 있음의 현장에서 떠난 적이 없다. 그녀를 남성 여성의 구분을 떠나 탁월한 리얼리스트라고 부르는 것도 그녀의 이러한 살아 있음을 표현하는 현장 감각에서 비롯된 것이라고 할 수 있다.

그런데 그녀가 그려내는 이 살아 있음의 현장은 문명화된 도시와 자연으로서의 생명이 살아 숨쉬는 그녀의 고향으로 대별된다. 이 대비는 『그 많던 싱아는 누가 다 먹었을까』(1995)와 『그 산이 정말 거기 있었을까』(1995)에 선명하게 드러나 있다. 자연의 감성이 살아 있는 "개성(박적골)"과 문명화된 도시인 "서울(현저동)"은 "낙원/비낙원, 실개천/시궁창, 싱아/아카시아, 신맛/비린맛으로 꼬리를 물고 환유적인 대립구조"(신수정, 「증언과 기록에의 소명」, 『소설과사상』, 1997년 봄호)를 보인다. 이러한 대립 구도를 통해 작가가 의도한 것은 문명화되면서 상실된 것들에 대한 그리움이다. 근대 문명은 작가가 유년기 때 고향 마을인 "박적골"에서 체험한 안정과 풍요로움, 사랑과 질서, 공동체 의식 등을 빼앗아 가버린 것이다. 작가는 이것의 소중함을 문명화된 "서울"에서의 체험을 통해 절감하게 된 것이다.

문명에서 비롯되는 이러한 상실감은 90년대 생태주의 문학의 한 성과로 꼽히는 「환각의 나비」(1995)에서도 그대로 반복된다. 이 소설의 주요 공간인 "원주민 마을"과 "아파트 단지"는 곧 고향 "박적골"과 서울 "현저동"의 반복된 구조인 것이다. 작가는 이 공간 중에서 심적으로 "원주민 마을"에 기울어 있다. 그러나 작가는 "원주민 마을"도 "아파트 단지"도 아닌 제 3의 공간인 "천개사 포교원"을 택한다. 여기도 저기도 아닌 제 3의 공간을 택한 것은 작가가 문명과 자연, 근대와 반근대의 가치를 동시에 인정하려는 균형감각의 소산으로 볼 수 있다. 작가는 제 3의 공간인 완충지대에서 근대 문명과 자연에 대한 반성적인 거리와 새로운 제 3의 대안을 찾고 있는 것이다.

최성각의 생태에 대한 관심은 「약사여래는 오지 않는다」(1995)에서 출발한다. 이 소설은 물이 오염되었을 때 그것이 어떻게 인간성을 파괴하고 또 미래에 어떤 재앙을 가져오게 되는지 등을 보여주고 있는 일종의 경고의 메시지를 담고 있는 소설이다. 다소 작위적이고 도식적인 감이 없지 않은 것으로 보아 생태에 대한 깊이 있는 천착 없이 단순히 소재적인 인식 차원에서 쓰여진 소설임을 알 수 있다. 그러나 최근에 발표한 「동강은 황새 여울을 안고 흐른다」(1999)는 이러한 인식 차원을 벗어나고 있다.

이 소설은 역사 혹은 시간에 대한 작가의 리얼리즘적인 세계 인식을 바탕으로 최근 이슈가 되고 있는 동강 문제에 천착한 소설이다. 이 소설에 드러나는 역사 혹은 시간은 단절이 아니라 연속에 그 존재론적 토대를 두고 있다. 그것은 동강과 그것을 끼고 사는 혹은 살아온 사람들에 대한 작가의 시각을 통해 형상화되고 있다. 작가는 무엇보다도 동강의 흐름에 주목한다. 작가는 "동강은 정말 소리없이, 잠자듯 흐르고 있었다. 동강이 다만 흐르는 강물이 아니라 숨을 쉬고 살아 있다는 것을 그때처럼 강렬하게 느꼈던 적은 없었다"에서 드러나듯이 동강을 하나의 살아 있는 생명체로 파악하고 있다. 이것은 그가 인간과 강(자연)을 연속성의 측면에서 인식하고 있다는 것을 의미한다.

이렇게 흐르는 강은 그것이 인간과 호흡을 같이 하면서 흘러왔고 또 흐르고 있으며 앞으로 흘러가리라는 점에서 보면 동강은 곧 인간의 역사이며 시간이다. 동강의 흐름 속에는 이처럼 인간의 과거, 현재, 미래가 있다는, 다시 말하면 인간과 역사를 연속성의 차원에서 바라보기 때문에 이 흐름을 가로막는 행위에 대해 작가는 온몸으로 저항하고 있는 것이다. 이러한 작가의 의지는 "황새여울이 아무리 많아도 동강은 흘러왔잖아, 동강은 흐를 거야"라는 이 소설의 마지막 대목에 강하게 드러나 있다. 이것은 무엇인가. 이것은 인간과 역사에 대한 작가의 해석 아닌가. 작가는 인간의 내부의 탐욕과 부패와 무관심에 의해 '지금 여기'의 생태적인 현실이 도전받고 있지만 역사의 도저한 흐름은 막을 수 없다는 미래에 대한 확실성의 원리를 드러내고 있는 것으로 볼 수 있다.

4

90년대 생태주의 담론은 담론의 특성에 걸맞게 활발하게 전개된 것이 사실이다. '문학 생태학'(김성곤), '녹색 문학'(이남호), '녹색 사상'(정호웅), '생명 사상'(김지하) 등 생태주의와 관련된 다양한 담론의 성립과 김지하, 정현종, 최승호, 이문재, 박완서, 최성각 등에 의한 창작

행위가 병행되면서 생태주의는 바야흐로 90년대 문단의 한 중심으로 자리하게 된 것이다. 특히 평론과 시의 경우 생태주의와 관련해서 이룩한 성과는 그 인식론적이고 존재론적인 깊이와 넓이의 면에서 상당하다고 할 수 있다. 인식론과 존재론의 토대를 마련하는 철학에서조차 생태주의와 관련하여 아직 변변한 체계를 마련하지 못한 상황에서 문학에서의 이러한 열기와 성과는 다시 한번 문학이 감당해 온 시대정신의 의미를 생각하게 한다.

그러나 생태주의는 '지금 여기'에서만이 유효한 담론은 아니다. 그것은 오히려 미래에 더 중심음을 낼 미래의 담론이다. '지금 여기'에서 자행되는 생태 파괴의 결과는 다가오는 미래에 우리가 감당할 수밖에 없는 실존적인 것이다. 이런 점에서 90년대 우리 문학에 일기 시작한 생태주의 담론은 시작에 불과하다고 볼 수 있다. "문학은 녹색이다"라고 한 이남호의 선언은 그 선언이 가지는 상징적인 의미에도 불구하고 어쩌면 선언의 의미밖에는 없을 수도 있다. 이 선언이 무게를 가지기 위해서는 생태주의에 내재해 있는 거품을 제거해야 한다. '속류'와 '사이비류'의 생태주의로는 인간, 문명, 문화, 자연이라는 이 거대한 패러다임과 맞물려 있는 생태주의 문제를 감당해낼 수 없다.

아울러 문학이 진정으로 '녹색'이 되기 위해서는 녹색에 대한 천착과 함께 문학에 대한 진지한 천착도 있어야 한다. 녹색을 전경화하다 보면 문학은 녹색의 도구나 이데올로기 차원으로 떨어지게 된다. "문학은 녹색이다"라는 말은 문학을 통한 녹색을 의미하는 것이지 문학 자체가 녹색이라는 것은 아니다. "문학은 녹색이다"라는 말이 의미를 갖기 위해서는 그것이 "녹색도 문학이다"라는 의미를 가질 때이다. 이처럼 생태주의 문학은 그 열기와 관심 못지않게 냉정하게 고민해야 할 부분이 많은 것이다. 새로운 시작은 언제나 즐거움보다는 괴로움이 더 큰 법이다.

감성의 독과 나르시시즘

시원始原의 존재론

— 윤대녕론

1

윤대녕은 90년대 젊은 작가들로부터 분명히 한발짝 비껴 서 있다. 그의 소설 속에는 90년대 들어와 유행병처럼 번지고 있는 억압된 성의식의 표출이나 후기자본주의 문화 논리에 지배되고 통제받는 감각적인 현대인의 삶에 대한 서술을 발견할 수 없다. 오히려 그의 소설속에는 시류적인 것보다 인간의 삶에 대한 보다 본질적인 그 무엇이 은밀하게, 그러나 살아 꿈틀대는 구조와 이미지로 형상화되어 있다. 이렇게 은밀하게 그려져 있는 삶은 결국 신비주의적인 색채를 띠고 나타난다. 초기작인 「사막에서」부터 첫 장편인 『옛날 영화를 보러 갔다』에 이르기까지 그의 소설은 어디를 들추어보아도 거기에는 삶에 대한 비의(秘意)가 존재한다. 이 신비주의적인 이미지들은 하나의 소설 안에서뿐만 아니라 소설과 소설 사이에서도 상호작용을 일으켜 하나의 거대한 모자이크를 구성한다.

그러나 이 이미지들은 신비주의적인 것들이 흔히 빠지기 쉬운 관념적이라든가 현실과의 관련성을 잃은 몽환적인 것을 환기하지는 않는다. 오히려 그것은 현실과 환상이라는 두 차원 사이의 팽팽한 긴장감을 조성한다. 그로 인해 현실과 환상 혹은 일상과 시원이라는 두 세계의 존재 양식이 좀더 명확하게 드러난다. 그것은 경우에 따라 일상과 시원이 대비, 혹은 공존하는 형태를 띠기도 하고, 또 일상과 시원이 서로 삼투작용을 일으켜 넘나들다가 어떤 순간에 가서는 일상과 시원이 일치하는 개벽(開闢)과 해탈(解脫)의 세계를 보여주기도 한다.

일상과 시원의 함수 관계를 통해 드러나는 이러한 신비주의적인 색채는 이미 그의 소설의 심원함이 동양적 사유 체계와 맥이 닿아 있음을 말해 주고 있는 것이다. 동양적 사유 체계의 특징은 서구적 체계와는 달리 외적 표출이 아니라 내적 응축이며, 선(線)이 아니라 원(圓)의 미학이다. 그것은 일정한 형체가 없어 눈으로 볼 수도 만질 수도 없지만 우주 만물 속에 살아 숨쉬는 생명의 숨결 같은 무(無)라든가, 끝을 통해서 의미를 찾으려는 것이 아니고 시작을 통해서 의미를 찾으려는 시원의식(始原意識), 어떤 대상을 대립적인 관계로 인식하는 것이 아니라 조화와 융합으로 간주하려는 둥글고 커다란 원(圓)적인 사고, 그리고 모든 것들은 운명적인 굴레에서 벗어날 수 없으며 끊임없이 반복된다는 반자(反者)와 윤회(輪廻) 같은 사유 체계들을 가지고 있는 것이다.

이러한 동양적 사유 체계를 바탕으로 하고 있는 윤대녕 소설은 이질적인 요소들의 대립과 갈등을 통해 새로운 합에 도달하는 그런 서사물에서 발견할 수 없는 독특한 존재론적인 문제를 제기한다. 그것은 먼저 이 우주삼라만상(宇宙森羅萬象)이 어떻게 존재하게 된 것인가에 대한 문제 제기로부터 시작해서 그 만상(萬象)이 어떻게 서로 공존하고 있는가 하는 탐구를 거쳐, 마지막으로 그 만상(萬象)이 끊임없는 변화 과정을 통해 어떻게 다시 처음 생겨났던 곳으로 되돌아오는가 하는 문제에 이른다. 이것은 기본적으로 그의 소설이 일직선적인 시간의 논리가 아니라 순환론적인 시간의 논리를 문제삼고 있다는 것을 말해 준다. 이 순환론적인 시간 논리에 따라 그의 소설 속의 모든 행위는 성립되고 또 의미화되는 것이다.

이렇게 소설적인 모든 행위가 순환 논리에 따라 성립된다는 사실은 그것이 언뜻 무의미한 반복을 거듭하고 있는 것처럼 보일지 모르지만 그 본질에 있어서는 유의미한 변화와 생성을 되풀이하고 있는 것이다. 그래서 그의 소설은 손으로 물고기를 잡았을 때 전해지는 살아 꿈틀대는 구조와 이미지를 체험하게 하고, 안개 속에서 붉게 타오르는 휘황한 불꽃나무 같은 일상의 나태한 의식으로 인지되지 않는 신비롭고 낯선 세계를 끊임없이 체험하게 하는 것이다. 이 체험이야말로 '무한한 것은 다시 되돌아온다'(大曰逝 逝曰遠 遠曰反—『老子』 25章)는 발생론적인 면과 인과론적인 측면을 중시하는 동양적 존재에 대한 체험이라고 할 수 있다.

2

윤대녕 소설은 이미 존재하고 있는 것에 대한 탐구를 넘어 어떻게 존재하게 된 것인가(莫非命)에 대한 탐구로부터 시작된다. 이 탐구는 궁극적으로 그의 소설 속의 주인공들을 탐색자의 면모를 지니게 하면서, 존재의 시원 혹은 근원에 대한 탐구로 이어지게 한다. 이러한 시원에 대한 그리움과 갈망은 일점근원(一點根源)을 찾아 강물을 거슬러 오르는 은어떼로 상징화되어 나타나기도 하고, 삼대(三代)에 걸쳐 운명처럼 이어져 온 말발굽 소리를 통해 환기되기도 한다. 그러나 그들이 도달하고자 하는 목적지인 존재의 시원은 명확하게 형상화되어 있지 않다. 그것은 진부한 일상 속으로 초월적인 세계가 갑자기 내습해 올 때 자욱한 안개를 뚫고 베일에 가린 형상을 드러내 보일 뿐이다.

> 그리고 어느 새벽녘에, 먼빛으로 강줄기가 보이는 산문(山門) 끝에 와서 그는 한 그루의 거대한 불꽃나무를 보았다. 그것은 족히 몇 백 년은 묵었을 법한 고목이었다. 나무의 밑동에서부터 비늘처럼 생긴 붉은 잎이 잔가지 끝까지 달라붙어 확확 불을 질러놓고 있었다. 강으로부터 젖빛 안개가 들판을 가로질러 우우 진군해오고 안개 속에서 붉게 타오르고 있는 그 휘황한 불꽃나무를 보는 순간, 그는 탈골이 된 듯 말 잔등 위에 널브러졌다. 마침내 업장이 소멸되며 밑동에서부터 가렵게 싹이 돋고 있는 것을 그는 황홀히 지켜보고 있다.
>
> ―「말발굽 소리를 듣는다」

"휘황한 불꽃나무"라든가 "비늘처럼 생긴 붉은 잎", "강으로부터 젖빛 안개가 들판을 가로질러" 진군해 오는 곳이 바로 시원이다. 불꽃나무는 위로 타오르고, 안개는 강으로부터 들판을 가로질러 오고 있다는 점을 상기한다면 시원은 수직적인 세계와 수평적인 세계가 만나는 곳임을 알 수 있다. 수평과 수직의 교차. 이것은 윤대녕 소설이 갈망하는 시원이 성스러운 곳인 동시에 모든 만물이 "밑동에서부터 가렵게 싹이 돋기" 시작하는 원적지(原籍地)라는 사실을 말해 주는 것이다.

그러나 시원이 성소(聖所)이며 만물의 원적지(原籍地)라는 사실은 원론적이며 표피적인 해석에 불과하다. 이러한 해석은 가시화하기 힘든 시원 자체를 몇 개의 이미지를 통해 가시화하고 있는 데서 기인한다. 시원은 몇몇 장면 묘사를 통해 형상화할 수 있는 대상이 아니다. 그것은 일상과 초월이 삼투작용을 일으키는 순간을 묘사하고 있는 장면보다는 주인공이 시원을 갈망하고 탐색해 가는 과정 속에 오히려 보다 많은 정보가 숨겨져 있는 것이다. 아울러 그 과정이 독자들을 신비의 숲 속으로 빠져들게 한다. 따라서 존재의 시원에 대한 의미화 작업은 주인공이 탐색 과정에서 남긴 흔적들을 되짚어내고 재정리하는 과정을 통해 실현될 수 있다. 이 과정을 통해서 시원의 흔적들이 어떤 성질의 것이며, 온전한 것은 아니지만 어렴풋이 그 전체적인 모습을 조망해 볼 수 있을 것이다.

이렇게 흔적들을 되짚어내고 재정리해 가다 보면 시원에 대한 탐색의 구도가 주인공과 현실 밖으로 사라져 버린 여인을 중심축으로 하여 전개되고 있음을 알 수 있다. 그녀는 주인공보다 먼저 탈현실에 성공해서 이쪽이 아닌 저쪽 세계, 곧 존재의 시원으로 회귀한 상태이며, 아직 탈현실에 성공하지 못한 주인공은 그녀를 찾아 헤맨다. 그것이 「銀魚」에서는 유곽의 여인, 「은어낚시통신」에서는 제주도 성산포에서 우연히 만났던 김청미라는 과거 속의 여인, 「불귀」에서는 누이동생, 「국화옆에서」는 화교 처녀인 자경, 「소는 여관으로 들어온다 가끔」에서는 환속한 옛애인 금영, 그리고 『옛날 영화를 보러 갔다』에서는 유진이라는 유년기의 여자 친구로 각각 변용되어 나타난다.

위와 같은 일련의 사실들은 윤대녕 소설의 주인공이 한 여인에 대한 집요한 탐색의 과정임을 보여주는 것이다. 시간과 공간에 따라 이름만 달리할 뿐 하나같이 그 여인들은 탈현실에 성공해 존재의 시원으로 회귀한 상태에 놓여 있다. 하나도 아닌 탐색의 대상인 모든 여인들이 이렇듯 시원 상태에 놓여 있다는 것은 우연이라고 보아 넘기기에는 그 속에 숨겨진 의미가 심오할 뿐 아니라 시원과 여인이 환기하는 의미 사이에 유사성과 인접성이 너무 강하게 작용하고 있다.

원래 시자의 '始'와 여인의 '女'는 동일한 기호체계에 속한다. 그 근거는 시원의 '始'자가 '女之初'(『說文解字』)에 기반을 두고 있기 때문이다. '女之初'에서 '初'는 '쪼갠다'는 뜻으로 음부의 벌어짐, 곧 출산을 의미한다. 만물은 모두 그 음부를 통해 생겨난다. 이런 점에서 여인은 모(母)와 등가이며, "우리의 경과가 시작되고"(「銀魚」), "내가 원래 존재했던"(「은어낚시통신」) 발생론적 모체가 되는 것이다. 아울러 이러한 사실은 여인이 시원을 대체하는 시니피앙으로 기능하고 있으며, 주인공이 탈현실 밖에 존재하는 여인을 찾아다니는 것 자체가 시원으로 회귀하고 싶은 강한 욕망을 드러내고 있다는 점을 말해 준다.

시원과 여인, 또는 여인과 모(母)가 서로 대체적인 기능을 가질 수 있다는 것은 「말발굽 소리를 듣는다」에서처럼 실체는 있지만 윤곽조차 잡히지 않던 시원의 형상이 좀더 구체화될 수 있는 여지를 제공한다. 그 여지란 주인공의 현실과 일상을 지배하는 이성의 법칙 반대편에 놓이는 여인과 관련된 신비하고 비이성적인 흔적에 의해 가능하다. 이 흔적들은 '현실과 일상이 점점 불모화·척박화되어 가고'(「사막에서」), '권력이 하나의 억압적인 통제기제'(「눈과 화살」)로 작용할 때, 주인공이 그곳으로부터 벗어나 신비하고 비이성적인 존재의 시원(탈현실의 여인)으로 인도하는 안내자 구실도 하고, 또 시원을 강하게 환기하기도 한다. 이 흔적들 중 여인과 가장 밀접하게 유사성과 인접성을 유지하고 있는 것은 은어―하동―소―새우 등의 동물을 거느리고 나타나는 우물―물 속―동굴 같은 공간이다.

① 그것은 뒤란에 있는 우물 속에서 나는 소리였다. 그 속을 들여다보면 검은 구멍이 빨아들일 듯이 그 깊은 입을 벌리고 있었다. 얼마나 깊은지 알 수가 없었다. 한참을 들여다보고 있으면 다시 철썩!하고 무언가가 솟구쳐 오르는 소리가 들렸다. 그게 은어라는 소실를 들었다. 나는 그놈의 은어가

보고 싶었다. 허나 그 땅 속 깊은 어둠으로 갈 수는 없는 노릇이었다.

—「銀魚」

② 다시 하동의 얼굴로 그녀가 내 눈을 들여다보며 말했다. 하동 — 여름
에 물에서 벌거벗고 노는 아이 — 가 떠올라 나는 슬몃 웃음을 터뜨렸다.
원래 하동이란, 강 따위의 물 속에 사는 상상의 동물로 모양은 사람과 비슷
하고 소리는 어린아이의 울음소리를 닮은 짐승이라고 한다.

—「은어낚시통신」

③ 지금 어머니가 소를 타고 청평사로 올라가고 있어요. 풀밭에 지독한
안개가 껴 있어요. 물에서 나온 소들이 음매음매 그 뒤를 따라가고 있어요.

—「소는 여관으로 들어온다 가끔」

④ 지난 가을 나는 바다에 갔었다. 말굽형의 산맥으로 둘러싸인 서해안
의 만이었다. 내가 거기 가던 날은 비가 내리고 있었다. 녹슨 철선이 개펄
속에 묻혀 있는 폐허인 바다. 그 모든 신생을 화석처럼 간직한 채 풍화하는
그곳. 거기엔 아무도 모르는 석류굴(石榴窟)이 존재하고 있다.

—「눈과 화살」

①의 우물 속, ②와 ③의 물 속, ④의 동굴이 환기하고 있는 것은 여
인의 음부나 어머니의 태반 같은 신비함이다. 그 신비함은 물과 어둠
의 결합을 통해 드러나거나 은어—하동—소 같은 동물들과 물의 신
화적인 결합에 의해 만들어지기도 한다. 물은 윤대녕 소설에서 종종
만나게 되는 이미지들이지만 이것이 「銀魚」나 「눈과 화살」에서처럼
어둠의 이미지와 만나면 현실의 세계는 점점 축소되고 반대로 현실
저편의 신비롭고 원시적인 세계가 은밀하게 그곳을 차지하게 된다.

그것은 어둠이 외적 표출로서의 어둠이 아니라 여인의 음부처럼 "검은 구멍이 빨아들일 듯이 깊은 입을 벌리고 있는" 무한히 심층을 향해서 하강하는 내적 응축으로서의 어둠이기 때문이다.

이렇게 끝없이 하강하다 만나는 땅 속 끝, '지하부락'에는 "산란중인 은어처럼 입을 벌리고 무섭게 몸을 떨고 있는"(「은어낚시통신」) 시원의 대체된 시니피앙인 여인이 존재한다. 그녀는 "허위와 속임수와 껍데기뿐인 욕망과 불면의 나이를 벗어버리게" 하고, "그 먼 존재의 시원, 말하자면 내가 원래 있어야만 하는 장소로" 안내하기도 한다. 「銀魚」에서 주인공의 삼촌이 "검푸른 이끼가 끼어 있는 돌틈을 딛고 내려간" 우물 속, 그리고 「눈과 화살」에서 박무현이 가고 싶어했던 서해안의 석류굴 역시 이런 태고적 신비가 살아 숨쉬고 있는 여인의 음부나 어머니의 태반 같은 존재의 시원이었던 것이다.

우물과 동굴이 음부나 태반 같은 태고의 신비를 간직한 곳이기 때문에 은어―하동―소 같은 동물들이 살 수 있는 것이다. 사실 현실의 이성적 논리로 보면 우물 속에 은어가 살 수 없고, 사람과 형상이 비슷한 어린아이 울음소리를 내는 하동이라는 동물도 강물 속에 살 수 없다. 뿐만 아니라 소가 물 속에서 걸어나온다는 것 또한 있을 수 없는 일이다. 현실 세계에서 불가능한 이러한 물과 동물들 간의 신화적인 결합은 태고적 신비가 살아 숨쉬고 있는 시원에서나 가능한 일이다. 시원은 "고기어(魚) 자 밑에 있는 네 개의 점이 소의 네 다리"(「소는 여관으로 들어온다 가끔」)가 될 수 있는 그런 무한한 신생의 잠재성을 가진 곳이다.

여기까지 오면 존재의 시원이 모든 것들을 받아들이고 그것들이 무한히 작용할 수 있도록 하는 기호임을 알 수 있다. 그것은 아직 로고스의 빛이 닿지 않아 어둠 속에 있는 어머니의 태반이나 동굴 같은 여성적인 공간이다. 그 공간은 너무 크고 넓기 때문에 텅 비어 있는 것

같고 또 아무것도 없는 것같이 보인다. 그러나 그 공간은 모든 만물의 존재를 가능하게 하는 無의 숨결이 살아 꿈틀대는 곳이다. 이 無는 '없음을 전제로 한 없음'인 nothing이 아니라 '있음을 전제로 한 없음'이다. 이 無로 인해 비로소 시원은 무한한 신생의 원적지라는 실체를 가질 수 있게 되는 것이다.

이렇게 윤대녕 소설이 이미 존재하고 있는 것(有)에 대한 탐구를 넘어 어떻게 존재하게 된 것인가(無)에 대한 탐구에 이른다는 점은 그의 소설의 심원함이 동양적 사유 체계에 기반을 두고 있다는 것을 의미한다. 서양에서는 이미 로고스의 빛을 받아 하나의 존재로 규정된 有까지만 사유의 대상으로 삼았을 뿐, 로고스의 빛이 닿지 않아 뭐라고 규정할 수 없는 무한한 가능성의 세계인 無까지는 생각이 미치지 못했던 것이다. 물론 이러한 사유가 가지는 한계를 극복하기 위해 쇼펜하우어나 니체가 고통스런 인식의 과정을 보여주기는 했지만 그들 역시 동양적인 無의 심원함까지는 이르지 못했던 것이다.

이러한 無의 숨결로 인해 윤대녕 소설은 有의 인식만을 바탕으로 한 소설에서 체험할 수 없는 신비함과 심원함을 제공해 준다. 주인공이 탈현실에 성공해 되돌아가고 싶어하는 존재의 시원이 여인 — 우물 — 물 속 — 동굴 — 달 등 신비와 심원함을 함축하고 있는 기표로 대체되어 끊임없이 미끄러져 내릴 수밖에 없었던 것도 로고스적인 빛(有)이 닿지 않는 無의 숨결이 작용하고 있었기 때문이다. 이 점은 주인공이 욕망하는 존재의 시원이 개념의 세계요, 언어의 세계인 有로서는 영원히 규정할 수 없는 그런 신비한 영역이라는 사실을 말해 준다.

3

　윤대녕 소설 속에는 시원만이 존재하는 것은 아니다. 그 속에는 시원과 같은 무게로 일상 또한 존재한다. 이 두 세계의 공존은 단순한 위치지움의 차원을 넘어 그의 소설의 존재 방식에 대해 또 다른 문제를 제기한다. 그것은 이 두 세계가 흔히 이질적인 요소들간의 대립과 갈등을 통해 새로운 합에 도달하는 그런 통념화된 서사 문법과는 다른 독특한 존재 양상을 보여준다는 점이다. 그것은 이미 시작부터 이 두 세계가 대립과 모순이 없는 어떤 절대적인 존재 상태에 놓여 있다는 것을 의미한다.

　이렇게 그의 소설이 독특한 존재 상태에 있다는 것은 시원과 일상이 각각 無와 有의 숨결로 충만된 곳이라는 사실에서 비롯된다. 여기에서 시원을 無로 본 것은 이미 설명한 바 있지만 일상을 有로 본 것은 다소 생소한 감이 있다. 그것은 일상이 불가시적이고 무형인 시원과는 달리 언어나 개념화 과정을 통해 구현된 가시적인 세계이기 때문이다. 그래서 일상 속에 존재하는 모든 것은 완벽한 형식을 가질 수밖에 없으며, 그 형식(有)을 가능하게 하는 언어는 존재의 집인 동시에 감옥이 되는 것이다. 서구의 형이상학은 바로 이 有라는 집 혹은 감옥 속에 갇혀 보다 심원하고 무한한 신생의 원적지(原籍地)인 無에 대한 인식까지는 이르지 못했던 것이다.

　그러나 동양의 형이상학은 無에 대한 인식뿐만 아니라 無와 有에 대해서도 이야기하고 있다. 노자는 『老子』40章에서 "天下萬物生於有 有生於無"라고 설파함으로써 새로운 존재론의 지평을 열어 보였다. 그의 이 말을 유추해 보면 無는 有보다 크고, 모든 有는 無로부터 생겨난다는 인식을 토대로 하고 있음을 알 수 있다. 이것은 有가 無와 분리되어 있는 것이 아니라 有 이면에는 늘 無가 존재하고 있으며, 有

가 존재에 대한 한계에 부딪칠 때 無는 여인의 자궁과 음부 같은 무한한 신생의 빈 공간을 제공해 준다는 의미로 확대 해석할 수 있다. 따라서 시원은 어디 멀리 있는 것이 아니라 일상과 공존하고 있으며, 그 일상이 유적(有的)인 것(有物)으로 가득 찰 때마다 실체를 드러내는 그런 공간이다. 이렇게 시원이 일상과 공존하고 있음에도 불구하고 그 존재를 인식하기 어려운 것은 일상에 함몰되어 버린 나태한 의식 때문이다. 시원은 나태한 의식으로는 결코 인지되지 않는다. 그것은 일상을 가역적(可逆的)으로 체험할 때만이 인지되는 그런 세계이다. 시원과 일상이 가지는 이러한 존재 방식은 어느 특정한 작품에만 국한되어 있는 것이 아니라 윤대녕 소설 전반에 걸쳐 나타나고 있다. 특히 불가시적인 시원의 존재를 가시화하는 데 직접적인 계기가 되는 유물(有物)로 가득찬 일상은 다양한 비유와 상징을 통해 드러나고 있다.

— 그렇다 모든 등록번호와 생년월일과 본적과 탁아소와 학교와 병원과 기타 공공기관과 교통시설과, 모든 제도가 만들어놓은 것들은 그 자체로 하나의 거대한 감시의 눈이 된다. 살아 숨쉬는 외분박이 괴물의 눈! 그것은 내가 볼 수 없는 어두운 곳에, 높은 곳에서 나를 주시하고 있다. 횡단보도의 신호등 뒤에서, 자정이 넘은 술집에서, 등화관제 속에서, 전철의 개찰구에서, 기타의 행정구역에서 …… 나는 그저 하나의 전형, 순종하는 전형일 뿐이다.

— 「눈과 화살」

"(……) 우리를 구속하고 감시하고 심지어는 지배하는 것도 모두가 그 힘에서 비롯되는 것이 아닐까요? 무서운 건 우리가 그 힘을 원하고 그리하여 그 힘의 일부이기를 바란다는 걸 겁니다. 구멍 하나 없는 완벽한 구조의 미로에 빠져 우리는 그 힘을 겨루고…… 우리는 누구나 신분증을 발급받고 명함을 찍고 자본주의 사회의 언어로 사랑을 하고 슬며시 투기를 생각하고 또 나보다 기득권이 없는 것은 철저히 외면하고 혹은 돈으로 여자를 사고 (무서워요, 돈으로 사람을 사고 팔다니!) 텔레비전에서 생활방식을 구하고 또한 그런 것이 주는 힘들에 의지해서 살아가고 있잖습니까. 우리는 서로를 감시하고 관리하는, 사실은 적들입니다."

—「그를 만나는 깊은 봄날 저녁」

　이 두 인용문에서 단적으로 드러나는 것은 有物로 가득 찬 일상의 모습이다. 이렇게 보는 직접적인 이유는 상징적인 조작을 통해 형식화되고 개념화된 제도나 체계 자체가 본래의 有的인 존재 방식에서 벗어나 있기 때문이다. 원래 有的인 범주 안에서 만들어진 제도나 체계 자체는 언뜻 무질서한 것처럼 보이지만 기실은 완벽한 질서의 형태로 이루어진 상징물이다. 이 속에서는 혼란(混亂)이 없다. 있다면 그것은 우주론적인 질서(코스모스)를 지향하는 혼돈(混沌, 카오스)뿐이다. 따라서 이 속에서는 모든 제도나 제도가 만들어낸 것들은 그 스스로 작동하고 통제하는 '자율기제'가 되는 것이다.

　그러나 제도나 제도가 만들어낸 것들이 본래의 有的인 존재 방식에서 벗어나 무질서한 상태에 놓이게 되면 그것은 자율기제가 아니라 하나의 '억압기제'가 된다. 「눈과 화살」에서처럼 부모를 대신해 아이들을 돌보고 가르치는 탁아소와 학교, 병든 것을 치료하는 병원, 막혀 있는 것을 서로 통하게 하는 교통 시설, 또 「그를 만나는 깊은 봄날 저녁」에서처럼 재물의 사용 가치를 드러내는 돈, 어떤 사실을 매개하는 텔레비전과 같은 제도나 제도가 만들어낸 것들이 이러한 본래의 존재 목적에서 벗어나게 되면 그것은 "살아 숨쉬는 외눈박이 괴물의 눈"이나 "구멍 하나 없는 완벽한 구조의 미로"가 표상하듯 감시와 관리가 목적인 억압기제가 되는 것이다. 푸코의 원형 감옥을 연상시키는 이 억압기제에 의한 감시와 관리는 일상 깊숙이 내밀하게 작용하고 있으며 "살아가기에 필요한 최소한의 광기조차 그냥 내버려두지" 않는다. 더욱이 이 감시와 관리에 저항하거나 도전하는 경우에는 죽음과 같은 극단적인 폭력을 행사하기도 한다. 「눈과 화살」에서 도시 한복판에 신축된 육십 층짜리 백화점 건물인 샤토(Chateau)에 근무하던 경비원이 주검으로 발견됐을 때, 박무현이 그 건물을 "하나의 망루요, 대공초소요, 이를테면 감시탑"으로 인식한 사실과 "놈들은 결국 더욱 높은 곳에다 형장(刑場)을 만들어 놓은 모양이다"라고 인식한 사실은 억압기제가 행사하는 폭력이 어떤 것인지를 단적으로 드러내고 있는 좋은 예라고 할 수 있다.

이처럼 본래의 有的인 것에서 벗어나 모든 제도나 제도가 만들어낸 것들이 감시와 처벌을 동반하는 하나의 억압기제로 작용한다면 일상은 불모화되고 황폐화될 수밖에 없다. 그래서 "자신의 일상이 무기력하게 잠식당하고 있다는 몹쓸 환상에 깊이 빠져들기도" 하고 "어디선가 꾸역꾸역 밀려들어오는 모래 때문에 거의 미쳐 버릴 지경에 이르기도"(「사막에서」) 한다. 뿐만 아니라 "아침마다 변기에 주저앉아 머리를 쥐어뜯으며 아귀처럼 소리를 질러대"(「January 9, 1993 미아리 통신」)거나 "매일매일 고문을 당해야"(「그를 만나는 깊은 봄날 저녁」) 하고, 그것도 모자라 결국에는 일상을 "달리는 공동묘지"(「은어낚시통신」)로까지 인식하기에 이른다. 이렇게 일상이 점점 불모화되고 황폐화되어 공동묘지 같은 실체만 남는다면 종국에 가서는 그것이 공동묘지라고 인식할 수 있는 인식자 자체도 존재하지 않는다는 결론이 나온다. 이것은 비록 극단적인 경우이긴 하지만 모든 제도나 제도가 만들어낸 것들에 감시당하고 관리되고 있는 사회에서 일어날 수도 있는 일이다. 특히 로고스적인 것을 절대화하는 서구적 모델을 가지고 있는 자본주의 사회에서 그 가능성은 높다고 할 수 있다.

그러면 이렇게 점점 불모화되고 황폐화되어 결국에 공동묘지 같은 실체만 남게 될 일상을 회복할 수 있는 방법은 무엇인가. 다시 말하면 본래의 有的인 존재 방식에서 벗어난 모든 제도와 제도가 만들어낸 것들을 원상태로 회복시킬 수 있는 방법은 무엇인가. 그 방법이야말로 有가 가지는 한계를 절감하고 그 대안 찾기에 골몰해 있는 사람들이 가장 고민하고 있는 부분이라고 할 수 있다. 그러나 이 대안은 불행하게도 有的인 범주 안에서는 찾을 수 없다. 그것은 有보다 크고 또 有를 발생시킨 無에서 찾아야 한다. 윤대녕 소설의 주인공들이 일상에서 벗어나 無의 숨결이 살아 숨쉬는 시원으로 회귀하려는 욕망을 강하게 드러내는 것도 바로 이러한 맥락에서 이해할 수 있다. 그것은 시원이 본래의 有的인 존재 방식에서 벗어난 모든 제도와 제도가 만들어낸 것들을 다시 그것의 "경과가 시작되고"(「銀魚」), "원래 존재했던"(「은어낚시통신」) 곳으로 되돌려 놓을 수 있고, 황폐화된 일상을 "밑동에서부터 가렵게 싹이 돋아나게"(「말발굽 소리를 듣는다」)도 할 수 있는 無의 숨결이 작용하고 있는 신생의 원적지이기 때문이다.

이와 같이 有的인 것 이면에 그보다 크고 발생론적 모체가 되는 無가 작용하고 있다는 사실은 그의 소설의 주인공들이 보여주는 시원으로의 회귀 욕망이 도피적인 것이 아니라 황폐한 일상을 회복시키려는 적극적인 의도가 내재된 것임을 알 수 있다. 시원과 일상이 분리되지 않고 또 대립하지도 않는 이러한 독특한 존재 방식은 그의 소설이 신비주의적인 색채를 띠면서도 관념적이라든가 현실과의 관련성을 잃은 몽환적인 세계로 빠져들지 않게 하고 있다. 오히려 그것은 일상과 시원, 혹은 현실과 환상이라는 두 차원 사이의 팽팽한 긴장감을 조성한다. 이 긴장감으로 인해 그의 소설은 대립과 갈등을 통해 새로운 합에 도달하는 그런 서사물에서 발견할 수 없는 견고함과 재미를 제공한다.

4

　윤대녕 소설의 중심구도가 '탈일상과 존재의 시원으로의 회귀'라는 사실은 단순히 황폐하고 진부한 일상을 회복하려는 의미만을 드러내고 있는 것은 아니다. 만약 그의 소설을 이러한 시각으로만 이해한다면 그것은 그의 소설을 한낱 목적론적인 차원으로 인식한 것에 지나지 않는다. 그의 소설이 궁극적으로 지향하는 것은 목적론적인 차원이 아니라 우주삼라만상(宇宙森羅萬象)의 생성과 변화를 문제삼는 존재론적인 문제이다. 시원이 無의 숨결이 살아 숨쉬는 무한한 신생의 원적지라는 사실(②), 시원과 일상이 無와 有로 이루어져 있으며 서로 상통(相通)한다는 사실(③), 그리고 작가가 지향하는 것이 無가 살아 숨쉬는 시원으로의 회귀라는 사실(②, ③) 등은 그의 소설이 궁극적으로 존재를 문제삼고 있다는 점을 말해 준다.

　그런데 이 존재란 無에서 有가 생겨나는 방식뿐만이 아니라 有가 다시 無가 되는 방식을 포함하는 것이다. 無 → 有 → 無의 이러한 존재 방식은 그의 소설이 有爲의 방식만 문제삼은 서구의 변증법(dialectic)적인 인식의 차원을 넘어 有가 다시 無가 되는 無爲의 방식까지도 문제삼는 동양의 순환론적, 혹은 반자론적(反者論的) 체계를 가지고 있다는 것을 의미한다. 이 반자사상(反者思想)은 불교의 윤회사상(輪廻思想)과 주역의 음양론(陰陽論) 그리고 니체의 영원회귀(永遠回歸, The Eternal Return)사상과도 그 맥을 같이 한다.

　정반(正反)의 대립에 의해서가 아니라 상호 순환의 필연적인 과정으로서의 이 반자사상(反者思想)은 시간을 문제삼는다. 윤대녕 소설의 주인공이 진부하고 황폐한 일상에서 벗어나 비가시적이고 로고스의 빛이 닿지 않는 존재의 시원으로의 회귀가 가능하다고 믿는 것도 바로 이 시간에 대한 인식에서 비롯된다고 할 수 있다. 그의 소설 속에서의 시간은 물리적이거나 절대적인 시간이 아니라 작중인물의 체험을 통해 만들어지는 상대적인 시간이다. 이 상대적인 시간 인식 속에서 작중인물들은 과거 → 현재 → 미래와 같은 일직선적인 논리 대신에 과거가 미래가 되고 또 미래가 과거가 되는 가역(可逆)의 논리를 체험하게 된다. 이것은 시간이 앞으로 나아가는 것이라는 고정관념에서 벗어나 영원한 현재 상태(과거와 미래가 포함된)에 동시적(同時的)으로 놓여 있는 동일물(同一物)의 부단한 변화에 불과하다는 인식을 가능하게 한다.

① "빛의 속도와 내 의식의 속도가 동일한 지점을 향해 육박해 간단한 거지. 요컨대 네가 인식하고 있는 시간과 내가 인식하고 있는 시간은 서로 달라. 재미있는 영화를 볼 때와 지루한 책을 읽고 있을 때처럼 말이지. 다시 말해 하나의 시간에 작용하는 네 질량과 내 질량은 서로 다르다는 거야. 나는 절대 시간에 대한 감각을 잃어버릴 때가 많아 내 의식 속에서 시간이 상대적으로 작용하고 있단 말이야."

② "나는 빛이 시작된 곳으로 여행하고 있는 중이야. 너는 거기에서 내 과거의 그림자를 목격하게 될 거야. 우리는 서로에 대해서 늘 과거일 뿐이야. 그래서 나는 영원한 곳으로 가고 있는 중이야."
영원(永遠), 영원한 곳. 유진이 우리 옆에 있을 때도 홀연히 사라졌다 나타난다, 라고 느꼈던 순간마다 그녀는 바로 영원이라는 곳에 외출했다 온 걸까.

③ "그런데 어떻게 삶과 죽음이 한자리에 와 앉아 있는 걸까."
"오늘 난 한편의 옛날 영화를 보러 왔네. 영화가 끝나면 나는 내 공간으로 돌아갈 작정이네. 현실의 공간으로 말이지. 여기가 바로 벌레 구멍일세.

과거를 회복한 공간 말일세."

나는 영화가 끝나고 나서도 극장안에 혼자 앉아 있는 E의 모습을 상상하고 있었다. 〔… 중략…〕

"그렇다면 그녀는 지금 어디에 가 있는 것일까. 그 누에 여인 말일세."

"혹은 여기 어디에 와 있을지도 모른다는 생각이 드는군."

"……"

— 『옛날 영화를 보러 갔다』

①과 ②, 그리고 ③을 통해 알 수 있듯이 『옛날 영화를 보러 갔다』는 세 명의 인물을 통해 보여주는 순환적 시간의 논리와 존재의 시원으로의 회귀이다. 주인공 나와 희배(희배는 E라는 영문 이니셜을 달고 다시 등장한다) 그리고 유진, 이 세 사람은 어린 시절부터 순환적 시간의 논리와 영원회귀(永遠回歸)에 대한 인식을 공유해 왔다. 이들이 이러한 인식을 가질 수 있었던 것은 ①에서 드러나듯이 시간에 대한 상대적인 체험 때문에 가능했던 것이다. 유클리트 기하학을 부정하고 시간과 공간을 새롭게 정의한 아인슈타인의 상대성 이론을 연상시킬 정도로 이들의 철저한 상대적인 인식틀은, 특히 나와 희배를 통해 잘 드러난다.

나와 희배는 일상적인 시간 속에서 벗어나 '빛이 시작되는' 존재의 시원으로의 회귀에 성공한 유진과 다시 만나기 위해 그 경로를 끊임없이 모색한다. 이 두 사람은 연속과 일직선적인 속성을 가지고 있는 일상적인 시간 인식에서 벗어나 새로운 시간 체험을 한다. 먼저 나는 기억을 잃어 버림으로써 연속적인 시간의 흐름에서 벗어난다. 과거에 일어났던 일들을 기억해낼 수 없기 때문에 나에게 있어서 순간만이 의미를 가지게 된다. 그래서 과거 속의 유진의 환영이 쇼팽네 가게의 여주인인 최선주, 역삼동에 있는 술집 산수유에서 본 말쑥한 쥐색의 정장 차림을 한 여인, 종로 2가에서 3가로 건너가는 사거리 신호등 앞에서 만난 여인 등과 같이 현재의 한순간에 체험한 여인으로 끊임없이 대치(代置)되고 상감(象嵌)되어 나타나는 것이다. 이것은 과거와 미래가 모두 현재의 한순간에 수렴된다는 영원한 현재(an eternal present)에 대한 시간 체험이라고 할 수 있다.

주인공과는 달리 희배는 기억을 과거 속에 고정시킴으로써 일상적 시간 인식에서 벗어난다. 그는 유년 시절의 유진의 환영에 사로잡혀 "외부로부터 완전히 차단된 빛도 소리도 없는 방"에 앉아 일상의 시간을 거부하기도 하고, "온몸에 하얗게 명주실"을 감고 죽은 그녀의 모습을 재현하기 위해 그녀와 닮은 여자로 하여금 누에처럼 분장을 시켜 그 앞에서 술을 마시며 시간의 흐름을 거부하기도 한다. 그리고 그는 E라는 익명의 이름을 사용하면서 주인공에게 『시간의 화살』이라는 책의 번역을 맡기기도 한다. 이 책 속에는 "세계는 몇 번이나 반복되도록 정해진 시간을 되풀이하는 것"이며 "시간의 소거(消去)가 가능해지면 그때 죽은 자와 산 자의 모든 벽이 깨져 버리고 만다"는 고대인들의 순환론적인 시간 인식과 영원회귀(永遠回歸) 사상이 서술되어 있다. E가 이 책을 주인공에게 번역하도록 한 것은 잃어버린 기억의 재현을 통해 그들이 유년 시절 꿈꾸었던 존재의 시원으로의 회귀를 이루려는 의도로 간주할 수 있다.

이렇게 기억을 잃어 버림으로써 일상적인 시간의 흐름을 거부하든, 아니면 기억에 대한 집착을 통해 거부하든 그것은 모두 순환의 논리에 귀속된다. 주인공 '나'의 시간 체험은 영원한 현재에 초점이 놓여 있지만 그 현재는 과거와 미래를 포함하는 것이다. 그것은 곧 미래가 현재가 되고 현재는 과거가 되고 그 과거는 다시 미래가 되는 논리를 말하는 것이다. 희배 역시 마찬가지이다. 그가 과거에 집착해 있다는 것은 그에게 있어서 과거는 현재이며 동시에 미래라는 사실을 의미한다. 이처럼 과거 현재 미래가 일직선상에 있는 것이 아니라 반복되고 순환한다는 논리는 그들이 어느 한 지점에서 만날 수 있다는 사실을 암시한다.

이 세 사람이 만나는 그 한 지점. 그곳이 바로 순환의 시작이자 존재의 시원인 것이다. 그 지점을 「말발굽 소리를 듣는다」에서는 '휘황한 불꽃나무'의 이미지로, 「은어낚시통신」에서는 일상적인 삶으로부터 거부된 사람들이 모여 만든 '지하부락'의 이미지로, 그리고 『옛날 영화를 보러 갔다』에서는 인용문에서처럼 '옛날 영화를 상영하는 영화관'으로 묘사하고 있다. 휘황한 불꽃나무 같은 환상적인 이미지에서 영화관이라는 좀더 구체적인 형태에 이르기까지 그곳은 하나같이 일상적인 시간 체험에서 벗어나 그 시간을 가역적(可逆的)으로 체험한 사람에게만 인지가 가능한 그런 공간이다. 그곳에서는 ③에서 보는 바와 같이 죽은 사람과 산사람이 함께 있으며, 먼 과거의 기억이 현재에 와서 재현되기도 한다.

생사(生死)가 일여(一如)하고 무종(無終)하며 모든 것들이 윤회(輪廻)하고 반자(反者)한다는 이러한 인식은 일직선적인 일상의 논리에서는 불가능한 일이다. 그것은 순환의 논리가 시작되는 존재의 시원에서만이 가능한 일이다. 모든 우주삼라만상(宇宙森羅萬象)은 이 지점에서 출발해 끊임없는 변화 과정을 거쳐 다시 처음으로 되돌아온다. 여기에는 끝이란 없다. 끝없는 지속, 그것만이 있을 뿐이다. 그렇다고 이러한 순환이 늘 똑같은 것들이 무의미하게 반복된다는 것을 말하는 것은 아니다. 이때 말하는 순환은 변화와 무한한 생성을 포함하는 유의미적인 것이다. 윤대녕 소설의 주인공이 탈현실에 성공해 되돌아가고 싶어하는 존재의 시원이 음부나 자궁 ― 우물 ― 물 속 ― 동굴 ― 달 등 신비와 원시적인 생명력을 함축하고 있는 기표로 대체되어 끊임없이 미끄러져 내릴 수밖에 없었던 것도 그 순환이 무미건조하고 단순한 반복이 아니라는 것을 말해 주는 좋은 증거라고 할 수 있다. 아울러 이것은 그의 소설이 서구적인 사상 체계보다 동양적인 사상 체계에 견고하게 뿌리박고 있다는 것을 말해 주는 것이기도 하다.

5

윤대녕 소설은 발생론적인 면과 인과론적인 면을 중시하는 동양적 사유체계를 바탕으로 쓰여진 우리 현대소설사에 몇 안 되는 소설 중의 하나라고 할 수 있다. 그의 소설이 보여주는 無的 숨결이 살아 꿈틀대는 시원에 대한 집요한 탐색이라든가 無와 有의 숨결로 충만된 시원과 일상의 존재 방식, 그리고 가역(可逆)의 시간 논리를 통해 존재의 시원으로 회귀하는 방식 등은 '무한한 것은 다시 되돌아온다'(大曰逝 逝曰遠 遠曰反 ―『老子』25章)는 동양적 존재에 대한 체험을 가능하게 해준다. 그 체험을 통해 우리는 서로 다른 요소들의 대립과 갈등을 통해 새로운 합에 도달하는 서구의 변증법적 사유가 아니라 이 세계를 조화와 융합으로 간주하려는 원처럼 둥글고 무한한 동양적인 사유 방식을 이해하게 된다. 그의 소설이 신비주의적이고 환상적인 이미지로 형상화되어 있으면서도 그것이 가볍다거나 몽환적이지 않고 나무처럼 견고하게 뿌리를 내리고 있는 것은 바로 이러한 동양적인 사유 체계 때문이라고 할 수 있다. 그래서 그의 소설은 숲과 같다. 동양적 존재의 숲. 모든 것들이 산만하게 들어차 있는 것처럼 보이지만 기실은 질서정연하게 배열되어 있고, 모든 것들이 정지된 상태처럼 보이지만 끊임없이 생성과 변화를 거듭하고 있는 그런 숲이다.

숲이 가지는 이러한 무한한 속성은 어느 경우에나 여성, 혹은 어머니가 보여주는 상징적 의미와 관련되어 있다. 숲은 만물이 번창하며 화려하게 개화하고 어떤 규제나 경작에도 자유로울 수 있는 공간이다. 그리고 무성한 잎이 햇볕을 가리기 때문에 태양의 힘, 다시 말하면 이성적 사고를 삼키거나 무화시키려는 경향을 상징하기도 한다. 이것은 숲이 무의식, 반태양성, 반문명성을 함축하고 있다는 것을 의미한다. 이것은 윤대녕 소설의 주인공이 탈일상에 성공해 되돌아가고 싶어하는 존재의 시원이 여인의 음부나 태반—우물—물 속—동굴—달 등 신비와 심원함을 함축하고 있는 반로고스적인 기표로 대체되어 끊임없이 미끄러져 내릴 수밖에 없었던 사실과도 일맥상통한다고 할 수 있다.

　이러한 윤대녕 소설의 존재 방식은 파시스트적인 가속도로 질주하면서 현실에 대한 인식을 바꿔 놓고 있는 90년대적인 상황에서 볼 때 시대착오적인 문제의식을 보여주는 것으로 비칠 수 있다. 그러나 그에게 있어서 이것은 아무런 문제가 되지 않는다. 그것은 일직선적인 시간 개념을 거부하고 순환적인 시간 체험을 추구하는 그의 소설의 존재 방식이 파시스트적인 가속도로 질주하면서 온갖 모순을 생산하고 있는 현실에 대해 일종의 비판적인 기능을 할 수 있다는 점 때문만이 아니라 '타락한 세상에서 타락한 방식으로 진정한 가치를 추구하는 것'이 소설이라는 고정관념에서 벗어나 있다는 점 때문이다. 그의 소설은 타락한 방식으로 가치를 추구하는 것이 아니라 존재의 시원으로의 회귀 과정을 통해 보여주는 바와 같이 보다 근원적인 상상력으로 진정한 가치를 추구하고 있는 것이다. 이것은 그의 소설이 장르론적인 측면을 강조하는 골드만적인 잣대로 평가될 수 없을 뿐만 아니라 서구의 변증법적인 사유 문법에서도 벗어나 있다는 것을 의미한다. 그의 소설은 동양적인 사유 체계를 바탕으로 쓰여진 동양적인 존재의 숲이다.

감수성의 정치학

― 신경숙론

1. 전환기로서의 1990년대와 사적인 감성의 발견

소설사적인 측면에서 보면 1990년대는 전환기적인 속성을 가진다. 이 전환의 계기를 제공한 것은 탈이데올로기적인 현상의 확산이다. 근대 이후 식민지와 분단, 그리고 군부독재 시대를 거치면서 줄곧 이데올로기에 의해 제도화된 우리의 소설사를 되돌아보면 이러한 현상의 확산은 그 안에 강력한 혼돈의 눈을 내장하고 있다는 점에서 일대 사건으로 간주할 수 있을 것이다. 이 현상이 표면화되면서 이데올로기에 의해 제도화된 세계에 대한 니힐적인 반응이 드러나게 된다. 주로 60년대 후반에서 70년대 초에 출생한 세대를 중심으로 집단적인 무의식의 차원으로까지 확산된 이 니힐적인 반응은 기성의 가치에 대한 전복은 물론 새로운 가치를 창조하기에 이른다. 사회나 역사보다는 개인, 도덕이나 윤리보다는 본능적인 욕구나 욕망, 사유보다는 감각, 생산보다는 소비, 현실보다는 환상, 의식보다는 무의식, 정신보다는 육체, 엘리트적인 소수보다는 대중, 심미성보다는 비심미성 등 그동안 근대적인 이데올로기에 의해 억압받고 배제되어 온 가치들에 대해 새로운 의미 부여와 복원이 시도되었던 것이다.

이러한 가치들에 대한 의미 부여와 복원은 소설 속으로 수용되면서 커다란 변화를 불러일으켰다. 억압된 가치들의 복원은 필연적으로 근대를 넘어서는 혹은 근대를 해체하는 새로운 변화를 전제할 수밖에 없다. 소설이 근대의 양식이며, 근대적인 가치를 구현하고 있다는 점을 고려한다면 이러한 억압된 가치들의 복원은 소설이라는 장르에 대한 해체로 이어진다는 것을 의미한다. 근대의 이데올로기에 의해 제도화된 소설이 가지는 인습과 법칙이 해체되면서 장르라는 인식에 대한 강박으로부터 벗어난 자유로운 글쓰기가 출현하게 된다. 근대적인 차원의 소설 장르에 대한 해체에서 비롯된 이 자유로운 글쓰기는 다양한 형태로 드러난다. 가장 먼저 이야기할 수 있는 것은 실재 작가와 내포 작가 혹은 실재 작가와 서술자 사이의 거리의 소멸을 겨냥하는 글쓰기이다. 일단 허구라는 것을 전제하고 서사가 구성되는 패턴이 아니라 시작부터 실재 작가의 모습을 텍스트 안에 공공연하게 드러낸 채 작가의 사사로운 체험을 자유롭게 풀어 놓기 때문에 서사성 자체가 약화된 형태를 띠게 된다. 이런 경우 대부분의 텍스트는 외부 지향적인 속성보다는 작가의 내부를 지향하는 고백이나 독백의 속성을 강하게 드러내게 된다.

다음의 유형은 작가와 독자, 독자와 텍스트 사이의 거리의 소멸을 겨냥하는 글쓰기이다. 독자의 존재를 인정하고, 그를 텍스트 생산의 주체로 상정한다는 것은 실질적인 텍스트 생산의 주체로 간주되어 온 저자의 존재를 부정한다는 것을 의미한다. 저자의 죽음이라는 전제하에 독자에 의해 텍스트가 재구성되는 이러한 글쓰기는 고정된 진리나 본질적인 이상을 상정하여 에고의 통합을 지향한다기보다는 세계에 대한 비본질성과 비고정성을 전경화하여 여기에서 비롯되는 불안을 통해 에고의 분열 및 분리를 지향한다. 이것은 이러한 글쓰기가 '즐거움(plaisir)'의 차원을 넘어 '즐김(jouissance)'의 차원을 지향한다는 것을 의미한다. '즐김'의 차원에서는 장르 해체와 관련된 온갖 종류의 유희가 행해진다. 흔히 해체적인 글쓰기로 명명되는 이 유형의 글쓰기가 궁극적으로 겨냥하는 것은 '예술의 영점화'를 통한 예술의 재창조이다.

마지막으로 이야기할 수 있는 유형은 장르간의 경계 해체를 통해 성립되는 글쓰기이다. 후기산업사회의 징후를 보이면서 영화, 만화, 광고, 사진, 드라마, 애니메이션 등 다양한 대중문화의 텍스트들이 소설 속으로 유입되면서 문자를 넘어선 영상 차원의 서사가 생성되기에 이른다. 즉물적이고 감각적인 담론과 이야기의 전개, 현실의 논리를 넘어선 가상과 환상의 차원에서의 유희에 가득 찬 상상과 표현, 세계에 대한 재현의 불가능성과 여기에서 비롯되는 메타적인 존재 양식 등은 미메시스적인 전통을 토대로 성립된 기존의 소설의 개념을 해체한다. 이 유형은 서사성의 약화를 드러내기도 하지만, 또한 그 서사성 자체를 회복하는 새로운 대안을 내장하고 있기도 하다. 현실의 재현이 불가능하다면 가상이나 환상의 세계를 현실로 치환하여 새로운 리얼리티를 창출해낼 수밖에 없다. 서사성의 약화로 인해 소설의 위기 내지 죽음의 담론이 만연한 시대에 가상이나 환상의 세계에서의 리얼리티의 창출은 위기를 기회로 죽음을 삶으로 되돌릴 수 있는 훌륭한 묘약이 될 수 있을 것이다.

1990년대 소설이 보여주는 이러한 글쓰기의 양상 중에서 신경숙의 경우는 첫번째 유형에 해당된다. 사회나 역사보다는 개인의 내면을 중시하는 그녀의 글쓰기는 실존의 방향을 이념이나 이데올로기의 정치성보다는 문체적인 아름다움 쪽으로 두고 있다. 그녀의 소설은 지금 여기라는 시대의 징후를 잘 드러내고 있는 텍스트라고 말할 수 없다. 현문명에 대한 성찰이라든가 그것을 통한 전망을 제시하는 텍스트와 그녀의 소설은 다르다. 그녀의 소설은 어떤 점에서는 상당히 보수적인 경향을 노출하기도 한다. 그럼에도 불구하고 그녀의 소설이 1990년대 이후 줄곧 우리 소설의 관심권 안에 놓인 것은 개인의 내면을 섬세하게 들추어내는 감성의 탁월함 때문이라고 할 수 있다. 감성은 문학의 보편적인 속성으로 어느 시대 어느 작가의 소설에서나 발견할 수 있는 성질의 것이지만 그것을 정치적인 차원에서 활용한 경우는 거의 없다. 이에 비해 신경숙은 감성을 하나의 전략으로 활용한다. 시대정신의 부재라는 자신의 글쓰기가 가지는 한계를 그녀는 감성의 전략을 통해 그 실존의 길을 열어 놓고 있는 것이다.

이처럼 그녀는 감성을 내세워 대중과의 연대를 모색한다. 대중은 그녀의 소설을 읽으면서 내밀한 감성에 전염되고, 그 결과 개념화되고 제도화된 문명의 논리에 긴장하고 피로해진 자신의 심신을 이완시킬 수 있는 또 다른 세계를 체험하게 된다. 이 세계가 바로 정서적인 세계라고 할 수 있다. 정서의 세계는 섬세하고 미묘하며, 눈에 확연하게 드러나지 않는 내밀한 특성을 가진다. 이러한 이유 때문에 종종 논외의 대상으로 간주되어 왔지만 이 정서적인 세계는 인간의 존재를 규정하는 더없이 중요한 조건이자 인간이 소통을 통해 공동체를 이루는 데 간과해서는 안 될 핵심 토대이다. 대중성의 문제를 사회구조 및 제도적인 차원으로만 해명할 수 없는 이유가 바로 여기에 있는 것이다. 대중은 정서적인 체험을 통해 하나로 연대하며, 이 연대는 접합이 아니라 융화의 속성을 드러낸다는 점에서 지속성과 견고함을 유지한다고 할 수 있다. 이것은 신경숙 소설의 실존 방식이 감성의 정치학을 토대로 하고 있다는 것을 의미한다.

2. 글쓰기 주체의 인식 변화와 새로운 양식의 출현

1) 에세이적인 감각과 논픽션의 서술 전략

신경숙의 출현은 우리 소설의 글쓰기의 지형도를 바꾸어 놓았다는 점에서 그 의미를 찾을 수 있다. 근대 이후 우리의 글쓰기는 리얼리즘 적인 차원의 재현의 문제에 큰 비중을 두고 논의가 전개되어 왔다. 식민지와 분단, 그리고 개발 독재시대를 거치면서 사회 역사적인 현실을 객관적으로 드러내는 것이 의미 있는 글쓰기 행위라는 인식이 하나의 숭고한 명제로 굳어져 버렸다. 지금까지 쓰여진 우리의 소설사를 보아도 그 중심에는 언제나 리얼리즘적인 재현에 입각한 소설이 놓여 있음을 쉽게 확인할 수 있다. 루카치, 골드만, 바흐찐 같은 맑시스트 문예이론가들이 우리 나라에서처럼 이렇게 지속적인 관심과 사랑을 받은 예도 드물 것이다.

그러나 1990년대에 들어서면서 이런 사정은 바뀌기 시작했다. '리얼리즘은 리얼하지 않다'는 선언이 말해 주듯이 1990년대는 리얼리즘의 감각으로 재현할 수 없는 시대가 되어 버린 것이다. 사회와 역사는 실체가 아니라 하나의 가상적인 실재 내지 환상물로 대치되기에 이르렀고, 이 과정에서 공적인 영역에 대한 무관심과 환멸이 드러나게 된 것이다. 신경숙의 출현은 이러한 상황과 무관하지 않다. 1985년 등단한 이래 『풍금이 있던 자리』(1993)를 거쳐 『깊은 슬픔』(1994), 『오래전 집을 떠날 때』(1996), 『외딴 방』(1999)으로 이어지는 그녀의 글쓰기는 지금까지 우리 소설이 보여준 세계에 대한 객관화된 서술 전략과 사회 역사와 같은 공적인 영역에 대한 회의를 강하게 드러내고 있다. 이러한 회의는 윤후명과 같은 앞선 작가들에게서 발견할 수 있는 특성이지만 이들의 회의는 타자와의 관계맺음 자체에 대해 불안해 하거나 그것을 절망의 차원에서 인식하고 있지는 않다. 이에 비해 신경숙의 소설은 철저하게 세계에 대한 주관화된 서술과 사적인 영역에 대한 탐색으로 일관하고 있다. 그녀에게 중요한 것은 나라는 개인, 좀더 정확히 말하면 나라는 개인의 내면에 대한 깊은 성찰이며, 사인화(私人化)된 세계 속에서 자신의 정체성을 찾는 일이다.[1]

신경숙이 보여주는 이러한 일련의 특성들은 결국 서사성의 약화로 이어진다. 작가가 나 자신의 이야기를 쓰기 때문에 소설가인 자신이 직접 화자 겸 주인공으로 등장하여 소설을 쓰면서 부딪힌 괴로움이라든지 소설을 쓰는 과정을 이야기할 수밖에 없게 된다. 이렇게 되면 작가는 소설 속의 인물과 상황에 대해 작가적 거리를 가지지 못하고 그 인물과 상황을 변호하거나 그것들을 감상적인 시선으로 바라봄으로써 소설의 장르적 성격에 어긋나는 주관화, 다시 말하면 에세이적인 길로 빠지게 된다. 소설의 에세이화는 그녀의 소설들 중 가장 리얼리즘적인 감각을 지닌 작품으로 평가받고 있는 『외딴 방』의 경우도 예외는 아니다. 작가 자신도 이것을 민감하게 의식하고 있다.

이 글은 사실도 픽션도 아닌 그 중간쯤의 글이 될 것 같은 예감이다. 하지만 그걸 문학이라고 할 수 있을 것인지. 글쓰기를 생각해본다. 내게 글쓰기란 무엇인가? 하고

— 『외딴 방』, p.15

---

1) 신경숙이 지금까지 쓴 스물아홉 편의 중단편과 두 편의 장편을 대상으로 작중화자의 인칭을 검토한 뒤 김화영은 다음과 같은 결론을 내리고 있다. "신경숙이 지금까지 쓴 모든 작품에 있어서 작중화자의 인칭을 검토해 보면, '나로 시작되는 일인칭은 두 편인가 세 편에 불과'하다는 지적과는 달리, 전체 스물아홉 편의 중단편 중 1인칭 화자는 열 네 편, 3인칭 화자는 열 다섯 편, 장편 『깊은 슬픔』은 3인칭, 『외딴 방』은 1인칭으로 약 반반의 분할을 보여주고 있다. 그러나 3인칭일 때에도 1인칭의 작품을 못지않게 다분히 작가 자신을 연상시키는 인물이나 정황이 그 가운데 숨어 있어서 3인칭 서술이라는 사실조차 잘 알아차리기 어려운 경우가 허다하다. 다시 말해서 표면적인 3인칭 뒤에는 거의 언제나 1인칭의 나 자신이 숨어 있는 것이다. 3인칭은 흔히 1인칭 나의 이니셜, 혹은 기호에 불과한 것이다."[「태생지에서 빈집으로 가는 흰 새」, 『문학동네』(문학동네, 1998년 봄호)] 그의 견해대로라면 그녀의 소설은 자전적인 체험을 토대로 쓰여진 사소설이라는 결론도 가능하다.

『외딴 방』의 맨 첫머리에 놓여 있는 작가의 이 말은 기존의 글쓰기와는 다른 자신의 글쓰기에 대한 발언이다. 작가 후기나 작가의 말도 아닌 소설의 첫머리에 이런 식의 발언을 하고 있다는 것은 그녀가 소설이라는 장르에 대해 민감한 자의식을 가지고 있다는 것을 말해 준다. 이로 인해 그녀는 자신의 글쓰기에 대해 심한 정체성의 불안을 앓게 되고, 이것은 다시 자신의 글쓰기에 대한 탐색으로 이어진다. "사실도 픽션도 아닌 그 중간쯤의 글"에 대한 성찰은 곧 자신이 그 동안 보여준 에세이적인 글쓰기에 대한 성찰이라고 할 수 있다. 자신의 글이 '사실과 픽션의 중간쯤 된다'고 했지만 사실 그녀의 글에서 우리가 강렬하게 환기받는 것은 '픽션'이 아닌 '사실' 쪽이다. 사실에 토대를 둔 자전적인 체험에 대한 강렬한 환기로 말미암아 우리는 작품 안에 구현된 허구적인 작가의 존재가 아니라 실재하는 작가의 존재를 체험하게 된다.[2] "사실도 픽션도 아닌 그 중간쯤의 글", 좀더 정확히 말하면 자신의 자전적인 체험이 담긴 글을 쓰기 때문에 작가는 가끔 "글 밖에서 나는 가슴이 아프다"고 말한다.

작가의 에세이적인 감각과 논픽션적인(사실적인) 서술 전략은 작가

2) 그녀의 전 작품에 친숙해진 독자라면 별로 어렵지 않게 작중화자 혹은 주인공의 비교적 단일한 초상을 머릿속에 떠올릴 수 있을 것이다. 몇몇의 예외가 없지는 않지만, 그 인물들은 거의 전부가 원룸 아파트에 사는, 현재 삼십대 중반의 독신 여성이다. 그들은 많은 경우, 고향인 정읍 근교의 '태생지'에서 열다섯 살 혹은 열여섯 살에 상경하여 공장 노동자로 일하며 야간 고등학교를 다녔다. 그후 남산에 있는 대학에서 문예창작을 공부한 다음 미용사, 교사, 가수, 에어로빅 강사, 잡지사 기자, 음악방송 스크립터 등의 직업을 거쳐 이윽고 소설가가 된다. 가족관계는 어떠한가? 농촌에서 상점을 하거나 가끔 사냥을 하기도 하며 소를 키워 자식들을 "문자의 세계로 내보내는 일"에 사력을 다하는, 과묵한 아버지는 지병으로 도시의 병원에 입원하곤 하지만 (……) 어머니는 "제사와 어른들의 생신이 다달이 끼어 있는 종가집"에서 가사와 자식 키우기는 물론 농업노동까지를 억척같이 담당하는 강인한 인물이어서(……) 형제들 중 가장 먼저 상경하여 총무처 하급 공무원, 학원 강사, 대기업 사원, 중동 현장 파견 등을 거치면서 동생들을 뒷바라지한 희생적이고 책임감이 강한 큰오빠, 그리고 둘째, 셋째 오빠, 동생 그리고 특히 분신과도 같은, 그러나 지금은 결혼하여 따로 사는 여동생 등 여섯 남매, 그리고 "조실부모하고 두 남동생을 키운" 고모 등으로 구성되어 있다. 이는(……) 오직 그의 작품들과 친숙해짐으로써 떠올릴 수 있는 '나', 신경숙의 모습이다. 우리가 지금부터 이 글에서 '나', 혹은 '신경숙'이라고 지칭하게 될 인물은 호적상의 신경숙과 일치할 수도 있고 다를 수도 있지만 성실한 그의 독자에게는 가장 진실한 신경숙의 분신이다(김화영, 위의 글).

와 독자, 텍스트와 독자, 작가와 텍스트 사이의 거리의 소멸을 가져온다. 거리가 소멸된다는 것은 작가는 이제 허구적인 표지의 하나로 가면을 쓰고 소설 속에 등장하지 않아도 된다는 것을 의미한다. 독자는 이제 그녀의 글 속에서 어렵지 않게 신경숙이라는 한 존재를 적나라하게 만나볼 수 있게 된다. 작가가 자신의 존재를 허구가 아닌 사실의 차원에서 드러낸다는 것은 그 허구를 위한 다양한 서사적인 장치들을 포기한다는 것을 전제하기 때문에 이야기 자체가 단조롭고 단선적인 속성을 띠기 쉽다. 이러한 우려는 단순한 기우가 아니다. 「겨울우화」 이후 지금까지 쓰여진 그녀의 소설을 보면 나—가족—고향이 이야기의 중심축을 형성하고 있다. 이것은 그녀의 소설이 고정된 패턴을 가지고 있다는 것을 의미한다. 패턴의 고정화는 매너리즘과 통한다고 할 수 있다. 그녀의 글쓰기가 매너리즘의 늪에 빠져 있는 것이 사실이다. 이 매너리즘의 늪을 빠져 나오기 위해서는 관심의 세계를 '나—가족—고향(신화)'을 넘어 '너(그)—사회—도시(현실)'로 확대해 나가야 한다. 이것은 그녀의 글쓰기의 기반을 전복하는 일이기 때문에 쉽게 이루어질 수는 없을 것이다. 하지만 이러한 전복이 있어야 그녀의 글쓰기는 오랜 생명력을 지닐 수 있을 것이다.

　그녀의 글쓰기는 이렇게 매너리즘에 빠져 있음에도 불구하고 아이러니컬하게도 대중으로부터 외면이 아닌 끊임없는 호응을 얻고 있다. 그 이유는 작가의 내밀한 체험과 그것을 풀어내는 섬세한 감각 때문이다. 아울러 작가의 이러한 내밀한 체험과 섬세한 감각이 그녀의 자전적인 삶, 혹은 체험의 구체성과 긴밀하게 연결되어 있기 때문이기도 하다. 이 긴밀한 연결이 자칫 자의식의 순환회로에 갇혀 작가의 넋두리 차원으로 떨어질 위험성이 있는 그녀의 에세이적인 글쓰기를 보편적인 공감의 차원으로 바꿔 놓고 있는 것이다. 작가의 존재를 감추거나 세계를 허구화하지 않고 적나라하게 자신이 체험한 사실을 고백하듯 말하고 있는 그녀의 소설을 읽으면서 그 발언에 대한 진실과 진정성을 문제삼을 독자는 없을 것이다. 에세이적인 글쓰기가 공감을 얻을 수 있는 가장 큰 요인이 바로 여기에 있는 것이다. 이런 점에서 그녀의 글쓰기는 생존 감각을 획득하고 있다고 할 수 있다.

2) 고백의 형식과 미적 체험의 진정성

신경숙의 소설은 고백의 형식을 띠고 있다. 타자와의 대화를 통한 서사적인 담론을 구성하는 소설들과는 달리 그녀의 소설은 작가 자신의 내면에 잠재해 있는 과거의 기억들을 끊임없이 들추어냄으로써 고백의 형식이라는 하나의 담론을 만들어내기에 이른다. 작가가 체험한 과거의 기억들은 대부분 심리적인 상처의 형태로 존재하기 때문에 그것을 들추어내는 형식이 고백의 형태를 띠는 것은 자연스러운 일이라고 할 수 있다. 내면의 상처를 내장한 글쓰기 주체의 고백은 그녀의 소설에서 수많은 '쉼표'와 '말줄임표' 같은 '머뭇거림'의 문체적인 표지로 드러난다.

「풍금이 있던 자리」는 이러한 특성을 가장 잘 보여주고 있는 소설이다. 이 소설의 여주인공은 어머니가 있음에도 불구하고 새로운 여자를 집안으로 끌어들인 아버지의 불륜 행각을 보면서 자란다. 그후 그녀는 자신의 의지와는 상관없이 유부남과 사랑의 도피 행각을 벌이게 된다. 자신이 체험한 불륜의 상처를 그녀는 힘겹게 고백한다. 이 과정에서 그녀가 택한 방법은 편지글 형식이다. 발신자는 그녀(여주인공)이고 수신자는 당신(유부남)이다. 외부의 잡음이 끼여들 틈이 없을 정도로 그녀의 고백은 내밀하고 순수하다.

당신과의 약속 시간은 이제 이 밤만 지나면 다가옵니다. 당신은 정말 떠나실 건가요? 그렇다면 저는 지금 무엇을 참고 있는 것일까요? 당신이 떠나버리면 제가 참고 있는 것은 모두 부질없는 일이 되어버립니다. 오늘 하루는 종일 중얼중얼거렸어요. 당신에게 달려가라는 쪽으로 마음이 바뀌려 할 적마다, 저를 스쳐간 당신과의 기억들이 모두 나쁜 것이었다고, 속삭이고 속삭였어요. 그래도 불쑥 열이 났고, 당신에게 가야지, 잠깐씩 가방을 챙기기도 했어요. 행여 당신이 저를 데리러 오지 않나, 여러 번 대문을 내다보기도 했어요. 어렵게 견뎌내고 찾아온 이 밤. 이미 당신에게로 가는 기차는 끊겼는데, 내일 새벽 첫차는 몇시던가.

— 「풍금이 있던 자리」, 『풍금이 있던 자리』, p.37

이 인용문 속에는 작가 자신의 목소리밖에 존재하지 않는다. 작가 자신이 세계를 완전하게 통어하고 지배한다는 것은 다양한 목소리의 혼재를 통해 장르적인 특성을 드러내는 소설 일반에 대한 위반을 의미한다. 일반적인 소설의 장르상의 특성은 자기 자신의 세계조차도 다른 언어, 이를테면 이야기꾼이나 특수한 사회 이념적 집단의 대표자가 사용하는 언어로 이야기한다. 이에 비해 이 소설은 다른 세계를 말할 때조차도 작가 자신의 언어로 이야기하고 있다. 이때의 언어는 대화적이라기보다는 철저하게 독백적이다. 독백적인 언어의 세계에는 논쟁이 성립되지 않는다. 여기에는 동일성의 원리만이 강하게 드러날 뿐이다. 동일성의 원리가 서사적인 장르의 속성이라기보다는 서정적인 장르의 속성이라는 점을 감안한다면 이 소설에 대해 시적인 아름다움 운운하는 것이 결코 잘못된 말이 아니라는 것을 알 수 있다. 이러한 독백적인 문체, 혹은 시적인 문체의 아름다움을 그 정점에서 가장 잘 보여주고 있는 서술 형태가 바로 '쉼표'와 '말줄임표'이다. "강물은…… 강물은, 늘…… 늘, 흐르지만, 그 흐름은 자연스러운 것이지만, 어찌된 셈인지 제게는 그 강과 함께 흐르기로 마음먹은 일이

제 심연의 물을 퍼주고야 생긴 일임을, 아니예요, 이런 소릴 하는 게 아니지요, 다만, 어떻게 하더라도 제게 어찌할 수 없는 아픔이 남는다는 걸 알아주시…… 아니예요, 아닙니다."(p.14)에서 알 수 있듯이 쉼표와 말줄임표로 이루어진 서술 형태는 섣불리 판단을 내리지 못하고 머뭇거리는 나의 내면 심리를 강물의 비유를 통해 아름답게 표현하고 있다. 자신의 내면 정황을 늘 자연스럽게 흐르는 강물처럼 놓아 버리고 싶지만, 그것이 자신의 심연의 물을 퍼주고야 생긴 일이기 때문에 어쩔 수 없이 아픔이 남는다는 서술을 쉼표와 말줄임표를 통해 드러냄으로써 자신이 체험한 상처의 깊이를 더 내밀하고 섬세하게 추체험하게 한다. 더욱이 자신이 읊조리는 말이 타인이 아닌 자기 자신에게 하는 말이라는 사실은 상처를 자꾸 덧나게 해서 마음 한구석에 지워지지 않는 흔적으로 남게 될 때 생겨나는 그런 페이소스적인 정서를 환기한다. 이 소설을 읽으면서 아련한 그리움과 함께 깊은 상실감을 동시에 느끼게 되는 것도 이 페이소스적인 정서와 무관하지 않다고 할 수 있다. 이 느낌은 정확하게 재현될 수 없는 그 무엇이다. 그녀 식으로 이야기하면 이것은 말해질 수 없는 것이다. 그러나 그녀는 이 말해질 수 없는 것을 말하려고 한다. 그것도 '말없음' 혹은 '말줄임'이라는 독백의 형식을 통해서 말이다. 이 역설의 방식은 그녀의 말하기의 독특한 점이다.

그녀의 소설이 드러내는 이러한 특성은 한국 소설사에서는 주류적인 것이라고 할 수 없다. 특히 편지글 형태의 고백, 혹은 독백의 형식은 한국 소설사에서 낯선 것이라고 할 수 있다. 이 낯설음은 서사성의 가치 하락, 서사성의 미달, 서사성의 약화와 통속성의 강화를 반영하는 것으로 간주할 수 있지만, 또 달리 보면 그것은 새로운 글쓰기의 형식을 통한 감수성의 혁명을 보여주는 것이라고 할 수 있다. 그녀의 소설이 보여주는 감수성은 논쟁과 수렴을 통한 소통이 아니라 정서적인 차원의 소통을 전제로 한 것이다. 그녀의 소설은 정서적인 차원의 소통을 전제하지 않으면 제대로 된 해석을 할 수 없을 뿐만 아니라 그 가치를 제대로 평가할 수도 없다. 이것은 정서적인 차원을 전제하고 있는 그녀의 소설이 무조건 가치가 있다고 말하는 것은 아니다.

고백의 형식을 통해 드러나는 정서의 문제는 미적 체험의 문제와 긴밀하게 연결되어 있다. 고백의 형식을 통해 그녀는 '말해질 수 없는 것'까지 말하려고 한다. 이것은 그녀가 정서의 차원에서 글쓰기를 수행하고 있기 때문에 나온 욕망이다. 말해질 수 없는 것까지 말하려면 개념화되고 도구화된 언어로는 불가능하다. 정서의 차원에서 비롯되는 감수성의 혁명이 있고서야 비로소 말해질 수 없는 것들은 말해질 수 있는 것이다. 그녀의 소설이 드러내는 불길하고 섬뜩한 아름다움은 정서의 차원에서의 해석과 가치를 전제할 수밖에 없다. 불길하고 섬뜩함 앞에서 매혹을 경험하는 것은 미학의 기본인 '관심을 사로잡는 것(attention-getter)'을 의미한다. 말해질 수 없는 것까지 말하고 있는 그녀의 소설은 평범하게 보이는 그런 차원을 넘어선다. 그것은 비범하게 보이고, 비범하게 들리며, 비범하게 느껴진다. 이것은 다른 소설과 그녀의 소설을 구별짓는 하나의 기준이며, 그녀의 소설이 가지는 대중성의 일단이라고 할 수 있다.

3. 보편적인 감성의 발견과 대중성의 감각

1) 내면화된 상처에 대한 연대와 연민의 정서

『겨울우화』 이후 신경숙 소설이 끊임없이 관심이 가지고 있는 주제는 글쓰기 주체의 내면에 잠재해 있는 상처이다. 그녀의 상처는 정읍이라는 물리적인 공간으로부터 연어로 상징되는 모천회귀의 신화적인 공간에 이르기까지 광범위한 영역에 걸쳐 있다. 이 사실은 그녀의 상처가 존재론적인 문제를 제기하고 있다는 것을 의미한다. 심리적인 외상의 형태로 글쓰기 주체의 내면에 잠재해 있는 이 상처로 인해 그녀는 늘 불안에 시달린다. 불안하기 때문에 그녀는 늘 떠돈다. 그녀의 소설에서 집과 길이 특별한 상징성을 띠는 것도 이 때문이라고 할 수 있다. 이 '떠돎'이 궁극적으로 탐색하고 있는 세계는 상처의 원적지인 유년기의 체험이다. 자신이 현재 놓인 자리로부터 가장 멀리 있는 시간과 공간이지만 가장 강렬한 기억으로 남아 있는 세계가 바로 유년기이다. 유년기는 순수하기 때문에 좀더 깊은 상처를 입게 되고, 이 시기에 각인된 상처는 쉽사리 지워지지 않은 채 무의식의 심층에 남아 있게 된다. 이 불안으로부터 벗어나는 방법은 내면 깊숙이 잠재되어 있는 상처를 들추어내는 일이다.

그러나 그녀는 무조건 상처를 들추어내지 않는다. 그녀는 내면화된 상처를 들추어내면서 그 상처에 대한 연대와 연민의 정서를 극대화하기 위해 다양한 소설적 장치를 마련해 놓는다. 유년기에 받은 상처가 현재의 상황과 연결되면서 무의식의 심층을 뚫고 의식의 표면으로 부상하면서 그 상처가 더욱 덧나는 양상을 보여주고 있는 소설인 「풍금이 있던 자리」를 보자. 「풍금이 있던 자리」의 경우 이러한 무의식의 심층에 내면화된 상처는 중층적인 구도를 통해 드러난다. 이 소설의 여주인공이 가지고 있는 내면화된 상처는 바라봄과 보여짐이라는 구도를 통해 드러난다. 그녀는 먼저 아버지와 그 여자의 불륜을 바라본다 (eye). 그후 여주인공은 유부남과의 불륜행각을 벌이는 입장에 놓인다 (gaze). 이 소설의 여주인공은 타인의 불륜을 바라보는 존재이면서 동시에 자신이 불륜을 저지름으로써 타인에 의해 보여지는 존재가 된다. 이 처지의 뒤바뀜, 혹은 위치 전도는 타인이 가지는 상처에 대해 이해하고 보듬어 주는 계기를 마련함으로써 깊은 연대감을 불러일으킨다.

　당신, 저를, 용서하세요.
　이 말을 하지 않으면, 제 말이 모두 당신에게 오리무중일 것만 같으니.
점촌 아주머니를 혼자 살게 한 점촌 아저씨의 그 여자, 그 중년 여인으로
하여금 울면서 에어로빅을 하게 만든 그 여자…… 언젠가, 우리집…… 그
래요, 우리집이죠…… 거기로 들어와 한때를 살다 간 아버지의 그 여
자…… 용서하십시오…… 제가…… 바로, 그 여자들 아닌가요?
　사랑하는 당신.
　노여워만 마세요. 저는 그 여자를 좋아했습니다. 어쩌면 이 세상에 태어
나서 처음으로 느낀 타인에 대한 사랑이었는지도 모릅니다. 그 여자가 남
겨놓은 이미지는 제게 꿈을 주었습니다.
―「풍금이 있던 자리」, p.23

　유년 시절 아버지의 그 여자는 나의 선망의 대상으로 존재하고 있
다. 그 여자로 인해 나는 처음 타인에 대한 사랑을 느끼고, 꿈이라는
것을 가지게 된다. 나에게 있어 그 여자는 닮고 싶은 이상적인 존재이
다. 이 사실 속에는 그 여자가 처해 있는 상황에 대한 고려나 여기에
서 비롯되는 상처에 대한 이해가 배제되어 있다. 그 여자에 대한 나의
이러한 태도는 불륜에 대한 공감이 이루어지지 않았기 때문에 일어난
일이다. 하지만 유년기를 지난 나 자신이 성인이 되고 불륜을 체험하
게 되면서 그 여자의 존재는 새삼스럽게 나의 정서 속으로 흘러들어
오게 된다. 이 거역할 수 없는 흐름이 '쉼표'와 '말줄임표'라는 서술 양
태를 통해 고통스럽게 환기되고 있다.
　아버지의 그 여자가 바로 나 자신이 되면서 유년기의 체험은 더욱
간절함으로 다가오게 된다. 이미 유년의 시공간 속에서 나와 그 여자

는 같은 길을 갈 수밖에 없는 불행한 운명을 타고난 존재가 되는 것이다. 따라서 나 자신이 끊임없이 유년기의 체험을 이야기하면 할수록 그 동안 은폐되어 있던 상처는 하나 둘 드러날 수밖에 없고, 이로 인해 나는 과거가 아닌 현재의 상황에서 그것을 추체험하게 된다. 이것은 상처를 덮어 두는 것이 아니라 들추어내서 그 상처를 덧나게 하는 것이지만 이 과정을 통해 나는 아버지의 그 여자가 간직한 아픔과 긴밀하게 만나게 된다. 유년기 나의 기억 속에 자리하고 있는 아버지의 그 여자는 신경숙의 소설이 그리고 있는 근원적인 고향 상실의 체험을 페이소스적인 차원으로 드러나게 하는 중요한 질료라고 할 수 있다. 유년기 고향에서 소외된 아버지의 그 여자의 모습은 숙명적으로 고향을 떠나 끊임없이 방황할 수밖에 없는 나 자신의 모습에 다름 아니다.

아버지의 그 여자와 나와의 상처를 통한 연대는 근원적인 고향 상실의 체험뿐만 아니라 삶이 가지는 부조리함을 드러내고 있다고 할 수 있다. 여주인공이 그 여자의 처지와 동일한 상황에 놓이면서 우리가 체험하게 되는 것은 자신의 의지와는 상관없이 전개되는, 다시 말하면 우연성과 돌발성에 종속될 수밖에 없는 인간의 삶이 드러내는 비극적인 운명이다. 이 두 여인은 모두 그 어느 것도 얻지 못한 채 집과 남자를 떠난다. 사랑하지만 떠날 수밖에 없는 두 연인이 동일하게 드러내는 이 비극적인 부조리함은 그녀들이 놓인 상황에 대한 연민의 정서를 자극하고 확장한다.

이 소설은 이러한 차원뿐만 아니라 또 다른 차원에서 연대와 연민의 정서를 자극하고 확장한다. 여성주의 시각으로 이 소설을 보면 여기에서 가장 문제가 되는 것은 여성 자신이 여성의 최대의 적이라는 사실이다. 어머니의 남자를 빼앗으려 한 그 여자, 은선 어머니를 빼앗으려 한 여주인공은 남성에 의해, 혹은 가부장제 이데올로기에 의해 모두 희생당한 존재들이다. 모두가 희생자이고 피해자인 이들이 남성이 아닌 여성을 향해 가혹한 가해를 행하는 대목은 분노와 부끄러움의 정서를 불러일으키기에 충분하다. 이 어두운 정서는 이들이 모두 유부남의 곁을 떠나면서 밝음의 정서로 바뀐다. 이러한 귀결은 이 소설이 여성 사이의 공고한 연대를 가능하게 하는 어떤 가능성이 내장되어 있다는 것을 말해 준다. 여성 사이의 연대는 그 여자와 여주인공이 가지는 상처의 정도와 그것이 불러일으키는 연민의 정서에 따라 깊이와 폭이 결정된다고 할 수 있다. 「풍금이 있던 자리」를 비롯해서 『깊은 슬픔』『외딴 방』『오래전 집을 떠날 때』 등 그녀의 소설은 대부분 정치적인 감각만으로 여성 사이의 연대가 형상화되어 있는 것이 아니라 이렇게 연민의 정서를 토대로 형상화되어 있기 때문에 공감의 정도가 긴밀하고 또 내밀하다고 할 수 있다.

2) 삼각 연애 구도와 멜로화된 세계

신경숙의 소설 중에는 남녀간의 사랑 문제를 주제로 삼고 있는 경우가 빈번하다. 『풍금이 있던 자리』에 수록된 「풍금이 있던 자리」 「저쪽 언덕」 「배드민턴 치는 女子」 「새야 새야」, 『오래전 집을 떠날 때』의 「전설」, 『깊은 슬픔』『외딴 방』은 남녀간의 사랑을 중심 모티프로 하고 있거나 그것을 주제로 하고 있는 소설들이다. 그녀의 소설이 보여주는 남녀간의 사랑 이야기는 대부분 비극적으로 종결된다. 어머니의 반대로 비극적인 죽음을 맞이하는 「새야 새야」의 두 남녀, 전쟁으로 인해 영원히 이별해야만 하는 「전설」 속의 남녀, 어긋난 사랑에 정신이 점점 황폐해져 가는 『깊은 슬픔』의 은서, 사랑하는 사람과 헤어진 뒤 스스로 목숨을 끊은 『외딴 방』의 희재언니를 통해 드러나는 사랑은 모두 그 기저에 슬픔의 정조가 흐르고 있다.

그러나 그녀의 소설이 보여주는 사랑이 비극적이라고 해서 그것이 언제나 신비와 성스러움으로 표상되는 것은 아니다. 그녀의 소설이 그리고 있는 사랑은 지극히 통속적이기도 하다. 그녀의 소설들 중『깊은 슬픔』은 그 자체가 한 편의 통속적인 사랑 이야기이다. 『깊은 슬픔』은 다른 소설들처럼 여주인공 은서의 내면에 감추어진 아주 섬세한 심리적인 추이에 따라 이야기가 진행되고 있다. 이 경우 대부분의 그녀의 소설들은 글쓰기 주체의 이야기 구도가 문체에 의해 묻혀 버리는 것이 일반적이지만 이 소설은 예외이다. 그것은 이 소설이 그녀가 쓴 최초의 장편이라는 사실에 있다. 장편은 단편과는 다르다. 단편은 문체의 힘만으로 글쓰기 자체가 가능하지만 장편은 그것이 쉽지 않은 것이 사실이다. 그녀의 에세이적인 글쓰기가 장편을 만들어내는 것이 불가능하다는 말이 아니라 적어도 소설이 장편의 형태를 갖추기 위해서는 견고한 서사적인 구조는 아니지만 이야기의 구도 정도는 의식하고 있어야 한다는 것이다.

『깊은 슬픔』은 그것을 통속적인 삼각 연애 구도를 통해 드러내고 있다. 이 소설은 은서와 완, 세라는 인물을 축으로 전개된다. 일반적인 삼각 연애 구도에서처럼 이 소설 역시 세 명의 관계가 어떻게 결말이 내려질까? 하는 통속적인 호기심을 자극한다. 이 소설에서는 은서와 세가 결혼하는 것으로 통속적인 호기심을 충족시킨다. 그러나 이러한 결말의 이면을 자세히 들여다보면 그 과정은 단순하지 않다. 은서, 완, 세의 연애의 과정은 일방통행적이다. 세는 은서를 사랑하지만 은서는 세가 아닌 완을 사랑한다. 완은 은서에 마음이 없는 것은 아니지만 그는 사회적인 성공을 위해 그녀를 포기하고 박효선을 택한다. 이것이 이 소설의 일차적인 연애 과정이다. 여기까지는 미혼의 서사이다. 이 소설은 미혼에서 더 나아가 기혼의 과정에서의 세 사람의 애정 행각을 보여준다.

결혼 이후 완은 은서를 찾고, 은서는 완이 아닌 세에게서 사랑을 느낀다. 하지만 세는 은서가 사랑한 사람이 완이라는 고통 속에서 불안을 느끼면서 은서를 멀리한다. 다시 애정의 과정이 일방통행적인 것이 되어 버린다. 자신들의 사랑이 회복될 수 없다는 것을 인식한 세 사람은 모두 정신병적인 징후를 드러내게 된다. 마지막에 가서 세는 은서의 처지에 동정을 느끼지만 그녀는 동생 이수에게 유서를 남기고 자살을 결심한다.

하지만 너무 늦었어.

나 삶을 되찾기엔 너무 멀리 나와버렸어. 무엇이라도 간절하게 원하면 거기에 닿을 수 있다고 믿었지. 하지만 어찌 된 셈인지 그 원하는 것에 닿아지지가 않았어.

〔…중략…〕

이수야. 너에게 미안해. 이렇게 일찍 헤어질 줄 몰랐어. 이제는 나를 지킬 사람은 나 자신뿐이고, 힘을 얻어서 살아가야 한다고 내게 속삭이고 속삭였단다. 하지만 너무 늦었구나. 이 글을 네가 읽게 될 때면 나는 없을 거야. 너 혼자 견뎌야 할 거야. 미안하구나. 하지만 나 죽어서도 너를 볼게. 보면서 너를 지켜줄게. 나, 인생을 망치겠다는 게 아니라 여기에 그만 있겠다는 것이니 나를 잊지는 말아다오.

— 『깊은 슬픔』, pp.273~274

자살을 결심한 은서의 내면 정서가 묻어나는 대목이다. 이 부분은 그녀의 소설에서 에필로그로 처리되어 있다. 프롤로그와 균형을 맞추기 위해서 에필로그를 두었다고 볼 수 있지만 앞의 프롤로그와는 달리 이 부분은 편지글 형식으로 되어 있다. 이 형식은 이미 「풍금이 있던 자리」에서 그 진면목을 보여준 바 있듯이 이것이 겨냥하고 있는 것은 독백, 혹은 고백의 발화를 통한 섬세하고 내밀한 정서를 드러내 독자를 감염시키는 감응력에 있다. 이 대목 역시 그것을 겨냥하고 있지만 여기에는 일정한 차이가 존재한다. 「풍금이 있던 자리」의 독백이 순수하고 숭고함을 지니고 있다면 여기에서의 그것은 음험하고 통속적인 데가 있다. 자살로 이어지는 은서의 독백이 드러내고 있는 것은 통속적인 차원의 눈물샘의 자극이다.

죽음 또는 자살이 순수함과 숭고함을 띠기 위해서는 그렇게 할 수밖에 없는 운명적인 필연이 개입되어야 한다. 은서가 자살을 하게 된 원인이 소설 속에 드러나 있지 않은 것은 아니다. 그녀의 자살은 유혜란의 말처럼 세와 완 사이에서 체험하게 된 상실감이 주요한 원인이라고 할 수 있다. 상실감으로 인해 그녀는 더 이상 세상과 맞서 싸울 수 없게 되고, 결국에는 자기 자신을 포기하는 극한 결정을 내리게 된 것이라고 할 수 있다. 그러나 이 자살이 문제적인 것이 되기 위해서는 모든 사람이 공감할 수 있는 필연성과 보편타당성을 가져야 하지만 여기에는 그것이 제대로 드러나지 않는다. 그녀의 자살은 신선한 문제 의식을 환기한다기보다는 상투적인 결말이 주는 진부함을 강하게 환기한다.

상투적인 진부함, 특히 사랑이 드러내는 이러한 특성은 주관적인 감정의 자기 만족에 빠져 감상적으로 흐르기 쉽다. 자살에 대한 객관적인 탐색이나 해명 없이 그것이 주는 슬픔의 정서만을 극대화하려는 이러한 일련의 구도는 독자의 감상벽을 적극적으로 자극하고 있다는 점에서 멜로적인 세계를 반영하고 있다고 할 수 있다. 이것은 『깊은 슬픔』을 통해 그려지는 사랑이 순수하고 비장하다기보다는 치정에 얽힌 통속적인 사랑에 가깝다는 것을 말해 준다. 이것이 작가가 의도한 것이든 아니든—어쩌면 작가는 은서와 세, 완 사이의 사랑을 순수하고 숭고한 것으로 만들고 싶었는지 모른다. 전체 문체의 형식과는 다르게 프롤로그에서 서간체의 고백 형식으로 은서의 자살을 이야기하고 있는 대목에서 작가의 이러한 의도를 강하게 느낄 수 있다.—이 소설에서 우리는 통속적인 사랑 이야기를 체험하게 된다.

『깊은 슬픔』의 통속성은 이렇게 대중의 감상벽을 적극적으로 자극하는 데서 비롯된다. 감상벽이란 이성적이고 합리적인 소통을 가로막는 과도한 정서의 작용이기 때문에 종종 그 가치가 폄하되어 왔다. 감상벽이 과도한 정서의 작용이라는 것은 그 정서를 발생시킨 것보다 더 많은 감정을 불러일으킨다는 과장의 의미를 지니게 된다. 이것은 감상벽이 참이 아니라 거짓된 의미를 제공할 수도 있다는 것을 말해준다. 감상벽 또는 감상성에 대한 폄하는 순수예술은 물론 대중예술에 호의를 가지고 있는 사람들에게조차 무시되고 정서적으로 불건강한 것으로 간주되어 왔다. 하지만 그 정서는 가치 판단 이전에 존재하는 어떤 것이라고 할 수 있다. 대중의 정서는 정서 그 자체로 의미가 있다. 이 소설에서 보여주고 있는 감상성은 그것이 비록 '달콤한 속임수' 또는 '인간적인 흥밋거리를 입힌 당의정' 등으로 부를 수 있을지는 몰라도 그것은 우리가 늘 일상에서 체험하게 되는 보편적인 정서이다. 또한 감상성은 대중을 위무하고 그들을 고통스럽고 굴욕적인 삶으로부터 견디게 해주는 아주 친밀한 정서이기도 하다.『깊은 슬픔』에서 은서의 고백은 자기 연민에 빠진 자의 주체할 수 없는 감상의 일단으로 볼 수도 있지만 그것 자체가 또한 그녀를 사랑하는 한 방법이 될 수도 있는 것이다.

3) 빈집의 원형성과 상실감의 보편성

신경숙 소설은 작가 자신의 내면에 대한 성찰을 통해 존재의 심층을 탐색하고 있다. 자신의 내면은 언제나 어둡고 텅 비어 있다. 이 어둠과 비어 있음은 집 떠나기에서 비롯된다. 소설 속의 주인공들이 체험하는 집 떠나기는 가난이 싫어 돈을 벌기 위해 도시로 떠날 수밖에 없었던 산업사회의 한 단면을 반영하는 그런 류의 집 떠나기와는 다르다. 그녀의 소설에서도 돈을 벌기 위해 집을 떠나 도시로 흘러들어간 자들의 이야기가 없는 것은 아니다. 『외딴 방』의 나와 외사촌, 큰오빠, 희재언니 등은 70·80년대 산업화의 격량에 시골(집)을 떠나 도시로 흘러들어간 대표적인 인물들이다.

그러나 작가가 이들을 통해 그려내고 있는 것은 시골과 도시라는 현상적인 단절이 아니라 보다 더 근원적인 절연의 문제이다. 집을 떠나오면서 겪게 되는 단절을 작가는 『겨울우화』『외딴 방』『오래전 집을 떠날 때』에서 자신의 아기, 혹은 분신과의 분리라는 보다 근본적인 절연 경험으로 형상화해내고 있다. 이러한 분리 체험은 그녀의 소설에 드러나는 집 떠나기가 정신적인 외상을 내포하고 있다는 것을 의미한다. 자신의 아기, 혹은 분신과의 분리란 '나'와 '나'의 그림자(shadow)의 관계에서 비롯되는 외상 체험이다. 그림자로 인해 나는 고통에서 헤어날 수 없다. 아기와 분신은 '나'이면서 또 '나'가 아니기 때문에 이 관계는 분리, 혹은 분열에서 오는 고통을 운명처럼 그 안에 가질 수밖에 없다. 마치 아기가 어머니의 자궁을 열고 나온 것 자체가 낙원의 상실이고 근원적인 외상인 것처럼 자신의 아기, 혹은 분신과의 분리는 그 자체가 근원적인 외상을 드러낸다고 할 수 있다. 아기, 혹은 분신과의 분리가 드러내는 외상을 잘 보여주고 있는 소설이 바로 「벌판 위의 빈집」이다. 이 소설의 이야기는 간단하다.

① 벌판 위에 빈집이 있다.
② 벌판을 지나가던 여자와 남자가 이 집에 들어와 살게 된다.
③ 이 둘 사이에 딸이 생긴다.
④ 어느 날 딸은 엄마와 함께 계단을 오르다가 굴러 떨어져 죽는다.
⑤ 둘 사이에 다시 아이가 태어난다.

⑥ 두 번째 아이는 왜 그때 나를 밀었냐고 엄마에게 따진다.

⑦ 두 번째 아이 역시 계단에서 굴러 떨어져 죽는다.

⑧ 남자와 여자 모두 그 빈집을 떠난다.

⑨ 벌판엔 아직도 그 빈집이 있다.

이 이야기 속에 등장하는 아이, 혹은 아이의 죽음은 엄마의 그림자, 다시 말하면 엄마의 근원적인 상실감을 표상하고 있다고 할 수 있다. 자신과 하나도 아니고 둘도 아닌(不一而不二), 자신이 가장 사랑하는 아이의 죽음을 반복해서 드러낸다는 것은 그 상실감이 얼마나 큰 것인지를 상징적으로 말해 주고 있는 것으로 볼 수 있다. 이런 점에서 소설 속의 주인공이 체험하는 상실감과 빈집은 서로 대응관계에 놓인다고 할 수 있다.

빈집의 이미지는 신경숙의 소설 전편에 걸쳐 드러난다. 「오래전 집을 떠날 때」 「벌판 위의 빈집」 「빈집」 등은 이미 표제부터 빈집의 이미지를 강하게 환기한다. 빈집의 이미지가 의미하는 것은 집이 없다는 것이 아니라 집이 온전히 그 존재성을 유지하지 못하고 있다는 사실이다. 이것은 빈집이 곧 작가 자신의 존재성을 표상하고 있다는 것을 의미한다. 언제나 자아와 세계의 상실감에서 헤어나지 못하는 작가 자신이 할 수 있는 것은 빈집을 짓는 일뿐이다. 이러한 빈집이 환기하는 것은 불안이다. 자신의 내면 깊숙한 곳에 거역할 수 없는 형태로 검은 아가리를 벌리고 있는 불안을 구체적으로 드러내고 있는 질료가 바로 '우물'이다. 우물 속은 어둡고 깊이를 헤아릴 수 없기 때문에 두렵고 무서울 수밖에 없다. 그러나 그것 때문에 우물은 신비하고 '불길한 아름다움'[김병익, 「불길한 아름다움」, 『문학동네』(문학동네, 1996년 겨울호)]을 잉태한다.

빈집 안의 우물은 하나의 전설처럼 이야기되면서 무수한 기억들을 환기한다. 이런 점에서 우물은 마르지 않는 작가의 글쓰기의 원천을 표상하는 질료라고 할 수 있다. 우물 속에는 마르지 않을 만큼의 기억들이 숨겨져 있다. 우물 속에 숨겨진 마르지 않는 이 기억들은 대부분 소설 속의 주인공들이 체험한 상처들이다. 이 상처들은 깊다. 이것을 상징적으로 보여주고 있는 소설이 『외딴 방』이다. 『외딴 방』의 여주인공은 '자신의 발바닥에 내리 꽂히던 쇠스랑'(p.344)을 우물 속에 빠뜨려 버린다. 그 순간 그녀는 우물의 깊이를 감지한다. "우물은 깊고깊어 물 속에 잠긴 쇠스랑은 보이지 않는다"(p.56)고 그녀는 그 순간을 회상한다. 이것은 세계에 대한 상실감의 핍절한 표현이다. 깊이를 알 수 없는 우물 속으로 빠뜨린 쇠스랑처럼 그녀는 세계에 대한 헤아릴 수 없는 상실을 경험한다.

그러나 쇠스랑을 통해 감지되는 그녀의 깊은 상실감은 그녀와 같이 깊은 상처를 가진 희재언니와의 만남을 통해 위로받고 이것을 계기로 그녀는 좀더 성숙해진다.

나를 가엾이 여기지 마. 네 가슴속에서 오래 살았잖아.

마음을 열고 살아 있는 사람들을 생각해. 지난 이야기의 열쇠는 내 손에 쥐어진 게 아니라 너의 손에 쥐어져 있어. 네가 만났던 사람들의 슬픔과 기쁨들을 살아 있는 사람들에게 퍼뜨리렴. 그 사람들의 진실이 너를 변화시킬 거야.

바람이 부는지 우물이 출렁였다. 그녀가 신선한 냄새를 풍기는 물 속에서 두리번거렸다.
"뭘 찾아?"
"네가 빠뜨린 쇠스랑."

"뭐 하려고?"

"내가 끌어내주려고…… 그러면 더 이상 네 발바닥이 안 아플거야."

— 『외딴 방』, pp.404~405

희재언니가 그녀가 빠뜨린 "쇠스랑"을 꺼내 준다는 것은 그녀의 상처를 치유해 준다는 것을 의미한다. 숨은 자신의 상처를 들추어냄으로써 그 안에 숨겨진 진실이 드러나게 되고 그것이 그녀를 변화시킬 것이라고 희재언니는 말한다. 희재언니가 말하는 변화란 그녀의 정신적인 성숙을 의미한다. 희재언니의 이 말은 곧 나의 말에 다름 아니다. 소설 속의 희재언니는 주인공 나의 타자인 동시에 나의 또 다른 분신이다. 이런 점에서 희재언니는 그녀에게 '밀물인 동시에 썰물이었고, 희망인 동시에 절망이었으며, 삶인 동시에 죽음이었'(p.423)던 것이다. "오랫동안 나에게 중요한 모든 운명의 모습이 희재언니의 모습을 띠고 있었다"(p.423)는 고백 역시 이와 같은 맥락에서 이해할 수 있다. 따라서 희재언니와의 만남은 자신에게 다가온 운명과의 만남이며, 그 운명과의 교감을 통해 그녀는 그 운명을 벗어날 수 있는 길을 찾은 것이다.

나의 또 다른 분신인 희재언니가 보여준 상처의 들추어냄은 상처를 숨기거나 애써 잊음으로써 그것으로부터 순간적인 평안을 얻는 그런 방식이 아니라 상처 속으로 들어가 그것을 체험함으로써 그 고통을 앓아내는 상처의 윤리학적인 방식이라고 할 수 있다. 상처의 윤리학이라는 차원에서 보면 나와 희재언니의 상처는 그 상처를 즐김으로써 치유될 수 있다. 이 즐김은 이들을 살아가게 하는 동력이다. 나에 비해 희재언니는 그 상처를 상처로써 즐기는 데 더욱 익숙하다. 나와 같은 집에 세들어 살고 있는 희재언니의 방은 그녀가 자신의 상처를 즐기는 공간이다. 그 공간은 언제나 타자로부터 차단되어 있다. 큰오빠와 사촌, 심지어는 희재언니의 남자로부터도 이 공간은 차단되어 있으며, 이 공간을 넘나든 존재, 다시 말하면 이 즐김의 공간을 엿본 존재는 나밖에 없다.

그러나 나 역시 희재언니의 방이 은폐하고 있는 비밀을 다 알지 못한다. 이것은 나 자신이 희재언니의 방과 그녀의 상처의 즐김에 대해 그것을 향유할 토대가 갖추어지지 않았다는 것을 의미한다. 나는 여기에서 오는 두려움과 공포 때문에 "외딴방으로부터 뛰어나와 다시는 그 곳에 가지 않"(p.384)는다. 희재언니의 방은 나에게 "냄새"(p.383)라는 감각으로 환기되고 있을 뿐이다. 이 냄새가 가지는 기억의 흔적을 되짚어 가며 나(실재 작가)는 희재언나의 방을 글쓰기라는 양식을 통해 복원하려 한다. 희재언니의 방에 대한 복원은 글쓰기를 통한 상처에 대한 즐김을 의미한다. 글쓰기를 하면서 나는 희재언니의 방이 표상하는 상처의 즐김을 체험하게 되는 것이다.

언니가 뭐라구 해도 나는 언니를 쓰려고 해. 언니가 예전대로 고스란히 재생되어질지 어쩔지는 나도 모르겠어. 때로 생각했지. 언젠가 내가 그녀들을 내 친구들이라고 부를 수 있을 때, 그때 언니와 그녀들이 머물 의젓한 자리를 만들어주고 싶다고. 사회적으로 혹은 문화적으로 의젓한 자리 말야. 그러려면 언니의 진실을, 언니에 대한 나의 진실을, 제대로 따라가야 할 텐데. 내가 진실해질 수 있는 때는 내 기억을 들여다보고 있는 때도 남은 사진들을 들여다보고 있을 때도 아니었어. 그런 것들은 공허했어. 이렇게 엎드려 뭐라고뭐라고 적어보고 있을 때만 나는 나를 알겠었어. 나는 글쓰기로 언니에게 도달해보려고 해.

— 『외딴 방』, p.197

희재언니의 상처를 글쓰기로 "고스란히 재생"(p.197)하고 싶어하는 나의 욕망은 작가가 모토로 내세우고 있는 내면화된 상처 들추어내기라는 글쓰기관을 반영하고 있는 것으로 볼 수 있다. 언니(희재언니)의 진실(상처)을 드러내기 위해서는 먼저 내가 진실해져야 하며, 내가 가장 진실해질 때는 글을 쓸 때라는 진술은 작가의 글쓰기가 한 점 거짓이 없는 순정한 고백의 서사임을 말해 준다. 글쓰기만이 나 자신이 희재언니를 만날 수 있는 유일한 통로라는 사실은 작가의 미학주의적인 일단을 엿볼 수 있는 대목이다. 따라서 "나는 글쓰기로 언니에게 도달해 보려고 해"라는 고백은 미학주의자로서의 그녀의 욕망이 강하게 투영된 진술이라고 할 수 있다.

  이러한 관점에서 보면 희재언니의 상처는 곧 나(작가)의 내면에 존재하는 상처가 된다. 희재언니를 통해 드러나는 나의 내면의 상처란 단순한 것이 아니라 인간이 가지는 본원적인 것이다. '집 떠나기', '빈집', '우물', '쇠스랑' 등의 질료를 통해 작가가 보여주는 세계가 바로 그것이다. 이미 태어날 때부터 어머니의 자궁으로부터 분리되어 깊은 상실감을 체험한 인간의 보편적인 근원 상실을 이러한 질료들을 통해 보여주고 있는 것이다. 비어 있기 때문에 채우려 하고, 채우면 다시 틈이 생겨 비어 있게 되는 것이 인간이 가지는 보편적인 존재의 모습이다. 그녀의 소설의 주인공들이 집을 떠나 끊임없이 길 위에 놓일 수밖에 없는 것도, 또 그 떠나온 집에 대한 그리움을 간직한 채 살아갈 수밖에 없는 것도 인간이 근원적으로 상실의 체험을 가지고 있기 때문에 가능한 일이다. 이 근원에 대한 상실체험을 들추어내는 글쓰기는 그녀를 고백적인 문체의 아름다움에 탐닉하게 하면서 결과적으로 그녀를 미학주의자로 만들었다고 할 수 있다. 내면 깊이 잠재해 있는 근원에 대한 상실체험을 온전히 드러내기 위해서는 어떤 논리적인 해명 없이 그 자체가 아름다움으로 표상되는 감성적인 문체의 그 섬세함과 내밀함이 토대가 될 때 가능하다. 그녀의 글쓰기는 이 점을 충족시켜 주고 있다. 이것은 곧 그녀의 글쓰기가 감성적인 소통을 전

제로 하며, 이로 인해 대중적인 공감대를 형성하고 있다는 것을 말해
준다.

4) 보수적인 이데올로기와 가족 공동체에 대한 향수

신경숙 소설을 이야기할 때 빼놓을 수 없는 것 중의 하나가 보수성
이다. 90년대 작가임에도 불구하고 그녀는 미지의 것에 대해 두려워
하고, 변화를 싫어하며 익숙한 것에 강한 집착을 보인다. 그녀가 보여
주는 불안과 공포는 이러한 익숙한 것과의 분리에서 비롯된다. 이 불
안과 공포로부터 자신을 견디기 위해 그녀는 과거의 익숙한 기억 속
으로 도피해 버린다. 그녀의 익숙한 기억 속으로의 도피는 그녀가 시
골을 떠나 도시로 흘러들어오면서 본격화된다. 도시에서의 삶이란 낯
설고 변화무쌍한 것이기 때문에 그녀는 이것을 견디지 못하고 시골의
익숙하고 변화 없는 세계를 동경하기에 이른다. 그녀의 시골에 대한
동경은 가족이라는 존재를 통해 구체화된다. 그녀가 그려내는 가족은
파편화되고 가부장적인 억압이 살아 있는 그런 것과는 차이가 있다.
그녀가 그려내는 가족은 가부장적인 삶이 온화한 형태로 왜곡됨 없이
지배하는 그런 의미 체계를 가진다.

닭은 늘 아버지가 잡으셨지. 어머니가 뒤꼍의 화덕에 큰솥을 내걸면, 여
동생과 나는 흰 마늘을 깠지. 남동생아…… 너는 내 무릎을 베고 졸거라.
내가 가만히 너의 얼굴을 방바닥에 내려놓거든 너는 잊지 말고 다시 내 무
릎을 찾아 베고 졸거라. 아버진 마당에서 내 이름을 부르셨지.
"물이 다 데워졌으면 갖고 오너라."
어머니가 양동이에 뜨거운 물을 쏟아부어 주셨지.
"조심하거라."

아버지 옆에 목이 비틀린 닭이 세 마리나 죽어 있다. 아버진 뜨거운 물에 닭을 담그고 털을 뜯는다. 뒤쫓아나온 남동생도 아버지 옆에 앉아 닭털을 뜯는다. 닭털을 다 뜯고 아버진 주머니에서 성냥을 꺼내 털을 태운다. 노린 내가 마당에 확 퍼진다.

어머니는 닭을 재료로 여러 가지 요리를 만드실 줄 안다. 토막쳐서 감자를 썰어 넣어 도리탕을 만들거나, 토막쳐서 물기를 빼고 기름에 튀기거나, 삶아서 가닥가닥 찢어 냉채를 만들거나…… 내가 도시로 간 뒤로 어머니는 무슨 음식을 만들든 내 접시 내 대접에 수북이 담아준다. 흰 마늘과 쌀을 섞어 만든 닭죽이 역시 내 대접에 가득이다. 솥에서 죽을 푸다가 닭다리가 나오면 어머니는 내 그릇 속에 담아준다.

"식기 전에 많이 먹어라."

남동생이 제 그릇 속에서 닭다리를 꺼내 내 그릇 속에 넣어주며 어머니 말소리 흉내를 낸다.

— 『외딴 방』, p.341

나의 기억을 통해 복원되는 가족의 전경은 정서적인 소통의 아름다움을 잘 보여주고 있다. 어머니가 부어 준 뜨거운 물을 내오는 딸을 향해 "조심하거라"라고 외치는 아버지의 음성과 딸을 향해 닭다리를 딸의 그릇 속에 담아 주며 "식기 전에 많이 먹어라"라고 말하는 어머니의 음성은 직접 그 소리를 들을 수는 없지만 따뜻한 온기 같은 것이 느껴진다. 이 온기는 가족이라는 영역이 아니면 느낄 수 없는 성질의 것이다. 어떤 제도 속에서도 느낄 수 없는 이러한 따뜻한 온기를 느끼는 것은 이 제도가 혈연이라는 독특한 이데올로기에 의해 성립된 구성체이기 때문이다. 혈연적인 이데올로기는 강력한 정서적인 친화력을 가진다.

이러한 독특한 이데올로기로 인해 이 제도는 이성이나 합리적인 논리로 해명할 수 없는 신성불가침한 영역을 거느린다. 사회나 역사의 변동에 의해 가족 제도는 일정한 부침을 보이지만 그 부침의 정도는 혈연에 의한 이데올로기의 세계를 넘어서지 못한다. 탈근대로 들어서면서 가족 제도의 해체를 공공연하게 이야기하지만 이것은 그렇게 쉽사리 단정을 내릴 성질의 것이 아니다. 해체된 것은 가족이 아니라 제도로서의 가족이다. 눈에 보이는 유형의 차원에서 해체적인 징후가 드러나는 것이 사실이지만 눈에 보이지 않는 무형의 차원에서 가족이라는 존재는 수많은 실핏줄로 연결되어 있는 하나의 견고한 구성체이다. 이 견고한 구성체로서의 가족을 잘 보여주고 있는 경우가 바로 신경숙의 소설이다. 그녀의 소설은 가부장적인 의식이 강하게 드러나지만 그것은 타자, 특히 여성들(어머니, 부인, 딸)에 대한 억압을 행사하는 가해자의 모습을 띠고 있지는 않다. 그녀의 소설에서 가족의 한 축을 이루는 아버지는 강하지도 추악하지도 않다. 여기에서의 아버지는 쇠약하며 강한 카리스마를 행사하지 않는 선한 성격의 소유자이다.

가족 구성원 중에서 가부장적인 의식을 가지고 있는 인물은 아버지라기보다는 오빠들이다. 아버지를 대신해 오빠들은 가족의 생계를 책임지고, 동생들을 훈육한다. 오빠들의 권위에 눌려 오누이들은 그들의 명령을 거역하지 못한다. 그러나 오빠들은 아버지의 권위를 행사하고 있기 때문에 엄한 이미지를 드러내지만 그들은 언제나 따뜻하다. 『외딴 방』의 큰오빠는 어떤 경우에도 오누이들의 이탈과 실수를 용납하지 않을 정도로 엄격하지만 그에게는 오누이들에 대한 세세한 관심과 따뜻한 정을 느낄 수 있다. 이것은 『외딴 방』의 큰오빠가 가족들 위에 군림하는 가부장이 아니라 가족들을 따뜻하게 감싸 주고 그들의 생존을 책임지는 그야말로 진정한 의미에서의 가부장이라는 것을 의미한다.

이러한 오빠들에 대해 오누이들은 언제나 선망의 시선을 감추지 못한다. 이 선망의 시선은 이 세계로부터 추방되고 부인된 오빠들을 위해 스스로 무대를 마련하여 그들을 다시 세계의 중심으로 서게 한다. 이러한 오빠들의 세계를 다시 무대 위에 올려놓는 과정이 근원에 대한 향수, 가족에 대한 향수, 형제들의 세계에 대한 향수 등의 복고적 지향성을 불러일으킨다. 이것은 기본적으로 가족이 주는 육친적 친밀성에서 비롯된다고 할 수 있다. 그녀가 보여주는 육친적 친밀성은 그녀의 소설 어디에서도 확인할 수 있다. 열한 살 되던 해 죽은 부친을 위해 묘비를 세우는 아버지(「감자 먹는 사람들」), 여동생을 늘 베개처럼 껴안고 자면서 그녀의 냄새가 좋다고 말하는, 그것이 가족의 냄새라고 말하는 나(「마당에 관한 짧은 얘기」), 잘 때도 엄마의 흰 면셔츠 자락을 손에 쥐고 자는 아기(「전설」), 딸을 도시로 보내고 사흘을 그냥 방에 누워만 있는 아버지(「깊은 숨을 쉴 때마다」), 누나가 전화를 받지 않으면 걱정스럽게 뛰어오는 남동생(『외딴 방』), 다 큰 동생에게 밤이면 책을 읽어 주는 누나(『깊은 슬픔』) 등은 육친적 친밀성이 그녀 소설의 중요한 부분을 차지하고 있다는 것을 잘 보여주는 예이다.

그녀의 소설이 보여주는 이러한 훼손되지 않은 가족 공동체에 대한 향수는 보수적이고 복고적인 이데올로기를 재생산하고 있지만 이 훼손되지 않은 가족 공동체에 대한 향수는 근대 이후 아비의 부재와 가부장적인 압제로 인해 제대로 된 가족의 모습을 갖추지 못한 채 늘 일그러진 모습을 보여 온 우리 시대의 모든 이들이 꿈꾸는 그런 열망이라고 할 수 있다. 그녀의 소설에서 따뜻함을 느끼고 그것에 대해 일정한 공감대가 형성되는 이유 중에는 이러한 훼손되지 않은 가족 공동체에 대한 향수가 크게 작용하고 있기 때문이다. 이 훼손되지 않은 가족 공동체에 대한 향수는 현대 문명에 의해 소외되고 억압받는 현대인들에게 심리적인 안식처 구실을 한다는 점에서 상징적인 의미를 가진다고 할 수 있다. 그녀가 꿈꾸는 훼손되지 않은 가족 공동체가 하나의 선망으로 그칠지라도 그 선망은 쉽게 사라져 버릴 수 있는 것이 아니다. 그것은 우리의 심층 깊숙이 잠재해 있는 근원적인 향수이자 정서의 원천이라고 할 수 있다.

4. 사회적인 것의 감성화, 감성적인 것의 사회화

신경숙은 탁월한 감성의 소유자이며, 그녀가 보여주고 있는 글쓰기는 거대서사의 몰락과 개인의 내면의 발견이라는 그 나름의 시대적인 상황 속에서 잉태된 것이라고 할 수 있다. 개인의 내면을 섬세하고 내밀하게 들추어내는 감성과 이것이 이룩한 문체의 아름다움은 대중적인 공감을 얻기에 부족함이 없다. 그녀의 글쓰기가 드러내는 이러한 감성은 그녀 자신이 의도하든 의도하지 않든 이미 정치성을 강하게 띠고 있는 것이 사실이다. 그 동안 제도화된 이념이나 이데올로기에 의해 생산된 공적인 의식을 주로 체험한 대중에게 그녀가 내세운 사적인 감성의 기치는 충분히 매혹적인 것임에 틀림없다. 사적인 감성은, 특히 그녀가 구사하는 에세이적인 감성은 한 작가의 진실한 내면을 들여다볼 수 있는 양식이기 때문에 독자로 하여금 소설의 새로운 세계를 체험하게 한다.

이처럼 사적인 감성에 입각한 그녀의 글쓰기는 지금 여기에서 의미 있는 실천 행위로 볼 수 있다. 하지만 그녀의 글쓰기가 언제나 의미 있는 것으로 인식되지는 않는다. 그녀의 글쓰기의 행보를 지켜 보면서 일말의 불안감을 떨쳐 버릴 수 없는 것이 바로 그것을 말해 준다. 그녀의 글쓰기에서 받게 되는 불안은 그녀가 내세우는 사적인 감성이 지나치게 기억의 복원에 봉사하고 있지 않나 하는, 현실 감각의 약화 내지 부재에서 비롯된다. 그녀가 들추어내는 유년기의 체험이 신화적인 세계를 강하게 환기함으로써 우리는 현실의 감각이 들어설 틈이 없는, 아름답지만 그러나 위험한 하나의 세계를 만나게 된다. 고향과 유년기에 대한 집착은 그녀로 하여금 문명화된 도시의 역동성을 담아 낼 수 없도록 만들어 버린다. 문명화된 도시의 역동성을 드러내기 위해서는 먼저 '사회적인 것을 감성화'하고, '감성적인 것을 사회화'하는 글쓰기 주체의 인식의 변화가 있어야 한다.

그녀의 글쓰기가 찾아낸 공통감각인 유년기에 대한 향수는 기억이라는 차원에서의 연대를 가능하게 할 뿐 현실에서의 견고한 연대는 불가능하게 한다. 그녀가 내세우는 사적인 감성이 풍요로워지기 위해서는 기억으로서의 유년기에 대한 향수와 사회적인 현실 사이를 동시에 아우르는 글쓰기가 필요하다. 이것은 '나'를 중심으로 한 사적인 글쓰기가 의미가 없다는 것이 아니라 그 '나'가 독아론적이고 자폐적인 차원을 넘어 사회적인 나로 표상될 때 더 큰 의미가 있다는 것을 말해 준다. 그녀의 소설들 중 이렇게 사회적인 것을 감성화하고 감성적인 것을 사회화하는 데 어느 정도 성공한 텍스트가 『외딴 방』이다. 이 소설이 사회적인 것을 지나치게 기억과 나의 사적 감성 속으로 수렴하여 사회라는 의미 자체를 희미하게 하고 있는 것이 사실이지만 그녀의 다른 소설들과는 다르게 나의 사적인 감성을 사회화하려는 의도가 엿보이는 것 또한 사실이다. 그녀의 글쓰기가 '우리 소설의 왜소화와 통속화, 그리고 시대정신의 부재에 일정한 역할을 했다'는 오명을 벗어나기 위해서도 또는 그녀의 글쓰기가 드러내는 매너리즘을 극복하기 위해서도 사회적인 것을 감성화하고, 감성적인 것을 사회화하는 글쓰기의 방식이 필요하다고 할 수 있다. 그녀가 지금의 우리 사회 내지 문명을 글쓰기의 장으로 끌어들여 자신의 소설에 결핍되어 있는 시대정신을 구현해낼 때 비로소 그녀는 우리 소설사의 비중 있는 작가들 중 하나로 기억될 것이다.

악마가 되기 위한 기나긴 도정

— 한국 현대시에 나타난 악마성

1. 악마와 미학의 운명

현대시와 악마성에 대한 논의는 보들레르 이후 중요한 화두 중의 하나로 이야기되어 온 것이 사실이다. 보들레르의 악마성이 문제가 되는 것은 그가 악의 존재를 시인의 창조 행위와 연결시키고 있기 때문이다. 보들레르적인 견지에서 보면 악마는 가장 위대하고 완벽한 미학적인 존재이다. 악마가 이렇게 미학적인 존재가 될 수 있는 것은 그가 가지는 금기를 벗어나려는 강렬한 욕구 충동과 새로운 세계에 대한 창조적 의지 때문이다. 악마가 드러내는 이러한 속성은 기본적으로 신이 있어 가능하다. 악마는 절대적인 신의 권위에 대해 도전하면서 동시에 자신이 신이 되려고 한다. 악마의 의지는 신의 의지에 대한 배반이기 때문에 가혹한 형벌이 따르지만 자기 자신을 초월하여 신이 되려는 욕망으로 인해 신과는 다른 또 하나의 세계를 열어 보이게 된다. 악마는 신이 있는 천상과 인간이 있는 지상 사이에 존재하면서 그 간극의 심연에 자신의 몸을 던진다. 이것은 자신이 속한 세계의 금기를 끊임없이 위반할 수밖에 없는 운명을 지닌 시인의 존재와 다르지 않다.

보들레르는 악마에게서 바로 이것을 본 것이다. 보들레르는 『악의 꽃』에서 악마가 가지는 속성을 찬양한다. 그의 악마에 대한 찬양은 그동안 신의 그늘 속에 억압되어 있던 시인의 자아에 대한 각성과 창조에의 의지를 강렬하게 드러낸다. 이 각성과 의지는 미적 계몽성을 띠면서 이전의 미학과는 다른 미를 구현하기에 이른다. 신 중심의 미학은 필연적으로 선을 지향할 수밖에 없으며, 악마 중심의 미학은 악을 지향할 수밖에 없다. 이 사실은 악마 중심의 미학이 도저한 부정성, 도덕을 넘어선 신성한 폭력에의 꿈, 미래보다는 현재적인 욕망의 지향, 무능력하고 평범한 것에 대한 증오, 공적인 이익보다는 개인의 이익과 욕구의 우선, 삶의 전체성 상실 등을 속성으로 한다는 것을 말해준다. 악마성을 찬양하는 보들레르적인 미학이 가지는 이러한 속성들 중에서 현재성에 대한 강조는 다른 무엇보다도 중요하다. 그가 현재적 삶의 덧없음과 무상함을 아름답다고 간주한 것은 미의 절대적인 규범을 거부하고 있다는 것을 의미한다. 현재의 일시적이고 우연적이며 금세 사라지는 아름다움을 통해 그가 강조하고 있는 것은 미의 절대적인 규범이 아니라 상대적인 규범이다. 이것은 순간순간 스스로를 소진시킴으로써 존재성을 확립하고 있는 현대라는 개념과 다르지 않다. 이런 점에서 보들레르적인 미학은 중세는 물론 이성이나 합리성에 기반한 근대의 미학을 넘어서는 새로움이 있다고 할 수 있다.

악마에 대한 새로운 해석을 통해 새로운 미학을 창조해내고 있는 보들레르적인 상징성은 미적 현대성이라는 관점에서 상당히 포괄적인 문맥을 거느린다. 그의 관점에서 보면 현대 예술은 악마적인 속성을 토대로 성립된 것이 된다. 보들레르의 미에 대한 이런 해석에는 모든 사유의 연원을 신과 인간의 건널 수 없는 심연 속에서 찾고자 하는 서구의 미학관이 투영되어 있다. 신과 인간 사이의 변증법적인 투쟁을 거쳐 정립되어 온 보들레르적인 미학관은 신과 인간 사이의 거리가 해체된 우리의 전통적인 미학관과는 그 뿌리 자체가 다르다고 할 수 있다. 이것은 서구적인 미학과의 충돌을 통해 성립된 우리 미학이 가지는 딜레마라고 하지 않을 수 없다. 서구에 비해 우리 미학에서 악마 혹은 악마성에 대한 논의가 미미한 것도 따지고 보면 신과 인간 사이의 해석에 대한 차이 때문이다. 우리 미학사에서 악마에 대한 관심이 논의의 지평으로 부상한 것은 비교적 최근의 일이다. 밀레니엄과 맞물린 세기말의 정서가 악마의 이미지를 생산하면서 진보적인 문화 이론가들에 의해 담론화되었다고 볼 수 있다.

악마에 대해 사상적으로도 철학적으로도 체계적인 연원을 가지고 있지 못한 우리 미학의 특성으로 인해 시의 경우에도 이것은 제대로 드러나지 않는다. 더욱이 시의 연원을 사무사(思無邪)에서 찾고 있는 동양의 시관에서 악마적인 것을 토대로 시의 체계를 정립한다는 것은 상상하기 힘든 일이다. 사무사에 입각한 시적 전통이 도덕이나 윤리의 옷을 입고 순수 서정이라는 이름하에 최근까지 우리 시의 한 자리를 차지하고 있는 것을 보면 이것에 대한 우리의 의식이 얼마나 견고한 것인지를 잘 알 수 있다. 악마성이 곧 현대성이라는 보들레르적인 인식이 우리 현대시의 토대를 이루고 있다고 말할 수 없지만 이것이 전혀 드러나지 않는다고 또한 말할 수 없다. 악마성에 대한 뚜렷한 자각과 지속적인 관심은 아니지만 이것은 서구적인 사조가 유입된 이후 지금까지 주로 데카당스적이고 아방가르드적인 성향을 보이는 시인들에게서 나타나고 있다.

2. 마돈나와 화사의 몸뚱어리에 숨은 악마

우리 현대시에 보들레르적인 악마성이 처음으로 드러난 것은 1920 년대이다. 우리 현대사에서 1920년대는 가장 하강한 단계에 놓인 시기 중의 하나이다. 이 시기가 우리 현대사에서 이렇게 도저한 하강의 단계에 놓일 수밖에 없는 것은 그것이 상승하는 힘(1919년 3·1운동의 열기)과 맞물려 있기 때문이다. 이 시기의 상승과 하강은 시인의 취향보다는 시대적인 상황의 산물이며, 그것은 곧 천상(천당)과 지상(지옥), 신(선)과 악마(악) 등과 대응된다고 할 수 있다. 하강하는 시대적인 상황 속에서 생성된 악마성은 그러나 시대에 대한 날카로운 저항이나 체제 전복적인 모습으로 드러나는 것이 아니라 시대에 대한 파토스의 과도한 분출이라는 '감정의 과잉' 형태로 드러난다.

'백조'와 '폐허', '창조파'를 중심으로 형성된 1920년대 문단의 이러한 감정의 과잉 분출은 여성의 육체를 통해 드러난다. 나도향, 이상화, 노자영 등의 작품 속에 드러나는 여성의 육체는 관능적이다. 관능적이기 때문에 매혹되지만 그 매혹으로 인해 파멸하게 된다. 여성의 육체가 가지는 관능성은 파멸을 전제로 하고 있다는 점에서 악마적이다. 악마의 현란함은 신의 현란함을 능가한다. 아름답다고 느끼는 순간 가장 추한 것이 되어 버리고, 환상적이라고 느끼는 순간 지독한 환멸을 체험하게 되는 경우, 그 이면에는 언제나 악마적인 것이 존재한다. 이 사실은 여성의 육체에 대한 아름다움의 정도가 심할수록 또는 그것에 대한 환상의 정도가 심할수록 추함과 환멸에 대한 체험도 그만큼 클 수밖에 없다는 것을 의미한다. 그러나 이들의 작품에 드러나는 추함과 환멸은 그다지 크지 않다. 비록 이들이 추함과 환멸을 크게 하기 위해 여성의 육체에 대한 아름다움과 환상을 극대화하고 있지만 그것이 육체의 순수성을 강조하는 쪽으로 나아가기 때문에 결국 이들의 의도는 실패하고 만다.

여성의 육체가 가지는 순수성을 강조함으로써 그 이면에 도사리고 있는 악마적인 음험함을 감추기 위한 전략은 이들의 작품 속에서는 실패로 끝날 수밖에 없다. 여성의 육체에 대한 순수성의 강조는 필연적으로 정신이나 영혼을 강조하게 되어 육체 자체가 가지는 악마성을 제대로 드러나지 못하게 하기 때문이다. 육체의 관능성 속에 내재한 악마성은 육체를 적나라하게 보여줌으로써 드러나는 것일 뿐 정신이나 영혼에 의해 지배되고 통제되는 육체 속에는 악마성은 깃들 수 없다. 진정한 의미에서의 악마성이 제거된 순결한 정신이나 영혼으로서의 육체 속에는 '백조', '폐허', '창조파' 동인들이 즐겨 표상하고 있는 선한 천사만이 존재할 뿐이다. 우리는 이런 순수한 정신이나 영혼에 종속된 육체를 가진 선한 천사를 이상화의 「나의 침실로」에서 만날 수 있다.

'마돈나' 지금은 밤도 모든 목거지에 다니노라 피곤하여 도라가련도다.
아, 너도 먼동이 트기 전으로 수밀도(水密桃)의 네 가슴에 이슬이 맺도록 달려오너라.

'마돈나' 오려무나. 네 집에서 눈으로 유전(遺傳)하던 진주는 다 두고 몸만 오너라,
빨리 가자, 우리는 밝음이 오면 어딘지 모르게 숨는 두 별이어라.

'마돈나' 구석지고도 어두운 마음의 거리에서 나는 두려워 떨며 기다리노라.
아, 어느덧 첫닭이 울고 — 뭇개가 짖도다, 나의 아씨여, 너도 듣느냐.

'마돈나' 지난 밤이 새도록 내 손수 닦아 둔 침실로 가자, 침실로!

낡은 달은 빠지려는데 내 귀가 듣는 발자욱 — 오 너의 것이냐?

'마돈나' 짧은 심지를 더우잡고 눈물도 없이 하소연하는 내 마음의 촛불

을 봐라,

양털 같은 바람결에도 질식이 되어 얄푸른 연기로 꺼지려는도다.

'마돈나' 오너라, 가자, 앞산 그리매가 도깨비처럼 발도 없이 이곳 가까

이 오도다,

아, 행여나 누가 볼는지 — 가슴이 뛰누나, 나의 아씨여, 너를 부른다.

'마돈나' 날이 새련다, 빨리 오려무나, 사원의 쇠북이 우리를 비웃기 전

에

네 손이 내 목을 안아라. 우리도 이 밤과 같이 오랜 나라로 가고 말자.

'마돈나' 뉘우침과 두려움의 외나무다리 건너 있는 내 침실, 열 이도 없

느니!

아, 바람이 불도다, 그와 같이 가볍게 오려무나, 나의 아씨여, 네가 오느

냐?

'마돈나' 가엾어라, 나는 미치고 말았는가, 없는 소리를 내 귀가 들음은—

내 몸에 피란 피 — 가슴의 샘이 말라 버린듯 마음과 목이 타려는도다.

'마돈나' 언젠들 안 갈 수 있으랴, 갈테면 우리가 가자, ㄲ을려 가지 말

고!

너는 내 말을 믿는 '마리아' — 내 침실이 부활의 동굴임을 네야 알련

만······

    '마돈나' 밤이 주는 꿈, 우리가 얽는 꿈, 사람이 안고 궁구는 목숨의 꿈이
다르지 않느니,
    아, 어린애 가슴처럼 세월 모르는 나의 침실로 가자, 아름답고 오랜 거
기로.

    '마돈나' 별들의 웃음도 흐려지려 하고, 어둔 밤 물결도 잦아지려는도다,
    아, 안개가 사라지기 전으로 네가 와야지, 나의 아씨여, 너를 부른다.
        —「나의 침실로 : 가장 아름답고 오랜 것은 오직 꿈 속에만 있어라 : 내 말」,
                                      『백조』 3호, 1923

    시인이 부르고 있는 대상은 "마돈나", 다시 말하면 "마리아"이다.
시인이 애타게 마리아를 부르는 이유는 그녀와 함께 침실로 들고 싶
기 때문이다. 시인이 원하는 것은 "눈으로 유전하던 진주"가 아니라
그녀의 몸이다. "수밀도" 같은 가슴을 가진 그녀의 몸을 안고 "어린애
가슴처럼 세월 모르는 침실"로 가고 싶어하는 것이 바로 시인이 희구
하는 것이다. 시인이 보여주는 이러한 욕망은 관능적일 뿐만 아니라
성상 파괴적이기까지 하다. 시인이 부르는 대상이 마리아라는 것은
신에 대한 도전인 동시에 금기에 대한 해체라고 할 수 있다. 신에 대
한 불경함 자체가 악이며, 이것은 곧 악마의 현현인 것이다. 악마성이
깃든 관능은 육체를 풍요롭게 하는 것이 아니라 "내 몸에 피란 피",
"가슴의 샘"을 마르게 하고 "마음과 목"을 타 들어가게 한다. 이 시의
관능성이 이 정도라면 그것은 세계에 대한 파멸을 목적으로 하고 있
다는 것을 의미한다.
    그러나 이 시의 관능성은 세계의 파멸로 이어지지 않는다. 시인이

보여주는 악마성이 깃든 관능은 현실에서 실현되는 것이 아니라 꿈속에서 실현되는 것이기 때문이다. "가장 아름답고 오랜 것은 오직 꿈속에만 있다"는 시인의 말은 그가 보여주는 관능이 현실의 혼돈이 아니라 나이브한 자아의 백일몽 속에서 정립되고 있다는 것을 드러내는 것이다. 이것은 곧 시인이 불러들인 "마리아"의 육체가 육체로서의 기능을 제대로 수행하지 못하고 있다는 것을 말해 준다. 마리아의 육체를 범함으로써 신의 금기를 해체하고, 세계에 대한 악마의 지배력을 행사하리라는 기대는 기대로 그칠 수밖에 없다. "마리아"의 육체를 범하는 대신 시인이 선택한 것은 정신 혹은 영혼에 의한 그것의 고양이다. 정신이나 영혼에 의한 육체의 고양은 타락한 육체가 아니라 순결한 육체에 대한 희구이다. 순결한 육체에 대한 이러한 시인의 희구는 예술을 고양된 영혼의 순수한 결정체로 인식한 당대의 예술관에 대한 반영으로 볼 수 있다. 시인이 육체에 대해 이야기하면서도 그 육체를 정신이나 영혼으로 이상화시켜 바라본다는 것은 곧 당대의 예술이 제대로 된 육체성을 가지고 있지 못하다는 것을 말해 준다고 할 수 있다. 예술이 육체성을 가지기 위해서는 정신이나 영혼에 의한 지배로부터 벗어나야 한다. 정신이나 영혼으로부터 벗어나 육체가 스스로의 존재성을 인정받는 것이 바로 예술의 현대성이다. "마리아"의 육체를 호출하였음에도 불구하고 그것을 정신이나 영혼으로 환원시킨 이상화의 시가 보여주는 일련의 과정은 그의 시, 더 나아가 1920년대의 예술이 진정한 의미에서의 현대성을 구현하지 못하고 있다는 것을 의미한다.

　이러한 현대성의 미성숙함은 우리 현대시사의 최고 시인으로 평가받고 있는 서정주의 경우에도 발견된다. 『화사집』『귀촉도』『신라초』『동천』으로 이어지는 그의 시적 편력은 '아무도 따를 수 없는 도저한 자리'라는 평가가 말해 주듯 높은 예술혼을 보여주고 있는 것이 사실이다. 그러나 그에 대한 평가를 살펴보면 그 기준이 지나치게 편향되어 있음을 알 수 있다. 그를 높이 평가하는 평자들 대부분은 그가 이룩한 높은 경지의 정신 세계에 매료당한다. 정신에 대한 강조는 자연히 육체에 대한 배제로 이어진다. 육체적인 차원에서 보면 그의 시는 많은 문제점을 드러낸다. 『화사집』이후 『귀촉도』 『신라초』를 거쳐 『동천』으로 이어지면서 그의 시에서는 육체가 배제된다. 육체의 배제는 그의 시가 현대 이전의 세계로 퇴행하고 있다는 것을 말해 준다. '진정한 현대성이 육체로부터 나온다'고 보면 그의 시는 현대성을 구현하고 있다고 볼 수 없다. 이미 이런 조짐은 그의 시편들 중에서 비교적 육체성이 잘 드러난다고 평가받고 있는 『화사집』에서도 발견된다.

　『화사집』에서는 보들레르적인 차원의 악마성이 엿보인다. 『화사집』의 첫 장을 여는 「자화상」에서 시인은 신의 세계로부터 영원히 추방당한 저주받은 예술가의 초상을 그려내고 있다. 신이 아니라 예술이 구원의 길이 될 수 있다는 믿음 속에는 금기에 대한 해체를 욕망하는 보들레르적인 악마성이 숨어 있다. 악마성에 대한 발견을 통해 진정한 시인이 되려는 열망은 '화사(花蛇)'라는 상징을 만들어내기에 이른다. '화사'란 무엇인가? 관능의 상징이면서 동시에 파멸의 상징인 악마적인 존재이다. 아담과 이브로 하여금 신의 금기를 어기고 선악과를 따먹게 한 존재가 바로 뱀이다. 시인이 '화사'라는 존재를 등장시킨 것은 이런 점에서 주목에 값한다. 만일 아담과 이브가 뱀의 꼬임에 빠져 선악과를 따먹지 않았다면 인간에게 욕망은 존재하지 않았을 것이다. 인간에게 욕망이 없다면 창조도 없는 것이다. 욕망으로 인해 언어에 혼란이 오고 이 혼란은 예술가를 신에 준하는 창조자가 되게 하는 토대를 제공한다. 『화사집』의 중심 상징인 '화사'의 등장은 신의 배반을 통해 미적 자율성과 창조성을 확보하려는 시인의 악마성의 표출인 동시에 현대성에 대한 암시라고 할 수 있다.

> 麝香 薄荷의 뒤안길이다
> 아름다운 배암……
> 얼마나 커다란 슬픔으로 태어났기에
> 저리도 징그러운 몸뚱어리냐
>
> 꽃대님 같다
> 너의 할아버지가 이브를 꼬여 내던 달변의 혓바닥이
> 소리 잃은 채 날름거리는 붉은 아가리로
> 푸른 하늘이다…… 물어 뜯어라 원통히 물어뜯어
>
> 달아나거라 저놈의 대가리
> 돌팔매를 쏘면서 쏘면서 麝香 芳草ㅅ길
> 저놈의 뒤를 따른 것은
> 우리 할아버지의 아내가 이브라서 그러는 게 아니라
> 石油 먹은 듯…… 石油 먹은 듯…… 가쁜 숨결이야
>
> ─「화사」 부분, 『화사집』, 1938

여기에서의 "배암"은 저주받은 예술가 곧 시인 자신을 상징한다. "배암"은 "이브를 꼬여 내던 때의 그 달변의 혓바닥"을 가지고 있다. "달변의 혓바닥"을 가지고 있기 때문에 신으로부터 저주를 받지만 또 그것 때문에 이브를 꼬여 선악과를 따먹게 할 수 있었던 것이다. 독도 되고 약도 되는 이 "달변의 혓바닥"이 가지는 양가성은 "아름다운 배암"으로 표상된다. 아름다우면서 동시에 징그럽고 추한 몸뚱어리를 가진 "배암"은 아름다움이 추함에 비해 우월하고, 선이 악에 비해 우월하다는 이분법적인 논리를 해체한다. 추하고 악한 것도 가치가 있다는 논리는 미적 현대성을 반영한다. "아름다운 배암"의 표상이 여기에 있다면 시인의 첫 시집의 제목을 『화사집』으로 정한 것은 미적 현대성을 성취하려는 시인의 역동적인 지향성을 드러내고 있는 것으로 볼 수 있다.

그러나 이러한 역동적인 지향성은 변증법적인 추동력을 얻지 못한다. 「화사」에 드러난 "아름다운 배암"의 이미지는 『화사집』의 다른 시편들에서는 거의 발견할 수 없다. 『악의 꽃』에 드러난 보들레르의 미적 현대성이 알레고리, 댄디, 아방가르드, 매음, 산책자라는 여러 형식을 통해 변주되면서 다양화되고 심화된 것과는 좋은 대조를 이룬다. 『화사집』 이후로 오면 "아름다운 배암"의 "몸뚱어리"로 표상되는 양가성의 아이러니 같은 현대적인 감각은 보이지 않는다. '배암의 몸뚱어리', 곧 육체성이 시의 중심에 놓일 때 악마 특유의 세계에 대한 갈등과 대립, 해체라는 변증법적인 논리에 토대를 둔 역동성을 성취할 수 있지만 그것이 없는 도저한 정신 세계 속에서는 퇴행이나 정체성만이 존재할 뿐이다. 그의 시의 변모를 두고 이원론적 세계관의 극복 운운할 수도 있겠지만 극복이라고 보기에는 변모에 대한 내적 싸움이 드러나지 않는다. 미적 현대성이란 육체를 토대로 하는 현대적인 감각을 괄호 친 상태에서 정신이나 영혼의 고양만으로는 성립될 수 없다. 그의 시가 가지는 불안이 바로 여기에 있다고 할 수 있다.

3. 거울과 트렁크 속에 숨은 악마

한국 현대시사에서 악마의 또 다른 얼굴을 이상의 시에서 발견할 수 있다. 이상의 시에 드러난 악마는 이상화나 서정주의 경우처럼 의식의 표층에 있지 않고, 무의식의 심층에 머물러 있으면서 마성을 강하게 환기한다. 무의식의 심층에 머물러 있는 악마는 자아의 억압된 부분을 대리하고 있기 때문에 세계에 대한 조화와 융화보다는 갈등과 파괴의 양태를 띠고 나타난다. 악마의 등장으로 인해 그의 시는 혼돈 속에 놓이게 되면서 끊임없이 움직이고, 통일성이 파괴되고, 합일할 수 없는 모순된 것들을 생산하게 된다. 무의식의 심층에 놓인 악마의 이런 속성은 에고의 분열을 초래해 내적 자아와 외적 자아를 영원히 화합할 수 없는 상태로 만들어 버린다.

이상 시에 자주 등장하는 '거울 모티프'는 바로 이러한 악마의 출현을 보여주는 단적인 예이다. 거울은 에고의 내면에 숨겨져 있는 억압된 욕망, 혹은 리비도적 욕망을 실천하는 악마적 대리인(에고의 악마적 대응자)의 모습을 의식의 장으로 투사한다. 이 악마적 대리인으로 인해 에고는 자신의 억압된 욕망을 들키고 만다. 악마적 대리인인 거울 속의 에고는 이런 점에서 거울 밖의 에고에게는 두려운 존재일 수밖에 없다. 거울 속의 에고 때문에 거울 밖의 에고는 늘 두려움에 떨고, 거울 속의 에고는 거울 밖의 에고의 악마적인 음험함에 맞서 그를 제거하려고 하지만 그것은 처음부터 불가능을 전제한 행위이기 때문에 실패로 끝나고 만다. 거울 속의 에고를 제거한다는 것은 곧 거울 밖의 에고를 제거한다는 것을 의미하기 때문에 이 행위는 결코 성립될 수 없다.

1
나는거울없는室內에있다. 거울속의나는역시外出中이다. 나는지금거울속의나를무서워하며떨고있다. 거울속의나는어디가서나를어떻게하려는陰謀를하는中일까.

2

(…)

3

(…)

4

내가缺席한나의꿈. 내僞造가登場하지않는내거울. 無能이라도좋은나의
孤獨의渴望者다. 나는드디어거울속의나에게自殺을勸誘하기로決心하였
다. 나는그에게視野도없는들窓을가리키었다. 그들窓은自殺만을위한들窓
이다. 그러나내가自殺하지아니하면그가自殺할수없음을그는내게가르친
다. 거울속의나는不死鳥에가깝다.

5

내왼편가슴心臟의位置를防彈金屬으로掩蔽하고나는거울속의내왼편가
슴을겨누어拳銃을發射하였다. 彈丸은그의왼편가슴을貫通하였으나그의
心臟은바른편에있다.

— 「오감도 시제15호」 부분

거울 속의 자아를 통해 드러나는 "不死鳥"에 가까운 악마성은 에고
의 그림자처럼 존재하면서 에고를 극도의 불안 속으로 몰아넣는다.
에고의 내면에 잠재해 있는 억압된 욕망이 드러내는 악마성으로 인한
불안을 잘 보여주고 있는 것이 바로 오감도 시편이다. 오감도 시편에
서 에고의 불안은 '조(鳥)'자를 '오(烏)'자로 바꿔 쓰는 언어의 오기를
통해 표출된다. 억압된 욕망이 언어를 통해 표출된다는 것은 '무의식
도 언어처럼 구조화되어 있다'는 라깡의 선언을 통해 밝혀진 사실이

지만 이것이 드러내는 상징은 선악과를 따먹은 아담과 이브의 행위로 거슬러 올라갈 수 있다. 선악과를 따먹은 행위는 아담과 이브 내면에 잠재된 억압된 욕망을 표출한 것과 등가이다. 여기에서 선악과는 선/악이라는 분별지의 체계를 가지며, 이것은 곧 차이를 통해 세계를 체계화하는 언어의 구조와 다르지 않다. 선악과를 따먹음으로써 신의 신성함에 반하는 악마성을 가지게 된 사건은 鳥자를 烏자로 바꾼 사건에 와서 되풀이되고 있다고 할 수 있다.

'조'자를 '오'자로 바꾼 행위는 아버지의 법(신의 법)을 어기는 행위이기 때문에 금기에 대한 저항과 해체에서 오는 불안을 동반할 수밖에 없다. 아버지의 법으로부터 이탈하는 순간 제도적인 안정과 편안함과는 다른 욕망만이 끝없이 흐르는 불안정하고 낯선 세계 속으로 들어서게 된다. 기존에 존재하는 어떤 준거도 없이 매순간 스스로 준거를 만들어 가야 하기 때문에 세계를 조망하는 일은 불투명할 뿐만 아니라 불안하기까지 한 것이다. 시인이 세계에 대한 조감도를 작성해 보려고 시도하지만 조감도가 아니라 '오감도'밖에 작성할 수 없는 이유가 여기에 있다고 할 수 있다. 조감도가 아닌 '오감도'의 세계에 투영된 에고는 모든 것이 두렵고 무서울 수밖에 없다. 「오감도 시제1호」에서 '제○의아해가무섭다고그리오'의 형식으로 반복되고 있는 시행은 이런 점에서 '오감도'로 표상되는 세계에서의 에고의 불안과 공포를 드러낸 것이라고 할 수 있다. '오감도'의 세계에서는 전망 자체가 불가능하다. "13인의 아해들"은 도로를 질주하지만 사실 도로라는 것은 별다른 의미가 없다. 이 문맥에서 중요한 것은 질주이다. 그렇다면 "아해들"은 왜 공포에 질려 질주하는 것일까? "아해들"을 공포로 몰아넣고 있는 대상은 무엇인가? 이 물음에 대한 답을 "무서운아해"와 "무서워하는아해"에서 찾을 수 있다. "무서운아해"는 공포의 주체이고 "무서워하는아해"는 공포의 대상이 된다.

그러나 이러한 구분은 무의미하다. 시인은 "13인의 아해들"을 가리켜 "그중에1인의아해가무서운아해라도좋소/그중에2인의아해가무서운아해라도좋소/그중에2인의아해가무서워하는아해라도좋소/그중에1인의아해가무서워하는아해라도좋소"라고 하면서 "무서운아해"와 "무서워하는아해"의 구분을 해체하고 있다. 이것은 '한 아해가 무서운 아해도 또 무서워하는 아해도 된다'는 것을 의미하는 것으로 이 구도는 에고가 거울 속의 에고(무서운 에고)와 거울 밖의 에고(무서워하는 에고)로 분열되어 있는 것과 다르지 않다. 결국 이 시에서 남는 것은 "13인의 아해"이며, 이것은 선/악의 양가성을 지니고 있는 에고의 모습이다. 에고는 양가성의 존재이기 때문에 불안한 것이다. 언제 에고의 내면의 욕망을 대리하는 또 다른 악마성을 띤 에고가 모습을 드러낼지 모른다. 불안하기 때문에 에고는 거울을 볼 수밖에 없는 것이다. 거울 속에 있는 자신의 또 다른 에고, 다시 말하면 악마성을 띠고 있는 에고를 보면서 불안의 정체를 탐색해낼 때 에고의 온전한 모습은 드러날 수 있는 것이다.

거울 속의 에고와 거울 밖의 에고를 통해 악마성의 정체를 탐색해 간 이상의 작업은 이후 이승훈, 박상순, 김소연, 성미정, 송찬호, 김언희, 조말선 등으로 이어진다. 「이승훈 씨를 찾아간 이승훈 씨」라는 이승훈의 시의 제목이 말해 주듯 이들의 작업은 에고의 내면에 숨겨진 악마성(억압된 욕망)을 에고의 분열을 통해 탐색하고 있다. 이 시인들 중에서 김언희는 에고의 욕망이 가지는 악마성을 다른 누구보다도 더욱 적나라하게 폭로한다. 이상의 악마가 거울 속에 숨어 있어 그 모습을 볼 수 있는 것과는 달리 김언희의 악마는 '트렁크' 속에 숨어 그 모습을 볼 수 없다. 이상의 악마가 성찰을 통해 드러난다면 김언희의 악마는 폭로의 형식을 통해 드러난다. 트렁크 속에 숨어 있는 김언희의 악마는 트렁크의 지퍼를 열면 의식의 지평 위로 용수철처럼 튀어오른

다. 그것은 에고의 내면에 숨어 있는 악마가 혁명을 일으킨 것이라고
해도 무방할 정도로 강렬하다.

이 가죽 트렁크

이렇게 질겨빠진, 이렇게 팅팅 불은, 이렇게 무거운

지퍼를 열면
몸뚱어리 전체가 아가리가 되어 벌어지는

수취거부로 반송되어져 온

토막난 추억이 비닐에 싸인 채 쑤셔박혀 있는, 이렇게

코를 찌르는, 이렇게
엽기적인

— 「트렁크」 전문

트렁크 속에 숨어 있던 악마의 출현이 강렬하다는 것은 그만큼 에고
의 내면에 존재하는 억압된 욕망이 크다는 것을 의미한다. 트렁크의
"지퍼를 열면 몸뚱어리 전체가 아가리가 되어 벌어진"다는 것은 트렁
크가 욕망의 덩어리라는 것에 다름 아니다. 욕망이 신의 법이 금기시
하는 제일의 덕목이라는 점에서 "몸뚱어리 전체가" 욕망이라는 사실
은 악마에 의한 신의 세계의 전복을 환기하는 것으로 볼 수 있다. 신
의 법 혹은 아버지의 법은 이런 점에서 트렁크를 수취 거부로 반송할
수밖에 없다. 신의 법이 트렁크를 "수취거부로 반송"하면 할수록 그

법에 대한 저항과 해체 의지는 더욱 강렬해진다. 이 강렬함의 표시가 바로 "코를 찌르는" 엽기적인 시체이다. 시체는 압젝션(abjection)의 최고 형태이다. 신에 의해 에덴 동산에서 추방당한(abject) 아담과 이브의 몸은 금기를 어긴 불경한 몸이다. 적절하고 숭고한 몸만을 이상적인 몸으로 간주하는 신의.법 아래에서 불경한 몸, 특히 "코를 찌르는", "엽기적인" 시체는 사탄으로 간주되어 추방당하는 운명을 맞을 수밖에 없다.

이렇게 추방당한 엽기적인 시체가 김언희의 트렁크 속에 들어 있다. 신의 규율이나 법으로부터 억압되어 있던 악마적인 것의 귀환으로 볼 수 있는 김언희의 시는 그 강렬함으로 인해 에고의 통제를 벗어나 있다. 에고를 중심으로 다른 에고(이드, 슈퍼 에고)를 통합하려는 시와는 달리 그녀의 시는 이러한 시도를 단행하지 않는다. 아버지를 살려 둔 채 어머니와의 은밀한 욕망을 꿈꾸는 단계를 넘어 그녀의 시는 아버지(신)의 존재 자체를 부정한다. 어머니와 나 둘밖에 없기 때문에 그녀의 시는 모든 세계를 탈영토화한다. 에고의 내면에 잠재해 있는 악마성이 어떤 통제도 받지 않은 상태에서 마치 기계처럼 작동하면서 모든 세계를 탈영토화하는 그녀의 시는 이성적이고 합리적인 코드로는 상상할 수 없는 것까지 상상해내는 비이성적이고 엽기적인 면모를 보여준다. 그러나 그녀의 기계처럼 작동하는 악마성은 스스로 신의 권능을 모방하다가 세계에 대한 긴장을 잃어버린 채 표류하고 있다. 악마가 신의 권능을 가질 수는 있지만 신을 모방해서는 안 된다. 그녀가 진정한 악마가 되기 위해서는 악마성이 가지는 본연의 의미를 되돌아보아야 한다. 또한 무엇을 위해 내가 왜 악마가 되었는지 그것에 대해 한번쯤 생각해 보아야 한다. 그녀의 시에서는 이러한 자의식이 결여되어 있다. 자의식이 없는 악마는 악마의 탈을 쓴 사이비적인 피조물에 불과하다는 것을 시인은 알아야 한다.

4. 검은 영혼의 악마

　기형도의 등장은 우리 현대시사에서 또 한 명의 악마의 출현을 알리는 서곡과 같은 것이다. 그의 등장으로 인해 우리는 비로소 죽음이라는 것이 무엇인지 생각하게 되었다고 할 수 있다. 그의 처음이자 마지막 시집이 된 『입 속의 검은 잎』은 "죽음만이 망가져 있지 않은 시인의 유일한 꿈"(「영원히 닫힌 빈방의 체험」, 『입 속의 검은 잎』 해설, 문학과지성사, 1989)이라고 할 정도로 죽음의 심층을 향해 있다. 이 도저한 죽음의 심연 속에 갇혀 그는 죽음을 통해 삶을 사는 진경을 연출하고 있다. 그의 시적 자아는 끝없는 추락 속에 놓여 있으며, 세계에 대한 부정으로 일관하고 있다. 그의 시 어디에도 시적 자아를 구원해 줄 신은 보이지 않는다. 구원으로써의 신의 존재를 부정하는 그의 세계관은 '신은 죽었다'고 선언한 니체의 세계관과 그 맥이 닿아 있다. 니체는 신의 죽음을 선고한 뒤 초인으로써의 인간의 강인함을 강조하고 있지만 그가 말하는 초인이란 허무에의 의지를 불태우는 그런 인간에 지나지 않는다. 기형도는 이런 인간의 모습을 한없이 추락하는 시적 자아의 의식을 통해 보여주고 있다.

　나약하지만 결코 신에 기대지 않는 그의 세계관은 인간적인 연민의 정서 속에서 자기 자신을 구원받으려고 한다. 그는 죽음을 향해 나아가는 시적 자아의 궤적을 어둠, 쓸쓸함, 고독의 이미지를 끌어들여 우리를 도저히 헤어날 수 없는 죽음 직전의 그 아주 낮은 환상 속으로 몰고 간다. 죽음을 향해 나아가는 아주 낮은 환상 속에서 우리가 만나는 것은 시적 자아의 고독한 면모와 허무에의 의지이다. 시적 자아는 「오래된 書籍」(『입 속의 검은 잎』, 문학과지성사, 1989)에서 "내가 살아온 것은 거의/기적적이었다./오랫동안 나는 곰팡이 피어/나는 어둡고 축축한 세계에서/아무도 들여다보지 않는 질서//속에서, 텅 빈 희망

속에서/어찌 스스로의 일생을 예언할 수 있겠는가"라고 노래한다. 타자와의 소통이 단절된 자신만의 세계에서 텅 빈 희망을 가지고 사는 시적 자아의 삶의 모습은 단독자적인 삶의 모습과 닮아 있지만 이것은 우리가 흔히 말하는 키에르케고르식의 단독자의 개념과는 거리가 있다. 키에르케고르식의 단독자는 모든 세상과 무리에 관해서 고독하지만 그 고독은 하느님의 진리를 전하기 위해서 선행되어야 하는 조건이다. 이것은 단독자의 목적이 하느님의 진리를 전하기 위해서 존재한다는 것을 의미한다. 따라서 단독자는 하느님 앞에서 하느님으로부터 그리고 하느님의 도움에 힘입어서 존재하는 개념이다.

그러나 이 시에 드러나는 단독자는 하느님과의 연관 속에서 존재하는 개념이 아니다. 여기에서의 단독자는 하느님이 아니라 바로 자기 자신과의 연관 속에서 존재할 뿐이다. 단독자가 절대자와 관계하지 않고 자기 자신과 관계할 때 그 단독자가 가지는 고독과 허무에의 의지는 불안과 공포를 가질 수밖에 없을 뿐만 아니라 저주받은 혹은 처형당한 이미지로 드러날 수밖에 없다.

> 나를
> 한 번이라도 본 사람은 모두
> 나를 떠나갔다. 나의 영혼은
> 검은 페이지가 대부분이다. 그러니 누가 나를
> 펼쳐볼 것인가.
>
> ─「오래된 書籍」부분

시적 자아인 나와 서적은 등가이다. 나의 삶의 궤적을 담고 있는 서적은 다른 사람을 떠나게 하고 또 펼쳐보지 않게 한다. 그것은 "나의 영혼"이 "검은 페이지가 대부분이"기 때문이다. 왜, 시적 자아는 자신의 영혼을 '검다'고 표현한 것일까? 시집 전체를 통해 '검다'라는 이미지는 시의 중심에 견고하게 자리잡고 있다.

　긴 어둠에서 풀려나는 검고 무뚝뚝한 나무들 사이로/아이들은 느릿느릿 새어나오는 것이다.(「안개」)

　이 밤, 빛과 어둠을 분간할 수 없는/꽝꽝 빛나는, 이 무서운 白夜(「白夜」),

　저들은 왜 밤마다 어둠 속에 모여 있는가/저 청년들의 욕망은 어디로 가는가(「나쁘게 말하다」)

　어둠 속에서 중얼거린다./나를 찾지 말라…… 무책임한 탄식들이여(「길 위에서 중얼거리다」)

　이곳은 처음 지나는 벌판과 황혼./내 입 속에 악착같이 매달린 검은 잎이 나는 두렵다.(「입 속의 검은 잎」)

　밤은 그렇게 왔다. 포도압착실 앞 커다란 등받이의자에 붙어 한 잎 식물의 눈으로 바라보면 어둠은 화염처럼 고요해지고 언제나 내 눈물을 불러내는 저 깊은 空中들(「포도밭 묘지 2」)

　어둑어둑한 여름날 아침 낡은 창문 틈새로 빗방울이 들이친다. 어두운 방 한복판에서 金은 짐을 싸고 있다(「그날」)

　그 어두운 정오의 숲속으로/이따금 나는 한 개 짧은 그림자 되어/천천히 걸어들어간다(「10월」)

　植木祭의 캄캄한 밤이여, 바람 속에 견고한 불의 立像이 되어/싱싱한 줄기로 솟아오를 거냐, 어느 날이냐 곧이어 소스라치며/내 유년의 떨리던, 짧은 넋이여(「植木祭」)

　어느 날의 잔잔한 어둠이/이파리 하나 피우지 못한 너의 생애를……/소리 없이 꺾어갔던 그 투명한/기억을 향하여 봄이 왔다.(「나리 나리 개나리」)

아으, 칼국수처럼 풀어지는 어둠! 암흑 속에서 하얗게 드러나는 집. 이 불끈거리는 예감은 무엇일까. 나는 헝겊같은 배를 접으며 이 악물고 언덕에 섰다. 그리하여 풀더미의 칼집 속에 하체를 담그고 자정 가까이 걸어갔을 때 나는 성냥개비같은 내 오른팔 끝에서 은빛으로 빛나는 무서운 섬광을 보았다.(「폭풍의 언덕」)

장님처럼 나 이제 더듬거리며 문을 잠그네/가엾은 내 사랑 빈집에 갇혔네(「빈집」)

아아, 사시나무 그림자 가득찬 세상, 그 끝에 첫발을 디디고 죽음도 다가서지 못하는 온도로 또 다른 하늘을 너는 돌고 있어. 네 속을 열면(「밤눈」)

묘지에 서로 모여 갈대가 울었다. 그 속으로 눈발이 힘없이 쓰러졌다./어둠이 하얗게 질린 얼굴로 사위어 있었다./뒤엉켜 죽은 망초꽃들이 휘익휘익 공중에서 말하고 지나갔다.(「沙江里」)

때로는 가슴을 후벼파는 아픔으로, 또 때로는 숨막힐 정도의 아련함으로 그의 시집 전편을 가로지르는 이 검은 이미지의 정체는 시적 자아의 영혼에 다름 아니다. 시적 자아가 자신의 영혼을 검은 이미지로 표현한 것은 그 영혼이 저주받았기 때문이다. 신으로부터 벗어나 자기 자신에게서 위안을 찾는 시적 자아의 행위는 신에 대한 도전으로 볼 수도 있지만 또 다르게 보면 그것은 신으로부터 버림받은, 혹은 저주받은 것이 된다. 악마의 이미지가 그러하듯 이렇게 신으로부터 저주받은 자의 이미지는 검을 수밖에 없다.

신을 부정함으로써 검은 영혼을 가진 시적 자아는 금기에 대한 해체 욕망과 죽음에 대한 환상 그리고 신과의 관계를 벗어난 단독자적인 고독에 대한 향수를 늘 운명처럼 지니고 있는 인간에게 매혹적인 대상임에 틀림없다. 기형도의 시가 많은 사람들의 정서 속으로 거침없이 스며들 수 있는 이유도 따지고 보면 여기에 있다고 할 수 있다. 기형도가 가지는 대중적인 흡인력을 스물아홉에 요절한 그의 죽음에서 찾을 수 있을 것이다. 그의 죽음은 단순한 신체적인 죽음을 넘어서 하나의 문화사적인 사건으로 기억되고 있다. 그의 죽음은 온갖 이야기들을 낳음으로써 죽음에 대한, 혹은 어떤 대상에 대한 되쓰기의 효과를 창출하는 대표적인 예로 간주된다. 정과리 식으로 이야기하면 그의 죽음은 "자율성과 자족(합목적성)이라는 문학의 고유한 자질이 붕괴되는 문학 공간을 탄생시켰다"(「죽음, 혹은 순수 텍스트로서의 시」, 『무덤 속의 마젤란』, 문학과지성사, 1999, p.91)는 것을 뜻한다. 그러나 그의 죽음이 대중의 관심을 불러일으킨 것은 이러한 신체의 죽음과 함께 검은 영혼으로 상징되는 그의 시적 자아의 세계에 대한 성찰이 있었기 때문에 가능했던 것이다.

기형도의 시가 보여주는 이러한 양상은 그의 죽음 이후 우리 시단에 큰 반향을 불러일으켰다. 특히 세기말이라는 시대 상황과 맞물려 그의 시가 보여주고 있는 죽음과 검은 영혼의 이미지로 표상되는 악마성은 새로운 시의 형식을 창출하는 토대가 되었다고 할 수 있다. 그의 죽음 이후 우리 시단에 일기 시작한 도저한 부정성의 세계관과 허무주의 그리고 죽음에 대한 환상은 그의 시의 영향으로 볼 수 있다. 그러나 그의 영향권 안에 있던 젊은 시인들이 그의 시의 세계를 확장하고 심화했다고 말할 수 없다. 죽음을 살아내는 생의 개념이라는 차원에서 보면 젊은 시인들이 보여주는 죽음 의식은 그의 시의 계승으로 볼 수 있지만 그들이 죽음을 유희적인 차원, 다시 말하면 현실 원칙과 쾌락 원칙이라는 고정된 틀 안에서 보고 있다는 점에서는 일정한 한계를 드러낸다고 할 수 있다. 기형도가 보여준 신을 배제한 상황에서의 절대 고독과 부정성, 단독자적인 개념의 재해석 등은 그의 사후 죽음을 노래한 젊은 시인들의 시에서는 좀처럼 발견할 수 없다. 『입 속의 검은 잎』이라는 한 권의 시집을 남기고 그는 떠났지만 그가 이 시집에서 보여준 악마성이 깃든 고독한 인간의 모습은 모든 사람들에게 보편적인 만족의 대상으로 존재하고 있다. 이런 점에서 그의 시는 미적인 성취를 보여준다고 할 수 있다. 다만 죽음에 대한 그의 상상력이 구체적으로 어떤 미적 현대성을 성취하고 있는지 하는 문제는 좀더 면밀하게 검토해 보아야 할 것이다.

5. 악마의 현대성

최근 우리 시는 양적인 팽창에도 불구하고 전체적으로 매너리즘 상태에 빠져 있다. 생태시, 선시, 여성시, 해체시, 메타시, 영상시, 매체시 등 그 어느 때보다도 다채로운 시의 세계를 펼쳐 보이고 있지만 그것이 우리 현대시사라는 차원에서 볼 때 미적 변증법의 도정에 놓일 정도로 문제적인 것은 아니다. 특히 최근에 우리 시단에 폭발적인 에네르기를 불어넣고 있는 것으로 평가받고 있는 여성시의 경우에도 미학적인 차원보다는 사회적이고 정치적인 차원으로 기울어져 있다. 여기에는 여러 가지 원인이 있을 수 있지만 다른 무엇보다도 먼저 지적할 수 있는 것은 이들이 기존의 미학적인 체계에 저항하고 그것을 해체하려는 의지가 부족하다는 사실이다. 이러한 의지의 부족은 시인 스스로 그 안에 악마성을 키우고 있지 않기 때문에 발생한다.

악마적인 것은 예술의 세계에서는 악한 것이 아니라 선한 것이다. 그러나 지금 여기에서는 누구도 악마가 되려고 하지 않는다. 우리가 흔히 악마의 출현의 적기로 삼고 있는 세기말에도 악마의 탈을 쓴 사이비적인 피조물은 나타났지만 진정한 의미에서의 악마는 출현하지 않았다. 너도나도 앞다투어 자신이 악마라고 떠들어댔지만 이들의 선언은 마치 무엇인가 하지 않으면 스스로 존재성을 상실할 것 같은 불안감에 각종 화려한 치장과 구호로 요란법석을 떨다가 한순간 허무하게 무너져 내린 밀레니엄 이벤트 행사와 다를 바 없었다. 악마는 자신이 저주받은 예술가라는 깊은 자의식과 세계에 대한 고독을 스스로 감내해낼 때 비로소 성립될 수 있는 것이다. 지금 여기에서 우리 시인들이 부족한 것이 바로 이것이다. 시인이 평범한 직업인, 혹은 일상인으로 전락했을 뿐만 아니라 집단 속에서 고독을 체험하지 않고 집단에 동화되어 버리는 현상이 나타나고 있다. 시가 정치적이고 사회적인 연대의식의 소산일 수도 있지만 그것보다 더 중요한 것은 그것이 단독자적인 고립감으로부터 탄생한다는 사실에 대한 자각이다. 이런 점에서 악마는 고독할 수밖에 없다. 우리 시인들이 좀더 고독해져야 한다. 그 고독 속에서 금기에 대한 위반과 부정성, 생의 강렬함, 관능성, 비개념성, 무목적의 목적성 같은 미적인 자질을 키워야 한다. 악마는 주어지는 것이 아니라 만들어 가는 것이다.

환상과 환멸의 나르시스

— 김영하와 백민석의 소설 세계

1

김영하와 백민석은 신세대 작가군에서도 가장 첨단의 감각을 소유한 자들이다. 이들은 후기산업사회의 도래와 함께 인식의 패러다임뿐만 아니라 글쓰기의 지형도를 바꿔 놓고 있는, 문화의 음험한 곳까지 들추어낼 수 있는 예리한 감각의 촉수를 가지고 있다. 문화의 표층과 심층의 저 음험한 곳에서 이 두 작가가 끌어내고 있는 것은 20세기를 지탱하고 있던 토대의 소멸과 상실에서 비롯되는 세기말적 유영충동(遊泳衝動)들이다. 이 충동들은 총체성에 대한 가능의식 자체를 끊임없이 부정하고 있기 때문에 그들의 소설을 무의식적인 틈과 구멍을 담지하고 있는 '징후적인 텍스트'로 만들어 버린다.

이러한 징후들은 김영하와 백민석의 소설 어디를 들추어보아도 분명하게 감지된다. 1995년 같은 해, 『리뷰』 봄호와 『문학과사회』 여름호를 통해 등단한 이래 그들이 발표한 작품들을 보면 하나같이 도착,

나르시시즘, 죽음, 성욕, 허무주의 같은 징후들로 가득 차 있다. 특히 최근에 출간된 『호출』(문학동네, 1997년 9월)과 『16믿거나말거나박물지』(문학과지성사, 1997년 8월)에서는 이러한 양상들이 극단적으로 표출되어 있다. 이 각각의 다양한 징후들은 그들의 소설이 상징계(the Symbolic)와 상상계(the Imagination)가 뫼비우스의 띠처럼 연결되는 그 접점(실재계 the Real)의 풍경을 보여주고 있다는 것을 의미한다. 이 사실은 그들의 소설을 해명하기 위해서는 그 접점의 존재 양태를 알아야만 하며, 이것은 그들의 소설이 겉으로 드러난 현상만 포착하는 인상비평의 수준에서 접근할 수 없는 무의식적으로 심층화된 텍스트라는 점을 의미한다.

상상계와 상징계, 그리고 그 두 계가 만나는 접점(실재계)에 주목해서 보면 『호출』과 『16믿거나말거나박물지』 사이에는 분명히 대비되는 부분이 존재한다. 두 작가 모두 접점의 풍경을 보여주지만 김영하가 그 접점의 존재 양태인 환상을 즐기는 데 비해 백민석은 환상 자체를 끊임없이 제거하려고 한다. 백민석의 이러한 환상 제거욕망은 소설 속에서 다양한 방식으로 실행되고 있는데, 여기에서 간과하지 말아야 할 점은 그 실행이 현실로의 복귀를 의미하는 것이 아니라 환상의 최극단으로의 이행을 의미하고 있다는 사실이다. 이로 인해 『16믿거나말거나박물지』는 결국 환멸의 양태를 띠게 된다.

환상과 환멸이라는 접점의 존재 양태에서 비롯되는 이 차이는 단순히 『16믿거나말거나박물지』가 『호출』보다 더 병적인 징후를 지닌 소설이라는 차원을 넘어 파시스트적인 가속도를 내며 무질서와 혼동 속으로 질주해 들어가는 세기말의 문화현상을 해명하는 하나의 단초를 제공해 줄 수 있을 것이다. 세기말적인 현상 속에 잠재해 있는 욕망과 같은 무의식적인 힘들이 개인의 삶뿐만 아니라 인류문화사를 지속시켜 온 동인이라는 점을 고려한다면 이러한 기대는 그리 과장된 것만은 아니라고 본다.

2

『호출』에서의 환상은 '배반'이라는 기표 속에 함축되어 있다. 「거울에 대한 명상」에서 자동차 트렁크 속에 갇힌 두 남녀가 몸을 붙이고 있을 때 발기하지 않을 것이라는 남자 주인공의 예감을 '배반하는 둔중한 일어섬', 그것이 바로 환상을 해명하는 중요한 기표이다. 주인공의 예감을 배반하고 성기가 발기되었다는 사실은 의식이 나를 완전하게 지배하지 못한다는 것을 의미한다. 이것은 내가 완전하고 단일한 주체가 아니라 불완전하고 분열된 주체라는 사실을 말한다. '나는 생각한다 고로 나는 존재한다'가 아니라 '나는 내가 생각하지 않는 곳에서 나는 존재하고, 나는 내가 존재하지 않는 곳에서 나는 생각한다'라는 새로운 주체 개념이 탄생하는 것이다.

이렇게 '배반'에 함축되어 있는 주체가 불완전하다는 것은 곧 인간이 구멍난 존재라는 의미를 담고 있다. 이 구멍은 인간의 존재를 규정하고 있는 상징적인 체계들이 인간의 욕망을 충족시킬 수 없기 때문에 생겨난 결핍의 산물이다. 이 구멍으로 인해 인간은 늘 상징화된 영역과는 다른 상상이라든가 실재의 영역을 가진 존재로 운명지워질 수밖에 없다. 따라서 인간은 상징과 상상, 그리고 실재의 영역을 동시에 가지며, 이 세 영역은 분리되어 있지 않고 서로서로에게 영향을 행사하면서 존재한다. 특히 실재의 영역은 상상과 상징이 뫼비우스의 띠처럼 연결되는 그 접점에 놓여 있어서 담지하기가 불가능하다. 이 영역은 내가 존재하지 않는 곳, 언어에 의해 주체가 성립되기 이전, 즉 주체가 소멸하는 공간이기 때문에 언제나 환상의 형태로만 존재할 뿐이다.

도마뱀은 이제 내 성기 주변을 어슬렁거리고 있다. 도마뱀의 혀와 꼬리
가 성기와 허벅지를 자극한다. [⋯중략⋯] 도마뱀이 꾸불거리면서 내 몸
속으로 들어오는 것이 느껴진다. 이제 도마뱀은 꼬리만 보인다. 무언가 맹
렬히 몸 속에서 요동을 치고 있다. 그게 도마뱀인지는 확실하지 않다.

　　　　　　　　　　　　　　　　　　　　　—「도마뱀」, p.21

　　점멸하는 초라한 불빛 사이로 나, 죽음을 본다. 쾌락의 절정에는 죽음이
있었다. 일체의 욕망이 자진하는 지점, 일체의 사고가 정지하는 지점, 일체
의 행위가 그 의미를 잃는 지점, 그곳에 죽음이, 살아 있었다.
　　순간 나는 모든 것을 잊었다.

　　　　　　　　　　　　　　　　　　　　　—「나는 아름답다」, p.38

　　김영하의 소설에서 드러나는 이러한 실재의 공간은 현실과 다르다.
현실이 욕망의 쾌락 원칙에 끊임없이 제동을 거는 곳이라면 이곳은
욕망 조절의 원리인 현실 원칙에 구속받지 않는 자유로운 공간이다.
　　그러나 이 실재의 자유로운 공간은 병적인 징후를 띨 수밖에 없다.
정신병 중에서도 이 공간이 드러내는 징후는 신경증보다는 도착에 더
가깝다. 이 공간이 드러내는 징후는 자아의 무의식적인 욕망을 검열
로부터 숨기기 위해 예전의 다른 경험이나 사건으로 대체하는 데서
발생하는 신경증은 아니다. 이 공간의 징후는 자아가 무의식적 욕망
에 압도당하여, 현실과 욕망을 구분하지 못한 채, 현실을 욕망에 종속
시켜 그것을 착각하게 하는 도착의 상태 바로 그것이다.
　　이렇게 실재의 공간이 도착적인 징후를 띠고 있는 환상의 공간이기
때문에 그 극단에는 늘 죽음이 놓인다. 여자와 섹스를 하다 다량의 정
액을 분출한 채 부패한 시체로 버려진 남자의 죽음(「도마뱀」), 본드를
불고 고가도로 위를 오토바이로 질주하다 이르게 되는 여자의 죽음

(「총」), 절벽이 있는 커브길에서 핸들을 거꾸로 돌려 버리고 싶어하던 한 살인범 여자의 죽음 충동(「나는 아름답다」), 섹스를 즐기다 자신도 모르게 파트너의 목을 조르는 행위(「거울에 대한 명상」) 등은 모두 실재의 공간이 드러내는 병적 징후의 극단적인 풍경들이다.

　이처럼 실재의 공간은 그 극단에 늘 죽음을 거느리고 있다. 이 사실은 실재 자체가 모든 존재에 대한 소멸을 함축하고 있는 허무와 파괴의 공간을 의미한다고 볼 수 있다. 생성과 창조가 아니라 파괴, 더우기 존재에 대한 소멸을 함축하고 있다면 실재는 마땅히 극복되어야 할 그 무엇이다. 실재의 영역이 확장되면 될수록 그만큼 문화 자체는 아노미 상태에 빠질 위험성이 증대되기 때문이다. 이로 인해 세기말을 진단하는 많은 문화사가들이 위기의식을 느끼고 실재의 영역을 축소시키기 위해 상징적인 체계들을 강화하려는 움직임을 보이고 있는 것이다.

　그러나 상징적인 체계의 강화가 곧바로 실재 영역의 축소와 연결되는 것은 아니다. 상징적인 체계의 강화는 보다 많은 무의식을 생산해 냄으로써 실재의 영역을 확장시킬 수 있다. 사정이 이러하다면 문제는 상징적인 체계의 강화가 아니라 실재의 영역에 대한 새로운 해석이다. 이 점을 이미 김영하는 간파하고 있었던 것이다. 그는 실재의 영역 자체를 제거하거나 축소시키려 하지 않고 오히려 그것을 인식하고 그때그때 그것과 타협해 가면서 그것의 존재 양태인 환상 자체를 즐기고 있는 것이다.

　　나는 괄략근을 조여 도마뱀을 가둔다. 그러자 도마뱀은 내 몸 깊숙이 들어온다. 이제 꼬리마저 완전히 내 몸 속으로 들어가버렸다. 〔…중략…〕 도마뱀이 없다. 나는 다시 눈을 감는다. 꿈은 다시 이어진다. 내 뱃속의 도마뱀이 다시 꿈틀거리기 시작한다.

—「도마뱀」, p.22

나는 사각의 뷰 파인더를 통해 흐릿하게 드러난 푸른 피사체를 보았다. 깊은 밤, 섬 한구석에서는 연달아 플래시가 터졌다. 나는 한통의 필름을 완전히 소모하면서 시시각각 변하는 그녀의 표정과 몸짓을 향해 셔터를 눌렀다. 카메라의 타이머는 시시각각, 그녀가 죽어가는 일초일초를 기록할 것이었다.

— 「나는 아름답다」, p.249

　　김영하의 이러한 환상의 즐김 방식은 차연의 논리를 따르고 있다. 「도마뱀」에서의 도마뱀은 현실에서 충족되지 않은 욕망이 차액으로 남아 만들어진 실재의 산물이다. 「도마뱀」의 여주인공은 남자와의 성 관계에 늘 만족을 하지 못하고, 그럴 때마다 꿈속에서 도마뱀을 본다. 처음 이 도마뱀은 '아주 천천히 S자로 몸을 굴신시키면서' 벽을 타고 내려온다. 그 다음에는 '천천히 침대 쪽으로 다가와 여자의 발등 ― 허벅지―성기 부근'으로 접근하다가 마침내는 성기를 통해 몸 속으로 들어온다. 그리고 다시 항문을 통해 빠져나간다. 이 같은 행위가 여러 차례 반복되고 여자는 현실에서의 성행위보다 실재의 영역에서 일어나는 이 도마뱀과의 성교 환상을 더 탐닉하게 된다.

　　「도마뱀」에서 주인공이 실재의 성교 환상을 탐닉한다면 「나는 아름답다」의 주인공은 죽음의 환상을 탐닉한다. 그의 이 죽음 탐닉은 부부라는 상징적인 질서의 파괴에서 비롯된다. 그는 아내와의 관계모색〔상징적인 '아버지의 법'의 수용 혹은 '에고의 이상(the ego ideal)'〕을 포기하고 '이상적인 에고(the ideal ego)'를 찾아 나선다. 즉 그는 에고가 타자의 몫임을 거부하고 그 타자를 자신의 에고와 동일시한다. 이로 인해 그는 결국 상상적인 존재인 나르시시스트가 되고 그 끝인 죽음을 탐닉하게 되는 것이다. 그런데 이 죽음의 순간은 상상적인 영역에서 드러나는 것이 아니라 상상과 상징의 영역이 겹쳐지는 실재의 영역에서 환상의 형태로 드러난다. 주인공의 카메라 뷰 파인더에 포착되는 죽음은 이 점을 잘 말해 준다.

「나는 아름답다」에서 주인공의 뷰 파인더에 포착되는 죽음은 '여기'(현실)가 아니라 '저기―밖'(실재의 영역)에 존재하는 풍경이다. 이과정에서 카메라의 렌즈는 '여기'와 '저기―밖'을 구분하는 장막의 기능을 한다. 이 장막을 사이에 두고 주인공과 여인은 서로 마주보며 동시에 보여지는 것이다. 이것은 카메라 렌즈를 사이에 두고 상상적인 것(시선)과 상징적인 것(응시)이 교차되고 있다는 것을 의미한다. 그리고 상상과 상징이 교차되는 이 지점(실재의 영역)에 바로 죽음이 환상의 형태로 놓이는 것이다. 따라서 주인공이 끊임없이 여인의 피사체를 향해 셔터를 누르는 행위는 죽음의 환상을 즐기려는 행위에 다름아닌 것이다.

김영하의 이러한 환상에 대한 유희는 그가 환상 자체를 세기말의 불안과 공포를 견디는 하나의 동력으로 인식하고 있다는 것을 알 수 있다. 그는 환상에 대한 탐닉을 통해 소멸해 버리거나 파괴되어 버릴 것 같은 삶을 추스리면서 그 속에서 자신의 존재 이유를 발견하고 있는 것이다. 이것은 그가 환상을 하나의 병적인 징후로 인식하고 있으면서도 여기에서 부정적인 면만을 보고 있는 것이 아니라 동시에 긍정적인 면도 보고 있다는 것을 의미한다.

3

백민석의 『16믿거나말거나박물지』는 김영하가 『호출』에서 보여주는 세계와 여러 모로 대비된다. 『16믿거나말거나박물지』 역시 『호출』처럼 상징적인 질서의 혼란과 혼동, 그로 인해 생겨나는 소멸과 죽음, 성욕 같은 실재적인 풍경들이 소설 전반을 지배하고 있다. 이러한 점을 고려한다면 두 소설은 어느 정도 공유할 만한 부분이 존재한다고 할 수 있다. 하지만 두 소설이 드러내는 실재의 풍경 사이에는 상당한 편차가 있다. 이 편차란 범박하게 말해 환상과 환멸 사이에서 생겨난 것이라고 할 수 있다.

기본적으로 백민석은 김영하와는 달리 실재의 존재 양태인 환상을 제거하려는 욕망을 가지고 있다. 그의 이 환상 제거 욕망은 무의식중에 글쓰기에 수용되어 소설 자체를 환멸의 상태에 이르게 한 것이라고 할 수 있다. 그의 소설 속에 드러나는 실재의 환상이 소멸의 극단을 향해 치닫고 있는 것도 모두 이러한 환상 제거 욕망에서 기인한다고 볼 수 있다. 이것은 『호출』에서 김영하가 실재의 존재 양태인 환상의 즐김을 통해 자신의 존재 이유를 탐구하려고 했던 것처럼 백민석은 『16믿거나말거나박물지』에서 환상의 최극단인 환멸의 상태를 통해 세기말 속에서 자신의 존재 이유를 발견하려 했던 것이라고 할 수 있다.

> 너는 말했지
> 우리가 존재하지 않는 곳에서 우리는 사랑한다 고로,
> 우리는 사랑하지 않는 곳에서
> 우리는 존재한다고.(근데 나는 골치가 다 아파)
> [⋯중략⋯]
> 그런 따위 내 알게 뭐야 그러니,
> 과연 존재하는지 안 존재하는지
> 더 이상 상관 말자.
> 골치가 다 아파.(그것은 하나의 고통)
> 골치가. (그것은 하나의 고통)
>
> —「사랑의 고통」, pp.160~161

실재의 존재 양태인 환상이 어떻게 환멸로 바뀌는지 그 동기가 비교적 분명하게 드러난 대목이다. 인용문에서 '우리가 존재하지 않는 곳에서 우리는 사랑한다'라는 말은 '나는 내가 존재하지 않는 곳에서 나는 생각한다'라는 명제와 동일선상에 놓인다. 이 '우리(내)가 존재하지 않는 곳'이란 말은 이미 『호출』에서 언급한 바와 같이 주체가 소멸하는, 곧 끊임없이 상징적인 영역으로의 편입을 거부하여 늘 환상의 형태로만 존재하는 실재의 영역을 의미한다. 이 실재를, 실재의 존재 형태인 환상을 『호출』에서는 즐기고 있지만 여기에서는 그것을 하나의 고통으로 인식하고 있는 것이다.

이러한 인식은 실재의 영역을 환상이 제거된 환멸의 상태로 만들어 버린다. 비록 환상이 병적인 징후임에는 틀림없지만 그 자체가 상징적인 질서가 파괴된 시대를 살아가는 하나의 동력이라는 점을 고려한다면 환상이 제거된 환멸의 상태는 끊임없이 고통만 되풀이되는 지옥에 다름 아니다. 이 공간에서는 미와 추, 선과 악, 정상과 비정상, 참과 거짓 등과 같은 가치평가적인 구분이 존재하지 않을 뿐만 아니라 현실과 비현실, 인간과 동물의 경계조차 해체되어 있다. 이와 같이 모든 의미들이 무의미로 바뀌는 지옥의 공간을 백민석은 「음악인 협동조합 1, 2, 3, 4」에서 적나라하게 드러내고 있다.

그는 「음악인 협동조합 1, 2, 3, 4」에서 환멸만이 존재하는 지옥을 음악공연장에다 비유하고 있다. 물론 이 공연은 현실에서 일어나는 일이라기보다는 상징적인 질서의 균열로 인해 드러나는 실재의 풍경(내가 존재하지 않는 곳의 풍경)이라고 할 수 있다. 그는 이 공연의 형태로 비유되고 있는 지옥의 이미지를 형상화하기 위해 독특한 방법을 사용하고 있다. 이 방법이란 음악의 목적이 하모니에 있다는 고정관념을 깨고 음악도 무질서, 부조화, 광란을 표상할 수 있다는 사실을 보여준다는 점이다. '믿거나말거나박물지 음악인 협동조합'에서 개최하는 공연장에 모여든 청중들은 악단의 연주에 맞추어 무의식 속에 감추어 두었던 모든 욕망의 분비물들을 쏟아놓는다. 이 분출 행위는 어떤 베일에 의해 굴절되어 나타나는 것이 아니라 그대로 노출되기 때문에 환멸이나 혐오감을 불러일으킨다.

수간(獸姦)의 고행도 있었다. 한 나체의 사내가 제 성기를 숫꽃돼지의 항문에 밀어넣곤 피스톤 운동을 하고 있었다. 그것이 인간만의 흔치 않은 도락인 줄 알 턱이 없는 숫꽃돼지는, 아가리로 찐득하고 노란 액체를 흘리며 비명을 질렀다. 숫꽃돼지는 공업용 바이스에 완전히 고정돼 있었고, 놀라 새까매진 피가 돼지의 항문과 생식기를 타고 질질 흘러내렸다.

— 「음악인 협동조합 2」, pp.199~200

이러한 수간 행위 장면은 현실 원칙보다는 쾌락 원칙이 작용하고 있다고 볼 수 있다. 일반적으로 쾌락 원칙이 작용하는 곳은 자유롭고 어떤 해방감을 누릴 수 있는 공간으로 인식되는 것이 보통이다. 그러나 이 수간 행위 장면은 자유와 해방이 아니라 또 다른 억압을 불러일으키고 있다. 글을 읽는 주체인 독자는 이 장면에서 현실에서 체험하지 못한 어떤 신비롭고 환상적인 장면을 체험한다고 느끼기보다는 일종의 혐오스러운 감정을 느끼게 된다. 이것은 이 장면 자체가 베일 속에 감추어져 있기보다는 적나라하게 제 모습을 드러내고 있기 때문이다. 이렇게 자꾸 자신의 욕망(수간 행위를 하는 남자 혹은 작가)을 상대의 욕망(청중 혹은 독자)과 일치시키려다 보면 환상은 사라지고 환멸만이 남게 되는 것이다.

수간 행위 장면에서 드러나는 이러한 환멸의 양태는 『16믿거나말거나박물지』 전체를 지배하고 있다. 가령 '나는 울부짖는 사내애의 빨간 수닭머리에 대고 라이터불을 댕겼다'(「음악인 협동조합 1」)라든가 '사내와 불판 주위는 오줌과 설사똥과 된똥과 물똥과 방귀내로, 폭발해 그 내장을 다 드러낸 일종의 정화조가 돼 있었다', '미끄럼틀에서 잠깐 내려다본 풀장은 푸들푸들 떠는 자지 보지들과, 홀딱 벗은 엉덩이들로 들끓고 있었다'(「음악인 협동조합 2」), 또는 '책상 연필꽂이에서 연필 깎는 칼을 꺼내 상담원의 축축한 혀를 조금 잘라줬죠'(「음악인 협동조합 3」), '아직 애기살이 남아 있는 그 먹음직스런 아랫배와 수풀에 숨은 채 이따금씩 노리끼리하고 힘찬 오줌 줄기를 내뿜곤 하는 그 어떤, 쫄깃쫄깃한 것'(「그들은 운명적으로 자질구레함을 타고 났다」)과 같은 표현 등은 모두 수간 행위 장면에서 볼 수 있는 환멸의 양태들이다.

이처럼 백민석은 세기말의 실체를 환멸의 양태 속에서 찾고 있다. 그가 『16밀거나말거나박물지』를 통해 보여주고 있는 세기말은 환상이 소멸하고 혐오스러운 욕망의 분비물들로 가득 찬 환멸의 공간이다. 이 공간에서 할 수 있는 일이란 기껏해야 지상에 존재하지도 않는 '완다라는 물고기'를 찾아 나서거나, 그 실체를 확인할 수 없는 '외계인이나 유에프오'에 대해 이야기를 하거나 아니면 '휴거의 날'을 기다리는 것뿐이다. 모든 존재가 종말이라는 극점을 향해 내달리고 있는 이 세기말적인 공간에서 소멸이 아닌 생성을 꿈꾼다면 그 꿈은 바로 「Green Green Grass of Home」의 식물인간인 '그린맨(Greenman)'의 몸에서 '야채와 과일이 주렁주렁 열릴 것'이라고 믿는 것처럼 부질없는 일이 될 것이다.

백민석이 『16밀거나말거나박물지』에서 보여주고 있는 세계는 현실에서 담지할 수 없는 곳이다. 그가 보여주고 있는 세계는 상징적인 질서가 파괴된 상태에서 작가의 무의식적인 심리 세계 속에 드러나는 실재의 풍경일 뿐이다. 그러나 그의 소설이 비록 현실에서 담지할 수 없는 곳을 그리고 있다고 하더라도 이 세계는 언제나 현실과의 연관 하에서만 존재할 수 있는 그런 곳이다. 따라서 그가 보여주고 있는 세계는 현실을 인식하는 하나의 거울이 될 수 있다. 그의 소설을 읽는 독자들은 환상이 참혹한 환멸의 상태로 바뀌면서 더 이상 실재의 풍경이 아니라 현실의 풍경으로 되돌아와야만 한다는 욕망을 무의식적인 심리 속에 가질 수 있기 때문이다.

4

김영하의『호출』과 백민석의『16믿거나말거나박물지』는 환상과 환멸의 존재 양태를 통해 세기말의 실체와 그것을 넘어서는 방법을 드러내 보인 것이다. 이 과정에서 이들은 불안과 공포을 야기하는 세기말이라는 괴물로부터 도피하여 어떤 새로운 신생의 유토피아를 꿈꾼 것이 아니라 그 괴물의 가장 음험한 곳까지 들추어내고 있는 것이다. 『호출』에서 김영하가 죽음의 극단에서 보여준 '소멸하는 아름다움'이라든가『16믿거나말거나박물지』에서의 밑바닥 중에서도 밑바닥까지 내려간 타락의 극단에서 보여준 '검은빛의 심도를 지닌 젤라틴의 심연' 등은 세기말의 실체를 적나라하게 들추어낸 것이라고 할 수 있다.

이러한 들추어냄을 통해 이 두 작가는 세기말을 넘어서기 위해서는 환상을 환상으로 만나고 환멸을 환멸로서 만나야 한다는 것을 말해 주고 있는 것이다. 이것은 세기말이 병적인 징후의 양태로 존재한다는 사실을 이들이 간파하고 있었으며, 이 징후를 치유하기 위해서는 환상과 환멸을 숨기지 말고 드러내야 한다는 사실을 이미 알고 있었던 것이다. 이것은 마치 의사가 정신병적인 징후를 가진 환자를 진단할 때 그 징후를 제거하려 하지 않고 환자가 그 징후와 친해질 수 있도록 도와주는 것과 같은 이치다.

이들이『호출』과『16믿거나말거나박물지』에서 보여주는 이러한 방법은 세기말 속에서 하나의 실천적인 글쓰기 방식이 될 수 있다. 세기말이 혼란스럽고 불안하다고 해서 이 혼란과 불안에 대한 깊이 있는 천착 없이 질서와 안정된 세계로의 이행만을 강조하는 것은 세기말의 실체를 파악할 수 없을 뿐만 아니라 소설의 본질과도 배치되는 것이다. 세기말이 혼란과 불안을 야기한다면 그 혼란과 불안 속으로 뛰어드는 것이 실체나 본질을 파악하는 가장 좋은 방법이다. 이러한 실체와 본질이 밝혀진 뒤에야 비로소 비전도 제시될 수 있는 것이다. 이 점에서 『호출』과 『16믿거나말거나박물지』에서 보여주고 있는 김영하와 백민석의 글쓰기 방식은 시사하는 바가 크다고 할 수 있다.

틈새의 상상력과 환각의 풍경

— 김상미, 허혜정, 이민하의 시 세계

1. 틈새의 상상력

최근 들어 여성 시인들의 시를 관심 있게 읽고 있다. 그것은 90년대 이후 우리 시단의 저변으로부터 강하게 밀고 올라오는 페미니즘의 열기 때문이기도 하지만 여기에는 그보다 깊은 뜻이 숨어 있다. 90년대 우리 시를 나름대로 읽어 내면서 나를 불안과 고통 속으로 몰아넣었던 것은 언어의 미만(未滿)함이다. '언어가 존재의 집'이라는 명제를 상기한다면 이러한 언어의 미만함은 90년대 우리 시인들 중에 제대로 된 집을 지은 존재가 드물다는 것을 의미한다. 90년대만큼 다양한 담론이 활개를 친 시대가 없음에도 불구하고 언어의 미만함으로 인해 그 담론들은 제대로 꽃을 피우지 못한 채 어설픈 포즈의 차원으로 떨어지는 비운을 맛볼 수밖에 없었던 것이다.

언어의 미만함이란 축어적으로 이야기하면 그것은 언어가 가득 채워지지 않은 상태를 말하는 것이다. 그러나 이 말은 상당히 애매모호하다. 언어가 가득 채워지지 않은 상태란 무엇이며, 또한 그것이 가득 찬 상태란 무엇이란 말인가? 이 물음에 대한 답은 해석자의 주관적인 판단에 의존할 수밖에 없다. 원래 시와 같은 미적인 감성을 토대로 하는 예술이 개인의 취향에 의해 성립된다는 점을 고려한다면 해석자가 그 취향을 제대로 읽어내기란 어려운 일이다. 하지만 아무리 시가 개인의 취향에 의해 성립된다고 하더라도 그 취향은 어떤 보편타당성을 획득해야 한다. 이것이 가능하기 위해서는 언어 자체가 감성적, 혹은 정서적인 에네르기로 충만하지 않으면 불가능하다. 시의 보편타당성은 어떤 논리적이고 합리적인 언로나 수렴적이고 논쟁적인 언어화 과정과 같은 이성적이고 지적인 도그마에 의해 성립될 수 없다.

90년대 이후 우리 시에 대한 평가에서 종종 시가 지나칠 정도로 과도한 의식에 사로잡혀 있다는 말이 흘러나오는 것도 모두 이와 관련이 있다. 의식 과잉의 시는 언어의 감성적이고 정서적인 에네르기를 차단한다. 이것은 곧 의식 과잉의 시에 에네르기를 흐르게 할 수 있는 틈이 없다는 것을 의미한다. 시에서의 언어의 충만은 역설적이게도 이 틈을 통해 성립되는 것이다. 틈이 있기 때문에 언어는 끊임없이 생성되고 또 소멸되면서 변주를 할 수 있게 되는 것이다. 틈이란 이처럼 시의 생명을 가능하게 하는 중요한 동인이지만 그것을 발견하여 언어로 드러내는 일은 생각처럼 그렇게 쉽지 않다. 틈은 존재 혹은 실존의 장에 놓인 시인의 몸이 세계의 미세한 떨림조차 감지할 수 있을 때 비로소 발견할 수 있는 것이다. 정신이나 의식이 아닌 몸, 이 몸과 세계의 만남이 중요한 이유가 바로 여기에 있으며, 이런 점에서 여성 시인들은 주목에 값한다고 할 수 있다.

여성의 몸이 남성의 몸과 다르다는 것은 부인할 수 없는 사실이다. 이 차이는 생물학적인 것뿐만 아니라 사회·문화적인 측면에서도 그렇다는 것이다. 그러나 이 차이는 남성 중심적인 문단 구조상 주변으로 밀려나 제대로 조명을 받지 못했다. 최근 여성시라는 새로운 범주를 정하고 여성 시인들의 시를 읽어내고 있는 페미니스트들의 시도도 따지고 보면 차이성을 토대로 한 여성의 정체성 찾기라고 할 수 있다. 여성 시인들의 시는 그것을 여성시의 범주로 따로 분류해 놓지 않아도 남성 시인들의 시와 구별되는 어떤 독특함이 있다. 그 독특함 중에서도 가장 큰 것은 여성의 몸과 세계의 만남을 통해 성립되는 틈이다. 먼저 김상미의 「나는 네가 더 아프다!」(『시와 사상』, 2000년 겨울호, pp.120~121)를 보자.

온몸에 구름 끼고 비 내리고 바람 부는 날은/수많은 창문들도 함께 울고, 흔들리다, 깨어진다.//그런 날은 사람과 사람 사이의 균열 또한 골이 깊어/아무리 꽃다웠던 순간들도 모두 불명예가 되어 찢어진다.//온 세상 자욱한 저 검은 연기들을 보라./책상과 창문 사이를 왔다갔다하며 우리가 내뱉은 문장들이/천국과 지옥 사이를 왔다갔다하며 대지를 더럽히고 있다.//그런데도 하늘은 백년 전과 똑같이 파랗고/사랑에 빠진 나는 새 종이 위에다 글을 쓴다.//한 사람 때문에 내부가 점점 팽창하는 게 사랑이라면/이미 나는 사랑을 맛보았다고 말할 수 있다.//커다란 스포츠 백에 책만 가득 넣고 다니는 사람,/창가에 와 우짖는 작은 새도 그를 희망이라 부르고 떠나는데,/본성이 물고기인 나는 숨쉬기 위해 더 깊은 바다로 자맥질해 들어/간다.//내 몸에 흐르는 깊은 물을 보라./서로 다른 이름의 대양들이 만나 아름다운 해협을 만들고 있다./계속해서 너는 흰 조약돌을 내게 던져라. 이는 모두 백년 후의 일./눈뜨고 눈감고 다시 눈뜨는//나는 네가 더 아프다!

— 「나는 네가 더 아프다!」 전문

이 시는 시적 화자의 몸 떨림을 통해 감지되는 미묘한 사랑의 정서를 노래하고 있는 시이다. 몸 떨림이 시작되면서 시적 화자의 몸에는 "깊은 물"이 흐르게 된다. 이것은 몸 떨림이 틈을 만들고 있기 때문에 가능한 것이다. 이 틈 속으로 물이 흘러들어 "아름다운 해협을 만든"다. 여기에서의 "해협"이란 '나'와 '너'의 감성의 유로가 만나 만들어 낸 사랑의 다른 이름이다. "한 사람 때문에 내부가 점점 팽창하"여 만들어내는 "아름다운 해협"이 사랑이라면 그 사랑은 이미 '나' 혹은 '너'의 경계가 해체된 그런 경지를 말하는 것이다. 이 경지에서는 "네가 던지는 흰 조약돌을" 맞고도 "나는 네가 더 아프다"고 말할 수 있는 것이다.

'나'와 '너'의 경계가 해체된 융화의 세계, 이것은 몸과 몸의 소통이 궁극적으로 겨냥하는 세계이다. '나'와 '너'가 진정으로 융화되기 위해서는 정신이나 의식을 앞세우는 관념화된 언어 운용의 방식으로는 불가능하다. 진정한 융화는 몸과 몸의 소통 속에서만 가능한 것이다. 그것은 몸과 몸의 소통이 초연한 만족의 감정과 개념화의 불가능성, 목적의 비표상성, 만족의 필연성을 그 안에 내장하고 있기 때문이다. 몸, 특히 융화의 화신인 여성의 몸은 단순히 여성의 정체성 찾기라는 정치적인 속성 못지않게 정서적이고 감성적인 공동체를 형성하는 데 중요한 토대를 제공한다고 할 수 있다.

몸과 몸이 만나 이루어지는 융화의 공동체는 견고할 수밖에 없다. 그것은 이 공동체가 "숨쉬기 위해 더 깊은 바다로 자맥질해 들어가"는 "물고기"처럼 지극히 자연스럽고 본능적인 감각으로 맺어지기 때문이다. 이런 점에서 김상미의 「나는 네가 더 아프다!」는 그 소통 자체가 중요한 의미를 가진다고 할 수 있다.

김상미에 비해 허혜정이 「나의 목소리는 빗물 속에 자란다」(『창작과 비평』, 2000년 겨울호, pp.114~115)에서 보여주는 몸을 통한 소통의 세계는 다소 애매모호하다. 이 애매모호함은 시인의 몸이 과거와 현재 혹은 기억과 현존 사이에 가로놓인 데서 비롯된다. 몸이 어떤 존재들 사이에 있다는 것은 시인의 몸이 육화된 의식과 세계 사이의 상호침투를 통해 그 미묘하고 미세한 틈새의 흔적과 떨림을 포착한다는 것을 의미한다.

> 빗소리에 나의 말을 빼앗겼다/늘 기억 속에 살고 있는 눈물의 작은 비/타자기의 검은 침이 잉크테이프에 박혀갈 때마다/흐린 구멍이 뚫려가고 있었다. 힘드니? 아니요/무슨 말을 했었는지 바람에 날리던 책장/들어가 주무세요, 쳐놓을 게요. 녀석/무엇이 그토록 그 시간을 빛나게 했는지 나는 모른다//거기 당신이 '어머니의 눈물'이라 불렀던 묵주가 있었다/갈색의 향합, 낡은 장서들, 거기 나의 무덤/나의 뿌리가 있다. 눈물, 하염없는 눈물!/어느덧 바람의 손가락이 되어 유리창을 두드린다/저예요, 저예요, 아버지가 창문을 닫으신다/당신은 언제나 그 자리에 있었다/네 삶이 다 가도록, 죽을 때까지 그럴 수도 있겠지/잊을 수가 없었다 오직 당신의 딸애를 만나기 위해/차가운 빗물의 터널을 뚫고 어떻게 고속도로를 달려왔는지/상처에 시리게 덮어오는 거즈처럼 다가오던 손/그렇게 비통한 얼굴로 내 슬픔이 멎기만을 기다리던 눈/눈망울 전체가 눈물이 되어버린 눈//[…중략…] 갑자기 하늘은 기억의 빛으로 가득해진다/온세상을 당신의 눈빛으로 채우면서 하얗게 흩날리는 비/저 빗물은 자신이 하는 일을 말하지 않는다/나무에게 부어주는 사랑을, 기억하나 느끼고 있나/저 빗물 속에 어린 목소리가 자랐다/번민을 모르고 흐르던 말들/어서 달려가봐/그가 쓰러졌잖아/오랜 고통이 녹아가는 순간 나는 흐느꼈다/저 소리, 가슴까지 서럽게 부딪쳐오는 소리/길고 아름다운 불꽃을 달고 유리창을 스치는 빗물의 문장
> ──「나의 목소리는 빗물 속에 자란다」 부분

시적 화자의 몸은 "빗소리"에 스스로 틈새를 연다. 그 틈으로 기억

의 편린들이 흘러들어온다. 그것들은 '하염없이 내리는 빗물'처럼 혹은 '하염없이 흘리는 눈물'이 표상하듯 슬프고 고통스러운 기억의 편린들이다. 기억과 현존 사이에 있는 시적 화자의 몸은 다시 의식과 무의식, 동일자와 타자 사이에 놓이게 된다. 이렇게 경계선상에 놓임으로써 시적 화자의 몸은 보다 치열하고 생생한 실존을 체험하게 된다. "바람의 손가락이 되어 유리창을 두드리는 고통의 뿌리", "상처에 시리게 덮어오는 거즈처럼 다가오던 손", "눈망울 전체가 눈물이 되어버린 눈", 이런 질료들이 시적 화자의 몸에 깊은 상처를 남긴다. 그러나 시적 화자의 몸에 새겨진 상처는 그것이 깊을수록 '슬프고 고통스러운 기억의 편린들을, 하염없는 눈물'을 진주가 되게 한다.

　이런 사실을 염두에 두고 이 시를 읽으면 왜 시적 화자가 "오랜 고통이 녹아가는 순간 흐느꼈"는지, "서럽게 부딪쳐오는" 빗물이 내는 소리를 "길고 아름다운 불꽃"으로 노래하고 있는지 이해가 될 것이다. 빗물을 제재로 하여 쓰여진 시는 무수히 많다. 또한 빗물을 통해 고통스러운 기억의 흔적들을 더듬는 시 역시 많다. 하지만 이 시들과 「나의 목소리는 빗물 속에 자란다」가 다른 것은 "빗소리"라는 대상과 시적 주체 사이에서 성립되는 일련의 상호 작용의 측면에서이다. 그녀의 시에서의 "빗소리"는 시적 주체의 정서를 드러내기 위한 배경에 머물러 있다거나 그 자체가 어떤 정적인 차원에 머물러 있지도 않다. 여기에서의 "빗소리"는 시적 주체와 하나도 아니면서 둘도 아닌 그런 상태에 놓여 있다. 이것은 시적 주체가 몸적 주체라는 것을 의미한다. 몸이 "빗소리"와 시적 화자 사이에서 감각을 열어 놓은 채 추처럼 진동하면서 그 미묘하고 미세한 흔적들을 포착하고 있는 것이다. 이 시의 시상이 투명하게 드러나지 않고 애매모호한 상태에 놓여 있는 것도 그 원인이 여기에 있다. 시에서의 애매모호함은 풍요로움과 통한다는 점에서 이 시는 그 안에 다양한 체험이 가능한 감성을 풍부하게 내장하고 있는 것으로 볼 수 있다.

김상미와 허혜정의 시에서처럼 어쩌면 시는 틈을 발견하고 그것을 언어를 통해 드러내는 것인지도 모른다. 더욱이 언어의 미만함이 문제가 되는 '지금 여기'에서의 상황을 고려해 볼 때 이 틈의 문제는 아무리 그 중요성을 강조해도 부족한 감이 없지 않다. 따라서 우리 시인들은 어느 때보다도 겸허하게 몸이 드러내는 그 미묘하고 세세한 감성의 떨림을 감지하여 그것을 자신의 시쓰기에 반영하는 그런 지혜가 필요하리라고 본다.

2. 환각의 풍경

이민하의 시는 낯설다. 이 낯설음은 그녀의 시 전편에 산재해 있는 환각의 이미지들로부터 온다. 이 이미지들은 현실을 직접적으로 반영하고 있지 않기 때문에 우리에게 익숙하게 다가오지 않는다. 이것은 시인이 세계를 반영이 아니라 굴절의 차원에서 인식하고 있다는 것을 의미한다. 이러한 굴절에 의한 세계 인식은 언어에 대한 민감한 자의식을 동반하지 않을 수 없다. 주로 모더니즘 계열의 시인들에게서 드러나는 이 방식은 언어를 연속이 아닌 단절의 차원에서 이해하고 판단하게 한다. 따라서 이들의 시의 언어는 현실 세계로부터 그만큼 자유로울 수 있다.

그녀의 「환상수족」 외 6편의 시 역시 자유롭다. 특히 이 시편들이 환각의 세계를 형상화하고 있다는 점에서 더욱 그렇다. 이 시편들의 시적 자아가 체험하고 있는 환각이란 실제적인 자극이나 대상이 없이도 존재할 수 있는 감각이다. 이런 맥락에서 볼 때 「환상수족」은 그녀의 시편들에 있어 '우산'과 같은 작품이라고 할 수 있다. 시의 표제인

'환상수족'은 시인이 밝히고 있는 것처럼 그것은 수족이 절단된 후에
도 없어진 부위가 아직 존재하는 것처럼 느껴지는 상태를 가리키는
말이다. 수족이 실재로 존재하지 않음에도 불구하고 그것을 마치 실
재하듯이 감각적으로 느낀다는 것은 시인에게 있어서 그것이 '있음'
과 '없음'에 대한 묘한 환상을 불러일으키게 하는 그 무엇이라는 것을
말해 준다. 시인은 이러한 묘한 환상을 불러일으키는 수족의 구체적
인 이미지를 '마네킹'을 통해 형상화해내고 있다.

안개로 짜여진 하얀 망사를 걸치고 마네킹이 모퉁이를 돌아간다 타닥타
닥 보도블록에 무릎뼈가 닿을 때마다 두 귀가 바닥으로 흘러내렸다 지나가
던 사람들이 분홍색 살점을 떼어 마네킹의 무릎뼈에 붙여 주었다 마네킹은
목을 꺾지도 않고 또다른 모퉁이를 돌아간다 공원을 가로지를 때 나무 그
늘에 쪼그리고 있던 앉은뱅이 소년이 튀어나왔다 소년을 따라 물고기를 닮
은 계집아이가 돌멩이를 던지며 튀어나온다 다시 보니 계집아이는 가슴살
을 뜯어 소년에게 던지고 있다 마네킹은 또다른 모퉁이를 돌아간다 앞에서
마주 오던 검은 구름이 말을 걸었다 마네킹은 쓸모없어진 구두와 장갑을
팔러 정육점에 간다고 대답했다 구름은 가던 길을 되돌려 뒤따라 왔다 마
네킹은 또다른 모퉁이를 돌아간다 길가 벤치에서 잠을 자던 노파가 마네킹
을 보고 아는 체를 한다 노파의 아가미에서 비린내가 났다 군데군데 살점
이 뜯긴 축축한 몸을 소나기가 파먹고 있다 넝쿨 같은 비가 마네킹을 덮쳤
다 마네킹은 얼굴에 들러붙는 나뭇잎을 뜯어내려고 손을 뻗친다 이마에서
두 팔이 뻗어나와 공중에 흩어진다 마네킹은 연기처럼 찢어지는 두 팔을
보며 서른 번째 모퉁이를 돌! 아간다 뼈끝에서 살이 찌는 구두와 장갑이 무
거워 횡단보도 앞에 잠시 멈춘다 문이 닫히기 전에 정육점에 가야 한다 차
도에는 질주하는 바퀴들이 핏물을 튀기고 있다 마네킹은 목을 꺾어 뒤를
돌아본다 사람의 앞면을 지닌 마네킹들이 모퉁이로 사라진다 타닥타닥 뼈

부딪는 소리가 바닥을 질질 끌고 보이지 않는 곳으로 간다

— 「환상수족」 전문

이 시의 시상은 '마네킹'을 중심으로 전개되고 있다. '마네킹이 모
퉁이를 돌아간다'. '마네킹'의 이 행위는 서른 번 이상이나 계속된다.
그때마다 하나의 사건—'지나가던 사람들이 분홍색 살점을 떼어 마네
킹의 무릎뼈에 붙여 준다'(사건 1), '앉은뱅이 소년이 튀어나온다'(사건
2), '계집 아이가 가슴살을 뜯어 소년에게 던진다'(사건 3), '마주 오던
검은 구름이 말을 건다'(사건 4), '노파의 아가미에서 비린내가 난다·
군데군데 살점이 뜯긴 축축한 몸을 소나기가 파먹는다'(사건 5), '넝쿨
같은 비가 마네킹을 덮친다'(사건 6), '마네킹의 이마에서 두 팔이 뻗
어나와 공중에 흩어진다'(사건 7), '마네킹은 뼈끝에서 살이 찌는 구두
와 장갑이 무거워 횡단보도 앞에 잠시 멈춘다'(사건 8), '차도에는 질
주하는 바퀴들이 핏물을 튀긴다'(사건 9) 등—이 일어난다. 이 사건은
구체적인 현실이라기보다는 환각에 더 가깝다. 이런 점에서 '마네킹
이 모퉁이를 돌아간다'는 말은 하나의 메타포라고 할 수 있다.

시 속에서 '마네킹'은 환각의 동작 주체이며, '돌아간다'는 그것의
실천을 내포하고 있는 상징적인 기표라고 할 수 있다. 시인이 이 시의
제목을 '환상수족'이라고 한 것도 이러한 사실과 무관하지 않다. '마
네킹'과 '환상', '돌아간다'와 '수족'은 등과관계에 놓인다. '마네킹'은
사람이 아니지만 존재하는 것처럼 느껴진다는 점에서 그것은 일종의
'환각' 혹은 '환상'을 표상하며, '돌아간다'는 무엇인가를 행한다는 점
에서 그것은 일종의 '수족'과 같은 것이라고 할 수 있다(수족이 없으면
어떤 일도 제대로 행할 수 없다). 이런 맥락에서 볼 때 '환상수족' 혹은
'마네킹'과 '돌아간다'가 표상하는 것은 환각의 세계 속으로의 끊임없
는 미끄러짐이라고 볼 수 있다. 이 시가 다른 시편들에 '우산'이 되는

이유가 바로 여기에 있는 것이다.

그녀의 시편들에서 '마네킹'은 '한 무리의 아이들'(「피리부는 소년」)·'나'(「잠 없는 잠」「두 개의 서랍」「공중계단」)·'그녀', '당신'(「하루치」)·'여자'(「거꾸로 흐르는 거리」)로 각각 변주되어 드러난다. 이 각각의 존재들은 모두 환각의 상태에 놓여 있다. '한 무리의 아이들'은 '피리 속에서 한나절 흘러온 안개로 인해 붉게 물든 도화지 속'에 놓여 있고, '나'는 '잠 없는 잠 속, 왼쪽 서랍과 오른쪽 서랍처럼 어둡고 아득한 기억 속, 오른다'는 의미를 내포하고 있는 관념의 계단 위에 놓여 있으며, '그녀·당신'은 '노란 색 이미지'로 표상되는 일상 속에, '그녀'는 거꾸로 흐르는 시간 속에 각각 놓여 있다. 이 각각의 변주된 '마네킹'들이 놓여 있는 세계는 현실에서의 시공의 개념이 적용되지 않는 환각의 상태로 존재하는 그런 곳이다. 따라서 이 세계에서는 무슨 일이든지 일어날 수 있다.

'소년'이 '백발'의 모습을 하고 있으며, '한 무리의 아이들'이 도화지 속으로 걸어들어가'기도 하고, '화약이 든 가방을 끄르고 점심을 먹'(「피리 부는 소년」)기도 한다. '한여름인데도 대야의 물이 얼고'(「잠 없는 잠」), '피아노가 모자 속'(「하루치」)에 감춰져 있기도 한다. 또한 '꼬마들'이 '서로 엉겨붙어 이마에 바코드가 찍힌 아기로 변신하'기도 하고, '여자'가 '뱃속에 고래를 품'고, '노인'은 '눈에서 끝없이 사슬을 뽑아내'(「두 개의 서랍」)기도 한다. 어디 그뿐인가. '앵무새'가 '열쇠'가 되기도 하고, '봉제선이 틀어진 목선'(「거꾸로 흐르는 거리」)을 가진 사람들이 거리를 헤매기도 하며, '계단'이 '질겅질겅 껌을 씹'고, '계단'이 '계단을 쑥쑥 순산하'(「공중계단」)기도 한다. 이러한 사건들은 현실의 문맥에서는 도저히 잉태될 수 없다. 이것은 낯섦과 불안감을 동시에 가진다. 현실의 세계에서는 일어날 수 없는 사건들은 낯선 체험을 제공하지만 그것 자체가 관념의 과잉으로 흐를 우려가 있다.

관념의 과잉은 늘 난해성과 가독성의 문제를 불러일으킨다. 그녀의 시편들 역시 이 문제로부터 자유롭지 못하다. 하지만 그 난해성과 가독성의 문제는 지나치게 시를 의미론적인 차원에서 해석하려는 욕망에서 비롯될 수도 있다. 시를 그냥 시 자체로 읽지 않고 그 안에서 과도한 의미를 도출하려고 할 때 시가 가지는 언어의 본질에서 벗어나게 된다. 시의 언어는 단순한 지시성을 넘어서 존재하며, 그것 자체가 하나의 아름다움으로 표상되기도 한다. 그녀의 시편들 중에서 「잠 없는 잠」이 여기에 해당된다고 할 수 있을 것이다. 이 시는 시적 자아의 불면증에 대한 체험을 감각적인 상황 포착과 이미지를 통해 드러내고 있는 유니크한 작품이다.

비도 오지 않는데 나는 노란 비옷을 입고 있었다 폭발 직전의 전자레인지처럼 몸이 가열되었다 햇빛이 벽에 채찍을 휘둘렀다 지진이 나는 듯 쩍쩍 눈동자에 금이 갔다 눈꺼풀로 눈동자를 덮고 잠을 청했다 창 밖은 한여름인데 대야의 물이 얼어 있었다 아주 먼 데서 번쩍번쩍 벼린 부리를 매단 까마귀 한 마리가 푸드덕거렸다 붉은 햇살 한 점을 베어물고서 유리창을 뚫고 날아들었다 한쪽 눈알을 들어내 창을 향해 던졌다 눈알은 유리창에 부딪혀 미끄러졌다 먼지 낀 창틀에서 꿈틀대다 바닥으로 떨어졌다 까마귀가 눈알을 쪼기 시작하자 다른 까마귀 두 마리가 날아왔다 남은 눈알을 떼내어 탁자 위로 던졌다 옛사진 속으로 굴러가는 눈알을 두 마리의 까마귀가 쪼아댔다 창 밖에 붉은 비가 내리기 시작했다 아주 먼 데서 흠뻑 젖은 깃털을 휘감은 열 마리의 까마귀가 날아왔다 창 밖은 한겨울인데 형광등이 땀을 흘렸다 눈꺼풀로 눈구멍을 덮고 잠을 청했다 지진이 나는 듯 쩍쩍 눈꺼풀에 금이 갔다 빗발이 유리창에 채찍을 휘둘렀다 파랗게 멍든 까마귀들이 사방에서 튀어나와 침대를 둘러쌌다 동공이 없는 눈으로 까마귀들을 쳐다보자 그들은 시간을 삽질해 나를 묻었다 나를 삼킨 길다란 지하동굴이

어디론가 끝없이 기어가고 있었다 아침 출근길이었다 잠은 이미 사라졌는
데 나는 노란 잠옷을 입고 있었다 까마귀 날개를 단 사람들이 동공이 없는
눈으로 나를 보며 웅성거렸다 나는 급히 가방을 뒤져 찢어진 두 눈을 찾아
끼웠다

—「잠 없는 잠」 전문

불면증에 시달리는 시적 자아의 모습이 리얼리티를 획득하고 있다.
잠은 잠인데 '잠이 없는 잠'이란 투명한 무의식의 세계를 말한다. 이
투명한 무의식의 세계를 시적 자아는 '노란 비옷'(「노란 잠옷」), '폭발
직전의 전자레인지', '햇빛'(햇살), '언 물', '까마귀', '유리창'(창틀),
'붉은 비', '형광등', '지하동굴' 등의 질료를 통해 드러내고 있다. 이
질료들은 크게 밝음과 어둠의 이미지로 나눌 수 있다. 주로 '노란 비
옷'(노란 잠옷), '폭발 직전의 전자레인지', '햇빛', '형광등'이 전자에
속하고 '까마귀', '붉은 비', '지하동굴'이 후자에 속한다. 그리고 '언
물'이 그 중간에 속한다고 할 수 있다. 시상은 밝음에서 어둠 다시 밝
음으로 전개된다. 이것은 이 시가 일반적인 잠의 주기를 따르고 있다
는 것을 의미한다.

그러나 '나'는 일반적인 잠의 주기 속으로 쉽게 편입하지 못한다. 이
세계로의 편입이 쉽지 않다는 것을 드러내는 질료가 '까마귀'이다. 까
마귀는 밤 혹은 잠을 표상하지만 그는 '붉은 햇살'을 물고 있다. 까마
귀가 출현할 때마다 '나는 눈알을 떼내어 던진다'. 이 행위는 잠 속으
로 편입해 들어가려는 '나'의 욕망으로 볼 수 있다. 잠의 세계로의 편
입 과정에서 많은 것들이 보인다는 것은 제대로 된 잠을 이룰 수 없다
는 것을 의미한다. 아무리 '눈꺼풀로 눈구멍을 덮고 잠을 청해'도 '쩍
쩍 눈꺼풀에 금이 가'고 만다. 그래서 '나'는 까마귀(잠 또는 밤)를 향해
'눈알을 떼내어 던지'는 것이다. 하지만 '나'는 '나' 스스로가 아닌 까

마귀들에 의해 시간 속에 묻히게 된다. 결국 '나'는 '잠 없는 잠'을 잔 것이다.

「잠 없는 잠」에서 보여지는 환각의 리얼리티가 다른 시편들에서도 드러난다. 비록 관념의 냄새가 나긴 하지만「공중계단」같은 경우 리얼리티가 엿보인다. '계단'의 이미지를 시인이 잘 활용하고 있는 데서 비롯된 것이라고 할 수 있다. 이 환각의 이미지를 어떻게 살려 나가느냐에 따라 그녀의 시의 존재성이 결정될 것이다. 이 과정에서 염려스러운 것은 환각을 시인의 자연스러운 체험을 통해 드러내지 않고 의도적으로 짜내려고 하고 있다는 사실이다.「피리부는 소년」이 그렇다. 이와는 좀 다른 차원에서「두 개의 서랍」역시 불안하다. 이 시가 그려내는 세계는 환각의 차원에서 오는 긴장이 느껴지지 않는다. 기억이 변증법적인 긴장 없이 연대기적으로 나열되어 있기 때문이다. 환각 자체가 긴장을 유지하지 못하면 그것은 현실과 현상, 실재와 비실재라는 두 차원의 세계를 모두 잃을 수도 있다는 것을 의미한다.

여성은 이야기함으로써 존재한다
— 90년대 페미니즘 소설에 대하여

1. 여성성에 대한 자각과 본격 페미니즘 문학의 출현

우리 문학사에서 페미니즘 문학이 본격적으로 운동의 성향을 보이기 시작한 것은 80년대이다. 80년대 이전의 페미니즘 문학이 남성의 지배적인 문화운동을 모방하고 그것에 종속된 양태를 띠었다면 80년대를 기점으로 그것은 지배문화에 대한 저항과 여성의 권리와 가치를 옹호하는 여성해방의 양태를 띠게 된다. 이러한 변화의 요인으로는 급격한 산업화와 도시화, 여성의 교육 기회의 증대와 중간계급으로의 편입, 민주사회에 대한 열망과 시민의식의 성장, 서구 페미니즘 이론의 유입 등을 들 수 있다. 급격한 산업화와 도시화는 기존의 전통적인 가족 제도의 붕괴와 사회조직 및 계층의 재편성을 가져와 남성과 여성의 이분법적인 구도에 변화를 낳게 했다. 전통적인 대가족 제도의 붕괴는 서열화되고 고착화되어 내려온 남성과 여성의 우열의 질서를 느슨하게 하는 결과를 가져왔을 뿐만 아니라 여성의 단독자적인 지위를 강화하는 계기를 제공했다고 할 수 있다.

80년대에 들어 급물살을 탄 여성의 교육 기회의 증대는 여성의 지위를 변화시킨 가장 큰 요인 중의 하나이다. 여성의 사회 문화적인 억압 구조를 발견하고 여성의 존재성을 자각하는 데 교육은 다른 그 무엇보다도 큰 영향을 미쳤다. 선택과 배제의 논리를 통해 남성의 지배구조를 강화해 온 교육 제도 속으로 여성이 편입해 들어오면서 그 지배구조에 저항하고 해체하는 또 다른 대항담론을 생산하기에 이른다. 여성의 교육 제도 속으로의 편입은 여성이 중간계급으로 진입할 수 있는 기반을 마련했다는 것을 의미하며 그것은 곧 페미니즘의 내실화와 통한다. 여성 나름의 윤리와 규범의 내면화가 제대로 이루어지기 위해서는 여성의 중간계급으로의 편입이 절실할 수밖에 없다.

80년대 후반이기는 하지만 독재사회로부터 벗어나려는 시민운동의 열기는 페미니즘 운동에도 큰 영향을 끼쳤다. 개별화되고 소수의 차원에 머물러 있던 페미니즘 의식이 자유와 평등의 이념을 담고 있는 거대한 반독재 투쟁의 시민 운동과 만나면서 좀더 집단화되고 다수화되기에 이른다. 독재구조에 대한 청산을 기치로 내세웠지만 이 시민운동은 그 동안 부당하게 억압을 행사해 온 모든 사회구조를 해체하려는 움직임 쪽으로 나아간 것이 사실이다. 이것은 페미니즘 운동이 반독재운동, 반식민지운동, 노동운동과 긴밀하게 연계될 가능성을 그안에 가지게 되었다는 것을 의미한다. 페미니즘 운동과 이 다양한 운동들과의 연계는 페미니즘 운동의 자생적인 역사성을 말해 주는 대목으로 볼 수 있다. 우리의 페미니즘 운동이 서구의 이론을 그대로 수용한 것이 아니라 자생적인 사회·문화적인 토양하에서 성립될 토대를 가지게 되었다는 것은 페미니즘의 주체성 문제와 관련하여 시사하는 바가 크다. 근대 이후 주체적인 담론을 생산하지 못하고 늘 식민성의 그늘에서 벗어나지 못하고 있는 우리의 지식사회의 현실을 감안할 때 주체성의 문제는 중요하다고 하지 않을 수 없다. 그러나 이러한 중요성에도 불구하고 주체성의 문제는 간과되어 온 것이 사실이다.

우리의 사회·문화적인 토양하에서 성립된 자생적인 페미니즘에 대한 논의와 함께 빠뜨릴 수 없는 것은 서구 페미니즘 이론의 유입이다. 페미니즘과 관련된 이론서의 번역은 이미 70년대 이후부터 있어 왔다. 이것이 80년대를 기점으로 활성화되면서 우리 사회의 지식담론으로 굳건하게 자리잡게 된다. 80년대를 기점으로 번역 소개된 이론은 자유주의적 페미니즘, 급진적 페미니즘, 사회주의적 페미니즘, 정신분석학적 페미니즘, 맑스적 페미니즘, 기호학적 페미니즘 등이다. 서구 페미니즘 이론의 확산은 학적인 체계를 갖추지 못한 채 의식적인 차원에 머물러 있던 페미니즘에 대한 논의를 구체화하고 가시화하는 계기를 마련한다. 서구 페미니즘 이론에 힘입어 여성이 주체가 되는 다양한 방식의 글쓰기와 말하기가 출현하게 되어 여성의 존재성과 관련된 상상과 표현의 영역이 확장되기에 이른다. 80년대 이후에 생산된 여성을 주체로 한 글쓰기와 말하기의 경우 어느 정도는 이러한 서구 페미니즘 이론에 영향을 받았다고 할 수 있다.

그러나 서구 페미니즘 이론의 확산은 여성 및 여성성에 대한 논의의 활성화에 큰 기여를 했음에도 불구하고, 우리의 페미니즘 운동에 대한 올바른 방향성을 제시해 주었다고 볼 수 없다. 서구 페미니즘 이론이 우리의 사회 문화적인 토대에 대한 구체적인 인식 없이 무분별하게 유입되면서 자생적이고 주체적인 페미니즘에 대한 논의를 약화시켰다고 할 수 있다. 특히 포스트모더니즘적인 인식을 토대로 하고 있는 서구 페미니즘 이론의 유입은 이론과 텍스트의 기계적인 결합, 언술 주체의 발생론적 차원에 대한 인식 부재, 타자에 대한 배제와 왜곡 등을 초래해 우리의 현실에 맞는 페미니즘을 생산하는 데 부정적인 영향을 미쳤다고 할 수 있다. 가부장제와 제3세계의 식민지 체험에서 자유롭지 못한 우리 여성의 삶을 서구의 토양 위에서 성립된 페미니즘 이론으로 재단하는 일은 엘리트 페미니스트 그룹에서는 거의 일반화된 일이다. 엘리트 페미니스트들의 서구 이론에 대한 무반성적인 수용으로 인해 한국적 페미니즘은 반주체성과 식민성이라는 혐의로부터 자유롭지 못하다.

우리의 페미니즘 운동이 안고 있는 이러한 문제점을 한국 사회의 엘리트 페미니스트 그룹인 '또 하나의 문화'와 '한국 여성연구회'를 통해서 확인할 수 있다. 두 그룹 중에서 서구 페미니즘 이론에 적극적인 쪽은 '또 하나의 문화' 그룹이다. 여성에 대한 다양한 말하기와 글쓰기를 생산하면서 우리 사회의 페미니즘 운동의 전면으로 부상한 '또 하나의 문화' 그룹의 이론적인 토대는 대부분 서구의 정신분석학적인 차이론과 탈식민주의 문화론이다. 이들은 씩수스와 이리거레이의 차이론에 입각해 여성과 남성의 차이를 강조한다. '여성은 생물학적(sex)으로 뿐만 아니라 사회 문화적(gender)으로도 남성과 다르다'는 차이론은 누대에 걸친 가부장제적인 억압으로부터 벗어나 여성 자신의 아이덴티티를 찾으려는 페미니스트들에게 큰 반향을 불러일으켰다. 이들은 남성과 다른 말하기 또는 남성과 다른 글쓰기에 대해 고민하면서 다양한 텍스트적인 실험을 단행했다. 그 결과 환유, 감성, 광기, 몸, 모성, 욕망 등과 같은 다양한 담론이 새롭게 부상하게 되었다. 이 다양한 담론들의 부상은 여성의 정체성 찾기의 현주소를 말해 주는 것인 동시에 그 가능성과 불가능성까지도 말해 주고 있는 것으로 볼 수 있다.

'또 하나의 문화' 그룹과는 다른 시각에서 '한국 여성연구회'는 페미니즘 운동에 접근하고 있다. 이 그룹은 '또 하나의 문화'에서처럼 남성과 여성의 차이를 강조하지 않는다. 오히려 이들은 차이보다는 자본주의 사회의 구조적인 모순에 관심을 갖는다. 이것은 이들이 자본주의 사회 구조내의 계층이나 계급의 의미에 관심을 두고 있다는 것을 의미한다. 이런 좌파적인 시각에서 이들은 자본주의 사회 구조의 모순보다는 남성과 여성의 차이성을 운동의 모토로 내세우고 있는 '또 하나의 문화' 그룹을 비판한다. 이들은 '또 하나의 문화' 그룹에서처럼 여성 문제를 동시대적인, 계층적 차별성이 없는 동일한 문제로 파악할 경우, 그 역사 사회 계급적 특수성은 간과될 수밖에 없다고 말하고 있다. 특히 이들은 '또 하나의 문화' 진영이 보여주는 포스트모던한 경향의 페미니즘이 민족문학론을 폐기하고 비역사적인 여성성으로서의 복귀를 조장한다고 보고 있다.

두 페미니즘 그룹이 보여주는 이러한 상반된 입장은 상호보완적으로 작용하지 못하고 있다. '또 하나의 문화' 그룹의 페미니즘 경향이 중심적인 흐름을 유지하면서 '한국 여성연구회'의 입장은 주변부로 밀려나 있다. 여성으로서의 말하기와 글쓰기의 형식으로 이루어지는 행위의 대부분이 가부장제하에서 억압받아 온 여성의 삶과 여기에서 벗어나 자기 자신의 정체성을 찾으려는 욕망을 보여주고 있다. 여성의 정체성 찾기의 욕망은 그 유래가 없을 정도로 확대 재생산되고 있지만 그것의 대부분은 자본주의 사회구조라든가 민족사적인 문맥을 아우르는 포괄적인 차원이 아닌 여성 단독의 내면이라든가 역사적인 시공의 개념이 배제된 순수한 개념으로서의 유토피아의 세계를 향하고 있다. 페미니즘 운동이 하나의 운동으로서 성립하기 위해서는 이러한 경향이 위험스러워 보이지만 그것이 현재 행해지고 있는 우리의 페미니즘 운동의 실질적인 모습이다. 80년대 후반부터 페미니즘 운동의 기치를 내건 여성 작가들과 그들이 생산한 문학에서도 이러한 경향을 얼마든지 확인해 볼 수 있다. 이것은 운동으로서의 페미니즘 문학이 문학사의 중요한 단계로 기록될 수 있는 가능성과 불가능성을 동시에 지니고 있다는 것을 말해 준다.

2. 가부장적 부성에 대한 반발과 새로운 여성성의 모색

80년대 이후에 등장한 여성 작가들의 대체적인 경향은 자신의 성적 정체성의 위기에 대한 자각으로 모아진다. 여성 작가 스스로 자신의 성적 정체성을 위기로 진단한 것은 외적 현실에 대한 보호본능의 차원을 넘어서는 내적 성찰의 의미를 가진다고 할 수 있다. 지금까지 여성의 존재는 이름뿐 실상은 없었다. 이것은 존재에 대한 공허감으로 드러나 여성 자신을 주체적으로 인식할 수 없게 했다. 다른 무엇보다도 여성 작가들은 이 공허함을 극복하고 자신이 있다는 것을 증명해 보여야만 했던 것이다. 이것을 증명해 보이기 위해서 여성 작가들은 자신의 존재를 자아의 투명한 거울에 비추어 보거나 타자의 시선 속에서 그것을 발견하는 방법을 동원했다. 이 두 방법의 존재 양태는 개별적이기보다는 동시적이다. 자신의 성적 정체성의 위기를 진단하기 위해서는 자기 자신뿐만 아니라 그 위기의 원인을 제공한 존재가 필요했던 것이다.

우리의 여성 작가들은 이 존재를 먼저 가부장적 부성으로 보고 있다. 여성 작가들이 자신의 성적 정체성의 위기를 제공한 대상으로 간주한 가부장적 부성이란 당대적인 문맥을 넘어 누대적인 문맥을 거느리고 있는 역사적인 실체이다. 누대에 걸친 이 질긴 운명의 고리를 끊는 일이야말로 여성 작가들에게 자신의 성적 정체성의 위기를 넘어서는 확실한 방법이었던 것이다. 가부장적 부성에 대한 관심은 자연히 여성 작가들을 가족 제도 쪽으로 눈을 돌리게 했다. 가족이라는 제도는 남성과 여성의 성적 차이를 가장 적나라하게 보여주고 있는 젠더 이데올로기의 발원지이다. 가족 제도가 드러내고 있는 이 차이는 사회 구조 속에서 반복적으로 드러나는 젠더 이데올로기의 축소된 형태라고 할 수 있다. 가족 제도 속에서의 아버지, 남편, 오빠의 존재는 지배자, 가해자, 수혜자의 다른 이름이며, 어머니, 부인, 여동생의 존재는 피지배자, 피해자, 소외자의 다른 이름인 것이다. 가족 제도가 가지는 이러한 억압 구조는 여성의 의식 및 무의식의 기저에 깊은 상처를 남겼으며, 여성을 항상 결핍된 존재로 만들어 버렸다. 이렇게 80년대 이후에 등장한 여성 작가들은 여성의 성적 정체성의 위기의 원인이 가부장적 부성에 있다는 사실을 대부분 인식하고 있다. 그러나 여성 작가들은 가족 제도하에서의 가부장적 부성이 가지는 젠더 이데올로기에 대해 이야기하고 있지만 그것에 대한 인식 태도와 실천적인 방법은 조금씩 다르다.

이혜경은 가부장적 부성이 가지는 젠더 이데올로기와 그로 인해 발생하는 가족의 문제를 매우 상징적으로 보여준다. 그녀의 소설 『길 위의 집』(1995)은 '길'과 '집', '남성'과 '여성'의 구도를 통해 가족 제도가 해체될 수밖에 없는 필연적인 과정을 그리고 있다. '길 위의 집'이라는 표제가 환기하듯이 이 소설에서의 가족과 가정은 정주가 아니라 떠돎의 의미를 담고 있다. 이들 가족이 정주의 공간으로서의 집을 가지지 못하고 떠돌 수밖에 없는 것은 아버지의 과도한 폭력성과 지배욕 때문이다. 아버지의 이러한 부정적인 속성은 열세 살 때부터 그에게 부과된 가부장적인 지위에서 비롯된다. '가부장으로서 모든 가족 구성원들을 책임져야 한다'는 강박증은 그를 관리와 통제에 익숙한 억압적인 지배자로 만들어 버린다. 아버지의 부당한 힘의 행사로 인해 어머니는 정신 이상 증세를 일으켜 집을 나가 떠돌게 되고, 자식들은 콤플렉스와 폭력과 물질 만능주의라는 비정상적인 욕구를 가지게 된다. 가족들의 이런 행태는 이들 사이의 정상적인 관계가 불가능하다는 것을 말해 준다. 정상적인 가족 관계의 파탄 속에서 가장 큰 피해자는 어머니를 비롯한 그 집안의 여성들이다. 여성들이 당하는 고통은 남성들에 비해 보다 더 내면적인 깊이를 가진다. 작가는 이 부분을 놓치지 않는다.

그러나 작가의 시선은 일방적인 동정이나 과도한 분노의 감정에 머물러 있지 않다. 이 소설의 주인공은 아버지의 가부장적 이데올로기로 인해 와해되고 마는 한 가족의 운명을 과장됨 없이 차분하면서도 꼼꼼하게 성찰한다. 이런 태도는 아버지로 대표되는 남성과 어머니로 대표되는 여성의 갈등과 대립을 리얼하게 그려내는 역할을 할 뿐만 아니라 와해된 가족이 화해하고 융화하는 가능성을 보여줄 때 기능적으로 작용한다. 『길 위의 집』은 '정주'가 아니라 '부유'의 상징성을 강하게 환기하지만 그러나 결국에는 되돌아올 수밖에 없다는 의미도 또한 담고 있다. 정주와 부유 사이의 긴장은 곧 작가가 가지는 여성으로서의 자기 정체성에 대한 탐색이 만들어낸 긴장이라고 할 수 있다. 여성에게 있어서 집은 오랜 세월을 거쳐 오면서 여성 자신의 실존의 공간으로 그 의미가 고정되었던 것이 사실이다. 여성이 집을 나간다는 것은 이런 점에서 하나의 사건이다. 여성이 집을 나가 떠돌 수밖에 없는 것은 기본적으로 여성 자신이 집의 주인이 아니기 때문이다. 진정한 의미에서 자신의 집이라고 할 수 있는 것이 없기 때문에 집을 갖고 싶은 욕망은 클 수밖에 없는 것이다. 이런 점에서 그녀가 이야기하고 있는 집은 일종의 '기저, 소설이라고 하는 또 하나의 건축이 들어앉을 초건축(超建築)'이라고 할 수 있고, 더 나아가서는 그들의 의식이 뿌리를 내리고 있는 일종의 무의식이라고 해도 과언이 아니다. 작가의 집을 통한 여성으로서의 자기 정체성에 대한 탐색은 『그 집 앞』(1998)으로 이어지면서 더욱 확장된 면모를 보여주고 있다. 그러나 그녀의 '집'은 아직 미완성으로 남아 있다.

김형경은 여성의 정체성 찾기의 한 방식으로 자신의 상처를 들추어내고 있다. 그녀의 대표작인 『세월』(1995)은 이 상처에 대한 내밀한 고백이다. 자전적인 형식을 띠고 있는 『세월』은 여성의 성장통을 보여주고 있다는 점에서 일종의 성장소설이라고 할 수 있다. 그녀가 자전적인 형식을 택한 것은 가부장적인 제도 속에서의 억압 속에서의 자신의 존재를 반성하고 새롭게 찾아가는 방식으로 이 형식이 적절했기 때문이다. 자신이 체험한 시간 속에서 억압의 대상으로 군림했던 아버지와 남자 선배를 다시 불러내 그 기억을 반추하는 행위는 남성에 대한 폭로와 적대감을 드러내기 위한 것이 아니라 자신의 현실을 찾아 나가기 위해서이다. 소설 속의 인물들을 거의 실명에 가깝게 등장시킴으로써 자신이 체험한 상처를 묻어 두기보다는 그것을 덧나게 해서 오히려 그것을 극복하려는 의지가 강하게 엿보인다. 사춘기 때 맞이한 부모의 이혼, 아버지의 재혼과 부성애에 대한 목마름, 하숙집에서 우연히 목격하게 된 섹스, 원하지 않은 성관계에 의한 처녀성의 상실과 동거 등 이 소설의 주인공이 체험한 상처는 자신의 의지와는 관계 없이 행해진 것들이다. 이것은 이 소설의 주인공 여성이 타자와의 제대로 된 관계를 통해 성장한 것이 아니라는 것을 말해 준다. 타자와의 정상적인 관계 유지에 실패한 주인공은 자신의 여성성을 밖으로 표출하지 않고 앙금처럼 내면에 묻어 둔다. 이 묻어 둔 것을 말하고 있다는 사실은 타자와의 관계 회복에 대한 긍정적인 욕망을 표출한 것으로 볼 수 있다.

김형경의 『세월』은 자전적 소설 형식을 넘어서지 못한다는 약점에도 불구하고 가부장적 제도 속에서 억압당하고 상처받아 온 여성의 존재에 대해 말함으로써 여성 작가들로 하여금 상처와 관련된 자신들의 내밀한 표현 욕구를 자극하는 데 기여했다고 할 수 있다. 가부장적인 이데올로기가 여전한 우리 사회에서 여성이 자신이 체험한 상처를 이야기한다는 것은 대단히 어려운 일이다. 이 어려운 작업을 그녀가 하고 있다는 것은 그 동안 말하지 못한 채 은폐되어 온 여성의 상처는 물론 우리 사회에 숨어 있는 가부장적 성격까지 말해질 수 있다는 것을 의미한다. 푸른 나무의 기억에서도 그녀는 이러한 글쓰기를 계속 시도하고 있다. 이 소설에서 그녀는 우리의 평범한 일상 속에 숨겨진 여성을 억압하고 상처받게 하는 힘의 실체를 세세한 감각을 통해 그려내고 있다.

신경숙은 『겨울우화』(1990), 『풍금이 있던 자리』(1993), 『깊은 슬픔』(1994), 『오래전 집을 떠날 때』(1996), 『외딴 방』(1999)을 통해 여성이 겪는 근본적인 결핍의 문제를 다루고 있다. 그녀가 다루고 있는 소설 속의 여성들은 존재 자체가 부정되거나 부인된다. 소설 속 여성들의 이러한 존재에 대한 위기는 아버지가 아니라 오빠에 의해 행해진다. 그녀의 소설에서 등장하는 오빠는 따뜻하지만 엄한 존재이다. 『외딴 방』에 잘 드러나 있듯이 이 '엄한 오빠'는 아버지를 대신해 가장 노릇을 한다. 경제적인 어려움 속에서도 가장의 역할을 헌신적으로 수행하고 있는 '엄한 오빠'의 모습은 다른 여성 작가들의 소설에 드러나는 남성의 모습과는 차이가 있다. 무능하고 폭력적인 가부장적인 부성이 아니라 따뜻한 정을 간직한 오빠로 인해 그녀의 소설은 가부장적인 삶이 온화한 형태로 왜곡됨 없이 지배하는 가족 이데올로기를 구현하고 있다고 말할 수 있다. 이런 오빠에 대해 소설 속의 여성들은 혈연성과 육친성을 드러낸다. 혈연과 육친의 세계에는 합리적인 이성이 개입할 수 없다. 이런 세계 속에 위치하기 때문에 소설 속의 여성들은 오빠에 대해 반성적인 거리를 가지지 못한다. 그녀의 소설이 '오빠와 누이의 권력학'이라는 구도를 드러내면서도 이들 사이에 제대로 된 갈등이나 대립을 보여주지 못하는 것은 그 원인이 여기에 있다고 할 수 있다. 오빠로 인해 자신의 존재가 미미해지고 심지어는 부인되거나 부정된다는 사실을 자각하면서도 혈연과 육친의 세계를 벗어나지 못하는 것은 그녀 소설의 보수성과 전근대성을 말해 주는 대목이다.

그러나 신경숙 소설의 페미니즘적인 면모가 여기에 머물러 있다고 볼 수만은 없다. 그녀의 소설이 여성은 남성의 보호 아래 있어야 한다는 가부장적인 환상을 불러일으키는 것이 사실이지만, 오빠에 대한 선망을 통해 체험하게 되는 여성의 근본적인 결핍에 대한 말하기는 가부장적인 힘의 논리에 대한 의도하지 않은 폭로와 반성이라는 효과를 유발한다. 그녀의 소설에 대해 많은 비판이 가해지는 것은 작가가 우리 사회에 잠재해 있는 가부장적 이데올로기에 대한 선망을 그만큼 잘 드러내고 있기 때문에 가능한 것이다. 안티페미니즘적인 글쓰기가 페미니즘적인 글쓰기를 환기하는 패러독스를 우리는 그녀의 소설을 통해 확인할 수 있다. 가부장적 이데올로기에 대한 선망의 뛰어난 형상화는 분명 그녀 소설의 대중성의 한 요인이 되며, 이 대중성이야말로 그녀 소설을 페미니즘의 자장 안에서 언급하지 않을 수 없게 하는 이유라고 할 수 있다.

　박정애는 『에덴의 서쪽』(2000)과 『물의 말』(2001)에서 페미니즘의 한 원리인 모성의 확장을 통해 여성성을 토대로 하는 유토피아적인 세계를 그려내고 있다. 『에덴의 서쪽』은 제목 자체가 강렬하게 환기하고 있듯이 이곳은 하느님의 법과 질서가 지배하는 '에덴의 동쪽'과는 대칭점에 있는 세계이다. 이 세계에서는 하느님의 법과 질서, 곧 아버지의 이름으로 행해지는 이분법적인 차이가 존재하지 않는다. 이 세계에서는 이러한 이분법적인 차이 대신 융화적인 공동체 의식을 강조한다. '에덴의 서쪽'이 꿈꾸는 공동체를 이루기 위해 작가가 내세우고 있는 것은 생명이다. 생명에 입각해 세계를 보면 모두가 평등한 존재이다. 아버지로 대표되는 남성과 어머니로 대표되는 여성은 말할 것도 없고 자신의 혈연과 타인의 혈연, '부추의 싹'과 '열무의 싹'도 생명이라는 차원에서 보면 모두 귀중한 존재들이다. 이것은 가부장적 부성의 원리와 그것의 확장으로 볼 수 있는 모든 상징 체계 자체가 선택적인 차이의 논리를 통해 성립된 억압 기제라는 것을 말해 준다.

『에덴의 서쪽』은 이렇게 모성을 토대로 한 유토피아적인 전망을 담고 있지만 그것을 구체적으로 실현할 수 있는 현실적인 모색은 보이지 않는다. 남성이 이룩한 세계와는 다른, 그것의 부조리와 모순까지도 껴안을 수 있는 모성의 원리가 작동하는 유토피아의 건설은 에덴 동산을 복원하는 것만큼이나 어려운 일이다. 『에덴의 서쪽』이 가부장적 부성에 의한 젠더 이데올로기의 억압으로부터 벗어나려는 여성의 욕망이 만들어낸 환상의 세계는 될 수 있어도 그것이 현실에 뿌리 박은 실재하는 세계는 될 수 없다. 『물의 말』은 이런 점에서 주목에 값한다. 이 소설에서도 모성은 큰 축을 차지하고 있지만 이전처럼 모성의 과잉 욕구는 발견할 수 없다. 이것은 그녀가 선험적으로 여성의 삶을 문제화하지 않았기 때문이다. 3대에 걸친 가족사 속에서 여성이 당한 억압과 상처를 그들의 다양한 체험을 통해 보여주고 있기 때문에 여성 및 여성성의 문제에 있어서 리얼리티를 확보하고 있다. 역사의 수직적인 시간 축과 동시대의 수평적인 삶의 현실이 교차하면서 여성의 문제는 보다 총체적인 형태를 갖추게 된다. 작가가 꿈꾸는 '에덴의 서쪽'이 현실에 뿌리 박은 실재하는 세계가 되기 위해서는 이러한 감각이 필요하다고 할 수 있다. 또한 모성에 대한 작가의 인식이 부정적인 차원을 배제하고 있기 때문에 모성 자체를 신비화할 위험이 있다.

3. 젠더 이데올로기의 해체와 일탈 욕망

여성 작가들의 관심이 가족 제도가 가지는 억압 구조에 집중되면서 자연스럽게 부상하게 된 것이 바로 결혼과 이혼 그리고 불륜과 같은 주제들이다. 가부장적 부성이 야기하는 억압에 대한 폭로와 반성을 통해 여성 자신의 정체성을 확립해 가는 글쓰기의 연장선상에서 결혼이라는 문제를 끌어들인 것은 페미니즘의 확장으로 볼 수 있다. 결혼은 가족 제도의 문제이면서 동시에 사회 제도의 문제이다. 그것은 혈연에 의한 친족성을 이루는 토대이지만 그것으로부터 자유롭게 벗어날 수 있는 특성을 또한 가진다. 이 사실은 결혼이 성적인 이데올로기의 복합성을 지니고 있다는 것을 의미한다. 결혼한 여성은 두 가족 제도 사이의 문화적 차이에서 발생하는 성적인 이데올로기는 물론 섹스, 임신, 수유, 월경, 낙태와 같은 생물학적인 차원에서 발생하는 성적인 이데올로기를 가진 복합적인 존재이다. 복합적인 존재로서의 결혼한 여성에 대한 자각은 우리의 현실에서는 여성의 정치성을 강화하는 쪽으로 드러나고 있다. 결혼한 여성은 그 집 귀신이 되어야 한다는 억압적인 성 이데올로기가 지배적인 현실을 뚫고 들어갈 수 있는 길은 정치성을 강화하는 것일 수밖에 없다.

그러나 정치성의 강화는 여성이 처한 현실을 과장하거나 작위적으로 구성하려고 하기 때문에 종종 부정적인 양상을 띠고 드러난다. 여성의 현실에 대한 이러한 양상은 미학성의 결핍을 초래해 여성 해방이라는 목적의식을 퇴색시킬 위험성이 있다. 여성의 현실에 대한 실감이 아닌 관념화의 경향은 여성 작가들의 소설 속에 이미 폭넓게 자리하고 있다. 우리 문학사에서 운동성을 내세운 소설의 종말이 어떤 것인가를 고려할 때 이러한 정치성의 강화는 페미니즘에 불길함을 안겨 주는 요인으로 작용하고 있다. 결혼이라는 제도가 가지는 억압적인 상황에 대한 저항과 반성을 글쓰기의 목표로 하고 있는 차현숙, 박명희, 전경린, 서하진의 소설에서 이러한 양면성은 동시에 드러난다. 정치성과 문학성의 조화와 균형이라는 과제를 안고 있기는 하지만 이들의 글쓰기는 미혼이 아닌 기혼의 서사라고 명명할 정도로 결혼한 여성의 문제를 다각도로 그리면서 첨예한 문제의식을 제기하고 있는 것이 사실이다.

차현숙은 여성성의 본질을 기혼 여성의 삶을 통해 깊이 있게 천착하고 있다. 『블루 버터플라이』(1996), 『나비 봄을 만나다』(1997), 『오후 3시 어디에도 행복은 없다』(2000)를 통해 그녀는 여성성의 본질을 자의식 강한 여주인공을 내세워 마치 무엇을 집중적으로 연구하듯이 꼼꼼하게 논리적으로 천착해 들어간다. 그녀가 다루고 있는 여성은 대개 기혼이며, 결혼이라는 제도에 상처받고 그것으로부터 벗어나려고 하는 인물이다. 이것의 상징이 바로 '나비(버터 플라이)'이다. 나비는 자유롭게 날 수 있는 존재이지만 날개가 조금이라도 훼손되면 그 비상은 추락으로 바뀌게 된다. 소설 속에 등장하는 여성의 상처는 심리적인 외상에 가깝다. 이 외상으로부터 벗어나기 위해 그녀가 택한 방법은 타자의 설정이다. 이때 타자로 등장하는 남성은 가해자이면서 동시에 그 상처를 치유해 주는 존재이다. 가령 『블루 버터 플라이』에서 자신을 성폭행한 오빠를 힘겹게 불러내어 그 상처와 대면함으로써 그것을 극복하는 장면은 소외된 주체의 회복을 의미한다고 볼 수 있다. 이것은 그녀의 소설이 남성에 대한 단순한 한이나 열등감 또는 소외감을 그리고 있는 것이 아니라 여성의 잃어버린 자아를 찾아 주는 동반자적인 존재라는 것을 의미한다. 이런 점에서 그녀의 소설 속에 등장하는 여성과 남성 모두는 두터운 실존의 무게를 지닌 존재라고 할 수 있다.

결혼 제도가 행사하는 이데올로기 속에서 억압받는 삼십대 기혼 여성들의 의식을 바람 피는 남자, 바람 피는 여자, 동성연애자, 신경정신과 의사, 이혼녀, 별거중인 여자, 가출한 여자, 섹스파업을 벌이는 여자와 같은 다양한 군상들을 통해 들여다봄으로써 작가는 가정과 사회에 깊이 뿌리를 내리고 있는 젠더 이데올로기를 파헤친다. 이 통찰의 과정을 통해 그녀가 말하고자 하는 것은 세계에 대한 절망이 아니라 희망이다. 이 세계는 여성을 억압하고 회복하기 힘든 상처를 주지

만 오히려 그것을 극복함으로써 더 찬란한 삶의 의미를 맛볼 수 있다
는 것이 진정으로 작가가 추구하고자 하는 바이다. 여성이 나아가야
할 실존의 길을 제시하고 있는 듯한 그녀의 소설은 바로 이 당위론적
인 희망 혹은 급격한 전망의 제시로 인해 오히려 작위적인 느낌을 준
다. 그녀가 말하고 있는 '서른 살의 고아의식'이 좀더 견고해지기 위해
서는 젠더 이데올로기를 형상화해야 한다는 의식적인 강박증으로부
터 벗어나야 할 것이다. 젠더 이데올로기는 관념 속에서 만들어지는
것이 아니라 구체적인 삶 속에서 자연스럽게 드러나는 것이기 때문이
다.

　박명희는 기혼 여성의 입장에서 젠더 이데올로기에 의해 행해지는
억압의 문제를 예리하게 들추어내고 있다. 『안개등』(1996)에서 그녀
가 보여주고 있는 것은 페미니즘 소설에서는 이미 상식이 되어 버린
아버지의 폭력과 남편의 외도, 고부간의 갈등이다. 이 상투적인 소재
를 새삼스럽게 그녀가 들고 나온 것은 이것이 페미니즘 차원에서 현
실적으로 끊임없이 문제가 되고 있기 때문이다. 이런 점에서 이것은
문학적이라기보다는 사회적인 현상에 더 가깝다고 할 수 있다. 텍스
트가 사회적인 현상을 강하게 드러냄으로써 그녀의 소설은 여성 주체
의 억압적인 현실에 대응하는 방식이 문제로 떠오른다.

　소설 속의 여성 주인공들은 현실 대응에 있어서 수동적이지 않다.
이들은 자신에게 가해지는 억압에 대해 어머니처럼 희생을 감수하지
않는다. 가령 유부남인 줄 모르고 그와 동거에 들어가 아이를 잉태한
주인공 여성과 아버지로부터 강제로 성추행을 당해 아이를 잉태할 수
밖에 없었던 어머니의 상황은 남성의 폭력에 의한 여성의 수난이라는
동일한 의미 구조를 가진다. 그러나 이 각각의 상황에 대처하는 두 여
성의 방식은 다르다. 어머니는 가해자인 아버지의 존재를 부정하지
못한 상황에서 아이(여성 주인공)를 낳지만 여성 주인공은 남편의 실

재를 죽음으로 간주한 뒤에 아이를 낳는다. 이것은 누대에 걸쳐 이어지는 여성 수난의 역사를 단절시키려는 작가의 욕망으로 볼 수 있다. 부정한 아버지에 대한 배제는 아이의 성별에 대한 차별을 해체한다. 주인공 여성이 딸로 판정된 뱃속의 아이를 지우지 않고 낳기를 결심하는 것은 부성이 행사하는 젠더 이데올로기에 대한 저항으로 볼 수 있다. 또한 이것은 그 동안 젠더 이데올로기에 대한 자각을 하지 못한 채 며느리에게 아들 낳기를 강요하는 시어머니에 대한 저항과 그녀와의 차별성을 드러내는 것으로 볼 수 있다. 그녀의 소설은 결혼이라는 제도 속에서 여성 자신을 억압해 온 젠더 이데올로기에 대해 관념에 의한 문제 해결을 시도하지 않고, 구체적인 상황 속에서 그것을 세심하게 탐색하고 있기 때문에 소재의 진부함에도 불구하고 리얼리티를 확보하고 있다고 할 수 있다.

서하진은 『책 읽어주는 남자』(1996), 『사랑하는 방식은 다 다르다』(1998), 『라벤더 향기』(2000)를 통해 일관되게 불륜의 문제를 다루고 있다. 그녀가 다루고 있는 불륜은 결혼이라는 제도가 만들어낸 어둡고 지루한 욕망의 찌꺼기이다. 그녀 소설의 주인공 여성들은 결혼을 사랑이 괴리된, 습관과 타성에 의해 이어지는 것으로 인식하고 있다. 이들은 대부분 결혼한 지 오랜 시간이 흘렀음에도 불구하고 서로간의 사랑을 확인하지 못한 채 자신의 내면에 깊이 숨겨져 있는 균열만을 보게 된다. 이로 인해 그녀는 자신의 결혼을 남편이 제공하는 안락한 생활의 유혹을 견디지 못하고 저지른 원죄라고 간주한다. 타자에 대한 사랑이 아닌 여성 자신의 보호받고자 하는 굴종 의식이 만들어낸 것이 결혼이라고 여기는 여성들의 태도는 타자인 남편과의 융화가 불가능하다는 것을 암시한다. 남편과의 간극으로 인해 여성들은 결국 그것을 메우기 위해 또 다른 대상을 찾게 된다. 기혼자의 몸으로 옛 남자 친구와 정사를 하고, 가정이 있는 직장 상사와 사랑에 빠지며,

남편 이외의 다른 남자와 난잡한 색정에 몰두한다. 그러나 대상에 대한 충족은 이루어지지 않는다. 이들에게 남는 것은 보이는 것이 모두 허상이 아닐까 하는 세계에 대한 허무주의적인 인식뿐이다.

'매미의 허물'과 '라벤더 향기'로 표상되는 결혼은 여성을 그 제도의 바깥으로 내몰아 버린다. 그녀 소설에 등장하는 기혼 여성들의 불륜이 도덕적이고 윤리적인 차원을 넘어 일상적인 차원으로 다가오는 이유가 바로 여기에 있다. 『라벤더 향기』의 여주인공이 건조하고 답답한 일상으로부터 벗어나기 위해 조화(造花)에 인공향을 뿌려대는 행위는 출구 없는 일상의 자극제로 불륜을 선택한 행위와 크게 다르지 않다. 이런 점에서 그녀에게 있어서 불륜은 파격적이고 뜨거운 삶의 형태가 아니라 결혼과 마찬가지로 사랑을 가장한 또 하나의 기만적인 일상일 따름이다. 그녀의 불륜은 결혼 제도가 가지는 억압성을 어느 정도 드러내 보이기는 하지만 그 억압을 뚫고 나갈 수 있는 어떤 현실적인 문제의식을 제시하지 못하고 있다는 점에서 일정한 한계를 가진다고 할 수 있다. 불륜이 결혼 제도 속에서 생겨날 수밖에 없는 어떤 필연적인 이유를 현실에서 찾지 않고, 기혼 여성의 막연한 심리적인 환상 속에서 그것을 찾는다는 것은 이 소설이 불륜을 실존적인 고민이 제거된 단순한 이벤트 차원에서 다루고 있다는 것을 말해 준다.

전경린은 『염소를 모는 여자』(1996), 『바닷가 마지막 집』(1998), 『여자는 어디에서 오는가』(1998), 『내 생에 꼭 하루뿐인 특별한 날』(1999), 『난 유리로 만든 배를 타고 낯선 바다를 떠도네』(2001), 『열정의 습관』(2002) 등의 작품집을 내면서 여성 문단의 위치를 확고히 다지고 있다. 그녀의 소설의 중심 테마는 자신을 억압하고 있는 제도화된 이데올로기로부터의 해방이다. 대부분의 여성 작가들이 부담스러워하는 소설의 미적 규범과 도덕적이고 윤리적인 규범으로부터 그녀는 자유롭다. 그녀의 소설이 보여주는 '로망스적인 형식'과 '바로크적인 감각'은 서사가 가지는 정형화된 규칙을 해체한다. 이러한 서사적인 흐름과 함께 그녀의 소설의 또 하나의 특징은 글쓰기 주체의 세계 인식 방법이다. 그녀의 소설은 세계에 대한 능멸과 위악과 같은 불온한 정조가 주를 이룬다. 『염소를 모는 여자』에서 이 사회로부터 내팽개쳐진 여자들이 뱉어내는 천박한 독설 속에는 이 세계가 만들어 놓은 금기로부터 일탈하고 싶은 욕망을 읽을 수 있다. 이 여자들은 하나같이 사회의 규범에서 어긋난 사랑을 하고 있다. 사회로부터 금기시된 사랑은 그 안에 강렬한 폭발력을 지닌 어둡고 불온한 정념을 동반할 수밖에 없다.

『염소를 모는 여자』가 보여주는 이러한 불온한 정념은 『바닷가 마지막 집』에서는 성장기 소녀와 20대 여성의 내면 심리를 통해 환과 멸이라는 극단적인 감정의 형식으로 드러나고, 『여자는 어디에서 오는가』에서는 그것이 어머니와 아내라는 길들여진 습성과는 다른 늑대적 야성의 형식으로 드러난다. 여자의 본성이 늑대적 야성에 있다는 인식은 그녀가 여성의 존재를 길들여지지 않는 충동과 욕구로 바라보고 있다는 것을 의미한다. 이런 점에서 그녀의 소설은 상상계적인 욕망을 함축한 징후적인 텍스트로 볼 수 있다. 『내 생에 꼭 하루뿐일 특별한 날』과 『유리로 만든 배를 타고 낯선 바다를 떠도네』에 와서 이러한 내면에 잠재된 불온한 욕망은 좀더 강렬한 여성 자신의 정체성 찾기의 욕망으로 이어진다. '여성도 자신의 욕망에 충실할 수 있는 권리가 있다'는 작가의 귀기 어린 외침은 섹스라는 주제를 통해 말해지고 있다. 여성이 섹스에 대해 이야기한다는 것은 남성과 여성 사이에 성립되는 억압적인 구조는 물론 제도화된 모든 이데올로기를 전복시킬 수 있는 방식에 대해 이야기한다는 것을 의미한다. 이것은 그녀의 소설이 페미니즘의 영역을 넘어 어떤 절대적인 경지를 욕망하는 순수한 관능의 텍스트가 될 수 있다는 것을 의미한다. 『열정의 습관』에서 보여지는 섹스를 통한 전혀 고통이 없는 순수하게 즐거운 '간지러움의 세계'[1]가 바로 이 욕망의 경지라고 할 수 있다. 절대적인 유희만이 지배하는 세계에 대한 작가의 욕망은 자칫하면 자기 자신이 곧 금기가 되는 소통불능의 이데아를 생산할 위험이 있다. 그러나 섹스와 같은 여성이 이야기하기 꺼려하는 주제를 들고 나와 그것에 대해 적나라하게 발설하고 있다는 사실은 억압적인 요소가 일상을 잠식하고 있는 우리의 현실에서는 중요한 의미를 가진다고 할 수 있다.

4. 페미니즘 운동의 역사성과 리얼리즘의 감각

페미니즘의 기치를 내건 여성 작가들 대부분이 80년대적인 기반 위에서 글쓰기를 수행한 것이 사실이다. 80년대가 가져다 준 자유와 해방의 시대정신이 없었다면 억압적인 상황에 대한 여성 작가들의 각성은 없었거나 있더라도 제대로 된 형상을 갖추지 못했을 것이다. 80년대는 그 어느 시대보다 운동의 특성을 강하게 띤 그런 시기이다. 이 운동의 대표적인 것으로는 반식민지 운동, 반독재 운동, 노동 운동을 들 수 있다. 이 운동은 문학에도 영향을 미쳐 80년대를 운동으로서의 문학 시기로 규정해 버리는 결과를 가져왔다. 이 운동의 중심에 민중 문학을 주창했던 작가군들이 있다. 여기에는 공지영, 공선옥, 김인숙, 이남희, 유시춘, 정지아 같은 여성 작가들이 포함된다. 이들은 리얼리즘론에 기초해 민중의 삶의 현실과 이상을 날카롭게 형상화해 왔다. 이들의 리얼리즘적인 감각은 여성의 삶의 현실과 만나면서 여성 및

---

1) 이재복, 「여성의 몸은 이야기함으로써 존재한다」, 『세계의 문학』, 2001년 겨울호, pp.217~220. 『열정의 습관』은 2001년 9월 3일~29일까지 『문화일보』에 연재된 소설이다. 연재 당시에는 『나르시스 느와르』라는 제목이었으나 출간될 때 『열정의 습관』으로 바뀌었다.

여성성에 대한 여타 여성 작가들과는 조금 다른 모습을 보여준다. 리얼리즘적인 감각을 토대로 글쓰기를 수행하기 때문에 이들 여성 작가들의 소설은 세태와 일상성의 표면을 부유하거나 지식인의 주관화된 관념 속에서 창출되는 세계를 의식적으로 경계한다.

민중문학 진영 여성 작가들이 보여주는 이러한 경향은 리얼리즘은 더 이상 리얼하지 않다고 말해지는 90년대적인 상황 속에서 의미를 더한다. 리얼리즘이 폐기된 것이 아닌 상황에서, 더욱이 여성의 삶의 현실을 재현하기 위해서는 리얼리즘적인 형식이 필요한 상황에서 이들의 존재는 매우 소중하다고 하지 않을 수 없다. 80년대의 첨예한 운동성과 정치성이 90년대로 넘어오면서 일상성과 여기에서 비롯되는 트리비얼리즘의 위협 속에 놓이면서 이들의 변모는 페미니즘 문학 차원에서뿐만 아니라 우리 문학사 전반으로 볼 때도 주목의 대상이 될 수밖에 없다. 운동으로서의 페미니즘 문학이 가지는 가능성을 다른 운동과의 연장선상에서 형상화할 수 있는 집단이 바로 이들이기 때문이다. 가족 제도 및 가부장적 이데올로기의 차원이 주를 이루는 우리의 페미니즘적인 현실을 감안할 때 이들이 보여주고 있는 방식은 그 영역을 사회 역사적인 차원으로 넓힐 수 있는 계기를 제공한다. 그러나 이러한 기대는 이들에게 부담감으로 작용할 수 있다. 여성의 삶을 우리 사회 역사적인 삶 속에서 보편화하는 일은 결코 쉬운 일이 아니다. 공지영, 공선옥, 김인숙, 이남희의 소설이 가지는 딜레마가 바로 여기에 있다.

공지영은 『무소의 뿔처럼 혼자서 가라』(1993), 『착한 여자』(1997), 『봉순이 언니』(1998)로 이어지는 일련의 소설을 통해 여성 문제에 대한 다양한 시각을 열어 보이고 있다. 『무소의 뿔처럼 혼자서 가라』에서는 첨예한 정치성을, 『착한 여자』에서는 남성성까지를 끌어안는 포용성을, 그리고 『봉순이 언니』에서는 절망의 순간에서 희망을 잃지 않는 끈질긴 여성성을 다각도로 모색하고 있다. 그러나 이러한 다양한 모색중에서 빛을 발하는 것은 정치성을 첨예하게 드러내고 있는 『무소의 뿔처럼 혼자서 가라』에 투영된 작가의식이다. 이 소설에는 세 명의 기혼 여성이 등장한다. 이들은 각각 '절대로', '어차피', '그래도'로 표상되는 인물들이다. '절대로'로 표상되는 주인공 여성은 세 여성들 중에서 자의식이 가장 강하며, 가부장적 가족 제도와 결혼 제도에 대해 비판적인 거리를 확보하고 있다. '어차피'로 표상되는 여성은 자의식이 가장 적은 인물이며, 남편의 부와 명성의 그늘에서 살고자 하는 욕망을 가진 속물이다. '그래도'로 표상되는 여성은 전형적인 자기 희생형 인물이다. 결국에는 가부장적 제도의 희생양으로 사라져 버린다. 이 세 명의 여성들이 보여주고 있는 삶의 모습은 비록 작가의 관념을 통해 만들어지기는 했어도 남성 중심의 가부장적인 이데올로기 속에서 억압받고 있는 우리 사회의 여성의 특성을 잘 형상화하고 있다고 할 수 있다. 특히 여성이 가지는 다양한 콤플렉스를 세 명의 여성들을 통해 그려냄으로써 많은 사람들에게 공감할 수 있는 여지를 열어놓고 있다. 이것은 이 소설이 가지는 강점이며, 여성의 현실에 대한 구체적인 리얼리티가 부족함에도 불구하고 관심을 불러일으킬 수 있는 원인이 된다.

80년대 후반을 넘어서면서 예각화되기 시작한 페미니즘 운동의 정치적인 맥락을 수용하면서 그것이 가지는 문제의식을 형상화하고 있는 작가의 역량은 크게 보면 80년대적인 현실감각의 소산이다. 80년대의 문제의식을 공유한 자로서 그녀가 이야기하고 있는 여성의 삶은 단순히 억압된 것들의 귀환을 넘어서는 힘이 있다. 현실 변혁의 힘과 그 가능성으로서의 미래에 대한 희망은 그녀로 하여금 '무소의 뿔처럼 혼자서 가라'고 당당하게 발언할 수 있게 한 것이다. 그러나 이러한 당당함은 『고등어』(1994)와 『착한 여자』『봉순이 언니』로 오면서 무화되기에 이른다. 이것은 여성이 처한 현실 상황에 대해 작가가 유연하게 대처하거나 그것을 다양한 시각으로 조망하고 있는 것으로 볼 수도 있지만 다른 한편으로 보면 그것은 작가와 현실 사이의 긴장의 와해로도 볼 수 있다. 80년대적인 현실을 후일담 내지 회고담 형식으로 풀어내고 있는 『봉순이 언니』나 『고등어』와 같은 소설은 현실의 냉혹함이 아니라 아련한 향수에 대한 낭만적인 기록으로 읽힌다. 후일담의 형식과 페미니즘의 정치성의 조화로운 통합은 그녀의 소설에서는 드러나지 않는다. 80년대 민중문학의 정치적인 감각을 어느 누구보다도 잘 계승하고 있다고 평가받아 온 그녀의 소설적 운명이 결과적으로 80년대의 치열했던 이념적 현실을 과장된 도덕적 자기 정당성과 자신의 보상받지 못한 젊음에 대한 회한으로 귀착되고 있다는 것은 그녀의 소설 역시 사적인 영역을 넘어서지 못하고 있다는 것을 의미한다.

공선옥은 80년대를 통어하는 사회·역사적인 사건인 광주항쟁을 원체험으로 하여 현실의 수난 속에서도 좌절하지 않는 강인한 모성의 형상을 리얼하게 그려내고 있다. 『피어라 수선화』(1994), 『오지리에 두고 온 서른 살』(1995), 『내 생의 알리바이』(1998), 『자운영 꽃밭에서 나는 울었네』(산문집, 2000), 『수수밭으로 오세요』(2001)로 이어지는 그녀의 일련의 작업들은 리얼리즘적인 감각과 페미니즘 의식을 적절히 잘 구사하고 있다는 점에서 주목에 값한다. 그녀가 그려내는 소설 속의 여성들은 대부분 이혼을 했거나 과부 또는 남편과 별거하고 있다. 그러나 여성들은 다른 여성 작가의 소설에서처럼 지적인 엘리트이거나 중산층의 부유함을 소유하고 있는 존재가 아니다. 이들은 하나같이 노동자나 술집 여자 같은 기층에 속한 존재들이다. 이런 존재들을 등장시킴으로써 그녀의 소설은 산업화와 도시화로 인해 야기된 뿌리 뽑힌 여성들의 삶과 상처를 그려내고 있다. 하지만 그녀는 이들을 연민의 눈으로 보지 않는다. 연민이 아니라 그 여성들의 입장에서 솔직하게 이들의 신산스러운 삶을 조명한다. 그녀의 이러한 시각은 어머니로서의 여성을 주인공으로 등장시키고 있는 소설에서 특히 빛을 발한다. 소설 속의 어머니는 강한 모성을 지닌 존재이지만 그 모성은 긍정적인 측면과 부정적인 측면을 동시에 드러낸다. 그녀의 소설 속의 어머니는 새끼를 보호하려는 어미의 원초적인 보호본능을 드러내면서 동시에 그것이 가지는 심리적 부담감으로부터 벗어나려는 이중적인 모습을 드러낸다.

그녀의 소설에 드러나는 어머니의 이러한 이중성은 우리 사회에 만연해 있는 젠더 이데올로기에 대한 저항으로 볼 수 있다. '술 먹고 담배 피우는 엄마'로 상징되는 부정적인 모성은 모성 자체를 이분법적인 틀 안에 가둬 두지 않고 해체함으로써 현모양처 이데올로기는 물론 모성이 가지고 있는 포용과 융화의 특성을 폭력과 배제의 특성을 보이고 있는 남성 중심의 지배구조에 저항하는 유토피아적인 기획으로 내세우고 있는 페미니즘 집단에 대한 비판과 반성으로도 볼 수 있다. 어떤 거창한 이념을 내세워 첨예한 정치성만을 드러내는 소설들과는 달리 여성의 삶의 현실을 현실로 체험하고 그것을 자신의 글쓰기의 목표로 삼고 있는 그녀의 태도는 여성의 삶의 진정성을 구현하고 있다고 말할 수 있다. 다만 한 가지 염려스러운 것은 그녀의 이러한 현실에 대한 적나라한 들추어냄이 자연주의적인 폭로나 방향 상실로 이어져서는 안 된다는 것이다. 가령 『내 생의 알리바이』에서 민중적 이념을 바탕에 둔 태도마저도 당장 먹고사는 것이 위협받은 삶의 현실 앞에서 신랄한 빈정거림의 대상이 되고 있는 장면은 이념의 관념성에 대한 비판과 반성이라기보다는 현실의 무게에 짓눌린 한 여성의 삶에 대한 맹목적인 집착으로 읽는다. 소설이 온전한 형상을 가지려면 육체에 의한 현실적인 체험과 함께 정신에 의한 이상을 동시에 드러내야 한다.

김인숙은 80년대의 희망과 90년대의 절망을 동시에 체험한 작가이다. 그녀의 체험은 80년대와 90년대를 조감하는 중요한 시대적인 기록으로 간주할 수 있다. 『'79~'80 겨울에서 봄 사이』(1887), 『칼날과 사랑』(1993), 『먼길』(1995), 『당신』(1996), 『유리구두』(1998)로 이어지는 그녀의 소설의 도정은 시대적인 감각과 그 정신을 수렴하면서 일정한 변모를 보여준다. 그녀의 초기 소설에서 강조하고 있는 것은 순수를 토대로 한 강한 실천 의지이다. 그녀가 강조하는 순수성은 80년대라는 변혁의 시대와 만나면서 강한 부정성과 저항성을 띠게 된다. 그러나 이 부정성과 저항성은 관념의 차원에서 제시되는 것이 아니라 구체적인 차원에서 제시되고 있다. 작가는 자신이 추구하는 이상적인 세계란 사회 현실의 억압적인 구조를 해체하지 않고서는 불가능하다는 인식을 하게 된다. 지배계급과 피지배계급 사이의 격차를 해체하고, 소수자가 아닌 일반 민중이 주체가 되는 사회 구조의 창출이 없고서는 순수한 의지 자체가 아무런 의미를 가질 수 없다는 인식을 하게 된다. 또한 작가는 민중의 생리에 대해서도 잘 인식하고 있다. 『'79~'80 겨울에서 봄 사이』에서 보여주는 이상과 현실 사이의 괴리 혹은 일상에 대한 욕구로부터 자유롭지 못한 민중에 대한 통찰은 80년대 변혁운동이 어떤 한계를 가지고 있는가를 잘 말해 주고 있다.

김인숙이 보여주고 있는 사회 변혁에 대한 날카로운 통찰은 90년대에 들어와서는 그것이 많이 둔화되기에 이른다. 변혁의지가 실종되고 민중은 모두 일상 속에 함몰된 상태에서 그녀 자신이 유지해 온 강한 변혁에의 의지는 한풀 꺾이고 만다. 강한 변혁에의 의지 대신 그녀는 환멸의 방식을 택한다. 『칼날과 사랑』에서 보여지는 이러한 환멸은 90년대적인 상황에서 변혁의 의지를 상실한 무기력한 자신에 대한 드러냄으로 볼 수 있다. 이 자기 환멸의 무기력함으로부터 벗어나는 일은 자신과 세계에 대해 시간적인 거리를 두고 지켜보는 일이다. 누구보다도 현실에 대한 변혁을 강하게 꿈꾸었으며, 역사의 유토피아적 전망을 믿었던 작가에게 90년대는 견디기 힘든 시대였음이 틀림없다. 그러나 작가는『먼 길』에서 80년대와는 다른 차원의 의지를 드러낸다. 우리를 이민으로 난민으로 만드는 땅을 떠나 다시 그들의 땅으로 돌아가자는 이 소설의 외침은 오랜 기간 자기 환멸이라는 방황을 끝내고 다시 이 땅의 현실에 발을 딛고 싶어하는 작가의 의지를 반영하고 있는 것으로 볼 수 있다. 이것은 작가의 역사에 대한 반성과 전망을 동시에 드러낸 것에 다름 아니다.

이남희의 소설에는 80년대의 민중문학의 이념과 90년대의 탈이데올로기적인 이념이 공존하고 있다. 민중문학의 이념은 역사의식과 사회비판의식을 첨예화하는 쪽으로 작용한다.『바다로부터의 긴 이별』(1991),『갑신정변』(1991),『사랑에 대한 열두 개의 물음』(1993),『사십 세』(1996),『플라스틱 섹스』(1998),『황홀』(1999),『수퍼마켓에서 길을 잃다』(2002)에 이르기까지 그녀의 이러한 의식은 전면에 그대로 드러나기도 하고 또 그것은 내면화되기도 한다. 이 과정에서 주목되는 것은 그녀 소설의 문명 비판성이다.『바다로부터의 긴 이별』에 드러나는 문명의 야만성에 대한 고발과 생태학적인 세계관에 대한 자각,『플라스틱 섹스』『황홀』에 드러나는 문명 사회의 성에 대한 비판, 그리고『수퍼마켓에서 길을 잃다』에 드러나는 자본의 검은 욕망은 모두가 문명에 대한 비판적인 통찰이 주를 이루고 있다. 90년대의 탈이데올로기적인 상황에서 문명에 대한 무반성적이고 무차별적인 가치옹호를 드러내고 있지 않는다는 것은 그녀가 다른 여성 작가들과 차별화되는 지점이다. 많은 여성 작가들이 사회비판의식을 가지고 있지만 그것을 문명의 차원에서 조망하고 성찰한 경우는 송경아를 제외하고는 거의 없다고 할 수 있다.

이러한 문명 비판성은 여성 작가들이 가지는 사회 역사적인 시각의 부재에 대한 그 나름의 대안적인 실천 방식을 제시하고 있다고 할 수 있다. 그녀가 비판하고 성찰의 대상으로 삼고 있는 환경과 생태, 성, 욕망의 문제는 우리 문명의 가장 큰 화두이다. 이 문제에 대한 깊이 있는 성찰이 선행되지 않고서는 남성 중심의 문명에 의해 배제되고 소외되어 온 여성의 존재성에 대한 깊이 있는 성찰 역시 기대할 수 없다. 여성의 시각으로 문명이 가지는 폭력과 야만성을 들추어내는 일은 곧 남성 중심주의에 대한 비판과 저항의 문맥을 거느리고 있다는 것을 의미한다. 그러나 그녀의 소설이 보여주는 문명 비판성은 종종 계몽적인 목소리의 전경화로 인해 구체적인 실감의 차원을 상실하고 있다. 지금 여기의 문명이 타락했다면 그 타락한 문명 속에 뛰어들어, 그 문명과의 몸 섞음을 통해 타락한 방식으로 진정한 가치를 추구하는 좀더 유연한 리얼리즘 정신의 구현이 그녀에게 맡겨진 과제라고 할 수 있다.

5. 일상성에의 함몰과 운동의 트리비얼화

80년대 후반을 기점으로 일기 시작한 페미니즘 운동은 일회성으로 그칠 성질의 것이 아니다. 우리 문학사의 많은 운동성을 띤 문학이 대중과의 괴리, 미학성의 결핍 등으로 단명하고 만 경우와는 달리 페미니즘 운동은 이러한 딜레마를 그렇게 심하게 앓고 있는 것 같지는 않다. 엘리트 페미니스트와 일반 대중 사이의 괴리, 남성 지배 속에서의 억압된 여성성의 무목적적인 분출이 없는 것은 아니지만 우리의 페미니즘 운동은 계층과 계급을 떠나 폭넓은 공감과 연대를 형성하고 있다. 또한 여성성에 대한 맹목적인 접근이 아닌 여성 자신의 정체성이라든가 존재성에 대한 탐색을 진지하게 시도하고 있으며, 이성이 억눌려 있던 감성을 회복시켜 다양한 글쓰기와 말하기를 통해 새로운 미학의 영역을 열어 보이고 있다.

페미니즘을 구현하고 있는 우리의 여성 작가들의 경우에도 이러한 흐름 속에 놓여 있다고 볼 수 있다. 그들은 이제 주변이 아닌 중심에서 글을 쓰고 말하면서 우리 문학사에서 보기 드문 풍요로운 향연을 연출하고 있다. 가부장적 부성에 대한 저항, 젠더 이데올로기를 생산하는 사회 제도에 대한 탐색, 여성을 배제하고 소외시켜 온 문명에 대한 비판 등은 여성의 시각으로 지금 여기에서의 존재론적인 상황을 들추어내고 있다는 점에서 그 동안 우리 소설이 보여주지 못한 시대정신을 구현하고 있다고 할 수 있다. 그러나 우리 여성 작가들이 보여주는 시대정신이 올바른 방향성과 목적의식을 가지고 제대로 구현될 수 있을지 그것에 대해서는 자신할 수 없다. 이런 불안한 조짐은 이미 80년대 후반을 기점으로 등장한 여성 작가들의 소설에서 그 징후를 발견할 수 있다. 이들의 소설은 페미니즘을 표방하고 있기는 하지만 그것이 대부분 일상의 차원을 통해 이루어지고 있다는 점에서 문제적인 면을 가진다고 할 수 있다. 일상에 대한 성찰을 통해 자신을 억압하고 배제해 온 젠더 이데올로기의 실체와 그 속에서의 자신의 정체성을 탐색한다는 것은 그 동안 남성에 비해 상대적으로 일상의 세계에 더 많이 종속되어 온 여성의 입장을 고려할 때 당연한 현상으로 볼 수 있다. 거대 담론이 배제해 온 일상에 존재하는 미시적인 권력의 실체를 세세하게 포착해내고 그것이 얼마나 여성의 삶을 잠식하고 있는지를 들추어내는 일은 페미니즘 운동에서 중요하다고 하지 않을 수 없다.

그러나 일상의 차원에서 다루어지는 페미니즘은 언제나 일상성에의 함몰이라는 위험이 도사리고 있는 것이 사실이다. 일상의 세계를 세세하게 그리다 보면 페미니즘이 가지는 보다 큰 차원의 문제의식이 실종될 수 있다. 90년대 이후 거대 담론의 해체, 감각적이고 감성적인 문화의 팽창, 상업자본주의의 만연 등으로 우리 사회에 엄연히 존재하고 있는 계층이나 계급의 격차, 분단과 식민주의, 문명의 야만성, 자본주의 체제의 모순과 같은 보다 큰 차원의 문제의식은 좀처럼 찾아볼 수 없다. 페미니즘을 지향하는 우리의 여성 작가들이 보여주는 이러한 일상성에의 함몰은 페미니즘 소설은 물론 우리 소설 전체의 왜소화와 트리비얼화를 초래하고 있다. 90년대 이후 우리 여성 작가들의 글쓰기에 나타난 특징은 사소하고 무의미한 일상의 사건을 아주 세밀하게 묘사하는 것이다. 묘사에 대한 치중으로 인해 이들이 말하고자 하는 세계 자체가 드러나지 않는다. 세계가 없는 묘사 위주의 글쓰기는 여성의 자아를 성숙하지 못하게 할 것이고, 이것은 곧 페미니즘 운동의 약화로 이어질 것이다. 이런 점에서 페미니즘의 기치를 내세우고 있는 우리의 여성 작가들은 자신의 자아를 좀더 과감하게, 보다 큰 실존의 장으로 투사할 필요가 있다.

몸, 여성시학의 가능성과 불가능성

1. 여성은 어떻게 존재하는가?

여성의 정체성 찾기와 여성의 몸에 대한 발견은 동일한 의미 구조를 가진다. 우리 사회에서 여성이 자신을 주체로 바라보기 시작한 것은 80년대 후반이다. 여기에는 서구의 여성 해방론과 독재의 억압으로부터 벗어나려는 우리 사회의 '자각'이 큰 힘이 되었다고 할 수 있다. 이 자각은 외관상으로는 30여 년 가까이 지속되어 온 군사독재에 대한 저항으로 볼 수 있지만 그 이면에는 우리 사회에 만연한 지배적인 권력과 이데올로기에 대한 저항의 의미를 포함하고 있다. 1987년 이후, 우리 사회의 전면으로 부상한 '억압된 것들의 귀환'은 보이지 않거나 혹은 무의식의 양태로 우리의 일상을 잠식하고 있는 권력에 대한 저항의 메시지를 담고 있다는 점에서 그것은 좀더 미시적이고 심리적인 접근이 요청된다. 이 과정에서 여성들이 찾아낸 것이 바로 자신들의 몸이다. 몸이란 외부 권력의 행사에서 비롯되는 미시적이고 심리적인 흔적을 고스란히 가지고 있을 뿐만 아니라 그 자체가 외부 권력과는 다른 무엇인가를 새롭게 생성해낼 수 있는 처녀지이기 때문이다. 이 사실은 여성의 몸이 역사적인 문맥을 거느리고 있다는 것을 의미한다.

역사적인 맥락에서 여성의 몸을 들여다볼 때 다른 무엇보다도 먼저 전경화되는 것은 억압과 수난으로서의 몸이다. 고대 중세 근대의 모든 제도들은 남성 중심주의적인 이데올로기에 의해 형성과 재형성을 거듭해 온 것이 사실이며, 이 과정에서 여성의 몸은 철저하게 배제되어 왔다고 할 수 있다. 남성 중심의 선택과 배제의 기제하에서 여성의 몸은 적절하지 못한 비천한 몸에 불과하다. 적절한 몸과 비천한 몸이라는 이 구도를 프로이트는 문명과 터부로 설명하고 있다. 그에 의하면 인류의 문명은 적절한 몸, 다시 말하면 남성(아버지)의 몸에 의해 성립된 것이며, 비천한 몸, 다시 말하면 여성(어머니)의 몸은 그 문명을 해체하고 부정하는 반동적인 힘이라는 것이다. 이 때문에 여성의 몸은 문명 속에서 하나의 터부로 존재할 수밖에 없다. 그의 식으로 말하면 문명은 외디푸스의 단계를 거치면서 아버지의 법을 수용해야만 가능한 것인데, 어머니의 몸은 이 외디푸스의 단계를 거부하기 때문에 언제나 배제될 수밖에 없는 것이다.

여성의 몸이 문명에 대한 부정과 해체를 내장하고 있다는 인식은 하나의 이데올로기 혹은 신화로 굳어져 그것은 적절한 통제와 관리의 대상이 되기에 이른다. 문명화된 사회는 자신들의 본래적인 불안을 숨기기 위해 여성의 몸에 이분법적인 우열의 논리를 강화해 왔다. 여성의 몸은 언제나 남성의 몸에 비해 속되고, 사악하고, 거짓되며, 성숙되지 않은 야만의 상징이었다. 야만으로 표상되기에 여성의 몸은 언제나 문명에 의해 통제되고 관리되어 왔지만 기실 야만적인 것은 여성의 몸이 아니라 남성의 몸이었다. 우리가 흔히 말하는 문명이란 그 안에 야만을 가진 존재이며, 그 문명이 여성의 몸을 야만으로 간주하여 배제해 왔다는 것은 아이러니라고 할 수 있다. 문명의 야만, 야만의 문명으로 인해 여성의 몸은 억압과 수난, 그리고 그 고유의 존재성을 상실한 채 심하게 왜곡되어 왔던 것이다.

우리 사회에서 이러한 억압과 수난으로서의 여성의 몸에 대한 성찰은 크게 '또 하나의 문화' 동인들과 '한국 여성 연구회' 동인들의 입장을 통해 드러난다. 이 두 동인들은 여성의 몸에 가해지는 억압의 실체에 대해 부정하고 저항해야 한다는 점에서는 입장을 같이 하지만그 방법에 있어서는 서로 다르다. 먼저 '또 하나의 문화' 동인들은 남성과 여성이 다르다는 점에 초점을 두고 자신들의 논리를 전개하고 있다. 이들은 여성의 몸, 여성의 말, 여성적인 글쓰기 등과 같이 보다실천적으로 남성과 여성의 차이를 정치적으로 조망하고 있다. 이에비해 '한국 여성 연구회' 동인들은 남성과 여성의 단순한 차이보다는동질성 자체를 강조한다. 남성과 여성의 차이보다는 남성과 여성 모두를 억압하는 힘의 실체를 이들은 주목한다. 이들이 보기에 남성과여성 모두를 억압하는 적은 자본주의 사회가 가지는 메카니즘이다.자본에 의해 소외당한다는 점에서 남성 역시 여성과 다르지 않다는것이다.

이 두 동인들의 상이한 입장은 서로를 비판하게 한다. '또 하나의문화' 동인들은 '한국 여성 연구회' 동인들을 향해 여성의 체험을 외면하는 반여성적인 행위라고 비판하고, 이에 대해 '한국 여성 연구회'동인들은 '또 하나의 문화' 동인들을 향해 사회 및 그 구조가 만들어내는 모순과 부조리를 괄호 친 나이브한 기획이라고 비판한다[좀더 자세한 논의는 고갑희의 「차이의 정치성과 여성 해방론의 현단계」(『현대비평과이론』, 통권 6호, 1993)를 참조할 것]. 이 두 동인들 사이의 비판은 그 나름의 타당성을 가진다. 실질적으로 여성의 억압과 수난의 역사의 주범은 남성이며, 그 남성은 자신이 주체가 되어 만들어 놓은 자본주의 구조의 덫에 걸려 억압받고 있는 것이 사실이다. 이런 점에서 여성이 자신의 정체성을 찾는다는 것은 남성과의 차이와 동질성을 동시에 보는 것이라고 할 수 있다. 남성과의 차이를 외면한 채 자본주의의 구조적인 모순을 강조한다거나, 또 그 구조적인 모순을 외면한 채 남성과의 차이를 강조하는 것은 모두 온전하지 못한 방법이다. 보다 이상적인 것은 이 두 가지 방식을 상호보완적으로 통합하는 것이다.

그러나 최근 우리 사회에서 전개되고 있는 여성주의 담론은 이 두 가지 방식 중에서 차이의 경향을 강조하는 쪽으로 작동하고 있다. 그 동안 가부장제 문화에 길들여지고 억압받아 온 여성의 존재를 생각하면 여기에 대해 한풀이 차원의 민감한 반응을 보인다는 것은 어쩌면 당연하다고 할 수 있다. 90년대 초 여성주의 담론을 상징적으로 보여준 공지영의 『무소의 뿔처럼 혼자서 가라』에 드러난 그 '혼자'라는 말은 가부장제 문화가 가지는 남성 이데올로기에 대한 강한 반감을 드러낸 것으로 볼 수 있다. 결국에는 남성과 함께 가야할 숙명의 길을 걸으면서도 '무소의 뿔처럼 혼자 갈 수밖에 없다'는 작가의 인식은 여성의 입장에서 볼 때 우리 사회에서 남성과의 화해 혹은 융화가 얼마나 어려운 일인가를 잘 말해 주고 있는 대목이라고 할 수 있다. 남성과의 차이, 남성 위주의 가부장제 문화에 대한 부정과 해체에 대한 이러한 한 맺힌 저항은 여성의 몸이 지금까지 당한 상처들을 끊임없이 들추어내면서 그 상처를 환기시키거나 아니면 남성의 영역과는 다른 여성만의 고유한 처녀지를 찾는 그런 방향으로 여성주의 담론을 몰아가고 있다. 지금까지 배제되어 온 여성의 존재를 회복하여 남성과의 동등한 질서 체계를 확립한다는 점에서는 이러한 경향을 긍정적으로 보지만 그것이 이데올로기의 과잉으로 흘러 자칫 자신이 쳐 놓은 그 이데올로기의 덫에 걸려들 위험성을 내포하고 있다는 점에서는 우려를 금할 수 없다. 우리 사회에 만연한 여성주의 담론 중에서 문학, 특히 시를 중심으로 전개되고 있는 여성주의의 흐름 역시 이러한 위험성이 도처에 내재해 있다고 할 수 있다.

2. 여성의 말, 여성시의 가능성과 불가능성

여성의 정체성 찾기가 여성의 몸에 대한 발견을 통해 이루어지고 있다는 사실은 곧 그 몸이 어떻게 여성의 말을 생산하고 있는가의 문제로 이어진다. 남성과의 차이를 강조하고 있는 여성주의 담론에서는 남성과는 다른 여성의 몸, 즉 월경, 임신, 수유, 낙태를 체험하는 여성의 몸을 앞세워 이 문제를 풀어 나간다. 여성의 몸이 행하는 이러한 체험들은 분명 남성과는 다른 여성만이 가지는 고유한 속성이다. 이것이 비록 생물학적인 성을 조장하여 여성을 억압하는 하나의 기제로 이용될 수 있지만 이 체험만큼은 부정할 수 없다. 종종 아이를 낳아 기르면서 여성의 몸이 가지는 이러한 속성을 직접 체험하여 그 고유한 본질에 대해 경이에 차서 이야기하는 여성주의자를 어렵지 않게 만난다. 필자가 남성이기 때문에 그녀의 체험을 제대로 추체험하지 못한다. 그러나 여성의 몸이든 남성의 몸이든 그 몸이 세계에 대해 논리적으로 투명하게 드러낼 수 없는 아주 미묘하고 애매모호한 그 무엇을 감지하여 그것을 몸 어딘가에 흔적으로 남긴다는 사실을 알고 있다는 점에서 본다면 그 체험은 하나의 오리지날리티를 가지고 있다고 할 수 있다.

여성의 몸이 드러내는 이 미묘하고 애매모호한 움직임은 일종의 떨림이다. 이 몸의 떨림은 말의 떨림과 밀접하게 연결되어 있다. 여성주의자들이 흔히 여성의 몸으로 말하기, 또는 여성의 몸으로 글쓰기라는 표현을 사용하는데 이것은 기본적으로 몸의 떨림과 말의 떨림을 하나의 인과성 속에서 이해한 결과의 산물이다. 몸과 말의 떨림의 문제는 남성과는 다른 여성의 몸이 남성의 말과는 다른 여성의 말을 어떻게 생성하며, 이것이 진정으로 여성의 고유한 존재성을 드러내고 있는지 하는 것을 밝히는 중요한 증거가 될 수 있다. 하지만 이 문제는 떨림이 함축하고 있는 의미만큼 미묘하고 애매모호한 구석이 있다. 누구도 이 문제에 대해 구체적으로 언급한 사람은 없다. 대표적인 여성주의 차이 이론가인 씩수스나 이리거레이, 그리고 차이보다는 동질성의 사유를 내세우고 있는 크리스테바의 경우에도 대부분 원론적인 수준에 머물러 있거나 아니면 추상적이고 관념적인 차원을 넘어서지 못하고 있다. 씩수스와 이리거레이는 여성의 파편적이고 분산되는 성욕을 지닌 몸이 상호 모순되며, 비이성적이고, 미친 듯한 광기의 말을 생산한다고 이야기하고 있다. 이것은 이들이 여성의 주체를 고정적인 것으로 이해한 것에 다름 아니다. 이에 비해 크리스테바는 시적 언어, 다시 말하면 기호계의 언어를 상정하여 끊임없이 변하고 유동하는 여성 주체의 개념을 확립한다. 그러나 이들이 이야기하고 있는 말이 진정으로 여성의 말이라고 할 수 있는지 의문이다. 이 사실은 이 미묘하고 애매모호한 문제를 건드린다는 것이 대단한 용기가 있지 않고서는 불가능한 일이라는 것을 말해 준다. 따라서 조광제의 다음 논의는 대단히 용기 있는 발설이라고 하지 않을 수 없다.

　　말은 근원적으로 떨림에 근거해 있다. 물론 표층적으로는 목청과 혀의 떨림이다. 그러나 심층적으로는 몸 전체의 떨림이고, 더 확대해서 보면 상황 전체의 떨림이다. [⋯중략⋯] 말이 글로 전화되어 나타나고, 글이 소위 떨림이 없는 개념으로만 작동하는 듯 여겨지기 때문이다. 특히 철학이나 과학에서 쓰는 개념들은 몸의 원초적인 떨림이 의사 소통에 방해가 된다고 해서 추상화해 버린 뒤 생겨난 것들이다. 개념적인 말들이 몸의 떨림으로서의 원초적인 말을 지배하고 배척하는 것은 인간이 전 우주적인 떨림으로부터 퉁겨나는 것을 스스로 자처하는 짓이다. 진화의 과정에서 최후로 나타난 것이 근원적인 것은 아니다. 진화의 과정에서 바탕이 된 것은 여전히 바탕으로 작용하고 있고, 발달하여 자신에게서 새롭게 생겨난 것들과 계속 작용을 주고받으면서 전반적으로 그 힘을 달리할 뿐이다. 의식과 정신이 생겨났다고 해서 몸이 사라지는 것은 아닌 것이다. 의식과 정신의 떨림을 운운할 수 있게되었다고 해서 그것이 몸의 떨림과 완전히 독립해서 이루어지는 것은 아닌 것이다. 여전히 몸의 떨림은 말의 떨림을 일구어내고 있고, 또 독자적으로 몸말이 되어 그 나름대로 발달하고, 심지어 예술이라는 승화된 몸의 떨림이 되어 그 나름대로 발달하는 것이다. 의식과 정신을 일종의 떨림으로 이해하게 될 때, 실상 그 의식과 정신은 체화 된 몸으로 이해하는 것이다. 왜냐하면, 데카르트 식의 정신 철학에서 말하는 정신이란 떨릴 수 있는 몸체를 가지지 않았기 때문이고, 만약 몸체를 갖는다면 그것은 바로 몸 자체이기 때문이다. 그러고 보면, 말을 듣고서 흥분하고 심각해 하고 슬퍼하고 기뻐하고 하는 등의 정신 내지는 영혼 또는 얼의 일들은 바로 몸의 떨림이지 않고서는 달리 어떤 것일 수가 없는 노릇이다.

— 조광제, 「몸과 말」, 『아카필로』 2호, 산해, 2001, pp.64~65

조광제의 논점은 크게 보면 두 가지이다. 하나는 말의 떨림이 근원적으로 몸의 떨림에서 비롯된다는 것이고, 또 다른 하나는 정신이나 영혼 또는 얼이 일종의 떨림으로 이해될 때에도 그 떨림은 몸의 떨림이지 않고서는 달리 어떤 것일 수 없다는 사실이다. 말이나 몸을 설명하면서 '떨림'이라는 말을 사용하는데 이때의 떨림은 다른 것이 아니다. 말은 목청을 떨어 울려 나오는 것이고, 이때의 말의 떨림은 몸이 처해 있는 존재론적인 상황에 의해 다양한 형태로 드러나는 것이다.

가령 두려움과 공포의 순간에 우리는 몸의 떨림을 경험하게 되고 이 떨림은 목청의 떨림으로 이어져 '으악'이나 '악'과 같은 말의 형태를 만들어낸다. 즉 몸이 놓인 상황에 따라 몸 떨림이 발생하고, 이것은 말의 떨림을 통해 하나의 표현을 얻게 되는 것이다.

말과 몸 그리고 상황과의 이러한 일련의 과정을 조광제는 대략 세 과정으로 나누어 고찰하고 있다. 첫째 몸이 주위 환경에서 특수한 경우들을 만나 특수한 방식으로 떨리는 과정, 둘째 그 떨림을 바탕으로 특수한 경우들에 적응하고 대처할 수 있는 몸의 기능 내지는 근본 상태를 획득하는 과정, 그리고 셋째 이러한 몸의 기능 내지는 근본 상태를 더욱 효과적으로 활용할 수 있기 위해 거기에 맞는 특수한 목소리를 가공해내는 과정 등이 그것이다. 이 세 과정을 통해 알 수 있는 것은 몸이 닫힌 체계가 아니라 끊임없이 외부나 대상을 향해 감각을 열어 놓아 항상 그것들과 교섭하고 교감하면서 구성되는 그런 존재물이라는 것을 의미한다. 흔히 몸을 유동적이고 무정형적(amorphe)인 생명의 숨결 같은 코라(chora)나 기(氣)로 이해하는 것도 모두 그 이유가 여기에 있는 것이다.

조광제의 논의를 통해 알 수 있는 것은 여성의 몸과 여성의 말 사이의 인과성이 성립될 수 있으며, 이러한 일련의 과정을 통해 여성시라는 여성 고유의 시적 아이덴티티를 찾아낼 수 있다는 사실이다. 여성의 몸이 놓인 상황과 그 체험의 정도에 의해 여성의 말이 만들어지고 그것이 여성시라는 장르 규정으로 이어질 수 있다는 사실은 기존의 남성의 말의 질서에 저항하고, 배제된 여성의 언어를 복원하며, 여성적 말하기의 자율성 구축이라는 의미를 포괄하고 있다는 점에서 섬세하고 정치한 논의를 필요로 할 수밖에 없다. 최근 우리 시단에 전면으로 부상한 여성시에 대한 논의를 보면 이 문제의 중요성이 새삼스럽게 부각된다. 여성주의자들이 말하는 여성시란 시인 자신이 페미니스트일 것과 미학적인 자의식을 지니고 언어적으로 여성의 자아정체성을 재구축하고 있는 시(김정란), 여성 시인들이 자신들의 언술을 상대방에게 전달하고 싶은 간절한 욕망에서 비롯되는 대화체적인 문체전략과 고백과 환유적인 언술 구조를 가진 시(김혜순), 여성들 특유의 경험이 2류적인 것에서 벗어나 더욱 중요해지고 의미심장한 것으로 되어 가는 과정에서 잠정적으로 요구되는 것(노혜경) 등으로 정의하고 있다.

이들 여성주의자들의 여성시에 대한 이러한 정의는 여성의 몸의 떨림에 의한 여성의 말의 떨림이 모두 여성시가 되는 것이 아니라 그것이 일정한 페미니즘적인 의식과 일류의 미적인 자의식을 획득할 때 가능하다는 의미를 포함하고 있다. 이들의 이러한 정의를 통해 알 수 있는 것은 여성시가 가지는 정치성과 미학성이다. 이 두 속성은 여성시의 정체성이 어떤 의미를 함축하고 있는지를 잘 보여주는 정의라고 할 수 있다. 여성시가 여성과 시라는 점을 고려할 때 이러한 정의는 별 무리가 없어 보인다. 그러나 문제는 정치성과 미학성에 대한 이들의 판단력이다. 이들이 여성시의 한 표본으로 들고 있는 고정희, 최승자, 김승희, 김혜순, 김정란, 노혜경, 양선희, 이상희 등의 시가 과연 어느 정도로 보편 타당성을 가지는지 의심스러울 때가 있다. 이들이 정의한 여성시가 제대로 구현되기 위해서는 그것이 모든 이들에게 보편적인 만족의 대상으로 존재해야 한다고 생각한다. 일반적으로 보편적인 만족감이란 공통감각의 산물이며, 이것은 어떤 목적의 표상 없이 수용자의 감성을 통해 아름다움 그 자체로 수용되어 하나의 궁극적인 형식이 되는 것을 말한다.

여성시가 보편적인 만족의 대상으로 존재하지 못하고 있다는 사실은 새삼스러운 것이 아니다. 여성시에 대한 어떤 편견과 오만, 또는 무지의 소치에서 그러한 결과가 빚어진 것일 수도 있지만 여성주의자들의 여성시에 대한 해석이 지나치게 배타적이고 편협한 데서 비롯된 것이라고도 할 수 있다. 가령 김정란이 한국시의 커다란 희망(영혼의 역사—노혜경론)이라고 평한 노혜경의 「레이스마을 이야기」를 보자.

노혜경의 「레이스마을 이야기」는 나에게 한국시의 커다란 희망처럼 여겨진다. 또는 자부심. 이 영적 서사시의 등장과 더불어 나는 내가 40여 년 동안 한국 땅에서 시에 매달려 왔다는 사실을 허망하게 여기지 않아도 좋게 되었다. 나는 이제 고독하지 않다. 내 기다림은 헛되지 않았다. 이 시인은 근대를 통과하여, 아주 정확하게, 그리고 부드럽고 날렵하게 탈근대성의 활주로에 내려앉았다.

노혜경의 시적 특성은 이 시인이 확보하고 뛰어넘은 〈문학적 근대성〉이라는 주제 주변에서 발생한다. 〈문학적 근대성〉이라는 주제는 이 문제를 정치. 역사적인 의미로 이해하고 있는 이 땅의 많은 계몽적 근대주의자들의 생각과는 달리, 물질적 기획, 도달 가능함(l' accessible)에 대한 인식이 아니다. 즉, 정치적 유토피아로 대변되는 현실태의 범주에 대한 인식이 아니라는 것이다. 그것은 오히려 도달불가능함(l' inaccessible), 가능태에 대한 인식이다. 그것은 차라리 정치적 유토피아를 넘어서는 인식, 세계적 인식에 대한 타자를 발명하는 인식이다. 문학적 근대인은 단호하게 카이사를 버리고, 하느님의 편에 선다. 내 말은 그가 종교인이라는 뜻이 아니다. 내 말은 그가 세계 바깥에 있는 것을, 〈가능한 것〉, 그래서 이미 뻔해진 것의 범주 대신에 〈가능할지도 모르는 것〉, 따라서 무한히 새로운 것의 범주를 택한다는 뜻이다. 존재를 부둥켜 안고 존재 안쪽으로 주저앉는 것이 아니라, 존재를 끌고, 넘어지더라도, 일단은, 존재 밖으로 나가본다는 말이다.

—「영혼의 역사 : 새로운 총체성과 새로운 주체」, 노혜경론

김정란은 노혜경의 「레이스마을 이야기」를 탈근대적인 시각에서 들

여다보고 있다. 그녀에 의하면 이 시는 물질적 기획, 도달 가능함에 대한 근대주의자들의 계몽적인 생각과는 다른 도달 불가능함을 노래하고 있는 존재 밖을 지향하고 있는 그런 시이다. 이런 점에서 그녀의 말대로 이 시는 정치적 유토피아로 대변되는 현실태의 범주에 대한 인식이 아닌 가능태에 대한 인식을 노래하는 시로 정의할 수 있다. 그녀가 노래하고 있는 '레이스 마을'이란 기존의 근대적인 총체성과 주체의 개념으로는 설명할 수 없는 새로운 총체성과 주체성이 살아 숨쉬는, 다시 말하면 자아의 위대함을 포기하면서 진실로 위대해진 영혼들의 공동체이다. 현실태가 아닌 가능태로서의 '레이스마을'은 "80년대 내내 이야기되어져 오던 정치 사회적 역사가 아니라, 다른 역사, 역사 뒤의 역사, 아니 오히려 역사 위의 역사, 프랑스 작가 이스마엘 카다레가 그렇게 당당한 목소리로 말하는 '마음의 역사'", 그녀의 용어로 바꾸어 말하면, "'영혼의 역사'를 구현하고 있는 존재태"이다. 이 사실은 「레이스마을 이야기」가, 거대 담론으로서의 역사가 부서지고 난 자리에서 다시 일어서는 영혼의 역사를 힘차게 증언하고 있는 그런 시라는 것을 의미한다.

김정란의 논점대로라면 여성시의 정치성과 미학성은 기존의 현실태에 대한 인식에 물들지 않은 순수한 영혼을 지닌 가능태에 대한 인식을 통해 구현된다고 할 수 있다. 이것이 곧 차이성을 기반으로 한 여성시의 정체성 찾기의 한 방법이다. 현실태가 아닌 가능태의 영역에서 여성시의 존재성을 찾는다는 것은 순수한 여성의 몸과 여성의 말을 상정한다는 것에 다름 아니다. 여성의 몸은 분명 현실의 정치적인 힘에 의해 점령당하지 않은 처녀지가 존재한다. 그러나 그 영역이란 과연 얼마나 될까? 또한 그 영역의 순수성이란 과연 몸 전체와의 관계에서 어느 정도의 존재의 진정성을 담보하고 있는가? 김정란이 가능태에 대한 인식으로 영혼을 끌고 들어온 것은 이런 점에서 불구성을 면치 못한다고 할 수 있다. 마음의 역사 혹은 영혼의 역사는 온전한 몸의 역사가 될 수 없다. 마음이나 영혼의 기반은 몸이 될 수밖에 없다. 여성의 몸은 상처투성이이다. 그 상처는 지워지지 않는다. 그 상처는 마음이나 영혼으로 치유되지 않는다. 상처란 그것을 덧내고 덧내서 더 이상 덧낼 것이 없을 때 비로소 치유될 수 있는 것이다. 상처투성이의 몸을 가진 존재가 마음이나 영혼의 아름다움을 노래한다고 해서 그것이 곧 아름다움이 될 수 있다는 생각은 나르시시즘의 견고한 성채에서나 가능한 일이다. 「레이스마을 이야기」를 마음이나 영혼의 역사로 해석할 수도 있지만 그것이 곧 21세기 여성시의 비전 혹은 한국시의 희망 운운하는 것은 또 다른 이념이나 이데올로기를 조장할 위험한 발언이다. 여성의 몸의 진실은 언제나 정신과 육체, 천상과 지상을 추처럼 진동할 때 드러나는 것이다.

3. 무엇이 안티페미니즘인가?

여성시의 정체성을 확립하기 위해서는 안티페미니즘에 대한 논의가 필수적이다. 페미니즘이라는 이름하에 횡행하는 안티페미니즘은 여성시의 정체성을 혼란스럽게 하고 심지어는 그것을 부정하고 해체하게 하는 악성 바이러스라고 할 수 있다. 최근 여성주의자들은 이러한 악성 바이러스를 퇴치하기 위해 기치를 들었다. 이 과정에서 그들은 적과 동지를 구별하고 그 특유의 선택과 배제의 논리를 작동하기 시작했다. 여성주의 운동 자체가 정치성을 띠고 있기 때문에 이 논리의 작동은 탄력을 받을 수밖에 없다. 그런데 여기에서 흥미로운 것은 그들이 배제의 대상으로 지목한 적 중에 그들과 같은 여성 시인이 포함되어 있다는 사실이다. 진정한 적은 내부에 있다는 논리를 자각한 이

행보는 이들이 얼마나 여성시의 정체성 확립에 민감해 있는지를 잘 보여주는 예라고 할 수 있다.

여성주의자들의 민감함은 여성 특유의 직감을 통해 세계 해석의 날카로움을 드러내기도 하지만 때때로 자의식의 과잉에 빠져 편협하고 일방적인 판단을 내리는 경우도 있다. 이들이 안티페미니즘을 구현하는 시인으로 지목한 김언희의 경우가 그렇다. 이들이 김언희의 시를 안티페미니즘으로 지목한 것은 그녀의 시가 보여주는 여성의 성기에 대한 과도한 묘사와 사도―마조히즘적인 표현 때문이다. 트렁크를 통해 표현되는 김언희의 시에 대해 노혜경은 '노골적인 여성 성기의 묘사와 사도―마조히즘적인 표현'(노혜경, 「여성시 논의에서의 안티페미니즘적 위험에 대하여」, 『살류쥬』 3집)을 통해 여성의 몸을 남성의 관음증적 대상으로 전락시키고 있는 안티페미니즘 시라고 비판하고 있다. 사도―마조히즘과 관련하여 그녀는 김언희의 시가 "남성 강간자와 여성 피강간자의 도식" 구도를 보이며, 이것은 "금기를 위반하고 싶어 하는 남성적 욕망의 대리충족"이라는 결론을 내린다.

노혜경의 이러한 비판은 김언희의 시에 대해 보여준 긍정적인 평가에 대해 다시 한번 생각하게 하는 계기를 제공한다. 특히 김언희의 시를 안티페미니즘이라고 간주하는 김정란, 노혜경 등의 여성주의 논객들에 의해 가시 돋친 공격을 받은 남성 평론가들에게 이 문제는 여성의 입장에 서서 말한다는 것이 무엇인지를 생각하게 하는 계기를 제공한 것이 사실이다. 필자의 경우도 김언희의 시를 긍정적으로 평가한 남성 평론가 중의 한 명이다. 김언희의 시가 보여주고 있는 '욕망의 문제를 통해 그녀 시의 아방가르드적인 속성을 밝혀낸 것'(「몸과 욕망의 언어」, 『현대시학』, 1999년 11월호)이 바로 그것이다. 욕망의 문제를 다루면서도 필자는 '시선'에 대해 그렇게 깊이 성찰하지 않았다. 페미니즘에서 시선은 중요하다고 하지 않을 수 없다. 여성의 몸에 가해지는 억압과 수난도 따지고 보면 남성의 시각 중심주의가 그 원인이라고 할 수 있다. 남성의 시선에 의해 여성은 언제나 대상화되고 또 배제되지 않았던가? 여성주의 논객들이 보기에 김언희의 시가 드러내는 피학적인 몸과 언어는 남성의 시각 중심주의가 가지는 파시즘적인 권력을 옹호하고 여기에 동조하는 것으로 읽힐 충분한 개연성이 있다. 여성의 몸을 적나라하게 보여주고, 남성으로 하여금 그것을 즐기게 하는 것이 그녀 시의 궁극적인 의도라면 그녀의 시는 보수적이고 수구적인 평가를 면치 못할 것이다. 그러나 과연 그런가?

김언희의 시가 궁극적으로 "남성 강간자와 여성 피강간자의 도식" 구도와 "금기를 위반하고 싶어하는 남성적 욕망의 대리충족"을 목적으로 하고 있다면 그녀 시의 중심 모티프인 성행위와 죽음은 단순한 성적 유희와 남성의 성적 폭력에 대한 용인 이외에는 별다른 의미를 드러내지 않을 것이다. 그녀의 시가 단순한 성적 유희의 차원을 드러낸다면 그녀의 시에 대해 후기자본주의 사회의 욕망, 죽음에 이르는 에로티시즘, 인간에 대한 환상의 거부, 형용할 수 없는 공포와 엽기 등의 해석은 본질을 벗어난 오독으로 간주되어야 할 것이다. 그러나 이러한 해석들을 모두 오독이라고 하기에는 무언가 석연치 않은 점이 있다. 그것은 바로 해석 주체의 위치의 문제이다. 김언희 시에 대한 이들 해석들은 사실 과장된 부분이 없지 않다. 김언희의 시가 후기자본주의 욕망, 죽음에 이르는 에로티시즘, 인간에 대한 환상의 거부, 형용할 수 없는 공포와 엽기 등을 드러낸다고 하기에는 텍스트 내적 혹은 외적인 맥락이 부족한 것이 사실이다. 서구의 욕망이론이나 성애론에 김언희의 시를 꿰어 맞췄다는 비판이나 지나치게 표피적인 인상만으로 그의 시를 재단해 그 이면에 숨은 시인의 음험함을 간파하지 못했다는 비판을 떨쳐 버릴 수 없다.

그러나 그럼에도 불구하고 이러한 해석들이 전적으로 개연성이 없다고 치부할 수는 없다. 분명히 그녀의 시에는 이러한 해석을 할 수 있는 여지가 있다. 그녀의 시는 누가 뭐라고 해도 여성의 몸이 가지는 욕망과 주체, 혹은 언어와 주체의 문제를 제기하고 있으며, 우리 시의 맥락에서는 낯선 과격한 엽기성과 징후적인 속성을 드러내고 있다고 할 수 있다. 그것이 일정한 형식과 내용을 성취했다기보다는 실험적인 차원에 그친 감이 없지 않지만 그 자체가 가지는 의미가 전무하다거나 그 시도를 무의미한 것으로 간주하기에는 그녀의 시는 분명한 표상을 지니고 있는 것이 사실이다. 이런 점에서 여성주의 논객들의 그녀의 시에 대한 평가는 다분히 정치적이라고 할 수 있다. 많은 여성주의 논객들이 비판하고 있는 김언희 시의 안티페미니즘적인 측면은 그 개연성에도 불구하고 그것은 김언희 시에 대한 평가의 한 부분이지 절대적인 것은 아니라고 할 수 있다. 많은 남성 비평가들이 시선의 파시즘 내지 욕망의 관음증 등 김언희 시의 안티페미니즘적인 속성을 보지 못한 것은 사실이다. 하지만 이 시선과 관음증의 문제도 여성주의 논객들의 시각에 전적으로 동의할 수 없는 부분들이 있다.

김언희의 시가 시선의 파시즘과 욕망의 관음증을 조장한다면 그것을 가능하게 하는 환상이 존재해야 한다. 남성의 시선이 끊임없이 여성의 몸을 훔쳐보고 그로 인해 여성의 몸이 대상화되기 위해서는 시인이 교묘하게 욕망의 미끼를 던져야 한다. 이런 점에서 김언희의 시는 너무 적나라하다. 다시 말하면 환상이 제거되어 있다는 것이다. 환상이 아니라 환멸에 가까운 성행위의 묘사와 표현으로 인해 그녀의 시는 일종의 쾌감보다는 역겨움을 느끼게 한다. 남성의 시선에 의해 여성의 몸이 즐김의 대상이 된다기보다는 오히려 그 즐김을 방해하게 하는 것이 그녀의 시이다. 우리가, 특히 남성 비평가들이 김언희의 시를 읽으면서 여성의 몸에 대한 관음증적 욕망을 체험한다거나 그 자체를 즐긴다고는 생각하지 않는다. 너무나 적나라하기 때문에 환멸을 느끼고, 그 환멸로 인해 시선의 즐김이 차단되어 버린다. 오히려 여성의 몸이 드러내는 환멸은 그런 시선에 대한 저항과 해체를 단행하고 있는 것으로 읽히기도 한다. 따라서 시선의 파시즘과 욕망의 관음증만이 김언희 시의 전부라고 간주하면서 그녀의 시를 폄하하는 것은 여성의 몸에 대한 보호본능이라는 자의식 과잉이 발동한 것이 아닌가 하는 의문이 든다. 아울러 여성주의 논객들이 내세우는 진정한 의미에서의 페미니즘 시, 혹은 여성시가 어떤 것인지 아직 정립되지 않은 상태에서 그녀의 시를 섣불리 안티페미니즘 시로 분류하는 것도 위험한 결정처럼 보인다. 이 성급함은 김언희의 시를 지나치게 의미론적인 차원에서 해석하고 있는 데서 비롯된다고도 할 수 있다. 그녀의 시가 드러내는 환멸에 가까운 동어 반복적인 표현 형식은 이미 그 형식 자체가 기존의 상징적인 질서하에서의 표현 형식에 대한 부정과 해체를 포함하고 있는 것 아닌가? 가령 아무런 의미 없는 리듬 충동과 엽기적인 표현이 드러내는 파괴적인 형식은 여성주의에서 내세우는 개념화된 이념보다도 강한 여성적인 에네르기를 상징적으로 보여주고 있다고 할 수 있다. 무엇이 진정한 페미니즘인가? 아니 무엇이 진정한 안티페미니즘인가? 다시 한번 곰곰이 따져 보아야 할 것이다.

4. 몸으로의 귀환

여성주의 논객들의 여성시에 대한 논의가 활발하게 전개되고 있음에도 불구하고 그것이 불안한 것은 여성의 몸에 대한 성찰이 두텁지 못하기 때문이다. 여성의 몸으로 말하기, 혹은 여성의 몸으로 글쓰기를 내세우면서도 여전히 몸과 말, 몸과 글에 대한 개념조차 정립되어 있지 않을 뿐만 아니라 남성과의 제대로 된 차이와 동질성을 확립하지도 못한 것이 현실이다. 또한 여성주의 논객들이 알레르기 반응을 보이는 생물학적인 여성의 몸(sex)과 사회·문화적인 여성의 몸(gender)과의 변증법적인 관계에 대해 깊이 있는 성찰을 보여준 것도 아니다. 생물학적인 여성의 몸에 대한 남성의 지배력의 종속화에 대한 반대가 사회·문화적인 여성의 몸에 대한 관심을 이끌어낸 것이 사실이지만 생물학적인 여성의 몸 자체가 여성의 몸의 존재성을 결정하는 데서 사라진 것은 아니다. 여성주의 담론 안에서도 이것에 대한 인식이 엿보인다. 에코페미니즘, 신화적인 상징으로서의 여성성 등 여성 고유의 생물학적인 몸에 대한 성찰을 통해 반문명적인 담론이 형성하여 그것을 이론적으로 체계화하려는 움직임이 있다. 이와 함께 여성의 몸을 계층화·계급화시켜 그것을 리얼리즘적인 시각으로 보려는 움직임도 있으며, 또한 여성의 몸을 제3세계 내지 식민지 차원의 좀더 거시적인 틀 안에서 보려는 시도들도 있다.

우리가 여성시를 하나의 개념으로, 하나의 장르로 규정하기 위해서는 이러한 다양한 담론들에 대한 좀더 섬세하고 객관적이며, 그리고 통합적인 시각이 필요하다고 할 수 있다. 여성시가 모든 사람들에게 보편적인 만족의 대상이 되기 위해서는 여성뿐만 아니라 그 타자인 남성과의 소통도 중요하다고 하지 않을 수 없다. 우리 사회에서 남성들의 여성주의에 대한 시각은 지극히 냉소적인 것이 사실이다. 이것은 우리 사회에 뿌리 깊게 자리잡고 있는 가부장적이고 남성 중심주의적인 의식과 제도가 주요 원인이지만 여성의 보호 본능적인 자의식의 과잉도 여기에 한몫하고 있다고 할 수 있다. 우리 사회에서의 여성은 그 동안 가부장적이고 남성 중심주의적인 사회에서 억압받아 온 자신의 존재에 대한 분노와 그 대상에 대한 저항과 해체를 단행해야 할 뿐만 아니라 그것을 또한 단순한 한풀이가 아니라 보다 생산적이고 성숙한 여성 운동의 차원으로 끌어 올려야 하는 이중의 과제를 안고 있다. 이 혼란스러움은 여성의 정체성에 대한 혼란으로 이어질 수밖에 없다. 이럴 때 이 혼란을 가장 잘 드러내고 그 혼란을 극복할 수 있는 가능성을 내장하고 있는 존재가 바로 여성의 몸이다. 혼란스러울수록 다시 한번 여성의 몸으로 돌아가야 한다.

여성주의 논객들에게 여성시와 여성시학에 대한 규정은 자신들의 정체성을 세우기 위해서 다른 그 무엇보다도 필요한 일이다. 그러나 이들은 지금 지나치게 자기만의 논리에 빠져 있다. 어쩌면 지금 이들에게 여성주의는 닻이 아니라 덫인지도 모른다. 자기 덫에 자기가 빠지지 않으려면 여성의 몸의 미덕인 타자와의 소통을 통한 융화의 정치가 절대적으로 필요하다. 시각에 의해 여성의 몸이 억압을 받아 왔다면 그 상처를 치유할 수 있는 길은 또 다른 시각을 통한 저항과 해체, 그리고 그 시각을 넘어서는 전신적인 감각이다. 시각은 남성을 지배하며, 시각만을 강조하여 다른 감각을 희생할 경우 몸의 구체성과 관계성은 빈곤해진다. 여성의 몸의 중요한 특징 중의 하나인 이 전신적인 감각은 부드러움이나 보살핌만으로 설명할 수 없는 보다 다양한 여성적인 에네르기를 내장한 그런 것이다. 여성의 몸은 그것을 알고 있다. 이것이 바로 우리가 여성의 몸으로 다시 돌아가야만 할 이유인 것이다. 여성의 몸의 궁극적인 미덕은 언제나 지나치거나 모자라는 법이 없다는 사실에 있다.

레이스마을 혹은 엄마들의 콜로세움

1

여성시의 향연이 한창이다. 이 즐거운 잔치판에 어울려 그것에 대해 이야기하는 것은 즐거운 일이다. 시의 위기를 무색하게 하는 이 흥겨운 향연은 얼어붙고 메마른 시의 대지에 잎을 틔우고 꽃을 피울 것이다. 여성시가 보여주는 이 강인한 생명의 힘은 뇌수에 꽂혀진 관념의 줄기에서 오는 것이 아니라 여성의 몸으로부터 온다. 뇌수로부터 배꼽을 거쳐 회음부로 흐르는 것이 아니라 회음부로부터 배꼽을 거쳐 뇌수로 흐르는, 이 역류의 힘은 격렬한 혼돈을 거쳐 새로운 생명을 태어나게 할 것이다.

여성시의 원천이 몸에서 비롯된다는 것은 많은 의미심장함을 함의한다. 몸은 존재 그 자체다. 몸만큼 여성의 존재성을 잘 드러내는 것은 없다. 몸은 여성의 역사를 문신처럼 가지고 있다. 여성이 체험한 수난과 상처는 말할 것도 없고 미지의 어떤 가능성까지도 거기에는 있다. 이런 점에서 몸을 들여다본다는 것은 여성의 정체성 및 존재성을 확립하는 것과 다르지 않다. 여성의 역사는 곧 여성의 몸의 배제의 역사이다. 남성 중심주의의 역사 속에서 여성의 몸은 적절하지 못한 몸 혹은 비천한 몸으로 간주되어 터부시되어 왔다. 남성의 몸이 문명을 성립하는 토대로 인식되어 왔다면 여성의 몸은 비합리적이고 불안정하며 미성숙한 것으로 간주되어 문명의 적, 혹은 문명을 파괴하고 해체하는 야만적인 것으로 인식되어 왔다.

이러한 인식은 여성의 몸을 부정하는 결과를 초래해 여성의 존재 자체를 공황 상태에 빠뜨렸다고 할 수 있다. 공황 상태로부터 벗어나는 방법은 존재의 없음이 아니라 있음을 증명해 보이는 것이다. 그 증명의 시작이 바로 몸이며, 몸에 대해 말을 함으로써 그 존재의 있음이 드러나게 되는 것이다. 여성시가 보여주는 몸으로 말하기는 이런 점에서 잃어버린 주체를 회복하려는 눈물겨운 싸움에 다름 아니다. 몸으로 말을 함으로써 그 동안 남성의 신화에 의해 부정되고 왜곡된 자신의 존재를 바로잡고, 자신조차도 감지하지 못한 깊숙이 은폐된 에고를 발견할 수 있는 것이다. 그러나 몸으로 말을 함으로써 존재를 증명해 보이는 일은 생각처럼 쉬운 일은 아니다. 몸으로 말을 한다고 하지만 말은 몸의 존재를 온전히 드러낼 수 없다. 몸과 말은 하나가 아니다. 좀더 정확히 말하면 몸과 말은 하나도 아니고 둘도 아니다. 이 관계는 참으로 애매모호하다고 하지 않을 수 없다. 하나가 아니기 때문에 말은 몸을 배반하지만 또 둘도 아니기 때문에 말은 몸을 수렴하고 표현한다.

말이 몸을 온전히 드러내지 못하기 때문에 여성의 존재성은 언제나 몸과 말 사이에 있을 수밖에 없다. 몸으로 말하기의 놓인 지점이 여기라면 그것은 무언가 명쾌하고 단정적인 양상을 의미한다기보다는 몸과 말 사이에서 형성되는 다양하고 애매모호한 긴장을 아우르는 보다 포괄적인 양상을 의미한다고 할 수 있다. 말이 온전히 몸의 존재를 드러내지 못하기 때문에 몸으로 말하기는 숙명적으로 불가능함을 전제할 수밖에 없지만 오히려 그 불가능함 때문에 온전한 존재에 대한 욕망은 끊임없이 지속될 수 있는 것이다. 몸의 존재를 드러내기 위해 말은 그것에 적절한 형식을 취해야 한다. 몸과 닮은 말, 몸과 상동성을 띤 말의 형식을 찾아야 하는 숙명이 바로 몸으로 말하기이다. 이러한 맥락에서 보면 몸의 존재 형식과 양태를 발견하고 이것을 말의 형식이나 양태 속에서 발견하는, 다시 말하면 여성의 몸이 가지는 전신적인 감각, 충동적인 욕구, 모순되고 통일성이 없는 흐름 등을 말의 형식이나 양태 속에서 발견하여 둘 사이의 상동성을 탐색하는 행위는 지금 여기에서 쉽게 발견할 수 있는 몸으로 말하기의 현실태이다.

여성의 몸과 말이 가지는 고유한 속성을 발견하고 그것을 강조하다 보면 남성의 몸이나 말과의 차이가 자연스럽게 부각된다. 남성의 몸과 여성의 몸은 외양이나 생리작용, 그것이 놓인 상황이나 환경에 있어 분명히 차이가 있다. 차이에 대한 강조는 그 동안 없음으로 존재해 온 여성의 정체성과 존재성을 규정하는 데 있어 가장 확실한 방법이지만 그것에 대한 지나친 강조는 남성 중심의 현실을 간과하는 우를 범할 수 있다. 여성의 몸의 주인은 여성이지만 그 몸은 결코 배타적인 주체가 될 수 없다. 여성의 몸은 이미 타자인 남성의 몸 안에 있으며, 그 안에서 구성되는 실체이다. 이 사실은 여성의 몸이 주체인 동시에 타자라는 것을 의미한다. 주체 속에 타자가 동거하는 경우 여기에는 배제의 논리보다는 포괄의 논리가 작동한다고 할 수 있다. 하나의 몸 속에 이미 타자의 몸이 들어와 있기 때문에 몸을 토대로 하는 존재론은 몸과 몸의 상호접촉을 통한 융화적인 공동체를 지향할 수밖에 없다.

여성의 몸으로 말하기가 이처럼 주체와 타자의 융화를 지향함에도 불구하고 그것이 차이에 의한 정치성의 기치를 목적으로 하고 있다는 것은 여성의 몸이 하나의 주체로 거듭나지 않고 있다는 것을 의미한다. 주체조차 확립되지 않은 상태에서 타자와의 융화를 이야기하는 것은 또 다른 도그마를 조장할 위험이 있지만 주체에 대한 지나친 강조가 강박증과 고착으로 이어져 주체 자체가 왜곡되고 일그러진다면 그것 또한 바람직한 일이라고 할 수 없다. 왜곡되고 일그러진 주체는 자신의 존재성은 물론 타자와의 융화 또한 제대로 수행할 수 없다. 여성의 몸으로 말하기는 몸과 말 사이, 주체와 타자 사이에 존재하면서 이 둘 사이의 긴장을 어떻게 적절하게 유지하고 확장하느냐에 따라 그 가능성과 불가능성이 결정되는 결코 단순하지 않은 존재의 한 방식이다.

2

여성시와 관련된 특집 중에서 관심을 끈 것은 『시와 사람』(2001년 가을호)의 '몸, 생명 그리고 모성의 시학'과 『현대시학』(2001년 9월호)의 '여성시 30인선'이다. 여성시와 관련하여 유수의 시 전문지가 동시에 특집으로 다루고 있는 예는 흔하게 발견할 수 있는 경우가 아니다. 이것은 여성시가 더 이상 우리시의 주변에 있지 않고 중심의 자리에 있다는 것을 말해 준다. 주변에서 쓰고 주변에서 읽던 과거의 소수 문학의 지위를 넘어, 혹은 주변에서 쓰고 중심에서 읽던 독법의 시대를 넘어 이제 여성시는 중심에서 쓰고 중심에서 읽는 당당한 존재론적인 지위를 차지하게 되었다고 할 수 있다.

이 두 잡지의 특집에서 엿볼 수 있는 것은 여성 시인들이 자신의 존재성을 몸을 통해 드러내고 있다는 점이다. 『시와 사람』의 경우 특집

의도가 생명과 모성으로서의 몸으로 고정되었기 때문에 여성의 몸에 대해 이야기하는 것이 당연하겠지만 『현대시학』의 경우는 특집이 단순히 여성시임에도 불구하고 여기에서의 중심 화두는 몸이 되고 있다. 이것은 여성의 존재에 대한 탐구가 여성의 몸에 대한 탐구로 인식되고 있다는 것을 의미한다. 이러한 인식은 여성주의 담론의 토대가 몸에 있음을 상기할 때 실로 중요한 존재론적인 자각(발견)이라고 할 수 있다. 여성의 진정한 존재성이 몸에 있음을 자각하면서 우리의 여성시는 일정한 동기 부여와 탐색의 방향성 등 에네르기를 충전하는 계기를 마련한 것이 사실이다. 강한 에네르기를 동반한 존재론적인 자각으로 인해 여성시는 예전에 볼 수 없었던 풍요로운 언어를 쏟아내고 있다.

그러나 이들이 쏟아내는 언어가 모두 시가 되는 것은 아니다. 여성의 존재론적인 자각이라는 이름으로 쏟아져 나오는 것 중에는 사이비적인 것이 있기 마련이다. 사이비적인 것으로 인해 몸을 통한 존재론적인 자각은 매너리즘에 빠져 있다는 비판을 받기에 이른다. 몸을 통한 자각이 이제 그 나름의 토대를 형성해 가는 과정에서 불거져 나오는 이러한 비판은 여성시의 존재를 제대로 이해하고 판단하는 길을 막아 버린다. 이것은 불행한 일이다. 이 불행을 막기 위해서는 무엇보다도 먼저 여성 시인 스스로 진정한 의미에서의 존재론적인 자각이 무엇인지 인식해야 한다. 다행히도 사이비적인 것을 경계하고, 진정한 의미에서의 존재론적인 자각이 무엇인지에 대해 이야기한 여성 시인들이 있다. 이들 여성 시인들이 말하는 진정한 의미의 여성시란 시인 자신이 페미니스트일 것과 미학적인 자의식을 지니고 언어적으로 여성의 자아정체성을 재구축하고 있는 시(김정란), 여성 시인들이 자신들의 언술을 상대방에게 전달하고 싶은 간절한 욕망에서 비롯되는 대화체적인 문체전략과 고백과 환유적인 언술 구조를 가진 시(김혜순), 여성들 특유의 경험이 2류적인 것에서 벗어나 더욱 중요해지고 의미심장한 것으로 되어 가는 과정에서 잠정적으로 요구되는 시(노혜경)를 말한다.

이들이 규정하고 있는 진정한 의미의 여성시는 이미 여성의 몸으로 말하기의 과정에서 이야기된 것과 다르지 않다. 페미니즘적인 의식과 미학적이고 언어적인 자의식, 대화체적인 문체전략과 고백, 환유적인 언술 구조 그리고 여성들 특유의 경험은 여성의 존재를 수렴하고 있는 몸과 그것이 구체적으로 드러나는 말 사이에서 성립되는 미적 긴장의 의미를 가진다. 이들의 규정은 몸이 놓인 상황 속에서의 체험의 진정성과 말을 통한 그것의 미적인 드러냄을 이야기하고 있다는 점에서 상당한 의미를 가지지만 여성시의 규정에서 정작 중요한 주체와 타자 사이의 관계를 간과하고 있다는 점에서는 불완전함을 면치 못한다고 할 수 있다. 이들이 규정한 여성시의 정의와 여기에 주체와 타자로서의 몸과 말의 개념을 더해 진정한 의미의 여성시를 다시 규정하고 이것에 입각해 『시와 사람』과 『현대시학』의 특집을 읽으면 지금 여기에서 행해지고 있는 여성시의 수준을 가늠해 볼 수 있을 것이다.

두 잡지에 실린 여성 시인들의 시가 그 나름의 여성성 및 여성의 정체성 내지 존재성을 환기하지만 우리 모두가 아무런 의심 없이 보편적인 만족의 대상으로 삼을 만한 여성시는 보이지 않는다. 보편적인 만족의 대상은 아니지만 여성시와 관련하여 문제의식을 담고 있는 것으로는 박서원, 나희덕, 김정란, 노혜경, 김언희, 이원 등의 작품들을 들 수 있다. 박서원의 「머무르고 싶은 나날」과 「조물주의 슬픔 4」(『현대시학』)는 다른 어떤 여성 시인들의 시에서보다 몸화된(육화된) 상처의 이미지를 내장하고 있다. 시인의 몸에 문신처럼 새겨진 상처는 밖으로 흐르고 있는 것이 아니라 자신의 안으로 흐른다. 이 상처의 흐름을 표상하고 있는 것이 바로 나무이다. 이 나무는 나(시인)의 살과 피를 먹고 자란다. 나는 이 나무를 위해 기꺼이 살과 피를 바친다. 나의 제의는 견고하다. "어마, 발바닥 가득 가시별이네/흰 별들은 빨갛게 익어가는 수은등/더 가야 되겠네, 흐르는 피가 멈추도록"에 드러나듯이 그것은 상처의 한복판을 가로지르는 피흘림을 통해 성립된 것이다. 제단에 내 피를 모두 바쳤기 때문에 나는 "제 품에서 많은 그림자 없는 아이들을 게워낼"(낳을) 수밖에 없는 것이다. 자신의 존재를 피흘림과 나무의 이미지로 형상화하고 있는 시인의 행위는 상처를 덧나고 덧나게 해서 그 피흘림을 풀어내고 있다는 점에서 백색의 두려움과 공포 그리고 죽음을 환기하고 있다고 할 수 있다.

같은 상처를 노래하지만 나희덕의 경우는 또 다른 변주를 보여준다. 「나무의 옆구리」(『현대시학』)에서 나희덕은 나무의 상처를 노래한다. "어떤 창에 찔린 것일까/붉게 드러난 옆구리에는/송진이 흰 피처럼 흘러내리"고 있다. 나무가 시인의 존재의 치환물이라면 피흘리는 나무는 곧 피흘리는 시인에 다름 아니다. 그러나 나희덕의 상처는 두려움과 공포가 응결된 어두운 이미지로 드러나는 것이 아니라 "불멸과 소멸이 자웅동체"를 이루는, 다시 말하면 죽음과 생명이 한몸을 이루는 보다 견고한 존재론적인 토대를 이루고 있기 때문에 두려움과 공포의 이미지가 아닌 투명한 이미지로 드러난다. 상처를 환하고 투명한 이미지로 드러낸다는 것은 피흘리는 몸을 피흘림으로 넘어서는 오랜 인고의 시간 속에서의 견딤과 원숙한 성찰이 없고서는 불가능한 일이다. 그것은 "돌덩이보다 무거운 생애를 떠매고/찬 하늘로 날아간 기러기들"처럼 "저마다의 몸 속에 탑을 모셨"(『시와 사람』)기 때문에 가능한 것이다. 몸 속의 탑은 몸을 갈고 닦는, 절차탁마의 과정을 상징적으로 드러내는 말이다. 몸을 절차탁마하지 않으면 그 몸은 무지몽매의 상태에 빠져 새로운 몸으로 거듭날 수 없다.

나희덕의 몸은 나무와 탑이 상징적으로 드러내고 있듯이 수직적인 상승으로서의 고양된 몸이다. 자신의 몸을 갈고 닦아 고양된 몸으로 거듭나려는 시인의 존재에 대한 몸짓은 너무나 투명하고 도저한 경지를 쫓기 때문에 오히려 불안하다. 투명함과 도저함은 자칫 자신의 깊은 내면 속에 도사리고 있는 상처에 대한 현실 감각을 은폐시킬 위험성이 있다. 이러한 불안의 징조는 「上弦」(『시와 사람』)에서 드러난다.

차오르는 몸이 무거웠던지
새벽녘 능선 위에 걸터앉아 쉬고 있다

神도 이렇게 들키는 때가 있으니!

때로 그녀도 발에 흙을 묻힌다는 것을
외딴 산모퉁이를 돌며 나는 훔쳐보았던 것인데
어느새 눈치를 챘는지
조금 붉어진 얼굴로 구름 사이 사라졌다가
다시 저만치 가고 있다

그녀가 앉았던 궁둥이 흔적이
저 능선 위에는 아직 남아 있을 것이어서
능선 근처 나무들은 환한 상처를 지녔을 것이다
뜨거운 숯불에 입술을 씻었던 이사야처럼

—「上弦」 전문

이 시는 '점점 차오르는 달'(상현)을 여성의 몸(그녀)으로 치환한 아름다운 시이다. 특히 '그녀가 앉았던 궁둥이 흔적 때문에 능선 근처 나무들이 환한 상처를 지녔다'는 표현은 여성성의 신비스러움을 드러내고 있다는 점에서 그것은 신화적인 세계를 환기한다. 신화의 세계로 가면 여성의 몸은 생성과 생명의 메타포를 함축하고 있는 풍요의 신이 된다. 신화의 옷을 입고 나타나는 여성성은 여성의 내면에 숨어 있는 모성 혹은 자연의 힘을 자각하는 보다 근원적이고 본질적인 문제를 함축한다. 이것은 여성 자신의 안에 숨어 있던 자연의 힘을 발견하고 그것을 통해 자아정체성을 확립하려는 여성 시인의 존재론적인 자각으로 볼 수 있다. 그러나 여성의 몸이 남성 중심의 가부장제적인 세계의 자장 안에 있기 전인 신화의 세계에서의 자기 발견이란 여성이 놓여 있는 지금 여기로부터 너무 멀리 있는 세계에서 행해지는 존재론적인 자각 아닌가?

여성이 가지는 이러한 태양신 이전의 달로 표상되는 모성 혹은 자연의 힘과 이것을 토대로 한 여성성의 세계(레이스마을)를 노래하는 시로 김정란과 노혜경의 경우를 들 수 있다. 김정란의 「숲―도시」(『시와 사람』)는 상징적이다. 그녀의 시는 이 상징성으로 인해 때때로 작위적인 냄새가 나는 경우가 있다. 숲―도시 역시 이것으로부터 자유로운 것은 아니지만 이 작위성이 해석을 가로막지는 않고 있다. 이 시의 골자는 "여자들이 숲에 있고 그리고 도시에 있다"는 것이다. 이것은 여자들이 숲과 도시 사이에 있다는 것을 의미한다. 여기에서 숲은 여성성이 강한 세계이고 도시는 남성성이 강한 세계이다. 남성성이 강한 도시에서 '여자들은 몸이 찢어지고, 왕자들(남자들)이 쏟아놓는 문명의 토사물'을 고스란히 뒤집어써야 하는 존재들이다. 그러나 여자들은 "수천 겹의 참을성 많은 혀들"을 가지고 있을 뿐만 아니라 "아픔까지 맛있게 요리해 내는 혀들"을 가진 존재들이기 때문에 도시(남성, 문명)의 폭력과 억압에 굴하지 않고 오히려 그것을 감싸안는다. 여자들의 이 감싸안음으로 인해 "숲과 도시는 왔다갔다 섞인다". 이 시에서 말해지고 있는 여성성은 사회와 현실에 대한 단순한 분노나 소극적인 저항이 아닌 그것을 넘어서는 모성과 자연적인 힘에 의한 감싸기이다.

김정란에 비해 노혜경의 「엄마와의 전쟁—2」 「엄마와의 전쟁—3」 (『시와 사람』)은 좀더 구체적이다. 이 구체성은 두 편의 시가 보여주는 서사적인 레토릭에서 비롯된다고 할 수 있다. 서사시적인 레토릭은 이미 '레이스마을 이야기' 시편들을 통해 그 진면목이 드러난 바 있다. 김정란에 의해 한국 현대시의 커다란 희망이라는 상찬을 받은 노혜경의 '레이스마을 이야기' 시편들은 여성시와 관련하여 제법 괄목할 만한 성과를 보여주고 있다고 할 수 있다. '레이스마을 이야기' 시편들이 궁극적으로 지향하고 있는 것은 남성과 여성의 대립을 넘어 그것을 해체하고 감싸는 여성성으로 충만한 세계이다. 이 세계를 구체화하고 실현하기 위해 노혜경이 택한 방법은 남성의 역사와는 다른 여성의 역사를 계보학적으로 구축하는 일이다. 남성의 역사에 의해 배제된 여성의 역사를 복원하는 일은 신화적인 상상력, 그녀 식으로 이야기하면 할머니, 어머니, 이모, 언니, 딸에게로 이어지는 '레이스마을'이라는 여성성의 신화적인 공간을 창조함으로써 실현된다. 여성성의 역사를 신화적으로 풀어내려는 시인의 희구는 여성의 존재에 대한 자각을 강하게 함축하고 있다는 점에서 여성시의 정체성 확립에 커다란 에네르기로 작용할 수 있지만 그것이 지나치면 엄연하게 존재하는 남성 중심의 세계 구조 속에서 고통받는 여성의 현실을 괄호 친 상태에서 들려주는 비현실적이고 나이브한 이야기로 떨어질 위험성이 있다. 「엄마와의 전쟁—2」와 「엄마와의 전쟁—3」 역시 '레이스마을 이야기'의 연장선상에 있다.

「엄마와의 전쟁—2」는 '민들레 화분'이라는 부제를 달고 있다. 이 시에서의 민들레는 여성성을 드러내기 위해 선택한 시적 질료이다. 좀더 정확히 말하면 민들레는 엄마이다. 그것은 '너무 오래 기다린 끝에 엄마의 엉덩이에서 실뿌리들이 자라고, 마침내 그것이 화분에 달랑 들어앉아' 생성된 질료이다. 엄마로 표상되는 이 민들레는 '온갖 장사꾼들과 발들이 지나는 장터 큰길가에 많은 손주를 거느린 호호할머니의 속치마처럼 활짝 날개를 편', 남성(손주)조차 보듬어 안는 그런 무한한 포용으로서의 모성과 강인한 생명성을 지닌 질료이기도 하다. 레이스마을 이야기로부터 반복되어 말해지고 있는 시인의 여성성에 대한 무한한 애정과 위대함은 현실 감각의 부재가 가져올지도 모를 위험성과는 또 다른 우려를 불러일으킨다. 시인이 여성의 무한한 모성과 위대한 생명성을 치켜올리면 올릴수록 그림자처럼 따라 붙는 것은 여성의 위대함이 아니라 자기 도취와 자기 연민 같은 것이다. 따라서 시인의 말은 마치 고슴도치가 날을 세우듯 자신을 방어하는 의미 차원을 넘어서지 못하는 경우가 많다.

여기는 엄마들의 콜로세움이란다. 낡은 곳간, 새로운 밥을 지을 수 없는 텅빈 시체들의 장소, 왜 여기까지 왔니, 딸아, 하고 엄마들이 말한다. 나는 벌써 너를 죽여 우물에다 묻었는데, 어떻게 이곳까지 왔니, 하고 엄마가 말한다. 엄마, 엄마에게 배울 것이 있어 왔어요. 나는 아기들로 가득찬 주머니를, 나의 부풀어오른 배꼽 아래 방을 보여준다. 여기, 이 알 수 없는 것의 운명을 엄마에게 물으러 왔어요. 엄마의 일이 왜 내게도 왔는지 물으려고요. 열쇠는 우물속에 있고 손도끼는 엄마가 가졌는데, 내 이 두 손이 뼈가 드러나도록 문을 두드려 열고 들어왔지요, 엄마에게 물으려고요. 동굴 속처럼 마른 엄마의 목소리가 말한다.

파묻어라, 너와 닮은 아이를, 이제 막 낳아 탯줄 끊어진 아이를, 쥐들만이 둥지를 트는 어두운 곳간의 구석 몇백 년 묵은 쌀기울 먼지가 침낭처럼 무덤처럼 수도원처럼 배를 열어 조용히 아이를 안아줄 터이니

―「엄마와의 전쟁―3」 부분

이 시는 엄마로부터 딸에게 이어지는 여성의 운명을 말하고 있다. '배꼽 아래 방'과 '탯줄'이 표상하는 것은 여성들만이 가지고 있는 몸의 속성이다. '배꼽 아래 방'은 '아기들로 가득 찰' 수밖에 없고 여기에 대해 시적 주체는 심한 자의식을 느낀다. 이러한 자의식은 여성이라면 누구나 가지는 것이지만 시적 주체가 느끼는 정도는 우리의 예상을 넘어선다. 엄마와 딸의 대화는 어떤 비장감마저 느껴진다. 감히 남성으로서는 상상도 하지 못할 그 엄청난 운명과 사건이 이들의 대화 속에는 있다. 남성은 여기에 끼어들 수 없다. 엄마와 딸의 대화 속에 숨겨진 존재에 대한 비명을 체험할 수 없다는 소외감을 들게 할 정도로 이 시는 남성에게 틈을 보이지 않는다. 이것은 여성이라는 독립된 주체에 대한 과도한 자의식이 불러일으킨 단절이다. 여성적인 주체에 대한 강조는 타자를 배제할 위험성이 언제나 도사리고 있다. 시인은 여성의 몸의 역사를 이야기하고 있지만 그 몸은 이미 타자(남성)와 공유된 영역을 가지고 있다는 것을 간과하고 있다.

노혜경과는 달리 김언희는 여성성의 위대함을 말하지 않는다. 오히려 여성의 몸을 난도질하여 우리 앞에 던져 놓는다. 그녀의 이러한 태도는 김정란이나 노혜경 같은 여성성의 위대함을 강조하는 시인들의 비판의 대상이 되고 있다. 그녀가 난도질해서 던져 놓은 여성의 몸이 남성의 관음증을 부추겨 금기를 위반하고 싶어하는 남성적 욕망의 대리충족물로 전락할 위험이 도사리고 있다는 비판은 여성성의 위대한 환상을 여지없이 깨뜨려 버린 데에 대한 불안을 표출한 것으로 볼 수 있다. 김언희의 시는 이들의 우려와는 달리 남성의 이데올로기에 동조하고 그것을 강화시켜 준다기보다는 오히려 여성에 대해 가지는 남성의 환상을 깨트리고 있다고 할 수 있다. 그녀는 「칠판」(『현대시학』)에서 알 수 있듯이 여성의 몸을 구멍난 존재로 이해하고 있다. 그녀가 말하는 구멍이란 상징계에 난 얼룩이다. 허연 가루로 으깨어져 내리는 검은 구멍의 칠판은 상징계를 끊임없이 위협하는 상상계, 혹은 기호계의 반란을 상징한다. 이 구멍으로 인해 그녀의 시는 상징계에 반하는 유동적이고 모순되며, 통일성이 없는 힘의 흐름으로 충만하며, 이렇게 해서 표출되는 언어는 충동적 욕구로 분절되고 그로테스크함과 엽기적인 양태의 형상을 드러낸다. 그녀의 시의 이러한 양태는 여성의 몸과 말(텍스트) 사이의 긴장을 유발하고 있다는 점에서 긍정할 부분이 많지만 그것이 일정한 변주로 이어지지 않고 있다는 점에서 또한 부정적인 측면을 가진다고 할 수 있다.

지금까지 언급한 여성 시인들과는 변별되는 세계를 노래하는 시인으로 이원이 있다. 그녀의 낯설음은 시적 주체가 사이버적이라는 데에 있다. 그녀 시의 여성 주체는 비트로 내장된 몸으로 표상된다. 우리가 흔히 몸을 바꾼다는 말을 하지만 그녀 시의 여성 주체야말로 기존의 몸과는 전혀 다른 몸으로 거듭난 주체이다. '사이버 주체'란 달리 보면 그것은 '복제된 주체'라고 할 수 있다. 몸의 복제란 처음 인간의 몸과 신의 결합에서 출발해서 인간의 몸과 동물, 인간의 몸과 기계를 거쳐 최종적으로 인간의 몸과 디지털의 결합으로 이어진다. 이원의 몸적인 주체는 네 번째 단계인 몸과 디지털의 결합으로 만들어진 복제된 주체이다.

1990年産 TV와
1968年産 나는 어둠 속에 있다

(낙타와 시간은 사막에 그냥 두고 왔다)

달빛이 흐릿하게 묻은
1990年産 TV와

1968年産 내 몸은 검고 불룩하다

(별자리와 피와 발자국은 반짝이며 물 있는 곳으로 몰려갔다)

1968年産 나는 쭈그리고 앉아
1990年産 TV를 영혼처럼 들여다본다

(그림자와 길은 비상을 시작하는 별들이 업고 갔다)

—「검고 불룩한 TV와 나」 부분

TV와 내 몸의 차이가 드러나지 않는, TV화된 몸을 노래하고 있다. 내 몸은 TV화되어 검고 불룩하다. 따라서 나는 "TV를 영혼처럼 들여다볼" 수밖에 없다. 몸이 TV화되는 세계란 생식기를 통해 생명을 유지하는 차원에서 벗어나 실리콘 바이러스와 같은 생명체로 연명하게 되는 그런 세계를 말한다. 이런 점에서 보면 이원이 보여주고 있는 디지털적인 몸, 혹은 복제화된 몸은 묵시록적인 의미를 띤다고 할 수 있다. 이 세계를 시인은 '사막'으로 표현하고 있다. 모래 알갱이 같은 비트의 조합으로 이루어진 세계는 우리가 필연적으로 맞이할 수밖에 없는 그런 암울하고 황폐한 세계이다. 이원의 이런 시도는 김정란이나 노혜경 같은 시인들이 회복하려고 하는 모성과 생명으로 충만한 세계와는 배치되지만 이들 여성 시인들의 희구와는 무관하게 빠른 속도로 우리를 향해 돌진해 들어오는 현실이기도 하다. 이 점에서 그녀의 시도는 앞으로 여성의 몸을 통해 여성의 존재성 및 정체성을 확립하려는 우리 여성 시인들에게 시사하는 바가 크리라고 본다.

3

여성의 몸은 정물이 아니다. 그것은 상황에 따라 끊임없이 살아 움직이는 유체이다. '여성의 몸의 본질이 이것이다', '여성의 몸의 본질은 이러해야 한다'는 식의 계몽주의적인 시각으로는 제대로 여성의 정체성을 확립할 수 없다는 것이다. 최근 몇몇 여성 시인들의 시에 몸에 대해 이러한 본질적인 의미를 부여하려는 시도가 엿보인다. 이것은 또 다른 정전을 만드려는 시도와 다르지 않다. 남성이 만들어 놓은 정전을 해체하고 이 기반 위에서 여성 자신의 정체성을 확립하려는 여성주의의 이념이 또 다른 정전을 세우려는 욕망으로 비친다는 것은 하나의 아이러니라고 하지 않을 수 없다. 여성 시인들이 말하는 무한한 모성과 위대한 생명성은 여성 주체의 단독성을 내세울 때 성립되는 것이 아니라 타자와의 융화가 바탕이 될 때 이루어지는 것이다. 여성의 몸을 통해 여성의 존재성 찾기가 이루어졌음에도 불구하고 몸의 중요한 속성 중의 하나인 사이성, 혹은 타자성에 대한 깊이 있는 이해가 없다는 것은 실로 커다란 문제라고 하지 않을 수 없다. 이제는 소모적이고 표피적인 힘의 분화를 지양하고 좀더 두텁고 견고한 여성성을 창조할 때다. 여성 시인들의 깊이 있는 통찰을 기대해 본다.

팔색조八色鳥와 현부玄府의 시학
— 정진규의 시 세계

1

정진규는 계몽주의자이다. 이러한 규정은 시인으로부터 비롯된 것이다. 그는 「몸詩·73」에서 "쉰 살이 넘으니 다시 계몽주의자가 되어 간다"고 고백하고 있다. 시인의 이 고백은 그의 시의 문맥에서 중요한 의미를 지닌다. 그것은 시인이 말하고 있는 계몽이 여타의 것과는 다른 의미를 가지기 때문이다. 그가 말하고 있는 계몽은 '너'나 '그'가 아니라 바로 '나'를 향하고 있다는 점에서 여타의 것들과 다를 뿐만 아니라 특히 몸 자체를 문제삼는다는 점에서 결정적인 차이를 드러낸다. '나'의 몸의 계몽을 문제삼은 경우는 도덕이나 윤리, 종교의 차원에서는 흔히 있어 왔지만 미학이나 예술의 차원에서는 거의 없었다고 할 수 있다. 이것은 결과뿐만 아니라 과정 자체를 중시해 온 도덕, 윤리, 종교와는 달리 표현된 결과에 대한 해석 및 가치를 중시해 온 미학이나 예술 사이의 차이에서 기인한다.

미학이나 예술, 특히 문학에서의 가치는 언어를 통해 표현된 것을 대상으로 해석 및 가치 평가가 이루어져 온 것이 사실이다. 언어로 표현되기 이전의 과정이란 우리가 제대로 확인할 수 없을 뿐더러 설령 확인한다 할지라도 그것은 일정한 형체를 갖추고 있지 않기 때문에 여기에 어떤 해석 및 가치를 부여하는 것이 불가능하거나 무용할 수도 있다. 이러한 이유로 언어 이전의 과정은 늘 배제되어 왔던 것이다. 그러나 이것은 어디까지나 인간의 편의주의적인 발상에서 비롯된 것일 뿐 언어가 되기 전까지의 과정은 늘 있어 왔다. 이러한 언어 이전의 과정에 대한 배제는 결과적으로 몸의 배제라는 형태로 드러나게 된다. 문학사에서의 몸의 배제는 언어로 대표되는 상징 체계에 대한 신뢰, 문학과 정신(영혼)을 등가로 놓는 편향된 미의식, 드러나지 않은 것보다는 드러난 것을 더욱 중시하는 시각 중심주의적인 사고 등이 빚어낸 결과라고 할 수 있다.

　몸을 배제한 상태에서의 문학이나 미학, 예술에 대한 논의는 모든 사람들에게 당연한 것으로 받아들여져 왔다. 이러한 생각은 문자에서 비트로 물적인 토대가 바뀌면서 점점 강화되어 가고 있는 추세이다. 하지만 비트가 만들어내는 가상세계도 '몸의 확장'인 동시에 '손끝에서 열리는 세상'[이것은 빌 게이츠가 한 말이다. 아무리 가상세계라 할지라도 그것은 손끝, 다시 말하면 현실적인 자아, 몸적인 존재가 없다면 그 세계는 열릴 수 없다는 것이다. 비트가 없어도 몸(현실)은 존재할 수 있지만 몸 없이 비트는 존재할 수 없다]이라는 사실을 고려한다면 이 역시 몸으로부터 자유로운 세계는 아닌 것이다. 몸은 어떤 세계를 만들어내고 존재하게 하는 가장 중요한 물적인 토대인 것이다. 따라서 몸에 대한 배제를 통한 문학이나 미학, 예술 등과 같은 존재에 대한 논의는 공허하다고 할 수 있다. 이 공허함에 대해 깊은 우려를 표명한 이는 니체이다. 니체는 보편성이라는 미명하에 오랫동안 하나의 진리로 받아들여져 온 이 몸의 배제의 논리에 대해 일정한 문제제기와 회의를 표명하고 있다. 그가 강조하고 있는 것은 언어 이전의 몸, 다시 말하면 언어 직전(直前)의 세계이다. '나는 몸 이외에 아무것도 아니다', '건강한 몸의 소리를 들어라' 등 짜라투스트라의 육성을 통해 유추해 볼 수 있는 그의 미학관 내지 예술관은 부분이 아닌 총체적인 감각을 지향하고 있을 뿐만 아니라 관념의 나약함을 내장하고 있는 플라토니즘의 극복을 지향하고 있다는 사실이다.

이러한 니체적인 미학관 내지 예술관을 반영하고 있는 시 중의 하나가 「몸詩·50―행복論」이다. 이미 김상환 교수가 적절하게 해석해 놓고 있듯이 이 시는 '볼펜'보다는 '몸'을 통해 새로운 시의 가능성을 발견하고 있는 시인의 몸시론이다. 볼펜보다는 몸과의 줄다리기를 통해 즐거움, 아니 즐김을 체험하고 있는 그의 사유는 언어와 몸의 경계 해체된 몸의 언어의 세계를 열어 보이고 있다. '몸 자체가 곧 언어가 된다'는 발상은 그가 하나의 이상적인 완성태로 간주하고 있는 세계가 몸 그 이상도 그 이하도 아니라는 것을 의미한다. 이 몸을 가지기 위해 그는 먼저 자신의 몸부터 깨우고 일으켜 세우는 계몽을 단행한 것이다. 나의 몸은 몸을 하는 몸 중의 몸이기 때문에 그것을 깨우고 일으켜 세우는 일은 하나의 몸으로 표상되는 온전한 세계를 갖기 위한 가장 중요한 행위라고 할 수 있다.

2

시인이 갖고 싶어 하는 그 몸, 그의 시가 도달하고자 하는 궁극인 그 몸이란 어떤 세계인가? 이 물음에 대한 답을 위해 우리는 어쩔 수 없이 『몸詩』와 『알詩』에 드러나 있는 몸의 의미들을 들추어내야 한다.

이 두 시집을 읽어 내려가다 보면 그가 도달하고자 하는 궁극인 몸이 추상화되고 개념화된 차원의 몸이 아니라 자연 그대로 살아 숨쉬는 '유기체적인 몸'이라는 사실이 드러난다. 깊이 있는 인식론적인 사유의 과정을 통해 그가 발견해낸 몸의 궁극이 지극히 자연스러운 몸으로 표상된다는 이 사실은 하나의 아이러니이다. 따라서 시인이 갖고 싶어 하는 몸은 자연스러움 그 자체로서의 몸이다. 그가 자신의 몸에 '물푸레 회초리'를 쳐서 다시 회복시키려고 하는 몸이 바로 그것이다. 자연스럽지 못한 것들을 털어내고, 그 속에 묻혀 있는 자연스러운 감각을 일깨우는 것이 시인이 쉰 살에 감당해야만 했던 일이었던 것이다.

몸이란 원래부터가 자연스러운 것이다. 몸의 자연스러움을 이야기할 수 있는 좋은 예를 우리는 '들숨'과 '날숨'에서 발견할 수 있다. 우리는 숨을 들이쉬고 내쉬는 것을 평소에 잘 의식하지 못한다. 이것은 그만큼 숨을 들이쉬고 내쉬는 일이 자연스럽다는 것을 말해 준다. 이 숨은 구멍을 통해서 행해진다. 우리 몸에 난 무수한 구멍을 통해 '들숨'과 '날숨'의 끊임없는 흐름이 이어지고 있는 것이다. 우리가 느낄 수 없을 정도로 자연스러운 흐름이 끊임없이 이어지고 있다는 점에서 몸은 완벽한 생성체인 것이다. 너무나 완벽하기 때문에 어느 한 부분의 아주 미세한 자극만으로도 온몸 전체가 떨림의 상태에 놓이게 된다. 몸이 가지는 이러한 세계를 시인은 「몸詩·72」에서 '八色鳥'를 통해 비유적으로 드러내고 있다.

그냥 보아서는 어렵다 八色조차 우리 눈은 한눈으로 가려내지 못한다 八色鳥의 八色은 따로따로 놀지 않는다 이음새가 절묘하다 서로 끌고 당겨서 一色을 빚어 낸다 鳥類保護協會 회원 이향란이가 가져다 준, 가만히 바위 위에서 졸고 있는, 경남 거제도 동부면 학동리에서 윤무부 새박사가 찍었다는 八色鳥의 사진을 며칠 들여다보다가 또 한 手 배웠다 오, 一色이여 美

人이여

—「몸詩·72 : 八色鳥」전문

시인이 "八色鳥"를 통해 발견한 것은 팔색(八色)이 "따로따로 놀지 않"고 "이음새가 절묘해" 서로 끌고 당겨서 일색(一色)을 빚어낸다는 사실이다. 팔색이 일색이 되고 일색이 팔색이 되는 세계란 서로서로 가 지극히 자연스럽게 넘나들지 않으면 불가능하다. 자연스럽지 못하면 이음새에 꿰맨 자국이 남는다. 그것은 '융화(融化)'가 아니라 '접합(接合)'이다. 그의 입장에서 보면 그것은 온전한 형태의 몸이 아닌 것이다.

시인이 온전한 몸의 표상으로 이야기하고 있는 "八色鳥"의 그 절묘함이란 그가 전에 없이 즐겁게 드나들고 있다는 현부(玄府)의 세계와 다르지 않다. 그의 시론격인 몸의 말에서 시인은 현부에 대해 이야기하고 있다. 우리에게 다소 생소한 단어인 현부를 끌어들여 자신의 몸에 대한 사유를 전개하고 있다. 시인이 말하는 현부는 사전적인 정의로는 그 맛을 체험할 수 없는 몸으로 느끼는 세계이다. 현부의 이해를 위해 시인은 자신의 「몸詩·74—玄玄」을 예로 들고 있다. 「玄玄」에서 시인은 "너의 손은 날/렵했다 백발백중이었다 알고 보니 메뚜기가 너의 손을/기다리고 있었다 너는 온몸을 한손에 모았고, 나는 온/몸이 다 보이게 작동했다 그런 온몸에는 잡을 수 있는/손이 없다 온몸만이 있다 그런 까닭이다 그 너는 누구/니! 妙德이다 너는 메뚜기와 함께 살았고 나는 客이었/다 몸이 달랐다 아, 까불지 않으리라"라고 노래하고 있다. 이 시의 문맥 속에서 시인이 말하려는 현부는 온몸이라는 단어 속에 내장되어 있다. 손이 손이 아니라 온몸으로 존재할 때의 그 순간, 손과 몸의 "이음새가 절묘하"게 "一色을 빚어내"는 그 순간이 바로 현부의 세계인 것이다.

손이 온몸이 되는 순간 "메뚜기"와 '나' 사이의 거리는 무화되고, 세계는 이미 내 속에 들어앉게 되는 것이다. 이 경지에 이르기 위해서는 지적인 훈련이 필요한 것이 아니라 생생하게 살아 숨쉬는 세계 속에서의 감성적인 체험이 필요한 것이다. 이것은 현부의 세계에 들 수 있는 길이 '자연' 혹은 '자연스러움'에 있다는 것과 다르지 않다. 『몸詩』와 『알詩』에서 자연 및 자연성과 관련된 언술이 눈에 띠게 많은 것도 그 이유가 여기에 있다고 할 수 있다. 그가 드러내고 있는 '자연' 및 '자연성'의 언술은 정효구의 해석처럼 "문명이전의 오래된 생물학적 본성을 환기하고 있다"(「알을 슬고 싶다, 알을 낳고 싶다, 알을 품고 싶다」, 정진규 시인 시력 40년 시제 발표집, p.53)고 할 수 있다. 하지만 그것만이 전부는 아니다. 지금까지 팔색조와 현부의 상징을 통해 드러난 것처럼 그는 온전함이 그대로 살아 있는 훼손되지 않는 어떤 절대적인 세계를 꿈꾸고 있다는 점을 간과해서는 안 될 것이다.

이런 점에서 시인의 몸을 얻기 위한 갈망은 그의 시쓰기의 갈망에 다름 아닌 것이다. 몸과 언어가 하나가 되는, 몸적인 현실과 언어적인 현실 사이의 경계가 해체된 절묘한 세계에 대한 갈망이 그의 시쓰기의 전부인 것이다. 이와 같은 맥락에서 보면 '몸'에서 다시 '알'로 그의 시적 사유가 이동해 간 것은 지극히 자연스러운 것이라고 할 수 있다. 알도 몸이지만 그 알은 가장 처음의 몸이다. 몸이 자연스럽지 못한 것을 덜어내고 덜어내다 보면 이르게 되는 실체가 알인 것이다. 몸은 이음새들이 보인다. 몸에 난 구멍이 그 증거이다. 몸에 난 구멍은 이음새의 절묘함이 완전할 수 없다는(혹은 온전할 수 없다는) 것을 드러내는 결핍의 흔적이다. 하지만 알은 그 흔적이 없다. 아니 우리가 감지할 수 없을 정도로 완전하다. 시인의 표현을 빌리면 그것은 '無縫'이다.

알은 알몸을 가둔 알몸이다. 순수생명의 실체이며 그 표상이다. 흔히 말하는 무화를 기다리는 그런 미완으로서의 존재가 아니라, 그것 자체가 완성이며 원형이다. 하나의 小宇宙이다. 이 소우주에는 어디 은밀히 봉합된 자리가 있을 터인데 그런 흔적이 전혀 없다. 無縫이다. 절묘한 신의 솜씨! 알, 실로 둥글다. 소리와 뜻이 한몸을 이루고 있는, 몸으로 경계를 지워낸 이 절대 순수생명체에 기대어 나는 지금 이 어두운 통로를 어렵게 헤쳐나가고 있다

— 『일詩』 자서 부분

이 글에 강하게 투명되어 있는 것은 시인이 지향하는 궁극적인 의식이다. 이 글에서의 알은 시인이 꿈꾸는 궁극적인 것으로서의 절대 표상이다. 시인이 지금까지 꿈꾸어 온 '순수생명', '완성', '원형', '無縫', '둥근 세계', '한몸' 등의 의미를 함축하고 있는 존재가 바로 알이다. 이 절대 순수생명체에 기대어 시인은 어두운 존재론적인 세계를 어렵게 헤쳐 나가고 있는 것이다. 이런 점에서 시인이 온갖 가능한 수사를 동원해 알에 대해 말하고 있는 것은 지극히 당연하다고 할 수 있다.

이처럼 시인은 자신이 지향하는 궁극적인 세계의 실체가 알이라고 말하고 있지만 자신이 그러한 세계에 도달해 있다고 말하지는 않고 있다. 오히려 시인은 그 괴리를 누구보다도 절실하게 인식하고 있다. 그가 "玄府 속에서"가 아니라 "玄府를 드나들며"라고 한 것이나, "드나들며라는 말 속에는 常主가 허락되지 않는 비극이 있다"(「몸의 말」, 『도둑이 다녀가셨다』, p.99)고 스스로 고백하고 있는 사실이 그것을 잘 말해 준다. 그는 알이라는 절대 순수생명체에 기대어 어렵게 세계와 맞서고 있을 뿐이다. 그의 말처럼 시인은 현부나 알의 세계에 정주할 수도 또 도달할 수도 없다. 다만 그 세계에 정주하고 도달하기 위한 끊임없는 시도만이 가능할 뿐이다. 이것이 '몸시'를 쓰는 시인의 운명

인 것이다. 어쩌면 시인이 그 세계에 정주하고 도달하면 시인의 시쓰기는 불가능하게 될 것이다.

'몸'에서 '알'로 그의 시적 사유가 옮겨 가면서 적지않은 불안감을 떨칠 수 없었던 것이 사실이다. 알이라는 궁극의 세계에 도달했을 때 (물론 그것은 불가능한 일이지만) 그의 사유는 어떻게 변모할까? 혹은 그보다 더한 궁극의 세계는 어떻게 가능할까? 하는, 완성과 완결 이후에서 오는 새로운 생성의 불가능성에 대한 불안을 가졌던 것이 사실이다. 나의 이런 불안은 자연히 『알詩』이후에 나온 『도둑이 다녀가셨다』를 불안과 의혹의 눈초리로 지켜 보게 만들었다. 대개 어떤 세계에 대한 혼신의 탐색을 보여준 이후에 출간되는 시집의 경우, 그 고도의 긴장을 줄곧 유지해야 한다는 부담감 때문에 오히려 시적 긴장이 와해되고 그로 말미암아 전작의 명성에 못 미치는 작품이 나오게 되는 것이 일반적인 현상이다.

3

『도둑이 다녀가셨다』(이하 『도둑이』로 표기)는 『알詩』이후 3년 만에 나온 시집이다. 3년이라는 시간은 한 권의 시집을 내기에는 길지도, 또 짧지도 않은 시간이다. 또한 이 시간은 상당히 주관적인 것이다. 정진규 시인의 경우 이 3년은 한 권의 시집을 낼 만한 그런 시간이다. 그의 시집 출간의 주기는 3년이다. 『몸詩』(1994)와 『알詩』(1997) 사이가 그렇고 『알詩』와 『도둑이』(2000) 사이가 또한 그렇다.

앞의 두 시집과 비교해서 이 시집은 그다지 크게 달라진 것은 없다. 『몸詩』와 『알詩』의 시적 사유가 크게 변하지 않고 중심적인 흐름을 형성하고 있다. 몸과 알에 대한 지향이 그러하고 그것을 드러내는 깨달음의 방식이 또한 그러하다. 하지만 이번 시집이 앞의 두 시집의 흐름을 고스란히 보여주고 있다고 말할 수는 없다. 크게 전경화되어 드러나지는 않지만 분명히 일정한 변화를 그 안에 가지고 있는 것이 사실이다. 이 변화는 '쉰'과 '예순'의 차이에서 비롯된다고 할 수 있다. 『몸詩』와 『알詩』가 '쉰 살'의 사유를 담고 있다면 『도둑이』는 '예순 살'의 사유를 담고 있다. 쉰 살에 시인은 자신의 몸에 '물푸레 회초리'를 치는 계몽주의자였지만 예순 살의 시인은 회초리를 버리고 '나'의 몸과 함께 노는 유희론자로 변모한다.

새벽 세시에서 네시 사이에 혼자
깨어 있는 나와 놀자
한시에 겨우 잠들었으니까
두어 시간밖에 잠들지 못했다 해도
불안해할 필요는 없다 그 불안과
놀자
아직은 모두 잠들어 있는 시간에
깨어나 안절부절하는 나와
놀자
안절부절이라는 말이 얼마나 재미있는가
몸이 보인다 소리가 몸이다
서둘지 말자 이 시간엔
벌써 일어나 낮은 가지에서 윗가지로
옮겨 앉는 한 마리 굴뚝새의
날개짓 소리도 있다
내 뜨락을
그가 짧게 통과한 공기의 흔들림이 내는

소리
소리 사이로 오기 시작한 새벽비 소리도 있다
들을 수 있다
그 깨끗한 소리들의 사이로 지나가보자
정갈해질 것이다
사이들과 놀자 아무것도 섞지 않은
온전한 알몸의 소리를 듣는
황홀과 놀자
이젠 잘 들을 수 있다.

— 「耳順」 전문

"나와 놀자"라는 인식은 『몸詩』와 『알詩』에서는 발견할 수 없는 대목이다. 『몸詩』와 『알詩』에서 시인은 나의 몸을 계몽의 대상으로 삼았을 뿐만 아니라 그것을 또한 타자화해서 바라보는 여유를 가지지 못했다. 이 사실은 이 두 권의 시집에서 몸이 일면성을 온전히 벗어나지 못하고 있다는 것을 말해 준다. 내 몸도 제대로 보지 못하면서 남의 몸을 본다는 것은 시인의 몸을 통한 세계 이해의 진정성에 일말의 의구심을 불러일으킬 수 있는 계기를 제공할 수 있다는 점에서 문제적이라고 할 수 있다. 시인은 이것을 이순(耳順)이 되어 깨달은 것이다. 그의 식으로 이야기하면 몸이 자연스럽게 열린 것이다.

나의 몸을 보게 되고 그 몸과 같이 놀게 된 시인은 소리의 몸까지 보게 된다. "굴뚝새의/날개짓 소리, 굴뚝새가 통과한 공기의 흔들림이 내는/소리, 새벽비 소리" 등에서 그것들의 "온전한 알몸의 소리를 듣는"다. 이것이 가능한 것은 시인이 이 각각의 "소리들의 사이들과 놀" 수 있을 정도가 되었기 때문이다. 범인의 눈으로는 각각의 "소리들의 사이"는 물론 그것의 온전한 알몸을 볼 수 없다. 각각의 "소리들의 사이"가 서로 섞이지 않고 절묘하게 넘나드는, 다시 말하면 소리들의 온전한 알몸의 넘나듦을 시인은 이제 볼 수 있는 경지까지 이른 것이다. 이 넘나듦의 경지를 시인은 "황홀"로 표현하고 있다. "사이들과 놀자 아무것도 섞지 않은/온전한 알몸의 소리를 듣는/황홀과 놀자"라는 표현은 듣는 주체를 시인이 아닌 "황홀"을 내세움으로써 사이가 가지는 존재론적인 특성을 더욱 절묘하게 드러내고 있다고 할 수 있다.

좀더 몸을 잘 볼 수 있고, 잘 들을 수 있다는 것은 『도둑이』 가지는 미덕이다. 이것은 시집 속에서 세계를 보는 유연함으로 드러난다. 『몸詩』와 『알詩』에 비해 『도둑이』 좀더 세계를 유연하게 드러내고 있다고 할 수 있다. 앞의 두 시집이 몸과 알에 세계를 표나게 귀속시키려고 했다면 『도둑이』는 그것으로부터 어느 정도 벗어나 있다. 몸과 알을 표나게 드러내지 않고 일상이나 사물의 뒤편에 그것의 많은 부분을 숨김으로써 몸과 알의 전경화에서 오는 구속력이 완화된 형태로 나타나고 있는 것이 사실이다. 『도둑이』는 굳이 이것이 '몸시'고 이것이 '알시'라고 명명하지 않아도(『몸詩』, 『알詩』 두 시집은 직접적으로 그것을 명명하고 있다) 그것이 '몸시'고 그것이 '알시'라는 것을 알 수 있을 만큼 유연한 시편들이다.

『도둑이』 중에서 주로 II부에 실려 있는 시편들—「純金」「鱠炙法」, 「水月觀音圖」「駕虛樓에서」「결1」「결2」「日常」「자유에 대하여」—가 여기에 해당된다. 시인은 자신이 미처 깨닫지 못한 것들을 물적인 대상을 통해 발견하는 차원을 넘어 이제 그것들과 함께 진종일 놀기도 하고(「日常」), 타자나 타인의 상처를 둥글게 쓰다듬어 주기도 하며(「자유에 대하여」), 결대로 혹은 물 흐르듯이 사는 것이 아름답다고까지 말하고 있다(「결1」「결2」). 어디 그뿐인가. 시인은 자신의 내자를 관음보살로 치환하는 여유를 보이기도 하고(「水月觀音圖」), 곰삭은 젓갈이 생선회보다 깊은 맛이 있음을 발견하기도 하며(「鱠炙法」), 반짝거리는 밤하늘의 별빛들을 한 바가지 푹 넘치게 퍼서 택배로 부치고 싶어 하는 낭만주의자가 되기도 한다(「駕盧樓에서」).

시인이 보여주고 있는 이 모든 일련의 행위들은 그의 세계에 대한 인식의 유연함과 원숙함을 잘 말해 주고 있는 것이라고 할 수 있다. 하지만 이 각각의 시편들은 전작을 넘어서는 시적 인식의 세계를 드러내 보이고 있음에도 불구하고 깊은 통각의 체험에서 오는 즐거움까지는 이르지 못하고 있다. 이 점에서 「純金」은 주목에 값한다. 이 시의 발상은 시인의 집에 든 도둑으로부터 온다. 도둑은 시인의 "금거북"과 "금열쇠"를 가져간다. 이 뜻하지 않은 봉변에 그와 그의 아내는 허둥대지도 또 분노하지도 않는다. 시인 부부는 이 봉변에 대해 다음과 같이 말한다.

아내는 손님이라고 했고 다녀가셨다고 말했다 놀라운 秘方이다.
나도 얼른 다른 생각이 끼여들지 못하게 잘하셨다고 말했다.

도둑을 "손님", 도둑이 든 것을 "다녀가셨다"로 말하고 있는 부인과 그것을 "잘하셨다"고 말하고 있는 시인의 모습은 우리의 일반적인 기대를 배반한다. 이 시인 부부의 대화는 범인(凡人)이 흉내낼 수 없는 담담함과 의연함이 스며 있다. 이 경지에 이르기까지 시인(시인의 부인)에게는 지난한 자기 수련의 과정이 있었을 것이다. 지난한 혹은 지독한 자기 수련의 과정을 거쳐 세계에 대한 유연함과 평정심을 유지하게 된 것이라고 할 수 있다. 시인은 도둑이 다녀간 후 이 유연함과 평정심이 더욱 견고해진 자기 자신을 발견한다. 이렇게 발견한 자기 자신을 시인은 "순도 백프로의 순금"으로 표상하고 있다.

시인 자신이 이미 "순도 백프로의 순금"처럼 육화되어 있기 때문에 도둑이 가져간 "금거북"과 "금열쇠"는 문제가 되지 않는다. 시인으로부터 도둑은 "금거북"과 "금열쇠"라는 물질은 훔쳐갔어도 그것이 가지는 "상징"은 훔쳐갈 수 없었던 것이다. 상징의 무게를 도둑은 감당할 수 없었던 것이다. 그래서 시인은 시의 끝을 "내게 손님이 다녀가셨다 순금으로 다녀가셨다"로 마무리하고 있는 것이다. 도둑이 든 끔찍한 사건을 "純金"의 차원으로 노래하고 있는 시인의 도저한 인식의 세계는 통각의 체험에서 오는 즐거움을 주기에 부족함이 없다. 어쩌면 시인이 표상하고 있는 "純金"은 『도둑이』의 시적 체험의 토대로 작용하고 있는 "耳順"과 다른 것이 아닐지도 모른다. "耳順"이 몸의 순화된 상태를 의미한다면 그것은 무수한 정제의 과정을 거쳐서 얻게 되는 "純金"의 이미지와 다르지 않기 때문이다.

4

정진규 역시 도둑이다. 「純金」에서 도둑이 시인의 집의 물건을 훔치듯이 그는 언어의 집에서 상징을 훔친다. 그가 훔친 최고의 상징은 몸과 알이다. 그의 도둑질은 너무나 절묘하기 때문에 「八色鳥」나 「玄府」에서처럼 이음새(흔적)를 찾기가 쉽지 않다. 우리는 단지 그가 훔친 몸과 알이 순금이 되는 것을 지켜 볼 뿐이다.

그의 이러한 시쓰기는 몸과 언어를 동시에 밀고 나가는 '온몸의 시학'을 의미한다고 할 수 있다. 일찍이 김수영이 박태진의 시를 평하면서 사용한 이 용어는 그에 와서는 좀더 미적인 차원의 의미(장인 정신의 예술혼)를 부여받는다. 그러나 온몸으로 시를 쓴다는 것은 몸과 언어에 대한 인식론적인 사유(탐구)를 넘어서는 어떤 것이다. 시에서 몸과 언어를 문제삼을 때 우리가 간과할 수 없는 것은 리듬이다. 시에서의 리듬은 몸의 호흡과의 긴밀한 연관성 속에서 생성되는 육화된 실체이다. 따라서 시의 내용적인 문맥에서 몸과 관련된 인식론적인 사유가 드러나지 않는 시도 '몸시'가 될 수 있는 것이다. 이런 점에서 극단적으로 말하면 리듬이 있는 시는 모두 '몸시'라고 할 수 있다. 다만 그 몸이 온전하냐, 혹은 완전하냐 하는 것이 문제가 될 뿐이다.

'몸시'는 내용뿐만 아니라 형식의 차원에서도 탐구되어야 한다는 사실이다. 내용을 담는 그릇도 하나의 몸이 될 수 있다. 오히려 그것 자체가 몸적인 의미를 더 풍부하게 내장하고 있다고 볼 수 있다. 정진규 시인이 보여준 '몸시'는 내용의 측면에서는 한 경지를 보여주고 있다고 말할 수 있지만 형식의 측면에서는 미흡하다고 할 수 있다. 내용과 형식이 한몸이 되는 시가 진정한 의미에서의 '몸시'라고 볼 때 형식의 문제는 그가 고민해야 할 중요한 과제라고 할 수 있다. 만일 그의 시가 형식의 차원에서도 몸을 얻는다면 그것은 또 다른 차원에서의 팔색조나 현부, 또는 순금으로 표상되는 진정한 의미에서의 몸을 얻는 일이 될 것이다.

달과 돌 혹은 둥근 고리의 감각

— 이은봉의 시 세계

　이은봉의 『내 몸에는 달이 살고 있다』(2002)는 일종의 성찰의 시이다. 이 과정에서 그가 성찰의 대상으로 삼고 있는 것은 자신의 몸이다. 자신의 몸을 들여다본다는 것은 인간의 본성에 대한 근원적인 성찰과 함께 가장 감각적인 현실을 문제삼고 있다는 것을 의미한다. 시인이 문제삼고 있는 근원과 현실은 개념의 차원에서 보면 서로 대립적인 것처럼 인식되지만 몸의 차원에서 보면 그것은 대립이 아니라 길항의 양태로 존재하는 하나의 세계일 뿐이다. 근원과 현실이 길항의 차원에 놓임으로써 근원에 대한 강조의 과정에서 드러나는 현실 감각의 부재라는 혐의로부터 벗어날 수 있을 뿐만 아니라 현실에 대한 강조에서 간과하기 쉬운 감각 너머의 신화적인 힘에 대한 성찰의 부재라는 혐의로부터 또한 벗어날 수 있다.

　몸이 현실적인 감각의 구현체라는 관점은 최근 우리 젊은 시인들의 시 속에서 자주 발견하게 되는 상상력이지만 이 시편들이 다소 불안한 것은 몸을 연속체가 아닌 단절체라는 관점에서 바라보고 있다는 점이다. 몸이 가지는 근원 및 신화에 대한 망각은 육체에 대한 감각의 극대화로 이어질 수 있다. 이것은 육체를 배제한 채 정신을 강조해 온 근대적인 모순을, 정신을 배제한 채 육체를 강조하는 또 다른 모순으로 치환한 것에 지나지 않는다. 근원 및 신화의 세계를 환기한다는 것은 변증법적인 진보의 논리에 의해 숨가쁘게 달려온 현대 문명에 대한 반성과 이 과정에서 배제된 것들에 대한 복원의 의미를 담고 있다고 할 수 있다. 이러한 시인의 의지를 우리는 다른 무엇보다도 먼저 '내 몸에는 달이 살고 있다'는 표제를 통해서 확인할 수 있다.

"몸 속에 웹브라우저를 내장하고"(이원, 「몸이 열리고 닫히다」, 『야후! 의 강물에 천 개의 달이 뜬다』, p.12), "머리 대신 모니터를 달고 다니는"(「공중도시」, p.54) 비트적인 전자문명의 시대에 '내 몸에는 달이 살고 있다'고 고백하는 시인의 이 선언 아닌 선언은 현대 문명에 대한 성찰 의지의 반영에 다름 아니다. 시인의 몸 속에 살고 있는 달은 "옥토끼의 달"이며 "계수나무의 달"(「달」, p.23)이다. 인류가 달에 착륙하면서 사라져 버린 "옥토끼"와 "계수나무의 달"을 복원해내려는 시인의 의지가 겨냥하고 있는 것은 문명에 의해 훼손된 신화의 세계이다. "옥토끼"와 "계수나무의 달"은 눈에 보이는 것만을 절대시한 근대적인 시각으로는 볼 수 없는 그런 세계의 표상이다. 눈에 보이지 않는 존재에 대한 가치를 인식하지 못함으로써 가장 크게 훼손당한 대상은 신화의 원적지인 자연(자연성)이다. "달은 지금 많이 아프다"는 이러한 훼손된 신화, 혹은 자연의 가치에 대한 시인의 절실한 표현이다.

훼손된 신화를 복원해내기 위해 시인은 자연의 소리와 향기, 그리고 촉감에 민감한 자의식을 보인다. 시집 제1부는 이 소리와 향기, 촉감들이 어우러지는 잔치판이다. '이슬방울처럼, 보리바람처럼 포삭대는 흙덩이들 소리'(「봄햇살」), '마른 감나무 잎사귀/저 혼자 팔랑거리는 소리'(「사이, 소리」), '지지배배 지지배배, 뛰놀고 달리고 구르면서 내지르는 제비 소리'(「발자국」), '옴죽옴죽 입술 씰룩이는 한 무더기 애기들 울음소리같은 무등산 소리'(「무등산 1」), '벌떼처럼 코끝 싸아게 쏘아대는 청매화 향기'(「청매화, 봄빛」), '헉헉헉…… 뿜어내는 아카시아 꽃향기'(「대원사에서」), '정신없이 우르르 흩어 퍼지는 치자꽃 향기'(「아흐, 치자꽃 향기라니!」), '미칠 것 같은 마음 하나로 내 귓밥을 핥고 볼때기를 물어뜯는 강, 산, 들'(「강, 산, 들」), '깡마른 개가죽나무를 아등바등 타고 감고 기어오르는 능소화, 덩굴꽃'(「능소화, 덩굴꽃」), '손가락 사이로 흘러들어 간지럼을 태우는 골짝물'(「한천 숲에서」) 등이 어우러진 감각의 향연은 시각에 의해 관념화되고 추상화된 세계에서는 볼 수 없는 풍경이다.

시각 중심으로 세계를 보면서 상실한 청각, 후각, 촉각 등에 대한 복원은 곧 훼손된 몸에 대한 복원으로 볼 수 있다. 시각의 비대함으로 인해 몸이 제 기능을 발휘하지 못하게 되면서 점점 왜소해지기 시작한 것이 사실이다. 시각은 원심이 아닌 구심적인 속성을 지닌 감각이기 때문에 세계를 스스로 해방시키기보다는 통제하고 관리하는 중앙 집권적인 구속력을 가진다. 이 구속력은 매스미디어의 팽창으로 인해 더욱 강화되는 추세를 보이면서 '보는 것이 곧 믿는 것이다'라는 새로운 성스러움을 생산해내고 있다. 탈근대라는 기치 아래 몸의 해방을 주장하고 있지만 그것이 해방이 아니라 또 다른 억압이라는 사실은 우리가 여전히 근대적인 가치로부터 벗어나지 못하고 있다는 것을 말해 준다. 진정한 몸의 해방 없이는 인간의 행복 역시 이루어질 수 없다는 점을 상기한다면 시각 이외의 다른 감각들의 회복은 절실한 문제라고 하지 않을 수 없다.

시인은 이러한 문제를 몸과 자연 사이의 교감을 통해 보여주고 있는 것이다. 인간의 몸과 자연의 교감은 인간이 생존하기 위한 조건인 동시에 그렇게 될 수밖에 없는 어떤 필연성을 가지고 있다고 할 수 있다. 인간의 몸은 자연과 같은 것이 아니라 자연이다. 숨을 들이쉬고 내쉴 때 인간의 몸은 자연이 된다. 장횡거와 왕부지가 인간의 몸을 '우주의 기가 모였다가 흩어지는 것'으로 규정했을 때 여기에서의 우주는 자연의 다른 이름이다. 인간의 몸이 소우주가 아니라 그 자체로 우주라는 이 '한몸' 사상은 우주 혹은 자연도 하나의 몸이라는 것을 의미한다. 자연이 하나의 몸이라는 것은 그것이 인간의 몸처럼 살아 숨쉬는 고귀한 생명체라는 인식을 드러낸다. 이 인식은 지극히 상식적이고 당연한 것임에도 불구하고 마치 무슨 대단한 발견인 양 지금 여기에서 이야기되고 있다는 것은 하나의 아이러니라고 할 수 있다. 이것은 우리가 자연이 아닌 인간의 편에서 세계를 이해하고 판단해 왔기 때문에 생긴 결과이다.

인간 중심주의를 벗어나면 자연도 인간처럼 하나의 몸으로 이루어진 존재이며, 그리고 그 몸이 인간의 몸과 한몸이라는 사실을 자각하는 일은 어렵지 않다. 인간만이 몸을 가진 존재라는 고정관념 속에 사로잡혀 있을 때 지각할 수 없었던 사실들이 그것을 벗어남으로써 새롭게 지각되고, 발견된다는 것은 우리에게 어떤 즐거움을 체험할 수 있는 장이 생성된다는 것을 의미한다. 자연과 인간이 한몸이라는 이러한 상상력을 토대로 시인이 펼쳐 보이는 세계는 몸과 몸의 교감에서 비롯되는 에로틱한 이미지로 가득 차 있다. 이때의 에로틱한 이미지들은 에로스가 본래적으로 드러내는 삶의 충동, 혹은 생명에의 충동을 그 기저에 담고 있는 몸짓들이라고 할 수 있다.

네 살은 홍시처럼 붉다 치솟는 젖무덤, 부푼 엉덩이 머리칼을 흩날리며 달려오는 너는 강이다 산이다 기름진 들이다 그러면 나는? 나는 미칠 것 같은 마음 하나로 복사빛 뽀얀 네 허벅지 마구 파헤치는 살쾡이, 아직도 네 허리춤 와락 끌어안고 있다.

〔…중략…〕

……오늘은 나도 폭포처럼 쏟아져내리는 물줄기, 날아오른 물안개……
마침내 네 부푼 엉덩이, 네 검붉은 아궁이 뚫고 나도 일어서고 있다 온갖
생명들, 우르르 몸부림치는 강이여 산이여 기름진 들이여 너로 하여 한세
상 다시 환해지고 있다

강이여 산이여 오오, 흐벅진 들이여 네 속에 길이 있다니, 사랑이!
— 「강, 산, 들」, pp.24~25

'강', '산', '들'로 표상되는 자연과 나(시인 혹은 인간)의 몸이 하나가
되는 이 절대 교감의 세계를 에로스적인 감각을 통해 드러낸다는 것
은 몸사상이나 몸철학에서 보면 지극히 당연한 귀결이다. 우리가 흔
히 에로스하면 아랫도리의 담론으로만 이해하는 음험함 때문에 그것
이 마치 속되고 타락한 것의 징표인 양 이해되고 있지만 사실 그것은
'나'의 몸과 '너'의 몸 사이의 교감이 어떤 절대적인 경지에 도달하기
위한 가장 빛나는 이름이다. '나'와 '너'의 몸이 성애의 과정에 놓일 때
쾌락의 극점에서 만나는 세계는 '내 몸이 곧 네 몸이고, 네 몸이 곧 내
몸'인, 퐁티식으로 이야기하면 '만지는 것이 곧 만짐을 당하는' 그런
융화의 세계인 것이다. 이 한몸이 되는 과정을 시인은 마침내 "네 부
푼 엉덩이, 네 검붉은 아궁이 뚫고 나도 일어서고 있다"고 노래하고
있다. 이 표현이 단순히 농도 짙은 성적인 욕구의 분출로만 이해되지
않고 신화적인 성스러움을 환기하고 있는 것은 그 기저에 잠재해 있
는 생명에의 충동 때문이다.
시인이 꿈꾸는 한몸을 통한 이러한 절대 교감의 세계를 시인은 사랑

이라고 명명하고 있다. 시인이 말하는 사랑이 이러하다면 그것은 인간과 인간 사이의 사랑을 넘어 자연, 더 나아가 우주의 차원으로 확장된, 다시 말하면 이 우주삼라만상의 모든 존재하는 것들의 형성 원리가 된다. 절대 교감을 통해 성립되는 사랑을 존재의 토대로 간주하는 시인의 상상력은 그가 세계를 단절이 아니라 연속, 선이 아니라 둥근 원의 개념으로 인식하고 있다는 것을 말해 준다. 이런 점에서 그의 언어들은 시간의 근원을 찾아 깊이 있게 추적해 들어가는 발생론적인 차원의 면모를 보여주기도 한다. 그의 시적 사유의 토대가 되는 둥근 것에 대한 인식은 「달과 돌」에 잘 드러나 있다. "하늘에 떠 있어라 구족구족 땅에 척, 박혀 있어라 너/무도 멀어라 달과 돌 사이, 나 사이 어지러워라//둥글기는 하여라 오래오래"(p.49)에서 엿볼 수 있는 것은 '달―돌―나', 다시 말하면 '하늘―땅―인간'이라는 둥근 우주의 표상이다. 우주가 "오래오래 둥글다"는 것은 이 우주의 모든 존재들이 끊임없는 순환을 거듭하면서 하나의 고리로 연결되어 있다는 것을 의미한다.

"바윗덩어리들 속에 아직 덜 진화된 침팬지들이 살림을 차리고 있"(「침팬지의 집」, p.55)다는 상상력이나 "벼락이 치고, 천둥이 치고 비바람이 몸부림으로 울던 날,/불현듯 생명을 잉태한 돌이 그 생명을 침팬지로 키웠다"(「털 없는 원숭이」, p.56)는 상상력은 둥근 것에 대한 인식을 토대로 생성된 언어들이다. 둥근 세계에서는 '바윗덩어리'가 '침팬지'가 되고, '벼락', '천둥', '비바람' 등과 '침팬지'가 서로 무연한 관계가 아니라 생명의 끈으로 연결되어 있는 것이다. 이 "둥근 고리가 끊기면 돌은 더 이상 어떤 것도 잉태하지 못하"(「털 없는 원숭이」, p.57)게 된다. 이것이 바로 '생태학적 상상력'이다. 생태시에서 주요 모티프로 생명의 황금 고리(둥근 고리)가 자주 등장하는 것도 이 때문이라고 할 수 있다. 정현종이 「들판이 적막하다」에서 "가을 햇볕에 공기에/익은 벼에/눈부신 것 천지인데,/그런데,/아, 들판이 적막하다—/메뚜기가 없다!//오 이 불길한 고요—"를 느낀 것도 "생명의 황금고리가 끊어졌"기 때문이다.

우주가 생명의 황금고리로 연결되어 있다는 인식은 인간의 문명의 역사를 뒤돌아보게 한다. 문명이 진보의 논리를 앞세워 정신없이 앞으로만 내달리는 동안 생명의 황금고리는 조금씩 끊어지고 있었던 것이다. 이 우주에 존재하는 생명체 중에서 가장 우월하다는 인간이 사실은 가장 위험한 존재라는 아이러니는 '털 없는 원숭이'가 상징적으로 드러내듯이 그것은 근본을 모른 채 미쳐 날뛰는 인간의 오만과 방종을 표현한 것에 다름 아니다. 시인은 인간이 가지는 오만과 방종에 대해 "재재빠른 속도, 그만 잊고"(「보림사에서」, p.67), "둥글게 살"(「너무 과했나?」)기를 권유한다. 시인의 둥근 것에 대한 인식은 "손가락만큼 파랗게 밀어올리는/메추리알만큼 둥글둥글 밀어오리는 꽃 피우지 못"(「무화과」, p.70)하는 무화과에게조차 공경의 눈길로 바라보게 한다. 비록 꽃은 피우지 못하지만 온몸으로 밀어 올려 열매를 맺는 무화과의 이 몸짓을 시인은 "혼신의 사랑"이라고 명명하고 있다. 우주의 둥근 고리를 이어 나가려는 무화과의 눈물겨운, 혼신의 사랑은 그 자체가 "善인"(「善에 대하여」, p.71) 것이다. 생태주의 미학의 진정한 모습이 '무화과'가 보여주는 이 '혼신의 사랑'에 있다는 사실을 시인은 우리에게 말하고 있는 것이다.

'혼신의 사랑'이 절대 선이며, 자연이 우리에게 보여주고 있는 가장 값진 것 중의 하나라는 인식은 시인으로 하여금 자신의 삶을 보다 깊이 있게 성찰하는 계기가 되게 한다. 자연과 근원적인 생명성에 대한 탐색을 통해 혼신의 사랑을 확인한 시인이 되돌아온 세계는 자신의 몸의 실질적인 생존의 장인 일상이다. 신화의 세계에서 일상의 세계로 되돌아온 시인 앞에 내던져진 '냉장고'와 '집', '호박넝쿨'이라는 질료는 그의 일상에 대한 인식을 확인할 수 있는 적절한 예가 된다. "삼성전자 대리점 앞에 버려진 냉장고"를 보면서 시인은 "양로원에 내다버린 할머니 같다"(「버려진 냉장고」, p.93)는 생각을 한다. '냉장고'를 '할머니'로 치환시키고 있는 대목에서 우리가 확인할 수 있는 것은 인간을 사물화하고, 그 사물을 하나의 소모품으로 생각하는 자본주의사회가 가지는 반생태적인 의식이다. 생태주의적인 세계에서는 '버려진다'는 말 자체가 성립되지 않는다. 존재하는 모든 것들은 생산을 위한 밑거름이 된다. '냉장고'는 생산을 위한 밑거름이 된다기보다는 그저 소비될(버려질) 뿐이다. 그러나 이 시의 충격은 '냉장고의 버려짐'이 아니라 '할머니를 그 냉장고처럼 버린다'는 사실 자체에 있다. 현대 문명이 인간을 하나의 소모품으로 소비될 존재로 전락시키고 있는 현실을 고려한다면 「버려진 냉장고」는 의미심장한 데가 있다.

현대 문명이 가지는 속도에서 밀려나 버려진 존재에 대한 성찰은 '집'에 대한 애착으로 드러난다. 「집」에서 시인이 말하고자 하는 것은 옛집에 대한 집착이 아니라 어떤 존재의 가치를 판단할 시간적인 틈도 없이 너무나도 쉽게 바꾸고 새로운 것만을 찾아 달려가는 현대 문명이 가지는 속도에 대한 반성이라고 할 수 있다. 시인은 현대 문명의 속도가 모든 가치들을 광폭하게 재단하고, 무차별화하는 전략에 맞서 "호박넝쿨이 자라는 속도"(「호박넝쿨이 자라는 속도라니!」, p.106)를 내세운다. 이 속도는 생태학적인 속도이다. 인간이 강제로 늘릴 수도 또 만들어낼 수도 없는 생태학적인 속도야말로 시인이 꿈꾸는 이상적인 문명의 속도이다. 너무나 광폭하게, 파시스트적인 가속도를 내며 질주하는 세계에서는 "내 몸에 달이 살고 있"(「달」, p.23)는지, 바다가 "갓 낳은 달걀들처럼 둥근"(「염포바다」, p.69)지 알 수 없다.

'혼신의 사랑'으로 '호박넝쿨 같은 속도'로 사는 것이 절대 "善이며 神의 섭리"(「善에 대하여」, p.71)인지, 이 전자 문명의 시대에 선뜻 판단이 서지 않지만 현대 문명이 인간의 몸에 부과된 저 삶의 질곡으로 부터의 해방과 이것을 통한 인간의 행복을 책임질 수 있는 그런 유토 피아적인 기획을 내장하고 있는 문명이 아니라는 점만은 확실하다. 현대 문명에 대한 비판과 회의만이 능사가 아니며, 문명의 패러다임 을 바꿀 수 있는 의식과 실천이 병행될 때 그것이 힘을 가질 수 있다 는 것은 이제 진부하기 짝이 없는 말로 전락한 지 오래다. 문제는 구 체적인 방법이다. 이것은 텍스트 밖에서 행해지는 정치가 아니라 텍 스트 안에서의 정치를 말한다. 90년대 이후 우후죽순 격으로 쓰여진 생태주의 시가 과연 텍스트 안에서 미적인 정치성을 발휘하고 있는 지 곰곰이 따져 봐야 할 문제이다. 그의 시가 좀더 미적인 정치성을 띠기 위해서는 몸에 대한 체험의 치열성과 함께 그것을 텍스트라는 형식으로 새롭게 창조하는 미적인 감각에 대한 '혼신의 사랑'이 있어 야 할 것이다.

제4부

파편화, 놀이, 해체의 감각

파편적 내러티브와 우리 시의 현대성 | 나는 내가
존재하지 않는 곳에서 생각한다 | 허무와 소멸의
미학 | 놀이와의 놀이, 슬픈 상처의 시 | 기호의 욕
망, 욕망의 기호 | 작란(作亂), 그 우울한 몽환에
대하여

파편적 내러티브와 우리 시의 현대성

1. 서술시 혹은 시학의 부재

서술시(narrative poem)가 시학의 한 장르로 규정되는 것에 대해 이의를 달 사람은 없을 것이다. 서술시의 연원이 우리의 고대시가는 물론 서사무가·판소리·서사민요 등의 구비시가 등으로 거슬러 올라간다는 점을 감안한다면 이에 대한 관심의 미미함은 오히려 이상할 정도다. 여기에는 '시는 서사가 아니라 서정이라는, 아니 서정이어야 한다'는 사고가 깊이 작용한 결과이다. 이러한 사고는 '시는 잡스러워서는 안 되고 언제나 사무사(思無邪)의 순수하고 개결한 서정의 세계를 담고 있어야 한다'는 동양의 미학적 전통이 무의식화된 결과라고 할 수 있다. 동양시의 미학적 전통에서 보면 서술시적인 특성을 드러내는 고대시가나 서사무가·판소리·서사민요 등은 그 잡스러움으로 인해 선택이 아닌 배제의 대상이 될 수밖에 없는 것이다.

시에서의 서술시에 대한 배제는 동양뿐만 아니라 서구에서도 별반 다른 것이 아니다. 장르적인 속성을 잘 해석해낸 이론가로 평가받고 있는 바흐찐의 경우를 보자. 바흐찐은 시와 소설의 장르적인 특성을 '언어의 대화성'에 기초해 비교적 명쾌하게 구분하고 있다. 그에 의하면 "시는 언어 고유의 대화성이 예술적으로 활용되는 일이 일어나지 않을 뿐만 아니라 시적 장르에서의 말은 자족적인 것이기 때문에 자신의 경계 너머에 다른 발언들이 있음을 전제할 필요를 느끼지 않는다"(미하일 미하일로비치 바흐찐, 전승희 외 역, 『장편소설과 민중언어』, 창작과비평사, 1988. p.94)는 것이다. 따라서 "시의 세계는 시인이 그 세계의 내부에서 아무리 많은 모순과 갈등을 전개시켜 보인다 해도 항상 단 하나의 절대적 담론의 조명을 받도록 되어 있"으며, "모순과 갈등과 회의는 대상 속에, 관념 속에, 그리고 체험 속에, 요컨대 소재 속에 머물러 있을 뿐, 언어 그 자체 안으로 들어가지 못해 시 속에서는 회의에 대한 담론조차 회의가 불가능한 담론으로 주조된다"(p.95)는 것이다.

시가 이러하다면 소설은 어떤가? 그에 의하면 "소설은 굴절에 의해서만 작가의 의도를 표현하는, 타인의 언어에 의한 타인의 발언"(p.140)에 의해 성립되는 장르라는 것이다. 소설에서의 이러한 발언은 "이중음성적 담론이라는 특수한 유형의 담론을 만들어내"며, "이것은 동시에 두 사람의 화자에 봉사하고 서로 다른 두 의도, 즉 이야기하는 인물의 직접적 의도와 작가의 굴절된 의표를 함께 표현해 주는 담론"이라는 것이다. 소설의 담론 속에는 항상 "두 개의 음성, 두 개의 의미, 두 개의 표현이 있"기 때문에 시종일관 "두 음성은 대화적인 상호 관련성을" 가질 수밖에 없다는 것이다. 이 이중음성적 담론은 소설이라는 장르가 단편소설·서정가곡·시·극적 장면 등 예술적인 장르는 물론 일상적·수사적·학문적·종교적 장르 등 비예술적 장르까지 모두 통합할 수 있는 그런 속성을 지니고 있다는 것을 의미한다.

시와 소설에 대한 바흐찐의 해석을 통해 드러난 사실은 그가 지나치게 시 자체의 완결적이고 자율적인 구조를 강조하고 있다는 점이다. 여기에서의 해석대로라면 그는 시에 관한 한 철저하게 구조주의적인 시각에 머물러 있다. 시가 소설에 비해 좀더 자기 독백적이고 완결성과 자율성을 가진 장르임에는 분명하지만 그것을 일체의 회의조차도 불가능한 담론의 집적체로 본 것은 지나친 감이 있다. 시의 언어가 완결성과 자율성[1]을 넘어 어떤 결절점도 없이 세계를 탈영토화하고 있는 후기구조주의적인 현상황에서 보면 그의 해석은 후기구조주의와 포스트모던 사상의 큰 길을 열어 보인 선구자라는 명성이 무색할 정도다. 흔히 대화주의자로 일컬어지는 그가 시와 소설의 장르를 비교하는 대목에서는 전혀 대화적이지 못하고 이분법적인 독단에 빠져 자기 독백의 단선논리로 일관하고 있다는 사실은 하나의 아이러니이다.

바흐찐의 해석과는 달리 시와 소설의 언어 사이에는 그다지 큰 차이가 없다. 소설의 언어에 대해 그가 강조한 '언어의 대화성', 다시 말하면 언어의 발화가 가지는 원심적인 속성은 시에서도 드러난다. 시의 언어는 그가 정의한 것처럼 자기 독백적인 것만은 아니다. 자기 독백이란 시에서의 발화를 자기 환원적인 것으로 간주한 데서 얻어진 결과물이지만 시에서의 발화는 어떠한 경우에도 완전하게 발화자에게로 환원되지 않는다. 시에서의 발화는 그것이 아무리 자기 독백적인 것이라고 하더라도 이 독백은 발화 주체만이 들을 수 있는 것이 아니라 언제나 엿듣는 또 다른 대상이 존재할 수밖에 없다. 가령 시 혹은 서술시에서의 발화의 경우, 그 발화의 주체는 실재 시인일 수도, 내포 시인일 수도, 또는 내적(외적) 서술자일 수도 있지만 그 발화는 고스란히 그들

---

1) 바흐찐식으로 표현하면 구심적인 언어가 된다. 그는 언어를 구심적인 것과 원심적인 것으로 구분하고 있다. 그에 의하면 구심적인 언어는 자기 고백적이고 자기 독백적인 특성을 드러내고, 원심적인 언어는 대화지향적이고 타자지향적인 특성을 드러낸다. 이 각각의 특성에 대응되는 대표적인 문학 장르가 바로 시와 소설이다.

에게로 환원되는 것이 아니라 내적(외적) 피서술자, 내포 독자, 또는 실재 독자라는 또 다른 엿듣는 대상과의 대화를 통해 성립되는 것이다.

특히 최근의 문학의 독서 행위에서 독자의 중요성을 부각시키고 있는 독자반응비평 혹은 수용미학을 상기해 보면 시의 발화가 자기 독백적이라는 해석이 얼마나 허약한 논리적인 토대 위에 서 있는지 잘 알 수 있을 것이다. "작품과 텍스트의 구분을 비롯, 독자에 의한 텍스트의 능동적인 구성 및 재구성, 독서 행위에서 '미확정성의 자리(Unbestimmtheitsstelle)'가 독자에 의해 채워진다는 사실을 넘어 텍스트의 구조가 독자에 의해 새롭게 생성 내지 구체화되고 여기에서 새로운 의미생산이 이루어진다"(차봉희 편저, 『독자반응비평』, 고려원, 1993, pp.55~63)는 독자반응비평 이론에서 보면 시에서의 발화는 결코 발화자에게로만 환원될 수 없는 성질의 것임을 알 수 있다. 이 사실은 발화의 주체가 단일하거나 고정된 것이 아니라 복합적이고 유동적이라는 사실을 말해 주는 것이다.

시에서의 발화에 대한 바흐찐의 해석은 많은 오류를 내장하고 있다. 이 오류는 그의 시에 대한 무지함에서 비롯된 것이라기보다는 소설에 대한 새로운 서사미학을 정립하려는, 다분히 전략적인 데서 기인한 것이라고 할 수 있다. 서사학은 구모룡이 한국서술시의 시학을 이야기하면서 적절히 지적해낸 것처럼 "시학에 비해 이렇다 할 만한 전통과 체계화된 미학을 가지고 있지 못하기 때문에 이론의 정체성을 모색하기 위해 서사 범주에서 시를 배제하고, 둘 사이의 인위적인 대립을 지속해"(현대시학회 편, 「현대시학과 서사의 문제」, 『한국서술시의 시학』, 태학사, 1998, p.70) 온 것이 사실이다. 선택과 배제의 논리를 통해 자기 증식을 해온 서사학은 바흐찐 이후 채트먼과 구조주의적 이론가들에 와서는 그 허약한 토대를 공고히 하기 위해 행위로서의 이야기보다는 서술 구조에 집착하게 된다. 서술 구조에 대한 집착은 서술이 인간의 언어·행위·문화 전반에 걸쳐 나타난다는 사실을 은폐하게 되어 결과적으로는 소설에서의 서술성만을 특화하기에 이른다. 이것은 서술 혹은 서술 구조와 관련된 대부분의 논의가 소설에 국한되어 있는 현실을 통해서도 드러나는 바이다.

이런 점에서 서술시에 대한 논의는 그 의미가 크다고 하지 않을 수 없다. 서술이 소설 해석의 전유물이 아니라 시의 은폐된 의미를 들추어내는 하나의 인식론적인 틀이 된다는 것은 그 동안 서정성의 틀 안에서 정의되어 온 시에 대한 개념의 확장이라고 할 수 있다. 또한 이 사실은 시의 중요한 속성이면서 종종 서사성과 대립적인 것으로 이야기되어 온 서정성에 대한 부정의식을 드러내는 것이라기보다는 오히려 그것에 대한 긍정의식을 드러내는 것으로 간주할 수 있을 것이다. 이러한 긍정의식하에서 시의 서정성은 서술성의 측면에서 새롭게 발견될 수도 있고, 서정성과 서사성 사이의 긴장을 통한 새로운 미학을 성립시킬 수도 있는 것이다. 그러나 무엇보다도 중요한 것은 90년대 이후 우리 시가 기존의 서정성의 양식으로부터 벗어나 빠르게 서술화되는 경향이 있다는 점이다. 인간의 언어·행위·문화 전반이 점점 탈경계화·탈범주화·탈영토화되면서 기존의 서정성의 양식으로는 그러한 현상을 형상화하기가 불가능하게 되자 그 대안으로 대두된 것이 서술화의 경향이라고 할 수 있다. 서술은 그것이 이야기라든가 담론의 양태로 존재하는 것은 무엇이든지 가리지 않고 이론화하고 실천적인 적용을 가능하게 하는 복합적이고 통합적인 코드이다. 따라서 90년대 이후 우리 서술시의 경향을 탐색하는 일은 우리 시의 정체성 및 그것의 가능성과 불가능성을 짚어 보는 중요한 작업이 될 것이다.

2. 서술 주체의 존재론적인 회의와 파편화된 세계

우리 현대시사에서 서술시는 낯선 것이 아니다. 현대시의 미적 조건에 미달되기는 하지만 당대의 소명의식을 주도한 개화기의 시가들[2], 행위와 사건이 지배소가 된 김소월과 백석의 시, 카프의 생경한 이념을 대중에게 전파할 목적으로 쓰여진 임화의 시, 시와 소설의 융합을 시도한 김동한의 「국경의 밤」, 신라시대의 설화에서 시적 모티프를 발견하고 그것을 형상화한 서정주의 후기시, 민중문학적인 감각을 획득한 신동엽의 「금강」, 농촌의 궁핍한 현실을 리얼하게 보여주고 있는 신경림의 시, 근대의 이념이나 이데올로기의 기치를 앞세운 진보와 계몽에 대한 신뢰의 의미보다는 그것에 대한 비판과 반성 그리고 극단적인 부정에서 비롯되는 해체를 노래한 이성복과 황지우의 시, 우리 시에 유희 혹은 놀이로서의 텍스트의 개념을 도입한 장정일의 시에 이르기까지 서술시는 우리 현대시의 한 맥락을 형성하고 있다고 할 수 있다.

이러한 서술시의 전통은 90년대로 이어진다. 하지만 90년대의 서술시는 이전의 서술시와는 다른 경향을 보여준다. 90년대에 엿보이는 서술시의 경향 중의 하나는 서술 자체가 파편화되어 있다는 점이다. 서술의 파편화는 80년대 이성복·황지우의 시에서도 드러난다. 이성복의 「그날」이나 황지우의 「꽃말」을 보면 서술의 흐름 자체가 "인과성을 벗어나 우연성의 지배하에 놓이면서 기존의 전통적인 서술시가 보여주는 통일성·질서·조직·압축" (김준오, 『한국서술시의 시학』, p.42)을 철저하게 위반하고 있다. 이 위반이 겨냥하고 있는 것은 기존의 권위

---

2) 문학 장르보다 당대 소명의식을 주도한 개화기 시가들, 예컨대 많은 개화기 가사, 동학가사, 의병가, 육당의 「한양가」 「경부철도가」 등의 창가, 이광수의 신체시 「옥중호걸」 「극웅행」 등도 서술시의 범주에 든다(김준오, 「서술시의 서사학」, 『한국서술시의 시학』, 태학사, 1998, p.34).

적이고 종속적인 존재 형식에 대한 해체이며, 시적 자아와 긴장을 유지하고 있는 세계에 대한 인식론적인 회의이다. 그리고 이러한 인식론적인 회의를 통해 이들은 시적 자아를 둘러싸고 있는 세계의 부조리함을 전경화한다.

부조리한 세계에 맞서 시적 자아가 할 수 있는 것은 부조리를 체계화하고 있는 언어의 구조화에 저항하는 일이다. 부조리한 언어를 다시 언어를 통해 해체하려는 이들의 전략은 정치성을 띨 수밖에 없다. 이 사실은 이들의 서술시가 비록 세계에 대한 위반과 해체를 지향하지만 시적 자아와 세계와의 대립이 포기된다거나 허무주의적인 '덧없음'의 의미로 표상되지 않는다는 것을 의미한다. 이들의 서술시에서는 여전히 세계는 싸움의 대상인 동시에 새롭게 구성되어야 할 그 무엇인 것이다. 이들이 이처럼 '나는 누구인가? 세계의 본질은 무엇인가? 이 세계내에서 어떻게 사는 것이 가치 있는 삶인가?'를 문제삼는다는 것은 이들이 인식론적인 회의를 통해 세계 구성의 의지를 포기하지 않고 있다는 것을 말해 준다. 여기에 이들의 서술시가 가지는 80년대적인 의미가 있다.

그러나 90년대 신세대 시인들을 중심으로 대두된 서술시는 이들과는 다른 의미역을 거느리고 출몰한다. 90년대에 대두된 서술시에서는 이성복이나 황지우가 문제삼았던 인식론적인 회의가 보이지 않는다. 90년대 서술시에서는 '나는 누구인가? 세계의 본질은 무엇인가? 어떻게 사는 것이 가치 있는 삶인가?' 하는 것보다 '나 혹은 세계는 과연 존재하는가?' 하는 것을 더 문제삼고 있다. 이것은 90년대의 서술시가 '있다', '없다'와 같은 존재에 대한 회의에 빠져 있다는 것을 의미한다. 그렇다면 90년대에 대두된 서술시는 '왜, 나 혹은 세계에 대한 존재 자체를 문제삼고 있는 것일까?' 그 의문에 대한 답은 결코 간단하지 않다. 그것은 90년대 서술시에서 보이는 존재에 대한 회의가 명료한 의식의 차원에서 행해지는 자각만 가지고는 해명할 수 없는 무의식에 대한 자각과 긴밀하게 연결되어 있기 때문이다.

80년대에서 90년대로 넘어가면서 우리 시인들의 시적 자아는 현실 그 자체가 지워지면서 낱말들(words)이 바로 세계(worlds)가 되는 그런 체험을 하게 된다. 이것은 현실이 재현의 대상이 되어 온 종전의 시적 논리를 위반하는 것이다. 현실이라는 재현 대상이 상실될 때 시에서 남는 것은 시적 자아의 무의식적인 욕망이다. 시적 자아의 무의식적인 욕망은 텍스트내에서의 발화의 결정력의 문제와 함께 형식상의 불안정, 다시 말하면 서술시의 파편적인 구조의 문제를 제기한다. 먼저 서술시에서의 발화의 결정력의 문제는 발화 주체에 대한 정체성의 혼란을 통해 드러난다. 90년대 서술시에서의 발화 주체는 스스로를 의심하고 회의한다. 이 의심과 회의는 발화 주체의 단일성을 거부하는 것이라고 할 수 있다. 90년대 이전까지의 서술시에서도 종종 발화 주체의 단일성이 거부되기는 했지만 어디까지나 그것은 에고를 해체하지 않은 상태에서 그것의 부정 아니면 '에고'를 중심에 둔 상태에서의 '이드'와 '슈퍼에고'의 통합의 차원에서였다. 이것은 비록 단일한 주체에 대한 부정을 내장하고 있는 논리이긴 하지만 '에고 중심주의'와 '주체 중심주의'의 미망에서 벗어난 것이라고 볼 수 없다. 그러나 90년대에 와서는 '에고 중심주의'와 '주체 중심주의'는 해체되기에 이른다. 이런 점에서 90년대 서술시의 파편화 경향은 80년대의 이성복이나 황지우보다는 장정일 쪽에 그 발생론적 연원을 두고 있다고 할 수 있다.

길안에 갔다.
길안은 시골이다.
길안에 저녁이 가까워 왔다, 라고

나는 썼다. 그리고 얼마나

많이, 서두를 새로 시작해야 했던가?

타자지를 새로 끼우고, 다시 생각을

정리한다. 나는 쓴다.

길안에 갔다.

길안은 아름다운 시골이다.

그런 길안에 저녁이 가까워 왔다.

별이 뜬다.

이렇게 쓰고, 더 쓰기를

멈춘다. 빠르고 정확한 손놀림으로

나는 끼워진 종이를 빼어,

구겨 버린다. 이놈의 시는

왜 이다지도 애를 먹인담. 나는

테크놀러지와 자연에 대한 현대인의

갈등을 추적해 보고 싶다. 종이를 새로

끼우고, 다시 쓴다.

　　　　—장정일, 「길안에서의 택시잡기」, 『길안에서의 택시잡기』, 민음사, 1988 부분

　이 텍스트는 우리가 일반적으로 인식하고 있는 서술시의 소통 구조와는 다른 양상을 보여준다. 적어도 일반적인 서술시의 소통 구조하에서라면 '실재 시인→내포 시인→외적(내적) 서술자→이야기→외적(내적) 피서술자→내포 독자→실재 독자'의 구도가 성립되어야 한다. 하지만 이 텍스트에서는 실재 시인·내포 시인·외적(내적) 서술자·이야기 사이의 관계가 애매모호하다. 실재 시인과 내포 시인의 구

분이 불가능할 뿐만 아니라 서술자가 이야기의 안에 있는지 밖에 있는지의 구분도 또한 불가능하다. 아울러 이 텍스트의 서술자가 이야기하고 있는 대상이 내적 피서술자가 되는지 아니면 외적 피서술자가 되는지도 명확하게 밝혀지지 않고 있다. 이것은 이 텍스트가 메타적인 서술 구조를 보여주기 때문이다.

시에 대한 시쓰기에 대해 이야기함으로써 이 텍스트는 파편화된다. 시인과 텍스트(내포 시인, 외적 · 내적 서술자, 이야기, 외적 · 내적 피서술자, 내포 독자) 사이의 경계가 해체되면서 안정되고 통일적인 서술시의 소통 구조가 깨지고 그 대신에 불안정하고 파편적인 서술시의 소통 구조가 생성되는 것이다. 이 파편적인 소통 구조는 텍스트 생산에 있어서의 창조 주체의 절대성과 세계에 대한 본질적인 무엇이 존재한다는 것에 대한 회의와 그것의 해체를 드러낸다고 할 수 있다. 따라서 이렇게 존재에 대한 회의와 해체를 드러냄으로써 파편적인 서술 경향을 보이는 시쓰기가 겨냥하는 것은 현실을 모방하고 재현하는 전통적인 시쓰기에 대한 부정과 해체라고 할 수 있다. 이런 류의 시쓰기는 결국 언어에 대한 자의식과 시쓰기 자체에 대한 자기 반영성을 강하게 드러낼 수밖에 없다. 장정일이 보여주고 있는 이러한 존재 자체에 대한 회의는 90년대에 들어와 우리 시의 한 흐름을 형성하게 된다. 이승훈의 다음 시는 그것의 첨예한 반영이라고 할 수 있다.[3]

이승훈 씨는 바라리를 걸치고 흐린 봄날 서초동 진흥 아파트에 사는 시인 이승훈 씨를 찾아간다 가방을 들고 현관에서 벨을 누른다 이승훈 씨가 문을 열어준다 그는 작업복을 입고 있다 아니 어쩐 일이요? 이승훈 씨가 놀라 묻는다 지나가던 길에 들렀지요 그래요? 전화라도 하시지 않고 아무튼 들어오시오 이승훈 씨는 거실을 지나 그의 방으로 이승훈 씨를 안내한다 이승훈 씨는 그의 방에서 시를 쓰던 중이었다 이승훈 씨는 원고지 뒷장에

샤프 펜슬로 흐리게 갈려 쓴 시를 보여준다.

— 이승훈, 「이승훈 씨를 찾아간 이승훈 씨」, 『나는 사랑한다』, 세계사, 1997 부분

이 텍스트 역시 장정일의 「길안에서의 택시잡기」처럼 우리가 일반
적으로 인식하고 있는 서술시의 소통 구조와는 다른 양상을 보여준
다. 이 텍스트에서는 '실재하는 시인 이승훈'과 '텍스트내의 이승훈'
사이의 경계가 해체되어 있고, '텍스트내의 이승훈'은 다시 "서초동
진흥 아파트에 사는 이승훈"과 "흐린 봄날 그를 찾아간 이승훈"으로
분열되어 있다. '이승훈'이라는 기표가 이렇게 분열된 양태를 보인다

---

3) 이승훈의 자아와 세계에 대한 존재론적인 회의는 시론집인 『비대상』과 『해체시론』을 통해 일
목요연하게 드러나 있다. 특히 『해체시론』은 『비대상』에서 보여준 자아의 개념을 넘어 주체의
소멸 문제로 나아간 그의 사유를 집약적으로 보여주고 있다. 그 대표적인 글이 「시적인 것은
없고 시도 없다」와 「비빔밥 시론」이다. 『해체시론』에 실린 서른여덟 편 중에서 이 두 편의 글은
다른 무엇보다도 주체 소멸을 지향하는 자신의 시쓰기에 대한 분명한 자의식과 시각을 견지하
고 있다. 여기에서 그의 주체 소멸의 문제는 나의 소멸, 나를 지우기, 지금 여기 있는, 그 동안
믿어온 나를 없애기라는 개념으로 제시된다. 그는 '나'에 대해서 회의한다. 그는

　　나는 시를 쓴다. 지금 나는 달이 뜬 밤 나는 A시에서 술을 마신다고 쓴다. 시라고 합시다. 시
　　속에 나오는 나는 지금 이 방에서 이 글을 쓰고 있는 나가 아니다. 그리고 그런 나이다. 그럼
　　내가 A시에서 술을 마신다고? 시를 쓰는 나는 시 속으로 들어가지만 그 나는 지금 시를 쓰는
　　나가 아니다. 그렇다면 시를 쓰는 나는 누구이며 시 속에 있는 나는 누구인가? 독자 여러분
　　한 번 생각해 보시오. 시를 쓸 때 시를 쓰는 나는 사라지고 다른 나, 말하자면 시 속의 나가
　　생긴다. 탄생한다(「시적인 것은 없고 시도 없다」, p.18).

라고 말하고 있다. 이것은 결국 내가 없다는, 나의 부재를 증명하는 언술에 다름 아니다. 그러
면 이렇게 내가 없다면 누가 있는 것일까. 그에 의하면 언어만이 있을 뿐이다. '나'가 없고 언
어만 있다는 그의 논리는 곧 언어가 나 혹은 자아에 앞선다는 것을 의미한다. 자아보다 언어가
앞선다는 것은 선험적이며 초월적인 자아가 존재하지 않는다는 것으로 이것은 반휴머니즘적인
세계관을 드러내는 것으로 볼 수 있다. 자아가 휴머니즘을 상실했다면 그 자아는 싸늘한 자아,
다시 말하면 물화된 자아라고 할 수 있다. 이러한 물화된 자아는 그가 '나'를 '그'라는 3인칭
대명사로 부르고 있는 것과 맥을 같이한다고 볼 수 있다. '나'를 '그'라고 명명할 때 드러나는
것은 동일성의 세계의 파괴이다. '나'를 '그'라고 명명할 때 이 '그'는 인격적이기보다는 비인
격적인 사물의 느낌이 강하며, 이로 인해 '나'를 '너'라고 명명할 때 어느 정도 성립되던 대화
적인 관계가 여기에서는 단절되고 만다. '나'가 곧 '그'라는 이러한 사유는 그 이면에 주체의
소멸, 주관성의 허위, 의식적 주체에 대한 병적인 반감 따위를 포함하고 있다고 할 수 있다. 자
아에 앞서 언어가 있다는 혹은 주체가 있는 것이 아니라 언어가 있다는 그의 논리는 해체로 이
어진다. 그가 시쓰기를 통해 탐구해 온 나 혹은 자아는 시 속에서 하나의 차이와 연기의 상태로
존재할 뿐이다. '나'는 있으면서 없고, '나'는 시니피앙이라는 기호의 흔적에 불과할 뿐이다.
곧 '나'는 이 세계에 실체가 아니라 이미지로만 존재하는 부재의 존재인 것이다. '나는 누구인
가'가 아니라 '나는 과연 존재하는가' 하는 존재론적인 회의가 그의 시적 사유를 지배하고 있
는 것이다(졸고, 「허무와 소멸의 미학」, 『심상』, 1999. 6. pp. 81~83).

는 것은 곧 시쓰기의 주체 혹은 발화 주체가 분열되어 있다는 것을 의미한다. 발화 주체의 분열은 이 텍스트에서처럼 서술시 자체의 성립 가능성을 불가능하게 한다기보다는 서술시의 소통 구조 자체를 안정된 체계가 아닌 불안정하고 불확실한 체계로 만들어 그 소통이 어렵다는 사실을 강조하고 있는 것으로 볼 수 있다. 발화 주체가 분열되고 이것이 극단화되면 그 주체는 소멸될 수밖에 없다. 발화 주체의 소멸은 그것이 '없다'는 것을 의미하는 것이 아니라 '너무 많다'는 것을 의미한다. 이 텍스트만 놓고 보아도 발화 주체는 '실제 글을 쓰는 시인 이승훈', '그가 글을 쓸 때 태어나는 텍스트 안의 이승훈', 즉 "서초동 진흥 아파트에 사는 이승훈"과 "바바리를 걸치고 흐린 봄날 진흥 아파트에 사는 이승훈을 찾아가는 이승훈" 등으로 끊임없이 변주되어 드러난다.

발화 주체의 분열 혹은 소멸이 '없음'이 아니라 '너무 많다'는 것을 의미한다는 사실은 이 서술시의 텍스트에서 행해지고 있는 소통이 끝없는 지연의 과정을 통해 성립된다는 것을 의미한다. 이런 점에서 이 텍스트는 단일하고 총체적인 범주내에서 규정된 발화 주체에 의해 참조 가능한 세계를 탐색해 온 리얼리즘적인 서술시의 소통 구조를 파괴하는 반리얼리즘적인 경향을 보이는 텍스트라고 할 수 있다. 발화 주체와 관련하여 그것이 리얼리즘적인 소통 구조를 가지든 아니면 반리얼리즘적인 소통 구조를 가지든 여기에서 중요한 것은 발화 주체가 처해 있는 상황성에 대한 인식이라고 할 수 있다. 발화 주체의 양태는 그가 처해 있는 상황성에 의해 결정될 수밖에 없다. 이승훈의 시 텍스트에 드러난 발화 주체의 분열 혹은 소멸은 불확실성이 지배하는 세계라는 상황성하에서 성립된 개념이다. 불확실성이 지배하는 세계에서는 발화 주체가 끊임없이 대상을 변화시키기 때문에 객관세계를 묘사한다는 것이 불가능할 뿐만 아니라 인간이 선험적으로 가지고 있다고 말해지는 사유능력 자체가 여기에서는 부정된다.

이승훈의 시 텍스트가 보여주는 발화 주체의 분열 혹은 소멸은 이런 점에서 세계를 구성한다거나 구조화를 지향하지 않는다. 발화 주체의 분열 혹은 소멸을 드러내는 텍스트에는 세계 구성에 대한 '덧없음'과 탈구조화된 흐름만이 있을 뿐이다. 그러나 흐름은 흐름이지만 이 흐름의 방향을 읽을 수 있는 코드를 찾을 수는 없다. '흐름들의 탈코드화'라는 흐름만이 텍스트를 관통하고 있는 것이다. '흐름들의 탈코드화'를 드러내는 서술시 텍스트는 서술의 소통 구조가 파편적인 양태를 띨 수밖에 없다. 이승훈의 「이승훈 씨를 찾아간 이승훈 씨」는 '흐름들의 탈코드화'라는 서술의 파편화 혹은 파편적인 서술 구조의 발생 원인을 발화 주체의 분열 및 소멸에 있다는 것을 잘 보여주고 있는 텍스트라고 할 수 있다.

이승훈의 시 텍스트가 보여준 파편적인 서술 구조는 신세대 시인들에 오면 한층 더 과격하고 구체적인 양태를 드러낸다. 박상순·김언희, 성미정·김소연·함기석·이수명, 서정학 등 이른바 60년대 중·후반과 70년대 초반에 태어나 우리의 사회·문화 전반에 걸쳐 하나의 지배적인 힘의 양태가 되어 버린 '탈코드화의 흐름들'을 온몸으로 체험한 신세대 시인들에 오면 파편적인 서술 구조는 그 자체가 인식론적인 지적 유희를 넘어 구체적인 삶의 한 형식을 환기하기에 이른다.

3. 서술 주체의 결핍과 환유의 서술 구조

1) 기계화된 욕망과 해체의 상상력

파편화된 서술 구조의 발생 원인이 발화 주체의 분열 및 소멸에 있다는 것은 그 주체 자체가 욕망하는 존재라는 것을 의미한다. 무엇인가를 욕망한다는 것은 주체가 결핍되어 있기 때문이고, 그 결핍 및 욕망의 정도에 따라 텍스트의 양태는 달라질 수밖에 없다. 이것이 가능한 것은 주체·욕망·언어는 분리되어 있는 것이 아니라 긴밀하게 결합되어 있기 때문이다. 따라서 결핍 및 욕망의 정도가 크면 클수록 그 텍스트는 점점 더 파편화될 수밖에 없는 것이다.

90년대 신세대 시인들의 시에 드러나는 파편화의 정도는 크다고 할 수 있다. 이것은 기본적으로 90년대라는 시대 자체가 파편화되어 있기 때문이다. 현실이 지워지면서 낱말들이 그것을 대체하는 시대가 90년대인 것이다. 낱말들이 어떤 결절점도 없이 끊임없이 미끄러져 내리면서 모든 것들을 탈영토화하는 시대의 시쓰기란 이 파편화된 낱말들을 텍스트내에서 새롭게 재현하는 일이 될 것이다. 이러한 시쓰기 행위가 얼마만큼의 진정성을 담보하는지는 단언할 수 없지만 분명한 것은 90년대라는 시대 자체가 파편화의 양상을 드러내고 있다는 사실이다. 이런 점에서 90년대 신세대 시인들의 시에 드러나는 파편화의 양상을 시대에 대한 미적 반영으로 이해해도 무방할 것이다.

이들의 미적 반영의 양상을 결정하는 중요한 요인은 욕망에 있다. 하지만 이들의 시에 드러나는 욕망은 외디푸스적인 것과는 일정한 차이가 있다. 이들이 보여주고 있는 욕망은 앙띠외디푸스적인 것에 가깝다. 이 점에서 이들의 욕망은 가족의 구도하에서 성립되는, 그래서 그것이 하나의 구조화에 초기 모델을 제공하는 외디푸스적인 세계와는 다르다. 외디푸스의 세계에서는 '아버지'가 존재한다. '아버지'의 살해 욕망을 직접적으로 드러내지 않고 '응축'과 '전치'라는 형식으로 변형해서 드러냄으로써 '어머니'와 '나'라는 '2자적인 세계'에서 벗어나 '어머니', '나', '아버지'라는 '3자적인 세계'가 성립되는 것이다. 이 안정된 기반 위에서 상징적인 체계(문명)는 비로소 체계로서 그 존재성을 부여받게 되는 것이다.

그러나 신세대 시인들의 서술시에서는 '아버지'가 부재한다. 아니 좀더 정확히 말하면 애초부터 '아버지'라는 존재 자체가 없다. 김언희가 「아버지, 아버지」(『트렁크』, 세계사, 1995, p.22)라는 시에서 "모든 애비는 의붓애비"라고 한 것처럼 '아버지'는 필연이 아닌 우연에 의해, 가상적으로 만들어진 존재에 지나지 않는다. "모든 애비는 의붓애비"이기 때문에 여기에서는 에고의 정체성이나 사유하는 의식이라는 개념이 그 의미를 가질 수 없다. 애초부터 '아버지'가 배제된 상태에서의 욕망이기 때문에 그 욕망은 욕망으로만 존재할 뿐이다. 욕망은 있되 그 욕망이 어떤 내용을 가지는 것이 아닌 욕망의 세계, 그것을 잘 보여주고 있는 시가 바로 김언희의 「그것 13」이다.

*

아침마다 그것은 냄새나는 구두 속에서 태어난다
아침마다 그것은 뱃속을 구긴 신문지로 채운다
아침마다 그것은 그것이 어제 죽인 것을 복도에서 만난다
아침마다 그것들은 서로의 면상에 침을 뱉어 아침 인사를 나눈다
*

날이면 날마다 오는 것이 아닌 것이 날이면 날마다 온다

날이면 날마다 그것 같은 것이 생긴다
그것 같은 것이 그것에게 말한다

너, 집에 가!
*

빌린 칼로 그것이 그것의 목구멍에서 까마귀를 파낸다 빌린 칼로 그

것이 그것의 밑구멍에서 까마귀를 파낸다 애인 없는 그것의 더러운
고독 그것이 그것을 흉기처럼 뚫고 나온다 그것은

달래어지지 않는다
*

더러운 해안의 쓰레기들과 함께 떠 밀려다니면서 그것이,
있지도 않은 계단을 굴러떨어지면서 그것이,
분필처럼 분질러지면서 그것이,
*

눈 위에 찍힌 토끼 발자국
눈 위에 찍힌 거짓말의 발자국

어디로 가야 할지 모르는 사거리에 그것은 서 있다

새들이 함부로 똥을 싸지르고 가는 표지판처럼
비스듬히 기울어진 채……

※ '너, 집에 가!', 박상순
─ 김언희, 「그것 13」, 『21세기 문학』, 1999년 봄호 전문

이 시는 아버지가 부재한 욕망의 세계를 드러내고 있는 텍스트이다.
이 욕망의 세계는 내용과 형식의 차원에서 동시에 드러난다. 시인은
시종일관 '그것'에 대해 이야기하고 있다. 하지만 '그것'이 무엇인지에
대해서는 직접적인 언급이 없다. 텍스트 안에서 '그것'의 의미는 끊임
없이 지연될 뿐이다. 이것은 욕망의 의미와 다르지 않다. '주체는 결
핍이요 욕망은 환유이다'(자크 라캉, 권택영 외 옮김, 『욕망이론』, 문예출

판사, 1994, p.15)라는 명제가 환기하듯이 주체가 결핍을 채우기 위해 하나의 대상을 욕망하고 그 대상을 손에 넣는 순간 다시 저만치서 또 다른 대상이 손짓하고 또다시 그것을 욕망하고……, 그렇게 끊임없이 지연되는 세계가 바로 욕망이다.

이런 점에서 볼 때 '그것'과 욕망은 다른 것이 아니다. '그것'의 이 끊임없는 흐름, 다시 말하면 끊임없는 욕망은 기계를 닮았다고 할 수 있다. 욕망이 기계라면 그 욕망은 기계처럼 의식이 있을 수 없고, 끊임없이 멈추지 않고 작동할 수밖에 없다. 그것이 이드로 표상되는 욕망이라면 이 시는 기계화된 욕망에 대한 메타적인 시쓰기를 보여주고 있다고 할 수 있다. 하지만 시인은 기계화된 욕망의 문제를 단순히 '그것'에 대한 의미 차원에서만 국한시켜 보여주지 않고 있다. 시인은 그것을 형식의 차원에서도 보여주고 있다. 이 시에서 활용되고 있는 서술 기법은 병렬과 치환, 그리고 순열이다. 전혀 무관한 행과 행을 나란히 배치하고, 하나의 단어를 전혀 의미의 연관성이 없는 다른 단어로 바꾸고, 이러한 일련의 행위를 무한 순열적인 조합을 통해 확대·재생산하는 방식이 바로 그것이다. 「그것 13」이 보여주고 있는 인간과 기계의 경계가 해체된 '욕망하는 기계'의 세계는 「한다」라는 시에서도 드러난다.

한다
한시간이고
두시간이고한다
물을먹어가며한다
하품을해가며꾸벅꾸벅
졸아가며한다
한다감빡

굴러떨어질뻔하면서그는

그가왜하는지

모른다무엇

과,하고있는지도

부르르진저를치면서그가

한다

— 「한다」, 『트렁크』, 세계사, 1993, p.14 부분

이 시에서의 '한다'는 곧 '그것'(「그것 13」)의 변용이라고 할 수 있다. 이 '한다'는 어떤 의미나 가치가 최종적인 목적이 아니다. 이 '한다'의 목적은 목적 없는 목적, 다시 말하면 순수한 생산성이 최종적인 목적 이다. 그 점에서 '한다'는 한다라는 말의 육체와 그 육체의 소모에 의 해서만 정의되어지는 것으로 볼 수 있다. 이 사실은 '한다'가 자기 증 식적이고 무한수열적인 조합을 할 수 있는 서술의 가능태로 존재한다 는 것을 의미한다. 이것으로 보면 '한다'는 유동적이고 모순적이며 통 일성이 없고 분리가능하며, 그것이 무엇이라고 명명되는 순간 고정적 인 성격을 갖는 그 무엇이 되고 말기 때문에 이름조차 붙일 수 없는 언술에 다름 아닌 것이다.

이러한 서술 기법이 드러내는 것은 인과성과 계기성이 탈락된 세계 이다. 이 세계가 궁극적으로 겨냥하는 것은 언어로 표상되는 상징계 의 전복이다. 그녀의 시는 노골적으로 그것을 드러내고 있다. 이 방식 은 억압된 것의 귀환이라는 90년대적인 의미를 가지지만 그 과도함으 로 인해 미적인 성취에 실패하고 있다. 그녀의 시는 추의 미학[4]을 지 향한다고 할 수 있다. 하지만 그 추가 하나의 미학으로 성립되기 위해 서는 미적인 형식에 대한 민감한 자의식이 필요함에도 불구하고 그녀 의 시는 이것이 결핍되어 있다. 기계화된 욕망이 생산하는 인과성과

계기성이 탈락된 파편화된 서술 구조가 미적인 새로움을 획득하지 못한 채 지나치게 패턴화되어 있다. 이것은 텍스트에 시인의 의도가 과도하게 개입되었기 때문이라고 할 수 있다. 그녀의 시가 지향하는 추의 미학이 극단적인 엽기로 흐르면서 미학성 자체가 그것에 압도당하는 형국[5]이 되어 버린 것이 사실이다.

2) 기호들의 유희 혹은 서술의 탈코드화

상징계의 전복과 해체를 통한 파편화된 서술의 양상을 보여주고 있는 90년대의 대표적인 시인으로 박상순을 들 수 있다. 그의 시는 순수한 놀이로서의 텍스트이다. 김언희의 경우처럼 그의 텍스트에는 시인의 주관적인 의도가 과도하게 투영되어 있지 않다. 그의 시는 심오한 철학(진리)이나 인생의 의미 같은 즐거움을 체험하게 하는 텍스트가 아니라 그것을 해체하고 즐기는 일종의 '놀이로서의 텍스트'이다.

> 새벽 다섯 시
> 다섯 식구가 둘러앉아
> 밥먹는 놀이를 한다
> 아빠 A가 한 개 먹고

---

4) 그녀의 시의 추의 미학은 주로 비천한 몸(abject body)에 대한 인식을 통해 드러난다. 비천한 몸의 극단적인 형태인 시체, 특히 단절된 시체의 이미지를 통해 드러나고 있다고 할 수 있다. 이 몸이 귀환하면서 상징계가 혼란에 빠지고 전복되면서 파편화된 언술 구조가 생성된다. 이 시도는 아방가르드적인 어떤 가능성을 내포한 그런 기획이라고 할 수 있다. 다만 그 가능성이 단발적으로 그친 감이 없지 않다(졸고, 「몸과 욕망의 언어 ─ 김언희론」, 『현대시학』, 1999. 11 참조).

5) 그녀의 두 번째 시집인 『말라죽은 앵두나무 아래 잠자는 저 여자』(민음사, 2000)의 세계가 바로 그렇다. 형식에 대한 새로움 없이 내용 차원의 시쓰기란 일정한 한계를 드러낼 수밖에 없는 것이다. 아버지(상징계)에 대한 부정과 해체가 아름다움을 획득하는 것은 보다 교묘하고 정교한 형식을 통해서라고 할 수 있다. 그녀의 엽기성이 흔히 형식이 아닌 주제적인 차원에서 다루어지는 이유가 여기에 있다고 할 수 있다.

내 폭탄 아직 안 터졌어
아빠 B가 한 개 더 먹고
내 밥도 아직 안 터졌어
아빠 C가 또 먹으며
내밥도 폭탄이야
아빠 D도 아빠 E도
내 폭탄도, 내 폭탄도

—「불멸」, 『마라나, 포르노 만화의 여주인공』, 세계사, 1996 부분

이 시에는 현실이 배제되어 있다. 이 시 자체가 곧 현실인 것이다. 이것은 이 텍스트가 현실적인 억압의 논리로부터 벗어나 텍스트 그 자체의 논리를 가진다는 것을 의미한다. 현실이 텍스트로 대체되면서 자유로운 놀이는 시작되는 것이다. 아빠 A에서 아빠 B로, 아빠 B에서 아빠 C로, C에서 D로, D에서 E로 끊임없이 미끄러져 내리는 이 놀이는 처음과 끝, 안과 밖이 없다. 이런 점에서 그의 놀이는 '불멸'을 겨냥한다고 할 수 있다. 텍스트의 자율성이 강화될수록 시적 주체의 상상과 표현은 미적인 아방가르드, 혹은 미적인 아나키즘을 강하게 드러낼 수밖에 없다. 미적인 변증법의 차원에서 보면 그의 텍스트는 기존의 시적인 질서에 대한 전복이고 해체이다. 이러한 전복과 해체는 자아의 강화보다는 자아의 상실과 관련된다. 따라서 기존의 시적 질서에 익숙한 독자는 그의 텍스트에서 불안함과 불쾌함, 그리고 불편함을 체험하게 된다.

전에도 의사 K는
어떤 긴급한 전화를 받고
오늘처럼 밖으로 나갔습니다.

K는 훌륭한 의사입니다.

그때도 나는 K의 옷장에서
놀이공원 지도를 보았습니다.

〔…중략…〕

그런데 오늘 또
의사 K의 옷장에서
새로 바뀐 놀이공원 지도를
발견했습니다.

의사 K는 나의 오랜 친구입니다.
내가 그를 찾아가면 꼭
긴급한 전화가 옵니다.
K는 참 바쁜 의사입니다.

그가 나가면
옷장 문이 또 이렇게
열려있게 됩니다.

〔…중략…〕

의사 K는 지금 내가 알지 못하는
어떤 긴급한 전화를 받고
밖으로 나갔습니다.

나는 지도를 보며 K를 기다립니다.

의사 K는 나의 오랜 친구입니다.

놀이공원에는 절대로 가지 않을 겁니다.

—「의사 K와 함께」, 『시현실』, 2003년 봄호, pp.17~19 부분

시적 자아가 체험한 놀이를 선명하게 보여주고 있는 시편이다. 이 시의 서술 구조는 은유적이지 않고 환유적이다. 시인은 의사 K의 '옷장'에서 '놀이공원 지도'를 발견한다. 그 옷장에 있는 놀이공원 지도는 환유의 지도이다. 여기에는 '롤러 코스터→휴게소→작은 광장→매표소→분수→징검다리→유령의집→전망대'로 이어지는 환유의 서술 구조가 있다. 따라서 내가 옷장에서 놀이공원 지도를 발견한다는 것은, 곧 유년기 혹은 성장 과정에서 체험한 상처 속으로 끊임없이 미끄러져 내린다는 것을 의미한다.

그러나 이러한 구도에서 우리가 간과하지 말아야 할 것은 옷장이 의사 K의 것이라는 점이다. 이 사실은 그가 상처(옷장)받은 존재라는 것을 의미한다. 그렇다면 나는 누구인가. 나는 옷장을 훔쳐보는 자이다. 나는 의사 K가 나가면 옷장에서 새로 바뀌는 놀이공원 지도를 훔쳐본다. 이것은 상처에 대한 나의 바라봄이다. 의사 K가 유년이나 혹은 삶의 성장 과정으로서의 상처를 상징하는 옷장의 주인이고 나는 그것을 바라보는 자라면 의사 K는 상처받은 또 다른 나라고 할 수 있을 것이다. 유년이나 삶의 성장 과정으로서의 나와 그것을 바라보는 나, 이 둘은 언제나 어긋나 있다. 유년이나 삶의 성장 과정으로서의 나(의사 K)와 그것을 바라보는 나 사이의 어긋남이 이 시의 놀이를 이끌어 간다. 이 시에서 의사 K와 나는 만날 수 없기 때문에 의미들은 끊임없이 지연된다. 이것은 나의 욕망의 끊임없는 지속을 의미한다. 의사 K와

나의 관계가 어긋나 있다는 것은 내가 결핍된 존재라는 것을 의미한다. 나의 결핍은 욕망을 낳고, 그 욕망은 끊임없는 환유의 서술 구조를 생산하는 것이다.

이처럼 상처는 유년이나 삶의 과정으로서의 나와 그것을 바라보는 나 사이의 어긋남을 통해 드러나기도 하지만 그것은 또한 "놀이공원에는 절대로 가지 않을 겁니다"라는 언술을 통해서도 드러난다. 의사 K와 나는 놀이공원에는 절대로 가지 않을 것이라고 말해 놓고도 이들은 끊임없이 놀이공원의 지도를 욕망한다. 유년의 상처 속으로 빠져들고 싶지 않다고 말하고 있지만 이들은 이미 그 속으로 빠져들고 있는 것이다. 이것은 마치 외적으로는 자신이 욕망하고 있다는 것을 모르면서도, 혹은 부정하면서도 이미 자신은 그 욕망의 회로 속에 놓여 있다는 것을 말해 준다.

박상순이 보여주고 있는 놀이로서의 텍스트 개념은 90년대 많은 신세대 시인들에게서도 드러난다. 이들은 이 놀이로서의 텍스트 개념에 상당히 민감한 자의식을 보인다. 이 자의식이야말로 기존의 것을 전복하고 해체하려는 신세대의 새로움에 대한 욕구를 말하는 것이라고 할 수 있다. 김언희나 박상순보다 놀이로서의 텍스트의 개념이 자연스럽게 시 속에서 체화될 수 있는 그런 삶의 조건을 가진 세대(60년대 중후반과 70년대 초에 태어난 세대)가 이들이라고 할 수 있다.

삼삼은 9 삼사는 12 삼오는 15
자 아무 생각 말고 따라해봐! 선생이 말한다
〔…중략…〕
새는 창문을 넘어 교실로 날아든다
금붕어 소년이 재빨리 새를 가방에 감춘다
선생이 소년에게 묻는다, 삼삼은 얼마지?

파란 하늘이다 앵무새가 대답한다

왜 대답을 않는 거지? 어서 말을 해봐!

삼삼은 금붕어가 날고 싶은 하늘이예요

선생이 회초리를 흔들며 다시 묻는다. 얼마라구?

앵무새가 큰소리로 말한다

삼삼은 아무것도 아니야 구도 팔도 다리도 아니야

삼삼은 앵무새야 당나귀야 산수선생이야

　　　　　　—「산수시간」, 『국어선생은 달팽이』, 세계사, 1998, p.41 부분

소년은 매일 반복되는 단조로운 하루가 싫다

소년은 여러 가지 사물이 되어본다

변기는 일곱시에 침대에서 일어난다

구두는 욕실에서 알몸으로 샤워를 한다

〔…중략…〕

소년은 소년의 짝꿍 바바를 싫어한다

소년은 대문을 나서며 형용사를 바꾸어 본다

소년은 얼굴이 밝다 다리가 환하다

소년은 가벼운 가방을 들고 대문을 나선다

하루가 지겨운 소년은 하루가 즐거운 소년이 된다

소년은 환희 웃으며 하늘과 땅을 바꾸어 본다

갑자기, 자동차들이 하늘을 달리고

비행기와 새들이 땅 속 깊은 곳으로 날아다닌다

구름은 땅으로 흐르고

나무와 꽃들의 뿌리는 허공으로 자라오른다

소년은 콧노래를 부르며 하늘로 뛰어간다

　　　　　　—「학교 가는 소년」, p.38 부분

파편적인 서술 경향을 보이는 신세대 시인들의 시에 대한 자의식을 잘 보여주고 있는 텍스트이다. 기존의 제도화된 문학에 대한 회의와 해체를 겨냥하고 있다는 점에서 이 시편들은 알레고리적인 특성을 보이는 텍스트라고 할 수 있다. 선생은 기존의 법이나 제도를 상징하는 아버지의 또 다른 이름이다. 선생은 권위적이며 끊임없이 소년을 억압하고 통제하려 한다. 이에 소년은 선생(아버지의 법)의 권위가 미치지 않는 세계를 꿈꾼다. 그 세계란 상징적인 질서 이전의 세계, 다시 말하면 외디푸스 이전의 세계(상상계 혹은 실재계)를 가리킨다. 이것은 상징계에 구멍(틈)이 났다는 것을 의미한다. 이것의 현현은 텍스트에서 언어 혹은 서술의 파편성으로 드러난다.

상징계의 통제를 받지 않기 때문에 이 텍스트 속에서의 언어 질서란 존재하지 않는다. 소년과 변기, 또는 소년과 구두의 의미 경계가 해체되고 하늘과 땅의 위치가 전도됨으로써 주어와 서술어 사이의 인과성이 파괴되기에 이른다(변기가 일어난다, 구두가 샤워를 한다, 자동차들이 하늘을 달린다, 비행기와 새들이 땅 속으로 날아다닌다, 나무와 꽃들의 뿌리가 허공으로 자란다. 소년은 하늘로 뛰어간다). '삼삼은 파란하늘이다, 금붕어가 날고 싶은 하늘이다, 앵무새·당나귀·산수선생이다'의 서술은 치환의 기법에 해당된다. 이것은 치환 중에서도 둘 사이의 단절이 강하게 드러나는 그런 기법의 예라고 할 수 있다. 그리고 이 각각의 치환된 서술이 아무런 친연성 없이 불연속적인 병렬에 의한 반복을 드러냄으로써 환유적인 형식을 갖게 된다. 따라서 "그의 시들은 여러 이미지, 상념들을 불연속적으로 아무렇게나 나열한 것처럼 보이며, 지루한 반복과 파편화된 문장이 변주로 엮어내는 유희적 양상을 띠"(정끝별, 「세계를 지연시키는 자기 증식의 언어들」, 『한국문학평론』, 1998년 겨울호, pp .141~142)게 되는 것이다.

이러한 파편화된 서술이 갖는 유희적인 양상을 이수명이나 김소연,

성미정에게서도 발견할 수 있다. 이수명의 텍스트에서 발견할 수 있는 것은 치환에 의한 병렬적인 반복이 거듭되는 서술 구조이다. "왜가리는 줄넘기다/왜가리는 구덩이다/왜가리는 목구멍이다/왜가리는 납치다/왜가리는 왜가리놀이를 한다//테이블은 하나다/테이블은 둘이다/테이블은 셋이다/테이블은 숲 속에 놓여 있다."(「왜가리는 왜가리놀이를 한다」, 『왜가리는 왜가리놀이를 한다』, 세계사, 1998)의 서술이란 무엇은 무엇이다의 치환 형식이 끊임없이 병렬적으로 반복되는 환유적인 구조라고 할 수 있다. 이 환유적인 구조가 유희성을 극대화하면서 그녀의 시를 놀이로서의 텍스트로 만들어 놓고 있다.

김언희와 박상순 그리고 이수명의 서술이 다소 건조하고 관념적인데에 비해 김소연과 성미정의 서술은 섬세하고 구체적인 감성을 동반한다. 따라서 그녀의 텍스트들은 파편화된 서술이 가질 수 있는 아름다움의 세계를 보여준다.

> 나는 벼룩을 사랑하였고 벼룩을 사랑하는 지네의 지저분한 다리들을 사랑하였다 나는 푸른곰팡이가 피어난 밥을 맛있게 먹어댔고 쓰레기통에 버려진, 깨진 달걀과 놀아났다 나는 남들이 피우다 버린 꽁초를 주워 사랑을 속삭였고 징그러운 비단뱀이 버리고 간 허물을 껴안고 환하게 웃었다 나는 말라죽은 화분의 누런 잎과 간통하였고, 나는 텅 비어 있는 액자를 모셔놓고, 오! 나의 사랑이여, 헤프게 헤프게 고백을 하였다
> ─김소연, 「극에 달하다」, 『극에 달하다』, 문학과지성사, 1996, p.15 부분

> 꽃씨를 사러 종묘상에 갔다 종묘상의 오래된 주인은 꽃씨를 주며 속삭였다 이건 매우 아름답고 향기로운 꽃입니다 꽃씨를 심기 위해서는 육체 속에 햇빛이 잘 드는 창문을 내는 일이 가장 중요합니다 너의 육체에 창문을 내기 위해 너의 육체를 살펴보았다 육체의 손상이 적으면서 창문을 내기

쉬운 곳은 찾기 힘들었다 창문을 내기 위해서는 약간의 손상이 필요했기 때문이다 나는 밤이 새도록 너의 온몸을 샅샅이 헤맸다 그 다음날에는 너의 모든 구멍을 살펴보았다 창문이 되기에는 너무 그늘진 구멍을 읽고 난 후 나는 꽃씨 심는 것을 보류하기로 했다 그리곤 종묘상의 오래된 주인에게 찾아가 이 매우 아름답고도 향기로운 꽃을 피울 만한 창문을 내지 못했음을 고백했다 새로운 꽃씨를 부탁했다 종묘상의 오래된 주인은 상점 안의 모든 씨앗을 둘러본 후 내게 줄 것은 이제 없다고 했다 그 밤 나는 아무것도 줄 수 없으므로 행복한 나를 너의 육체 모든 구멍 속에 심었다 얼마 후 나는 너를 데리고 종묘상의 오래된 주인을 찾아갔다 종묘상의 오래된 주인은 내가 키운 육체의 깊고 어두운 창문에 대해서 몹시 감탄하는 눈치였다 창문과 종묘상의 모든 씨앗을 교환하자고 했다 나는 창문과 종묘상의 오래된 주인을 교환하기를 원했다 거래가 이루어진 뒤 종묘상의 오래된 주인은 내 육체 속에 심어졌다 도망칠 수 없는 어린 씨앗이 되었다

— 성미정, 「심는다」, 『대머리와의 사랑』, 세계사, 1997, p.17 전문

김소연의 「극에 달하다」는 시니피앙과 시니피에 사이의 파편성을 극대화함으로써 참신한 의미를 생산하고 있다. 하나의 시니피에에 여러 개의 시니피앙을 결합시켜 '흐름들의 탈코드화'를 실현하고 있는 것이다. "사랑"이라는 시니피에를 "벼룩·지네·곰팡이 난 밥·깨진 달걀·버리진 꽁초·뱀의 허물·누런 잎·텅 빈 액자" 등 여러 개의 시니피앙과 결합함으로써 '상징계적'인 가치인 "사랑"을 해체하고 있다. 특히 "사랑"이라는 시니피에와 결합하는 시니피앙들이 모두 비천한 존재들이라는 점에서 해체는 더욱 강렬하게 드러난다. '상징계'에서 고귀하고 고상하며 숭고한 그 무엇인 "사랑"을 한순간에 가장 비천하고 속된 것으로 뒤집어 버리는 시인의 전략은 일정한 미적 충격을 불러일으킨다고 할 수 있다[이승훈은 이 시에 대해 상징계에 기대어 상징계

를 허물려는, 욕망에 기대어 욕망을 허물려는 산뜻한 노력을 보여주는 텍스트라고 평가하고 있다(이승훈, 「신세대와 욕망의 풍경」, 『한국 현대시의 이해』, 집문당, 1999, p.89 참조)].

이러한 미적인 충격은 성미정의 「심는다」에서도 엿보인다. 「심는다」의 아름다움은 바로 '미로 같은 세계에 대한 시인의 탐색'(p.83)에 있다. 시인이 보여주고 있는 '탈코드화된 흐름'의 견지에서 보면 세계는 미로 같은 그 무엇일 수밖에 없다. 이 미로 같은 세계를 시인은 "종묘상 주인"과 "나" 사이에 "꽃씨"를 두고 벌어지는 일련의 동화 같은 사건을 통해 보여주고 있다. 이 동화 속에서는 상징적인 질서의 세계에서 통용되는 모든 것들이 무화되거나 해체된다. 그 단적인 예가 "종묘상의 오래된 주인이 내 육체 속에 심어지"고, 그 "주인"이 다시 "어린 씨앗"이 되는 사건이다. "종묘상의 주인"은 "너의 육체" 속에 "꽃씨를 심는" 것을 방해하는 감시자(아버지의 법)이다. 이 감시자가 "내 육체 속에 심어졌다"는 것은 '상징계적'인 세계가 해체되었다는 것을 말해 준다. '상징계'의 감시자가 사라진 세계, "나"를 감시하던 '상징계적'인 존재가 "나"에 의해 전복되고 해체되어 오히려 "내 육체 속"에서 "어린 씨앗이 되"는 그런 역설의 세계는 동화 속에서나 가능한 아름다운 세계라고 할 수 있다. 이것은 동화가 '상징계적'인 '응시'로부터 자유롭기 때문이다.

4. 파편적 서술화 경향에 대한 전망

90년대 신세대 시인들이 보여준 파편적 서술화 경향은 일시적인 것이 아니다. 90년대 이후 우리 시의 대체적인 흐름 중의 하나가 시의 서술화 경향이다. 주로 60년대 중·후반에서 70년대 초에 태어난 신세대 시인들을 중심으로 전개되고 있는 이 경향은 압축과 절제 같은 정제미가 시의 절대가치로 여겨지던 이전의 상황과 비교해 보면 우리 현대시와 관련하여 어떤 커다란 변화의 흐름을 내장하고 있다고 할 수 있다.

신세대 시인들이 보여주고 있는 이러한 서술화 경향은 단순히 개인의 취향에서 비롯된 것이라기보다는 이들의 실존적인 토대가 되는 시대와의 관계 속에서 자연스럽게 형성된 것이라고 할 수 있다. 90년대 이후 이들이 체험한 것은 동일성의 원리가 해체된 파편화된 세계이다. 비트(bit)를 토대로 한 디지털 시대가 도래하면서 이들은 온갖 기호나 이미지가 지시 대상을 상실한 채 끊임없이 부유하는 환경 속에 놓이게 된 것이다. 이런 세대에게 동일성의 원리란 이들을 억압하는 하나의 기제로 인식될 수밖에 없다. 이것은 이들이 동일성의 원리에 입각한 은유보다는 비동일성의 원리인 환유에 보다 더 친연성을 보인다는 것을 의미한다. 이런 점에서 환유는 "끊임없는 해체와 재구성의 원리를 지향하는 사회에서 자유와 해방의 흐름을 가능케 하는 매개자"(문선영, 「현대시의 대중문화 수용과 서사구조」, 『한국 서술시의 시학』, 태학사, 1998, p.179)라고 할 수 있다.

신세대 시인들이 보여주는 이러한 파편적 서술화 경향은 우리 시의 후기현대성과 긴밀하게 연결되어 있다. 이들의 파편화된 서술시가 드러내는 주체의 소멸·차이와 지연·치환 및 병렬 그리고 무한순열·매타성·해체성 등이 모두 후기현대성의 핵심 원리이다. 이것은 90년대 이후 신세대 시인들이 보여주고 있는 이러한 징후들이 현재는 물론 미래의 우리 시의 존재 형식에 현재태 혹은 잠재태로 작용하리라는 것을 말해 준다. 미래의 우리 시가 파편화된 서술 구조의 양태로 드러나리라는 전망은 분열을 숙명처럼 잉태하고 있는 현대성의 견지에서 보아도 충분한 개연성이 있다. 분열된 것을 통합한다는 것은 '지금 여기'에서의 상황을 고려해 볼 때 거의 불가능하다. 분열의 통합이 아니라 분열을 분열로 수용하는 것이 필요하리라고 본다. 분열을 분열로 인정하고 수용하는 것 그것이 진정한 의미에서의 현대성 혹은 후기현대성이라고 할 수 있다.

90년대 이후 우리 사회가 진정으로 후기현대적이냐 아니냐의 문제는 좀더 진지한 논의가 있어야 하겠지만 분명한 것은 신세대 시인들의 시에 후기현대적인 징후가 강하게 드러나고 있다는 사실이다. 이들의 시에 대한 비판과 반성은 좀더 시간적인 거리를 두고 보다 정치하게 행해져야 할 것이다. 하지만 지금 이 순간에도 파편화된 서술시는 쓰여지고 있고, 사회는 점점 파편화되어 가고 있다. 이것이 우리 시의 현실이다. 그렇다면 이것은 우리 시의 위기인가, 아닌가? 이 물음에 대해서는 그 누구도 쉽게 답할 수 없을 것이다.

나는 내가 존재하지 않는 곳에서 생각한다

— 90년대 시와 욕망의 언어

1. 부재와의 놀이 혹은 존재 지우기

90년대는 우리 현대시사에서 의미 있는 시대로 기록될 것이다. 여기에서의 의미란 희망이 아닌 불안과 불길함이 만들어낸 어떤 것이다. 어느 시대나 그 시대를 가로지르는 불안과 불길함은 있어 왔다. 어디 멀리 돌아볼 것도 없이 80년대를 한번 보자. 익히 알려진 것처럼 80년대는 형식 파괴적인 실험시로부터 5월 광주를 핵으로 전개된 현실 참여시, 노동자가 주체적으로 참여해서 성립된 현장성을 강조한 노동자시, 우리 전통을 현대적인 감각으로 건져올린 순수 서정시, 도시적인 정신 구조와 영상 언어적 감각으로 쓰여진 도시시, 우울한 실존의 자폐적인 내면을 들추어낸 허무주의 계열의 시 등 실로 다양한 형태의 시들이 창궐한 그런 시대였다.

그러나 외견상으로 보면 이렇게 80년대는 시의 시대라고 할 정도로 시기(詩氣)와 시혼(詩魂)이 충만한 시대였지만 그 이면을 들여다보면 불안과 불길함의 그림자가 다른 어느 시대보다도 짙게 드리워진 그런 시대임을 알 수 있다. 이 불안과 불길함은 크게 두 가지 측면에서 비롯된다. 하나는 시가 운동성을 지향하고 있다는 점이고, 다른 하나는 시가 예술의 영점화를 지향하고 있다는 것이 그것이다. 먼저 시가 운동성을 지향한다는 점에 대해서 알아보자.

익히 알려진 것처럼 80년대는 운동으로서의 시가 횡횡하던 그런 시대였다. 시에서의 지배적인 가치 기준이 운동성이었기 때문에 여기에 입각해 시들이 선택되고 배제되었던 것이다. 박노해나 백무산의 시가 현대시사의 한 부분으로 편입된 것을 상기해 보면 그 정도가 어떠했는지를 잘 알 수 있을 것이다. 이러한 운동성의 전경화는 시쓰기에 무의식적인 억압으로 군림하면서 시인의 상상력을 획일화하고 황폐하게 하여 우리 시의 하향 평균화를 가져온 것이 사실이다. 특히 이것은 80년대 시단 전반에 걸쳐 있는 가능태와 잠재태로서의 시적 상상력의 싹을 잘라 버리는 결과를 초래했다는 점에서 그 문제의 심각성은 단순한 우려의 정도를 넘어서고 있다. 이런 점에서 80년대는 20·30년대에 앓았던 이데올로기와 예술 사이의 딜레마를 다시 한번 호되게 앓은 그런 시대였다고 할 수 있다. 80년대는 외견상으로는 시의 시대라고 할 정도로 다양한 형태의 시들이 창궐했음에도 불구하고 그 이면을 들여다보면 시의 도구화 혹은 운동으로서의 시로 인해 자칫하면 시 자체가 초토화될 수도 있을 정도의 그런 불안과 불길함을 가지고 있었던 것이다.

운동성 못지않게 80년대 시를 불안과 불길함 속으로 빠뜨린 것으로 실험성을 들 수 있다. 황지우, 박남철, 이성복, 최승자 등의 시쓰기를 통해 실천성을 부여받고 있는 이 실험성은 시의 구조 및 언어 문법에 대한 과도한 해체로 인해 '예술의 영점화'를 초래하게 되었던 것이다. 예술의 영점화란 미학을 위한 미학을 극단으로 추구하는 아방가르드 시인들에게 자주 나타나는 현상으로 그것은 낯설게 하기를 통한 기존

예술의 전복, 상투성의 파괴, 미적 인식의 확장이라는 긍정적인 부분도 있지만 예술이라는 제도 자체의 존립 근거를 해체할 위험성을 가지고 있다는 점에서는 불안하고 불길한 것이기도 하다.

80년대 우리 시가 보여주는 이러한 불안과 불길함은 90년대로 이어진다. 특히 실험성에서 비롯되는 예술의 영점화는 90년대에 들어 새롭게 변주되면서 우리 시에 불안과 불길함을 더해 주었다. 80년대의 영점화가 주로 시적 구조나 언어 문법의 과도한 해체를 통해 비시의 단계까지 나아가기는 했지만 언어 기호와 현실과의 관계를 단절이 아닌 연속의 측면에서 드러내 보이고 있다. 이것은 80년대 예술의 영점화를 지향한 시인들의 시가 일정한 맥락성과 함께 시간성 위에서 성립되었다는 것을 의미한다. 황지우나 이성복, 박남철의 시가 강렬한 사회 풍자나 아이러니를 동반하고 있는 것도 그 이유가 여기에 있다고 할 수 있다. 따라서 이들의 시 속에는 여전히 '나는 누구인가', '세계의 본질은 무엇인가' 하는 인식론적인 속성이 투영되어 있다.

하지만 90년에 행해진 예술의 영점화는 80년대와는 다르다. 90년대의 영점화는 인식론이 아닌 철저하게 존재론을 문제삼는다(물론 90년대에 비해 상대적으로 그것이 다소 약화되어 드러난다는 것뿐이지 80년대의 영점화를 지향한 시들이 존재론을 문제삼지 않는다는 것은 아니다). 이제 나는 누구인가, 세계의 본질은 무엇인가는 문제가 되지 않는다. 여기에서는 '나는 과연 존재하는가? 혹은 세계는 과연 존재하는가?' 하는 것만이 문제될 뿐이다. 이런 존재론적인 회의는 기본적으로 후기산업사회의 언어의 물화(物化) 현상과 무관하지 않다. 이때의 언어는 어떤 대상이나 현실을 반영하거나 지시하거나 비판하지 않아 그 자체가 하나의 자율성(모더니즘)을 띠게 될 뿐만 아니라 여기에서 한 걸음 더 나아가 언어를 이루는 소리와 개념 중에서 소리만이 전경화(포스트모더니즘)되어 드러난다. 따라서 이러한 언어의 물화는 언어 기호가 부재의 공간을 지시한다는 점에서 문제적이다. 여기에서의 부재의 공간은 주체가 소멸하는 공간인 동시에 시니피앙(소리)만이 나뒹구는 공간이며, 타자의 욕망이 지배하는 그런 공간을 말한다.

90년대 예술의 영점화를 추구하는 시인들은 이 부재의 공간에서의 유희를 즐긴다. 언어가 의미를 상실하고, 순수하고 우연한 소리만으로 가득 찬 공간에서 그들은 온갖 놀이를 즐기는 것이다. 이것은 결국 그들이 부재와의 놀이, 부재와의 싸움을 통해 나와 세계의 존재를 지우려는 것에 다름 아니다. 부재와의 놀이 혹은 싸움은 어떤 결절점도 없이 허무의 심연으로 모든 것들을 몰아간다는 데 그 나름의 의미와 문제의 심각성이 있다. 부재와의 놀이가 후기산업사회에 대한 미적 반영이라는 측면에서는 긍정할 부분이 많지만 그 놀이의 실제적인 주체(창작 주체가 아니라 몸적 주체)마저 부정하거나 망각할 위험성이 있다는 점에서는 불안과 함께 불길함을 떨쳐버릴 수 없다. 90년대 예술의 영점화를 추구한 시인들—이승훈, 박상순, 송찬호, 김언희, 김소연, 조하혜, 성미정, 함기석, 이수명 등을 통해 이 불안과 불길함의 정체를 밝혀 보려고 하는 의도가 바로 여기에 있다.

2. 이승훈 씨를 찾아간 이승훈 씨

90년대 예술의 영점화를 통해 미적 불안과 불길함에 불을 지른 장본인은 이승훈이다. 그는 90년대에 들어와 시론(『포스트모더니즘시론』 『모더니즘시론』 『해체시론』)과 시의 상보적인 관계하에서 예술의 영점화를 실천적으로 보여주고 있다. 시론과 시, 그리고 논쟁(이승훈·최동호 간의 해체와 정신 논쟁)을 통해 그가 집요할 정도로 깊이 있게 천착하고 있는 문제는 자아이다. 이것은 이미 첫 시론집인 『비대상』(1983)

으로부터 시작된 그의 오랜 화두이다. 『비대상』에서 그는 대상을 괄호 친 상태에서 '나'를 증명해 보이려고 한다.

그런데 이 증명은 어떻게 가능할까? 어쩔 수 없이 이 대목에서 언어가 개입될 수밖에 없다. 이때의 언어는 대상과의 관련성이 탈락된 언어, 좀더 정확히 말하면 기표와 대상 사이에 필연성이 없는 그런 탈지시적인 언어를 의미한다. 그는 이 언어로 자신을 증명해 보이려고 한 것이다.

그러나 언어를 통해 자기 자신을 증명하려 할 때, 그가 체험하는 것은 '자기 증명의 아이러니'이다. 대상과의 관련성이 탈락된 언어 속에서 '나'라고 명명할 때 그 '나'가 지시하는 것은 '나'라는 실체가 아니다. 여기에서의 '나'는 현실적으로 존재하지 않는다. '나'는 언어로 명명될 때 이미 죽거나 부재한 상태에 놓이게 되는 것이다. 이때의 '나'는 거울 속의 '나'와 같은 것이다. 그 거울 속의 '나'는 진정한 '나'가 아니라 '나'의 이미지에 불과하다. 만일 그 거울 속의 '나'가 진정한 '나'라고 생각한다면 그것은 보여지는 '나'를 모르는 상상계적인 인식에서 비롯된 것이다. 거울 속의 '나' 혹은 언어로 명명될 때의 '나'를 나 자신과 동일하다고 인식하지만 사실은 그것이 하나의 착각에 불과하다는, 이 자기 증명의 아이러니는 결국 '나'를 '나'로부터 소외시키는 결과만을 초래하게 되는 것이다.

이러한 '나'의 자기 동일성의 실패는 자연히 그의 시적 사유를 '너'에 대한 관심으로 돌려놓는다. 그는 '너'와의 만남을 통해 '나'가 '나'로부터 소외되는 이른바 자기 소외를 극복하려 했던 것이다. 그는 '너'의 있음과 없음이 '나'를 증명할 수 있다고 믿었던 것이다. '나'와 '너'와의 관계에서 성립되는 이 자기 동일성 증명에의 욕구는 다음과 같은 방식으로 행해질 수 있다. 먼저 ① '너'의 있음이 '나'의 있음을 낳고, ② '너'의 있음이 '나'의 없음을 낳고, ③ '너'의 없음이 '나'의 있음을 낳으며, ④'너'의 없음이 '나'의 없음을 낳고, ⑤'너'의 없음이 '너'의 있음을 낳으며, ⑥'나'의 없음이 '나'의 있음을 낳는다는 명제이다. 이것은 무엇인가. 그것은 한마디로 '나'와 '너'의 자기 동일성의 증명이 불가능하다는 것이다. 이 불가능은 '나'의 현존이 '너'의 부재이며, 반대로 '너'의 현존이 '나'의 부재이기 때문이고(②③), '너'와 '나'는 부재하면서 동시에 현존하기 때문이다(⑤⑥).

이처럼 현존과 부재가 동시에 나타난다는 것은 동일성이 성립될 수 없다는 것에 다름 아니다. '나'와 '너'가 동일성을 유지하기 위해서는 현존하면서 부재해서는 안 되고 영원히 현존만 계속되어야 한다. '나'와 '너'가 현존하면서 부재한다는 것은 '나'와 '너' 모두 완전한 존재가 아니라 불완전한 존재, 결핍의 존재라는 것을 의미한다. 결핍이 있는 상태에서 완전한 합일(자기 동일성)을 욕망한다는 것은 불가능한 것이다. '나'와 '너'가 언어로 명명될 때 이미 그 '나'와 '너'는 자기 소외의 양태로 존재하게 되는 것이다. 따라서 '나'의 자기 소외를 '너'와의 만남을 통해 극복하려는 시도는 불가능함이 전제된 행위라고 할 수 있다.

이렇게 대상에 대한 회의에서 출발한 그의 비대상론은 자기 동일성의 증명이 불가능하다는 인식을 보여준다. 대상을 괄호 친 상태에서 '나는 무엇인가?', '나는 누구인가?', '나의 진정한 의미는 무엇일까?' 하는 문제와 첨예한 대결을 통해 그는 자기 동일성을 증명하려는 노력은 허무에의 의지를 연상시킨다. 동일성의 증명에 실패한 그는 나를 너가 아니라 그로 치환하기에 이른다. 나를 너라고 할 때의 자아 보존 내지 자아 증명의 욕망이 자아 해체 내지 자아 소멸로 바뀌게 된다. 이제 그는 자아를 인식론이 아닌 존재론적인 회의를 통해 보게 된 것이다. 이것을 그의 식으로 표현하면 그것은 곧 "내 속에서 그가 생각한다"(『해체시론』, p.114)이다.

이승훈 씨는 바라리를 걸치고 흐린 봄날 서초동 진흥 아파트에 사는 시인 이승훈 씨를 찾아간다 가방을 들고 현관에서 벨을 누른다 이승훈 씨가 문을 열어준다 그는 작업복을 입고 있다 아니 어쩐 일이요? 이승훈 씨가 놀라 묻는다 지나가던 길에 들렀지요 그래요? 전화라도 하시지 않고 아무튼 들어오시오 이승훈 씨는 거실을 지나 그의 방으로 이승훈 씨를 안내한다 이승훈 씨는 그의 방에서 시를 쓰던 중이었다 이승훈 씨는 원고지 뒷장에 샤프 펜슬로 흐리게 갈려 쓴 시를 보여준다.

— 이승훈, 「이승훈 씨를 찾아간 이승훈 씨」

누가 진짜 이승훈일까? "서초동 진흥 아파트에 사는" 이승훈인가? 아니면 "바바리를 걸치고 흐린 봄날" 서초동 진흥 아파트에 사는 이승훈을 찾아간 이승훈인가? 이런 물음은 부질없는 것이다. '내' 속에 이미 '그'가 있기 때문이다. 이때의 '그'는 '나'의 완전함을 끊임없이 부정하고 위협하는 하나의 틈이요, 얼룩이다. '그'가 있기 때문에 '나'는 완전하고 단일한 주체로 존재할 수 없다. '나는 내가 존재하지 않는 곳에서 생각하고, 내가 생각하지 않는 곳에서도 존재하는' 그런 주체이다. 이런 주체는 결핍된 주체이다. 시인이 이 시를 통해 말하려고 하는 것도 바로 그것이다. 숙명적으로 인간은 거울 단계(mirror stage)를 거치지 않는가? 만일 거울이 없었다면 인간은 자신이 숙명적으로 오인(meconnaissance)의 구조로부터 시작하기에 자아를 완벽하게 조정하는 절대적 주체란 있을 수 없다는 사실을 깨닫지 못했을 것이다. 거울 속의 나는 완전한 나가 아니라 나의 이미지에 불과한 것이다. 그런데도 그것이 나라고 고집하는 것, 즉 상상계적인 동일시는 일종의 정신병적인 징후를 드러내는 것이라고 할 수 있다.

이러한 상상계적인 동일시는 6개월~18개월 된 아이에게서 보편적으로 발견되는 예이지만 성인이 되었다고 해서 이것이 없어지는 것은 아니다. 자신이 타인에 의해 보여진다는 것을 모른 채 언제나 타자의 욕망이 나의 욕망이라고 속단하는 나르시시즘적인 동일시의 세계에 빠진 경우에는 이 상상계적인 양상이 드러난다고 할 수 있다. 이것은 비단 개인에게만 그치는 것이 아니라 집단이나 국가, 혹은 인류의 사유 체계라는 보다 큰 형태로 드러나기도 한다. 시인이 이 시를 통해서 보여주려고 한 것은 이러한 상상계적인 동일시의 논리 속에 도사리고 있는 지배적이고 폭력적인 속성에 대한 부정과 해체라고 할 수 있다. 시인은 자신의 시나 시쓰기에서 단일한 자아, 본질, 중심, 주의, 정신 등을 철저하게 배격하고 있을 뿐만 아니라 어떤 대상을 이분법적인 논리에 입각해 보려는 시도에 대해서도 알레르기적인 반응을 보인다.

시인의 이 논리는 보수적인 성격이 강한 90년대 우리 시단에서는 하나의 틈이요, 얼룩이다. 시인의 논리에 대한 최동호 교수의 비판은 우리 시단의 보수성이 불거져 나온 것이라고 할 수 있다. 더욱이 근대성 혹은 모더니즘의 기획이 끝난 것은 고사하고 이제 겨우 고개 하나 정도 넘은 상황에서 극단적인 해체의 논리의 전경화는 그 기획의 중심에 선 사람들에게는 하나의 악성 바이러스로 비쳤을 것이다. 하지만 그들이 어떤 시각으로 해체의 논리를 보든 지금 여기에서의 우리 시의 상황은 그 논리를 외면할 수 없는 지경에 이른 것이 사실이다. 사정이 이러하다면 우리는 그것을 그 자체로 인정하고 받아들여야 한다. 정신이나 이성, 건강이라는 어떤 당위성만을 내세워 그것을 재단하는 것은 우리 시의 보다 생산적인 논의를 위해서 별 도움이 되지 않는다. 지금 여기에서 중요한 것은 하나의 징후(무엇이 정상이고 무엇이 병리적인 것인가는 좀더 두고 볼 일이지만)를 징후로서 볼 줄 아는 시각이다.

3. 욕망, 혹은 기계의 질의 탄력

예술의 영점화를 지향하는 우리 시의 해체의 논리는 차츰 탄력을 얻어 가고 있는 것이 사실이다. 이 탄력은 이제 이런 해체의 논리가 젊은 시인들을 중심으로 폭넓게 확산되었기 때문이기도 하지만 그보다는 그들이 보여주는 세계가 좀더 다양화되고, 탈영토화를 지향하기 때문이라고 할 수 있다. 90년대에 들어와 해체 논리에 불을 지핀 이승훈의 경우에 있어서 해체는 주로 에고에 대한 사유를 통해 전개되어 왔다고 해도 과언이 아니다. 그러나 새롭게 등장한 신세대 시인들의 경우 이 해체의 논리는, 에고는 물론 욕망이라든가 시의 구조적인 차원으로까지 확대되어 있다.

욕망의 문제만 하더라도 그것은 이전의 외디푸스의 단계에만 머물러 있는 것이 아니다. 신세대 시인들은 욕망을 근친상간에서 비롯되는 외디푸스 삼각형의 구도하에서 노래하고 있지 않을 뿐만 아니라 그것을 또한 성적인 충동으로만 이해하려고 하지도 않는다. 그들은 욕망을 후기산업사회의 문맥에서 다시 읽어내고 있다. 따라서 그들에게 있어서 욕망은 후기산업사회를 가로지르는 하나의 힘의 실체가 되는 것이다.

*

아침마다 그것은 냄새나는 구두 속에서 태어난다
아침마다 그것은 뱃속을 구긴 신문지로 채운다
아침마다 그것은 그것이 어제 죽인 것을 복도에서 만난다
아침마다 그것들은 서로의 면상에 침을 뱉어 아침 인사를 나눈다
*

날이면 날마다 오는 것이 아닌 것이 날이면 날마다 온다

날이면 날마다 그것 같은 것이 생긴다
그것 같은 것이 그것에게 말한다

너, 집에 가!
*

빌린 칼로 그것이 그것의 목구멍에서 까마귀를 파낸다 빌린 칼로 그
것이 그것의 밑구멍에서 까마귀를 파낸다 애인 없는 그것의 더러운
고독 그것이 그것을 흉기처럼 뚫고 나온다 그것은

달래어지지 않는다
*

더러운 해안의 쓰레기들과 함께 떠 밀려다니면서 그것이,
있지도 않은 계단을 굴러떨어지면서 그것이,
분필처럼 분질러지면서 그것이,
*

눈 위에 찍힌 토끼 발자국
눈 위에 찍힌 거짓말의 발자국

어디로 가야 할지 모르는 사거리에 그것은 서 있다

새들이 함부로 똥을 싸지르고 가는 표지판처럼
비스듬히 기울어진 채……

※ '너, 집에 가!', 박상순

—김언희, 「그것13」

김언희의 「그것 13」에서의 욕망은 바로 '그것' 속에 있다. '그것'이란 무엇일까? 여기에서의 '그것'은 주격(그것은, 그것이)이 되기도 하고, 소유격(그것의)이 되기도 하며, 여격(그것에게)과 목적격(그것을)이 되기도 한다. 또한 '그것'은 단수(그것)로 쓰이기도 하고 복수(그것들)로 쓰이기도 한다. 어디 그뿐인가? '그것'은 생물(뱃속, 침, 목구멍)이 되기도 하고 무생물(구두 속)이 되기도 하며, 죽음과 삶(태어난다/죽인 것), 안과 밖(구두 속/구두 밖, 목구멍·밑구멍 속/목구멍·밑구멍 밖), 시간과 공간(어제 죽인 것을 복도에서 만난다, 날이면 날마다 오는 것이 아닌 것이 날이면 날마다 온다)의 경계를 해체하기도 한다. 도대체 '그것'은 무엇일까?

그러나 이 시 어디에도 '그것'이 무엇이라고 명증하게 드러난 곳은 없다. 수수께끼처럼 어떤 의문을 풀 수 있는 그 나름의 실마리가 주어져 있는 것도 아니다. 단지 우리가 이 시에서 유추할 수 있는 것은 '그것'이 의미가 고정되어 있지 않아 의미 자체가 성립되지 않는다는 점과 '그것'이 치환·병렬·반복·병치의 형식을 유지하면서 끊임없이 미끄러져 내린다는 점이다. 이러한 형식은 현실이 아닌 꿈, 무의식, 이드 같은 데서나 볼 수 있는 것이다. 그렇다면 '그것'이 현실이 아니라 쾌락원칙에 의해 지배되는 그 무엇이라는 것 아닌가? 이와 관련하여 이승훈 교수는 김언희의 『트렁크』에 대한 해설에서 "그녀의 시를 읽으며 문득 떠오르는 것이 들뢰즈와 가타리의 앙티 오이디푸스 첫 페이지에서 한 말"이라고 하면서 최명관 교수가 번역한 글을 그대로 옮겨 놓고 있는데 여기에 바로 '그것'에 대한 의문을 풀 수 있는 단서가 숨어 있다.

그것은 어디서나 작동하고 있다. 때로는 멈춤 없이, 때로는 중단되면서 그것은 숨쉬고, 그것은 뜨거워지고, 그것은 먹는다. 그것은 똥을 누고 성교를 한다. 그것이라고 불러 버린 것은 얼마나 큰 잘못인가? 어디서나 그것들은 기계들인데, 결코 은유적으로가 아니다. 연결되고 연접해 있는 기계들의 기계들이다. 한 기관기계는 한 원천기계에 연결되어 있다. 하나는 흐름을 내보내고 다른 하나는 그 흐름을 끊는다. 유방은 젖을 생산하는 기계요, 입은 유방에 연결되어 있는 기계다.

— pp.92~93

이 글을 보면 들뢰즈와 가타리가 말하고 있는 '그것'과 김언희 시인의 '그것'이 다르지 않다는 것을 알 수 있을 것이다. 한 가지 특이한 점은 들뢰즈와 가타리는 '그것'의 이 끊임없는 미끄러짐을 '기계'라고 표현하고 있다는 사실이다. 그렇다면 다시 '그것' 혹은 '기계'는 무엇일까? 여기에 대해 이 글을 해설한 최명관 교수는 '그것'이 곧 '이드'라고 각주까지 달아놓고 있다.

이렇게 '그것'이 곧 '이드'(무의식 혹은 욕망)라면 김언희의 「그것 13」은 '이드'에 대한 해석을 보여준 시라고 해도 무방할 것이다. '그것'이 곧 '이드'라고 보고 이 시를 다시 보면 그녀가 말하고 있는 '이드'가 좀 더 명증하게 드러난다. 앞서 '그것'이 무엇인가? 하는 사실을 해명할 때 언급했듯이 '이드'는 곧 치환, 병렬, 반복, 병치의 형식을 가지고 끊임없이 미끄러지는 것이며, '그것'은 또한 의식이나 기의 없이 무의식과 기표의 양태로 작동하는 일종의 '기계'라고 할 수 있다.

'그것'이 '기계'이며 '기계'가 곧 '이드'라는 이 의문에 대한 답은 여전히 고정되지 않고 미끄러지고 있다. '그것'이 '이드'라는 사실은 이해가 되지만 '그것'이 '기계'라는 사실은 낯설다. 이드, 무의식적인 욕망이 기계라니. 어떻게 생명체인 인간으로부터 비롯되는 욕망과 물질적 기계를 등가로 놓을 수 있을까? 놀라울 뿐이다. 욕망이 기계라면 그 욕망은 끊임없이 움직이며, 단절되었다가 접속되고, 분열하면서 생산하는 자유로운 기계의 성격을 가지게 되는 것이다. 이것은 욕망의 주체를 인격적 주체로 한정하지 않고, 욕망의 대상 역시 인격적 제한을 넘어선다는 것을 의미한다. 김언희의 시에 드러나는 욕망이 기계적인 속성을 가지는 것도 모두 이 때문이다. 그녀의 시에서는 "낡아 빠진 침대 스프링이/저 혼자 삐걱이며 자위를 하고"(「HOTEL ON HORIZON」), "못의/엉덩이를 두드려가며 깊이/깊이 못과 교접하며"(「못에게」), "혈관 속을 흐르는 전기 피/전기 욕정으로/요분질/중"(「탈수중」)인 욕망하는 기계의 흐름이 있다.

그녀의 욕망하는 기계의 이미지는 후기산업사회의 한복판을 가로지르면서 가족의 울타리 속에서 굴절되고 속박된 리비도를 본래의 사회적 영역으로 해방시키려는 유목민의 속성과도 같다. 주어진 영토의 경계를 벗어나 탈영토화와 재영토화의 운동을 전개함으로써 욕망하는 기계는 후기산업사회의 체제와 질서를 교란하고 전복시키는 힘을 갖는다. 이 점에서 김언희의 욕망하는 기계는 점점 불모화로 치닫고 있는 후기산업사회의 존재 양태를 드러내는 것인 동시에 그것에 대한 미적 반영이라고 할 수 있다. 특히 그녀의 시, 「그것 13」은 후기산업사회를 욕망하는 기계의 이미지로 노래하고 있는 시들 중에서 '우산'과 같은 시이다.

4. 언어의 욕망, 언어의 감옥

후기산업사회의 미적 전략 역시 언어로부터 자유로울 수 없다. 주체의 소멸, 욕망하는 기계 등 후기산업사회의 미적 전략은 언어의 비지시성, 곧 언어의 물화를 통해서만이 가능하다. 언어의 이러한 존재성은 그 동안 인간의 태생적 불안으로 작용한 언어가 영원히 사물이나 세계를 완전하게 대치할 수 없다는 문제에 대해 많은 것들을 생각하게 해준다. 후기산업사회의 미적 전략인 언어의 물화는 과연 얼마만큼 이 태생적 불안을 덜어 줄 수 있을까? 언어와 사물 혹은 언어와 세계 사이에 난 간극을 동기부여성(motivation)이 아닌 끊임없는 미끄러짐(glissement)을 통해 얼마만큼 메울 수 있을까? 어떤 점에서 보면 후기산업사회의 언어의 물화는 간극을 메우려는 것이 아니라 사물과 세계를 배제한 채 언어만을 전경화함으로써 오히려 그 불안을 고조시키고 있다는 혐의에서 자유롭지 못한 것 같다. 이로 인해 후기산업사회의 언어는 하나의 징후로 존재하는 것 아닌가?

이승훈의 시쓰기가 "우울증 환자의 시쓰기"(최동호, 「시의 부정, 해체 그리고 시적 생성」, 『문학사상』, 1996년 10월호)가 되는 것도 김언희의 시가 "부패한 시체의 이미지"(이재복, 「몸과 욕망의 언어」, 『현대시학』, 1999년 11월호)로 가득한 것도 따지고 보면 그 원인이 언어의 물화에 있는 것이다. 이 물화의 정도가 심할수록 세계의 상실에서 오는 불안도 깊어지는 것이며, 그에 비례해 정신분열증적인 혹은 신경증적인 징후도 깊어지리라는 것은 불을 보듯 뻔한 일이다. 이승훈과 김언희 이외에도 박상순, 송찬호, 김소연, 조하혜, 성미정, 함기석, 이수명 등의 징후가 깊어 보인다.

첫 번째는 나
2는 자동차
3은 늑대, 4는 잠수함

5는 악어, 6은 나무, 7은 돌고래
8은 비행기
9는 코뿔소, 열번째는 전화기
— 박상순, 「6은 나무 7은 돌고래, 열 번째의 전화기」

박상순의 이 시는 시니피에가 사라진 상태에서의 시니피앙의 놀이를 형상화하고 있다. 기호가 비지시성(물화)을 띠기 때문에 시니피앙은 어떤 계기성이나 인관성에 입각해 연결되는 것이 아니라 그야말로 우연성에 의해 연결되는 것이다. '첫 번째와 나', '2와 자동차', '3과 늑대'……의 결합에서 보듯 시니피앙의 우연적인 결합은 사물이나 세계를 누구도 알 수 없는 심연 속으로 흡착해 버린다는 점에서 불안할 뿐 아니라 끔찍하기까지 하다. 이 불안과 끔찍함은 '나'라는 존재가 "자동차", "늑대", "잠수함", "악어" 같은 장난감이 된다는 사실에 있다. 이것은 나로 표상되는 자아가 여러 개로 분열된다는 것이고, 이것은 곧 나라는 존재가 소멸된다는 것을 의미한다. 이때의 나는 내가 존재하지 않는 곳(실재계, 죽음이나 성욕으로 변주되는 곳)에 있는 존재이다. 그의 시에 드러나는 이러한 풍경은 송찬호나 김소연, 조하혜, 성미정, 함기석, 이수명의 시에서도 드러난다. 그 중에서도 송찬호와 김소연의 시에 드러난 징후들이 좀더 깊어 보인다.

나는 새장을 하나 샀다
그것은 가죽으로 만든 것이다
날뛰는 내 발을 집어넣기 위해 만든 작은 감옥이었던 것

처음 그것은 발에 너무 컸다
한동안 덜그럭거리는 감옥을 끌고 다녀야 했으니
감옥은 작아져야 한다
새가 날 때 구두를 감추듯

—송찬호, 「구두」

나는 벼룩을 사랑하였고 벼룩을 사랑하는 자네의 지저분한 다리들을 사

랑하였다. 나는 푸른 곰팡이가 피어난 밥을 맛있게 먹어댔고 쓰레기통에
버려진, 깨진 달걀과 놀아났다. 나는 남들이 피우다 버린 꽁초를 주워 사랑
을 속삭였고 징그러운 비단뱀이 버리고 간 허물을 껴안고 환하게 웃었다.

　　나는 말라죽은 화분의 누런 잎과 간통하였고, 나는 텅 비어 있는 액자를
모셔놓고, 오! 나의 사랑이여, 헤프게 헤프게 고백을 하였다.

— 김소연, 「극에 달하다」

송찬호의 「구두」 역시 시니피앙 자체가 어떤 시니피에도 지시하지
않는다. 이것은 그의 시의 언어가 시니피에가 사라진 상태에서 시니
피앙 사이의 우연성에 의해 연결된다는 것을 의미한다. 하지만 그의
시의 경우, 이 결합이 독특하다. 우선 "구두"—"새장"—"가죽"—"감
옥"의 관계를 보자. 이 각각의 낱말들은 일반적으로 인접성의 원칙에
의해서만 결합될 수 있다. "구두"와 "새장" 혹은 "새장"과 "가죽",
"가죽"과 "감옥" 사이에는 어떤 유사성도 없다. 만일 일상 생활에서
인접성이 아닌 유사성의 원칙에 입각해 이 낱말들을 결합시킨다면
그것은 언어 질서에서 벗어난 행위로 간주되어 정신병적인 취급을
받게 될 것이다. "구두"를 "새장"이라고 하고 "새장"을 "가죽"이라고
하는 것은 언어 체계의 두 축 중에서 결합 축에 이상이 생긴 것이다.
일상의 논리로 보면 비정상적인 이런 일이 그의 시에서 벌어지고 있
는 것이다. 이것은 무엇인가? "구두"를 "새장"으로 보는 행위는 일종
의 동일시의 욕망에서 비롯되는 것 아닌가? 따라서 그의 시는 타자와
자신을 동일시해 버리는 상상계적인 세계에 놓여 있다고 할 수 있다.
이런 점에서 그의 시는 신경증적인 징후를 생산하는 그런 텍스트가
된다.

김소연의 「극에 달하다」 역시 징후적인 텍스트이다. 이 시에서는 시
니피에가 사라진 상태에서 시니피앙(박상순, 송찬호)을 노래하고 있는

것이 아니라 무수한 시니피앙(벼룩·지네·곰팡이 난 밥·깨진 달걀·버리진 꽁초·뱀의 허물·누런 잎·텅 빈 액자 등)이 하나의 시니피에(사랑)를 지시하고 있다. 이 사실은 그녀의 시가 시니피앙에 의한 동일시라는 상상계적인 세계에 대한 안주를 의미하는 것이 아니라는 것을 말해 준다. 그녀의 시가 시니피에라는 대상을 상정하고 있다는 것은 곧 상징계적인 존재를 인정하고 있다는 것을 의미한다. 그러나 이것은 그녀가 상징계를 옹호하기 위해서라기보다는 상징계를 부정하고 해체하기 위해서라고 할 수 있다. 이런 점에서 이 시에서 노래하고 있는 것은 상징계적인 가치인 '사랑'에 대한 예찬이 아니라 그것에 대한 조소와 조롱이다.

박상순, 송찬호, 김소연 등의 시에서 보여지는 언어의 물화를 통한 후기산업사회의 미적 전략은 전략으로서 충분한 가치를 가진다. 언어의 물화에 대해 그것의 불온성을 이야기하는 사람들은 '불온함이 곧 시가 된다'는 미학의 기본 상식을 모르는 자들이다. 그들의 시는 불온한 것이 아니라 불안하고 불길한 것이다. 그들의 시는 언어의 물화를 통해 후기산업사회의 다양한 징후들을 들추어내고 있기는 하지만 그것이 사물이나 세계와의 연관성이 끊어진 상태에서 행해지고 있기 때문에 진정한 언어에 의한 존재의 해방이 아니라 존재를 언어의 감옥에 가두는 행위가 될 수도 있는 것이다. 바로 그 점이 불안하고 불길한 것이다.

5. 확실성과 불확실성 사이

90년대의 욕망을 노래한 시들의 문제는 그것이 정신병적인 징후를 생산하고 있는 데 있지 않다. 오히려 이것은 후기산업사회의 존재 양식을 드러내고 있다는 점에서 높이 평가받아야 할 대목이다. 세계가 병적인 징후를 드러낸다면 정상적이거나 건강한 패러다임으로의 이행에 앞서 이 징후를 징후로서 만나야 한다. 이것은 마치 의사가 정신 병적인 징후를 가진 환자를 진단할 때, 그 징후를 자신의 개념화되고 이론화된 논리에 입각해 제거하려 하지 않고 환자가 그 징후와 친해질 수 있도록 도와주는 것과 같은 이치이다. 환자들에게 환상과 같은 징후는 그들을 살아가게 하는 하나의 동력 아닌가?

이런 맥락에서 90년대 욕망을 노래한 시인들은 훌륭한 의사에 견줄 만하다. 따라서 이들의 문제는 정신병적인 징후를 노래하고 있는 데 있지 않다. 이들의 보다 근본적인 문제는 '토대' 자체를 의문시한다는 점에 있다. 이승훈, 박상순, 송찬호 등의 시에서 엿보이는 주체의 소멸, 사물이나 세계의 상실은 이들이 일체의 토대를 추구하는 것에 대해 회의를 가지고 있다는 것을 의미한다. 그러나 비트겐슈타인이 '확실성에 관하여'에서 설파했듯이 원칙적으로 하나의 확실성을 전제하지 않고서 어떻게 궁극적인 회의를 설명할 수 있겠는가? 회의란 놀이 그 자체는 확실성을 전제로 한다. 어떤 사실에 대해서도 확신하지 못하는 사람은 자신의 회의를 표출하는 낱말이나 그 낱말의 의미에 대해서도 확신하지 못하는 아이러니를 연출할 수밖에 없다.

이렇게 모든 것을 회의하게 되면 이승훈의 말처럼 "시적인 것도 없고 시도 없"(『문학사상』, 1996년 11월호)는 것이 된다. 그러나 그의 시는 비록 그것이 없음을 노래하고만 있지 않은가? 있다는 것은 그것이 있음을 증명하는 무언가 확실한 것이 있기 때문에 가능한 것 아닌가? 그 확실한 것이 무엇일까? 혹시 그가 부정해 버린 언술 행위의 주체인 나(몸적 주체)는 아닐까? 아니면 언술 내용의 주체인 나를 가능하게 하는 언어 그 자체는 아닐까? 이 의문에 대한 답은 중요하지 않다. 다만 불확실성을 이야기한다는 것 자체는 이미 그 속에 어떤 확실성이 전제되었기 때문에 가능하다는 그 사실만큼은 중요하다. 90년대 욕망을 노래한 시인들에게 이 사실은 자신을 혹은 자신의 시를 비춰볼 수 있는 하나의 거울이 될 수 있을 것이다.

허무와 소멸의 미학

— 이승훈의 『비대상』과 『해체시론』을 중심으로

1. 이승훈 시론의 현재성

이승훈은 20세기 한국시사에서 독자적인 시 세계를 구축한 시인이다. 그의 독자성은 1970년대 초반 김현이 보인 관심을 시작으로 80년대의 김재홍, 서준섭을 거쳐 90년에 들어와 권영민, 김준오, 박상배, 김승희, 정효구 같은 당대의 논객들로 이어지면서 구체성과 보편타당성을 부여받기에 이른다. 특히 다른 어느 시대보다 90년대에 들어와 그에 대한 관심과 평가는 확산일로에 있다. 이것은 그에 대한 담론들의 양적인 증가에서뿐만 아니라 그것의 질적인 심화의 측면에서도 확인되는 사실이다. 다른 어느 시대보다 90년대에 들어와 이렇게 그에 대한 관심이 확산된 것은 90년대가 의식보다는 무의식, 실체나 대상보다는 언어, 기의보다는 기표, 세계보다는 자아, 정신보다는 해체, 이성보다는 욕망, 현실보다는 환상이 담론의 중심에 놓인 시대이기 때문이다. 이것은 곧 90년대가 '프로이트의 부활'(이승훈의 부활 혹은 이상 시의 계보에 속하는 시인들의 부활)로 상징화될 수 있는 시대라는 것을 의미한다.

이렇게 90년대라는 시대성과 맞물려 그의 시적 사유에 대한 관심과 평가가 확산된 것이 사실이며, 이것의 전경화에 직접적인 계기를 제공한 것은 90년대 초 그가 들고 나온 포스트모더니즘론과 최동호 교수와 벌인 정신과 해체의 논쟁이다. 포스트모더니즘론과 해체의 담론은 90년대적인 한국 상황에서는 그 변화의 실재보다 앞서간 점이 없지 않지만 시적 사유의 출발 자체가 전위적이었던 그의 입장에서 보면 오히려 그것은 그다운 면모를 드러낸 것이라고 할 수 있다. 그는 이 담론들을 통해 자신이 지금까지 추구해 온 시적 사유를 재점검하고 또 발전시키는 계기를 마련했을 뿐만 아니라 그 동안 자신의 사유에 무관심 내지 소극적이었던 논객들을 일정한 관심과 적극적인 평가의 장으로 끌어들이는 계기를 마련해 주었다고 할 수 있다. 이렇게 보면 90년대는 1962년 등단 이후부터 지금까지 30년 넘게 이성, 현실, 의식의 담론이 배제하고 희생시켜 온 감성, 환상, 무의식과 같은 담론들을 보듬어 안고 고독하게 자신의 내면을 키워 온 그의 시적 사유에 대한 관심과 평가에 일정한 동기 부여를 했다고 할 수 있다.

90년대 들어와 그의 시적 사유에 대한 관심은 여러 논객들에 의해 다양하게 드러났지만 그 중에서도 가장 심도 있고 주목할 만한 발언을 하고 있는 논객으로는 정효구를 들 수 있다. 그녀는 이승훈의 시적 사유에 대한 관심을 저널한 비평의 양식이 아닌 논문의 양식을 통해 해명하면서 그의 시 세계에 대한 본질을 파헤치고 있다. 그녀는 「이승훈의 시와 시론에 나타난 자아탐구의 양상과 그 의미」(『어문논집』 7집, 1998. 7. 충북대 외국어교육원)라는 논문에서 그의 시 세계의 본질을 자아 탐구로 규정하고 있다. 그녀에 의하면 그의 자아 탐구는 "분명한 자의식과 이론을 갖고 수행되기 때문에 막연하게, 또는 한두 편의 작품으로 자아 탐구라는 주제를 형상화한 시인의 경우와는 구별된다"고 보고 있다. 그녀가 말하는 그의 자아 탐구의 작업이 가지는 의의를 간추려 보면 첫째, 그의 자아 탐구는 1930년대의 이상에 맥을 대고 있지만 이상이 자아를 탐구하다 마침내 자아조차도 부정함으로써 죽음으로 치달은 것과 달리, 자아를 부정하면서 동시에 긍정하거나, 부정도 긍정도 하지 않는 개방적 세계를 창조함으로써 이상에서 비롯된 자아 탐구를 더욱 심화 발전시켰다는 것이다. 둘째, 내면지향적인 자세가 토대를 이루지 않은 채 외부지향적인 시만을 쓰는 우리 문학 풍토의 위험성과 한계를 극복하는 데 그의 자아 탐구가 이바지했다는 것이다. 셋째, 그의 자아 탐구는 부정정신의 산물이지만 그 부정이 부정으로 끝나지 않고 긍정도 수용할 수 있는 이분법을 넘어선 부정이라는 것이다. 넷째, 그의 자아 탐구는 진리, 근원, 궁극, 전체성, 총체성 등과 같은 근본주의자나 환원주의자, 그리고 이성주의자의 거대이론 체계에 얼마나 큰 미망이 깃들여 있는가를 보여주었다는 것이다. 다섯째, 그의 자아 탐구는 언어의 운명에 대한 새로운 사색을 하게 이끌었다는 것이다. 여섯째, 그의 자아 탐구는 자기 구원과 자기 해방이라는 문제에 시사점을 주며, 사회적 가면을 쓴 형식적 자아가 아닌 존재하는 자아를 발견하고 있다는 것이다. 일곱째, 그는 자아의 본질이 있는 게 아니라 자아의 움직임이 있을 뿐이며, 그 움직임은 놀이나 유희로 해석될 수 있다는 것이다.

그녀의 이러한 해석은 지금까지 자아 탐구의 시인으로 명명되어 온 이승훈의 시 세계에 대한 본질을 인상비평의 차원이 아닌 시와 시론에 나타난 구체적인 증거를 가지고 객관적으로 입증한 최초의 글이라고 할 수 있다. 그녀의 해석에서 특히 돋보이는 대목은 그녀가 이승훈의 자아를 '파산'(이상의 자아)이 아니라 '생성'의 측면에서 읽어내고 있다는 점이다. 이 점은 그의 시적 사유를 해명하는 데 있어서 하나의 지침이 될 수 있는 해석이라고 할 수 있다. 이승훈은 30년 넘게 자아의 문제에 천착해 오면서 그 자아를 긍정하기도 하고 또 부정하기도 했지만 이상처럼 그 자아에 대해 죽음을 선고하지는 않았던 것이다. 이로 인해 그의 자아는 고정되어 있지 않고 끊임없이 유동하면서 다양한 의미의 변화와 생성을 거듭할 수 있었던 것이다. 이 변화와 생성은 시와 시론에 걸쳐 상보적인 관계를 유지하면서 동시에 나타난다. 자아의 이 변화와 생성은 정효구 교수처럼 그것을 의미론적으로 유형화할 수도 있고, '나', '너', '그'라는 인칭 변화를 통해 해명할 수도 있으며, 또한 자아에 대한 인식론적인 회의와 존재론적인 회의라는 측면에서도 해석할 수 있다.

이러한 방법 이외에도 다양한 방법으로 그의 자아 문제에 접근할 수 있겠지만 인칭의 변화와 인식론적, 존재론적인 회의라는 시각에서의 접근은 다른 어떤 방법보다도 그것을 일목요연하게 드러내는 데 효과적일 것이다. 이렇게 단정적으로 이야기할 수 있는 것은 그가 이미 자신의 시와 시론에서 이것을 분명하게 발설하고 있기 때문이다. 그의 시를 보면 네 번째 시집 『사물들』(1983)을 기점으로 '나'에서 '너'로, 혹은 '너'에서 '그'로의 관심의 변화를 분명하게 읽어낼 수 있으며, 「너에 대한 관심」「그에 대하여」「비대상과 해체」라는 단편적인 글과 『비대상』(1983), 『해체시론』(1998) 등의 시론집에서는 인칭 변화와 함께 자아에 대한 인식론적인 회의에서 존재론적인 회의로의 변화를 읽어낼 수 있다. 이것은 그의 자아에 대한 탐구가 철저한 자의식과 이론적 토대 위에서 시와 시론의 상보성, 혹은 시론으로서의 시라는 형태로 드러나기 때문에 가능한 것이다.

이승훈처럼 이렇게 시와 시론의 상보성을 유지하면서 자신의 시적 사유를 전개한 경우는 우리 현대시사에서 드문 예이다. 우리 현대시사에서 김춘수, 오규원, 김지하 정도가 여기에 해당될 것이다. 이런 점에서 보면 이승훈의 시와 시론, 특히 시론들은 소중하다고 하지 않을 수 없다. 이 시론들 중에서도 『시론』(1979), 『포스트모더니즘 시론』(1991), 『모더니즘 시론』(1995)과 같은 이론적인 것보다도 시에 대한 실천적인 사유를 강조하고 있는 『비대상』 『해체시론』 등이 더 소중하다고 할 수 있다. 이 시론집들은 그의 시적 사유의 진면목을 알 수 있는 저서인 동시에 우리 현대시사의 전위성을 가늠할 수 있는 저서라고 할 수 있다. 따라서 여기에서는 이 『비대상』과 『해체시론』을 중심으로 자아의 탐구라는 그의 시적 사유의 일단을 '나', '너', '그'의 인칭 변화와 인식론적이며 존재론적인 회의라는 점에 초점을 두어 살펴보고자 한다.

2. 『비대상』 _ 대상과 자아에 대한 인식론적 회의

이승훈의 시론 『비대상』이 출간된 것은 1983년이다. 이 책에는 「비대상」(1981)을 비롯하여 「말의 새로운 모습」(1974), 「새로운 詩의 방법」(1976), 「物質」(1976), 「無意味詩의 理論」(1976), 「무의식과의 싸움」(1977), 「反詩」(1980) 등 열여섯 편의 글이 실려 있다. 이 글들을 통해 알 수 있는 것은 비대상이라는 시론이 갑작스럽게 성립된 것이 아니라 오랜 기간과 일정한 사유 단계를 거쳐 성립되었다는 사실이다. 이것은 이 열여섯 편의 글 속에 그가 비대상이라는 사유를 전개한 내적인 필연성 및 전개 방식, 그리고 그 지향점까지도 자세히 서술되어 있다는 것을 의미한다.

먼저 이 글들을 보면 비대상이라는 사유가 새로움에 대한 민감한 자의식으로부터 출발하고 있음을 알 수 있다. 이 자의식을 가장 잘 보여주는 글이 바로 「새로운 詩의 방법」이다. 이 글에서 그는 감수성의 갱

신(更新)을 통한 새로운 문학적 창조를 강조하고 있다. 그는 "시인에게 감수성이 무디어진다는 것은, 곧 시인으로서 그의 목숨이 다한 것이나 다름없다"고까지 말하고 있다. 이러한 그의 감수성의 강조는 일견 너무나 당연한 것을 말하고 있는 것처럼 들릴 수도 있겠지만 사실은 그렇지 않다. 그것은 그가 말하는 감수성이 외부 현실의 재현에서 얻어지는 것이 아니라 그 현실을 자신의 지각을 통해 내면적으로 육화한, 다시 말하면 내성적 논리에 의해 구현된 감수성이기 때문이다. 그가 강조하고 있는 감수성이 내면적으로 육화되었다면 여기에는 기본적으로 자아를 실현하고 싶은 욕망이 존재하고 있는 것이다. 따라서 그가 말하는 새로운 인식, 새로운 탐구는 탐구자의 개체성이 강조되는 것으로서 필연적으로 현실이나 대상의 세계보다는 자아를 향할 수밖에 없는 것이다.

새로움에 대한 민감함이 이처럼 자아를 향할 수밖에 없기 때문에 그의 시적 사유는 대상에 대한 인식론적인 회의로 나아가게 된다. 그는 대상의 세계가 과연 객관적으로 존재하는 것인지, 아니면 그것이 주관적 경험의 산물에 불과한 것은 아닌지 하는 인식론적인 회의를 하게 되는 것이다. 대상의 존재가 회의 속에 있을 때 시인이 할 수 있는 일은 자기 자신을 증명해 보이는 것이다. 그런데 이 증명은 어떻게 가능할까. 어쩔 수 없이 이 대목에서 언어가 개입될 수밖에 없다. 이때의 언어는 대상과의 관련성이 탈락된 언어, 좀더 정확히 말하면 기표와 대상 사이에 필연성이 없는 그런 탈지시적인 언어를 의미한다. 그는 이 언어로 자신을 증명해 보여야 하는 것이다.

그러나 이 언어를 통해 자기 자신을 증명하려 할 때 그가 체험하는 것은 자기 증명의 아이러니이다. 대상과의 관련성이 탈락된 언어 속에서 '나'라고 명명할 때 그 '나'가 지시하는 것은 '나'라는 실체가 아니다. 여기에서의 '나'는 현실적으로 존재하지 않는다. '나'는 언어로 명명될 때 이미 죽거나 부재한 상태에 놓이게 되는 것이다. 이때의 '나'는 거울 속의 '나'와 같은 것이다. 그 거울 속의 '나'는 진정한 '나'가 아니라 '나'의 이미지에 불과하다. 만일 그 거울 속의 '나'가 진정한 '나'라고 생각한다면 그것은 보여지는 '나'를 모르는 상상계적인 인식에서 비롯된 것이다. 거울 속의 '나' 혹은 언어로 명명될 때의 '나'를 나 자신과 동일하다고 인식하지만 사실은 그것이 하나의 착각에 불과하다는 이 자기 증명의 아이러니는 결국 '나'를 '나'로부터 소외시키는 결과만을 초래하게 되는 것이다.

이러한 '나'의 자기 동일성의 실패는 자연히 그의 시적 사유를 '너'에 대한 관심으로 돌려놓는다. 그는 '너'와의 만남을 통해 '나'가 '나'로부터 소외되는 이른바 자기 소외를 극복하려 했던 것이다. 그는 '너'의 있음과 없음이 '나'를 증명할 수 있다고 믿었던 것이다. '나'와 '너'와의 관계에서 성립되는 이 자기 동일성 증명에의 욕구는 다음과 같은 방식으로 행해질 수 있다. 먼저 ① '너'의 있음이 '나'의 있음을 낳고, ② '너'의 있음이 '나'의 없음을 낳고, ③ '너'의 없음이 '나'의 있음을 낳으며, ④ '너'의 없음이 '나'의 없음을 낳고, ⑤ '너'의 없음이 '너'의 있음을 낳으며, ⑥ '나'의 없음이 '나'의 있음을 낳는다는 명제이다. 이것은 무엇인가. 그것은 한마디로 '나'와 '너'의 자기 동일성의 증명이 불가능하다는 것이다. 이 불가능은 '나'의 현존이 '너'의 부재이며, 반대로 '너'의 현존이 '나'의 부재이기 때문이고(②③), '너'와 '나'는 부재하면서 동시에 현존하기 때문이다(⑤⑥).

이처럼 현존과 부재가 동시에 나타난다는 것은 동일성이 성립될 수 없다는 것에 다름 아니다. '나'와 '너'가 동일성을 유지하기 위해서는 현존하면서 부재해서는 안 되고 영원히 현존만 계속되어야만 한다. '나'와 '너'가 현존하면서 부재한다는 것은 '나'와 '너' 모두 완전한 존재가 아니라 불완전한 존재, 결핍의 존재라는 것을 의미한다. 결핍이 있는 상태에서 완전한 합일(자기 동일성)을 욕망한다는 것은 불가능한 것이다. '나'와 '너'가 언어로 명명될 때 이미 그 '나'와 '너'는 자기 소외의 양태로 존재하게 되는 것이다. 따라서 '나'의 자기 소외를 '너'와의 만남을 통해 극복하려는 시도는 불가능함이 전제된 행위라고 할 수 있다.

이렇게 대상에 대한 회의에서 출발한 그의 비대상론은 자기 동일성의 증명이 불가능하다는 인식을 보여준다. 대상을 괄호 친 상태에서 '나는 무엇인가', '나는 누구인가', '나의 진정한 의미는 무엇일까' 하는 문제와 첨예한 대결을 통해 그는 자기 동일성을 증명하려는 노력은 허무에의 의지를 연상시킨다. 그는 「비대상」에서 "시를 절대적 필연성이라고 할 수밖에 없는 무의 세계로 나가는 하나의 과정이었으며, 동시에 언제나 실패하고 마는 과정이었다"고 스스로 밝히고 있다. 이것은 그의 『비대상』 시론이 허무주의와 실패를 전제하면서 수행되는 '모순의 시론'이며 '부조리의 시론'(김준오, 「한국모더니즘 시론의 사적 전개」, 『현대시사상』, 1991년 가을호)이라는 것을 의미한다. 허무와 실패를 두려워하지 않고 이렇게 그것에 대한 즐김을 통해 그가 겨냥하고 있는 것은 무엇일까. 그것은 바로 대상에 대한 회의를 한번도 제대로 제기하지 않았던 전통적인 한국시가 가지는 인습에 대한 파괴이다. 이 파괴의 강도가 높기 때문에 그는 늘 불온한 전사의 이미지로 존재해 온 것이다. 『비대상』 시론이 보여주는 그의 시적 사유의 전위성은 여기에서 멈추지 않고 좀더 과격하고 파괴적인 방향으로 나아간다. 그의 시적 사유는 '나는 누구인가' 같은 자아에 대한 인식론적인 회의에서 '나는 과연 존재하는가' 하는 존재론적인 회의로 변모하게 된다. 여기에 오면 '나'는 '너'가 아니라 '나'는 '그'로 치환되기에 이른다. '나'는 '너'라고 할 때의 그 자아 보존 내지 자아 증명의 욕망이 자아 해체 내지 자아 소멸로 바뀌게 되는 것이다.

3. 『해체시론』_ 주체에 대한 존재론적 회의

이승훈의 『해체시론』이 출간된 것은 1998년이다. 『비대상』 시론과는 15년이라는 거리가 있다. 이 거리는 그의 식으로 표현하면 변증법적인 거리이다. 그의 사유는 언제나 유동성을 지니면서 새로운 종합을 지향하기 때문에 이 두 시론집 사이에는 연속과 단절이 존재할 수밖에 없다. 『해체시론』은 『비대상』에서처럼 대상을 괄호 친 상태에서 자아에 대한 탐구를 이어받으면서 동시에 대상과 같은 1차적인 현실을 넘어 텍스트와 같은 2차적인 현실에 대한 사유를 보여준다. 이것은 그의 시적 사유의 화두인 자아 탐구라는 선상에서 보면 '나'의 자기 동일성의 증명이 '너'에서 '그'로 바뀌었다는 것을 의미할 뿐만 아니라 프로이트적인 자아의 개념이 라깡의 주체의 개념으로 바뀌었다는 것을 또한 의미한다.

『비대상』 시론은 자아에 대한 회의를 보여주기는 하지만 이 자아의 존재를 극단적으로 부정하고 해체하지는 않는다. 이 시론에서는 자아를 중심으로 이드나 수퍼 에고를 통합하려는 자아 중심적인 사유를 보여준다고 할 수 있다. 이것은 프로이트적인 것이다. 프로이트는 최초로 단일한 자아에 대한 회의를 보여주기는 했지만 여전히 그는 자아를 중심에 놓고 세계를 이해했던 것이다. 하지만 라깡은 프로이트의 이러한 자아 중심적인 사고를 비판하면서 불완전한 주체의 문제를 들고 나온다. 라깡의 주체는 자아를 중심으로 세계를 이해하는 것이 아니라 그 자아를 부정하고 해체하면서 자아 상실의 사유까지 보여주고 있다. 그의 사유 중에서 '내가 존재하지 않는 곳'이라는 세계(실재계)가 있는데 이 세계는 주체가 소멸하는 공간을 말한다. 주체가 소멸한다는 것은 퍽이나 낯선 개념이며, 이 개념을 토대로 하고 있는 그의 『해체시론』 역시 낯설다고 할 수 있다.

『해체시론』에서 보여주는 그의 이러한 주체의 소멸은 『비대상』과의 차이를 노정하고 있는 것일 뿐만 아니라 우리 현대시사에서 자아 탐구라는 문제를 첨예하게 보여준 이상의 사유와도 변별성을 제공한다고 할 수 있다. 이상의 자아는 자아의 분열과 통합, 자아의 동일성 증명에 몰두하는 '이상적 에고'에 대한 탐구였다면 그의 자아는 이러한 자율적 실체로서의 자아에서 더 나아간 비자율적인 실체로서의 자아에까지 그 탐구 영역을 넓힌 것이라고 할 수 있다. 즉 이상의 자아가 모더니즘적인 자아에 가깝다면 그의 자아는 포스트모더니즘적인 자아에 가깝다고 할 수 있을 것이다.

『비대상』에서 보여준 자아의 개념을 넘어 주체의 소멸 문제로 나아간 그의 사유를 집약적으로 보여주고 있는 글이 「시적인 것은 없고 시도 없다」와 「비빔밥 시론」이다. 『해체시론』에 실린 서른여덟 편 중에서 이 두 편의 글은 다른 무엇보다도 주체 소멸을 지향하는 자신의 시 쓰기에 대한 분명한 자의식과 시각을 견지하고 있다. 여기에서 그의 주체 소멸의 문제는 나의 소멸, 나를 지우기, 지금 여기 있는, 그 동안 믿어 온 나를 없애기라는 개념으로 제시된다. 그는 '나'에 대해서 회의한다. 그는

나는 시를 쓴다. 지금 나는 달이 뜬 밤 나는 A시에서 술을 마신다고 쓴다. 시라고 합시다. 시 속에 나오는 나는 지금 이 방에서 이 글을 쓰고 있는 나가 아니다. 그리고 그런 나이다. 그럼 내가 A시에서 술을 마신다고? 시를 쓰는 나는 시 속으로 들어가지만 그 나는 지금 시를 쓰는 나가 아니다. 그렇다면 시를 쓰는 나는 누구이며 시 속에 있는 나는 누구인가? 독자 여러분 한 번 생각해 보시오. 시를 쓸 때 시를 쓰는 나는 사라지고 다른 나, 말하자면 시 속의 나가 생긴다. 탄생한다.

— 「시적인 것은 없고 시도 없다」, p.18

라고 말하고 있다. 이것은 결국 내가 없다는, 나의 부재를 증명하는 언술에 다름 아니다. 그러면 이렇게 내가 없다면 누가 있는 것일까. 그에 의하면 언어만이 있을 뿐이다. '나'가 없고 언어만 있다는 그의 논리는 곧 언어가 나 혹은 자아에 앞선다는 것을 의미한다. 자아보다 언어가 앞선다는 것은 선험적이며 초월적인 자아가 존재하지 않는다는 것으로 이것은 반휴머니즘적인 세계관을 드러내는 것으로 볼 수 있다. 자아가 휴머니즘을 상실했다면 그 자아는 싸늘한 자아, 다시 말하면 물화된 자아라고 할 수 있다.

이러한 물화된 자아는 그가 '나'를 '그'라는 3인칭 대명사로 부르고 있는 것과 맥을 같이한다고 볼 수 있다. '나'를 '그'라고 명명할 때 드러나는 것은 동일성의 세계의 파괴이다. '나'를 '그'라고 명명할 때 이 '그'는 인격적이기보다는 비인격적인 사물의 느낌이 강하며, 이로 인해 '나'를 '너'라고 명명할 때 어느 정도 성립되던 대화적인 관계가 여기에서는 단절되고 만다. '나'가 곧 '그'라는 이러한 사유는 그 이면에 주체의 소멸, 주관성의 허위, 의식적 주체에 대한 병적인 반감 따위를 포함하고 있다고 할 수 있다.

자아에 앞서 언어가 있다는 혹은 주체가 있는 것이 아니라 언어가 있다는 그의 논리는 해체로 이어진다. 그가 보여주는 해체는 주체와 객체, 현상과 본질, 작가와 독자, 의식과 무의식 등은 말할 것도 없고 시와 비시, 장르의 경계 해체까지도 포함하고 있다. 그의 해체의 논리 하에서라면 존재하는 모든 것들은 그 경계가 모호하고 불투명할 뿐만 아니라 이미 그 자체로 섞여 있는 것이 된다. 이런 복수성의 세계를 그는 비빔밥에다 비유하고 있다. 그는 비빔밥이 밥도 아니고 밥과 반찬의 경계가 모호할 뿐만 아니라 재료들을 섞고 비비고 만드는 과정이 먹는 과정보다 중요하다는 점을 들어 자신의 해체적인 사유를 '비빔밥 시론'이라고 명명하고 있다. 이것으로 보면 '비빔밥 시론'을 통해 그가 중요하게 내세우고 있는 것이 개방성, 복수성, 무의미, 무의식, 타자, 차이, 연기 같은 개념임을 알 수 있다.

그가 시쓰기를 통해 탐구해 온 나 혹은 자아는 시 속에서 하나의 차이와 연기의 상태로 존재할 뿐이다. '나'는 있으면서 없고, '나'는 시니피앙이라는 기호의 흔적에 불과할 뿐이다. 곧 '나'는 이 세계에 실체가 아니라 이미지로만 존재하는 부재한 존재인 것이다. '나는 누구인가'가 아니라 '나는 과연 존재하는가' 하는 존재론적인 회의가 그의 시적 사유를 지배하고 있는 것이다. '나'라는 존재에 대한 회의는 극단으로 가면 나의 부재로 이어져 '나 없이 어떻게 시쓰기가 가능한가?'라는 의문을 불러일으키게 한다. 그러나 그는 이 의문에 대해 시쓰기의 불가능성이 곧 가능성이라는 역설적인 답변을 하고 있다. 그는 "부르조아적인 시쓰기, 그러니까 사유 주체, 창조 주체, 생산 주체로서의 시쓰기는 불가능하지만 이런 불가능성이 새로운 시쓰기, 예컨대 언어가 시를 쓰고 시가 시를 쓰는 그런 시의 가능성을 연다"(「시적인 것은 없고 시도 없다」, p.19)라고 말하고 있다. 그의 이 역설은 극단적인 회의주의자의 잠꼬대로 들릴 수도 있겠지만 그것이 잠꼬대라고 하기에는 그의 사유는 너무나 개성이 강하고 명증하며, 집요할 정도로 체계적이다.

4. 해체 이후

『비대상』과 『해체시론』을 거치면서 일정한 변모를 거듭해 온 그의 시적 사유가 어떻게 전개될지 궁금하다. 등단 이후 지금까지 30년 넘게 탐구해 온 자아의 문제가 주체의 소멸이라는 존재론적인 회의의 한 극단을 보여준 시점에서 그의 사유가 어떻게 변모할 것인가의 문제는 우리 현대시사의 한 관심거리라고 할 수 있다. 지금 이 시점에서 예상할 수 있는 것은 그의 시적 사유가 주체의 소멸을 통한 보다 철저한 무화(無化)의 단계로 변모할 가능성이다. 그것은 지금까지 그가 탐구해 온 과정이 표면적으로는 자아에 대한 관심이지만 이 관심은 곧 언어에 대한 관심과 연결되기 때문이다. 그가 자아 탐구를 통해 보여 주려고 했던 것은 언어에 대한 절대적인 믿음이 아니라 아이러니컬하게도 그것은 언어로부터의 해방이라고 할 수 있다. 우리가 그를 극단적인 언어 중심주의자라고 말하지만 사실 그는 언어 중심주의자가 아니다. 그는 언어를 버리기 위해 언어로부터 해방되기 위해 그 언어를 사용한 것이다. 그의 해체적 언어의 중심 개념인 차연의 논리란 무엇인가. 그것은 언어에 대한 한계와 불가능성에 대한 회의를 드러내고 있는 것 아닌가. 이것으로 보면 그의 사유는 동양의 선불교나 도교에서 말하는 '내가 있는 것이 아니라 흔적이 있으며, 말하지 않고 말할 수 있다'는 논리들과 유사한 점이 많다고 할 수 있다. 그러나 문제는 다시 언어이다. 그것은 언어 자체를 버리고 그가 시를 쓸 수는 없기 때문이다.

놀이와의 놀이, 슬픈 상처의 시
— 박상순의 시 세계

1

박상순의 시읽기는 아주 어렵거나 아주 쉽다. 그의 시에서 의미를 찾으려고 한다면 그것만큼 고통스러운 것도 없을 것이다. 의미론적인 시읽기에 익숙한 사람들에게 그의 시는 소통불능의 괴물이거나 자신의 해석 능력 밖에 존재하는 신포도일 수 있는 것이다. 이것은 시인의 탓이 아니다. 의미론적인 해석에 대한 강박관념을 버리고 그의 시를 읽어 보라. 그러면 어떤 시보다도 재미있게 그의 시를 체험하게 될 것이다. 그의 시는 심오한 철학(진리)이나 인생의 의미 같은 즐거움을 체험하게 하는 텍스트가 아니라 그것을 해체하고 즐기는 일종의 '놀이로서의 텍스트'이다.

새벽 다섯 시
다섯 식구가 둘러앉아

밥먹는 놀이를 한다
아빠 A가 한 개 먹고
내 폭탄 아직 안 터졌어
아빠 B가 한 개 더 먹고
내 밥도 아직 안 터졌어
아빠 C가 또 먹으며
내밥도 폭탄이야
아빠 D도 아빠 E도
내 폭탄도, 내 폭탄도

—「불멸」부분

이 시는 현실로부터 자유롭다. 이것은 이 텍스트가 현실적인 억압의 논리로부터 벗어나 텍스트 그 자체의 논리를 가진다는 것을 의미한다. 현실이 텍스트로 대체되면서 자유로운 놀이는 시작되는 것이다. 아빠 A에서 아빠 B로, 아빠 B에서 아빠 C로, C에서 D로, D에서 E로 끊임없이 미끄러져 내리는 이 놀이는 처음과 끝, 안과 밖이 없다. 이런 점에서 그의 놀이는 '불멸'을 겨냥한다고 할 수 있다.

텍스트의 자율성이 강화될수록 시적 주체의 상상과 표현은 미적인 아방가르드 혹은 미적인 아나키즘을 강하게 드러낼 수밖에 없다. 미적인 변증법의 차원에서 보면 그의 텍스트는 기존의 시적인 질서에 대한 전복이고 해체이다. 이러한 전복과 해체는 자아의 강화보다는 자아의 상실과 관련된다. 따라서 기존의 시적 질서에 익숙한 독자는 그의 텍스트에서 불안함과 불쾌함, 그리고 불편함을 체험하게 된다. 근대 이후 우리의 시적 체험은 이것을 자연스럽게 받아들일 만한 전통이라고 할 만한 것이 거의 없다. 시에 대한 보수적인 사고가 주류를 형성하면서 이런 식의 텍스트를 배제하고 소외시켜 온 것이 사실이다. 아방가르드적인 텍스트는 해체의 시대라고 하는 '지금', '여기'에서도 이상한 것, 예외적인 것, 특이한 것의 범주 안에서 인식되고 있다. 그의 시에 대한 이런 식의 인식은 우리를 세계에 대한 고정관념과 상투성의 굴레로부터 벗어나지 못하게 한다. 미학적인 것을 지향하는 시인에게 이보다 더 치명적인 것은 없을 것이다.

2

「바빌로니아의 공중정원」(이하 「바빌로니아」) 외 5편은 모두 무의식적이다. 그러나 무의식이라고 해서 모두 같은 것은 아니다. 그의 시에 드러난 무의식은 현실의 논리와 연결되어 있지 않다. 현실의 논리가 배제되고 부정된 채 그의 시의 무의식은 발현된다. 이것은 그의 무의식이 세계와의 인과성으로부터 한결 자유로울 수 있다는 것을 의미한다(물론 이 자유가 과도해지면 소통 불가라는 난해함으로 빠질 수 있는 위험성이 없는 것은 아니지만).

그의 무의식의 중심에는 유년기의 트라우마가 놓이며, 이것은 그의 시에서 '풀밭'의 상징으로 드러난다. 「양 세 마리에서」의 풀밭이 그렇고, 「비빌로니아」에서의 풀밭이 또한 그러하다. 왜, 풀밭인가? 앞의 시에서는 '양'과의 연관 속에서 그것을 해석할 수 있고, 뒤의 시에서는 그것을 '피아노'와의 연관 속에서 해석할 수 있을 것이다. 풀밭이 유년의 상처를 암시한다면 여기에서의 양 세 마리는 "시적 자아의 상처를 보호하는 것"(이승훈, 「읽기, 망각, 몇 번이나 읽는가?」, 『문학사상』, 1996년 4월호)으로 볼 수 있을 것이다. 그렇다면 '피아노'를 어떻게 해석할 수 있을까?

머리가 크고 배가 불룩 튀어나온 소년들이 오래된 야마하 피아노 한 대를 공중으로 옮기고 있다. 공중의 풀밭에 피아노가 옮겨진다. 나와 같은 또래로 보이는 소녀가 키 큰 화초 위에 앉는다. 피아노의 페달을 밟으며 어깨의 힘을 이용해 건반을 누른다.

나는 한편에 앉아 피아노 소리를 듣는다. 머리가 크고 배가 불룩 나온 소년들이 노래를 부르기 시작하지만 노래는 들리지 않는다. 피아노를 치는 그녀는 한 소절이 다할 때마다 한번씩 옆으로 고개를 돌린다. 소년들은 반대편에 서 있다.

—「바빌로니아의 공중정원」 부분

이 시에서의 '피아노'는 '소년'과 '소녀' 그리고 '나'의 삼각 관계를 통해 해명할 수 있다. 이것은 양 세 마리의 변형으로 볼 수 있을 것이다. 양 세 마리 중에서 한 마리가 소외되듯이 이 시에서는 '나'가 소년과 소녀로부터 소외된다. 나는 소녀의 피아노 소리는 듣지만 소년들의 노랫소리는 듣지 못하며, 소녀는 한 소절이 다할 때마다 소년들 쪽으로 고개를 돌림으로써 나를 소외시킨다. 소녀가 피아노를 연주하면 할수록 나는 점점 소외되는 것이다. 따라서 피아노의 연주가 환기하는 것은 일종의 놀이라고 할 수 있다. 이런 점에서 피아노는 시적 자아의 유년의 상처와 그것을 들추어내 하나의 놀이로 이끌어내는 데 적절한 질료라고 할 수 있을 것이다.

「바빌로니아」에 드러나는 이러한 놀이는 「아주 오래된 숲에 대하여」에서도 그대로 반복된다. '풀밭'과 여기에 누군가가 기르다 버린 '집토끼 한 마리'(「바빌로니아」에서 소외된 나)가 바로 그것을 말해 준다. 다만 「바빌로니아」의 놀이가 '피아노'와 그 '소리'를 통해 이루어진다면 여기에서는 그것이 '숲'과 '썩는다'를 통해 이루어진다. 피아노

소리(연주)의 연속이 놀이의 연속을 드러내듯이 숲의 썩음이 또한 놀이의 연속을 드러낸다고 할 수 있다.

여름 강변에 앉아 우리는 칸트에 대해 이야기한다
실은 아주 커다란 숲에 대해 이야기한다.
여름 강변에서
이미 오래 전에 죽은 칸트가 우리들의 이야기를 듣는다.
유령 칸트가 썩은 가방에서 비닐봉지를 꺼내 우리에게 던진다
서둘러 우리는 발목을 하나씩 잘라 그의 봉지에 넣어 주고
다시 이야기를 시작한다.
풀밭에
누군가가 기르다 버린 집토끼 한 마리도 죽고, 썩어,
아이스크림처럼 녹는다. 옆에서 칸트가 아이스크림을 먹는다.
우리는 토끼의 유령에 대해서도 이야기한다.
하지만 사실은 아주 오래된 숲에 대해 이야기한다.
썩은 가방을 멘 유령 칸트만이 우리들의 이야기를 듣는다.
그동안 오토바이를 탄, 무거운 모자를 쓴 경찰관이 순찰을 돈다.
여름 강변은 아름다운 연인들로 빛난다.
그 사이로 썩은 가방을 멘 중년 하나가
썩은 소녀의 손을 잡고 다리 밑 물가로 내려간다.
오토바이를 탄 경찰관이 썩은 가방을 지켜본다.
아름다운 연인들은 썩은 소녀를 바라본다.
강변에서 중년이 썩은 소녀의 몸을 들어올린다.

〔…중략…〕

아주 오래된 썩은 숲에 대하여 이야기한다.

—「아주 오래된 숲에 대하여」 부분

이 시에서의 놀이는 「아주 오래된 썩은 숲」에 대하여 이야기하는 것과 등가 관계에 놓인다. 이때 '썩는다'는 욕망의 미끼이며, 이것으로 인해 이야기(놀이)가 계속되는 것이다. "유령 칸트의 썩은 가방→썩은 집토끼→썩은 소녀→썩은 숲"으로 이어지는 환유의 구조가 바로 그것이다. 특히 다른 어떤 것보다 썩는다가 환기하는 냄새와 어둠과 무의식으로서의 숲은 강력한 욕망의 메타포라고 할 수 있다. 이 사실은 시적 자아가 아주 오래된 숲에 대하여 이야기하고 있지만 그것이 내포하고 있는 유년이나 성장 과정의 상처란 결코 쉽게 지워지지 않을 아주 생생한 것임을 말해 준다.

이러한 놀이의 구조는 「섬」과 「봄밤」에서도 드러난다. 먼저 「섬」을 보자. 「섬」 역시 시적 자아의 유년의 혹은 성장 과정의 상처가 드러나 있다.

한
여름
밤
내 허리에서 흘러나온 불빛이 가느다란 띠가 되어
강물이 되어
아래로
흘러내리는
한
여름
밤

내 허리에서 자꾸 쏟아지는 모래알들이 불빛이 되어

뿌리없는 나무가 되어

내게로

다시 덮쳐오는

한 여름

밤 또는 낮 또는

밤

내가 지난날 작별을 고했던

할머니와 소녀들과 어머니들과 누이들과 여름 과일들까지도 모두

벌거벗은 병사가 되어 일제히

자리에서 일어났다

—「섬」전문

시적 자아의 유년에 대한 상처는 "내 허리에서 흘러나온 불빛·가느다란 띠·강물·모래알·뿌리 없는 나무·벌거벗은 병사" 등의 질료를 통해 드러난다. '한 여름 밤(낮)'을 표상하고 있는 이 질료들은 모두가 나를 고립시키고 소외시킨다. 이것들은 내게로 흘러내리고, 덮쳐오며, 일제히 일어나 다가온다. 이것들이 내게 옴으로써 잊혀진 상처가 다시 되살아나게 된다("내가 지난날 작별을 고했던/할머니와 소녀들과 어머니들과 누이들과 여름 과일들까지도 모두/벌거벗은 병사가 되어 일제히/자리에서 일어났다"를 상기해 보라. 나는 지금 이들 혹은 이것들과 분리되어 있었으며, 다시 그것이 "벌거벗은 병사"가 되어 나타난다는 것은 잊혀진 상처를 덧나게 하는 것으로 볼 수 있다. "벌거벗은 병사"의 이미지란 나의 상처에 대한 자의식이 투사된 말이라고 할 수 있다). 시적 자아인 나는 하나의 상처받은 섬이다. 세계로부터 고립되고 소외된 섬, 그 외로운 섬에

서 시적 자아인 나는 유희를 즐긴다.

「봄밤」에서 시인은 "어두운 골목길에 떨어져/끝까지 움직이는//한쪽 팔"(「봄밤」의 전문)이라고 노래하고 있다. 여기에서 "어두운 골목길"은 "숲"의 변주로 볼 수 있다. 이 무의식의 장에 "한쪽 팔이 떨어졌다"는 것은 시적 자아의 분열된 양상이 투사된 것이며, 그것이 "끝까지 움직인"다는 것은 자아 혹은 주체의 결핍이 끊임없이 미끄러지는 환유의 구조를 가진다는 것을 의미한다. 봄밤의 서정성과 낭만성이 제거된, 세계가 자아를 집어삼키는 그런 무서운 시편이라고 할 수 있다. 이것이 그의 시가 가지는 미적인 특성, 다시 말하면 미적 현대성의 한 모습인 것이다.

3

시적 자아가 체험한 상처와의 놀이를 가장 선명하게 보여주고 있는 시편은 「의사 K와 함께」이다. 이 시의 기본 구조 역시 「바빌로니아」 「아주 오래된 숲에 대하여」 「섬」 「봄밤」과 다르지 않다. 시인은 의사 K의 「옷장」에서 「놀이공원 지도」를 발견한다. 「풀밭(숲)」과 「어두운 골목길」이 다시 「옷장」으로 변주되고 있음을 알 수 있다. 그 옷장에 있는 놀이공원 지도는 환유의 지도이다. 여기에는 '롤러 코스터→휴게소→작은 광장→매표소→분수→징검다리→유령의집→전망대'로 이어지는 환유의 구조가 있다. 따라서 내가 옷장에서 놀이공원 지도를 발견한다는 것은 곧 유년기 혹은 성장 과정에서 체험한 상처 속으로 끊임없이 미끄러져 내린다는 것을 의미한다.

그러나 이러한 구도에서 우리가 간과하지 말아야 할 것은 옷장이 의사 K의 것이라는 점이다. 이 사실은 그가 상처(옷장)받은 존재라는 것을 의미한다. 그렇다면 나는 누구인가. 나는 옷장을 훔쳐보는 자이다. 나는 의사 K가 나가면 옷장에서 새로 바뀌는 놀이공원 지도를 훔쳐본다. 이것은 상처에 대한 나의 바라봄이다. 의사 K가 유년이나 혹은 삶의 성장 과정으로서의 상처를 상징하는 옷장의 주인이고 나는 그것을 바라보는 자라면 의사 K는 상처받은 또 다른 나라고 할 수 있을 것이다. 유년이나 삶의 성장 과정으로서의 나와 그것을 바라보는 나, 이 둘은 언제나 어긋나 있다.

전에도 의사 K는
어떤 긴급한 전화를 받고
오늘처럼 밖으로 나갔습니다.
K는 훌륭한 의사입니다.

그때도 나는 K의 옷장에서
놀이공원 지도를 보았습니다.

〔…중략…〕

그런데 오늘 또
의사 K의 옷장에서
새로 바뀐 놀이공원 지도를
발견했습니다.

의사 K는 나의 오랜 친구입니다.
내가 그를 찾아가면 꼭
긴급한 전화가 옵니다.

K는 참 바쁜 의사입니다.

그가 나가면
옷장 문이 또 이렇게
열려있게 됩니다.

〔…중략…〕

의사 K는 지금 내가 알지 못하는
어떤 긴급한 전화를 받고
밖으로 나갔습니다.

나는 지도를 보며 K를 기다립니다.
의사 K는 나의 오랜 친구입니다.
놀이공원에는 절대로 가지 않을 겁니다.

—「의사 K와 함께」 부분

　유년이나 삶의 성장 과정으로서의 나(의사 K)와 그것을 바라보는 나 사이의 어긋남이 이 시의 놀이를 이끌어 간다. 이 시에서 의사 K와 나는 만날 수 없기 때문에 의미들은 끊임없이 지연된다. 이것은 나의 욕망의 끊임없는 지속을 의미한다. 의사 K와 나의 관계가 어긋나 있다는 것은 내가 결핍된 존재라는 것을 의미한다. 나의 결핍은 욕망을 낳고, 그 욕망은 끊임없는 환유의 구조를 생산하는 것 아닌가.
　이처럼 상처는 유년이나 삶의 과정으로서의 나와 그것을 바라보는 나 사이의 어긋남을 통해 드러나기도 하지만 그것은 또한 "놀이공원에는 절대로 가지 않을 겁니다"라는 언술을 통해서도 드러난다. 의사

K와 나는 놀이공원에는 절대로 가지 않을 것이라고 말해 놓고도 이들은 끊임없이 놀이공원의 지도를 욕망한다. 유년의 상처 속으로 빠져들고 싶지 않다고 말하고 있지만 이들은 이미 그 속으로 빠져들고 있는 것이다. 이것은 마치 외적으로는 자신이 욕망하고 있다는 것을 모르면서도 혹은 부정하면서도 이미 자신은 그 욕망의 회로 속에 놓여 있는 것을 말해 준다(이것과 관련된 적절한 예로 라깡은 폴란드인과 유태인의 일화를 제시하고 있다. 어느 날 폴란드인이 유태인에게 장사하는 비법을 가르쳐 달라고 하자 유태인은 공짜로는 되지 않는다고 하면서 돈을 요구한다. 하지만 유태인은 직접 비법을 말하지 않고 이상한 말만 잔뜩 늘어놓는다. 이에 화가 난 폴란드인이 언제 그 비법을 가르쳐 주냐고 묻자 다시 돈을 요구한다. 돈을 받고도 유태인은 종전처럼 이상한 말만 계속한다. 이에 폴란드인이 비법은 무슨 비법이야 이런 식으로 돈을 몽땅 떨어내는 것 아니냐고 따져 묻자 유태인은 태연하게 "자, 이제 아시겠소? 그것이 바로 비법이요"라고 말했다고 한다).

4

「철근 한 묶음」 역시 상처의 세계를 노래하고 있다. 그것이 꼭 유년기나 성장 과정의 상처라고 말할 수는 없지만 "자욱한 물안개"와 "바다 속", 그리고 "가라앉는다"와 "햇볕에 달구어진 철근" 등이 환기하는 이미지를 통해 볼 때 이 시는 시적 자아의 어두운 내면의 상처가 환각(환상)의 형태로 투사되어 있다고 할 수 있다.

놀이터 반쪽을 가로막고 천막이 섰다. 철근을 실은 트럭이 왔다. 한 사람이 내렸다. 철근 한 묶음이 짐칸 옆으로 비스듬히 내려질 동안, 천막에서

두 사람이 나왔다. 기다란 철근 묶음을 어깨에 멨다. 앞에 선 사람은 천막 쪽으로, 뒤에 선 사람은 반대쪽으로 어깨 위에 철근을 올렸다. 두 사람의 어깨에 대각선으로 길게 얹힌 철근 묶음이 출렁거렸다.

　꽃밭을 돌면서 앞 사람이 주춤댔다. 철근은 더 크게 출렁거렸다. 뒷사람은 정지했다. 대수롭지 않은 듯 앞사람이 다시 꽃밭의 모퉁이를 돌았다. 그 동안 뒷사람은 옆으로 조금씩 꽃게처럼 움직였다. 다시 두 사람이 똑바로 나아갔다. 천막 옆 빈 자리에 철근을 내렸다. 두 사람은 다시 꽃밭을 돌아 트럭으로 돌아오고 있었다. 트럭에서 내렸던 첫째 사람은 여전히, 나머지 한 묶음을 비스듬히 세우고 철근처럼 트럭 앞에 멈춰 서 있었다.

　그때 나는 15층 아파트의 10층 베란다에 서서 손가락 끝에 담배를 끼운 채 좌우로 출렁이고 있었다. 내 손가락 끝에서 보글거리는 게들이 빠져나 갔고, 손톱 밑으로 조개들이 몰려갔고, 갯벌이 조금씩 짧아지기 시작했고, 십 미터도 안 되는 리아스식 해안의 짧은 모래밭도 물 속에 가라앉아 버렸 다. 자욱한 물안개가 내 허리를 감았다. 10층 아래, 바다 속의 놀이터 꽃밭 옆엔 트럭이, 햇볕에 달구어진 마지막 철근 한 묶음을 내리며 오랫동안 정 지되어 있었다.

—「철근 한 묶음」 전문

　첫째 연과 둘째 연은 끊임없는 움직임, 다시 말하면 끊임없는 미끄 러짐을 보여준다. '섰다→왔다→내렸다→나왔다→멨다→올렸다→ 출렁거렸다'(첫째 연)에서 '주춤댔다→출렁거렸다→돌았다→옆으로 움직였다→나아갔다→내렸다→돌아오고 있었다→서 있었다'(둘째 연)로 이어지는 하나의 흐름만이 전경화되어 드러난다.

　그러나 이 흐름은 여기에서 멈추지 않고 셋째 연에 와서 다시 변주되어 드러난다. 그 변주의 징표가 바로 '출렁이다'(첫째 연에 드러난 "출렁거렸다"가 셋째 연에 와서는 "출렁이고 있었다"로 변주되고 있다)라는 기표이다. 첫째 둘째 연의 출렁거림이 주로 시적 자아의 외연에 가깝다면 셋째 연의 그것은 시적 자아의 내연에 더 가깝다고 할 수 있다. 하지만 이 둘은 분리되어 있는 것이 아니라 통합되어 있다. 셋째 연의 "바다 속의 놀이터 꽃밭 옆엔 트럭이, 햇볕에 달구어진 마지막 철근 한 묶음을 내리며 오랫동안 정지되어 있었다"에 드러난 사실은 첫째 둘째 연의 "철근"의 움직임이 시적 자아의 내면 속으로 침투해 들어왔다는 것이다. 이러한 침투의 결과가 환기하는 것은 시적 자아의 어두운 내면이다. 시 속의 "자욱한 물안개"와 "바다 속"이 그것을 말해 준다.

이러한 질료를 통해 드러나는 시적 자아의 어두운 내면이란 일종의 심리적인 차원의 상처라고 할 수 있다. "자욱한 물안개"는 명료하지도 손에 잡히지도 않는 그렇지만 끊임없이 시적 자아의 내면을 에워싸고 흐르는 그 무엇이며, "바다 속"은 명료하지 않을 뿐만 아니라 어둡고 두꺼운 그 내면의 흐름의 밀도를 드러내는 질료이다. 이것은 이 질료들이 시적 자아의 이면에 깊이 잠재해 있는 상처의 특성을 적절하게 반영하고 있다는 것을 의미한다. 시 속에 투영된 시적 자아의 상처가 이런 질료의 형태로 드러난다면 그것은 끊임없이 시인의 시 속을 관류할 수밖에 없을 것이다.

5

미학주의자의 매력은 고정된 미의식을 부정하는 데에 있다. 이 부정 혹은 부정성이 새로운 미를 만든다. 미를 죽임으로써 미를 살리는 이 역설의 논리 속에 미학주의자는 존재하기 때문에 그는 언제나 세계에 대해 민감한 자의식에 시달릴 수밖에 없다. 따라서 그들은 절대 배부른 돼지가 될 수 없다. 이것이 내가 그들을 신뢰하는 이유이다.

90년 이후 바람을 타기 시작한 해체주의적인 시쓰기가 우리 시의 한 흐름을 주도한 것이 사실이다. 해체의 본령이 창조이듯이 이러한 시쓰기로 인해 우리 시단은 예전에 경험하지 못한 낯선 형식의 향연을 맛보게 된다. 그러나 그 형식이 매너리즘에 빠져들면서 많은 해체주의적인 시인들이 숨고르기에 들어갔거나 그것을 인식하지 못한 채 이미 낡을 대로 낡은 시들만 쏟아내고 있다. 어떻게 이 위기를 넘어설 수 있을지 불안하기만 하다. 이런 상황 속에서 박상순의 근작을 보게 된 것은 큰 행운이다. 90년대 이후 우리 해체주의적인 시쓰기를 실천적으로 주도한 바 있는 그에게 그 불안을 넘어서는 길을 물어도 좋으리라. 앞으로 그의 시쓰기의 행보가 주목된다.

기호의 욕망, 욕망의 기호
— 움베르토 에코의 『장미의 이름』과 『푸코의 진자』의 기호 읽기

1

기호는 인간의 태생적인 불안을 담지하고 있다. 이 불안은 바벨탑의 불경을 범한 후 인간이 신으로부터 받은 창세기의 선물이다. 신은 인간의 욕망에 대한 불경의 죄로 완전하고 통일된 기호를 불완전하고 혼란된 것으로 만들어 버렸다. 그 결과 기호는 영원히 사물이나 세계를 완전하게 대치할 수 없는 운명에 처하게 되었고, 인간은 자유와 해방 대신 무의식적인 층위를 가지게 됨으로써 또 다른 억압 상태에 놓이게 되었던 것이다.

인간의 욕망에서 비롯된 이러한 태생적 불안으로 인해 기호는 철학의 중요한 탐구 대상이 되어 왔다. 아리스토텔레스에서 하이데거를 거쳐 데리다에 이르는 서구의 형이상학은 기호가 가지는 불안의 탐색을 통해 기호와 사물, 혹은 기호와 세계 사이에 난 간극을 극복하여 다시 평정을 되찾으려는 시도를 줄곧 견지해 왔던 것이다. 이 과정에

서 이들은 두 가지 서로 다른 방법을 보여주고 있다. 하나는 기호와 사물, 혹은 기호와 세계 사이의 간극을 '동기부여성(motivation)'을 통해 메우려는 시도이며, 또 다른 하나는 동기부여성 자체를 부정하고 기호를 '끝없는 미끄러짐(glissement)'의 연속으로 보는 인식 방법을 통해 그 간극을 메우려는 시도이다.

그러나 이미 신에 의해 불완전함과 통일성을 잃어버린 상태에서 간극을 메우려는 시도는 불가능함이 전제된 운명적인 행위일 수밖에 없다. 사정이 이러하다면 기호와 사물, 혹은 기호와 세계 사이에 일정한 동기를 부여하는 행위는 신과의 교통을 바라는 인간의 신숭배 사상의 일면으로 해석할 수도 있지만, 또 달리 보면 인간이 신의 위치에 오를 수 있다는 인간 중심주의적인 발상으로도 해석할 수 있다. 이것은 불완전하고 혼란 상태에 놓여 있는 기호가 인간의 이성에 의해 완전함과 통일성을 가진 기호로 탈바꿈한 것임을 의미한다. 이 기호는 우주의 원리와 합법칙성을 드러내는 전지전능한 말씀이 되며 성상의 권위가 되고 무한한 권력이 되는 것이다.

이렇게 자기 최면에 걸린 이성에 의해 기호는 급기야 인간을 가두는 감옥이 되어 버렸고, 이에 놀란 인간은 이 감옥에서 벗어나기 위해 기호를 기호 자체의 자율적인 흐름 속에 놓아 버렸다. 기호가 대상에 얽매이지 않고 끊임없이 미끄러져 내림으로써 사물이나 세계의 은폐되었던 부분이 하나둘 드러나게 된 것이다. 사물이나 세계가 기호의 미끄러짐에 의해 탈은폐된다는 것은 하나의 절대적인 진리나 고정된 중심이 존재하지 않는다는 것을 의미한다. 이 사실은 신에게서 버림받은 채 불완전하고 혼란된 기호를 가지고 살아가는 인간의 태생적인 불안을 어느 정도 덜어 줄 수 있을 것이다.

이처럼 기호가 가지는 간극과 그로 인해 생겨난 태생적인 불안은 고대로부터 포스트모던한 시대에 이르기까지 서구 형이상학이 탐구해 온 영원한 화두였지만 이것을 이론과 실천의 측면에서 모범적으로 보여준 사람은 거의 없었다. 대부분 이론이 승한 논객들이었다. 하이데거와 비트겐슈타인이 그렇고 라깡과 데리다가 또한 그렇다. 이들은 모두 시와 소설, 철학 텍스트의 기호에 대해 이야기하지만 자신이 직접 이 기호들을 생산하지는 않았다. 이에 비해 움베르토 에코는 수많은 기호학 관련 저서와 소설 창작을 통해 기호에 대한 실천적인 담론을 펼쳐 보이고 있다. 특히 그는 『장미의 이름』과 『푸코의 진자』에서 서구 형이상학에서 탐구해 온 기호에 대한 담론들을 풍부한 자료와 치밀한 구성을 통해 적나라하게 보여주고 있다.

2

『장미의 이름』 속에는 기호에 대한 각기 다른 입장을 가진 세 명의 인물이 등장한다. 이탈리아 북부에 위치한 어느 수도원의 장서관 주인인 호르헤와 윌리엄 수사, 그리고 그의 조수인 아드소가 그들이다. 이 세 사람 중에서 먼저 호르헤는 철저한 기호 불신론자이다. 그는 문자와 그림의 형식으로 표상되는 기호는 말할 것도 없고 눈을 통해 지각되는 사물이나 인간의 웃음과 같은 자연적인 기호조차도 불신하고 있다. 그는 신의 말 이외에는 인간이 사용하는 어떤 기호도 믿지 않는다.

호르헤의 이러한 기호관은 아리스토텔레스의 『시학』 2권을 불신하는 대목에서 극명하게 드러난다. 그는 같은 책이면서도 창세기는 '우주 창조에 대해 모자람이 없이 설명하고 있는' 완전한 기호체라고 보는 반면 아리스토텔레스의 『시학』 2권은 '우주를 음산하고 불결하게' 서술한 기호체로 인식하고 있다. 그는 이 불경한 책으로부터 하나님의 말씀(기호, 진리)을 보존하기 위해 타인의 죽임뿐만 아니라 자신의 죽음도 마다하지 않는다. 그는 결국 이 불경한 책에 독을 발라 자신의 뱃속에 영원히 묻어 버린다.

하나님의 말 이외에는 어떤 기호도 인정하지 않으려는 호르헤의 태도는 인간의 기호로는 신과 교통할 수 없다는 뿌리 깊은 절망을 노정하고 있는 것으로 볼 수 있다. 그가 중세의 스콜라 철학자들도 수용한 아리스토텔레스의 철학 체계를 부정하면서까지 창세기만을 고집한 것도 그가 인간의 기호와 신의 말씀 사이에 벌어진 틈을 누구보다도 깊이 인식하고 있었기 때문이다. 그의 이러한 행위를 단순히 중세 신학의 부정이라든가 새로운 형태의 신앙의 창조자로만 국한시켜 보는 것은 제대로 본질을 파악한 것이라고 할 수 없다. 어쩌면 그는 인간의 기호와 신의 말씀 사이의 틈을 메울 수 없다는 것을 운명적으로 인식하고 있었으며, 이러한 한계 때문에 보다 더 신의 말씀에 집착했는지도 모른다.

신의 기호와 인간의 기호 사이의 간극에 고착된 호르헤와는 달리 윌리엄 수사는 그 간극에 절망하지 않는다. 그는 기본적으로 인간이 사용하는 기호가 신의 기호를 대치할 수 있다는 믿음을 가지고 있다.

> 나는 기호의 진실을 의심한 적 없다. 이 세상에서 인간이 나아갈 길을 일러주는 것은 기호밖에 없다. 내가 이해하지 못한 것은 기호와 기호와의 관계다. 〔…중략…〕 나는 우주에 질서가 없다는 것을 깨닫지 못하고 가상의 질서만 좇으며 죽자고 그것만 고집했다.
> ─움베르토 에코, 이윤기 옮김, 『장미의 이름』, 열린책들, 1997, pp.763~764

윌리엄의 기호에 대한 믿음은 거의 맹신에 가깝다. 그에게 있어 기호는 자신의 방향을 잡는 데 지침이 될 뿐만 아니라 우주의 질서와 운행 원리를 이해하는 하나의 틀이 되기도 한다. 그는 우주만상에 존재하는 모든 것들은 이 기호를 통해서만이 해명될 수 있다고 본다. 이 과정에서 그는 인간이 인식하고 있는 기호와 표상되는 사물이나 세계 사이의 동일성이 존재하지 않는다 하더라도 그 존재를 해명하기 위해서는 기호밖에 믿을 것이 없다는 극단적인 기호맹신자의 입장을 견지하고 있다. 이 때문에 그는 호르헤와 대립한다.

윌리엄은 호르헤에 의해 신에 대한 경건함과 금욕적 삶을 부정하는 독약으로 금기시된 아리스토텔레스의 『시학』 2권을 오히려 신의 은총과 영광을 현시하는 책으로 간주하고 있다. 그는 호르헤가 말하는 신의 말씀만이 절대적인 진리를 드러내는 것이 아니라 『시학』에서 묘사된 웃음이라든가 회의 또는 의심 같은 인간적인 기호를 통해서도 신의 진리를 드러낼 수 있다고 보는 것이다. 그가 『시학』을 숨기려는 호르헤에 맞서 그것을 들추어내려 했던 사실이라든가, 호르헤에게 '정신의 오만, 웃음이 없는 신앙, 한번도 의심을 받지 않은 진리를 신봉하는 당신이야말로 악마'라고 한 것은 모두 그의 이러한 기호관에서 비롯된 것이라고 할 수 있다.

그러나 악마로 표상되는 이러한 윌리엄과 호르헤의 기호관의 대립은 조금만 시각을 달리해서 보면 죽음과 파멸이라는 극한까지 갈 성질의 것은 아니다. 원리상으로 보면 윌리엄의 기호관은 호르헤가 배제하고 있는 인간의 기호뿐만 아니라 신의 말씀도 포괄하는 속성을 지니고 있다. 그러나 이 엄연한 사실에도 불구하고 이 두 기호관이 파국적인 충돌을 할 수밖에 없었던 것은 인간의 이성이 스스로 신이 되어 버렸기 때문이다. 신의 지위에 오른 이성은 곧 절대 권력이 되고 이 절대 권력은 다른 어떤 권력도 인정하지 않는 자기 최면 상태에 빠지게 된 것이다. 윌리엄에게서 보이는 이와 같은 이성적 기호에 대한 절대화는 숫자놀이를 통해 성당기사단의 비밀(우주의 비밀)을 해명하려는 까소봉, 벨보, 디오탈레비 등 『푸코의 진자』의 주인공들에서도 드러난다.

이처럼 호르헤의 기호관을 극복하는 대안으로 여겨졌던 윌리엄의 기호관 역시 인간의 이성을 통해 만들어진 관념의 산물에 불과할 뿐 완전하지도 완벽한 통일성을 가진 것도 아니라는 사실이 드러나는 그 지점에 아드소가 놓인다. 그는 소설 속에서 윌리엄의 조수로 등장하지만 기실은 작가의 분신—내포 작가—에 다름 아니다. 에코는 그를 통해 자신의 이상적인 기호관을 펼쳐 보이고 있는 것이다.

아드소는 호르헤의 기호관과 윌리엄의 기호관을 변증법적으로 지향하고 있다. 그는 하나님의 말씀만이 진리라는 호르헤에 대해서는 인간의 '힘의 의지(will to power)'를 내세워 부정하며, 이성 안에서 모든 것들이 기호화될 수 있다는 윌리엄에 대해서는 모호하고 불투명한 기호 너머의 세계를 보여줌으로써 이를 부정하고 있다.

아드소의 호르헤의 기호관에 대한 비판은 얼핏 보면 윌리엄의 호르헤 비판과 유사한 점이 있지만 사실은 이 두 사람 사이에는 심연이 가로 놓여 있다. 두 사람 모두 자신의 기호관을 전개하기 위해 인간을 끌어들인다는 점에서는 같지만 한쪽은 이성을, 다른 한쪽은 의지를 통해 호르헤를 비판한다는 점에서 차이를 보인다. 이 이성과 의지의 차이는 인간을 인간으로 존재하게 하는 것을 인간 밖에 두느냐 아니면 안에 두느냐 하는 차이이다. 이성은 그것을 밖에 두고 의지는 안에 둔다. 이것은 이성이 인간의 밖에 있는 사물이나 세계를 객관화하고 법칙화하는 것을 목적으로 하는 데 비해 의지는 인간의 안에 존재하는 내적 자연을 문제삼고 있다는 것을 의미한다.

아드소에 의하면 호르헤가 추종하는 신적인 말씀은 어디 따로 있는 것이 아니라 바로 이 인간의 내적 자연 속에 존재한다는 것이다. 그의 이러한 생각은 결국 신의 부정을 의미하며, 신의 부정은 곧 서구의 형이상학을 지배해 온 신/인간에서 비롯되는 이분법적인 기호관의 뿌리를 해체하고 있는 것으로 볼 수 있다. 그에게 있어서는 정통과 이단,

성과 속, 천사와 악마, 정신과 육체 같은 이항대립이 성립될 수 없다. 이것은 그가 이단자인 돌치노와 순교자인 미카엘을 동일시하는 대목이라든가 수도원에 잠입한 사하촌 소녀를 범하면서 그녀의 육체를 성모의 육체와 동일시하는 대목, 그리고 수도사로서의 계율을 어겼지만 여기에 대해 결코 후회하지 않는 대목에서 비교적 명료하게 드러나고 있다.

호르헤의 신을 부정하면서 서구의 이분법적인 기호 체계를 해체한 아드소는 다시 윌리엄의 이성 중심주의적인 기호관도 해체하고 있다. 윌리엄의 기호관의 해체는 그가 호르헤의 비판에서 이성 대신 힘의 의지를 내세우고 있는 대목에서 이미 예견된 것이다. 그는 힘의 의지(내적 자연)란 곧 이성적인 기호로는 명료하게 포착할 수 없는 성질의 것임을 강조하면서 이 힘의 의지가 구체적으로 실현되기 위해서는 기호의 허상뿐만 아니라 마지막에는 자기 자신도 넘어서야 함을 역설하고 있다.

> 이제 내가 할 수 있는 일은 침묵을 지키는 것뿐. 〔…중략…〕 오래지 않아 동등(同等)과 부동(不同)이 존재하지 않는, 적막과 화합과 적멸의 나라인 하늘의 어둠에 든다. 이 심연에서는 나의 영혼 역시 무화(無化)하여 동등함과 부동함을 알지 못할 것이다.
>
> — 『장미의 이름』, p.775

침묵이 더 많은 말을 할 수 있는 세계, 모든 것들이 명료하게 기호화되지 않는 세계, 같음과 다름의 이항 대립적인 기호가 해체되어 나타나는 세계, 자아의 망각이 보다 많은 것을 얻을 수 있는 세계, 이것이 인간의 힘의 의지에 의해서 아드소가 지향하는 기호의 제국이다. 그러나 이미 이성적인 기호 체계 속에서 그 존재가 결정지워진 상태에서 이와는 전혀 다른 새로운 기호 제국을 창조한다는 것은 불가능한 일이다. 그가 할 수 있는 일이란 이성적인 기호 체계 안에서 이 기호를 해체하는 것이다. 기호가 어느 한 대상에 고착되지 않고 끊임없는 미끄러짐 속에 놓일 때 그(에코)가 욕망하는 기호의 제국은 그 윤곽을 드러내게 될 것이다.

3

『장미의 이름』과 『푸코의 진자』에서 에코는 기호 체계를 해체하는 두 가지 방법을 보여주고 있다. 하나는 이미 기호화된 흔적들을 되짚어 가면서 중세의 실체를 자신의 기호로 다시 쓰는 방법이고, 다른 하나는 무수한 기호와 기호들의 상호충돌을 통해 그 실체를 드러내는 방법이다. 이 중 앞의 방법은 『푸코의 진자』에서 까소봉, 벨보, 디오탈레비가 성당기사단의 비밀을 추적해 가는 과정에서 비교적 잘 드러나고 있고, 뒤의 방법은 『장미의 이름』에서 고대와 중세 그리고 현대의 실존했던 인물들의 말이나 책을 비유적으로 혹은 덩어리째 인용하는 과정에서 분명하게 드러나고 있다.

『푸코의 진자』에서 까소봉, 벨보, 디오탈레비는 이미 기호화된 중세 성당기사단의 비밀을 추적한다. 이들은 막강한 힘을 가지고 있으면서도 이단으로 몰려 아무런 저항을 하지 못한 채 몰락한 것으로 기호화된 성당기사단에 대해 회의를 가진다. 이들은 먼저 성당기사단과 관련된 흔적들(기호들) ─ 지하세계의 창조주, 영생불사하는 백작, 기사단의 악마적 입문 의례, 회교 비밀 암살단, 장미십자회, 브라질의 부두교 등 ─ 을 되짚어내어 그것을 유태인 신비주의자 이름을 딴 '아블라피아'라는 컴퓨터에 입력시킨다.

이들이 각각의 흔적들을 컴퓨터에 입력할 때마다 성당기사단이라는 기호는 끝없는 미끄러짐 속에 놓이게 된다. 이 되쓰기 작업에 의해 성당기사단이라는 기호는 그리스도의 가난한 군병에서 출발해 기독교단의 다국적 사업체, 종교재판의 희생물, 자유사상의 순교집단, 밀교(密教)를 거쳐 은비주의자들의 고향, 우주정복을 꿈꾸는 욕망의 화신, 실체없는 광기의 산물 등으로 끊임없이 다시 쓰여진다. 이것은 성당기사단이라는 기호의 본질이 고정되어 있는 것이 아니라 차이(difference)와 연기(defer)를 통해서 그 실체가 드러나는 해체의 산물에 불과하다는 것을 말해 준다.

이렇게 성당기사단에서처럼 기호 자체가 차연의 놀이에 불과하다면 이 우주 만상의 존재에 대한 탐구가 무의미할 수도 있다는 의문이 생긴다. 그러나 이러한 의문은 중심이나 본질, 또는 정전을 설정할 때만이 완전한 인식에 도달할 수 있다는 진리의 근원에 대한 인간의 형이상학이 만들어낸 허상에 지나지 않는다. 어쩌면 『푸코의 진자』에서 주인공들이 탐색하는 성당기사단이라는 기호의 궁극적인 진실은 영원히 밝혀지지 않을 수도 있다. 하지만 분명한 것은 그들이 밝혀내려는 진실이 성당기사단과 관련된 수많은 흔적들(기호들) 속에 있다는 사실이다.

『푸코의 진자』에서 드러나는 기호의 해체 논리가 『장미의 이름』에서는 상호텍스트성의 형태로 나타난다. 이 소설은 '태양 아래 새로운 것은 없다'는 창세기적인 이념로부터 '모든 텍스트는 텍스트의 상호관계를 통해 생성, 흡수, 변형된다'는 현대 기호학자인 크리스테바의 이념을 거의 완벽하게 구현하고 있다. 그의 소설 속에 인용된 사람과 책은 거의 절반 이상을 차지하기 때문에 여기에서 일일이 열거할 수는 없지만 가령, '지붕에 올라가면 사다리는 치우는 법'이라는 구절은 비트겐슈타인이 한 말이며, 불바다가 된 장서관 앞에서 윌리엄이 탄식하면서 '이런 난장판에는 주님이 계시지 않아'라고 한 말은『구약성서』, 「열왕기상」에서 인용한 것이고, 소설의 말미에서 아드소가 '지난날의 장미는 이제 그 이름뿐, 우리에게 남은 것은 그 덧없는 이름뿐'이라고 한탄하는 장면은 베르나르의『속세의 능멸』에서 각각 인용한 것이다. 이렇게『장미의 이름』이라는 커다란 기호체 속에 다시 서로 다른 무수한 기호체들이 그물처럼 연결되어 있는 형국은 마치 장서관 안의 책들이 서로 말을 주고받는다고 인식한 아드소의 생각 속에서도 엿볼 수 있다. 그에 의하면 장서관은 책들의 대화로 인해 죽은 것이 아니라 생물처럼 살아 있으며, 과거와 현재가 동등한 지위에서 말을 통해 공존하는 곳이며, 인간의 정신을 지배할 수 있는 권력을 생산할 수 있는 곳이기도 하고, 인간의 목숨을 담보할 수 있는 비빌을 생산하는 곳이기도 하다. 이것은 기호가 단순히 기호 그 자체로 존재하는 것이 아니라 욕망이나 이데올로기를 담고 있는 살아 있는 실체로 존재한다는 것을 의미한다.

이처럼 기호(책)가 살아 있으면서 항상 다른 기호와의 관계를 통해서만이 존재성을 유지할 수 있다는 것은 기호의 본질이 미끄러짐 속에 있음을 말해 주는 것이다. 이 미끄러짐 때문에 중심이 부재하며, 어떤 절대적인 진리도 존재할 수 없는 것이다. 이러한 이유로 많은 사람들은 이 미끄러짐을 단순한 유희로 간주하거나 허무주의자들의 망상쯤으로 이해하는 경우가 있는데, 이것은 기호가 가지는 속성을 제대로 이해하지 못한 무지의 소치라고 할 수 있다.

4

인간의 욕망에서 비롯된 기호에 대한 태생적 불안은 요즘들어 더욱 확산일로에 있다. 후기산업사회로 진입하면서 실체보다는 그것을 대신하는 기호(이미지)가 보다 더 중요한 담론이 되어 버렸기 때문이다. 이 담론들 중에는 기호가 실체를 잡아먹고 있다는 비교적 온건한 우려로부터 실체는 존재하지 않고 기호만 남아 하나의 가상세계를 구축하고 있다든가, 기호가 폭력적인 속성을 띠고 있다든가 하는 극단적인 우려까지 나오고 있어 기호에 대한 불안은 가중되고 있다.

기호에 대한 이러한 담론은 과장된 면도 있지만 실질적으로 우리 눈앞에서 벌어지고 있는 현상에 대한 직접적인 반영임에는 틀림없다. 당장 백화점이나 텔레비전 광고에 등장하는 상품만 보아도 그것이 실체가 아니라 기호에 의해 가치가 결정되고 있고, 컴퓨터 게임에 몰두하던 아들이 실체와 기호를 구분하지 못해 아버지를 죽이는 일까지 일어나고 있는 실정이다. 상황이 이러하다면 기호는 사회를 파괴하는 괴물이거나 문화를 아노미 상태에 빠뜨리는 악성 바이러스일 수 있다.

그러나 이러한 부정적인 면을 파급시키는 모든 책임을 기호에게 전가할 수는 없다. 기호가 실체와 분리되어 끊임없는 미끄러짐 속에 놓일 수밖에 없는 것은 에코가 『장미의 이름』과 『푸코의 진자』를 통해 보여주고 있듯이 하나의 운명이다. 이 형식은 거역할 성질의 것이 아니다. 오히려 이 미끄러짐 속에 자유와 해방의 단초가 있다고 할 수 있다. 만약 미끄러짐 속에 놓인 기호가 파괴와 부정을 일삼는 괴물이나 바이러스로 인식되었다면 그것은 기호에 원인이 있다기보다는 그 기호를 이성 속에 가두어 놓기만 하고 힘의 의지를 통해 자연스럽게 미끄러지는 방법을 터득하지 못한 인간에게 그 책임이 있다고 할 수 있다. 힘의 의지를 통한 기호의 미끄러짐은 실체를 부정하는 행위가 아니라 그곳에 도달하기 위한 무한한 탐색의 과정이기 때문이다.

작란作亂, 그 우울한 몽환에 대하여
— 이장욱의 시 세계

1

이장욱의 시읽기는 결코 간단치 않다. 그의 시는 이미지나 리듬, 혹은 정서적인 결 등으로 체험되어지지 않을 뿐만 아니라 단순한 현실 재현의 감각에 대한 추체험으로도 그 전모가 쉽게 드러나지 않는다. 그의 시에 대한 전체적인 인상은 애매모호한 그 무엇이지만 그것이 언어의 다의성이나 이미지의 겹침 또는 풍부한 메타포 등을 통해서만 생성되어지는 세계는 아니라는 사실이다. 흔히 그의 시 세계를 '몽환적'이라고 하지만 이러한 명명은 주목할 만한 것임에도 불구하고 그의 시가 가지는 여러 측면을 단순화하고 그것을 또한 지나치게 몽환의 범주 안으로 환원시킬 위험성이 있다.

그의 시의 몽환성은 『내 잠 속의 모래산』에서 이미 그 면모가 드러났듯이 그것은 일상에 대한 시인의 자의식에서 비롯된다고 할 수 있다. 시인의 의식 및 무의식 속에 침투한 일상은 그를 점점 세계로부터 소외시켜 결국 우울을 낳는다. 시인의 우울은 자살과 파멸과 같은 염세주의 쪽으로 빠지지 않는다. 이것은 그의 우울이 '염세주의라는 물길을 막아 주는 둑'으로서 기능하고 있다는 것을 의미한다. 그의 우울은 몽상으로 빠진다. 몽상은 일상의 무미건조함과 비루함을 넘어서는 시인의 작란(作亂)으로 볼 수 있다.

시인은 몽상 자체를 즐긴다. 그의 이러한 시적 체험은 '걷는다'를 통해 표상된다. '걷는다'는 이장욱 시를 대표하는 기표이다. 그의 첫 시집인 『내 잠 속의 모래산』을 보면 '걷는다'는 통사론적이고 의미론적인 차원과 긴밀하게 연결되어 있음을 알 수 있다. '걷는다'가 시적 표상이 되는 예는 우리 시인들의 시에서 어렵지 않게 발견할 수 있지만 그의 경우처럼 잠 속을 가로지르는 듯한 그런 몽환적인 걷기는 흔하지 않다. 잠 속이라는 몽환적인 차원에서 행해지기 때문에 그의 걷기는 방향성과 목적성이 뚜렷하게 드러나지 않을 뿐만 아니라 모든 시공간을 가로지르고 있다.

오늘은 어제의 거리를 다시 걷는 오후. 현대백화점 너머로 일몰. 이건 거의 중독이야. 하지만 어제는 또 머나먼 일몰의 해변을 거닐었지.

이제 삼차원은 지겨워. 그러니까 깊이가 있다는 거 말야. 나를 잘 펴서 어딘가 책갈피에 꽂아줘. 조용한 평면. 훗날 너는 나를 기준으로 오래된 책의 페이지를 펴고. 또 아무런 깊이가 없는 해변을 거니는 거야.

완전한 평면의 바다. 그때 바다를 바라보는 너로부터 검은 연필로 긴 선을 그으면, 어디선가 점에 닿는 것. 그 점을 섬이라고 하자. 그리고 그 섬에서 꿈 없는 잠을. 너는 나를 접어 종이비행기를, 나를 접어 종이배를, 나를 접어 쉽게 구겨지는 학을.

조용한 평면처럼 어떤 내부도 지니지 않는 것들과 함께. 그러므로 모든 것이 어긋나 버렸는지도 모르지. 서서히 늪에 잠겨가는 사람처럼, 현대백화점 너머로 일몰. 일몰을 배경으로 포즈를 취한 백화점 옥상에서, 지금 막 우울한 자세로 이륙하는 종이비행기.

『현대문학』(2002년 10월호)에 실린 「중독」이다. 이 시는 걷기에 중독된 시적 자아의 몽환적인 내면을 다루고 있다. 시적 자아는 걷는다는 사실 자체에 대해 "이건 거의 중독이야"라고 고백하고 있다. 걷기 중독이 무엇인지 여기에 대한 자세한 사실은 드러나 있지 않다. 그것은 다만 '일몰의 해변'의 이미지를 통해 드러나고 있을 뿐이다. '일몰의 해변'이란 밝음과 어둠(의식과 무의식, 의미와 무의미)의 이미지가 교차하는 어떤 경계의 세계를 의미한다고 할 수 있다. 하지만 이 세계는 궁극적으로 어둠을 향해 나아가는 과정에 놓여 있다는 점에서 몽롱하고 몽환적일 수밖에 없다. 그렇다면 이 시가 드러내는 몽롱하고 몽환적이란 어떤 세계일까?

"이제 삼차원이 지겹"다는 시적 자아의 독백은 "오늘은 어제의 거리를 다시 걷는" 반복되는 현실(삼차원)로부터 벗어나 "머나먼 일몰의 해변을 거닌"다는 사실과 다르지 않다("오늘은 어제의 거리를 다시 걷는 오후. 현대백화점 너머로 일몰. 이건 거의 중독이야. 하지만 어제는 또 머나먼 일몰의 해변을 거닐었지"의 시행에서 "하지만"의 의미를 상기해 보라. 여기에서 "하지만"이라는 접속사는 그 앞의 현실 세계와는 다른 또 다른 어떤 세계를 지시한다고 할 수 있다). 이 '일몰의 해변', 다시 말하면 몽롱하고 몽환적인 세계는 삼차원과는 다른 어떤 세계이다. 이 시에 따르면 그 세계는 "깊이가 없는, 조용한 평면의 세계"인 것이다.

이러한 해석이 가능한 것은 몽롱하고 몽환적인 세계의 특성에서 기인한다. 이 세계는 아주 낮은 환상의 상태를 의미한다. 이 세계에서는 "꿈 없는 잠"이 가능하다. 잠에 꿈이 없다는 것은 잠자는 주체가 결핍이 없다는 것으로 이해할 수도 있을 것이다. 그러나 여기에서 잠에 꿈이 없다는 것은 그런 의미가 아니다. 삼차원의 세계에 살고 있는 인간의 잠은 꿈이 없을 수가 없다. 모든 인간은 꿈을 꾼다. 다만 우리가 그 꿈을 온전히 기억하지 못하는 것은 '현실몽'이 아닌 '잠재몽'을 꾸기 때문이다. 따라서 꿈이 없는 잠은 삼차원의 세계에서는 불가능하다.

꿈이 없는 잠은 시적 자아의 상상 속에서나 가능한 것이다. 그것은 "완전한 평면의 바다"("깊이가 없는 해변을 가진 바다") 위에 선을 그어 만들어진 섬에서만 실현 가능하다. 이 평면의 세계 속에서 시적 자아는 꿈이 없는 잠을 즐길 뿐만 아니라 어디론가 멀리 떠나고 싶어한다. 이것은 '걷는다'로 표상되는 몽환적인 걷기의 연장으로 볼 수 있다. 평면의 세계 속에서 시적 자아는 "종이비행기"도 되고, 또 "종이배"와 "학"도 된다. 이것들은 모두 '걷는다'(떠난다)를 표상하는 질료이다. '너'에 의해 "종이비행기"가 된 '나'는 "현대백화점 너머로 일몰. 일몰을 배경으로 포즈를 취한 백화점 옥상에서, 지금 막 우울한 자세로 이륙한"다. 이 떠남은 삼차원이 아닌 '평면의 바다'로 표상되는 세계에서의 또 다른 몽환적인 걷기의 시작이라고 할 수 있다. 시적 자아의 이러한 세계로의 몽환적인 걷기 중독은 "어떤 내부도(깊이도) 지니지 않"았기 때문에 혹은 "모든 것이 어긋나 버렸"기 때문에 삼차원의 세계에서보다 훨씬 가벼울 수 있고, 또 자유로울 수 있다.

2

시인의 시공을 가리지 않는 몽환적인 세계로의 걷기 중독은 그의 시쓰기에 대한 일종의 메타포로 볼 수 있다. 그렇다면 시인은 왜 걷는 것일까? 이 물음에 대한 답은 분명하게 시 속에 드러나 있다. 시인의 걷기 그 자체에 초점이 맞추어져 있지만 중독에 드러난 걷기가 겨냥하고 있는 것이 몽환적인 세계로의 입사 및 가로지르기라는 것을 누구나 쉽게 알 수 있다. 하지만 몽환적인 세계로의 입사가 걷기를 통해 실현되고 있는 것은 사실이지만 그 걷기란 본질적으로 사물들과의 이별에서 비롯된다고 할 수 있다. 이런 점에서 그의 시에서의 걷기가 궁극적으로 겨냥하고 있는 것은 명료한 사물들과의 이별을 통한 '경계 만들기'라고 할 수 있다.

　　내 잠 속의 먼 곳에 내리는 비. 이것은 내리는 비와 더불어 걷는 꿈속의 피크닉. 손 뻗으면 만져지던 그대들로부터 나는 머나먼 곳으로. 비와 음악의 숲을 지나 비가 온다, 오누나, 오는 비는, 올지라도 한 닷새 왔으면 좋지, 라고는 중얼거리지 않는 이 희망의 나라에서.

　　천천히 삭제되는 내 더운 몸. 에네르기가 떨어진 아톰처럼 애수에 젖은 자명종이, 낮고 길게 울리는 이 모호한 경계에. 서서히 잦아드는 빗속에서 나는 인사를. 멀어지는 당신께 인사를. 나는 손을 내밀어 당신의 명료한 손을. 지표면을 떠나며 모든 것을 흔드는, 저기 저 비 온 뒤 아지랑이.
　　　　　　　　　　　　　　　　　　—「사물들과의 이별」 전문, 『시작』, 2002년 여름호

시인은 "잠 속"을 "비와 더불어 걷"고 있다. 시인은 이것을 "꿈속의 피크닉"으로 명명하고 있다. "잠 속"의 걷기가 시인에게는 즐거운 행위임을 알 수 있다. "꿈속의 피크닉"을 통해 시인은 자신이 모호한 경계에 놓여 있다는 것을 인식하게 된다. 모호한 경계란 이미 "잠 속"이나 "꿈속"이라는 말에 내재되어 있다. 잠과 꿈은 이쪽과 저쪽, 현실과

환상 사이에 존재하는 세계이기 때문이다. 이 모호한 경계에서 시적 주체가 체험하는 것은 "명료한 손", 다시 말하면 명료한 사물들과의 이별이다. 한 편의 시가 사물에 대한 시인의 민감한 자의식 내지 감각을 통해 생성되는 것이라면 명료한 사물들과의 이별은, 곧 시인 자신의 시쓰기의 방식을 드러내는 행위임을 알 수 있다.

명료한 사물들과의 이별은 사물들과의 완전한 결별을 의미하는 것이 아니라 사물들을 명료하게 드러낼 수 있다는(사물들이 명료하게 드러날 수 있다는) 상투적인 인식에 대한 파괴를 의미한다고 할 수 있다. 이것은 세계를 명료하게 드러낼 수 있다는 인식에 대한 파괴라고 할 수 있다. 세계란 명료하게 드러낼 수도, 또 드러나지도 않을 뿐만 아니라 "저기 저 비 온 뒤 아지랑이"처럼 언제나 애매모호한 상태로 존재하는 그 무엇이라는 것이다. 사물 혹은 세계에 대한 시적 주체의 인식이 온전할 수 없기 때문에 또는 언제나 경계에 놓여 있기 때문에 사물들을 명료하게 드러내는 것 자체가 애초부터 불가능할 수 있다. 시인의 시쓰기가 겨냥하는 바가 사물이나 세계의 명료한 드러냄에 대한 회의에 있다면 이것은 시인의 또 다른 진정성에 대한 탐구라고 할 수 있다. 명료하게 드러나지 않는 사물이나 세계에 대해 그 명료성을 표나게 내세우고 있는 시쓰기가 가지는 허위성에 대한 시인의 미적 비판으로 읽을 수도 있을 것이다.

시인의 사물이나 세계에 대한 이러한 인식을 잘 보여주고 있는 시편 중의 하나가 바로 「인파이터」이다. 시인은 자신을 '인파이터'라고 명명한다. 이 시에 드러난 시인의 싸움 대상은 '구름'이다. 이런 구도라면 이 시는 '나'와 '구름' 사이의 대립항으로 짜여진 텍스트라고 말할 수 있을 것이다. 그러나 이 시의 구도는 '나'와 '구름'이라기보다는 '나'와 "안전해진 자들" 사이의 대립이라고 할 수 있다. "저기 저, 안전해진 자들의 표정을 봐./하지만 머나먼 구름들이 선전포고를 해 온다면/나는 벙어리처럼 끝내 싸우지."(「인파이터—코끼리군의 엽서」 전문, 『문학사상』, 2003년 3월호)에 드러난 사실은 "안전해진 자들"과 "머나먼 구름들과 싸우는 나"의 대립이다. "하지만"을 통해 감지할 수 있는 것은 '나' 역시 "안전해진 자들"의 범주에서 온전히 벗어난 것은 아니라는 사실이다. 시인이 이로부터 벗어나게 되는 것은 구름의 선전포고 때문이다. 이를 계기로 '나'는 "안전해진 자들"과 대립한다. 그렇다면 시인과 대립 관계를 유지하고 있는 "안전해진 자들"은 어떤 자들일까?

"안전해진 자들"에 대한 보다 직접적이고 구체적인 정보는 주어져 있지 않다. 이 말에 대한 의미는 대립쌍으로 존재하는 '나'와의 관계를 통해 유추해 볼 수 있다. '나'는 "머나먼 구름들"과 싸우는 자이다. 구름과 싸운다는 것은 여러 가지 차원에서 해석할 수 있을 것이다. 먼저 구름은 지상으로부터 벗어난 존재이다. 이것은 '나'의 싸움이 일상이나 현실의 차원을 넘어(이런 점에서 "구름들"은 몽환적이라고 말할 수 있을 것이다) 비일상적이고 비현실적인 대상과의 싸움이라는 것을 말해 준다. "머나먼 구름들"에서 그 "머나먼"이 환기하는 바도 그것이라고 할 수 있다. 또한 구름은 끊임없이 흐르는 혹은 끊임없이 변화하고 생성되는 그런 존재이다. 이런 의미를 가진 구름과의 싸움은 그 실체가 분명하지 않고 불확실하다는 점에서 불안할 수밖에 없다. 불안으로부터 벗어나지 못한 채 존재하기 때문에 '나'는 안전해진 자라고 말할 수 없다. 아니 어쩌면 '나'는 끊임없이 흐르는 구름처럼 안전해질 수 없는 존재인지도 모른다.

"머나먼 구름들"과 싸우는 '나'의 의미가 이러하다면 "안전해진 자들"이란 초월과 변화를 꿈꾸지 않고 세계(일상이나 현실)에 안주해 버린 그런 존재들이라고 할 수 있다. "안전해진 자들"은 '나'처럼 경계에 놓인 존재들이 아니다. 경계란 갈등과 긴장 그리고 틈이 있다는 것을 의미하며, 이것은 곧 사물의 명료하고 투명한 재현이 불가능하다는 시인(나)의 인식으로 연결된다고 할 수 있다. 애매모호함 속에 혹은 몽환적인 것 속에 사물과 세계에 대한 진리와 진정성이 있다는 시인의 인식은 "김득구의 14회전, 그의 마지막 스텝을 기억하는지/사랑이 없으면 리얼리즘도 없어요"에 드러난 것처럼 그만큼 절실하다. 스스로를 "나는 지치지 않는/구름의 스파링 파트너"로 자처하는 시인, 다시 말하면 불명료하고 애매모호한 혹은 몽환적인 것(구름)과의 싸움에 몸을 던진 시인의 자의식이 시 전체를 지배하고 있다.

내 눈앞에 나 아닌 네가 없듯. 그런데,
사과를 놓친 가지 끝처럼 문득 텅 비어 버리는
여긴 또 어디?
한 잔의 소주를 마시고 내리는 눈 속을 걸어
가장 어이없는 겨울에 당도하고 싶어.
다시는 돌아오지 못할 곳
방금 눈앞에서 사라진 고양이가 도착한 곳.
하지만 커다란 가운을 걸치고
나는 사각의 링으로 전진하는 거야.
날 위해 울지 말아요 아르헨티나.
넌 내가 바라보던 바다를 상상한 적이 없잖아?
그러니까 어느 날 아침에는 날 잊어 줘.
사람들을 떠올리면 에네르기만 떨어질 뿐.
떨어진 사과처럼 멍하니 창 밖을 바라보는데
거기 서해 쪽으로 천천히, 새 한 마리 날아가데.
모호한 빛 속에서 느낌 없이 흔들릴 때
구름 따위는 모두 알고 있다는 듯한 표정들.

하지만 돌아보지 말자, 돌아보면 돌처럼 굳어

다시는 카운터 펀치를 날릴 수 없지.

안녕. 날 위해 울지 말아요.

고양이가 있었다는 증거는 없잖아? 그러니까,

가이사의 것은 가이사에게

구름의 것은 구름에게.

　　　　　　　—「인파이터 : 코끼리군의 엽서」 부분, 『문학사상』, 2003년 3월호

　시인의 자의식이 일정한 어법 및 형식을 통해 발현되고 있다. 이 시를 전체적인 어법은 자기 고백적이다. 지금 시인의 "눈앞에"는 "나 아닌 네가 없"다. 이 말은 곧 시인의 "눈앞에"는 '나'밖에 없다는 것을 의미한다. 여기에서부터 시인은 자신이 놓여 있는 곳에 대해 민감한 자의식을 느끼게 되고("사과를 놓친 가지 끝처럼 문득 텅 비어 버리는/여긴 또 어디?/한 잔의 소주를 마시고 내리는 눈 속을 걸어/가장 어이없는 겨울에 당도하고 싶어./다시는 돌아오지 못할 곳/방금 눈앞에서 사라진 고양이가 도착한 곳"), "날 위해 울지 말라"고 여러 번 반복해서 자기 자신을 위로하기도 하고, "돌아보지 말자"라는 식으로 자기 자신을 향해 다짐하기도 하면서 구름과 싸우겠다는 의지(시쓰기에 대한 의지)를 다지고 있다.

　구름과 맞서는 인파이터로서의 시인의 의지는 단순한 내용의 차원을 넘어 형식 내지 시쓰기의 본질적인 욕망의 차원의 문제로 발전한다. 그의 시가 지향하는 것이 잠 속을 가로지르는 듯한 몽환적인 세계의 드러냄이지만 그것은 단순한 영감이나 감각의 자연스러운 표출로 수행되지 않는다. 여기에는 시인의 제작 의지가 강하게 반영되어 있다. 그의 시에 드러난 몽환성은 그 자체가 자연스럽게 시인의 의식 및 무의식 속에서 흘러 넘친 그런 산물이 아니라 시인에 의해 철저하게 재구성된 산물이라는 것이다. 우리가 그의 시를 읽고 체험하게 되는

몽환성과 여기에서 비롯되는 애매모호함이 시인에 의해서 철저하게 재구성된 것이라는 사실은 그의 시를 자유로운 연상을 통해 자연스럽게 흘러 넘친 양식으로 귀속시키는 해석이 얼마나 위험할 수 있는지를 말해 주는 대목이라고 할 수 있다. '시의 제작설' 혹은 '창조 및 생산설'을 강하게 환기시킬 정도로 철저하게 시인에 의한 배치 내지 재배치를 통해 만들어지는 그의 시편들을 표면적인 차원의 의미만 찾아내고 정작 그 이면에 놓여 있는 발생론적인 차원을 간과한다는 것은 시에 대한 나이브한 환상을 불러일으킬 수 있다. 일상의 우울을 통해 시인이 몽환적인 세계를 체험한다고 하더라도 그것이 시인에 의해 철저하게 재구성된다는 것은 그의 시의 해석이 결코 간단치 않다는 것을 말해 준다. 이것이 바로 그의 시를 해석하는 데 지적인 능력이 필요한 이유인 것이다.

골목, 이라는 발음을 반복하자 서서히 골목이 사라진다. 골목이, 골목이, 골목이, 골목이, 사라진다. 하지만 창 밖에 골목이 있다. 냉장고를 열고 우유팩을 꺼낸다. 내일은 선거일이다. 유통기한이 지난 날짜가 찍혀 있다.

하지만 음악은 발라드. 시인 오장환이 '백석은 모던 보이'라고 적어 놓은 글을 읽었다. 통장에 입금된 아르바이트 급여를 확인하기 위해 나는 국민은행으로. 내일은 선거일이다. 백석은 모던 보이,

나는 아직 과부하 상태인지도 모른다. 소실점을 향해 맹렬히 사라지는 롤러블레이드들. 골목이, 골목은, 골목과, 결국 골목을…… 나는 골목을 걸어간다. 인터넷 카페의 초기 화면에 이런 문구가 적혀 있었다 : "육(肉)에서 나온 것은 육(肉)이며, 영(靈)에서 나온 것은 영(靈)이다(요한 3: 6)."

한때 혁명가였던, 아직 혁명가인지도 모르는, 컴퓨터 수리점 사장 김(金)을 먼발치로 발견하고, 나는 다른 골목을 택해 걷는다. 골목이, 골목을, 골목과, 결국 골목은…… 그는 나를 로맨틱한 동물이라고 명명한 적이 있지만, 그 날 밤 동해로 떠난 것은 내가 아니었다.

아파트 신축 현장의 모래 바람이 골목을 휩쓸고 지나갈 때, 일당제 인부의 흰 모자에서 클로즈업되는 '안전 제일'. 백석은 모던 보이가 아니다. 통장에 아르바이트 급여는 찍히지 않는다. 눈을 가늘게 뜨면, 서서히 떠오르는 것들. 가령 골목은, 골목과, 골목에, 골목의…… 도레미레코드점에서 울리는 음악은 발라드.

나는 육(肉)이며 영(靈)으로서 기한이 지난 골목을 통과한다. 내일은 선거일이다. 국민은행의 간판에 앉았다가 날아오르는 까치 몇 마리. 내가 걸어가는 골목을, 골목의, 골목에서, 골목을 향해, 어느 먼 하늘 쪽으로부터 점점이, 명백한 자세로 밀려오는 동해의 파도.
— 「나의 우울한 모던 보이」 전문, 『문학과사회』, 2003년 봄호

문면에 드러난 대로 읽는다면 이 시는 일상에 대한 우울한 소회 정도일 것이다. 하지만 그 소회를 드러내는 방식이 문제다. '나'의 하루의 일상이 계기적인 시간의 흐름을 따라가고 있지만 이것을 드러내기 위한 시인의 구성 전략은 그렇게 간단하지 않다. 계기적인 시간의 흐름을 단속적인 구성을 통해 보여주기 때문에 매끄러운 문맥의 흐름을 통한 감상에 일정한 장애를 받는다. 단속적인 층위로 사건들이 배열되면서 등장하는 "골목", "발라드", "모던 보이", "선거일", "육과 영", "컴퓨터 수리점 사장 김", "일당제 인부", "동해의 파도" 같은 시어들은 시인의 구성 전략을 이해하고 그것을 다시 재구성하는 능력이 없다면 매

끄럽게 문맥을 하나의 흐름으로 이어 갈 수 없을 것이다. 만일 이 시어 들에 대한 해석과 시인의 구성 및 재구성의 전략을 간파한 독자라면 이 시가 진정한 모던 보이를 꿈꾸는 자의 자의식으로 읽게 될 것이다.

이 시를 재구성해 보면 진정한 모던 보이를 꿈꾸는 '나'의 자의식이 "골목", "발라드", "백석", "컴퓨터 수리점 사장 김", "일당제 인부" 등 에 투사되면서 시상이 전개되고 있음을 알 수 있다. '나'는 오장환이 모던 보이라고 적어 놓은 백석에 관한 글을 읽는다. 이 과정에서 '나' 는 백석이 진정한 의미의 모던 보이가 아니라고 생각한다. '나'는 이 것을 "컴퓨터 수리점 사장 김"을 끌어들여 드러낸다. 그는 한때 "혁명 가"였지만 지금은 "로맨틱한 동물"로 전락한 그런 인물이다. 그의 이 러한 변모는 일찍이 로맨티스트였다가 사회주의 혁명가 된 백석의 변 모에 대한 반영이라고 할 수 있다. 이들의 변모에 대해 '나'는 그것이 "안전제일"이라는 말(「백석은 모던 보이가 아니다」)로 비판하고 있다. 내가 보기에 이들은 "안전제일", 다시 말하면 상황에 따라 몸을 바꿔 가면서 보신을 추구한 그런 인물일 뿐이다. 시인이 보기에 진정한 모 던 보이는 "육(肉)이며 영(靈)인" 그런 존재(육과 영 어느 한쪽만을 선택 하는 그런 존재가 아닌, 내가 보기에 백석은 육과 영을 동시에 포괄하고 있는 그런 존재는 아닌 것이다)이다. '나'의 모던 보이에 대한 이런 자의식은 "골목"("골목을, 골목의, 골목에서, 골목을")이라는 단어를 통해 표상된 다. 골목은 우리 시사의 맥락에서 보면 단순한 통로가 아니라 새로운 것을 향한 자의식이 응축된 그런 상징적인 공간이라고 할 수 있다. '나'는 이런 골목을 걸어간다. 진정한 의미의 모던 보이가 되고자 하 는 '나'의 의지가 여기에 숨어 있다고 할 수 있다. 적어도 이런 식으로 이 시를 재구성하기 위해서는 적지않은 지적 감각과 지식이 있어야 하리라고 본다. 마치 퍼즐을 맞추듯 하나하나 구성해 가는 즐거움이 그의 시읽기에는 존재한다고 할 수 있다.

3

시인의 모던함에 대한 시적 전략은 「용의자」(『문학과사회』, 2003년 봄호)라는 시에서는 또 다른 형식으로 변주되어 드러난다. 이 시는 장면 이동 기법이라는 영화의 한 형식을 빌어 시를 구성해내고 있다. "천변여관 → 낡은 욕실 → 산동반점 → 거리 → 담배와 신문 → 내발산동 → 황혼 → 방백, 혹은 삼성파브" 등으로 장면 이동을 통해 한 편의 시를 구성하고 있다. 장면 하나 하나는 각각 독립적으로 존재하면서 동시에 하나의 통합된 세계를 연출한다.

\# 천변여관

삭제. 나는 지우는 자이다.

\# 낡은 욕실

이빨을 닦을 때마다 미세하게 흔들리는 거울. 그 순간 나는 유일하게 이빨에 사로잡힌 자. 나는 어제의 흔적을 지우기 위해 지나치게 집요하다. 누군가 내게 완고한 표정으로 명령을 내려준다면. 나는 복종하는 자의 평화와 더불어. 그러나 오늘은 약간 어지러운 아침.

\# 산동반점

알리바이를 위해 당신을 만난 것은 아니지만, 당신을 만나자 나는 소리 없이 사라진다. 여전히 내 앞의 당신은 나를 의심하지 않고. 그것은 일종의 습관이다. 나의 행방은 일간스포츠와 내셔널 지오그래픽과 YTN의 머나먼 소문 속으로 사라진다. 때로는 담배 연기 속으로.

거리

담배와 신문을 사야 한다. 습관의 내부를 관찰할 것. 완벽하게 나를 은닉할 수 있는 그곳.

담배와 신문

나를 의심하는 자가 없다는 사실을 증명하기 위해 나는 편의점의 여자를, 가판대의 사내를, 유심히 관찰한다. 그 표정이 나를 영원히 삭제하는 순간이 있다. 변화는 아주 미세하다. 그때를 기다려 나는 편의점과 가판대를 떠난다. 삭제된 것들이 내 뒤를 추적하지만, 나는 슬쩍 몸을 돌려 골목으로.

내발산동

증거인멸을 위해 몸을 바꾸는 낮과 밤. 아직 모든 것은 혐의일 뿐. 그렇다. 나의 우울은 철저하게 정치적이다. 지겨워.

황혼

그러므로 이상한 동감의 순간이 있다. 지금 누군가가 내가 바라보고 있는 황혼을 바라보고 있다는 것. 나는 당황한다. 방금 스쳐온 골목길의 그림자, 그것이 당신이라면. 다시 말하지만 나는 황혼을 통해 내게 건너온 당신과 무관한 자. 황혼이란 아주 사소한 우연일 뿐.

방백, 혹은 삼성파브

결국 나는 길가의 돌. 나는 극도로 천천히 발견될 것이다. 우연히 발에 치여 당신의 눈앞에 그 사소한 전모를 드러낸다는 것. 쇼윈도우에 진열된 삼성파브, 내셔널 지오그래픽의 화면이 스프링복스의 뿔을 클로즈업하는 순간, 뿔의 배경으로 보이면서 보이지 않게 이동하는 초원의 태양.

　　　　　　　　　　　　—「용의자」 전문, 『문학과사회』, 2003년 봄호

이 시가 보여주고 있는 장면 이동 기법, 혹은 파노라마식 구성법은 모더니스트들이 즐겨 사용하던 기법이라고 할 수 있다. 이상과 더불어 대표적인 모던 보이였던 박태원이 '아이쇼핑(eye-shopping)적 탐구'를 통해 몽타주나 콜라주의 형식을 보여준 것처럼 그의 이러한 기법의 활용 이면에는 모던 보이가 되고 싶은 욕망이 숨어 있다고 할 수 있다. 시에서의 모던 보이들이 가장 먼저 한 일은 시가 만들어질 수 있다(제작되고 생산될 수 있다)는 사실에 대한 민감한 자의식에서 출발한다고 할 수 있다. 많은 모더니스트들이 강조한 시는 '시로 다루어져야 한다는 점', '텍스트에 대한 정독', '언어에 토대를 둔 원리' 등이 바로 그것이다. 시의 자율성(문학의 자율성)으로 명명되고 있는 모더니스트들의 이러한 태도는 크게 보면 그것은 시인에 의해 텍스트는 구성되어진다는 시 제작설을 말하는 것에 다름 아니다.

시인이 보여주는 이러한 모던한 태도는 그의 시 전체를 가로지르는 시인의 시쓰기의 전략이라고 할 수 있다. '걷는다'로 표상되는 몽환적인 걷기라는 그의 시의 주제가 시인의 지적 구성에 의해 성립되면서 우리는 그 변주의 차원에서 오는 즐거움을 체험하게 되는 것이다. 이것은 그의 시의 한 매력으로 볼 수 있다. 그의 시를 읽으면 아주 낮은 환상을 견디는 몽롱한 시인의 언어를 만나게 된다. 이 지적인 구성에 의해 성립되는 체험은 우리 시의 흐름에서 흔한 것은 아니다. 다양한 언어적인 실험과 구성적인 실천이 부재하면서 점점 패턴화되어 가고 획일화되어 가는 우리 시의 경향을 돌아볼 때 그의 시는 어떤 가능성으로 존재하는 것이 사실이다. 하지만 이렇게 해서 만들어지는 그의 시의 몽환성은 때때로 불안할 때가 있는 것이 사실이다. 그것은 몽환성을 드러내기 위한 그의 지적인 조작이 정서의 섬세함과 만나지 못하고 관념으로 흐를 때이다. 그의 시의 몽환성이 모던함을 드러내는 데에 이 지적인 조작은 큰 힘을 발휘하지만 그것이 지나칠 때는 관념 과잉으로 흐를 위험성이 있다.

가령 그의 시 중에서 「중독」의 경우가 바로 여기에 해당된다고 할 수 있다. 물론 모든 시편들에 이런 불안이 잠복해 있는 것이 사실이다. 그러나 지나치지 않는 관념은 시의 메타포와 심볼을 강화하는 그런 기능을 한다. 「태양의 지식」(『시안』, 2003년 봄호)이라는 시편에서 발견한 것이 바로 그것이다. 이 시는 '태양'이라는 질료가 만들어내는 빛과 그림자의 세계를 다소 관념적으로 표상하고 있지만 오히려 그 관념으로 인해 이 시가 보다 견고함을 유지하고 있다고 할 수 있다. "태양의 지식은 떠오르고 지는 것뿐"이라는 시인의 건조하고 딱딱한 진술이 단순한 진술의 차원을 넘어 어떤 신선한 보편성을 획득하고 있는 것이다. 그러나 「중독」이라는 시를 보면 관념이 신선한 보편성을 획득하지 못하고 식상한 개념의 차원으로 떨어질 위험성이 내재해 있는 대목이 있다. "조용한 평면", "완전한 평면의 바다" 등 평면의 이미지를 활용하고 있는 대목이 여기에 해당된다. 여기에서 우리가 체험하게 되는 것은 감각 내지 감성화되지 않은 관념의 덩어리가 환기하는 난해한, 아니 어쩌면 소통 불가능한 개념 아닌 개념의 세계일 수 있다는 것이다. 이 관념은 애매모호함과 그것이 생성해내는 몽환성의 그 아름답고 오묘한 세계를 어설픈 포즈의 차원으로 떨어뜨릴 수 있다. 관념은 그의 시를 병들게 하는 독이 될 수도 있다는 점에서 그것의 과잉은 시인이 늘 경계해야 할 과제라고 할 수 있다. 그의 모던 보이로서의 자의식과 역량을 믿어 보자.